# 彼岸

# L'AUTRE RIVE

魯娃

目錄

# A

## 中國男子從雪地走來

雪地裡，那團模糊的身影由遠而近，漸漸看清些眉目了。雖然陌生，卻恍若我曾經的兩任丈夫。我對自己的恍惚瞭若指掌，因爲那張亞裔的臉，至少大半像了我的男人。

二〇〇八年早春出奇的冷，坐在盧森堡公園的長椅上，我渾身裹得密不透風，只留出瞇縫的眼睛，得以窺視雪原裡了無人跡的空曠。三月中旬這場突如其來的大雪是罕見的，把巴黎的喧囂一古腦兒壓扁了。當附近聖·胥彼利斯大教堂的鐘聲敲過十點，周遭依然沉寂。

男人越走越近，身上的裝束也分辨出細節來。他沒戴帽子，頭髮支楞，密匝匝的黑，在一夜新雪徹底的白裡顯得怪異。他看上去有些年紀了，除了濃髮不似相當年齡層的法國人那般稀疏，步履、姿態以及動作的頻率無不丟失著青春年少。如果這類歲月磨礪的滄桑依舊不失魅力，便可借用時下女孩們的調侃：總算，好歹，殘留了大叔的性感！他個子不高，肩膀偏寬，羽絨服也是絕不肯臃腫肥大休閒了穿的，敞開的豎領裡若隱若現一抹酒紅——蓄意的精緻。抑或，假裝的斯文。白晃晃的雪光把五官的輪廓照沒了，只餘下兩道眉峰中間那顆黑痣在光暈裡閃爍。他身後，是皚皚雪地上逶迤的一串腳印，遠看，像頎長的狼尾巴。

我一悚，再次警惕起來。狼是侵略性的，我心雖不老，卻也脆弱了，我該把守住自己的領地，防範外來者入侵。年輕時在北京大學，中國同學都把居心叵測的入侵者稱爲大灰狼，我這是東施效顰。

雖然聽說，他的入侵多半是衝著家裡那堂黃花梨木明代家具而來。那又怎樣？黃花梨木器是我亡夫查理的母親土爾扈特公主留下來的寶貝。查理死後八年，我所有的念想就剩這些桌椅板凳了，查理的氣息浸潤沉鬱在不動聲色裡。黃花梨的幽香清久遠淡，像極了我們纏綿悠長的情感，只要它們在，查理就不會走開。我不想也不會把查理推出門去。

其實，遲到的約會已經被我拖了大半年，從這個名叫林一舟的男人要短租我那間位於巴黎左岸的公寓，委託經紀人給我打來第一通電話開始。前天下午他大約又從中國回來了，撥來電話說：「土爾扈特太太，我想請您吃飯！」他不直呼我的名字夏洛蒂而尊稱土爾扈特太太，至少懂得法國人的禮儀。但他的語氣不容置疑，多半像綁架，沒有迴旋餘地。我猜想他是等不耐煩了。七、八個月來，這樣的邀請多達N次，他禮貌過，優雅過，都被我謝絕，終於將他惹惱，這才單刀直入下了通牒。我無可推諉，只得應允。不過我回應的約會不在餐館而在公園。中餐雖是我愛，跟不跟這個陌生人共進午餐還要看見他後的感覺。畢竟活了大把年紀，不是幾客甜點幾塊巧克力便能糊弄的。老女人的曖昧總有她的道理。

「早上好，土爾扈特太太！」

他的法語帶點外省人口音，諸如馬賽等南部城市。「我，林一舟。」一杯咖啡遞過來。杯是紙杯，杯上印著公園對門那家咖啡館的標誌。杯口封了塑膠膜，又捂在戴黑皮手套的手裡，還是涼了，最後一絲溫熱苟延殘喘。

我這才意識到把約會修改在盧森堡公園兩排栗子樹下的長椅上是多麼不合時宜。不過前天通電話時巴黎並未見下雪的徵兆，怨誰呢？我把咖啡送到嘴邊，啜一口，就著下嚥的餘香向他道歉，「對不起，年輕人！」

他一愣，可能年輕人的稱呼對他也已然久違。我打趣，「您難道不願意比我年輕？」他懂了。他果然是個聰明人。不過臉上的錯愕與驚喜並未消褪。錯愕是一個法國人怎麼能把漢語說得一點都不比他差。驚喜是不用再與我繞口舌，母語表達總給人占上風的自信。我用眼神擋住他的好奇，流利漢語屬於夏洛蒂的祕密，與別人無涉。

偏他不願意把自己當別人。在我長椅的一角坐下後他說：「土爾扈特太太，我早來了，一直在等您。我擔心這場大雪攪了我們的約會。」

我說：「可不是，剛才出門穿上大衣了我還在動失約的念頭，這種鬼天氣，誰願意到公園裡受凍？」說著，我突然想起剛才數到這張靠右第四張約會的長椅時，上面是乾爽清潔的，昨夜的積雪已被人提前清除。他很周到。我有了點好感。然而丁點好感不足以抵消警惕。我喝了口已經冰涼的咖啡，等他的下文。

他不迴避，直截了當。

「土爾扈特太太，能把您的黃花梨木器讓幾件給我嗎？比如翹頭書案，官帽椅，炕桌，價位您說了算。」

「很遺憾，我不缺錢。」我笑笑，眼裡的意思是，您知道黃花梨在我心裡的價值嗎？

他說：「我沒想瞞您，如此到代、開門的黃花梨木只有明清官宦大家才可能擁有，是極品，昂貴是必須的。但對眞正的收藏者來說，擁有則是無價的。」我的漢語不足以讓我理解「到代」、「開門」的詞意，想來是收藏圈的行話。他幾乎是在懇求了，「只要您肯出讓，我保證不還價。」志在必奪，一副大亨姿態。

但他錯了，我指的並不是錢。端詳他的臉，眼睛裡興奮焦灼的火苗閃閃爍爍。他或許不明白，金錢有時恰恰什麼都不是。雖然他蹙起的雙眉簇擁著眉心那顆黑痣，給人的感覺不像是沒有承載過人生負荷的輕佻之徒。

我張了張嘴，又把刺耳的話嚥下去，只吐了個「Non」字。

他沉默了，抬臉看向地平線。陽光飄在遠處，被雪打敗了似的，稀薄微弱。氤氳也是無中生有的虛幻。我相信除了雪遮蔽著雪，他什麼也看不見。但我沒理由打破僵局，就把蜷縮的身體擱在長椅另一端，與他咫尺相隔。男人身上司空見慣的氣息強勁地傳來，有種隱祕的不言而喻的蠱惑。我已經很久沒有跟男人這樣坐在一起了，感覺有些遲鈍，卻又記憶猶新。

一隻肥大的烏鴉不知從哪裡鑽出來，在連排成片的栗子樹上盤旋，驚飛壓彎枝杈的滿樹積雪，粉塵般抖落下來。他倏然起立，把我一把從椅上拽起，我踉蹌一步，抽回了手臂，心想無禮了吧。他卻不由分說拉我朝公園門口走去。那烏鴉「嗖」一聲俯衝下來，翅膀幾乎拍到我的臉。他如臨大敵，揚起手臂惡狠狠把牠轟走了。見狀我依稀記起，烏鴉是中國人的不祥之鳥，難怪一個大男人也要躲厄運似的躲開牠。

再坐下，已是暖融融的法式雅座了。餐廳有個好名字叫「璀璨」，設在巴黎最高的摩天大樓蒙巴納斯頂層。到這裡吃飯用查理的話說有「高瞻遠矚」的氣派，能俯瞰巴黎全景。其實以前跟查理來時我就不喜歡這個地方，我喜歡吃中餐，更喜歡中餐館古樸幽雅的東方情致，只可惜現在能找到留有情趣的所在大多改了日本餐。而此刻，我想我是被這個男人挾持來的。說是提議，實是陷阱也不爲過。他的中國式強悍在盧森堡公園已淋漓盡致地揮灑，哪怕我已公然拒絕他對黃花梨的覬覦。

這個叫林一舟的男人顯然是「璀璨」的常客，跑堂的侍者幾乎個個認識他。他也熟悉菜單上每一道經典，如數家珍。

這又能證明什麼？

他用刀叉完美地切割三分熟的燴汁牛排，手心托著杯底，把殷紅的波爾多捂熱，輕晃，聞一聞，再送到唇邊，一看就是學會了品酒的人。喝著，他竟突兀地說：「土爾扈特太太，有興趣聽聽我的來歷嗎？」

我的未置可否被他想當然曲解。這怨不得他，中國人打探別人的祕密向來有興趣。

居然，林一舟也是溫州人，與我第一任丈夫呂伽來自南方的同一座小城。不同的是林一舟生於斯長於斯，呂伽則生在了巴黎，嫁接了高盧人血脈。這個信息差點讓我尖叫，世界太小了！轉念一想也尋常。不論西方靈異東方宿命其實都潛在了不可知的規律，只不過現代人爲俗世所困，迷惑了穿透眞相的眼睛而已。巴黎有那麼多溫州人，超過法國幾十個城鎮常住人口的總和，同一出處的兩個人在我這裡交匯，宛若街面上兩輛車相撞，概率自然不小。我從未去過那個小城，聽多了，熟稔了，便有了模糊的影像，彷彿前生前世在那裡生活過。溫州依傍甌江，有個美麗的名字叫鹿城，源於白鹿銜花的傳說。很久以前是古老而閉塞的內陸港口，城廓裡只有數得出的幾條小街，幾條小河，雨季裡濕漉漉，富庶而溫潤。居民世世代代在那裡住，相互之間就有了類似血緣派生的相仿。比如林一舟的長輩和呂伽的長輩，說不定就在哪條街哪個院裡碰過頭，接過話，有著說不清道不明的邂逅交往呢。延伸開去，後人發生某種糾葛並不奇怪。

當然，此刻的林一舟不知道呂伽，不知道呂伽在我這個法國女人生活裡扮演了那麼重要的角色。或許他只是期待我因好奇於他的身世而慷慨出售讓他寢食不安的黃花梨木器而已。

他繼續說：「我，單身，曾有婚姻，後離異。我以前在巴黎三區做皮件生意，做得不小。我的業餘喜好則是打獵。野豬、狐狸、可愛的鹿、可憐的野兔還有斑鳩，見什麼打什麼，戰利品掛滿牆壁，家弄成森林，自覺是男人氣概。我也在巴黎買過房，在法蘭西島住過自己的別墅，後來都賣了，因爲迷上了古玩，這幾年更是越做越大。所以，回巴黎沒了窩，這才租住您的公寓。」又接著自嘲：「像我這種活著流浪死了還是流浪的男人不太討常人喜歡是吧？」

不諱言，我也排斥。但我排斥的不是流浪。坐在他對面的法國女人既非警察、移民官，也非某集團職位招聘主考，他用得著檢索自己的履歷嗎？爲禮貌起見，我掩飾嘴角蠕動的譏誚。他似有察覺，停下刀叉，擲出一句欲擒故縱的話來。

「就在昨天，我從倫敦蘇富比競拍了一件元青花瓷罐，一千多萬。」

「英鎊？」

「Non，人民幣。」眾多零去掉一個，仍然稱得上天價。他有理由意氣風發的。

不過，「值嗎？」爲他的錢包。

「不值也要收。雖然，我收藏的主攻方向是畫而不是瓷器。」語氣明顯加重，「元青花是被西方列強掠奪的中國寶貝，理應回到中國人手裡。」他面容閃亮，橫在前額豎在兩頰的皺紋被光亮填平。「但願不是波爾多酒精催發的豪邁。「國家強大，民眾跟著強大，再向洋鬼子示弱就是愧對祖宗。」突然意識到我也是洋鬼子，便有點尷尬，「對不起，無意冒犯您的。」我說我不介意。只是多少有點疑惑，一件古董，眞能承載廣義的民族尊嚴嗎？或許這正是法國人和中國人的區別。恰如法國人喜歡哭窮，中國人熱中炫富。

林一舟則分明不是炫富的姿態。他欲言又止，兩頰刀刮了似的陷下去，喉結突出來。「更重要的原因是……我父親，多年前就死於家傳的古器古物。」他斟酌著，吃不準要不要跟一個外國人討論置他父親於非命的那場革命，最終選擇沉默。

我卻是知道那場革命的。「文革」初始我正在北京，曾親歷過極其慘烈的一幕，鬼魅般的陰影至今橫臥心頭。我相信林一舟不是恣意誇張。因而也隱隱猜到，這個男人為何成了收藏家，為何斥鉅資拍進蘇富比那只青花瓷，又為何糾纏著要把我的黃花梨木器據為己有。

手機響了，聽不懂林一舟嘰哩咕嚕說些什麼，猜到他說的是溫州方言。爾後他推開杯盤站起來，向我欠欠腰：「很抱歉，土爾扈特太太，有生意上的急事處理，不能陪您用甜點了。」

「叫我夏洛蒂。」我為自己的魯莽吃驚。我與他，何時熟到互稱名字的地步了？

白衣黑馬甲的侍者正以一臉不變的職業笑容，遞上甜品選單。

他接過來，「好，夏洛蒂，謝謝您把我當朋友。我必須走了。」又轉遞給我，「祝您好胃口！」緊繃的臉不知何時已鬆弛開來。

「我們會再見面的。」他似乎忘了黃花梨木器的事。但沒忘記買單。

獨自留下來，在「璀璨」慢慢品嘗甜點。下意識中，我對這個名叫林一舟的男人有了探究的興趣。不知緣起於兩任丈夫賦予我的婚姻，還是作祟於與生俱來的中國情結。雖然呂伽、查理都是法中混血，與林一舟有某種程度的相似卻又迥然不同。總之，他像似是而非的謎，牽引著我，把排斥的藩籬一根根拔掉。

# 緣起

林一舟的興奮點其實不在黃花梨，不在古畫，更不在元青花，它們都只是他接近眼前這位名叫夏洛蒂的法國女人的外交籌碼。林一舟的隱祕唯有他自己心知肚明。自打春天的早晨，他開啓了聖・日耳曼短期租賃的那間公寓房門，「緣」這個宿命的字眼就與他不偏不倚撞了個正著。

誰又能想到呢？夏洛蒂這套簡潔大氣，沉鬱蘊藉的三居室，竟是一座琳琅滿目豐盈極致的中國古玩陳列館。縱然擱置於時尚巴黎的氛圍裡，依舊瀰漫著中古直至晚清的東方氣韻與華夏情致，簡直就是跨越時空的一種對視，一場歡宴。若有什麼美中不足，便是滿，所謂留白憾缺。收藏界磕磕碰碰十多年，林一舟可說練就了稱得上毒的眼神，審美靈性一觸即發。明式家具等重器雖未曾涉足，也能掂量出渾然天成的分量。他拉開窗簾，推開百葉窗，在每件器具前踱步走過。他吸氣，吐氣，再吸氣，再吐氣，讓胸腔裡翻騰的驚訝平復，讓感覺層層剝筍清晰起來。那張美輪美奐的獨板翹頭案、大畫桌，那對官帽椅、雕花炕几，還有方角櫥、圓角櫃……大有大的充沛，小有小的飽滿，無一不在悸動，不在言說，生命氣象靈動活潑。彷彿裹挾著幾百年上千年的王朝更迭，風雲際會，甦醒了含蓄的遼闊，久遠的軒昂，讓世俗的躁動變得雲淡風輕，微不足道。

林一舟拉過那張官帽椅，在大畫桌旁坐下來。平生第一次坐明式座椅，腰板挺直了，感覺自己正在變成一截黃花梨木。他不安地扭動屁股，訕笑一聲，掉轉目光朝牆壁上看。

鬼斧神工的另一番景象撲面而來。林一舟的眼珠輪不動了，跟著掛上了牆壁。

那是兩幅堪稱極品的古畫。雖老絹遺墨，卻酣暢鮮活，方寸之間維妙維肖。一幅南北朝劉紹祖的絹本小品〈松鼠得瓜〉，一幅元代書法大家張雨的紙本水墨〈白菜〉。

劉紹祖畫名如雷貫耳，記載於南朝齊謝赫的史上第一部畫論《古畫品錄》，傳世畫作卻幾近空白，從未入過今人眼眸，就連北京、台北兩地故宮博物院也尋不到蛛絲馬跡。倘若題爲神品的這幅〈松鼠得瓜〉是眞跡，大抵便可視作劉氏的存世孤本。

〈松鼠得瓜〉古意斐然，上方悍然蓋有霸氣十足的大清怡親王收藏鑒。畫面上那隻俯臥於藤蔓與瓜果之上的松鼠，正以牠栩栩如生的精靈之態，炯炯有神的人性之光，飛越時空，穿透心之柔弱處，讓人戰慄不已。面對它，不再是面對一張畫和畫裡的小動物，而是由審美感知撩開歷史塵煙再造的一則童話，一首情歌，一段世事，一個經典。它清澈，優美，恬靜，溫馨，充滿飛揚的靈性而又與世無爭。所有的動與靜，都於方寸間娓娓道來，有觸摸得到的肌膚之感。

再有就是元朝張雨的小品寫意〈白菜〉，紙本，墨色，初看甚是平常，形不算端秀，味不盡酣暢。恰如柴門裙釵，挽著竹籃，邁著細步，不驚不乍款款而來。可是若把眼眸停留片刻，你便發現無波無瀾的畫面上其實蘊涵著透徹本眞的俗世之美。都知道，號句曲外史的張雨是元代書畫大家，他的作品通常有大氣勢，即便最普通家常的一棵白菜，寥寥幾筆黑白寫意，腕底遒勁與筆墨氣韻將一如既往力透紙背，流光溢彩。何爲大家？大家便是氣象之豐腴！難怪見多了稀世奇珍的後輩文儒、明代書法家沈度，晚清名臣、洋務派代表人物張之洞都會如獲至寶悉心收藏。

久久盯著看，林一舟覺出眼睛的痠疼，覺出全身的熱。他脫掉外衣，扔到椅背上。還是那張官帽椅。這才發現自己早已離開座椅，一動不動站得兩腿發麻了。

從咖啡機裡打出一杯濃咖啡，小口啜著，走進沙龍對過那間臥室。臥室全然西式，與沙龍截然不同。林一舟辨別不出是菲力浦時期還是路易十六時期的陳設，反正都是精緻奢華。巴黎待久了，林一舟不得不承認這些物件是好看的，但也只是隔靴搔癢的好看，終究有層隔膜擋著。林一舟鬆弛下來。

等等，櫥櫃上面擺的是什麼東西，竟讓他又觸電般跳起來？那可不是菲力浦或路易十六，而是中國物件。一只極品老玉鳳枕。鳳飛鳳舞間，暗藍色明珠銜托而出。午後的臥室鋪滿陽光，明珠不閃不亮，彷彿沉睡的魚眼睛。但是，林一舟確定，這是一顆夜明珠，一旦洞黑的夜降臨，它就會讓整間屋子亮如白晝。

是的，他確定。

林一舟撲過去，抱起玉枕。光滑溫潤的羊脂玉在他懷裡呑吐著沁人心脾的氣息，讓他一陣陣眩暈，冷汗雨似的淋下來，貼身襯衣都濕了。不必細節地描繪了，總之玉是上好的玉，珠是稀罕的珠，珠圓玉潤，巧奪天工。絕非平常百姓所用之物，十有八九是養心殿、儲秀宮雍正皇、乾隆帝或者老佛爺床榻上流出宮的寶貝。然而即便如此，也不是林一舟心動甚或心悸的緣由。他覺得他無疑是撞上鬼了！否則怎會無緣無故又被觸痛二十年來不可告人的心病？

這心病便是，他也擁有與這只鳳枕成雙配對的夜明珠羊脂玉龍枕。

龍枕。鳳枕。「虎皮子」？「秋梨子」？

太不可思議了，巴黎遍地空房子，偏讓他租到這裡住。房裡究竟藏了關於中國的什麼祕密？眞與他有關嗎？法國女房東又是什麼來歷？

半年前的林一舟抱著玉枕，在床沿上坐了半宿也沒想明白。

# 我叫夏洛蒂

你，難道還是那個叫夏洛蒂的法國女人？

當我從蒙巴納斯「璀璨」出來，居然發現一貫的自我認知與腳下吱吱作響的積雪一樣，蹚亂了。不由得想問，林一舟是誰？我又是誰？一個生命途中暮色黃昏的女人，竟像中學生那樣提一類混沌初開的哲學命題，豈不矯情可笑？

或許這正是癥結所在。當年既學了漢語專業，拿了東方哲學碩士，又不做漢學家，不研究哲學，而去發豆芽，賣豆腐，開中餐館；再嫁兩個混血男人，離一次婚，做一回寡婦，兜個大圈原路歸返；再從聖·日耳曼這幢公寓樓坐電梯上到三樓，打開房門，面對一屋子的黃花梨，一屋子的古董……我，難道還是原來那個我？

相比林一舟，我的故事充滿法國式詰問。

綠，是諾曼第小鎮和它周邊的河岸山坡最亮眼的色彩。我就出生在濃郁的綠裡。人說我父親是鎮上最好的木匠，但我至今難以斷定那個好木匠是不是我的親生父親。二戰末期的諾曼第登陸鏖戰中，美國人摧毀德國碉堡的炮火也同時摧毀了小鎮上老木匠替兒子修繕好的一幢木結構老屋，一排臨街的鄰居諸如花店、麵包房、咖啡館、藥店都未能倖免而成了斷垣殘壁。之後，爲法蘭西而戰勝利凱旋的小木匠榮歸故里，與早有婚約的科萊特完婚，婚禮也只能在老屋的廢墟上舉行。科萊特是獸醫布朗先生的女兒，也是全鎮最性感最有魅力的女人。婚禮不得延誤的理由是有了我。那時沒有避孕藥，打胎非但不合法，更爲教堂視爲忤逆。所以我的強行闖入，導致了遠沒有把愛情遊戲玩夠且不想一步邁入婚姻殿堂的母親，無奈之下做了新娘。

理所當然，我的出生也只能在老木匠我祖父坐落在低矮山坡有羊圈也有牛欄的農場式房子裡。據說，房子黑黝黝的，終日飄蕩羊糞牛糞的氣味，美麗的我母親總拽提著她的裙裾捂了鼻子繞著同樣黑黝黝的笨重家具走動。因爲美麗，也因爲年輕，她不甘與醜陋和家常爲伍，就把怨懟一古腦倒給使她陷入如此窘境的女兒，我的尷尬與生俱來。祖母後來告訴我，母親從我出世的第一聲啼哭開始，就不喜歡我。我不是與她性別相異的男孩是理由，不如她漂亮是理由，她金髮狐眼，我則大抵是父親的模式，褐眼黑髮，甚至比父親更黑更濃。但這些其實又都不是理由，歸根結柢是我改道並扼殺了她寄予情愛的浪漫遐想。即使後來搬出祖父祖母家，回到鎮街第二次修葺一新的房子；即使後來她再未生育，我也越長越好看，母親對自己的獨生女兒仍然一如既往的厭惡、鄙視，從未改變。

記憶中，疼愛我的只有父親。諾曼第的冬天霜雨永遠比太陽多，屋裡屋外都是連綿的陰冷。那時沒有現代供暖設備，家家戶戶取暖只靠壁爐，燒柴或者燒炭。父母有偌大的房子，但並不代表同時有了貴族、資產階級家庭所擁有的富庶與講究。除了樓下起居室、沙龍之外，樓上房間都沒有壁爐。於是我的睡房在悠長冬夜比地窖也好不到哪裡去。母親不像別的母親，很少在睡覺之前走進女兒房間道晚安，也從不過問我的冷暖起居，母愛幾乎都由父親替代。我很慶幸有全世界最好的爸爸。每個冬夜入睡前，爸爸都會用燒紅了炭火的長柄暖爐犁地般一點一點熨熱我床上的被褥。暖爐大概是祖母的陪嫁，傳給新婚的我母親，母親不屑，便留在了父親手上。暖爐的形狀與牛奶煮鍋相似，鍋是上好的紅銅，柄是硬木手柄，歷經幾代人撫摸擦拭，亮鋥鋥，稱得上有鑒賞價值的古董了。很小，我就常常裹著祖母縫製的棉睡袍站在睡房一角的洗手池前刷牙，然後從鏡子裡看高大的父親弓了腰細細熨燙我的床。那是冬夜裡最溫馨的時刻，我會忘了刷牙，讓牙膏泡沫糊滿嘴巴，也會莫名其妙紅了眼圈，濕了面頰。待冰涼的床熨熱，父親轉身下樓，從壁爐的炭火中刨出炙烤已久的長條形鵝卵石，套上加厚的毛線襪，捂進被褥給我暖腳。鵝卵石散熱慢，能持久保持恆溫——父親便是這樣營造出一個又一個冬夜，讓他的女兒不再受凍。

母親呢，總是坐在壁爐前的圈椅裡，巧手編織她無數頂禮帽上千姿百態的絲帶、綢結、綴花，連眼梢也不肯瞟我們父女一下。母親的禮帽猶如她飽滿的雙乳飽滿的唇，是她性感的名片。

七歲那年，我在放學路上撿拾了一隻奄奄一息的灰色乳鴿。牠躺在路邊的草叢裡哀鳴，我抱起牠，牠小小的身軀在我手掌裡蠕動，微閉的眼睛瞪著我，向我求助。我想牠是被牠母親遺棄了。我把牠抱回家，哭著對父親說小灰鴿太可憐了。父親撫摸我的頭哄我，「好，讓我們一起救牠。」父親找來一只木箱，鋪上穿舊的絨衣，給小灰鴿做窩，擱在我睡房的窗台上。再給牠餵藥、餵奶，還給牠折斷的爪子抹上藥水纏上紗布條。母親冷眼看一大一小忙碌的灰鴿救護員，眉梢起起落落全是不屑。頭一夜，我幾乎一夜沒睡，穿著睡袍陪窗台上的小灰鴿。第二天一早爸爸走進來，見我睡意朦朧臉色蒼白，心疼地親我冰涼的臉頰說：「我親愛的夏洛蒂，鴿子失眠你也失眠哪？」父親猜得沒錯，那是我平生第一次失眠。後來雛鴿起死回生了，灰羽毛越來越豐滿，窗台上的咕咕聲也越叫越響亮。我給牠取名尼娜。每天放學回來放飛尼娜，天黑再把牠迎回到窗台那個窩。我們親密無間，呢呢喃喃說著別人聽不懂的話。尼娜成了孤獨的我最好的朋友。

然而有天放學回家，我的尼娜不見了。牠成了晚餐桌上我母親的美味。我傷心欲絕，哭也哭不出眼淚。父親對母親拍了桌子。母親矢口否認，說餐桌上不是尼娜，而是市集上出售的任何一隻食鴿。我卻毫不懷疑自己的假設。不是我偏執，她一直像厭惡女兒一樣厭惡我的小灰鴿，不是她還會是誰？我開始生病，自閉，厭食，一上餐桌就嘔吐，直至滴水不進，被SAMU（救護車）送進醫院。但腸胃科與心理科都治不好我的病，我差點死去。幸好父親買了隻名叫尼娜的小兔作爲補償送給我。新尼娜也是銀灰色皮毛，紅眼，豁嘴，可愛極了，慢慢把我從鴿子的噩夢裡拽了出來。

那以後，我對母親有了敵意。母親也因了我的敵意變本加厲地厭惡她女兒，雖然我越長越靚麗，書也越讀越好，是鎮上所有大人眼中可愛的小天使。母親拒絕女兒帶給她的榮耀，從不代表家長去學校參加我的授獎儀式，鄰居當她的面誇讚我，她連謝意也懶得表達。她從不送我禮物，生日或耶誕節都不送，也很少花錢給我買漂亮衣帽，不是缺錢，而是不願意。她自己永遠都打扮得花枝招展，在小鎮唯一的石板街上風情萬種地走來走去，招徠男人灼熱的眼神、女人嫉恨的中傷。我不得不承認，她是鎮街絢麗美好的一道風景，一道紅玫瑰白玫瑰編織的風景，但玫瑰刺已刺傷她女兒的心。

我漸漸長大，長大的過程中隱隱約約聽到一些傳聞。這些傳聞與爺爺奶奶從小灌輸給我的版本不盡相同。傳聞裡母親眞正愛的男人不是我父親。在與母親有過婚約的父親從戰事凱旋又離家清理重建戰後廢墟的那段時日裡，母親疑似與兩個諾曼第登陸後留守的美國大兵有染。而這對美國大兵又偏不是美國佬，一個南美人，另一個亞洲人，都是風流少年，都爲我母親的性感神魂顚倒。據說兩位大兵還爲我母親爭風吃醋拔了槍……

第一次聽到這個傳聞我十三歲。我瘋了似的往鎮後森林裡跑。那天風雨交加，我在林子的泥潭裡摔得渾身泥漿，鼻青臉腫。我的頭腦也在雷電下炸響，一個我與生俱來的騙局被炸得粉碎。我嚎啕大哭，哭一個女孩被矇騙的身世，哭眞相終於在十三歲找到。我竟然不是父親的女兒，父親對我那麼好卻不是我的父親，我居然是該死的美國大兵的孽種，南美人？亞洲人？不要！不是！我尖叫著，用頭狠狠撞擊雨中大樹，欲把自己撞死，樹冠上的積水傾盆而下。那日，也是父親在林子裡找了半夜找到我，把我背回家。我昏迷不醒，卻依然感受到父親肩膀上的溫熱。

父親後來告訴我，這些傳聞不是事實，父親也絕不相信母親對他的背叛。父親叮囑我千萬打消這個荒誕無稽的念頭，他說：「母親縱然有千般錯，你也不要怨她，因爲這世上，只有她是你獨一無二的母親。」

我承認父親的話是眞理。我也願意相信父親對母親的袒護之詞。但疑惑無法消除，母女間的溝壑我也跨不過去。即便很多年後的今天，我依然會爲自己的身世困擾。我常常覺得自己不像法國人。比如法國人深邃、優雅、心靈至上的品質乃至對美超凡的感知能力，法國人自私、倨傲、自以爲是等爲人詬病的灰色秉性，還有法國人相反於德意志民族嚴謹勤勉的懶散和享樂主義在我身上似乎都不突出。法國人喜歡夏日裡脫光了躺在海灘曬太陽，或者整個下午坐在咖啡館的敞篷下喝咖啡看街景，挑逗路人，我卻不行，我受不了這種無所事事的閒散和無聊。我害怕空虛，沒有目標我連路都不會走，情趣在我只是點綴而非生活本身。我與法國人相去甚遠。承認這樣的結論是痛苦的，但我無法口是心非。爲了保護自己免受傷害，我唯一的念頭就是逃走，逃得遠遠的。

高中畢業會考，我考出了好成績，完全有優勢躋身排名前十所名校。塡志願時，卻突然迷失方向，不知該把自己遣派何處。猶豫徬徨之際，我作了一個奇怪的夢，夢到大海中有條船，桅杆拉著風帆，船上坐著孤零零的我。波濤洶湧而來，翻捲著孤獨的船，眼見就是滅頂之災。驟然間天際紅了一片，海浪停止呼嘯，渾身濕透的我竟然坐在敞開的船艙裡紋絲不動，而對面座上多出了兩個衣裝飄逸誇張，戴斗笠與羅宋帽的東方男人，臉面模糊，卻形似日後在聖．日耳曼雙偶咖啡館裡看到的雙偶。我驚慌失措，顫聲問他們是誰？兩個男人只笑不應聲，露出兩排參差不齊的黃牙。我中了魔症，白癡般瞪著他們回不過神。他們又笑，笑出了聲，並朝海的東面做出船長那樣的指令，我眼前豁然開朗，頓見海市蜃樓。於是我也跟著笑，從枕上彈跳起來……

更重要的是，就在這一年，一九六四，戴高樂將軍手腕裡的法蘭西在歐美國家中首當其衝與中國建立外交關係。遙遠的距離縮短了，模糊的影像清晰了，偏見與傲慢開始消融，一切撲朔迷離與深不可測都有了解讀的可能性。雖然對政局稀裡糊塗，很懵懂，但兩國巨人結束冷戰握手言歡，還是讓身爲外鄉女孩的我領悟到世事變化的端倪。中國人常說心有靈犀一點通，那兩個在我夢中端坐船艙的雙偶，居然在眞實世界向我頻頻走來。

於是，我塡下入學志願，並被巴黎東方語言文化學院漢語系錄取。可想而知，沒人理解我的選擇，包括深愛我的父親。但我寧願相信來自靈異世界的提示。祖母在我很小的時候就告訴我，沒人能主宰自己，唯有上帝。

## 少年夢魘

正是那只玉枕，讓林一舟與夏洛蒂的第一次會面變得躲躲閃閃，生怕觸動了不該觸動的。倒是自己的童年，記憶中不堪回首的片段，在告別夏洛蒂之後，被絲絲縷縷撕扯出來。

林一舟的祖父當年是開鞋帽莊的，號稱溫州鞋王，開了很多家，遍布溫州及周邊多個城鎭。家有連排屋基的大宅子，門面朝街開，後院跨出三條巷子。鄉下還有跟鞋帽莊一樣多的田地，脫了鞋赤腳走田埂，半天也走不到頭。所以不管城西城東還是城南城北，提起大戶林家老闆，沒人不知道也沒人不歆羨的。到了伯父父親這一輩，解放了，新中國成立，自然逃不脫戴了惡霸地主資本家的帽子。伯父是長子，繼承的資產多，沒讓他辯白一句就被鞋帽莊的夥計夥同鄉下佃農綁到城外荒郊一槍崩了。父親在杭州讀書時傾向左翼，據說還爲浙南游擊隊做過外圍工作，罪行相對減去一些，加上母親機靈能幹，人緣好，偷偷給佃農夥計的頭塞了金元寶，才僥倖過關，在公私合營後的自家老店給店長打下手。大宅子也四分五裂，陸續搬進十幾戶解放了的勞苦人家，擠擠挨挨搭出幾間簡易棚做廚房。原先栽了一院子的柚子樹還有那些花花草草爬牆虎由於占地礙事都被砍的砍，拔的拔，池裡的魚荷花缸裡的睡蓮也難逃厄運。只剩下前院後院兩眼井，淺井枯了，深井的水也慢慢渾濁。大伯的孤寡母女和新婚不久的父親母親也被趕到後院原先傭人的幾間矮屋裡住。殘門頹壁，卻連長歎短噓也捂著嘴。

林一舟是在這場大變遷以後出生的。母親懷了幾次都沒修成正果，終於有了他已是一九五四年初夏。院裡剩而不滅殘留的一株茉莉，倚了牆頭歪歪扭扭地開花，送來陣陣馨香。父親知道母親喜歡花草，拿只碗盞採了幾朵回來，兌點水，讓花兒漂在上面，擱在母親床邊。母親朝父親點頭，父親笑笑，嬰兒的哭聲裡便生出會意的歡喜。

那時擠得轉不過身的屋裡還算安寧，窗槅糊了細白的紙，門開出咿呀聲響，侷促是侷促了點，心裡卻有空間。父親清早出門上班，戴兩只乾乾淨淨的藍袖套，一副馴服羔羊的樣子，低眉順眼側著身子與鄰居擦肩而過。下班回家才能直起腰做一回自己，輕言細語把母親從廚房擁出，撐開小桌吃飯，偶爾也飲兩口酒。母親的菜總是精緻，一把青菜蘿蔔、幾條鹹魚也能做出滿屋飄香。兒時的林一舟常常從母親懷裡猴子似的攀緣到父親背上，咯咯笑。

父親有兩件寶貝，在雜物橫陳的陋室裡顯得非同尋常。窗下一張黃花梨木書案，雖沉鬱老舊，卻有溫潤的光澤從裡往外滲透，用手去摸就能摸出古代的感覺。書案正中則擺放著一只包裹著朱紅織錦的青綠色玉枕。玉枕小巧玲瓏，卻有沉甸甸的分量，讓兒時的林一舟挪動它都要費一番周折。可他偏喜歡與之廝磨，因爲青玉枕上的麒麟雕刻讓他覺得煞是好看。母親見兒子喜歡，就在天熱的季節搭上一片涼席讓他枕著睡覺。父親則每每手指豎到唇邊輕「噓」，示意他保守祕密。於是林一舟枕著玉枕聽蟬鳴，一天一天數著從淺夏到深秋的日子，並在夢裡編織有關麒麟的想像。父親後來告訴他，這只玉枕連同那張書案，都來自林家祖上，是祖父的祖父留下的寶貝，有著不尋常的來歷。父親還說，好端端一個富庶之家，逃過劫難留下來的東西只剩了這二件，有幸活著的林家男人，包括乳臭未乾的小孩兒，都要用一個家分崩離析的隱痛供奉它們。所以，從林一舟記事起，父親每晚必做的功課就是洗淨了手，一寸寸捋摸這兩件傳家之寶。父親對它們的癡迷超過了老婆兒子。

連被人形容爲心寬划得千年船的母親，也會忍不住吃這兩件寶貝的飛醋。母親是小家碧玉，雖聰慧美麗，又讀過幾年私塾，嫁到大門大戶的林家還是有些高攀的，原指望到了深宅大院憑本事活出一份女人節節上升的精采。沒想到世事說變就變，深宅大院轟然倒塌，林家的男人一個斃了，一個躲進朝不保夕的境地。她於是被推到風口浪尖。幸好有她，以女人纖巧凌厲的處世方略，保住丈夫保住了家，儘管此人已非彼人，此家已非彼家。走出來的母親便也返不回去，到五馬街百貨公司當了收銀員。

兒時林一舟跟阿爸去過百貨公司，看見阿媽坐在高台上，頭上網似的布滿來自四面八方的細鐵絲，許多夾子夾了櫃檯的購貨單與鈔票滑翔過來。東是鞋帽綢布櫃，西是鍋碗瓢盆搪瓷玻璃製品櫃，南是鐘表半導體腳踏車櫃，北是毛巾香皀百雀靈梳子髮夾類商品櫃，還有三不靠四不攏的單櫃，賣些大宗櫃檯剔出來的零星貨類，比如學習用品針線紐扣，等等。母親取下夾子，收錢，在單據上蓋章，再把零票找頭連同收付兩清的單據夾到鐵絲上原路滑翔回去。林一舟覺得母親揚頭揮臂的姿態好看極了，像趕一群鳥在天空飛來飛去。

當然母親吃醋並不當眞，不過是借機跟父親撒個嬌逗個趣，製造點小情趣。生活困頓而蒼白，愛情的外延又那麼小，母親這樣的女人實在不甘心被寂寞埋沒。

孩子的妒忌卻眞槍實彈。林一舟無論如何也想不通他這個獨生兒子居然抵不過父親對老古董的喜愛。五歲那年他不小心撞了黃花梨木書案，前額磕破，血滴滴答答流了一地。父親過來，不顧兒子，反倒一遍遍撫弄該死的案角，那心疼勁好像是兒子的腦袋磕壞了書案，被母親好一頓搶白。林一舟哇哇大哭，痛是其次，委屈才是眼淚的眞正來由。

父親哄不好兒子，頭鑽進床下，拖出一個紙箱，窸窸窣窣拆開，拿出箱裡的東西伸展開來。鋼圈鍍了鉻，烏光鋥亮的，是一個玩具折疊腳踏車。父親告訴兒子，這是早年他爺爺讓華僑客從英國帶回來的。

「送你了！」父親說。

林一舟破涕爲笑。剛要騎上去，父親一手按住他，「噓，不許騎到外面去！」他巴不得騎到同院小孩中炫耀一番，出出總被欺負的惡氣。「爲什麼不？」父親低下頭，「這是洋貨，風頭霉頭兩隔壁，要闖禍的。」五歲小孩哪裡懂得父母親的處境，不情願，卻也不敢造次。

開心的是他也跟父親一樣有了自己的寶貝。雖見不得人，炫耀也只能關屋裡炫耀，喜歡也是獨自喜歡。家本來就小，擠了一大一小兩張床，還有桌椅板凳，還有爸爸的寶貝，再加上他的腳踏車，連踏腳的地都沒有了。他頂多只能騎曲曲彎彎的羊腸小徑，繞過無數障礙，很辛苦，不是碰了就是撞了，虛榮心卻很滿足。

這英國造院裡院外誰有?!

就這樣磕磕碰碰上到小學四年級，厄運接踵而來。較之這場橫禍，以前屋簷下低頭的灰暗眞算不了什麼。那個下午紅旗招展，鑼鼓喧天，林一舟從城南小學偏門出來，穿過花柳塘回家。老師剛在課堂裡宣布，學校從明天起關門，停課鬧革命。林一舟不懂鬧革命與他們這些孩子有什麼關係，只是有些傷心，學校關門，他便沒地方去了。同學和鄰居小孩從革命開始就不跟他玩了，家又小得像蛐蛐籠，關進他，就是籠裡關進了蛐蛐兒。蛐蛐還能聲嘶力竭叫兩聲，他可連蛐蛐的動靜都弄不出來。關家裡的孤獨他害怕，走出門的熱鬧他也害怕。清靜的花柳塘鬧哄哄的，牆上貼滿橫七豎八的標語大字報，黑叉紅叉齜牙咧嘴。有穿綠軍裝戴紅袖章的哥哥姊姊舉著紅纓槍押了幾個老頭老太，掛著黑牌戴著高帽，踉踉蹌蹌走來，走不動就推倒在地，棒打鞭抽。林一舟不敢看，用手掌蒙住眼睛，在指縫後窺視，心怦怦直跳。他想這就是老師說的革命吧，一點都不好玩！

還沒走到家，就聽大院裡嗡嗡營營，夾雜了父親的哀叫。林一舟衝進去，發現院裡圍了很多人，幾個紅衛兵堵住門，正在砸他家的東西。黃花梨書案斷腿散架，他的腳踏車也沒逃過劫難，鋼圈踩扁了，一只輪子飛到床上，另一只被誰扔出去，砸爛了梳妝檯。父親躲避著鐵棍木棒，抱住最後的青玉枕，在地上滾來滾去，試圖用身體護衛他的寶貝。可是他這個終日戴副藍袖套連螞蟻也不敢踩死的謹小慎微的好好先生，自己的命都在別人手裡攥著，如何抵擋革命小將們亂棒起舞。終究逃不過避不及，青玉枕在亂棒下炸飛，發出沉悶碎響，玉片散了一地，又被蜷縮一團的父親捲進早已皮開肉綻的身體。血流出來，把母親刷得雪白的地板洇紅了——母親那天上晚班，尚未回家，鄰居各自躲在門後，湮沒無聲。

林一舟瘋也似的撞進門，朝那幾個舞棍棒的小將撲過去。用頭頂，用腳踢，用牙咬，要替父親解圍。可他實在太弱小，被一根繩子捆成了粽子。

父親緩過氣，摸到滿身玉片，又見兒子嘴裡塞了布團，眼睛紅得滲血，仰天長嘯：「老天，林家造了什麼孽，你要這麼對我們?!」憤而質問：「你們這群學生娃，喝了狼奶不成，竟比強盜土匪還要狠！」他吐幾個字，嚥一口氣，涕淚滂沱。

等母親下班，看到捆成粽子的兒子時，父親已被紅衛兵綁走。一張稀薄的紙飄在狼藉一地的碎片上，羅列著父親的罪行：謾罵革命小將，挑釁文化大革命。

母親不相信一貫小心翼翼的丈夫會被謾罵與挑釁的罪責綁走。她怎麼從未發現自己柔弱的男人也有陽剛如大丈夫的時候？她想證實他怒髮衝冠的樣子，她要對他說，她更喜歡他這個樣子。一連幾天，母親四處尋找，幾乎把溫州城裡關人的所有「牛棚」都找遍了。那時，造反司令部不管叫「工總司」、「紅總司」，都有緊急關人的囚牢，破敗的舊平房，廢棄的舊倉庫，臨時搭建的簡易窩棚，統稱「牛棚」，意爲牛鬼蛇神囚禁之所。可是母親披頭散髮走瘸了腿也沒尋到父親。黑夜來臨，母親閉了燈呆坐屋裡，林一舟看不清母親的臉，只聽見她的喘息聲越來越急。後半夜母親發了高燒，摟著兒子一直抖到天亮。林一舟哭著讓母親去醫院，母親搖頭，掙扎起半個身子，把兒子往外推，讓他接著去找父親。

林一舟當時不滿十二歲，思路與大人不一樣，他直接去了郊區的陀頭寺，那裡有所勤儉農中。他記得來抄家的紅衛兵中，有張臉似乎在勤儉農中見過。

那時他養蠶，城裡摘沒了桑葉，一竹匾的蠶餓得四處亂竄，他便與同學一起去陀頭寺勤儉農中摘桑葉。操場邊有棵大桑樹，滿樹桑葉茂密如冠。他爬上去採摘，同學負責在樹下撿拾，滿滿裝了兩只背簍。這時操場另一頭走來一個比他們大的男孩，學校正當暑期，大約是農中留守的學生。中學生逮住兩個小學生，不肯放手，說學校的桑樹不准校外的人採摘。林一舟說要不是蠶快餓死了，也不會從城裡跑這兒採桑葉，腳都走起泡了，求你饒了我們。中學生說既然採了，桑葉也不可能回到樹上去，罰款吧。林一舟捂著褲兜說沒錢。中學生說沒錢你捂褲兜做啥？上來拍掉他的手搜身，果然搜到一毛錢，同學兜裡也搜到五分錢。中學生把角票硬幣塞進衣兜，衝他倆一笑，走吧，寬大處理了！他笑起來眼睛有點斜，像電影裡的日本翻譯官。林一舟見中學生揚長而去，腸子都悔青了。這一毛錢可是他的全部身家，早知會被人擄掠了去，還不如自己買冰棍吃，租小人書看。

如果沒看走眼，來抄家並綁走父親的紅衛兵中，就有這個斜眼學生。

一年後的勤儉農中同樣硝煙瀰漫，紅標語黑大字報滿天飛，教室是空的，學生不上課，都跑去造反了。林一舟每間辦公室挨個兒找，沒找著他要找的人，又不知姓名，就繞到辦公樓後面的菜園子去找。菜園很大，種了各種各樣的瓜菜，以前是學生的實驗田。菜園盡頭有排低矮的泥房，估計是牛欄羊圈豬窩什麼的，有熏人的臭味散發出來。土房的牆基是石塊壘的，牆面粗糲地糊了泥，灰塌塌地脫落下來。門是後來用舊木頭改裝上去的。沒有窗，只有洞，小小的，像槍眼。林一舟發現這排泥房時胸口一陣亂跳，撒腿飛奔過去。每一間泥房的門都鎖著，裡面死寂。他被預感裹挾著，急切地要推開每一扇門。可是他做不到，黑洞洞的槍眼更是夠也夠不到。那一刻，他多想變成爬牆的一隻螞蟻。

到底想出了辦法。少年林一舟爲自己的鬼機靈慶幸。他爬上土牆後面的樹，再拽著樹幹將自己降落到房頂，然後匍匐瓦上，把大半個身子探出去。幸好泥房低矮，從上而下勉強搆著槍眼般的窗洞。他在房頂滾來滾去，查遍了每一個槍眼。終於，在最後的窗洞裡窺見了熟悉的背影。那個背影坐在泥房裡的鋼絲床上，兩眼空茫地落到牆角，那裡正有一隻什麼蟲子在蠕動。房裡很黑，只有槍眼鑽進一縷細窄的光，顫動著，把背影切割成兩半。林一舟倒置的臉一旦貼上槍眼，光就被堵住，屋裡暗成了黑夜。不過這時的林一舟不用眼看用心感覺就是了，他與父親，怎麼可能沒有通感？幾天不見，父親黑油油的頭髮全然變灰，像被煙火熏了一般。叫了兩聲爸爸，背影依舊不動，林一舟忍不住哭起來。又怕被人發現，就用拳頭捂著嘴，就這麼從房頂倒吊下來。直到再也攀不住瓦棱，差點從房頂摔到地上。

林一舟是滿頭大汗跑回家的。他想早點把好消息告訴母親。十幾里的路，他跑了兩個多小時，上氣不接下氣。公車停開了，就算不停開，他也沒錢買票。

母親聽說兒子找到了父親，抱住他又哭又笑，病也倏忽間好了。起身洗臉刷牙，做飯吃飯，然後告訴他晚上一起去營救父親。母親的計畫正中兒子下懷，林一舟摩拳擦掌，英雄氣盛。

等天黑，母子相伴出了門。林一舟扛了只帆布袋，裡面有爬牆的繩索，撬門的螺絲刀，還有錘子、剪子、鋸刀、手電筒、防雨氈，家裡所有的工具都搜刮出來了。母親從同事家借了輛平板三輪，說是去拉煤。出了巷，出了街，朝陀頭寺直奔而去。林一舟坐在車斗裡，看母親的衣後襟在風裡鼓蕩，煞是颯爽英姿，心裡很崇拜。

到了陀頭寺，天已漆黑，一個沒有星月的夜晚。勤儉農中的大門在黑暗中緊閉。林一舟從牆頭翻進去，拉開門栓，把樹叢裡藏好了三輪車的母親放進來，然後一溜小跑，直奔那排泥房。

沒有星月的黑暗，先把靜夜渲染到極致，蟄伏菜園子的草蟲，又把無邊的寂靜打破，唱響另一界面的喧鬧。這個夜晚是那麼奇異，使少年林一舟觸摸到前所未有的生命密碼。

當步步逼近那間死也不會記錯的泥房，林一舟的心快要從胸膛裡跳出，一股氣流從腳底竄上來，掐住咽喉，頂住腦門，呼吸、意識停滯，連活著的感覺都沒了。母親攥緊他的手，指甲掐進肉裡，整個身體都搖晃起來。

還好，沒有看守的人。都是年輕學生，或許熬不住睏，躲起來偷睡去了。

門上依舊一把鎖，與下午看到的沒有兩樣。林一舟趴到門上想喊爸爸，母親「噓」一聲，巴掌蒙住他的嘴，怕驚動其他泥房裡的人。兩雙眼睛賊似的四下裡梭巡，母親從帆布袋裡掏出工具，開始撬門，林一舟用手電筒照著，屏息靜氣。

鎖是舊鎖，撬起來並不十分費勁。「咔嚓」一聲，門撬開了。林一舟搶先一步，母親緊隨其後躡手躡腳，如夜貓入室。林一舟聽見母親的呼吸急促起來，像有一口痰卡在氣管裡。床上亂著，伸手去摸，卻是空的。一驚，手電筒摔到地上，趕緊撿起，往床上一通亂照。

沒有！下午明明坐在床沿的那個背影不見了。

母親一下子垮了，一屁股蹾到地上，黑暗裡問兒子：「是這間屋嗎？你敢肯定沒記錯？」

林一舟沮喪極了，差點哭出聲來。「不會錯的，我發誓！」他返到屋外，用手電筒照門，照出門上那塊淤泥。那是他下午的傑作。菜園裡挖來泥，蘸了水，使勁擲到門上。找不到粉筆，他就用泥替代，在父親的房門上留下記號。泥在，記號在，父親卻不知去了什麼地方？

手電筒熄滅，四周漆黑一團。世界死了。林一舟與母親木雕泥塑般佇立在父親空蕩蕩的囚牢裡，再也找不到心裡的路。不死的蛙聲蟲鳴中，有螢火蟲的螢光一閃一閃。

第二天清晨，林一舟第三次來到那排泥房前。他看到有穿警服的人從另兩間泥房帶走了一女一男，都銬了手銬，上了警車。等圍觀的人退了，他再次爬到房頂，像昨天下午那樣把每個房間都窺探一遍。他不得不證實劫獄的失敗，父親的確消失了。

半月後，一紙寥寥幾字的判決書送到家裡，父親已被判了無期，送去勞改。罪名模糊，服刑地點不詳，性質卻是板上釘釘：歷史、現行雙料反革命。

母親吐了血，大病一場，幾乎送了命。等到緩回來，頭髮白掉大半，比父親當時的灰髮更徹底。

B

# 初吻聖・日耳曼

我居住在一幢十九世紀初的公寓三樓，有漆成黑色的老式電梯咣噹咣噹上下。這幢樓，矗立於聖・日耳曼大道的街角，離蒙巴納斯只有兩站路。如果不是鋪了一地凍雪，沿著聖・日耳曼街區逛逛應該是件非常愜意的事。聖・日耳曼作為巴黎左岸心臟，是左翼文人騷客的聖地，遍布了眾多咖啡館、書店與電影院，與比比皆是的文化名人也有難分難解的親密關係。比如花神、雙偶、波拿巴咖啡館，比如梔樓書店，比如與街區同名的電影院，無處沒有沙特、西蒙・波娃、海明威、卡繆、畢卡索、莒哈絲等等遠去的背影以及他們繚繞的菸頭、咖啡的餘香。也正是因了這等作家學者電影人的聲名氣韻與咖啡館書店那些老掉牙的故事，才使這裡演變為巴黎獨一無二的經典文化街區。而當年的我，木匠的女兒夏洛蒂，也是滿腦子幻想從諾曼第小鎮投奔這裡來的。

不過今天的聖・日耳曼早已今非昔比，面目全非。全球化的金錢之上恰如當年納粹的鐵蹄侵蝕著這裡的人文街景與充塞於街景縫隙裡的細枝末節，讓這裡沒了靈魂少了氣韻，獨特也就成了歷史情境。多年不變的倒是桅樓書店桅樓報亭前那個叫讓·馬克的流浪漢，一張摺疊椅，滿臉落腮鬍，用語言學家也難以挑剔的貴族語言乞討。最近，他竟然作爲「另一種聲音」的競選代表，將競選聖·日耳曼所在的巴黎六區區政府，據說支持者還不少。或許唯有他與有關他的這些政治軼聞，殘留了點左翼聖·日耳曼的精髓。

多繞幾步走到桅樓報亭，讓·馬克果然風雪無阻坐在一側。我在報亭買了份《世界報》，與他閒聊兩句，塞給他幾枚硬幣，轉身回家。與呂伽一起我看左翼《自由報》；與查理我看右翼《費加洛報》；現在誰都不在了，我看中間立場的《世界報》。我的政治傾向也在變。

電梯咣噹咣噹下來，從裡面走出兩個男人，一個查理，一個呂伽，都穿了單薄的西裝，繫著領帶，面無表情向我走過來。我疾步上前，欲要抓住他們的手，他倆看也不看我，甩手而去。正要掉頭去追，一陣風颼來，公寓大門重重關閉。我木樁般豎在那裡，被大理石地面的圖案團團圍住，逃不出去。

電梯重又咣噹咣噹上去，樓上有人摁鈕。我仰頭望著電梯掛在半空不動，心裡罵林一舟，是他，掀開記憶的蓋，把我的男人從過去的世界裡重新拽出來。

……初見查理是在課堂上。其時我正在巴黎東方語言文化學院漢語系上第一年課程。晃眼間，已是四十多年前的事。猶如暗室裡吊在鐵絲上的舊照片，畫面泛黃，影像褪色。

那天早晨下大雨，教授的車堵在來學校的路上，同學們等不來教授授課，就自行放了鴿子，七嘴八舌說些校內校外的趣聞來聽。不知什麼時候，門被撞開了，大家以爲教授到了，趕緊落座。沒料想門外站著的不是教授，而是一個體形頎長卻身板魁梧，穿著黑西服打把黑傘的男人，看起來比同學大一輪，比教授又小一輪。他來做什麼？男人收了傘，腰背筆直地走進來，立在教台前，頭髮上、臉上掛了幾滴水珠子。不是誇張，教台上驟然亮起一盞燈，所有女同學的眼睛都直了。並不是他有多麼瀟灑多麼酷，不是的，他只是很獨特，與眾不同。這就是中西文化的迥異之處。中國人欣賞讚美一個人會說他人很好或者人很優秀；法國人則說，他很獨特，他與眾不同。

他說：「教授堵車過不來，在咖啡館給我打電話，讓我替他給你們上中國歷史課。」

「Non，Non Non！你是誰？」男生們起鬨。女生的癡迷讓他們嫉妒。

他不動聲色。「我是教授的博士生，名叫查理。我是中國人。」猶豫一下，又追加了兩個字：「半個。」

他爲什麼一上來就表明他的種族？爲什麼說這句話時傷感會在他臉上蒙上一層霧？他可以不說的。中國在那會兒並不討法蘭西喜歡。他很在意或者依戀即便對學漢語的法國人也十分遙遠的那個國度嗎？褐髮，濃眉，眼眸湛藍，眉宇嘴角顯而易見的高貴、憂鬱。如果細看，能從他深邃的眼窩高挺的鼻梁做出兩類人種混搭的結論。不確定因素則是頭髮太密，眼睛太藍，感覺彼此雜糅的基因錯位了幾個點。至少不是標準的中法混血。一張臉也過於含蓄內斂，不該有的有了超出這般年紀的蒼涼。然而正是這種高貴與憂鬱，成了他量身定做的性感。緊身西服把他的身段拉拽得高拔頎長，讓他面對我們時有種居高臨下的傲視。總之，班裡所有女生都被這個男人所征服。

接著他給我們講中國歷史。他很少板書，只口述故事。他說他沒當過教師而且以後也不會去當，所以很抱歉。但他的中國歷史比教授講得不枯燥，原汁原味，少了隔靴搔癢的隔膜，課堂於是越來越安靜，連那幾個起鬨的男生也噤了聲。可是我，已聽不清他講的每句話，所有感官都因他閃動的眼睛鼓動的喉結而燥熱。

初戀悄然而至。

再見到他是三週之後。找不到他的前三週，我像一個無魂的夢遊者，整天在學校各個角落遊蕩，上課成了幌子。終於要考試，我慌了神，這才心急火燎去圖書館找資料，偏偏在門口與他撞上了。他剛說聲對不起，旋即認出我。「如果我沒記錯，你是夏洛蒂。」天！五、六個女生睜大眼睛瞪著他的一堂課，他居然記得我。我努力忍著，眼淚還是奪眶而出，三個星期的失望委屈接踵而來。我舉拳就去捶他，一邊捶，一邊哭，「你憑什麼人間蒸發？憑什麼？」他沒躲，先是一愣，很快變了神色。青春少女的示愛，沒有哪個男人不懂。但像我這樣，就一堂課，一個照面，也未免太閃電太直接了。他逮住我砸到他身上的兩隻拳頭，捂進懷，輕輕撫摸，並用猶疑的目光看著我，沉默不語。他對我突如其來的發作猝不及防。

爆發卻讓我的積鬱一掃而光。陽光照亮了我的心。當該死的淚痕還掛在兩頰，我已促狹地笑了。查理還是那身一絲不苟的細格襯衫黑色西裝，他難道沒覺出混在一幫教授學生中這身打扮有多麼彆扭多麼不合時宜？他看穿我的質疑，聳聳肩，意思是說，那又怎樣？我享受著歡愉，把自己握拳的兩隻手從他懷裡找回來。

查理摟住我的肩，「上午沒課？」我在他挺拔的身軀旁像隻弱小無依的灰兔子。我捋一把令我母親厭惡的棕黑色短髮，絲毫不敢走漏明天考試的口風。我現在唯一的願望就是與他約會。什麼預習功課查資料，見鬼去吧！

查理笑了。隱藏起貴族式的悵惘。

我們去了校門外的咖啡館。

時候尚早，平日熙熙攘攘的咖啡館空空蕩蕩，沒人也沒音樂。我們坐下，侍者慢吞吞走過來，睡意惺忪的倦怠。通宵營業的咖啡館正處於半休克中。查理要了一杯威士忌，我本來想要咖啡的，也換成了威士忌。這玩意兒不屬於學生飲品，太貴，酒精度太高。我也是第一次喝它，咂一口在嘴裡，舌尖起了火，一路燒到喉管，差點沒嗆出眼淚。暗中瞟了瞟查理，卻是一副生來就喝這玩意兒的派頭。他拿出皮夾付費，皮夾裡掉出一張照片，我撿起來看，是他像我這般年紀時的照片，馬甲皮靴馬褲，長刀佩腰，英氣勃勃的蒙古驃騎手。唯獨沒有馬。背景既不是草原也不是蒙古包，而是一堵磚牆兩根廊柱的四合院拐角，牆邊一棵老樹。照片裡的他除了年輕與眼前坐我面前的人沒什麼兩樣，眼神裡同是若隱若現的憂傷。我如獲至寶，試圖從照片窺視他的從前。查理並不介意，輕描淡寫地說：「如果你好奇，我可以告訴你，那是北京乾麵胡同我外祖母的四合院，我在那裡一直住到離開中國。」

「離開，便意味著你把自己失落了，是嗎？」

他瞪著我，神色驟變。

我也開始有些明白，自己爲什麼如此迷戀這個只有一面之謀的男人。於是我倆誰也不說話了，心照不宣地聆聽四周的靜默。

靜默眞好。心照不宣眞好。

查理輕晃杯子，讓冰塊在威士忌的晶黃裡碰撞。許久才說：「我任職外交部，到東方大學只是兼修學位，所以不常來。」他揣測到我一直在找他，歉意地給出理由。

「你的漢語比教授都不差，豈不浪費光陰？」明明爲他抱屈，話一出口卻是不中聽的譏誚，「不是就爲拿頂博士帽吧？」正處於青春期的我，荷爾蒙分泌旺盛，最不喜歡循規蹈矩，怎麼違逆怎麼來。

「爲什麼不？」他啓齒一笑，露出不甚整潔的兩排牙，那是與菸酒做伴的牙。「博士學位不好嗎？」他收斂了笑容的俏皮瞞不了我，理由顯而易見，但肯定不是博士學位。他又一笑，試圖笑出些輕鬆，憂傷的氤氳反而更濃重。他說：「我二十多歲離開北京，我總想回頭撿拾我的童年，卻再也走不進去。」

從咖啡館出來，在停車場上了他的車。查理的車是笨重的老賓士，黑黝黝的，閃著暗光。那個年代，沒有平民家庭開得起這麼昂貴的車，哪怕它已舊得老掉牙。我在駕駛座旁的皮椅上不安地扭動，我問自己，一個外省來的女孩子，你是不是搭錯了車？我的心緒忐忑好奇又舉棋不定，很複雜。

先是到拉丁區。就倚靠在聖米歇爾廣場的噴泉旁，時不時有噴泉的水隨風飄到身上，又被陽光蒸發。聖米歇爾是各路學生的大本營，廣場周邊所有咖啡館的敞座都坐滿形形色色的人，高談闊論。有個頭髮凌亂的女人在唱皮雅芙的歌〈我的士兵〉，還有〈愛的聖歌〉，嗓音嘶啞，卻情眞意切。坐在各角落喜歡皮雅芙的「粉絲」都紅了眼圈。皮雅芙剛剛逝去，人們不止爲她的歌哭，也爲她作爲獨特的女歌星哭。查理也用他的白手絹頻頻拭淚。後來我才知道，他的淚是爲皮雅芙歌裡的士兵而流。同樣也是後來才知道，查理從中國逃出來，跨海去了越南，曾是印度支那越戰中法國軍隊的一名文職。

陽光懸在頭頂了，身上滋滋冒汗。我靜靜等著身邊這個男人從皮雅芙的歌裡把靈魂擺渡回來。等了很久沒等到，開始不耐煩，我給查理一肘，求饒道：「我餓了，肚子抗議千百回了，你能讓皮雅芙饒了我嗎？」

查理被我撞醒，「噢，對不起，」他梭巡四周，「走，找餐廳午餐！」

「不，留在這兒吧，三明治是我的午餐首選。」餐廳不是窮學生吃得起的地方，除非節假日。

查理倒是不端架子，買來兩條超大三明治和兩瓶水，我們一人一條大口吞嚥。就斜倚在噴泉旁的石欄上。頭髮凌亂的女人還在唱，皮雅芙的歌成了我們的聽覺甜點。配了甜點的三明治眞是美味，時隔四十年想起仍然滿口生津。

後來老賓士載我們到了聖·日耳曼大教堂前。那時我對聖·日耳曼很生疏，什麼「花神」、「雙偶」、

「波拿巴」，全都知其名而不曾造訪過。查理牽著我的手，推開一扇扇門，輪番進去坐。他喝威士忌或者伏特加，我喝咖啡或者茉莉花茶。他也開始一支接一支抽菸。煙霧瀰漫中，我試圖從他眼裡讀到他的歷史。查理一直不停地講，不講他自己，只講關於聖·日耳曼的典故與趣聞。這些典故與趣聞給了我一條捷徑，讓我很快觸摸到左岸文化也就是巴黎精神的脈動。我感激他。當走進雙偶咖啡館，奇遇不期而至，紅極一時的沙特剛從門裡出來，交臂而過。鏡片後死魚般鼓起的眼睛，絡髮稀疏的前額，故作玄虛的神態，都與他書頁裡海報上的照片沒什麼兩樣。我不喜歡沙特的書和人，還是很高興瞻仰了眞實而醜陋的他。讓我愛惜不已忍不住想要撫摸的是咖啡館以此命名的那對彩繪人偶，端坐於兩牆交夾的廊柱上，木雕精刻，刀法嫺熟，線條流暢，尤其那兩張東方人的臉，看似內斂含蓄，卻以目傳情，像有深遠的心事要向人們敘說。我越來越覺得與它們在夢境裡是有過邂逅的，意象有眞假難辨的相似。雖然我是第一次走進這個咖啡館。難道它們眞與我有神祕的宿緣？我沒有把這發現告訴查理，那是屬於我自己的祕密。

最後入座的是那家滿牆掛著電影人舊照片的咖啡館，我居然沒記住它的名。這家咖啡館的音樂是靡靡之音，浪漫而頹廢。置身中間，我神志迷離，感覺皮囊裡的骨肉都化作一汪潺潺流動的水，不知去向。查理擱下酒杯，掐滅菸頭，俯過身來吻了我。這是我的初吻。這個吻無限長，長過一個世紀。

吻後，我們久久相擁，久久凝視。查理眼裡灼灼的光亮一點一點熄滅。然後他告訴我，他已過了四十歲生日，他有妻子，兩個女兒，小的還躺在嬰兒車裡。

不到十九歲的我在他擁抱裡掙脫兩隻手，捧住他的臉。我說：「我只要你。」

他簡直比我還天眞，大我一倍的年齡早已清晰地寫在他臉上，我難道還會企望我是他的第一個女人？婚姻，家庭，與愛有關係嗎？

夜深了，查理的老賓士送我回學生宿舍。目送他的車遠去，我依著燈柱在若明若暗的燈影下站了很久。甜蜜是蝴蝶蜜蜂採花授粉的動力，我感覺回味無窮。熟睡的夜總是安靜的。我在同室女友均勻的呼吸聲中想，今天，是我想要的結局嗎？

爲了初吻的這一天，我第二天的考試考砸了，慘不忍睹的成績讓我接下來的一個假期都要爲補考傷神而付出代價。

## 韃靼人的反叛

《韃靼人的反叛》，一本英國人的書，寫於十九世紀上中葉的倫敦，記載並謳歌前於作者一世紀的韃靼人東歸。史學意義上的韃靼人包括蒙古遊牧民族以及歐洲突厥民族及其後裔，是多個族群共用的名稱。今日中國的塔塔爾族，俄羅斯等地的韃靼族，追根溯源，均來自古代蒙古草原揚鞭催馬遊牧生息的韃靼族。

而上世紀六〇年代剛滿十八歲的夏洛蒂之所以對韃靼人東歸的故事著迷，完全是因爲給了她初吻的查理。查理總是對自己的身世保持緘默，但同在東方學院修習博士學位的同學，已在多個場合饒舌地替他揭了密：他就是中國最後的蒙古小王爺。雖然親王這個爵位在他祖父任上就像後腦勺的那根辮子一樣，隨著大清帝國的覆滅坍塌而成爲舊時遺夢。但他母親在一九五〇年初搭乘最後一班遠洋輪逃離中國時，還是帶出了她可謂自欺欺人的土爾扈特公主的名號。

夏洛蒂見過從查理錢包裡掉出來的那張照片。查理的衣裝神情就是小王爺的派頭。

爲此，夏洛蒂花了許多時間泡圖書館，不爲學業，只爲尋求查理的謎底。愛情讓一個女孩子活力充沛，足夠用來填補滿筐滿簍的好奇心。那時沒有電腦也沒有維基解密，要想得到從查理嘴裡得不到的東西，圖書館是唯一智庫。

巴黎圖書館的書海裡終於翻出了兩本書。一本便是英國人德・昆賽《韃靼人的反叛》，另一本，是中國人在民國期間彙編的小冊子《追溯東歸英雄》。書很薄，是那種毛邊紙，繁體字直排，印製粗糙。書的封底是一幅縮小的油畫，畫上一群凱旋的東歸英雄，方寸之間氣勢磅礴，作者署名尼錫達爾瑪。那時夏洛蒂讀不懂漢語書，便借了出來，準備拿給查理看。尼錫達爾瑪的名字耳熟，她猜測是查理的母親。

英國人的書從頭到尾讀過兩遍，夏洛蒂確定記載中的韃靼人便是查理的祖先。她由此肅然起敬。

西元一六三〇年，明崇禎三年，對於土爾扈特蒙古這個中國版圖內的遊牧民族，是充滿屈辱而不堪回首的年代。在蒼莽無垠的大草甸，爲逃避外族長久侵擾吞食的五萬多帳蒙古氈包，超過二十萬人和難以計數的驃騎、駱駝、牛羊、輜重陸續起拔。他們流淚，跪拜，叩首，冒著風雪踽踽西行。跨越哈薩克草原，烏拉爾河，走走，停停，用十數年時間，在伏爾加河下游各條支流沿岸沙皇俄國的疆域裡，建立起獨立的土爾扈特汗國，此後遊牧生息將近一個半世紀。

可沙皇俄國對土爾扈特汗國的存在卻心懷芥蒂，以陰險毒辣的手段，滲透，控制，削弱，從而達到「暗行消滅」。女皇凱撒琳二世蓄意把大批哥薩克人遷徙到土爾扈特人賴以生存的牧區，日益擠壓他們的生存空間，並派遣沙俄官員操縱決策汗國要務，傳諭要求各部落首領將其子嗣送往莫斯科接受、歸化東正教教義。一七六八年凱撒琳二世發動土耳其侵略戰爭，強行責令土爾扈特人服兵役充當炮灰，僅一次戰役就讓七、八萬土爾扈特人血灑疆場死於非命。屍骨未寒，又追加徵兵再度出戰土耳其。總計不到三十萬人的土爾扈特汗國生死存亡危機重重，被逼到沒有退路的峽谷峭壁之間。

實在忍無可忍，土爾扈特人血脈賁張，於西元一七七一年，清乾隆三十六年，揭竿起義。

那是遼闊大漠驚天地泣鬼神的一個日子，不足二十歲，剛登上汗位的汗王渥巴錫在自己的王宮前對聚眾而來的子民高喊：要想挺起腰桿不當奴隸，要想子孫後代延續土爾扈特大汗永遠的光榮，唯有調轉我們強健的軀體，朝太陽升起的地方遠行，朝東方那個盛滿佛法神水的中國遠行。只要我們虔誠地秉承佛的旨意，土爾扈特人終將回到賜大福於萬民的佛祖身邊……他黑紅色油亮的臉汗津津的，熱烈而堅毅，在子民眼裡便是神性救贖的全盤解讀。

於是，起來了，群情振奮。揮臂高呼的聲浪在伏爾加河東岸一望無垠的天穹雪原回響。燃燒的火把把聚集在王宮前的數萬張臉映照得通紅。渥巴錫從一個族人手上奪過火把，點燃了身後巨大的用白樺木構建的汗王宮。大火劈里啪啦燃燒，吞噬著一個汗國的象徵，昭示了破釜沉舟回歸故鄉的決心。龐大的隊伍聚集起來，三萬三千多戶共十七萬人，除了作戰護衛的驃騎兵，馬車、駱駝、雪橇等所有代步遠行的裝備都浩浩蕩蕩上了路，迎著凜冽的西伯利亞寒風跋涉，望不見頭，看不到尾，黑壓壓一片。任何一張臉，或飽經滄桑，或涉世未深，幾乎都扭曲著，猙獰著，別離家園，笑哭長天。假如透過幾百年的塵煙看過去，這支遠去的隊伍就是一條奔騰的巨龍，在東方日出的灼灼紅雲中涅槃。

蓄謀已久的壯舉，終將發軔於歷史注定交匯的某一個座標上。

凱撒琳二世聞訊雷霆震怒，罪罰沙俄土爾扈特事務官員基申斯科夫，並責令派重兵追討圍堵，企圖把渥巴錫部堵回伏爾加草原。面對咄咄逼人的追兵，渥巴錫將部眾兵分三路，一路以巴木巴爾爲首的精銳爲開路先鋒，二路大部從兩邊側翼潛行，他自己則與另一重要首領策伯多爾濟殿後阻擊追殺……長達半年的遷徙逃亡中，土爾扈特部摧毀沙俄要塞，狙擊哥薩克騎兵追剿，跨越冰封的烏拉爾河，積雪的哈薩克大草原，衝出重重包圍圈，九死一生行進到恩巴河東岸。追兵的威脅甩掉了，接踵而來的卻是嚴寒，瘟疫，飢餓，酷暑，輪番考驗著這支傷亡慘重疲憊不堪的隊伍。尤其是三月恩巴河東岸的冰凍，一夜醒來，入睡前仍活蹦亂跳的幾百名男女老少，全體一致成了橫陳的僵屍，就連曾經取暖的火堆也凍成了冰坨。埋了死的，開拔活的，越縮越瘦的餘部就這麼命懸一線跋涉到六月大暑，再次遭遇前方哈薩克聯軍堵截，又一輪浴血奮戰突圍，繞道巴爾喀什湖，戈壁灘、塔拉斯河輾轉前行，終於在同年七月歷盡艱辛抵達伊犁河流域的察林河畔，與前來迎接的清軍相遇。十七萬人剩不到七萬，個個衣衫襤褸，形容枯槁，趺趺撞撞如暗夜裡的鬼魂。

萬幸，渥巴錫及眾首領得以在承德避暑山莊覲見大清皇帝，蒙受乾隆皇的皇恩浩蕩，分別獲取王位、疆域、府郡、銀兩、珠寶及牛羊駱駝的冊封，以彰顯清王朝對土爾扈特英雄東歸壯舉最高規格的安撫獎掖。

爲此，曾有同時代西方探險家斯文赫定以充滿人性的筆觸在他的考察日誌上寫道：土爾扈特人在「逃亡」途中演出了幾多慘不忍睹的悲劇啊。有多少愛情和幸福永不復返，多少血淚溪流在這條悲苦之路奔湧。路上的座座界石，就是千百個露天墳墓。無數個屍體拋棄荒漠成爲餓狼飢禽不足以果腹的殘渣碎肉。那些能夠講述動人心弦故事的人死在途中了，活下來的人不僅不願意重提噩夢，更要竭盡全力抹去恐怖的記憶……。

德・昆賽也在他的《韃靼人的反叛》中描述：從有最早的歷史紀錄以來，沒有一樁偉大的事業能像上世紀後半期一個主要「韃靼」民族跨越亞洲草原向東遷徙那樣轟動於世，那樣令人激動的了。

這些記載混合了複雜的情愫，悲憫，哀慟，激奮，難以置信，等等。即便東西方學者在東歸這一歷史事件上有著某些定位和價值判斷的歧義，比如將東歸稱爲「逃亡」，將土爾扈特蒙古歸屬「韃靼」族，卻無一不對死亡鋪路，屍骨開道的土爾扈特人超乎尋常的堅忍不拔敬佩不已……。

# 與公主面對面

當我把兩本書遞到查理手上時，他一愣，說：「早知道你對韃靼人有興趣，我可以找來給你，我家書櫃裡不止這兩本。」

是啊，他本是韃靼人後裔，又是王族，怎麼可能不尋覓自己的祖先自己的根？

爲掩飾腦殘，我找了個台階下，「你別偷換概念好不好？我的好奇不對韃靼人，只對你。這兩本書，還有封底的畫，記載的是你祖先不是嗎？」

查理不說是，也不說不是，低頭翻書。

「《韃靼人的反叛》我看了兩遍，還是忍不住流淚。你的祖先眞了不起。」我說。

查理仍然不吭聲，只聽見書頁沙沙作響。

「告訴我好嗎，查理？哪怕更多的是傷痛，我也是想跟你分擔的。」

他終於點點頭。

查理的祖先果然就是那支隊伍中不可或缺的蒙古英雄，東歸後被當時的乾隆帝封受郡王爵，從此代代相襲，直至十九世紀末。之後，查理的外祖父帕勒塔在西域封疆大吏任上，因抵禦外辱，捍衛西部版圖完整有功，再度被滿清王朝晉封爲最後的蒙古親王。再後來，歷經清王朝覆滅，民國改朝換代，新的中國建立，外祖父雖然早已去世，仍因與末代清廷與帝制倒台後的北洋政府有撇不清的干係，查理從德國留學回歸和滯留北京的兩個舅舅都被投進牢獄。唯有他母親和大舅一個來了法國一個去了台灣才倖免於難……。

簡而再簡的概括，已讓查理面色鐵青。難怪他不肯透露家世，原是不願觸碰難言的辛酸。

我不想看他難過，故意調侃道：「既然祖輩都有襲位，你母親是公主，你便是那個想逃也逃不掉的王爺了？」

「是又如何？」查理反問，「看看盧瓦河沿岸那一座座古堡，幽靈般走動的公侯伯子男爵爺們，除了名存實亡的爵位，除了自詡的尊貴與架勢，除了有錢或者沒錢，還剩什麼？這種活在舊日輝煌裡陪葬般的日子有什麼好炫耀的？你要嗎？」

一番話猶如驅不散的烏雲，讓人感到深度的寒意。查理轉而擁住我，用同樣冰涼的唇吻我，然後貼著我耳根說：「我不要王爺頭銜，不要尊貴財富，我只要一個有來由、有去處的家園，不這麼支離破碎，你懂嗎？」又搖頭，「你沒經歷過這些，你不會懂的。」

查理從不用類似口吻跟他小情人說話的。他的神態變得撲朔迷離。

或許，查理說得沒錯，每個人生活軌跡不同，經驗不可複製，但人性的共通難道一定不能把認識世界的藩籬拆除，從而殊途同歸走到一起？出生於諾曼第小鎮的我固然沒有貴族身世，可平民之家的孩子同樣也會有精神的離散之痛，查理他又何嘗懂。

對話膠著，我的愛卻不受打擊。

校園日子飛快，爲學習艱深晦澀的漢語消費，也爲初戀的約會消費，我的生活有了質的變化，內涵日益飽滿，外延日益寬闊，我幾乎萌生了主宰自己的野心。查理很忙，穿梭於外交部與東方學院之間，來去匆匆。再忙，也從不爽約，且分秒不差，比火車抵站更準點。幽會通常在咖啡館，他一份威士忌或伏特加，我一杯濃縮咖啡，加糖不加奶。偶爾也會要一壺茶，對飲。茶是紅茶，英國立頓，不好喝，無法與後來品嘗的龍井烏龍媲美，喝它只因茶來自中國，感覺上與查理的故鄉有了一份親暱。倘若時間更少，學院裡的牆角旮旯、走廊盡頭、空曠的階梯教室都是我們權且偷情的領地，短暫，侷促，甚至慌亂，卻聊以讓我們肌膚相親，釋放體內排山倒海摧毀心智的欲念。相對於我的瘋狂，查理是東方式的含蓄、克制和隱忍，他會用他修長的手指梳理我的亂髮，然後把漸漸安靜下來的我帶向全然陌生的境界，那是比一幅畫、一首詩、一篇童話更令人神往的。查理給了我很多，關於中國，關於法國，關於歷史，關於當下。他的腦殼裡裝著博大的智庫，餵養並催長著一個外省女孩孤陋寡聞的心智。

六月，燦爛的陽光伴隨著激動人心的消息翩然而至。教育部頒布交流專案，東方學院漢語系學生與北京大學法語系學生可申請公費互換學習一年。這項決策對外語專業的學生是千載難逢的機遇。爲此，全班男女生一個不漏在學院外的咖啡館跳舞喝酒，狂歡通宵，人人掏空了口袋，把剩餘半個月的生活費消耗殆盡。

查理得知這個消息，卻是悲欣交集。他當然希望借機重返北京，看一眼童年的四合院，擁抱他白髮蒼蒼的外祖母。但他不能。外交部特殊職業的保密性質不允許，紅色中國的種種禁忌更讓他望而卻步。

整個暑期我沒回諾曼第消夏，留在學校惡補漢語，爲去北京作前期準備。查理則帶家人去了布列塔尼亞別墅度假，彼此只能以思念代替見面。儘管我每天都期待查理毫無預兆地來到面前，給我一個熱烈的吻。查理貌似好丈夫，好父親，即便有個心甘情願做外遇的小情人，同樣不影響他給妻女一份正常的家庭快樂。終於捱到查理回巴黎，給我打來電話，說要帶我去一個地方，我無著無落的心才算停泊歸岸。

那天恰是週日，離東方學院漢語系選拔的學生飛赴北京只剩不到一週。

查理在他的老賓士裡向我招手，我打開車門進去，他一把抱住了我。他的眼睛比他的唇更燙，撩撥著我體內的荷爾蒙熊熊燃燒。我們撕扯對方的衣衫在後車座上做愛，全然不顧車窗外人行道上走過來走過去的行人。查理向來克制，如此反常不像是他。我知道，他回來，我卻要走，一年的週期對偷吃禁果的男女來說，是天隔一方的酷刑，讓我想起來就渾身顫慄。巴黎的早晨似醒非醒，週日誰都不上班，商鋪也大多關門，街景裡只剩下梧桐的枝葉在微風中搖曳，窸窣輕響。這樣的氣場無疑是慵懶的，卻勢不可擋催發著彼此的瘋狂。不遠處有場彌撒開始，教堂的鐘聲一路敲過來，振聾發聵直抵胸膛。我五歲受洗天主教，是祖母帶我走進鎮上的小教堂，懂事後便很少再去。我對上帝的疏離恐怕源於母親對宗教禁忌的無視。但一九六五仲夏的那一刻，週日彌撒的鐘聲還是讓車後座上蛇一般扭動的我感覺到壓力。我從查理的摟抱中掙脫出來，挾帶了攔腰斬斷的欲念狼狽逃竄。

查理也坐起來，喘息著啓動他的老賓士，快速西行。不用仔細揣摩，也能猜出他的意猶未盡。我坐在他旁邊，視野裡模糊一片，不知身在何處。當查理告訴我，他要帶我去見他的母親土爾扈特公主時，我的神經一下子繃緊。「你母親爲什麼要見我？想驅逐我？」查理壞笑，「你不就是那個長臂擋車的堂．吉訶德，怕誰驅逐？」

「你見過我怕誰？除非你母親，我這個角色是她的天敵。」我不安。

「我母親可不介意什麼天敵。她自己年輕時就是眾多母親的天敵。」查理話裡有話，既是揶揄，也有欣賞。

土爾扈特公主的家在巴黎西郊法蘭西島一個叫勒．維瑞奈的花園小城裡。這座以眾多湖泊、草坪以及美麗建築享譽全法的城市非常出名，就連我一個外省來的年輕女孩也久聞其名。勒．維瑞奈號稱市，其實不過稍大的鎮而已，七千戶居民，老貴族、中產階級居多。這裡從前林木葳蕤，是亨利四世、路易十三、路易十四等王冑貴族的狩獵之處，二百年前才蓋了些房子，圈了些花園，初具城鎮規模，先就有了民居博物館之稱。之後通了往返巴黎市中心的第一條地鐵快線RER，又成爲當時不求遠行的巴黎左岸及蒙馬特高地上那些印象派畫家的寫生休憩之地。再後因了房價昂貴，區域環境炙手可熱成爲全法市鎮人均首富。查理的老賓士一路穿行，宛若走進一幅不食人間煙火的油畫。畫裡有湖，有天鵝，有茵茵綠草，有滿樹繁花，還有一幢幢集萃了歐洲精華風格迥異的房屋建築，扇扇鐵門凝重大氣，關進了百年沉浮，千年滄桑。

如果少年查理不在北京四合院而在這裡成長，如今坐我身邊的又會是怎樣一個他？我正想得出神，他母親的家到了。車停在外面，查理撳了門鈴，我們沿著花叢間的甬道走進去。這座園子裡的房子眞氣派，可以媲美盧瓦河沿岸小一號的古堡。穿白圍兜的華裔女僕開了門，引領我們走進門廳。華裔女僕已然上了歲數，梳髻的頭髮花白染霜。之前聽查理說起過他母親家的這位女僕，她生於天津，幼年被貧窮的父母遺棄，沿街求乞時被東渡中國的某傳教士收留，二戰期間帶入法國，在盧瓦河附近的修道院做雜務。後被造訪修道院的查理父母遇見，輾轉帶回家，從此在維瑞奈的這幢大房子裡悄無聲息做了幾十年管家女僕。她的命運從來都是被別人掌控而沒有一天的日子屬於她自己，這樣的人生讓我唏噓不已。

廳大得像一汪湖，圓形穹頂，大理石地面鋪了厚絨羊毛地毯，三面環窗，窗帷半開半掩，低垂著，兜了一抔稀薄的光影，又折射回去，像湖面掛了瀑布，都是配套的寶藍色。幸虧是夏日，否則眞有上阿爾卑斯山滑雪的感覺。廳裡悄無聲息，靜得能聽見自己的心跳。

唯一跳出寂靜和冷色調的是迎面那幅巨大的油畫，畫裡一群馳騁鏖戰的驃騎勇士，蒙古人裝扮，栩栩如生，絢麗也是粗獷的絢麗。背景是大漠荒原，一條冰河急轉直下，根據流向似可判斷是俄羅斯的伏爾加河。這幅油畫氣勢磅礴，右下角有法文題款，〈東歸英雄〉，畫風頗有德拉庫瓦那〈自由引導人民〉的意蘊，視覺震撼十分強烈。

查理說：「這是我母親的得意之作。」

「你母親還是畫家？」

「沒錯，我母親十八歲來巴黎學畫，那時她還是土爾扈特公主。」查理做了個優雅的手勢。一不留神，小王爺的「尾巴」露出來。

聽見他問；「我母親呢？」

女僕低眉頷首：「夫人在樓上小沙龍等您。」

樓梯與房子同樣大而無當。跟在查理身後拾級而上，我腿發軟，心裡更加惴惴不安。我繼承了母親的野性，少有膽怯的場合。唯有那天我不自信，不知是身分的曖昧，還是受了他母親畫作裡磅礴氣場的壓抑。

小沙龍的門虛掩著，查理輕叩兩下，門開了一半。半開的門裡，是一屋子木質厚重線條簡潔的暗黃色家具，散發出幽然沉鬱的光澤。那是我第一次看到至尊至貴的中國明代黃花梨木器。一個背影站在窗前抽菸，裊裊輕煙在細風裡畫出連綿煙圈，身上的衣裙融入窗簾飄曳的暗影，不甚清晰。

查理問安：「上午好，母親，我把您約見的小朋友帶來了。」他真夠猖狂的，居然把我赤裸裸交代了出去。法語有時是很糟糕的語言，小朋友的「小」在這裡並不代表小孩而代表親暱的異性。

土爾扈特夫人慢慢轉過身，右手輕抬，指間夾了細長的菸，莞爾一笑。她大約五十多歲，耳鬢有幾絲不易察覺的白，但體態依然豐盈，雍容華貴。她的眼睛很黑，很明澈，咄咄逼人，一眼就把我看穿似的。天哪，無愧是公主，天賦的王者之氣。我自慚形穢。沒錯，我比她年輕，比她性感，有大把的青春美貌可以招搖、揮霍，可我除了青春美貌還有什麼？一個從外省小鎮投奔巴黎的鄉野村姑，碰巧棲息在查理這杈枝頭而已。小女人與老女人的對峙，年齡並不是絕對優勢。挫敗感籠罩了我。

「早上好，土爾扈特公主！我叫夏洛蒂。」我走上前，與這位高高在上的母親貼面擁抱。她個頭比我高，攬我入懷也是刻意放下身段的姿態，禮儀性擁抱顯出幾分不冷不熱的疏離。

「沒有公主了。請稱我土爾扈特夫人。」這麼說時，有一抹黯然在她臉上爬過。她其實是在意公主這個身分的。她輕輕推開我，依然不動聲色的優雅，眼神卻是審視的。「我兒子說你很迷人，果然是嗎？」

我有點尷尬。一個女孩被她的天敵審視、質詢她的美麗，不是一件令人高興的事。說實話，我不喜歡這類貴族女人的居高臨下和自以爲是。

查理及時解圍，「母親，北京之行才是您請夏洛蒂來的目的，不是嗎？」

這句話很奏效。土爾扈特夫人端著的架子隨即放下，笑也變得眞誠。

華裔女僕端著託盤送上飲料與小甜點。我是一壺紅茶，精緻的粉彩鍍金茶具，有配套的糖罐、奶杯、銀勺，中西合璧。我是第一次用美奐美輪的茶具喝如此純正的中國茶，那種甘甜至今存留舌尖。查理與他母親則是不同品種的威士忌，冰塊沉浮在淡黃色液體裡，輕撞玲瓏剔透的水晶杯，悅耳，悅眼。胃裡突然覺出餓，我忘了忸怩作態，接過查理適時遞過來的甜點，一把塞進嘴。這才記起一大早就被查理叫出來，早餐也沒顧上吃。我想我的吃相肯定不雅觀，惹得查理母親有意無意瞟來暗示的眼風。我權當沒看見，由著性子享用這不吃白不吃的美味。

土爾扈特夫人等我吃喝出一個段落，緩緩開口。「夏洛蒂小姐，」她不知道我的姓，又不屑於打聽，就用名字替代了。「聽說您要去北京讀書，這是多麼好的事，祝賀您。」她的法語優雅純正，與她的茶點一樣，比她本人親和，有韻味。她斟酌著，又說：「有個心願，我和我兒子共同的心願，想拜託您替我們完成，不知願不願意？」她眼簾低垂，面容靜穆，與剛才的倨傲換了張臉，弄得我心裡直打鼓。

「替我們拜謁一下北京城乾麵胡同八十四號四合院，那是家裡唯一的老屋，請您替我們看望查理的外祖母，如今她獨自住在院裡。」

我的緊張鬆懈下來。還以爲多麼重大的囑託，就這點小事，有什麼不能承諾的。「沒問題，我有一整年的時間，可以多幾次拜訪，說不定還能吃上親王府的珍肴呢。」我的玩笑無遮無攔，竟沒發現查理母親細長的眉梢已蹙成黑結。

「沒有帕王府，也沒有舊日的帕鐘霓王妃了。」土爾扈特夫人打斷我的話，嗓音嘶啞，「拜託您去乾麵胡同，是因爲我們回不去。這個家早散了，查理舅舅進了監獄，四合院被政府沒收了大半，我母親風燭殘年孤獨度日，哪還有什麼王府珍肴？」夫人別過頭，掩飾她抹眼淚的動作，查理也跟著唏噓。我把不合時宜的打趣嚥下肚，舌頭一轉來個急轉彎，「那又怎樣？在我眼裡，王妃就是王妃，等我到北大把漢語學好了，會很願意去聽王妃講故事，何嘗不比吃珍肴更有意思？」母子二人的沉重緩和下來。他們或許覺得，如此久遠的念想，如此隱祕的心事，如此鄭重其事的囑託，竟被如此輕而易舉地承諾或者打發，會不會過於草率？但我想告訴他們，年輕就是這一點好，直接，簡單，純粹。希望查理相信，我是恪守諾言的人，對別人的囑託將全力以赴。

眼角一瞥，我看到斜對面沙發邊側的黃花梨案几上有連排的幾個相框，鑲嵌著黑白照片。一張是土爾扈特夫人年輕時的半身寫真，蒙古公主打扮。兩根粗壯的黑辮子從頭頂盤下來，垂到胸前，髮梢裹了飄逸的綾絹，衣裝是畫龍描鳳的錦緞長袍，頭戴蒙古王冠，頸上腕上首飾繽紛，金項圈、玉鐲，還有一串串徑直墜到腰際的珍珠瑪瑙。眞是風情萬種，儀態萬方。另一張是法國男人，燕尾服，黑領結，白襯衣挺括無褶。他隨意坐著，手裡攥支菸斗，眉目深邃，雖迥異於公主的東方氣質，卻也是法式貴族派頭。

我想他應該是查理的父親。最後一張與那天從查理錢包裡掉下來的相仿，就是多了個人，像是他弟弟，個頭比查理矮，長相也不盡相同。兩人都是馬甲，獵褲，腰刀，長筒皮靴，蒙古小王爺穿戴。這兄弟倆依稀都有母親的影子，弟弟卻與抽菸斗的法國男人更像。

我的好奇遏制不住地冒上來，我想知道關於這個家族哪怕粗略的輪廓，抑或一個細節。可礙於土爾扈特夫人，不敢放肆。查理攬過我，深藍色眼睛裡是會意的親暱。他拿起夫人年輕時的照片，遞到母親手裡，徵詢地看著她。果然，土爾扈特夫人並不介意我是他兒子的情人，與相框裡的自己對視，幽遠的眼神迷離起來……

過後，土爾扈特夫人啜了口酒，斟酌著說：「冒昧地再提一個請求，不知夏洛蒂小姐介不介意把我家藏的幾幅古畫帶出來？」

「趙孟頫、劉紹祖？」查理偏過頭問他母親，眼睛頓時亮了。

「還有張雨的〈白菜〉。」夫人點頭說，「一九五〇年我與米歇爾離開中國時，黃花梨木器及其他都裝了船，只有那幾幅畫出了意外，跟查理一起落下。如今他外祖母被管制，未知畫兒是否安在呢？」

「相信我，夫人，只要畫在，我一定幫您帶回來。」

「謝謝！」查理當著母親的面吻我，土爾扈特夫人有點動容。

正準備告辭，一個法國男人銜著菸斗面帶微笑走進來。他穿得很家常，短袖襯衫，麻布褲子，卻掩蓋不住法國紳士的範兒。他就是照片上土爾扈特夫人的丈夫，民國期間法國駐北京領事館總領事米歇爾·布雷蒙。當然，查理的父親。

詎料，查理對他的介紹出乎我意料。

查理說：「米歇爾·布雷蒙，我繼父。」

居然不是查理的父親?!又是一個謎。

## 帕王府興衰

幾十年過去，記憶依然清晰。那個週末的太陽姍姍來遲，光暈透過起居室的窗櫺，白晃晃切割著視線，查理的臉斑駁如同虛擬，只有越加深邃的藍眼睛從虛擬中凸現，讓憂傷與愛意更其濃烈。他母親端坐對面，姿態幾乎是靜止的，臉容遠比她的兒子平和安然。見多了世面的女人，連坐姿也暗藏了內涵與豐盈。經歷果然是犀利的刀，方圓盡在刀刃。

土爾扈特夫人的閨名叫尼錫達爾瑪，生於北京，幼年曾隨父母新疆北京兩地居住。她聰慧美麗，無論在京城太平橋一帶的帕王府，還是西北阿勒泰土爾扈特東部落的牧場、敖包甚至馬背，無一不是蒙古王公以及遊牧族民心目中的女神。尼錫達爾瑪公主雖非獨寵，還有兩個親弟弟與同父異母的哥哥，卻被她的桀驁不馴搶盡風頭。

尤其父親帕勒塔郡王，對她更是寵愛有加。

辛亥年間，父親帕勒塔郡王在滿清宣統皇任上，擔負科布多辦事大臣要職。他贊同新政，擁戴共和，並有功於大局，被國民政府以襲封的郡王晉封爲親王。郡王爵是世襲的，親王爵則是他自己掙來的。

然而，要追溯數百年來土爾扈特蒙古的民族輝煌，卻始於十七世紀的「英雄東歸」。他們的故事就在樓下大廳懸掛的那幅氣勢磅礴的油畫中。畫中身騎白馬的大汗渥巴錫左首那位從容、剽悍、神態恣意飛揚的驃騎手，便是父親帕勒塔郡王當然也是尼錫達爾瑪公主的上祖，土爾扈特蒙古回歸後的東部落巴木巴爾郡王。父親帕勒塔的郡王位即從他傳承而來。巴木巴爾是土爾扈特大汗渥巴錫的堂弟，忠誠能幹，輔佐汗王忠心耿耿。起事前，渥巴錫賦予他收集信息情報及保密、護衛重任；起事後，又委派他爲第一路先鋒軍首領，爲大部隊掃清敵壘障礙。他是東歸大業的棟梁與功臣，之後被大清乾隆皇帝詔封爲多羅郡王。郡王爵由此代代世襲。

漫長的一個多世紀過去，終於輪到尼錫達爾瑪公主的父親帕勒塔登場。

帕勒塔生於光緒八年（一八八二年）的新疆伊犁烏蘇四棵樹鄉，係土爾扈特東部六世郡王巴雅爾之子。四棵樹是個有趣的地名，令人浮想聯翩。清光緒二十四年（一八九八年），十六歲的帕勒塔襲封郡王。未到二十歲，因家庭變故府邸遭劫，決意離開蒙王府。他到年久失修的家廟磕過頭，離開了上輩人賴以生存的大漠邊陲，隻身來到北京。進學堂讀了兩年書，即匆匆上任，在大清末年的朝廷做了不大不小的官。

北京對帕勒塔並非全然陌生，卻也沒有盤根錯節的人脈，土爾扈特蒙古人的根基都在地老天荒的西域大漠。帕勒塔在太平倉一帶轉悠多日後，相中一塊地，大動土木，蓋了一座氣派的宅子。宅子的位置在莊親王府西側菊兒胡同，中式園林，西式洋樓。院裡兩棵柏樹，一片竹林，還有石頭堆砌的假山。假山前那口漢白玉蓮花缸裡，開著潔白粉紅的睡蓮。庭台甬道曲徑通幽，上面搭了葡萄架，藤蔓逶迤爬過，垂掛了晶瑩剔透的葡萄串。園內有前樓後樓，都是黃色瓷磚貼面，二層高，每一層多間廳房，足以容納主僕幾十口人，空闊而排場。又陸續搬進一堂堂家私，再把帕王府黑字鎏金的匾掛上門庭，蒙古王公帕勒塔的遷徙之喜就大功告成了。這座府邸花了帕勒塔很多錢，在當年那就是個天價，足以買下好幾座四合院。只不過帕勒塔不喜歡四合院，他崇洋，也不缺錢。那時的蒙古王公不但在邊地有世襲的王府、牧場、駱駝、馬匹、牛羊以及奴隸的進貢，在京城也做鹽務、運輸等大宗買賣，有的是殷實家底，比有些曾經顯赫卻揮霍無度的八旗子弟闊多了。

更值一提的是那堂黃花梨木家具，正趕上千載難逢的時機，淘換它們用了帕勒塔一匣子金錠。據說原來的主子也是什麼親王，先輩還與雍正朝的怡親王沾親帶故。但這位王爺一輩子只做三件事：賞畫、遛鳥、鬥蟋蟀，連清宮的門都沒進過一回。此類遺老遺少在大清末年的京城滿大街都是，那些侍奉社稷的朝廷命官都沒了出路，更何況他們？這位賞畫、遛鳥、鬥蟋蟀的爺在窮盡祖傳的家當親王的俸祿之後，不要說人，連鳥的吃食都無著無落。又端著王爺架子，丟不起顏面借債碰壁，才不得不把祖宅裡殘存的家什古玩拱手出讓。說是古玩，剩的也有限，那些瓷器玉器金器什麼的，好出手的早就陸陸續續典賣了，只留下這堂製於清康熙帝前朝的黃花梨木明式家具，強撐門面。還有兩張古畫，宋末元初趙孟頫〈牧馬圖〉，大幅絹本，右上角有「子昂」款識。另一幅南朝宋劉紹祖〈松鼠得瓜〉小型絹本，絹面上還有大清怡親王的收藏印。都是名家神品，幾次脫手又典回來，實在是心裡不捨。

當帕勒塔挾著錦緞匣子走進老王府，窮愁潦倒的老王爺正在廳堂裡失魂落魄地兜圈。見買主進門，撩起衫襟一把眼淚一把鼻涕哭開了，面色比那灰牆還要瘮人。他把腦後那條長辮繞在脖子上，一件件摸過黃花梨木畫桌，翹頭條案，圈椅，床，衣櫃，炕几，蒼白纖瘦的十指顫巍巍抖得厲害。摸完了又去展開那兩幅精裱的畫軸，像要生吞活剝畫裡的墨色似的，睜圓眼睛死瞪著，散了光，讓站在一邊的帕勒塔心裡直發毛。伸出手掌在他眼前晃，這才驚起，眼皮子緊眨，溢出一串渾濁老淚。拂袖抹去，又拿半邊臉頰去貼那畫兒，生離死別一樣。弄得帕勒塔很不落忍，就說：「王爺您要實在惜畫，這兩幅趙孟頫劉紹祖您就留著玩吧，金錠子我照給。」老王爺搖頭，眼眶裡幾乎只剩了眼白，「千金散盡，終究留不住。您收了，對它們或許還是個好去處。」一番話聽得帕勒塔心裡更酸，又額外加了他幾個金錠。

老王府裡殘留的古畫與黃花梨就這樣歸了初來乍到的蒙古王爺。

帕勒塔帶著第一任王妃留下的小王爺搬進帕王府後，迎娶不久的第二任王妃帕鐘霓就給他產下了公主尼錫達爾瑪。亂象紛呈的京城倒是沒有愧對邊地王爺，帕勒塔有了很不錯的開端。

與當時那幫出自邊陲混跡朝廷的蒙古王公不一樣，帕勒塔在清宮內外交困敗相畢現的大牆內剛一露面，便顯出青年才俊與眾不同的魅力。他沒有蒙古人剽悍的體魄剛強的性情，身形清弱，長相俊秀，一副文質彬彬的書生意氣。但他頭顱裡裝著思想，肚裡裝著墨水，博古通今而胸懷大志。又不拘泥，不墨守成規。果然在兩年後便做出驚人之舉，東渡扶桑，考入日本士官振武學堂學習軍事，令只會遊牧騎射擒大鵰的蒙古王公們驚詫得差點跌下馬背。三年學成歸國，帕勒塔不僅滿身洋槍洋炮軍事本領，還結交了一批來自歐亞各國的洋人，外交官、旅行家、傳教士、軍政界後起之秀等等。他本來就敞開的胸襟在東西方新思潮的灌輸下更前衛更寬廣，齊國興邦的政治理想也日趨明朗。那幾年，太平倉帕王府內，終日賓客盈門。皇親國戚、外邦友朋走馬燈似的穿梭往來，漢語、法語、德語、俄語，還有滿語、蒙古語混成一鍋粥。小公主尼錫達爾瑪咿呀學語，正是受寵於府邸嘰嘰喳喳滿院撒歡時節。當時官宦之家的格格都纏小腳，呼天搶地，唯有她父親網開一面，沒讓女兒遭受三寸金蓮的荼毒。帕勒塔自己那條官帽下的長辮子，也是剪得最快最早的。相反於清廷的搖搖欲墜，他卻是春風得意躊躇滿志，府裡即便養了幾十個奴僕家傭，也來不及迎來送往。

宣統三年，帕勒塔剛被清廷任命爲科布多辦事大臣不足四月，即在民國元年（同是一九一二年）五月，又由帝制結束後的北洋政府調任「阿勒泰辦事長官」，督辦西北防守職權。並於稍後因贊同革命，擁戴共和，有功於大局，被大總統袁世凱授命晉封爲親王。民國二年（一九一三年）再授中華民國陸軍上將軍銜，獎二等嘉禾章。民國六年（一九一七年）授襄威將軍。

按理說，帕勒塔無論怎麼歸位都是清廷而且外族的遺老遺少，如此這般受新政權青睞委以重任，封王加爵，並非是天上掉餡餅的偶然，而是與當時亂烘烘你方唱罷我登場的政壇風雲有關，與他在變幻中不露山不顯水卻又異常活躍的政治智慧有關，更與他主政阿勒泰一年零七個月不同凡響的政績有關。就連同時代的西方學者、旅行家波爾曼·西諾夫在關於中國見聞錄裡也對他高度評價：帕勒塔無疑是傑出的知名人士，是當時蒙古王公中受到最好教育的王爺。可見帕勒塔在當時中國政壇不容湮沒的風雲人物地位。

辛亥革命後，覬覦中國西北邊陲已久的沙俄更加處心積慮地向阿勒泰地區擴張勢力，策動商人深入牧區，爲大舉進犯作進一步鋪墊。帕勒塔走馬上任的民國元年，更是阿勒泰局勢惡化、戰雲密布危機四伏之際。在戰略環境惡劣，交通阻遏、軍需軍餉匱乏，後備力量幾近於零的重重困境下，帕勒塔堅守前沿，運籌帷幄，外交斡旋與強硬對抗並舉，與沙俄策動下野心勃勃的外蒙侵略軍輪番對峙、鏖戰，終於擊退並趕走侵略者，保住阿勒泰地區的安寧，保全了中國版圖西北邊陲領土的統一和完整（當時阿勒泰隸屬科布多，後由中央直轄，一九一九年才劃歸新疆）。這才是表彰、獎掖、授爵、封王的核心理由。

可惜，天命有限，正當帕勒塔滿腔報負未竟之時，他原本清弱的身體積勞成疾，染上嚴重哮喘。久治不癒，只得提出辭呈，退離阿勒泰，回京養病。那時恰值嚴冬酷寒，冰雪覆蓋的大草原白茫茫一片，豐饒富庶的阿勒泰看不到復甦的春意，帕勒塔腳步沉重，心境黯然。他頻頻回頭，原指望儘快治好病，重振旗鼓回來大展宏圖，未曾想一去竟成永訣。

回京後幾年，帕勒塔過著隱而不退的日子，一面治病調養，一面參與政務。帕王府門前雖不像先前那樣車水馬龍，蒙古王公政府官員少了，外國友人反而時有新交。府內大院也是添丁增子，闔家歡喜。尼錫達爾瑪公主已長成漂亮的小姑娘，被送入法國人辦的教會學校接受西式教育，並開始習畫，嶄露藝術天賦。母親又爲她生了兩個弟弟，取的都是洋名，一個叫喬治，一個叫亨利，適齡後進的也是洋學堂，一個學德文，一個學俄文。帕勒塔一直以來都是揚棄陳規崇尙西學的維新主義者，尤其遊學東瀛裝了一腦門子新思想回來後，對蒙古王公那套封建衣缽有了理性上的疏離和悖逆。世襲的爵位隨著清王朝的倒台帝制的結束而消亡，他的孩子將不再是王爺或者公主，那麼乾脆就讓他們脫胎爲沒有舊文化負載的新人。他在孩子身上投入不少心力，強制他們學習西語，只在府內才允許用蒙語交流，並根據語種分別送進不同的教會學校。

最末兩年，病榻上的帕勒塔哮喘日益嚴重，直至睡不能臥床，起不能離榻。懷揣一線求生的希冀，他再度去日本接受西醫治療，終因病入膏肓，回天乏術。三月櫻花繽紛的季節，他拖著奄奄一息的病體輾轉回國，在柳絮飛揚的京城去世，終年三十八歲。嚥氣前，他把女兒尼錫達爾瑪叫到跟前囑咐，「我的孩兒，你是有天賦的，再長幾歲，到法國學西洋繪畫去，我會讓你母親把學資存好。記住，別糟蹋了自個兒的才情。」女兒長久地伏在父親身上哭，感覺溫熱的胸膛一點點掏空，冷卻。黑色一九二〇年，對於帕王府的孤兒寡母是天塌地陷的一年，尼錫達爾瑪剛滿十三，大弟喬治三歲，小弟還在母親懷裡咿呀學語。棟梁倒了，王府也就倒了。

帕勒塔臨死留下遺言，哪裡來，哪裡去，歸葬故土。帕鐘霓王妃帶著大大小小的孩子，於同年七月護送靈柩回新疆，一路上淒淒惻惻。夏日豔陽天，卻似通途泥濘，霪雨霏霏。帕勒塔落葉歸根，安息在烏蘇四棵樹他生命的源頭。新矗立的墓塚旁，是老王爺老王妃的陵園。

烏蘇城雄踞於伊犁、塔城、阿勒泰交界之處，登上丘陵的山崗，能望見腳底下寬闊無垠的牧場，那是老郡王留下的私產。也能看見清泠泠的四棵樹河日復一日潺湲流過，承載了世世代代的傷痛遠去。更有那漸漸隱入歲月蒼茫的蒙王府氣派而黯淡的屋脊，和幾步之遙已頹敗爲斷壁殘垣的家廟。當太陽升起，視野裡的這一切依然會鍍上層層耀眼的金，恍惚而不真實，美得如泣如訴。

離開大漠的前一天，尼錫達爾瑪一身蒙古公主的裝扮，獨自在父親墓塚前站了很久。她彷彿一夜之間長大。盈了滿眶的淚，卻不肯讓它們掉落。她的神情看上去肅穆、決然，永別最愛她的父親。當太陽落山暮色迷濛，她悄然離開。沒說再見，也沒回頭。

一九二四年年底，天生麗質的尼錫達爾瑪出落得更加迷人，兒時烙在心裡的法蘭西遐想也伴隨著青春期長大成熟，她要飛了。在父親那位法國舊友杜馬先生的幫助下，她拎著一只小皮箱，離開亂相紛呈的北平，登上遠洋郵輪漂洋過海，去巴黎藝術學院學習西洋繪畫。她母親帕鐘霓王妃在帕王府門庭前送行，用綢巾抹著眼淚哭。她卻興高采烈，連腳步都是歡喜輕快的。

這一年，中國和世界發生了一系列大事：列寧逝世。第八屆奧運會在巴黎舉行。中國南北水災連綿。曹錕頒發停戰令。吳佩孚兵敗南逃，嗣後榮登《時代》雜誌封面。馮玉祥倒戈北京兵變。末代皇帝溥儀被逐出宮。等等，等等。尼錫達爾瑪的生命軌跡湮沒在世界大局中固然微不足道，卻也足以改變她的一生。

# C

## 你好燕園

「夏洛蒂！」

誰在叫我？含含糊糊應了一聲，我看見有個戴眼鏡的女人正在這幫剛下飛機的法國學生中點名。她穿一件藍布中山裝，臉上毫無表情，彷彿面對的我們不是人，只是物。或者沒有思想不會情感表達的一群羊一群牛。我從恍惚中醒來，發現我和同學已經走出北京機場戒備森嚴的出境閘口。一個遙遠而陌生的國度將在我們粗淺的認知中剝展開來。

時間中的空間轉換眞的很神奇，巴黎，莫斯科，北京，只要登上舷梯，你的抵達只在睜眼閉眼之間。這是我第一次坐飛機，舷窗外的白雲周而復始，很快讓我感到視覺疲勞而頭昏目眩，之後一直模模糊糊，人醒著，意識卻在睡覺。唯一占據腦海的念頭便是：北京屬於查理，他卻來不了，我是替他回家。好像到北大學習反而成了附帶的任務。

是查理的老賓士送我到瓦爾西，那時戴高樂機場不像現在這麼老掉牙，在我這個第一次遠行的外省女孩面前有足夠炫耀的資本。然而我已不記得機場留給我的任何印象，我所有心思都在與我相擁的這個男人身上。一想到將與他遠隔千山萬水，整整一年不能見面，我的心就如墜冰河。查理是經歷過生離死別的人，比我矜持，也比我含蓄，他一遍遍把我摟進懷，吻我，並用纖長的手指捋我的短髮。他還塞給我一個鼓囊囊的信封，裡面裝了一沓大面值的法郎。我說我不要，我有助學金。他執意要給，「聽說那邊現在很苦，剛度過災荒，餓死了很多人，這點錢或許可以幫到你。」裝法郎的信封把他掌心的溫度傳遞到我手裡，燙得直搗心窩。我仰臉看他，深邃透澈的藍眼睛裡暗潮湧動，雙重的憂傷水一般漫延過來，把我淹沒。我哭得上氣不接下氣。

他替我拭淚，並擁著我一步一步朝入口處走。同學們都已陸續進去，只剩下我。查理再次吻我說：「我會想你的，給我寫信。」然後輕輕一搡，把我推開，回頭走了。他走得飛快，等我轉身還想拽住他，他挺拔的身軀已融進大廳擁擠的人流，只剩下一剪背影。

人上了飛機，心卻留在查理的剪影裡。

一行人除了我，還有其他八位同學，女孩只有金髮美女伊莎貝爾，狐眼，膚色黝黑的克萊特和我。九個人都是班裡漢語考核的佼佼者，才有了拿獎學金來北大留學的天賜良機。可此刻，這些勝利者多少有些狼狽，跟戴眼鏡的女士上了泊在停車坪的敞篷卡車，離開機場。估計這輛卡車剛載過貨物，水泥礪灰什麼的。「女眼鏡」是最後攀上車廂的，前襟沾了一層灰。她四十多歲年紀，短髮，耳後夾兩枚黑髮夾。她能說流利法語，或許這就是由她來接我們的理由。但她不輕易開口，閉嘴的時候多，大約對我們這些老外，說話有禁忌，哪怕是學校指派的留學生管理員。她告訴我們，明天辦理註冊手續，後天開課，只有今天還剩少許時間，所以順路參觀首都街景。

「就坐車斗上街？」我的同學菲力浦大為驚詫。他是巴黎十六區富家子弟，平日裡溫文爾雅，有些窮講究。坐車斗遊逛北京城在他看來不可思議。

伊莎貝爾也呵欠連天，「我累了，想回去睡覺。」

「女眼鏡」不同意，宣布這是組織決定。她不屑地用眼角瞟我們，分明是說，別不識好歹，這是款待你們，該懂得領情。

誰敢不？同學不說話了，神情怏怏。興許沒人想到，北京之行將以這樣的形式開始。

都說秋天是北京最好的季節，萬里晴空，天高氣爽。但九月的這天卻是個例外。天陰沉沉的呈鉛灰色，濃雲密布，又無雨可下，空氣裡流竄著比夏季更黏稠的溽熱。即便坐敞篷車斗，也兜不到清涼的風。整座城市籠罩在陰鬱中，讓理應是歡迎的儀式變得不情願和冷漠。

還好，我沒有同學們的那種失望與沮喪。不是感覺遲鈍，而是我正頗投入地用查理的眼光探究他的故鄉。車在故宮門前停下，我便想，這是歷朝皇帝的宮殿，裡面會不會殘留了查理祖上那些蒙古王公的足跡？車過城門、牌坊、老街，我便想，帕王府在哪裡？查理的外祖母，我將要去拜訪的帕鐘霓王妃又住在哪座城門、哪個牌坊、哪條老街後面的胡同裡？甚至到了天安門廣場，注視城樓上懸掛的毛澤東畫像，我的意念也沒停留在紅色中國據說堪稱艱苦卓絕的那一場場革命，還是情不自禁回到查理的家世，冥想一個成吉思汗之後的家族爲什麼會在連綿的變革中一代代出局，灰飛煙滅……我是一個迷失於愛情的墮落者，我沒了自己的思想，活到了查理身上。

當卡車穿過海淀，駛過荒郊，終於停在北大燕園門口時，時過黃昏，天色更加低沉幽暗了，似乎正醞釀著狂風驟雨。一行人從車斗裡跳下，個個灰頭土臉，北京倒是不吝嗇她的餽贈。包括我在內的三個女孩，更是蓬頭亂髮，妝容邋遢。一晝夜輾轉飛行，又兜了一圈漫天迷塵的北京城，早已精疲力竭，即便是海市蜃樓北極光也無心觀賞了。拖著行李磕磕絆絆走進極具皇家氣派又蘊涵了江南神韻的西大門，竟沒有一個人對優美絕倫的東方式門樓、牌坊、石獅、石橋以及那棵蒼勁古樸的銀杏樹發出讚歎。法國人近於無禮的視而不見恐怕連表情乾枯的「女眼鏡」也爲她的北大感到委屈。我發現她在端寧恢宏的門台外有過短暫的停頓，故意想給我們觀賞讚美的機會，可惜被全體一致錯過。於是她臉上晃過顯而易見的慍惱。

跨過門廊往裡走，昏暗中看到一池開敗了花朵的碧波荷葉，在晚風裡拂動。荷花在諾曼第連綿的河道裡我見過多次，不算生疏。而斜對面是一座飛簷斗拱的中國建築，樓前兩柱漢白玉華表與暮色輝映，即便莊嚴，底色也是悲涼的。

「女眼鏡」控訴道：「這對華表是從圓明園搬移過來的。」

原來這悲涼有著歸咎的出處，它讓我們無以對答。圓明園是八國聯軍毀掉的，是法蘭西的恥辱，殖民掠奪者難逃其咎。「女眼鏡」告訴我們，這座樓叫外文樓，以後法國學生的漢語課將在二樓某個小教室裡上。

再往前是相對窄小的石子甬道，鋪在草坪中間朝遠處逶迤而去。我們朝西走一段，拐向東頭又走幾百公尺，穿越大草坪，感覺校園已經走到底，卻終於看見黑森森的一棟舊樓與閃爍的燈光。我們又被告知，這棟顯得陳舊的磚樓將是我們下一年的住處。樓其實並不那麼舊，只是髒，大約建樓後從未做外牆整修。不像法蘭西隨處可見的公寓樓，政府都有規定，十年一輪必做外牆翻新。「女眼鏡」一頭竄進樓道，三腳兩步登上木扶梯，我們尾隨上樓。在二、三層樓梯口，每人拿到發下來的鑰匙。不知爲何，九個人全打散了，分布兩個樓層不說，還都隔開。打開房門，有千篇一律的難聞氣味撲鼻而來。牆壁久未粉刷，灰邋邋沾著汙跡，牆角一張小床，鋪了席子，掛了蚊帳，左側兩屜書桌，右側衣櫃、臉盆架，屋中央還拉了條粗鐵絲，後來知道是用來晾毛巾衣物的。謝天謝地，面積雖小，卻是單人房，總算給我們留了點私人空間。室內沒有淋浴設備，廁所盥洗室都在走廊盡頭，集體共用。折騰這麼久，食堂早已關了門。菲力浦怯怯地問：「附近可有咖啡館？」

回說沒有。

「校外也沒有？」

「沒有。」

又餓又乏的一幫人只好忍著轆轆飢腸倒頭便睡。「女眼鏡」各房交代了句什麼，沒人聽懂，也沒人理睬。

一覺睡到天亮，房門被砰砰敲響，「女眼鏡」簡直就是納粹的鐵蹄，把我們從香甜的法國夢提溜到中國現實。北大的第一天便在「女眼鏡」引領之下快節奏展開。比外交使節更繁縟的學籍註冊、課程安排、生活細節以及做暫時的北大人有關種種規章制度的安排和照會，都必須在特定的這一天裡完成，環環相扣，不允許有絲毫疏漏。「女眼鏡」是校方派來的管理員，一應事務由她操縱，我們則是牽線木偶，跟她的指揮棒轉。燕園如此之大，用疲於奔命來形容並非誇張。就連第一次到餐廳（中文叫食堂）午餐，也休想獨立完成餵飽肚囊的生命運動。兜裡的法郎得由校辦財務統一開證明到指定銀行兌換人民幣，再由「女眼鏡」幫助購買飯菜票，發放餐具，再一一指著饅頭包子小米粥等主食，告訴我們這些都是什麼，該用筷子還是勺子，以及每週的伙食安排葷素搭配等等。「女眼鏡」顯然不具備不厭其煩的慈祥與親和，她的行事做派更像孔武有力的男人，說一不二，絕不重複，總是劈頭蓋臉弄得我們一頭霧水。可憐一幫巴黎東方學院漢語系的佼佼者，一旦來到動眞格的漢語體系，個個成了語言白癡，唯恐中文避之不及。於是法國人通常的臭毛病發作了，怨聲載道。不僅抱怨北大抱怨「女眼鏡」抱怨自己，也抱怨想當然的中國在近距離觸碰中變得堅硬嶙峋，了無溫情。尤其貴族中產階級家庭出來的菲力浦和伊莎貝爾，竟開始後悔自己爲什麼千里迢迢投奔這個截然相反的紅色國度來。

後來知道，留學生樓儘管外觀與內部格局都比其他樓好不到哪裡去，房間裡也沒有獨立衛廁，但與普通學生宿舍相比，已有天壤之別。他們住的每間屋面積等同，卻是上下鋪，擠了六個人，鋪的席子掛的蚊帳各自從家裡帶來。農村來的學生窮，便連破蚊帳也沒有，只能由著餵飽蚊蠅。女生總會多些梳子鏡子擦臉油什麼的，假若桌上再添幾本教材幾冊書，就是名副其實的雜貨鋪垃圾站。房間還不供暖，零下十幾度也得忍凍受寒。喝水要到食堂鍋爐房去灌暖瓶。盥洗室水龍頭一年四季就放涼水，洗臉刷牙洗滌衣褲都是它。冬天水管結冰還得停水化凍。說句不恭敬的話，比法國監獄差多了。

而留學生寢室樓，有自己的鍋爐房，在規定時間段供暖供熱水，後勤處發放床上用品。校方還專爲外籍教授、學生設立小食堂，有專職廚師。中國學生的伙食以粗糧爲主，我們則一律細糧，加上特供的牛奶、黃油、麵包、乳酪、果醬等，每週還能吃到一二回烤羊排、馬鈴薯燒牛肉。擱到現在自然算不了什麼，可當時，馬鈴薯燒牛肉便是中國人憧憬奮鬥的共產主義。我們晚上的熄燈時間比他們晚，燈泡瓦數也高。若自帶收音機，關起門來聽西洋音樂，聽法新社滾動新聞也未必不可能。

更重要的是，每人每月還有五十元學生津貼，超出當時一般國家公務員的工資。

因此我以爲，同學們是沒理由抱怨的，北大對我們已經相當仁慈。

整個六〇年代，北大外籍學生多來自越南、北韓、阿爾巴尼亞、羅馬尼亞等亞洲、東歐社會主義國家，還有零星幾個非洲國家學生。越南、北韓跟中國正當蜜月期，自然唇齒相依，親密無間。東歐幾國同爲社會主義陣營，因共同信仰走到一起，是戰友加同志。已與中國翻臉的蘇聯學生與非洲學生則是個案，各有各的來由。唯有法國，是與紅色中國第一個建立邦交的歐美國家，我們又是第一撥派往北京的西方留學生。所以，在主要功課的學習上，北大顯得小心翼翼，盡可能完善安排。

漢語課基本都在外文樓二樓小教室裡上。教室亮堂堂的，窗外能看到高聳的圓明園華表和碧水殘荷的蓮花池，清幽，安靜，比巴黎母校東方學院的環境更有韻味。授課的中國語言文學老師是司馬教授，他只給我們九位學生上課，那些越南、北韓還有東歐友邦的留學生都沒有這般好運。課時很多，幾乎天天有課，週六也不例外。那時中國不實行雙休制，各行業週六都上班。司馬教授是一位矮矮胖胖和藹可親的老先生，他也穿中山裝，但中山裝穿到他身上卻有西裝的挺括，很洋氣。他也戴眼鏡，一副近視，一副老花，上課時輪番地摘下這副戴上那副，尤其忙碌。他的腦殼很大，前額光滑空曠，對應了他學富五車的淵博涵養。聽說他年輕時留法，是法國名著最好的翻譯家之一。上他課的感覺奇妙無比，就像享受東方古典音樂，時間就在流水淙淙明淨透徹中消逝，快得捉都捉不住。課堂裡的我們這幫人，包括菲力浦、伊莎貝爾，個個眼睛來電，瞳孔放大，一副飢不擇食的神態。甚至不覺得菲力浦的比喻有多誇張：司馬教授一堂課，勝讀東方半年書。雖說教授讓我們獲益良多，但讓這樣一位大師級人物來教這幫連口語都說不俐落的洋仔洋妞，委屈了老師不說，連學生自己也覺得浪費學術資源。但司馬教授不介意，北大也不介意。可見紅色中國對我們的禮遇。

當然，意識形態的迥異，使我們享受著留學生最高待遇的同時，也要無可避免被套上並不令人愉快的「緊箍咒」。

比如，「女眼鏡」。

其實她人不壞，心地善良，做事幹練，五官也還端正，只因當局要求的政治覺悟，才使得她把自己的一張臉弄成僵硬的木乃伊。做法國學生的管理員需要特別考察，她是校方政治處幹事，懂法文，又有紅色背景，「監視」我們正合適。「監視」是菲力浦給她的行爲注腳。在自由、平等、博愛的法蘭西，

「監視」實在不是個好動詞，既不人性也不光明。我們常爲自己被監視困惑，並滋生有辱人格的不快。「女眼鏡」因爲肩負了這樁使命，便與我們必然形成對壘，讓我們不可能喜歡甚至討厭她。

又比如，九個法國學生明明可以住同一樓層的，偏要瓜分到二樓三樓，而且每個房間左右鄰居都是故意安排的他國學生。底層更是別有意味住了充當輔導員的中國學長。留學生是單人房，學長們是雙人房，比起一般中國學生原住的六人房顯然「資產階級化」了許多。據說輔導員必須是根正苗紅的中共黨員，與他們的輔導對象內外有別，名義上是照顧外籍學生生活起居，實則滲透、疏離、窺視，把每一個孤立的老外都晾曬到他們可知可循的視野裡。用當時的說法是「摻沙子」，是比管理員「女眼鏡」更獨到更細節更無處不在的監視。

還比如，留學生週末節假日外出都有請假制度。遊覽故宮、頤和園、長城、香山等名勝古跡，需有兩位以上輔導員陪同，否則就要記過。陪就陪吧，權當導遊也不錯，可派來的「導遊」不是數學呆子就是立志要當物理化學大師的，滿腦子數字公式，連點小情趣都沒有，審美在他們永遠都被一堵牆隔著，原則只是「監視」的高度警惕性。有他們在，使難得好心情出去放鬆的我們玩興大敗，巴不得早散了回去睡覺。

每每這種時候，我的同學便十分緬懷巴黎的自由空氣，浪漫情調。菲力浦和伊莎貝爾在牢騷抱怨中開始眉目傳情，牽手親吻，開始毫不掩飾地玩床上遊戲。菲力浦出身貴族，原是循規蹈矩的紳士，我以爲是禁忌的反作用讓他搭上了欲望快車。

另一對尼古拉和克萊特也如法炮製。

馬克和托尼是同性戀，自然有不同的隱祕方式。約翰與我一樣，在巴黎有他親愛的。九人團體只剩下形單影隻的皮耶爾。他是最另類的那一個，長髮，滿臉鬍子，體魄魁梧不亞於拳擊手。按通常邏輯他應該是最被女孩青睞的，偏他的戀人竟是未名湖。皮耶爾每天晨跑，繞著未名湖一圈又一圈，像把親暱、情欲都給了清泠泠的湖水。當年北大並不允許學生談戀愛，即便留學生，也不能明目張膽違反校規。不過沒有什麼力量能箝制年輕人體內的荷爾蒙飛揚狂瀉。愛，上帝也無法阻擋。

幸好，我有查理，藏匿於心，足夠滿，再容不下別的男人。我把全部夜晚給了遙在巴黎的我的情人。我在越寫越長的信裡與查理說話，說我的愛，我的思念，我無以驅趕的情欲。寫著寫著恍惚入夢，總覺得自己赤裸裸躺在查理的懷抱，狂歡不已。類似的夢做過無數次，早上醒來只好用熱毛巾一遍遍敷臉，糾正像是性欲過度的黑眼圈，蒼白的唇。

## 輔導員與外籍同學

孫瓶花與崔小莉便是肩負著輔導員的「KGB」身分推送到法國留學生面前的。

被選拔當外籍學生輔導員據說是值得炫耀的事。使命感優越感不用說，還有某種神祕感，既拘束壓抑，又充滿不可預知的期待。

抵達北大的第三天，下課回宿舍，走廊上遇見「女眼鏡」，她把兩位中國女孩往大家面前一推，說：「認識一下，高年級同學崔小莉、孫瓶花，你們的輔導員。」其實，「女眼鏡」並非偶遇，她已候了多時，專爲推介校方派出的「KGB」。

孫瓶花敦厚，穿件洗白了的藍布舊衫，土得掉渣。小眼睛，厚嘴唇，頭髮乾黃，一剪子下去，齊刷刷剪掉了青春少女該有的嫵媚。崔小莉就不同了，站在那裡如迎風的柳枝，搖曳多姿，肩頭垂掛兩條烏亮的大辮子，辮梢上一對藕荷色蝴蝶結，甩前甩後都是不經意的風情。她嘴大，鼻梁高，眼神犀利，五官爭先恐後的，整張臉沒有一處是東方美人的溫潤細膩，卻是誇張的性感。尤其她的姿態咄咄逼人趾高氣揚的，恨不得全世界都拜倒在她的石榴裙下。見第一眼，大凡以爲她也不是中國人。

她卻清朗地一聲大笑，嗓音嘹亮：「我叫崔小莉，歷史系的，武門之後。我父親是延安一路打進北京來的開國將軍。」想來是要告誡這幫外籍學生，別小覷她這個輔導員，她是代表某種權力與威嚴的。可法國人與她的什麼將軍父親有關嗎？留學生中不知誰嗤笑一聲，大家隨即跟出顯而易見的揶揄。

孫瓶花當時就站在她身邊，吶吶的，不像同學，倒像女僕。法國同學由此更討厭崔小莉的跋扈和不厚道。尤其討厭的是，崔小莉處處拷貝她父親，扮演將軍角色，頤指氣使品頭論足，管制留學生，也修理孫瓶花，好像她來北大不是做學生而是當警察來的。

那個週末，菲力浦、伊莎貝爾還有夏洛蒂去逛大柵欄古董集市，住樓下的輔導員孫瓶花、崔小莉第一次作陪。好不容易兩位中文系歷史系學姊替代了那些分子式與數學方程式，大柵欄也會少些枯燥吧。一路換車倒也聊了些不那麼乏味的話題。那是法國女孩第一次與同是女孩的輔導員接觸，性別上少了隔閡，先就多份親暱。孫瓶花的名字也有意思，插在瓶裡的花。她出身於河南農村，家裡很窮，上大學也是保送上來的——不是瓶花更像野花。

詎料到了大柵欄，滿目眼花撩亂的古董在她倆眼裡彷彿就是一片沙漠，什麼感覺都沒有。菲力浦看中了一件青銅器，想買回去送他父母，向她倆討教，能否證實小販所言眞是戰國時期的樽。她倆面面相覷，別說樽，就連青銅器都聞所未聞。夏洛蒂淘到一只玉白色瓷盤，那瓷比玉還細膩。就是這個瓷盤，讓她從此成爲中國瓷器的發燒友。伊莎貝爾瞧見一只明萬曆年青花小盞，愛不釋手，眼珠子都差點落進小盞了。她們不會討價還價，付了賣主十幾塊人民幣。崔小莉眼風瞟過這幾樣東西，嘴角撇著，是很不屑的姿態。孫瓶花站一旁，眼都直了，嘴裡嘖嘖不停，「太貴了，太貴了！」執意阻攔買賣雙方達成的生意。明清瓷器啊，無與倫比的寶貝，只要有點眼力，誰都會愛不釋手的。難道兩個北大文科女學生，眞看不出古瓷器的好來？太缺乏美學眼光了吧？

孫瓶花卻說：「買這兩件什麼也不是的東西，太糟蹋錢，擱我老家，都夠一大家子吃大半年了。我要是掏得出一半的錢，前兩年鬧災荒，家裡也不會餓死人了……」

「你家餓死誰了？」

「我奶奶。還有我小舅，他吃野菜中毒死了。」

意識到說漏嘴犯了禁忌，孫瓶花緘默了。

法國學生突然被什麼尖銳的東西刺著了。

回家路上，伊莎貝爾用法語嘀咕道：「還是文科生，居然連國粹渾然不懂。不懂也就罷了，怎會連起碼的審美感覺都沒有，簡直不可思議！」

夏洛蒂卻被孫瓶花家裡餓死人的事實震撼著。原來，不管崔小莉還是孫瓶花，與他們都不活在生命需求的一個層面上。她深感抱歉。

便是從那次開始，夏洛蒂與這兩位輔導員，尤其孫瓶花走得越來越近，成了能說些心裡話的朋友。她試圖了解她們，並通過她們進一步認識這個國家、這個城市乃至每一個個體。她有走進他們內心的強烈欲望。

後來知道，孫瓶花母親患肺癆常年臥床，一家人靠她父親務農掙工分，吃了上頓沒下頓，根本沒錢尋醫買藥。她母親只能躺在破棉絮裡一天天咳一天天耗，咳急了吐一盆紅得瘮人的血。實在熬不下去，就從土牆旮旯裡摸了敵敵畏（二氯松，一種殺蟲劑），要把自己喝死。救過來，還要再喝，說免得拖累家小。孫瓶花收到弟弟拍來的電報，眼都哭腫了。夏洛蒂心裡不忍，找法國同學爲她捐錢。同學竟沒有一個說不，不管平日與這位輔導員熟不熟，喜不喜歡她，該有的憐憫之心道義之舉誰都不少，或從獎學金或從伙食費省出來。菲力浦說好請大家去莫斯科餐廳吃西餐的，也免了。西餐解饞，藥卻救命。夏洛蒂比別人多個信封，裡面有查理給她的法郎，除了高頻率寄國際航空花費不便宜的郵資，她把能省的錢都省下來給了孫瓶花。她說她不是慈善家，但同學家人的一條命，總不能見死不救。孫瓶花起初不肯收，不敢收，夏洛蒂就坐在她床頭跟她磨嘴皮，終於說服她把錢匯給了母親。母親住進公社衛生院暫且保住了命，孫瓶花給法國同學一個個磕頭，還從此包洗眾人的髒衣服，弄得小老外們不知所措。

夏洛蒂於是成了孫瓶花的鐵桿女友。

功利地說，這位鐵桿也是上帝賜給夏洛蒂的女神。她三兩天就要發一封航空信給查理，這在校規裡並不允許。有了孫瓶花的掩護，不可能變爲可能。夏洛蒂不用請假頻繁出校門到郵局寄信，也不用擔心被「女眼鏡」「順便」審查信的內容了，雖然信裡除了愛還是愛。孫瓶花做了信使，做了交通員。她替夏洛蒂買來大把郵票，然後課前或午休跑步去郵局寄信。夏洛蒂說貼了郵票扔進郵筒就好，她不肯，怕弄丟了，親手交給收件員才確保無誤。孫瓶花是那麼憨厚樸實，她從來不問信是寄給誰的。夏洛蒂坦白說，是給查理的情書。她聽後呵呵地樂，粗糙的臉上漾起一縷稱得上美麗的柔情。

若說這幫小老外心裡從未產生過對北大的怨懟，是矯情而不眞實的。但不久之後發生的始料不及的一件事，無形中抵消了他們的怨懟情緒。

同是留學生宿舍樓的單人房間裡住了一位來自莫斯科的蘇聯小夥子，叫洛勃尼科夫，是北大歷史系東亞文化史專業三年級學生，學業極其優秀，外表也很浪漫。棕紅色鬈髮，灰綠色眼睛，鼻翼兩側的雀斑星星點點，若隱若現。他看上去非常感性，絕對的詩人氣質，就像活生生的普希金。他手風琴拉得近乎職業，歌喉也不錯，夜晚有月亮時常會坐在蓮花池畔，或就近在大樹下的草坪上拉琴唱歌。他唱的都是那個年代耳熟能詳的蘇聯歌曲，最動聽的就是〈三套車〉。詩意，憂傷，無邊無際的遼闊和蒼涼。有一次伊莎貝爾特意叫上夏洛蒂，躲在暗影裡佇足聆聽，女孩的心頓時被某種力量穿透，淚水嘩嘩流了一臉。

因爲住同一棟樓，又覺著他與查理有氣質上的相仿，夏洛蒂便與他走得稍近了些。見面閒聊幾句，或者聽他自彈自唱後坐下來，一起談談北大之外的托爾斯泰、巴爾札克。夏洛蒂的俄語可以簡單對話，洛勃尼科夫的法文則高一個級別，彼此談話沒多大障礙。

可是有一天，夏洛蒂從外文樓下課回宿舍，看見洛勃尼科夫被幾名身穿藍制服的警官從樓梯口押出來，手上銬了手銬。他抬眼瞥了她一下，旋即低下頭，抖縮肩膀擦身而過。

嗣後被告知，穿藍制服的警員是國家安全部的，他們拘捕洛勃尼科夫的理由是，有證據顯示洛勃尼科夫盜取中國不爲外人所知的國防祕密。他以學生身分隱藏北大三年，其眞實面目卻是蘇聯ＫＧＢ間諜。證據是一架微型照相機，就藏在他的上衣口袋裡，口袋上那顆紐扣便是相機快門。洛勃尼科夫幾年來一直用它作案，盜取蘇聯諜報機關授意索要的相關加密信息。

大家全都傻眼了，爲無從考據的一個罪名。任何旁觀者的信與不信毫無意義。相反，倒是對留學生的抱怨有了最合理的解釋。

那天晚上，法國同學擠在一間房裡議論這件事，氣氛是兔死狐悲的肅殺。末了拳擊手皮耶爾聳聳肩，給大夥兒打氣說：「小姐們，先生們，這兒可是連只熨斗都沒有，叫我如何熨平你們的皺紋臉。趁早笑一個，饒恕才是快樂之源！」

饒恕誰？校方還是洛勃尼科夫？誰也糾結不清。

## 造訪乾麵胡同

從燈市口站下車，踩一路金黃的落葉，我走進這條已在心裡盤桓良久的乾麵胡同。地面乾淨起來，踩上去沙沙作響的枯葉彷彿突兀地被一陣大風颳走，不留一點痕跡。胡同很長，有的地方寬，有的地方窄，老舊的四合院鱗次櫛比，一座挨著一座。興許是秋天裡最後的週末了，天高氣爽，風夾雜在陽光裡拂過臉和手臂，有微涼的暖意。想到即刻便可見到帕鐘霓王妃，了卻查理和他母親難以言喻的苦痛心願，我心情不錯。為不辱使命，我在北大惡補了一個多月漢語，期望蓄意推遲的這次會晤不因語言障礙而變得尷尬而晦澀。

我手裡提一只LV（Louis Vuition）旅行手袋，袋裡裝著土爾扈特太太送給她母親帕鐘霓王妃的吃食。幾罐鵝肝醬，兩罐奶粉，一袋現磨咖啡，一摞純黑巧克力。土爾扈特太太告訴我，這些都是她母親的最愛，當年從巴黎飛北京，回回少不了帶這些東西回家。母親啜飲現磨咖啡那種香噴噴的愜意和歡喜，令她這個做女兒的至今想起來就心痛。這許多年諸如此類的法式經典自然是上不了嘴了，捎過去只為讓她重拾舊日一點破碎的念想罷了。土爾扈特太太交給我這些東西時，淚星在眼圈裡閃爍。

LV手袋是查理專門從旗艦店挑選的，三〇年代經典老款。兒時在北京，外祖母帶孫兒上街，臂彎裡總會挽一只LV，高貴端雅。那是留學法國的母親捎給外祖母的生日禮物。當時北京街頭不像十里洋場的滬上，摩登的LV很少見，只在洋女人與社交名媛的臂彎上偶爾閃現。所以祖孫二人的氣質與佩戴引人注目，有頻繁的回頭率，讓一路行來的小查理有足夠滿足的虛榮心。如今這一切早已不復存在，但查理還是希望能給外祖母舊日的榮耀一點微不足道的補償。

還有厚厚一沓大面值三萬法郎，裝在牛皮信封裡，用訂書針封了口。這在六〇年代是筆鉅款，一個中國人能拿它吃幾年或幾十年我不得而知，反正已是法國海關出境的極限。這個信封此刻在我口袋裡捂得熱乎乎。

陪我過來的是輔導員孫瓶花，自從被我「收買」成了好朋友，她總是有求必應，刻意回報我曾經給她的幫助。我倆一邊找門牌號一邊往胡同深處走，看見一個紮著頭巾露出白髮的老女人在掃胡同。她的背有點佝僂，手裡的掃把比她個頭還高，但她舉重若輕，動作嫻熟俐落。她背對我們往前掃，枯葉在塵土裡飛揚，藏青色的舊布衫蒙了薄薄一層土，身後卻是一塵不染的潔淨。

我追上去，追了幾步又佇足，心裡有種莫名的感動。

掃地的女人聽見聲響，回過了頭。她用衣袖擦把汗，對我淡然一笑。

我陡然一驚，脫口而出：「您，難道真是……帕鐘霓王妃！」

她雖然老了，枯瘦了，穿著又寒傖，可終歸還是我在照片裡見過的那個人。原有的氣質沒有變。

她愣住，在陽光下瞇縫著眼睛打量我。

我上前握住她的手，說：「尊敬的帕鐘霓王妃……」話剛出口便被她的手掌捂住了嘴。她彷彿被我的稱呼嚇住，使勁搖頭，並四下張望，生怕剛巧有人走過被偷聽了去。

我連忙改口，對她說：「我叫夏洛蒂，我從法國來，我是查理的朋友，受查理和他母親的委託來看您。如果您不介意，我也叫您姥姥？」

老人的眼睛頓時亮了，枯萎的臉一瞬間容光煥發。她靜默著，捋下頭巾撣身上的灰，撣著撣著眼淚盈滿了眼眶。她哆嗦嘴唇歎了口氣，「十五年了，我想他們啊！」

孫瓶花也追上來，搶過老人手裡的大掃把，對我說：「快讓姥姥領你進家，我替姥姥掃完這胡同，很快的。」我沒跟孫瓶花說過查理的家事，但孫瓶花也算是革命陣營的人，明知老人不是等閒之輩，掃大街也是被監督的強制性勞動。難道為了我，她連立場也不顧了嗎？我心裡既慚愧又溫暖，為這份樸實的情意。

帕鐘霓王妃仍攥著她的掃帚不放。不是擔心自己，而是怕連累孫瓶花。我勸她，「孫小姐是我同學，根正苗紅，不會有事的。」我攙扶著前王妃，她一步一回頭，領我進了側邊幾步遠的一個門洞。

這是一座已看不出顯赫和氣勢的四合院，正門中開，位於乾麵胡同寬敞齊整的中段。門是老式的朱紅金漆，因年代久遠，已斑駁褪色，門腰上的鐵環也是鏽跡點點。石墩壘築的門檻很高，想來是來回跨越的腿腳多了，打磨出亮鋥鋥的石光。門內兩側各有蒼老遒勁的枝幹探出牆頭，門外不遠處也有盤根錯節的一棵老樹咫尺相對，枯葉零落了十有八九，沖天的枝杈上只剩了疏朗的一撮黃。雖不免蕭瑟，卻被陽光勾出魂來，照樣耀人眼目。為與王妃搭上話，我來之前曾對她住的這個地方查過資料，據說乾麵胡同是從元朝建大都時沿襲下來，到了明朝成為貯藏官糧要地，隸屬黃華坊，滿清時屬鑲白旗地界。陸陸續續建在胡同裡的四合院，最老的已逾七百年，每一座幾乎都有可鉤沉可評說的歷史。然而我們走進的門洞沒有這等氣象了，它是偏門，開在後院，與前院的大天井基本隔開。並排三間低矮的平房，早年估計連偏房都不是，屬於茅房雜物間之類。不過平房門上掛著藍底細花紮染土布簾子，倒有幾分原始的美感。帕鐘霓王妃告訴我，整座四合院的二十幾間房早先都是帕家資產，解放初兒女走的走，關的關，只剩下她一個受管制的舊朝王妃，院落自然歸了政府，做了外交部下屬某外事機關的辦公室。為孤苦伶仃的老人不至於流落街頭，才留下矮牆邊的三間下房包括茅廁、廚房供其容身。這在當時階級鬥爭酷烈的情境下，已屬最不殘忍的剝奪與處罰。帕王妃說她沒有怨言。

掀開藍布門簾，我隨主人進屋，眼前豁然開朗。這是三間房裡最寬敞的那一間，既是廳堂又是臥室，貌似窄小，實則窗明几淨，陳設井然。甚至，還有幾分奢華。當然這裡的奢華不是常態的奢華，而是一種氣息，一種氛圍，一種看不見摸不著的感覺，掩映在不動聲色的樸素之下，獨具匠心。月白色窗帷是手繡的，月白色台布椅套是鉤織的，家具也作了徹底的減法，只餘下必不可少的生存之需，紅木原色，簡潔之極。桌面上也沒有多餘點綴，除了一只鐘滴答滴答走出不快不慢的聲響，別無其他。唯有床上的鋪陳含蓄間偶露崢嶸，緞枕緞被，一樣的老緞，一樣的歲月沉澱，卻絲毫不見褪色。無聲的靜默裡，我透過煙雲看到逝去的鐘鳴鼓瑟之家。

帕鐘霓王妃從另一間屋，想必是廚房吧，給我們沏來兩盞清茶，一盞留給還在掃地的孫瓶花。杯盞是細瓷的，有托有蓋，鑲了金邊，與她女兒在維瑞奈大房子裡用的茶具異曲同工，大約是前王妃家底沒收後的碩果僅存。

我把捎來的東西一一遞上，牛皮信封、LV，還有塞滿手袋的鵝肝巧克力等。帕鐘霓王妃拆開信封，沒去碰錢，只抽出薄薄的信箋一目三行讀了一遍，她居然不用老花鏡，然後在床沿坐下，眼睛看向窗外遙不可及的遠天。我想，她是在尋找她的女兒和外孫。

親愛的查理，你有心靈感應嗎？我是多麼希望你能扭轉頭，回望你外祖母深情的凝眸。

回到屋裡的帕鐘霓與胡同裡掃地的老太太判若兩人。她即便不說話，即便只是安靜地坐在床沿，那身姿也是端莊凝重，儀態萬方的。她沒去坐我對面空下的另一張椅，顯然是要留給孫瓶花的，與那盞清茶一樣。她也沒有去摸撂在桌上的LV，並拆看包裡面塞得鼓囊囊的禮品，也不肯瞟一眼牛皮信封裡的三萬法郎，儘管她是多麼驚詫多麼需要。她只是端坐著，雙膝併攏，腰背挺直，眼波無驚無瀾，面容風輕雲淡。好像我不是什麼巴黎來客，只是她的小鄰居，常年都在這張椅上坐著，根本沒打擾到她似的。什麼是大家風範，這就是！

她的眼神迷離起來，衝著我的位置喃喃道：「我瞧見了，瞧見我的小查理就坐在那裡……粉嫩的臉蛋，湛藍的眼睛。」

我趕緊探問：「查理出生在這座四合院嗎？」

老人搖頭，「不是的，他生在帕王府，七八歲才搬來乾麵胡同。王爺死後多年，與幾個蒙古王公合夥投資的鹽務、運輸生意做不成了，家道越來越不濟，帕王府開銷太大，便有些捉襟見肘。不得已，把太平倉胡同西口的王府典賣給當時的比利時教會做了博愛堂，在乾麵胡同典下這座二十多間房的四合院住下來，僕傭也遣散了一大半，只留下六七個男女裡外打理，節儉度日。從此家府門第雖不至於一敗塗地，到底寒磣了許多，連查理這個小人兒也不樂意了，天天纏著我要回帕王府。我告訴他，帕王府沒了，回不去了，這兒才是家。他不信，有一回竟然偷偷跑出門，結果帕王府沒找著，差點把自己也走丟了。」

說著，門外響起女人高亢的大嗓門，一個腦袋探進布簾，短髮梳得很潦草。她剛說了句「帕鐘霓，下午兩點五類分子到居委會開小組會，彙報改造心得。」看見了我，眉頭旋即皺成一撮。大抵是我小老外的長相引起她的警惕。她虎視眈眈的目光釘到我臉上，審犯人一樣問：「你是誰？」我愣住，一時不知如何應對。恰好孫瓶花掀開另一頭布簾走進屋，衝那梳短髮的腦袋說：「北大歷史系學生，找帕鐘霓了解英雄東歸史料。怎麼，有問題嗎？」邊說，邊掏出北大學生證晃晃，一下就把居委會女人挑釁的氣焰鎮住了。腦袋縮了回去，嘴裡仍嘟囔著，「這家人關的關，逃的逃，說到天不過是封建遺老，什麼英雄東歸，還有立場沒有?!」等那腳步聲不情不願離去，我衝孫瓶花哈哈大笑，「孫同學，真有你的！不愧是革命陣營裡的人，知道如何對付同志加戰友。」

帕鐘霓驚魂甫定，緊張的臉肌舒展開來。她與監管的居委會幹部兩個女人兩張臉，卻因水深火熱的躁動，淡泊如雲的安靜而截然相反。大約這就是意識形態在表象上的分野。

孫瓶花在給她空出來的椅子上入座，突然拘謹起來。早早斟出來的茶涼了，她卻一口一口喝得很慢。那只細瓷茶盞捏在她粗壯的手掌裡顯得怪異。她恐怕是第一次用如此精緻的杯盞，喝如此美妙的好茶。她會怎麼想？

我用眼神催促帕王妃，我想知道那半截故事的下文。

家族落敗的歷史在述說裡難免傷懷，但有查理的影子在，傷懷也是魅力。帕王妃眉頭微蹙，嘴角時有不易察覺的笑靨一閃而過。我聽說查理是在外祖母膝下長大的，祖孫之間維繫著難以割捨的親情，甚至勝過母子關係。

而我，與帕王妃之間由於查理這座橋梁的存在，天然地有了某種意會和默契。彼此坦率在此時顯得既有力量又至關重要。於是我毫不掩飾地告訴老人，「我很愛查理，但我是他妻子之外的情人。」不管結果如何，我都不該在深愛查理的姥姥面前故作姿態或者撒謊。

老人沒有一絲驚訝。她笑笑，「我猜到了。」

她先瞟一眼桌上的鐘，離下午兩點的開會時間還早，再用蒼老的眼眸凝視我，「那麼孩子，你是想聽查理兒時的往事了？」

我喜出望外，差點沒衝過去擁抱她並親吻她多皺的額頭。

「如果我告訴你，我至今不知道我外孫兒的父親是誰，你會相信嗎？」她說。

## 民國舊事

民國十六年秋，一個天高雲淡的黃昏，帕王府的門被悄然推開，風塵僕僕的尼錫達爾瑪一頭撞進來。

帕鐘霓王妃被管家嬷嬷喜出望外的稟報驚起，從洋樓裡走出，站到前廳外的台階上。果然看見女兒長髮披肩，手提小巧的旅行箱，沿甬道踏著黃葉窸窸窣窣向她走來。沒有信函，沒有電報，就這麼突兀地從巴黎返回北京的家。尤其令人難以置信的是，女兒緊扣了雙排紐扣的風衣裡，若隱若現鼓起一個滾圓的肚腩，昭示著女人最根本的嬗變。

深夜，因爲公主到來騷動了大半夜的帕王府安靜下來。前後相銜的兩棟小洋樓沉入漫無邊際的黑暗。只有一盞燈，亮在前樓二層關閉了百葉窗的起居室裡，細窄的光束穿透縫隙，徜徉在開始起露的潮腥裡。尼錫達爾瑪與母親面對面隔桌而坐，頗有點對手談判的架勢。女兒在海上飄了四十天，膚色黝黑，臉頰眉眼處處可見海風海浪吹打的痕跡。帕王妃憂患的眼神不停地在孕婦隆起的肚子上來回穿梭，讓女兒憋了一嘴的話難以啓口。

只好沉默，任憑窗內的鐘，窗外的風，由遠而近由低而高琴瑟合鳴。

母親的擔憂不是沒有道理的。一個剛滿二十歲的閨閣女子，好端端去巴黎留洋，居然抱個大肚子回來，出不了門不說，又如何向她自小訂了親的夫家交代？

尼錫達爾瑪自小驕寵，帕勒塔又是開明父王，凡事依她，就連纏足這類不得忤逆的女德教化也在她驚天動地的哭鬧下解禁作罷。唯有婚姻嫁娶，則必須遵循父母之命媒妁之言。於是在她十歲那年，雖在教會女校接受法式教育，卻也不妨礙她早早擁有一紙婚約。她的未婚夫同出蒙古王公府邸，只因其父從未做過京官，幾代人一直久居西域，心無旁騖過一份封閉而尊貴的日子。那個未來的夫婿比尼錫達爾瑪還小兩歲，直到她出洋雙方都未曾見過面，心裡更是連個人影都不曾流連過。

女兒在沉默良久後終於開口：「等生下孩子，我無論如何都要去趟西域……」

「去做什麼？」

「母親，您難道不覺得解除婚約是我的當務之急？」女兒似笑非笑，嘴角抽起一抹譏誚，「平常連面都沒照過，到了洞房花燭一夜共眠，您不覺得荒唐？難道眞希望您女兒把一生就這麼順水推舟託付出去？」從小就不知淑女守舊爲何物的尼錫達爾瑪在海外新思潮染缸裡泡過一回，更如大草甸裡桀驁不馴狂奔的野馬了。她振振有詞，像是與母親商討，實則不過把早已深思熟慮的想法再對自己陳述一遍。

帕王妃清楚這類商討從來都是單方面宣告。作爲母親，她太知道自己的女兒了，不管多麼離經叛道，她決定的事，誰都拗不過，連她父親在世也不得不順著她。要不是當初她小，這樁婚約何以哄得下來。

「如此說來，你是鐵心要跟肚裡這孩子的父親結婚嘍？」

「不，那個人當不了丈夫，更當不了父親。」女兒說：「兩碼事，一碼歸一碼。」

母親大驚失色，「這又從何說起？他是誰？」

「一個洋人，您又不認識。」

「既做不了丈夫，又當不得父親，你憑什麼跟人懷孕生子，豈不作孽?!」母親的眼淚一下子湧出來，拿手絹去拭，越拭越湍急。「女孩兒家，如何拖個油瓶過日子？」

「誰也不想生，可不生又奈何？」女兒歎了口氣，氣息裡的酸楚水一般洇開來，把母親的心也淋濕了，濕漉漉。

尼錫達爾瑪再強悍也拗不過攀緣於性別之上的纖弱，這是女人一觸痛遍全身的軟肋。當勢無阻擋的性欲在肉體結出罌粟之花，而那個「法蘭西國王」又人爲消失於視線之內的時候，她一個藝術學院的女生除了詛咒流淚還能有什麼轍？她才二十歲，母愛尚未甦醒，對肚裡孕育著的生命幾乎沒有感覺，一心只想卸掉他，像個累贅的包袱。可是，她不被允許，也沒地方卸。人類沒來得及發明避孕藥，懷上不該懷的種理所當然被視爲放蕩醜行，流產、引產更有悖教義、法律、道德而受嚴苛譴責與懲罰。尼錫達爾瑪在巴黎敲過無數扇門，教會醫院、診所、婦產科大夫的家，甚至修道院接生嬤嬤黑洞洞的診室，都被禮貌或不禮貌地驅逐出來。最後在一位同學母親的偷偷引薦下，沿著彎曲的木樓梯走進頂樓的一間小屋。

那裡面住有一位法國老媪，專門從事這項私密行當，給不能要孩子的女人做人工流產，用老掉牙的工具，慘烈扼殺的手段。比如用雨傘骨透過陰道穿刺子宮，比如用自行車打氣筒吸胎，沒有任何生命保障且必須掩人耳目，偷雞摸狗似的。索要的手術費用亦高得嚇人，如果這也算是手術的話，因爲一旦被告發拘捕，將以扼殺生命重罪被判極刑，說白了是椿殺頭生意，要價高也在情理之中。頂樓裡的這位老媪原是平民窟的風塵女子，初始只爲償付拖欠的房租偶爾爲之，做了幾例，例例成功後名聲暗暗傳開，找上門的孕婦越來越多，推都推不掉，就做了專職。窮家女上門總是哭訴哀求，一把眼淚一把鼻涕潤濕苦巴巴的臉。貴婦人上門多半拿腔拿調掩飾著倨傲驕矜，不管爲未成年的女兒還是爲自己偷情惹出的禍端，都會用大把法郎說話不容推辭。定好約會絕不停留片刻，訕笑一聲拂袖而去，也不知嘲弄的是對方還是自己。

尼錫達爾瑪找到這位老媪時，老媪已賺了很多錢，早就脫貧致富，在富人區也置下房產，依然住頂樓是避免麻煩，住給警察、神父和街坊鄰居看的。她告訴尼錫達爾瑪，她現在已經不常接這種手術，上年紀了，手會抖，她不想壞了自己手術從未失敗的一世英名。況且無論術後感染或血崩都是人命攸關的大事，她不想害人，更不要把自己送上斷頭台。但老媪最後還是接納了尼錫達爾瑪的請求，只因爲尼錫達爾瑪是一位來自東方的中國公主，老媪對那個遙遠的國家充滿好奇，正是這份好奇驅使她願意給尼錫達爾瑪幫助。當然還有別的理由，關乎嬰兒的父親。他的身分、名氣和他的風流同樣讓前風塵女子充滿好奇。

然而，到了手術那天，當尼錫達爾瑪獨自登上頂樓，躺倒在老媼那張鋪著白床單的簡易手術台時，心卻抽搐顫慄起來。失望、委屈、恐懼還有孤獨無助，把二十歲女孩的羅曼蒂克遐想撕得七零八落。頂樓裡蒙了窗簾，很黑，燈影在灰白的牆和天花板上晃，宛若雨前遊雲，低矮地壓過來，壓得她喘不過氣。老媼在狹窄的屋裡地鼠般走動，臉上沒有口罩，身上不披白大褂，只有鼻梁上架副老花鏡，輔助她昏花的視力得以把利器準確插進陰道。她的手術器械是一只改裝過的舊氣筒，她將用它吸掉子宮裡那團未成形的血塊。氣筒用過許多次了，看起來與老媼的人一樣老。老媼俯下身，嘴對著尼錫達爾瑪的眼睛說：「會有點疼，你要忍住，別亂動，弄成血崩就沒命了。」此時的尼錫達爾瑪雙手雙腳縛在手術台上，嘴裡捂著毛巾，活像一條被宰割的魚。

血崩是什麼？血崩若不送醫院就是死！老媼傳輸給尼錫達爾瑪的訊息讓她的腦細胞轟然炸開，眼球突出，耳畔風作雷鳴。她欲死守陣腳，卻還是看見眼前豁開巨大的窟窿，翻捲著瘮人的紅色，正把自己的身體一點點吞沒，血泡像妖豔的殘花奇葩四處漂浮。然後是，無邊的血腥，無邊的死寂。

尼錫達爾瑪猛然坐起，迎頭撞翻了老媼手裡長槍般舉著的氣筒。捆縛她手腳的綳帶早已被她掙脫。她連鞋也沒顧上穿，衝向桌邊搶回那沓法郎，狂飆似奪門逃竄。這沓很厚的打胎費是用母親留給她的玉鐲典換來的。那個住在被護城河團團圍住的水晶宮古堡裡的男人有的是富貴奢華，但尼錫達爾瑪不屑於他的錢，和不屑於他的虛僞高貴一樣。雖是赤腳，樓梯上還是一陣比鼓點更急促的腳步聲，從上而下，咚咚作響。

二十歲的中國公主就這樣臨陣逃脫，撿回自己和嬰兒的一條命。

回京城一個月後，帕王府的小王爺降生，取名查理。其時西元一九二七年，民國十六年。

尼錫達爾瑪甚至沒有按照中國人的傳統習慣坐滿月子，便隻身去了西域。她是一個強悍的女人，說一不二是她有別於許多女人的行事風格。她說過要撕毀婚約，便一定不會做那個王爺的妻子。八十多天杳無音信之後，她曬得一臉黧黑回來。去時一截一段地坐火車，回來卻是跟著西域最原始的馬幫商隊，走戈壁灘、大草甸，跟一群粗糲的男人騎馬騎駱駝，跨越絲綢之路。抵達北京那天，風沙大作，尼錫達爾瑪幾乎是跪著撲進帕王府大門的，累得差點吐血。兒子快滿四個月，白白胖胖的，她抱起來只親了一口，已呼呼昏睡過去。

沒人問得清楚她解除婚約不可能簡單的過程。那個蒙古王爺從此在帕王府銷聲匿跡，從未存在過一樣，恰似查理那位影子般的法國父親。聽說在西域的那些日子裡，尼錫達爾瑪還在蒙王府接待過神祕的客人，一位丹麥旅行家，他在新疆一帶遊歷，搜集散落於絲綢之路的邊域古樂歌謠。從他與公主牽手步入蒙王府的那一刻起，府邸的留守老奴就發現他與公主是多麼相稱相配的情侶。至於後來為什麼終又分離，老奴既不得而知也不敢妄猜。這段插曲沒有被尼錫達爾瑪帶進帕王府，所以帕王妃也是多年之後才大略知其一二。

母親只是明顯感覺到，一年裡一波三折發生的這些事改變了女兒的性情。桀驁不馴甚至驕縱的尼錫達爾瑪不見了，她像原本青澀的果子，在自己的性別世界裡成熟起來，成就了溫婉圓潤識大體的高貴優雅，並為日後混跡於上流社會演練積蓄著屬於社交名媛的那種矜持、機敏、不卑不亢以及能輕而易舉從男人設下的圈套裡翻手為雲、反敗為勝的冷漠與韜略。

半年之後，巴黎藝術學院未完的學業需要續補，新科母親把兒子丟給他姥姥，再度赴洋。

還是帕王府的門楣下，尼錫達爾瑪吻別抱在母親懷裡的查理，凜冽的晨風吹來，吹乾她眼角稍縱即逝的淚星。查理是在姥姥懷裡長起來，對母親生疏，並無撕扯之痛。所以他不哭，只把無邪的一雙藍眼睛瞪圓了，好奇地盯著他看不懂的遠方。

民國二十四年初，帕鐘霓與帕家長子正琢磨典賣太平倉西口帕王府，尼錫達爾瑪從巴黎回來了。與她結伴同行的是位法國男子，亞麻色頭髮，灰色眼睛，身著藏青呢大衣，嘴裡銜一支烏光油亮的菸斗，派頭十足。他叫米歇爾．布雷蒙，是法國派遣中國的外交官。他沒有進府，只讓來碼頭接他的車把尼錫達爾瑪送到家門口便告別走了。

查理大舅是尼錫達爾瑪同父異母兄長，留學俄羅斯，回京後一直在俄國洋行做事。他問妹妹派頭十足的法國人是不是她戀人？尼錫達爾瑪滿臉春風，笑說遠洋輪上相識的。兄長便奚落妹妹羅曼蒂克的甲板戀也太快了點。尼錫達爾瑪嬌嗔道：「近兩月的航程，快嗎？」倆弟弟也一左一右纏著姊姊起鬨，尼錫達爾瑪佯裝惱惱，斥責他倆小孩子屁事不懂。

其實查理才是眞正意義的小孩，卻只有他不聲不響，用疑慮的眼神看母親，讓母親心裡陣陣不安。

這時有買主上門來，尼錫達爾瑪便對母親嘀咕，賣帕王府她無話可說，但黃花梨木器和幾幅古畫不能賣，那是她的東西。當年父親還在病榻時，她就討要了這幾樣東西。她說今後她不要帕王府一磚一瓦，只要黃花梨和趙孟頫、劉紹祖，因爲她是眞的喜歡，喜歡到難以割捨。她是帕家最有藝術天賦的人，後來到巴黎學了西洋油畫，更把生命融入了藝術。在她看來，再豪華的園子豈能媲美一件黃花梨，一幅趙孟頫、劉紹祖！於是，在尼錫達爾瑪毫無商量的干預下，母親兄長只單單賣了帕王府。

這些家具古畫後來都搬到了乾麵胡同，塞在尼錫達爾瑪寬敞的閨房裡。房雖寬敞，還是塞得滿滿，差點連床都擱不進去。她不介意，反倒喜歡黃花梨幽遠的淡香把自己淹沒。布雷蒙先生有時也來，兩人各坐一把圈椅，就在這堆只有實體沒有空間的擠擠挨挨中嘰哩咕嚕說法文，除了兒子查理，沒人聽得懂。

查理當時不到八歲，個頭介於畫桌與翹頭案之間，一雙藍眼睛看這些物件卻靈性灼灼，甚有感悟似的。查理說他喜歡畫桌與書案，因爲他能看到桌前有人畫畫，案後有人作詩。畫畫作詩的人布衣長衫，羽扇綸巾，他能認出來，是他背熟了詩句的李白、蘇東坡，是他母親敬仰的趙孟頫、劉紹祖。一席童稚戲言，聽得他母親淚流漣漣。於是家人都說，查理的藝術感覺得了母親眞傳。

查理的性情很有點孤僻，不像別的小孩那樣吵鬧，也不多言語。他也上法國教會學校，放學回家總是安安靜靜坐在那裡看書。法文書是功課，閒書才是中文。一位前清秀才在他學前來府裡教過兩年詩詞曲賦，查理十分迷戀，五六歲就能背出很多篇章，還搖頭晃腦，像個老學究。一旦趕他到外面玩，膽就突然小了，身子縮成細細的一條篾，腳尖貼著牆根走。他母親說，沒有父親的孩子往往這樣，少了雄性力量的庇護，沒有安全感。

有一次，布雷蒙先生來家時查理正躲在黃花梨畫桌下看書。畫桌下面是查理的領地，只要母親不在屋裡，他常常鑽進去，或躺，或坐，讀安徒生童話，背唐詩宋詞，或什麼也不讀不背，就呆呆盯了桌底四角披了灰的縫隙裡看，像要執意尋出祕密來。倦了睏了，就地一滾，做一串稀奇古怪的夢。那天母親與布雷蒙先生進屋時，查理來不及逃開，只好貓在桌下大氣不出，看兩人脫了外衣，沒在圈椅裡坐穩就抱到了一起。布雷蒙先生的圈椅對著畫桌，查理正好窺見母親在布雷蒙先生懷裡蛇一樣扭動，圈椅發出吱呀聲響。他還看到母親和布雷蒙先生嘴對著嘴，雞啄米似的。布雷蒙先生還伸出舌頭舔母親的臉，那舌頭很肉，是粉色的紅。他害怕起來，怕那粉紅的舌頭會把母親捲走，不小心一腳踢到桌腿，碰出聲響。母親驚起，發現桌下有雙眼睛正錯愕地瞪著她。母親臉紅了，被年幼的兒子窺視自己的男女情事絕非做母親的願望，卻又不知說什麼好。

反而是布雷蒙先生，見查理像蜷縮的刺蝟一樣從桌底爬出來，撫一把他的腦袋，樂呵呵笑道：「小傢伙，你不是要跟我們玩捉迷藏吧？」

查理不吭聲，眼神凶凶的，不該有的犀利都有。

母親想了想，索性攤牌。她拽過米歇爾，說：「查理，讓布雷蒙先生做你的父親好嗎？」

查理搖頭，「不好！」

「為什麼，你不喜歡他？」

查理還是搖頭，「我有父親，他在巴黎，長大了我會去找他。」

母親被實實在在嚇著了。父親在查理的世界裡從來都是個謎，甚至沒人敢提這個稱謂，他怎麼就有了這個念頭？那天的母親捉襟見肘，應對兩難。

好在米歇爾·布雷蒙沒亂了陣腳。他依舊笑嘻嘻地對查理說：「我不怪你小傢伙，我可以暫時不在你父親的位子上待著，直到有一天你願意接納我。我倆都是男人，有問題男人們自己解決，好不好？」

他的法語純正而富有詩意，查理喜歡聽。他的這番話也中聽，不把查理當小孩，小孩都不情願被人當小孩，所以查理也喜歡。於是他想，與這位布雷蒙先生做朋友或許不錯。

翌年春暖花開時節，尼錫達爾瑪與米歇爾·布雷蒙成婚。新郎新娘與他們的黑色西裝白色婚紗美奐美輪。而跟在母親婚紗後手執曳地裙裾的男童便是查理。他答應過姥姥，笑得很甜，但眼睛深處的憂鬱總在遊弋。婚禮沒有走進教堂，布雷蒙先生雖出身虔誠的天主教家庭，有位叔叔還是遠遊東亞的傳教士，但母親的蒙古土爾扈特族信奉佛祖，所以婚儀選在東交民巷外交使節最集中的一家西洋俱樂部舉行。賓客多是洋人，少數幾位蒙古王公親友。香檳酒、自助餐、舞會、爵士樂，也是一場燈紅酒綠觥籌交錯的盛典，卻不過分喧鬧，高貴而簡潔，頗得西方禮儀精髓。婚禮上，作為新娘尼錫達爾瑪的非婚生兒子，查理並未遭到指指戳戳。

婚禮過後，一對新人上了那輛從法國帶來的雪鐵龍上了路。敞篷車裡尼錫達爾瑪白雲般飄逸的婚紗成了當時社交圈淑女名媛經久不息的談資。米歇爾則是鴨舌帽、高筒靴、羊皮獵裝，鼻梁上架一副擋風墨鏡。他尊重新娘穿越西域土爾扈特部落的意願，欣然陪伴她到位於烏蘇四棵樹鄉的老王府度蜜月去。上世紀三〇年代，西域基本屬於未開墾的莽荒之地，開車走這麼一條考驗生命極限和充滿驚險的長路是需要足夠勇氣的。山巒，戈壁，草原，河流，當這些充滿詩意的名詞成為實實在在的障礙橫跨於面前時，所有艱辛所有崎嶇都靠雪鐵龍的四只輪子來蹚，都靠甜蜜的愛意來支撐。新郎新娘回來後緘口不提一路的凶險，只看見布雷蒙先生的手臂曬成古銅色，儼然青銅器兵俑鐵胳膊，紳士臉也褪了一層皮，白花花的斑駁。雖然做了帕家女婿，帕王妃仍習慣稱他布雷蒙先生。尼錫達爾瑪更是形銷骨立，蒙古公主款款有形的兩條粗辮亂成被泥塵糾結的茅草，梳不直，理不順。但兩人的神情顯然很亢奮，目光炯炯如炬，被愛燃燒而飛揚恣肆。

查理彼時剛過十歲生日。聽見四合院天井裡鬧騰得歡，便從自己房裡出來，一腳裡一腳外騎在門檻上。太陽正落山，天紅一半灰一半，掛在老樹的枝椏上。有隻黃雀在晚風裡低迴，暮色煙霧般蒸騰。查理看見米歇爾摟著母親像兩隻泥猴朝自己走過來，下意識一縮，躲閃了。他其實不想這麼做，只是排斥的情緒衝上來，無法左右自己。幸好姥姥過來了，把他推向母親與繼父。母親抱住他，親他，繼父還像走之前那樣撫摸他的腦袋。繼父的掌心和母親的懷抱都是溫熱的，他突然抽泣起來。

兩個月後，希特勒德國入侵波蘭，第二次世界大戰爆發。

米歇爾．布雷蒙受命回國，尼錫達爾瑪收拾行裝隨他登船。臨走，母親向兒子承諾，過不了多久就會回來接他去巴黎讀書。沒想到日本人的戰火緊跟著燒到中國，母親不僅沒有回來，連音訊也斷了。查理跟著姥姥，在侵略軍的鐵蹄下做著不甘心的亡國奴，在民不聊生的日子裡苦熬慢捱，一等就是八年，直到二戰勝利日本侵略者在中國投降。

母親是和布雷蒙先生一起回來的。二戰中追隨戴高樂將軍在盟軍海戰艦隊服役的米歇爾再度來北京，被授任法國領事館總領事。在天津塘沽碼頭，查理看到母親從龐大的遠洋輪上走下來，手牽六七歲的小男孩，立即明白他有了一個弟弟。十八歲的查理此時已長成一米八五的個子，比米歇爾還高，正堂而皇之跨入成年的門檻。

他與母親擁抱，也與繼父擁抱，彷彿所有芥蒂都被歲月掩埋。然後他蹲下身對弟弟說：「我是你哥哥，我叫查理。你呢，叫什麼？」

小男孩的機靈不亞於哥哥，接口答道：「查理你好，我叫博尼。」小博尼的法語咬字清晰音律柔美，查理一下就喜歡上了這個弟弟。他黃頭髮灰眼睛，與他父親米歇爾一脈相承。

D

## 北大一九六六

這一天不期而至。

晚餐前，孫瓶花在宿舍樓前遇到剛下課的我，說：「出大事了！」

看她神色驚慌，我胸口也怦怦直跳。孫瓶花平日不是這麼慌亂的人。

「學生大食堂貼出大字報，矛頭直戳校黨委、北京市委。」

「大字報？誰貼的？」我一連兩個問號。當時，沒有外籍學生見過什麼大字報。

「聶元梓，等。」

「聶元梓是誰？」被同學稱爲「小老外」的我們在北大確實有點隔絕和疏離，若沒有孫瓶花傳遞情報，校內即便發生瘟疫我們也恐怕不知是怎麼死的。

「哲學系總支書記。」孫瓶花的厚嘴唇急速翻捲，「還有，管你們外籍留學生的『女眼鏡』也署了名。」

我困惑。不都同在一個組織，怎麼也會打起來？

孫瓶花警覺地把手指豎到唇前噓道：「算了，你裝聾作啞得了，內外有別。」

可我的好奇心早被激發出來，怎麼按捺得住。我說：「別擔心，我不會出賣你。」上樓就去敲法國同學的門，湊齊了九個人直奔大食堂。

食堂尚未開飯，那排炮眼似的窗洞全體緊閉，但人潮洶湧，烏壓壓一片，散發著熱烘烘的汗腥和醃菜的酸味，擠得連插腳的地方都沒有。留學生享受優待，用餐都在小餐廳，所以我們猜不準大食堂向來這麼多人還是今有例外衝著大字報而來。我們人高馬大的，九個人團成半圓，捏著鼻子憋足了勁擠到大字報前，眞可謂觸目驚心。大字報是用毛筆蘸了濃墨在全開的大白紙上書寫的，鋪天蓋地貼了整面牆，帶著陰鬱的氣息撲面而來，是冷颼颼的感覺。我們這幫人都是戰後出生，一直固守風花雪月的法國，除了文本歷史，沒什麼閱歷和大視野，第一回見識這類中國式批判，心裡難免發怵。大字報的標題是〈宋碩、陸平、彭佩雲在文化大革命中究竟幹些甚麼？〉我當時的漢語水準比別的同學好，已能基本通讀這張氣勢洶洶的大字報。很遺憾，我不以爲它是一篇有理有據合乎邏輯的政治檄文，而只是一堆口號的組合，攻擊性強，卻缺乏事實，與探求眞理無關。那個聶元梓不是哲學系總支書記嗎？怎麼連基本判斷和哲學概念也混沌不清呢。我意興索然，與同學議論兩句便擠出了人群。

這是我第一次接觸後來在中國持續了整整十年的文化大革命。當時我們都很無知，根本沒想到自己所處的北大是這場運動的發源地，聶元梓等的大字報更是首當其衝的發軔之作。

緊接著，革命勢如破竹。除了留學生還間或上著一兩節課，其他教學樓基本空了，師生忙著造反、挨鬥，校園面孔越來越生疏，學術氣息蕩然無存。而我們，向來被內緊外鬆管制著的留學生，也在一夜之間被鬆了綁。人人奔赴前沿鬥走資派鬥反動學術權威去了，誰還有暇管我們這些小洋鬼子。連孫瓶花也在那天傍晚之後不見了蹤影。課時也陰晴不定，講台上的教授走馬燈似的，今天還是學界大師，轉眼間就變成了階下囚。排課表上明明有課，說不來就不來，要說法也沒說法。我們史無前例地閒下來，自由度大大提升，卻個個心裡悽惶，被流放的感覺。

那日天氣悶熱，我關在屋裡煩躁不已，便走出寢室，隨處閒逛。天上落著細雨，傘下氤氳了低沉的氣壓，濕漉漉的黏稠，讓人喘不過氣來。或許是雨霧把人遮蔽了，校園裡清淨得很。自聶元梓貼出那張大字報，北大已經好一陣沒這麼安詳了。我信馬由韁，居然走到了平日很少涉足的燕南園教授生活區。這裡是北大人文大師薈萃的精神聖地，成就了中國最傑出的學人、智者、大師。他們以豐厚淵博的學識、出類拔萃的才智、獨立高貴的思想操守和人格魅力，構築了求索眞理的座座豐碑。半個多世紀以來，民主與科學已成爲這塊聖地的不朽靈魂。之前我曾慕名來過一次這座北大最不受打擾的學術伊甸園，綠葉繁花掩映著錯落有致的中式庭院西式小樓，太陽靜悄悄，連風都是輕的，詩意也是溫馨的詩意。

我走進去，在五十一號門牌和六十六號門牌之間穿梭，心裡莫名的緊張。我怕看到不願意看到的一切。雨依舊在下，淅淅瀝瀝，無聲的寂寥。小樓大多都換了面孔。有的樓牆糊了黑字紅叉的大字報；有的庭院草木被踐踏，像遭了強盜搶劫；有的居然在門前簷下抖抖索索站著它們的主人，那些學貫中西的一代宗師，胸前掛著反動學術權威的牌子，衣衫濕了，鬢鬚亂了，滿面瘡痍。沒有「紅袖章」監視，看守者只有他們自己。這些白髮蒼蒼的老人都是誰？難道眞是史學巨擘洪煨蓮、翦伯贊？唯物、唯心主義哲學家馮定、馮友蘭？國學大師湯用彤？語言大師王力，美學泰斗朱光潛？中國歷史地理學創始人侯仁之，物理學泰斗周培源？他們堪稱學界參天大樹，其造詣北大學子耳熟能詳。遺憾的是我不認識他們，就像流連巴黎左岸卻很少與那些文化巨人邂逅一樣。我在雨中凝視他們受辱落魄時的表情，心裡說不出的傷痛。我很抱歉我只能躲在雨幕後面，替他們憎恨著莫名其妙的這場革命。

等我走過六十三號院，雨忽然密集起來，有噪雜的聲音從庭院裡傳來，打碎無聲的寂寞。這裡的院牆是紅色的，張貼了與大字報不一樣的標語，一杆紅旗在風雨中獵獵飄揚，旗面上「新北大公社」幾個字歷歷在目。這裡前不久還住著校黨委書記陸平，現在陸平打倒了，易主的人該不會是北大「巴黎公社」領袖人物聶元梓吧？窗帷裡一閃而過的側面證實了我的猜測。如今北大，誰不認識這個女人呢？別說康生、江青、張春橋、戚本禹等「文革」頭面人物是她的座上賓，恐怕連最高領袖也不小覷怠慢她的。

六十三號院的故事是之前司馬教授在那次漢語課後即興講述的。與其說對院子的興趣，倒不如說對房主有十分的好奇。這個院子由美籍音樂大師范天祥任燕京大學音樂系主任時自費建造，是燕南園最大的一座樓，松柏圍牆，人稱范莊。後來燕京併入北大，范莊成了經濟學大家、新中國第一任校長馬寅初的居所，松柏柵欄也換成了磚牆。校長先生是位非常有意思的人，本身經歷就是一個傳奇。民國期間，他怒斥「四大家族」，被蔣介石逮捕監禁，後又化裝成廚師搭船投奔解放區，直到當了北大校長，每逢演講仍以頗有江湖意氣的「弟兄們！」開篇。一九五七年百花齊放百家爭鳴，馬老先生在范莊接見記者，發表他的〈新人口論〉，提出「必須有計畫生育和控制人口」。從而禍起蕭牆，被連篇累牘的聲討檄文，從校長辦公室一路貼到臥室床榻。嗣後被迫辭去北大校長之職，痛別燕南園，搬去京城一隅賦閒，從此銷聲匿跡……

記得當時一貫笑臉團團的司馬教授便是緊皺眉頭嚥下那聲吁歎的。換作今天，他看到聶元梓等做了這裡的霸主，還不知會是怎樣的一副面容？

不知何時鞋已濕透，涼意從腳底蛇一般竄上來，傘也在斜潑的雨下失去防禦功能。我從來不怕冷，卻在此時感覺冷。穿越凋零的一段路徑，一片荒蕪的花圃，我走回起始的燕南園五十一號院。我與院裡住著的教授有過短暫的邂逅，後來聽說他是物理學大師，民國期間寥寥無幾的中研院院士。那時我剛來北大不久，一天黃昏在靜園草坪聽後來以間諜罪被抓的蘇聯留學生拉手風琴，回宿舍時在甬道撞見教授，不經意道了聲習慣性的「Bonsoir」（晚上好）。謙恭有禮的老先生居然停下腳步，面帶微笑，誠懇認眞地給我回了一個九十度鞠躬，讓我尷尬得無地自容。本來嘛，問安是法國人最起碼的禮儀，何況還有中國式尊師之說，哪裡受得起老教授如此大禮？手風琴手卻告訴我，院士先生對誰都這樣，我不是例外——由此記住了這位有趣的老頭。

可是今天，雨幕中我看見他出來了，後面跟著壓抑的哭聲。他不是笑吟吟地走出來，而是躺在擔架上被人抬出來，從頭到腳蒙著白被單。他死了，被門上貼著的那張大字報殺死了。謙恭的身軀裡良善的心那麼孤高脆弱，人格尊嚴何嘗禁得起百口莫辯的踐踏與蹂躪——他懸梁自縊。我還看見我們的司馬教授就在一邊扶著擔架，打把黑傘，爲白單子下的死者擋雨。司馬教授也被扣上反動學術權威帽子挨批挨鬥，已經好幾週沒給我們上課了。不過他與擔架上的死者不同，嬉笑怒罵我行我素。司馬教授自言自語道：「走吧，走了好。你太乾淨，受不起這般汙穢！」

我緊追兩步，在另一邊扶住擔架爲死者擋雨。司馬教授見我，用眼神示意我趕快離開，我佯裝不知。我有極大的衝動，就是想送一程這位曾經給我鞠躬並讓我難堪的院士先生。難道他是鰥居者，怎麼連一個家眷都沒有？送葬隊伍總共七八個人，還包括抬擔架的兩名「紅袖章」。那兩人不屑地乜我一眼，意思明瞭，這死人與你有瓜葛嗎，一個洋妞湊什麼熱鬧？我卻在心裡對自己說：我要還先生一個謙恭的九十度躬。

擔架被抬上卡車，開去火葬場，我們被攔在校門口。雨下得很大，遠去的卡車像團煙霧消散。司馬教授嗚嗚的哭聲，像孤狼的低嘷。

失魂落魄回到寢室，我一頭栽倒床上。身上濕著，床也濕著，整個人如陷在沼澤地。我把頭埋進枕裡，欲哭無淚。莎岡的憂愁是青春無羈紙醉金迷的憂愁，很巴黎，很法國。而我，夏洛蒂的憂愁呢，又是什麼？孫瓶花已好久不來寢室了，我與中國隔離著，無以消愁。於是我想巴黎，想我的愛，想得幾乎發瘋。

咖啡的苦香，奶油的甜膩，浸泡著青春的揮霍生命的狂歡，瀰漫於長街短巷，是靈與肉相互依傍相互廝殺的開場和結局。有那麼點頹廢，那麼點迷離，那麼點守護，那麼點遐想，隨心所欲而又節制，沉湎而又超拔，夢幻而又實在，失去而又得到，那才是有聲、有色、有質、有量的人的生活，不是嗎？可是北京，北大，這個多雨的季節，一切都是那麼陰鬱那麼有悖常態那麼不可思議。不管活得意氣風發的聶元梓還是死得灰頭土臉的院士先生，你們能明白無誤地告訴我嗎？中國到底怎麼了?!

忽聽有人在樓下喊：「夏洛蒂，西大門外有人找！」

心一緊，操起濕漉漉的傘就往外跑。

除了查理的外祖母帕鐘霓，校園外我不認識任何北京人。奔跑的路上，我方知這一天來橫陳心底的另一種擔憂是什麼。帕鐘霓是查理唯一牽掛的親人，若她也有了什麼事，我該對他如何交代？

人的第六感總是準確的。西門外等我的人果然是帕鐘霓王妃。她打著傘，倚在那座石獅子旁，頭上戴頂毛線帽，懷裡鼓囊囊的。幾週不見，我幾乎不敢認她了。她的面容極其憔悴，眼窩深陷，嘴角皺紋如刀刻的溝壑，明明是溫文爾雅的笑，卻被壓榨成近乎恐怖的齜牙咧嘴。原本筆直的身板也突然間矮挫下去，無以伸展似的扭曲著。

她原就是被管制的人。蒙古親王前王妃，兒女國外有，台灣有，與末代皇帝溥儀一樣蹲監獄的更有。革命來了，不運動她又運動誰，不革她命又革誰命？

我走上前，不顧一切地擁抱她，感覺老人那張蒼白如紙的臉在我肩頭顫慄。我能猜到毛線帽下藏匿著何等心酸。但我沒問，她也沒說。她只是驚魂未定地把一個油紙包裹的捲筒塞到我懷裡。我問：「什麼東西？」她說：「兩幅古畫，劉紹祖和張雨。家裡藏不住了。」

「不是還有趙孟頫的嗎？」我悄聲問。

「畫匣子太大，帶出來怕人瞅見，從銀行保險櫃取回來一直藏在床底。」老太太聲音嘶啞。她說挨鬥、挨揍，已在雨中跪了大半天，好不容易熬到人散，才溜出來。我問她：「批鬥您的是哪路人？」她搖頭，茫然不知，只痙攣地抓住我的手，「夏洛蒂小姐，明天可否來我家一趟，幫忙把趙孟頫取走，否則他們來抄家就晚了！」

「沒問題，我現在就跟你去。」

她又覺得不妥，「今天恐怕不行，我偷跑出來，興許已被查崗的胖主任發現，回去還不知如何編謊呢。」想了想，「明天中午好嗎？就算批鬥，午飯那會兒他們也會離開，這點時間夠了。」

颳起一陣風，雨住了。路燈昏暗，照出亮晃晃積水的路面。我送帕鐘霓往前面不遠的公交站走去，兩雙腳一前一後像在鏡面上漂浮，沒有踏實的質感。我們彼此沉默。

## 亂世古畫

古畫與人一樣，都是有故事的。半年前夏洛蒂第三次拜訪乾麵胡同門時，把查理母子委託帶畫的事說了。帕鐘霓即點頭，「即便他倆不提，我也會請你幫忙帶回去，這幾幅畫已耽擱太久。現都在銀行保險櫃裡存著呢，等我哪天去取回來。」帕鐘霓還說：「別急著走，在家吃炸醬麵，我做的滷醬查理從小就愛吃。」那天雲淡風輕，似乎一切都很安詳。

夏洛蒂說：「查理卻告訴我，他最饞姥姥的烤肥羊，那是蒙古人的佳餚。」

帕鐘霓笑，「現在可是吃不到嘍。」

自從繼父來北平任駐華總領事以後，查理就不在乾麵胡同姥姥家住了，他與母親房裡的黃花梨一起，搬到了米歇爾．布雷蒙總領事的官邸。當時法國使館駐紮於國民黨南京政府龍盤虎踞之地金陵，北平只是領事館，職權範圍卻大於使館，因而布雷蒙先生大有呼風喚雨之顯赫。他同在東交民巷一帶的官邸很大，足以容納尼錫達爾瑪的非婚生兒子查理和四合院裡擠不下的那些黃花梨木器。其時查理已是燕京大學外文系學生，不住校，騎一輛繼父從法國帶來的單車，在皇城根下穿梭來回。個子長高了，褐色頭髮更黑，眼睛更藍，人也更俊朗帥氣，他和他的單車也越來越惹女孩們回眸。只可惜脾性沒多大改變，憂傷的眼神依舊，沉默寡言依舊，所以不合群。那幾年內戰頻仍，百姓的生活苦不堪言，即使前朝遺老遺少，亂世裡的日子也難免捉襟見肘。但查理一家，因在洋人地界上，有著布雷蒙總領事的庇護，倒是沒吃到太多苦頭。

乾麵胡同四合院裡照常住著帕鐘霓與查理的二舅小舅。帕鐘霓王妃心裡自有掂量，斷然不會接受洋女婿的邀請，爲避戰亂搬入女兒家，她有自己那份不卑不亢滴水不漏的日子，儘管槍彈與血腥讓北平的天幕越來越沉重越來越陰暗。遵照王爺生前的願望，她把從小讀德文的查理二舅送往停戰後的德意志深造。小舅年歲不到，繼續教會學堂的英文學業。查理也會騎車回乾麵胡同，與姥姥親暱，然後陪在姥姥房裡睡覺。雖然自小就有雇傭的奶媽，但他最親的人還是姥姥。

不到二十歲的查理常像一個眼光老辣的大男人，對舉手投足如行雲流水的帕王妃說：「姥姥，您眞好看！母親亦是好看，可太張揚，不留餘地，您才是眞美，沉靜，端莊，優雅，是含蓄的韻致，我姥爺當年眞有眼力！」帕王妃被誇得不好意思，拍拍他的臉，「說什麼呢，有你這麼沒大沒小的？」他卻更來勁了，「我說錯了嗎？姥姥，在我眼裡，您才是民國範兒，誰也比不上！」查理後來說，姥姥是他青春期的女性崇拜。

直到有一天，解放大軍轟隆隆的炮聲壓境而來，該逃竄的開始逃竄，該撤退的都在撤退，皇城根下的老百姓說：天亮了，北平要解放了！駐華總領事官邸也在一朝一夕裡亂了，布雷蒙先生接到法國外交部指令，於北平易幟前從中華民國撤回巴黎。最後的船期一到，官邸裡一家四口鋪陳的衣裝、書籍、古玩、細軟捆紮齊整裝了箱籠，與那些一件件獨立分裝的黃花梨木器一起上了船。

房間空了，心也空了。僕傭都已辭退，客廳裡冰涼沉寂沒有一點人氣。米歇爾還在忙，不知忙他那些公務卷宗，還是自家幾個人的出行資料，白襯衣袖子挽到胳膊上，臉部肌肉繃著，緊張不安。此時北平城外已被解放大軍步步爲營圍堵起來，出城的豁口越縮越小，每一條交通要道都被作鳥獸散逃命的難民擠成命懸一線的生死關隘。買路的是官，是錢，甚至是命。即便是法國人，外交官，即便手裡攥著去天津塘沽的火車票，伊莉莎白遠洋輪的頭等艙船票，還有官方最高長官簽署的外交使節特別通行證，布雷蒙先生心裡仍然不踏實。

他瞥了太太一眼，看見尼錫達爾瑪站在狼藉一地的樓道裡，眼神空茫。

與母親帕鐘霓及兄弟們的告別已在昨夜的乾麵胡同做過，席間氣氛比死別更沉重。母親勉力笑著，臉頰上也沒有淚，但她分明感覺到母親的心正哭得稀哩嘩啦。連兒子查理也悄悄跟她提過，人前不哭的姥姥總在夜深人靜時獨坐床頭流淚，手裡的綢帕子都是濕的。

查理也曾糾結良久，究竟要不要跟母親走。他嚮往巴黎由來已久，二戰爆發母親離去後整整八年不回便是他最傷心的一次夢碎。但他又捨不得北平捨不得燕大更捨不得姥姥。新一輪政權前景無法預測，不知像他這類王公貴族後裔以後還能不能回來？可是姥姥執意要他走。姥姥說：「你是法國人了，在中國待著不好，有一天北平容不下你，容不下姥姥的四合院時，誰也幫不了你，還是跟你父母走吧！」布雷蒙先生也贊同帕王妃的分析，認爲局勢發展至此，現在不走，恐怕將來要走也走不了。

領事館的車在園子裡等，這是布雷蒙先生的中國司機最後一趟差使，送完總領事一家到火車站，他就此失業。

臨出門，尼錫達爾瑪突然想起畫筒忘在母親家了。她急得直跺腳，簡直要哭了，「就那三幅畫，趙子昂，劉紹祖，張雨……」

查理愣住。這是母親的寶貝，也是他的寶貝。

幾年前，黃花梨木器搬出乾麵胡同時，尼錫達爾瑪有意把三幅畫留在母親家。母親也喜歡古畫，一直掛在壁上，畢竟是父親留下的心愛之物，即便是愛屋及烏也是捨不得摘去的。直到前兩週家要搬到法國去，母親豈有不懂女兒心思的，早早把畫摘下牆，撣盡塵灰，裝進畫筒等女兒拿走。尼錫達爾瑪一直爲遷徙之事忙碌，便拖到了昨夜，偏偏又心緒惆悵，竟把它們忘了。

查理推起單車就要走，「我去取！」

「時間太緊，來不及了。」母親猶豫。

查理說：「你們先走，我取了畫直接去火車站，車船票都在兜裡裝著吶。」話沒說完，騎車一陣風捲了出去。

回到乾麵胡同，便見姥姥懷裡抱著裝在布袋裡的畫筒，在門口急得團團轉。看查理跳下車，趕緊把布袋的提繩往他脖子上套，想說什麼，眼淚先就淌了下來。布袋像裝了把二胡，細細長長，擋在胸前沒法騎車，查理就把它推到身後，斜背著。他替姥姥抹去眼淚，說：「姥姥，您保重，我走了！」姥姥往他後背上搡了一把，「來不及了，快去火車站。」單車順勢朝前衝去。

查理想好不哭的。一聲嗚咽，終是把眼淚吞嚥下去。他飛快地踩著單車，心裡滿是與北平告別的情緒，難分難捨。

詎料前面路上一場禍起，把他離別的儀式攔腰斬斷。

密集的槍聲夾雜了連排轟炸的手榴彈，爆出驚天動地的巨響，一輛黑色轎車炸上了天，緊追後面的兩輛車也燒起來，跟著就要起爆。燃燒的車裡有人撞開門逃出來，火球一般滾在地上，看不清男女。濃煙與火光連成一片，燒紅了大半邊天。查理剛想騎車繞過去，警察吹著警哨聚集過來，現場頓時圍成密不透風的方陣，路被切斷了，禁止行人通過。

圍觀的老百姓七嘴八舌傳遞著不知哪個先知者捅出的眞相，大多是藏而不露的幸災樂禍。據說被伏擊者是南京政府要員，來北平轉移家小準備逃離大陸，因血債累累遭了中共地下黨襲擊。肇事者沒有落網的，除了一具屍體留在現場，手心裡還攥著拉出的榴彈弦。

查理沒心思弄明白橫擋面前的這起禍事，他只著急路被擋住，如何趕去火車站。他要上去跟警察交涉，沒張口就被槍把擋了回來。只好擠出人群重新繞道兜一大圈，氣喘吁吁趕到火車站。抬了抬腕，離開車時間僅剩兩分鐘，撂下單車拚命往裡擠。到處都是無頭蒼蠅般亟欲逃出圍城的難民，候車室檢票口早已名存實亡，有窗有門的地方都成了水泄不通的甬道，人們拖家帶口舉著行李抱著小孩壓扁了也要一寸寸挪進去，好似近在咫尺卻遙在天邊的月台就是他們命懸一線的諾亞方舟。鞋踩掉了，行李包裹丟了，一家子擠散了，哭叫打罵聲不絕於耳。查理護著布袋，在人牆外鑽來鑽去，始終沒找到一條縫隙，將他吞吐進去，月台成了一條模糊的天際線，可望而不可及。

只聽「嗚」一聲尖嘯的嘶鳴，車輪動起來。那是本該載上他的火車——北平至天津，正徐徐離開月台，車輪撞擊鐵軌的振盪輾壓過查理的心臟，轟隆轟隆遠去。

等他持續搏鬥一個多小時，終於擠上後一列火車，抵達天津站塘沽港碼頭時，伊莉莎白號早已離岸。霧濛濛的江面上只依稀看到遠遠的一個輪廓。他癱倒在地，沮喪地抱住了腦袋。

爲了幾幅古畫，查理沒能走成。

深夜回家，姥姥問他，「可不可以坐下班船走？」

他說：「這是最後的航期，沒有下一班了。」

「人的命哪！」姥姥歎息。

祖孫倆就在床沿上坐了整整一宿。

然而一週後，他終究還是走了。不告而別。

依然是天津，依然是水路。卻是運貨的商船，偷渡南洋。本想輾轉去法國馬賽港的，卻陰差陽錯在越南西貢當了一名印度支那戰爭中的法國兵。

查理沒敢告訴外祖母他的歷險計畫，只留下一封盡可能輕描淡寫的信，從此天各一方。當然也不能帶走那只畫筒。到處都在打仗，還是偷渡，連性命都難以保障，誰敢帶著畫兒走呢。

## 陽光下的血腥

終於找到久未碰面的孫瓶花。她瘦了，面頰削去兩片，下巴尖成了圖釘，眼睛也熬夜熬得通紅。不過精神看起來不錯，很亢奮。她已經是北大「新巴黎公社」的一員幹將。她出身好，背景單純，是革命必須依靠的中堅力量。趾高氣揚的崔小莉卻蔫了，將軍父親打倒了，「狗崽子」被毫不留情清理出革命隊伍。我們的兩位輔導員，一夜之間成了兩個陣營的人。

我找孫瓶花是約她陪我去乾麵胡同，眼下形勢嚴峻，有她在，可以壯膽。

「都什麼時候了，還去做啥？」她截然另一副面孔。

我頓時矮了半截，言語也卡住了。「取……畫。」

「舊朝王妃，肯定揪出來了，是不是？」

我未敢否認。

「千萬別去惹禍。」孫瓶花雖是勸我，口氣卻像命令，不容置疑。

過去的孫瓶花不是這樣的。我被激怒，偏過頭，下巴仰起，「一定要去，你也必須陪我。」話音未落，心裡先是一驚，什麼時候，我也學會了中國式蠻橫。我有點羞愧，指她臂上的紅袖章，給自己找台階下，「它是現在中國的護身符，對不對？」

孫瓶花到底還原了她的憨厚樸實，陪我搭公車往市中心趕。太陽很烈，與昨日的霏霏陰雨天壤之別。午後的乾麵胡同宛若乾柴炙燒，沒走兩步全身上下全濕了。整條胡同貌似午休，靜謐中只聽見知了聒噪，其實沖天的響動正在醞釀。有紅袖章、綠軍帽、紅纓槍閃過，凝重的氣氛遍布每一個旮旯。離帕鐘霓家還有一段路，我揪著心東張西望，很快發現前面門牌號裡那個很有氣派的四合院大門洞開，門前圍了探頭探腦的一群人。脫落了牆皮的牆根邊，蹲著一位老者，兩手抱著剩不了幾根頭髮的腦袋抽噎著，哭，也是不敢出聲的。我跟孫瓶花擠進人群瞟了一眼，果然是抄家，也就是紅衛兵或造反派所說的大破四舊大立四新。翻箱倒櫃撬地磚都算輕的，窗玻璃碎了一地，抄出來的古玩古器當眾銷毀，瓷器砸成碎片，名畫撕成紙架，紫檀黃花梨木器砸不動撕不掉，就斧劈刀砍，再往火堆裡扔，劈里啪啦燒成一團灰燼。綠軍裝紅袖章都是些半大孩子，最大也不過我這般年紀，毀滅性地製造災難就像玩遊戲，個個輕車熟路，意氣風發。眞佩服了這些人的堅強神經。孫瓶花問被抄的人是哪類牛鬼蛇神？我不願聽，扭頭就走。辨別受害者是誰不是誰有意義嗎？孫瓶花從後面追上來，戳戳牆根邊蹲著哭的老頭，「就他，說是什麼貝勒爺！」

眞是不敢想像，圍觀的人會對目睹暴行如此泰然，難道他們從來就不懂什麼叫踐踏人的尊嚴？包括曾經餓死了家人的孫瓶花。我強忍著不讓自己發作。因爲我已預感到，我要去的地方會是怎樣一番亂象。

帕鐘霓的四合院早不屬於她，所以門前沒有圍觀的人。倒是拐角處的後院，門口有三兩個街坊女人站在那裡嗑瓜子，說閒話，想來沒起什麼事端。我提著走的心剛放下，又驚出一身冷汗。錯，這裡不是沒起事端，而是硝煙已過，殘骸遍地。我看見帕鐘霓匍匐在地，周身被血淹沒。屋裡屋外狼藉一片，血腥嗆鼻。我衝進去，被兩杆紅纓槍攔住。我尖叫：「你們還有人道嗎，見死不救?!」

「她活著，死不了！」回話的嗓音清脆稚嫩，竟是兩個比我還年輕的女孩子。主力顯然已經撤了，她倆只是留守。「怎麼不叫救護車？就這麼看著她死？」我撥開攔我的長矛，衝她們吼，心想這些人都瘋了，女孩子也這麼狠。其中一個反擊我，「叫什麼救護車，牛鬼蛇神多了去，叫得過來嗎？她也配！」

我抱起帕鐘霓，她的身體軟如棉花，耷拉在我懷裡，滿臉血糊糊，頭部撞擊開裂，傷口仍不停地滲血，鼻息輕得幾乎摸不著。我嚇得哭起來，「孫瓶花，就是路人也不能看她死，我們一定要救的對不對？」

孫瓶花已大致明瞭事情的全過程，那幫小將要砸要燒抄出來的物件，老人死抱畫筒不讓燒，結果被人一把揪起扔手榴彈似的扔出去，頭撞到牆上，血噴湧出來，濺了滿牆流了滿地。一個戴紅袖章的女孩還說：「這老太太奇了怪了，砸她的瓷器首飾，燒她的綢緞貂皮，還有咖啡奶粉那些洋貨她眼睛都不眨一下，偏就不肯放下那個畫筒，難不成這東西比她命還值錢？」

「要救！」孫瓶花斬釘截鐵。她是聽過有關古畫的故事的，她清楚裝在畫筒裡的趙孟頫在帕鐘霓那裡的分量。

孫瓶花到某機關的前院拉來一輛平板三輪車，指揮我手忙腳亂地把昏迷的老太太抬到車上，又扯了床上早已撕成棉絮的破被子蓋到身上，推上車就走。兩個紅衛兵小將哪裡肯放，死死拽住車斗不讓走。孫瓶花撥開她們，把手臂上的紅箍箍一亮，「北大『新巴黎公社』的，有什麼後果讓你們頭兒找我。」騎上三輪板車衝出院門，朝醫院飛馳。我跪坐車斗，扯來棉絮捂住帕鐘霓頭上的傷口，眼淚吧嗒吧嗒落下來。我既心疼奄奄一息的老人，祈求死神不要帶走她，又對孫瓶花不顧斷送政治前途，送治無助老人充滿欽佩與感恩。

抵達醫院，憑藉孫瓶花「新巴黎公社」紅袖章的神威，帕鐘霓在第一時間便被送進了急救室。手術期間，孫瓶花去乾麵胡同還車，我則等候在手術室門外。三小時手術如同整整一個世紀，我捱過了有生以來最長的一個下午。當救活了的帕鐘霓終於從手術室推出來時，我卻昏倒了。因爲緊張、焦慮，也因爲其他。

等我醒來，已被孫瓶花安置到病房的帕鐘霓也醒了。她整個腦袋都用繃帶纏著，只露出兩隻驚悸的眼睛與一條細窄發青的臉。我撲過去抓住她的手，她的眼神罩著我，彼此默然無語。經過這番劫難，查理的外祖母已然成爲我的外祖母，是我至親的家人了，哪怕我們連最基本的人種都不同。

良久，她淌下了兩行熱淚，「趙孟頫還是沒了，對不起！」

我替她擦淚，「只要人在，就好。」

帕鐘霓又說：「回去別告訴他們，好嗎？」

「我……」

她使勁在枕上掙扎，企圖把扣著頭盔一樣的頭抬起來，「你要發誓……」

一股辛酸湧上來，我只好點頭，「我發誓，不說！」

孫瓶花急匆匆趕回去鬧革命了。我守著老太太，夜黑了才回北大。告別時我說：「明天一早再來看您。」走出病房，我感覺依依不捨的目光棲息在背上，追了我很久。

次日再來醫院，帕鐘霓的病床卻空了，人也不見蹤影。問護士，說是被帶走了。我又心急火燎趕去乾麵胡同，見那兩間土房掛了鎖，貼了封條。問街坊鄰居，也沒人看見她回來過，更不知死活。後來又隔三差五去了幾次，還請孫瓶花找她戰友打聽，直到九月中旬學習期滿回巴黎，終是無果。

與帕鐘霓老人的離而未別，就此成了我一生的傷痛。

## 八月狂歡

八月北大，革命如火如荼。

各國留學生的中國語文專修班課程結束了，原定的考試也取消了。事實上此前學校已經不上課，北大運動全國馬首是瞻，學者教授都被趕下教壇，有何理由繼續上課？可是留學生不管從哪裡來，都需要一紙北大結業證書的，原籍國教育部撥出大筆留學資金，必須有實質性成果向母校做學籍交代。可北大所有程序都亂了，何時何部門頒發證書都是未知數。所以，只有等。

等待讓法籍學生困獸發情似的煩躁。一場狂熱的革命在身前身後日益高漲，對躍躍欲試而又隔靴搔癢的青春無疑是誘惑和挑戰。但這群二戰後出生從未經歷過動盪的小布爾喬亞們既看不懂也走不進這滿目的黑紅兩色：一邊是頂禮膜拜的宗教性狂熱，一邊是對文明、人性的肆意踐踏。恰如同學尼古拉所說，對於眼前發生的一切，我們就是一群腦癱加白癡，永遠摸不到路徑。皮耶爾的回答更直白乾脆，聰明的選擇就是不被誘惑，回頭，轉身，消失！

尼古拉、皮耶爾無疑是對的。可夏洛蒂不同，她已不知不覺介入，參與，心理上已很難撇清。她聽說了孫瓶花家人的餓死，崔小莉父親從將軍到階下囚的一夜變遷，親見那位謙恭的院士自盡於一張大字報，被擔架抬出燕南園，尤其還經歷了前朝王妃帕鐘霓被迫害的全過程，批鬥、鉸髮、抄家、遇難、失蹤等等。她即便回頭，轉身，消失，夢魘也會死咬不放，將她變成另一個人。

八月十八日清晨，房門擂鼓一般被敲開，夏洛蒂的法國同學全體一致站在那裡，對她發出邀請。個個情緒誇張，像去參加化裝舞會。

她當然知道，這一天，這個國家的領袖要在天安門城樓接見來自全國各地的紅衛兵小將。紅袖章，紅語錄，紅色戰旗，天安門廣場將是史無前例的一片紅海洋。

「中國學生狂歡，留學生不在邀請之列，我沒興趣。」夏洛蒂要關門，把這些吞了興奮劑的同學攔到外面。

門被頂回，幾條手臂不由分說把她拽了出去，「夏洛蒂，扮什麼七老八十，你與狂歡有仇啊？」除了克萊特、伊莎貝爾，馬克、托尼更是蠢蠢欲動，權當七月十四日香榭麗舍國慶大閱兵，年輕不就是消費快樂?!他倆一身戀人裝，別出心裁，穿扮性感。皮耶爾索性用大巴掌拍她肩背，硬是把她拍出了門。

就這樣被同伴們挾持到了天安門。那場面真是嚇人，綠軍裝紅袖章正以排山倒海之勢，喧囂於這個號稱世界第二大的巨型廣場。法國小老外既不穿軍裝又不戴袖章，還各長一張異樣的臉，像是飛碟空降的外星人，與周遭格格不入。在城樓上那位偉人未出現前，他們才是最現成的玩偶，被圍觀，被質疑，被戲弄，甚至還有人吐唾沫。同齡的中國人不歡迎甚至仇視外國人，理所當然視他們爲洋槍洋炮火燒圓明園的殖民侵略者。彷彿今天的天安門廣場任由他們闖入，將意味著中國屈辱歷史的重演。確實他們原也是不被允許介入這場狂歡的，只因北大亂了，才得以渾水摸魚不請自到。同學們推出平日巧舌如簧的夏洛蒂，與中國學生外交修好，夏洛蒂卻突然變得口拙舌短，連完整的言辭都窮於表達。

幸好偉大領袖幫他們解了圍。

四周突然肅靜，毛澤東主席在雄壯的鼓樂聲中出現在城樓上。魁梧挺拔的身姿，同樣的軍裝、帽徽、領章，向萬眾矚目的廣場揚起巨人的手臂。全場沸騰，紅語錄、綠軍帽在人頭攢動之顛揮舞。

「毛主席萬歲！」

「毛主席萬萬歲!!」

聲震長空，傳遍四面八方。剛剛還是洋學生敵人的那些女孩男孩，個個變了臉，聲嘶力竭，涕淚滂沱。

夏洛蒂們哪見過這種陣勢，先是發愣，眩暈，不知如何指揮手腳；爾後如夢方醒，挽起臂膀，試圖以一堵弱小的人牆抵禦潮湧的人流。簡直空前絕後的一場狂歡。畢竟年輕，畢竟荷爾蒙高漲，夏洛蒂們也被簇擁著尖叫，也朝城樓的方向踮起腳尖狂舞。只因廣場太大，人太多，城樓太遠，誰也無法瞻仰偉人清晰的面目。但他們畢竟親歷了中國歷史的這一瞬間，見證了平時看起來訥訥的年輕一代中國人藏匿於心的情緒。雖然他們同樣不明白，這狂飆般激情的理性意義何在。

接見時間很短，短得只有等待這一刻的幾十分之一，幾百分之一。退場沒有任何組織，亂烘烘作鳥獸散。夏洛蒂們留到了最後。天色漸晚，殘陽如血，廣場上到處是踩爛的鞋，丟棄的廢紙果皮，人們磕碰擠傷弄出的血，黑乎乎像一團團瀝青。

九個人終於精疲力竭回了北大，個個臉上曬脫了皮。北京的陽光，天安門廣場的陽光，居然比法國南部的黃金海岸更凶猛。

可誰又能想到，近在不久的將來，這場街頭運動的情緒狂飆，竟會重演於巴黎，重演於他們自己的國度。歷史的交際與碰撞難道真有某種說不清道不明的宿命？

結業證書終於到手是週六，離有效簽證的最後期限還剩一週。結業證書仍由管理員「女眼鏡」授予，沒有任何儀式。「女眼鏡」對法國學生說：「非常時期，常規打破了，很抱歉不能給你們一個風光的結業典禮。」證書是個小紅本，硬紙封上印有毛澤東側面像，燙了金，很燦爛的效果。證書中頁還夾著一張紙條，是蘇聯航空公司回程機票預定單，時間下週六，剛好是離境最後一天。「女眼鏡」還囑咐他們，別忘了去航空公司確認轉機事宜。六〇年代巴黎北京沒有直航，都得轉機，誰敢忘？「女眼鏡」已多日不照面，卻與第一次認識她時沒什麼變化。還是那件洗得泛白不見熨燙的舊布襯衣，還是微蹙眉頭稜角硬挺的臉。奇怪的是她手臂上不套紅袖章，胸前也未見人人佩戴的領袖像章，而氣定神閒的樣子又不像是被揪鬥的倒楣蛋。她站在宿舍的樓道裡，臉微仰，一半被陽光映照，一半黑在陰影，恰如當年燕園裡非紅即白的一個異數。

證書到手，巴黎就剩一步之遙，同學們個個興奮異常。獨有夏洛蒂暗自發愁，不是不想回家，而是找不著帕鐘霓，她怎麼向查理交代？她幾乎每天都往乾麵胡同跑，帕鐘霓的門卻始終沒有打開，封條上落了一層細灰。

其時，最熱鬧的景觀是全國學生革命大串聯。首都是心臟，革命的發祥地，是全國各地景仰、效仿、複製的樣板，自然更是風起雲湧。據說還有「中央文革」表態支持，欲把激進學生串聯起來，通過互訪組成先頭部隊衝鋒陷陣，以在全國形成燎原之勢反擊資產階級反動路線。各大城市於是紛紛成立接待站，以接待大中學生爲主體的紅衛兵，交通食宿全程免費，口袋裡分文不名也不愁吃不愁睡，頗有當今旅行社服務一條龍的架勢。六〇年代中國市民仍然實施糧票布票副食品票，尤其糧票，掏不出來肚子就得餓著。紅衛兵串聯卻是例外，手臂上的紅袖章就是糧票，食堂餐廳管飽管夠。其他也是一路綠燈，公交巴士想上就上，想下拍拍屁股走人；招待所旅店出出進進，連登記都免了；火車更成了「紅衛兵專列」，擠是擠，卻能周遊全國。這種盛況讓一切來自西方的旁觀者匪夷所思，分明就是一場以革命名義各享所需的消費歡宴！

行將告別北京的這幫小老外其實也饞。眼饞，嘴饞，心更饞。這類「天上掉餡餅」的「免費晚餐」在巴黎想也別想。回法國不是還有一週嗎，何不逃出北京，親歷一次革命大串聯，看看異地風景，一飽眼福，二飽口福，三飽心福，反正不用花錢！

約翰、尼古拉的主意，得到熱烈回應。夏洛蒂雖然惦記帕鐘霓，也禁不住「免費旅遊」的誘惑。誰說法國人身上沒有中國式的「痞」，一七八九年攻占巴士底獄，絞殺路易十六，革命者早把這份「痞」演繹得登峰造極。

只是，去哪裡？又如何躲過北大留學生管理處的耳目？別忘了，不是中國學生是不許亂說亂動的。一整夜，這幫人都聚在約翰房裡策劃，十分亢奮。

目標：天津；交通工具：火車；學術方向與目的：人文景觀的殖民色彩與「狗不理」包子。把「狗不理」包子作爲學術方向是尼古拉的戲謔，大家擊掌叫好，彷彿那包子的香味已被一管管大鼻子吸進胸腔嚥下肚子。

隨後又到滿目皆是的錦旗店製作了一面紅旗，上面鑲著六個黃色大字：五洲風雲激盪。每人還配製了紅袖章，箍在 T 恤衫的袖頭。製作費用大家分攤。可惜沒有綠軍裝，沒有領袖頭像紀念章，更沒有介紹信，這些東西不好弄。希望戰旗袖章能充當有效通行證，讓這支獨一無二的「紅衛兵」一路暢通。

# E

## 狗崽子崔小莉

於是，天剛濛濛亮的北大校門口，鬼鬼祟祟走出一支隊伍。剽悍的皮耶爾是旗手，卻不敢扯起大旗迎風招展，只把旗面捲成一筒夾在腋下。我們深知此番出行是違規的，盡可能低調，不敢張揚。只要離開北大到了天津，自由就會向我們招手。

校門外一半燈明一半曉黑，城市邊緣仍在睡夢裡喘息。街上，行人比黏稠的空氣稀薄，涼風陣陣吹來，倒是心曠神怡。一行人拐過街角，朦朧中有個女孩從對過胡同沿著牆根懨懨走來。她的頭髮剃得很短，參差不齊，應該是被強行剪掉的。這一副落魄的淒涼，多半是被稱爲「狗崽子」的人，是那個時代的暗影。此類與我們年紀相仿的暗影到處都有，他們的厄運讓人隱約覺出革命的無常與恐怖。可是這個女孩太眼熟了，長頸，細腰，走路輕盈如飄，莫不是……輕喚一聲，竟然眞是輔導員崔小莉。見是我們，她也愣住了，僵在那裡一動不動，眼眶漸漸濕潤。她的襯衫看起來很髒，衣襟撕破了，掛到褲腿上，手裡一只竹籃，籃裡幾塊烤焦了的紅薯。想來她一家已被趕出將軍樓，特供的雞鴨魚肉白麵饅頭統統沒有了，只能啃紅薯，還是烤焦沒人要的？崔小莉倚仗開國將軍之後的榮耀，任輔導員時很有些跋扈，現在卻是那麼無助的樣子，讓我們這幫曾經歸她監視的小老外看了，心理上也難免有落差。

不禁想起那次琉璃廠淘買古玩，那是崔小莉的滑鐵盧。一個學歷史的，竟然對唐宋元明清的史學輪廓一腦袋漿糊，更別說古物古玩的喜好與鑒賞了，連我們這些外國人都不如。

當然之後便發現崔小莉也有不討厭的地方。她不像別的中國學生那麼悶，那麼內向複雜。她不繞沒有城府，直來直去，與西方人比較接近。她嗓音清亮，語速又快，簡直就是一挺機關槍，冷不防掃來一梭子，誰碰上誰倒楣。

再後來，我與孫瓶花成了好朋友。而崔小莉高高在上，熟是熟了些，也只能保持一定的距離。

直到那一天，在那樣的一個場合遭遇。

三訪乾麵胡同，知道了查理的家世後，一直對位於太平倉一帶的帕王府舊址耿耿於懷。我期待為我的情人尋覓他的根。

據悉，如今那裡住著人民中國的某位將軍，門口有持槍的守衛，戒備森嚴。但我不想這一點成為我的障礙。某個週日上午，我謊稱要去郵局給查理寄信，執意拽著孫瓶花陪我去了。孫瓶花總是拗不過我的種種非分之想，屢屢觸犯她作為輔導員的禁令。我知道我卑鄙，利用了她的善良。

按圖索驥到了太平倉，各條胡同兜幾圈，又叩錯幾爿大宅門，終於看到氣派的門庭和一前一後兩棟中西合璧的小黃樓。舊是舊了些，卻藏而不露，霸氣依舊。門前崗亭直立著一位全副武裝的軍人，那架勢比巴黎城市島警察總署的門衛威嚴得多。孫瓶花見這陣勢，人早矮了下去。我一把揪起她，逕自往裡闖。只聽厲聲一喝，綠衣警衛的槍刺已攔在面前。

「請問，找誰？」

「不找誰。找房子。」

我試圖詼諧一把，緩和氣氛。警衛毫不動容，威嚴的臉繃成一塊鐵。只感覺擱在腹部的槍桿使勁一硌，不痛，卻有脅迫的壓力。

「看到那塊牌子嗎，『閒人莫入』，趕緊離開！」

我又假裝無辜，「求您了，放我們進去，就看一眼這院子，絕不搗亂。」北大待了幾個月，我已學會中國式求人。我忘掉了自己這張小老外的臉。

「找什麼碴，吃飽了撐的？」門衛吼起來：「立即消失！否則別怪我不客氣！」

孫瓶花在身後使勁拽我衣角。不就一個院子，有什麼好看的？

我賭氣，執拗地站在那裡不動，與警衛如狼犬對峙，無形的僵局膨脹著。我不怕下不了台，我只是疑惑，又不是軍事重地，爲什麼非要圈成一個牢籠？戴高樂總統的愛麗舍宮也不見得如此森嚴壁壘。

正膠著，喇叭聲響，一輛紅旗轎車從門裡駛出來，黑色車漆油光鋥亮。警衛刷地敬禮，風一般衝過去，在噴吐的尾氣中關閉大門。閃爍間，我看見車窗裡一頭花白的頭髮。那個人必是將軍，卻沒戴軍帽。我追了兩步，想趕上紅旗車，車卻早已揚長而去。

忽聽背後有人喊孫瓶花。回過頭，竟是崔小莉。

崔小莉正從門崗左面的小邊門裡鑽出來。她站在陽光下，辮梢上的蝴蝶結扇著翅膀，煞是好看。「孫瓶花，噢，還有你，一大早跑來這裡做什麼？」

孫瓶花支吾：「夏洛蒂……叫我陪她來看房。」

崔小莉皺了皺眉。

我迎上去，「不關孫瓶花的事，是我想拜訪帕王府舊址。」

崔小莉更警惕，「陳年八代的老皇曆了，與你一個外國人有何相干？」

「如果沒猜錯，你也是這座親王府的新主人？」

「是又怎樣？」崔小莉挪了下站姿，咄咄逼人的勁頭上來，比警衛還要霸氣。

「那麼，能否允許我闖入一下，爲遠在巴黎的男友尋訪他的生命之根。」

「你男友，他不是法國人？」

「是的。他叫查理，帕王府後人。」

崔小莉顯然不清楚帕親王以及帕王府的前史，她一家不過是紅色中國派來改造王府舊地的新一撥寄居者。我深感惘然。

崔小莉猶豫一下，好像被激發出了好奇心。她對警衛說：「是我北大的同學，放她倆進去吧？」她一面俘虜似的把我倆押進邊門，一面還跟警衛保證，「絕不讓她們多待，就一小會。」

感謝崔小莉，讓我終於站到了查理出生地的天井裡。天很藍，陽光直射下來，有灼灼的燥熱。還是帕王妃故事中的兩棟小黃樓。還是乳白色西式百葉窗。還是院前青磚鋪地，院後紫竹成蔭。假山池塘依舊，栗子樹葡萄架花開葉落依舊。只可惜鳥兒飛了，芙蓉謝了，台階上王公貴族的人影淡去，蓮花缸殘留了一汪即將乾涸的水。即便不被允許入內，鼻腔裡仍然充斥著青蒜難聞的腥臭，可見青蒜在現任主人餐盤中的不可替代。逝去的終將逝去。我呑嚥著腥味也呑嚥著莫名的傷感，踩著查理兒時的足跡走過去，看見查理的城堡正坍塌成無形的一個廢墟。

崔小莉丟給我一串問號，關於查理，關於帕王府，關於這個王公貴族的前生今世。我置之不理，沒作任何回答。我不願意。雖然我也知道這是崔小莉放我進來的初衷，但我能說什麼？說一個王族一個城堡的坍塌嗎？

直到惹惱崔小莉，被她厲聲趕出將軍府，我始終閉嘴，像個啞巴。

回北大的路上，大約孫瓶花也覺出我的異常，幾次搭訕，都被我拒絕。我說：「對不起，我想靜一靜。」巴士上的乘客原就對小老外好奇，又見我倆一對一地悶著，疑惑的目光就像飛蠅在我臉上盤旋，趕也趕不走。

而從此，我與崔小莉的友誼交惡。不過我不怨她，是我辜負了她。

直到文化大革命降臨，北大亂成當年攻占巴士底獄的巴黎。剛開始，崔小莉還是出頭鳥，頭戴綠軍帽，臂佩紅袖章，雄赳赳氣昂昂地活躍過一陣子，很快便不見了蹤影。曾有孫瓶花從小道上傳來消息說，崔小莉的將軍父親受到衝擊，被祕密羈押。城門失火，殃及池魚應是必然。

卻也未曾想，去天津串聯的這個清晨，崔小莉竟出現在眾人面前。

不用問，她的境遇一目了然。雖然這幫人以前並不喜歡崔小莉，可憐憫與喜不喜歡並沒多大關係。對視的目光便有些罔顧左右而言他。

崔小莉是何等聰明之人，掩飾著，擠出一絲笑意，「早安，好久不見！」她的勉力使情緒陷入更大跌宕，眼窩裡瞬即盈滿淚霧。她只好晃晃腦袋，吸氣一般吞下嗚咽。

記不得當時是誰問她了：「崔小莉，你是否沒吃的了？有我們呢，大家都在。」

「不不，紅薯烤焦了香。」她哽咽著，慌亂。慌亂中語無倫次。

「你確定不需要幫助？」

她點頭，又搖頭。點頭搖頭都是拒絕。她可能是不想把中國人的自尊丟在這些小老外腳底下。「這麼早，你們要去哪裡？」

伊莎貝爾手掩嘴角詭譎地告訴她，「天津，我們要去大串聯。」到底沒忍住，違反了保密條約。

崔小莉欲言又止。將軍家庭的出身背景，讓她先天地具有超乎平民學生的革命熱忱，對紅衛兵大串聯肯定也充滿了憧憬與嚮往。我突然想到，何不邀她同行？眾人附議。反正我們的串聯本就是違規，再錯一次又如何，反正到了天津誰也不認識誰。

崔小莉眼睛一亮，灼灼放光，踅轉身就跟我們走，竹籃和籃裡的焦紅薯一把扔到牆根。「到天津我給你們做嚮導，當翻譯。天津我熟。」

## 大串聯及狗不理包子

便到了火車站。

儘管是早班車，依然人滿爲患。候車室像爆米花筒，月台上人牆密密匝匝，沒有一絲縫隙。綠軍裝紅袖章，清一色串聯的紅衛兵。唯有這幫法國學生，T恤短褲，一看就是散兵游勇。這場景如此眼熟似曾相識，令夏洛蒂想到查理的一九四九，同樣的北京站，同樣的目的港，他抱著那幾幅古人的畫，被擁擠的月台拋棄……

約翰提議，該把「五洲風雲激盪」旗幟打出來，列隊衝鋒。革命不是請客吃飯，大串聯也不是。於是皮耶爾呼啦一下展開紅旗，舉過頭頂。

奇蹟出現了。旗幟所到之處，擁擠鬆動，人牆下陷了細窄的一條，像專爲幾個散兵游勇騰出小徑，引導他們走向月台，上了火車。皮耶爾促狹地眨著雙眼，神氣活現。他們不清楚中國紅衛兵爲什麼要給法國學生讓路，是小老外的洋面孔，還是那杆昭示著世界革命的「五洲風雲激盪」？

火車飛馳，乘客卻像被釘子釘住，再也挪不動半分半釐。車廂裡的擁擠難以想像。椅座上是人，椅背上是人，椅座下還是人。或幾個臀部占一張椅，或水蛇狀蜷縮座底下，或乾脆吊到行李架，如攀緣的猴。過道淤塞了，腳下的侷促成倍膨脹，站立的人體扁成無數塊千層糕，各自薄薄一片，呼吸都難。「五洲風雲激盪」的散兵游勇們更是兩眼一抹黑，冷汗熱汗噴湧，幾乎窒息而死。眞是空前絕後的體驗，來自西歐的這幫年輕人在那一刻才對中國的人口眾多有了最直接的感知。

直到走出天津站，如地獄之門的車廂依舊杵在眼前，讓人喘不過氣。壯志已悄然懈怠，來自天津的誘惑——殖民文化與狗不理包子，統統黯然失色。

胡亂找了家掛有「接待站」牌子的寄宿學校走進去，人家見是洋面孔，狐疑又不敢造次，敷衍著不給登記。崔小莉派上用場了，她把火車上撿到的一頂軍帽壓在參差不齊的短髮上，威風凜凜。「他們是北大留學生戰鬥兵團的國際友人，是與我們並肩作戰的同盟軍，不敢怠慢噢！」

果然沒費周折即被接納。分來兩間房，男女各一間，每間房四個上下鋪，裝十幾個人都足足有餘。在這人滿爲患的串聯時期，有大通鋪睡都是好的。眾人在公用浴室輪換沖了澡，倒頭便睡。

醒來已是中午，確切地說是被餓醒的。一行人直奔百年老店「狗不理包子」。

崔小莉對天津熟，知道哪路巴士去包子店近。擠上巴士，從車窗裡看街面，來天津串聯的紅衛兵也不比北京少。車在勸業場附近山東路停站，一車人蜂擁而下，發現狗不理包子店就在正前方。午餐時間已過，店門前依舊長龍蜿蜒，一直排到街角拐彎處。

崔小莉領頭接上長龍，只見人頭攢動，不見龍首何在。畢竟是將門虎女，朝她的隊伍一揮手，一干人高舉「五洲風雲激盪」直撲前方。隊前秩序更亂，裡一層外一層的人堵在門口恰如一群餓狼，眼睛都是綠的。崔小莉撥開這群「餓狼」，把大旗往中間一戳，對把守店門的人說：「同志，他們是境外紅衛兵，專程聲援中國文化大革命來的，必須給予禮遇！」崔小莉不是商量，更不是請求，完全一副下達命令的姿態。把門的哪敢小覷，趕緊讓道放人。小老外們翹起下巴，魚貫而入。進門後再也忍不住笑，差點沒把崔小莉抬起來扔向房頂。

恰好有一張桌騰空，他們趕緊貼著板凳放下屁股，也不顧油膩的桌面杯盤狼藉，挨個兒圍坐一圈。侍應生（服務生）過來了，竟是位老者，在這片嘈雜混亂裡絕對是個異數。他花白頭髮，菩薩臉，笑眯眯的很是友善，身上的白色工作服，熨燙整潔，不見絲縷褶皺。他先是沒注意到這幫顧客是洋人，驚愕地朝後一退，再迎上來，已是不卑不亢的神態。把桌子收拾乾淨，他的英文也脫口而出。雖是英文，也給這幫小老外他鄉遇舊知的歡喜，爭先恐後自我介紹，說是北大的法國留學生，久聞狗不理包子鼎鼎大名，就到天津串聯來了，順便解解饞。克萊特、伊莎貝爾還用飛吻、媚眼催人家，先生快上包子吧，都快餓暈了。

老者隨即吆喝起來，「好嘞，你們等著，管飽管夠！」自始至終一臉彌勒佛的笑。

菲力浦對著背影猜測，「這等氣質，又說英文，怎麼可能跑堂，早年興許是租界大亨呢。」

包子熱氣騰騰端上來，先是每人一籠，每籠八只，擺滿了大圓桌。掀開籠蓋，晶瑩剔透，造型別致，咬一口，滿嘴生津，香氣撲鼻。每一籠的包子餡各分四類，豬肉、牛肉、海鮮、素菜，各有各的口感。而豬肉餡才是「狗不理」創牌時的精髓，滋味更是頂級。

又一籠。再一籠。這幫人個個如非洲飢民，風捲殘雲吞噬著留學一年裡遭遇到的最佳美食，根本無暇顧及人流湧進湧出，眼裡嘴裡只有包子。直到肚子撐得滾圓，咀嚼的嘴才有功夫騰出來說句話。皮耶爾嚼著噴香的肉餡，話語含混，「我怎麼覺得自己回了巴黎，正參與神父瑪爾聿士救助流浪者聖誕晚餐呢。親愛的，我是該皺眉還是扮個小丑的笑？」

「閉嘴吧，你！」夏洛蒂抓起一只包子塞住他的嘴。

菲力浦則自嘲：「免費大餐對付飢腸轆轆，理應快樂對不對？可我一點都快樂不起來，是我自虐嗎？」

目光不約而同投向了一直被他們忽略的那位老者。除了不斷地送上包子，他似乎一直都在說狗不理包子的故事。用漢語，也用英文。

據說，「狗不理」是超百年老店，創始於清朝咸豐年間，它的主人叫高貴友，乳名「狗子」。「狗子」自幼從鄉下來到天津衛，在運河邊的一家小吃鋪做學徒。三年辛苦學藝，掌握了高超精湛的麵食廚藝，尤其包子。一日午後瞌睡，日頭底下祖爺爺託夢給他，話沒半句，唯有滿籠滿屜的鮮肉包子，把他的人都埋了進去。掙扎著探出頭，只聽祖爺爺嘻嘻一笑，口吐金光，籠屜裡長出一棵參天大樹，累累果實竟是金錠銀錠，搖曳生姿。「狗子」醒過來，揉揉眼睛便向掌櫃辭工，隨後開出一家「德聚號」小吃鋪，專營包子。他要遵循祖爺爺冥冥之中的指引，他堅信只要做出不同凡響的包子，滿樹金錠銀錠就是他的將來。「狗子」以三比七的比例將肥瘦鮮豬肉和勻，添加適量的排骨高湯，佐以醬汁、香油、薑末、蔥花製成餡兒。並將半發麵搓條、揉出勁道之後，擀成薄厚均勻的圓形麵皮，包上餡，用手指捏褶並捻開，使十八個褶子疏密有致，如綻放的花瓣。再將包子置於籠內，蒸製而成。雖是巷弄裡名不見經傳的小吃店，卻由於包子色香味形俱佳，「德聚號」名聲就這麼一陣風似的傳開，食客一撥接一撥慕名而來，門庭若市。「狗子」忙得無暇與人搭訕，被戲稱為「狗子賣包子，不理人」，「狗不理」因此得名，傳遍天津衛。

袁世凱任直隸總督期間，曾把狗不理包子作為貢品獻給慈禧太后。慈禧太后嘗後大悅，曰：「山中走獸雲中雁，陸地牛羊海底鮮，不及狗不理香矣，食之長壽也。」狗不理包子更是名聲大振，一鼓作氣開設多家分號。

二十世紀初葉，天津衛商業中心南移向租界靠攏，狗不理經典老店也搬至法租界勸業場附近。此後幾起幾落，經受了歷史變遷的風風雨雨，直至新的中國到來，改制公私合營。一九五六年春，國有飲食公司在山東路豐澤園飯莊舊址重新掛出狗不理包子鋪的老名號，延續至今……

夏洛蒂聽走了神。她想查理是與天津有淵源的，他來這奇特的狗不理吃過包子嗎？由查理而帕鐘霓，再由帕鐘霓而乳名「狗子」的高貴友。她不由得問：「德聚號高貴友的後人還在嗎？」

老者眼神閃爍，臉上浮上一抹陰霾，像是有難言之隱。

夥伴們不樂意了，覺得夏洛蒂煞有介事，起鬨打斷了她。她也就不再糾纏，只對老者說：「謝謝您的包子，謝謝您的故事。」

走出「狗不理」，時近黃昏。落日與餘暉相映，把一條街面照得血紅。老者站在血紅的光影下送別他們，花白頭髮鍍了一層金。等候白吃包子的長龍依然無休止地蜿蜒，他們走過長龍，融入到充滿文革怪異氣息的街景之中。

## 津門教堂

翌日，三對男歡女愛的傢伙要求離隊，過一把羅曼蒂克的癮。我們二話不說就趕他們走，菲力浦和伊莎貝爾，尼古拉和克萊特，還有馬克、托尼這對另闢蹊徑的同性戀人便各奔東西，臉上綻放幸福燦爛的花朵。皮耶爾、約翰、崔小莉，還有我，繼續結伴在「五洲風雲激盪」旗幟下「串聯」天津。畢竟，革命不僅僅是請客吃飯，享受白吃白喝幸福時光的同時，某些非理性的殘酷也將隨之而至。

後來知道，這個狗不理包子鋪以及勸業場周邊一帶，就是殖民時期天津最摩登、最富庶、經濟活動最頻繁，社會名流包括政客、軍閥、外交、神職人士、商賈大亨甚至黑道梟雄等最集中的法租界，原名紫竹林。放眼望去，歐式建築鱗次櫛比，教堂尖頂若隱若現，恍若世紀前巴黎某個被遺忘的角落。

殖民氣息儼然已氤氳我們的感官知覺，目標即在腳下。

記得當時走近這座教堂時，鐘聲正轟鳴，聽起來惶惶不可終日。

原本關閉的大門被砸開了，教堂長椅上躺滿衣衫不整的串聯學生，沒椅子躺的就東倒西歪坐到地上，與水壺背包、油條大餅饅頭、瓜子殼、紙屑爲伍。他們或許找不到投宿的一張床，只能長驅直入騷擾主的領地。上帝的戒律、宗教的神聖在他們心中是沒有任何呼應的，即便有過，也早已摧枯拉朽，蕩然無存。革命使革命者有了大無畏精神，毀滅常態便是快感。

留守的神父是位禿光了腦袋的褐眼老頭，說一口陳年老調的法語，估計殖民時期就來天津了，聽他的北方口音不是法國里爾就是比利時人，不知爲何居然沒在租界被收回時離開。他是被不知哪撥學生從聖壇後面他自己的房間推搡出來的。他穿一件白色布褂，看上去與街上的中國老頭沒什麼兩樣。因與圍堵的紅衛兵糾纏已久，他看起來神情疲憊，聲音嘶啞。

崔小莉湊上去，聽出些眉目來。學生頭兒逼老神父撤出房間給他們做串聯指揮部，老人說沒地方去，不肯搬，學生便嚷嚷著要扔他的東西。老神父一急，斥責他們是納粹行徑，是希特勒！學生被激怒，揚言要打他並把他關進地下室。

皮耶爾、約翰看不下去，正要衝上去伸張正義，早有另一個年輕人箭步上前，舉手擋住了學生頭兒砸向老人的拳頭。竟然是一張中歐混血的臉，齊肩長髮，短袖襯衣，大熱天還繫著領帶，像是天外來客。

學生頭兒被他這麼一擋，威風掃地，豈肯善罷甘休，大喝一聲，眾手下群起攻之。沒料到年輕人是有功夫的，一個騰躍拳腳並出以一對五六也不吃什麼虧。皮耶爾按捺不住，跟著衝了上去。約翰也摩拳擦掌，被我一把拽回來。打架是會惹出禍端的，引來警察怎麼辦？

暫時被撂到一邊的老神父低頭禱告：「神明的上帝，饒恕這些受了蒙蔽的孩子吧！」他畫著十字，恍若觸電，身體也跟著顫抖。看雙方越打越凶，索性把自己也交了出去。他仰天長嘯：「別打了，我的孩子！房間拿去吧，祈願是上帝的旨意。」後幾句話竟是用漢語說的。他的漢語非常不錯，至少比我們好。事後證實，他的原籍是比利時布魯日，一座十分美麗的小城。

結局令人沮喪。來自布魯日的神父被從住了幾十年的教堂掃地而出。當然不是那個繫領帶的混血兒和皮耶爾打不過蠻橫的串聯學生，而是這場交戰，從一開始就注定了我們的失敗，因爲革命的名義不在手裡。我們陪著神父黯然走出教堂，聽見裡面響起喧譁的歡呼。繫領帶的年輕人把領帶扶正，捋一把打亂的長髮，對神父說：「神父您別擔心，我會在我住的酒店開間房，您先住著，反正這幫人是外地的，等他們撤了您再搬回來。」

眾人大吃一驚。他居然也說法語，純正的巴黎腔。天津那麼大，說法語的怎麼都跑這座教堂來了？我們擁抱，傳遞法國式的親暱，不再爲神父的遭遇傷感。混血的年輕人還告訴我們，他就住在巴黎，父母是二戰後來法國的華僑，在里昂火車站、美麗城開有兩家中餐館。這次來天津，是陪他祖父尋訪一位祖傳的御醫治病。

他，就是後來成爲我第一任丈夫的呂伽。

棕黃色頭髮，略微鬈曲，與他的膚色倒也對應，鼻翼兩側幾顆疏朗的雀斑。眼珠有中國人的洞黑，也有法國人的棕黃，混合成了褐色。習慣直勾勾看人，便顯出眼球小眼白多，有幾分偏執。但當時我仍覺得這類中法混血的搭配恰到好處。可能是他的出場頗有流行小說的英雄情結與浪漫元素，比較容易給年輕女孩留下好的直觀印象吧。

第三天坐夜班車回北京前，我獨自去塘沽碼頭轉了一圈，沒料到在那裡不期而遇呂伽。事實上這不期而遇是呂伽的刻意而爲。只不過我當時滿腦子查理，根本不關心呂伽的刻意或不刻意。我們在港口遠處的荒灘上站了許久，幾乎沒搭什麼話。我斷定這是查理來過的地方。沒趕上伊莉莎白號遠洋輪，錯過了去巴黎，事後他或許也是在此岸邊悄然下水，潛入商船，逃離中國，偷渡到越南加入印度支那戰爭的。我想像查理奇特而懸念起伏的經歷，讓他獨具魅力，讓我的愛欲罷不能。這種時刻，呂伽再風流也會相形見絀，他充其量只是個旁觀者。

不知呂伽是否還記得，這個黃昏海天一色。鉛雲沉重，灰霧迷濛。

回京後便是忙碌。收拾行李，購買禮品，然後告別北大，告別一九六六年的北京。上飛機幾小時前，我最後一次去了乾麵胡同，依然敲不開那扇封閉的門。

## 重返法蘭西

從電梯裡出來，查理放下我的行李箱，遞過來一串鑰匙，示意我開門。十幾個小時輾轉飛行，時差沒倒過來，我有點暈。我不知道查理爲什麼帶我到這個陌生的公寓樓來。

那時這扇門裡面沒有黃花梨，只有一張桌子，一席大床，兩個床頭櫃，被褥枕套一色潔白沒有褶皺，與站在我面前的這個人如出一轍，清新，考究，一絲不苟。桌子擺在中央，像停泊了一艘小船，桌上兩沓信件，一沓用細綢帶捆著，另一沓散開來，鋪滿了桌面。不用看也知道，那是我從北京大學附近的郵局寄出，飛翔一萬公里抵達這裡的。千篇一律的航空信封太熟悉，粗劣的紙質，藍框套了紅白斜槓，一架飛機躍躍欲飛。熱戀中的我矯情而喋喋不休，一年時間竟寫了一百五十六封信，查理臨走給我的法郎多半餵了這天上來回飛的信使。

查理拉開窗簾，頎長的身影沐浴在午後水一般傾瀉而入的陽光裡，他的藍眼睛亮得像一汪濃重的深湖。他說：「這是我母親的房產，我已通過經紀所用你的名義租下。」

也就是說，他瞞著家裡爲他的小情人租了這套房子。認識查理總共不到兩年，包括北大一年的分離。我們相處的時日並不比桌上那兩沓信多，他卻爲我租了這套房！

我仰頭死死盯著他，欲把他整個兒吞進我的眼睛。我口乾舌燥，說不出一句話，甚至連聲謝謝都沒有。胸腔裡撞擊著千軍萬馬，正把體內每一寸土地踐踏蹂躪從而粉碎成一堆虛無。他英俊的臉也被陽光點燃了火，在我吞噬般的注視下越燃越烈。

愛在這種時候是一個多麼貧乏狹隘的字眼，身體的語言永遠超越它。只要一張床，人類的生命訴說將付諸表達。即便沒有床，撂去兩沓信件的桌面，窗帷下的地板抑或門後的牆旮旯都可替代。

床接納了被狂風驟雨般的飢渴與欲念推搡裹挾的我們。它的安然足以把瘋狂打撈，釋放，撫平，然後帶著身心涅槃。查理的這張床，擱置在聖·日耳曼公寓的房間裡，是送給我久別重逢的最好禮物。

兩個赤裸裸的身體橫陳，彼此纏繞，宛若撕扯不開的藤蔓，或者歡樂的連體嬰兒。頭髮濕著，眼睛瞇著，鼻翼翕動，氣喘如牛。彼此把自己全盤交出，又從遠不可及的彼岸折回來，撫慰皮囊中遊蕩的魂。進屋時被查理拉開的窗簾就這麼不懷好意地垂在兩邊，把陽光請進來，讓進來，在我們的身體上恣意舞蹈。我睜開眼，看見自己高聳的乳峰棲息了一束橘色的光，查理正用他的手採摘。我咯咯笑，躲閃著逃開，光暈追過來，查理追過來……

與查理久別重逢的我，從此成了聖．日耳曼街區這套兩房一廳公寓裡的房客。查理只要抽出空就會過來，卻並不頻繁。他的工作、學業還有家庭，無一不是我們之間的掣肘。他和我，與巴黎許多套房裡不言而喻的許多男女一樣，只是暗夜裡靠瘋狂和愛維繫的亞當和夏娃。

而公寓房，也不是情愛故事的開端與結局，至多是生命中的一次轉折一個變奏。

可是那天，我們都有無法排解的心事。這樁心事關乎他的外祖母帕鐘霓。我不敢說，他不敢問，只好用身體的宣洩來掩飾。

一直到夕陽西下，查理必須離開了，我才跳下床，裸身、赤腳跑去開箱子。我從箱底掏出依舊裹了油紙的畫筒，送到查理手上。他已穿上襯衣，正扣完最後一粒紐扣。他把油紙掀開，把畫筒打開，把張雨的〈白菜〉擱下，把劉紹祖的絹本小品展開，細細地看。這幅〈松鼠得瓜〉我們都熟稔。他從小到大看過無數次。我後來居上，在北大寢室裡也看過無數次。我們把畫看活了，那裡面的松鼠活蹦亂跳，那裡面的瓜與瓜藤瓜葉青嫩香脆。

我回到床上，用他的枕頭蓋住自己的胴體。我等他打破沉默。在任何難題面前，退守總比進攻相對安全一些。他卻有意與我對峙，就是不問，眼睛閃爍不定，藏匿著不安的猜測。

我再也躲不過去，只好含糊其詞，「我抱歉，只帶回兩幅小的。另一幅大的趙孟頫……沒了。」

「我外祖母呢？」查理終於開口。

「爲什麼，你最後幾封信再不肯提她？」他的疑惑何止這些。

我無法迎對他銳利的眼神，聲音輕得像夢魘裡喘息。「她……也沒了，直到離開北京，我都沒能找到她。」我不敢忘記對帕鐘霓的承諾，刻意隱瞞著乾麵胡同殘酷的一幕。

查理一把揪起我，魚兒般赤裸裸掛到他面前，就這麼惡狠狠地看著，像要一口把我吞下去。他的反應是神經質的，他的咆哮是無聲的，嘴唇翕動，卻送不出音量。沒想到溫文爾雅的查理也有如此猙獰的嘴臉。被他重重擲下後，我重新撲上去，把他的臉捂進我懷裡。我知道他難過。我不忍心看他這樣。

……後來他哭了，淚流滿面，像個走丟的孩子。

# F

## 巴黎蘇富比

沒想到，二〇〇八年春末的這個午後，我與溫州人林一舟竟會在巴黎蘇富比拍賣行前的台階上第二次相遇。

蘇富比拍賣行位於巴黎八區福埠聖奧諾雷街中段一座鄂圖曼式建築內，與總統府愛麗舍宮咫尺相對。上世紀三〇年代重新修葺後，是夏本提爾中心畫廊的所在地，曾引領巴黎藝術市場長達半個世紀。直到上世紀八〇年代末英國老牌拍賣行掛牌入駐，才成爲延續至今的巴黎蘇富比一統天下。這座建築誕生於第二帝國時期的一八四八年至一八七一年兩次失敗的大革命間，是鄂圖曼男爵賦予巴黎重生的城市大改造無數紀念碑中的一座，意義上與它對面的愛麗舍宮如出一轍。它典雅大氣卻不動聲色，讓走近它或面對它的人們心存敬畏。而作爲一座房子的內核，大英帝國飲譽全球的蘇富比拍賣行堪稱顯赫，同是高貴、財富、藝術，乃至欲望巓峰的象徵。

我不是巴黎蘇富比的常客。此前最後一次到這裡也是陪著查理來，他與蘇富比才是有淵源的。如今查理離世已多年，我幾乎忘了這裡的法國式奢華與英倫紳士的自以爲是。但查理的氣息依然觸摸得到，絲絲縷縷，剪而不斷，讓我總有不能自已的莫名之痛。

今天我不得不來，只爲一件蘇富比的拍品，一個同樣鑲嵌了夜明珠並與家裡那只鳳枕合璧的龍枕，我希望把它買回來，了卻查理的遺願。查理曾經告訴我，這對「虎皮子」、「秋梨子」龍鳳玉枕是他家的傳世之寶，原爲龍鳳對，一只雕龍，一只刻鳳，爲和闐子玉之極品羊脂玉所製，白如凝脂，其表層歷經千萬年氧化生成相映成趣的斑彩，故在極品玉界美其名曰「虎皮子」、「秋梨子」。它們應是清康熙朝乾清宮裡的一對寶貝，底部刻有大清康熙年御制篆印。後由乾隆帝爲安撫獎掖東歸英雄而賜予土爾扈特蒙古汗王渥巴錫，再轉至帕王府上祖巴木巴爾之手。民國末期家族離散，「秋梨子」鳳枕被查理母親帶來巴黎，「虎皮子」龍枕則被他大舅攜去台灣輾轉美國，從此勞燕分飛。說這番話時查理的感傷我記憶猶新，卻不知爲何台灣的這只「虎皮子」龍枕會無端飛到巴黎蘇富比的拍賣台上？作爲查理遺孀，追問顯然徒勞，該做的就是盡我所能把帕王府遺世之寶拍回來。

可以想見，拍場上絕非風平浪靜。當「虎皮子」龍枕作爲東方皇室珍藏○五號拍品在大螢幕上一亮相，競拍者一哄而起。除了我，清一色中國臉面，眉宇間個個霸氣十足，舉牌毫不手軟，那態勢就像老佛爺百貨公司哄搶減價名品。到後來，競標價拉杆似的往上飆升，飆升到不可思議的價位，大多競拍者才一個個偃旗息鼓。我揣著自以爲封頂的心理價位，這時也不由得打鼓。假如不爲查理遺願而來，我才不會如此反常。雖然是皇宮裡流散出來的羊脂玉龍枕，再多鑲了一顆夜明珠，眞就值了如此咋舌的天價？足以買下香榭麗舍後街的房子了，這些人難道都瘋了?!我杵在前排居中那個最顯著的位置上，繃著臉，咬著牙，舉牌的手越舉越軟，如吊著沉重沙袋，眼看就要撐不下去，卻有一個聲音始終纏著我，與我對峙。那個聲音是默然的，從電話線那頭傳輸過來，再由電子競拍儀上瞬息變幻的數字，給我巨大的壓迫感——這是最後的對手，神祕蟄伏，未肯露出他的尊容。氣場卻瀰漫於整個大廳，步步緊逼，劍拔弩張。我感覺像被銅口鐵牙咬住，怎麼甩也甩不開。價位在他不動聲色卻刀鑿斧砍的叫板下依然攀升，我汗流浹背，越來越喘不過氣，心理防線終被徹底摧毀。

結果不言而喻，志在必得者贏的是氣勢。

接下來所有競拍都成爲對我的嘲弄。我不想無謂陪綁下去，中途退了場。走出拍賣大廳，不期然在玻璃轉門外與林一舟撞個正著。那位兩個月前有過一面之交的房客，正匆忙往裡走，與我擦肩而過。我一時沒反應過來，他卻以老朋友的熱情高聲喚道：「您好，土爾扈特太太，很榮幸在這裡見到您！」

我急忙收斂沮喪，笑著應對。他曾告訴過我，他是巴黎蘇富比的常客。

他突然開始閃爍其辭，不像分秒鐘前招呼我那麼來勁了。我正好順水推舟，「對不起，我還有事，先告辭！」邊說邊走下台階，恨不得立即消失。聽到他在身後追了兩步，說：「土爾扈特太太，能否等我一會兒……」我轉過身，發現他吞吞吐吐，判若兩人。「您也有難言之隱？」我直截了當，也爲開脫自己。他掩蓋不住窘迫，更顯出慌亂來。便使勁掰著手指，咔咔直響，「也不算什麼事，等您空了再聊也不遲，不遲。」話音未落，人已逃之夭夭。

不可思議的一個下午。

虎皮子龍枕的重現與去處莫名其妙。我在競拍場上本該贏的慘敗莫名其妙。林一舟的異常神色更莫名其妙。

次日，風和日麗，我用綢巾裹著家裡的秋梨子鳳枕去了拉雪茲神父公墓。查理的墓碑前殘餘了些乾枯的落英，看上去有點時過境遷的落寞。這才惘然記起，我與我的丈夫，已天人兩隔歲月茫茫。

我把墓塚打掃乾淨，再把包裹的綢巾撩開，拿出玉枕擱在墓塚上。我對查理懺悔我在巴黎蘇富比的慘敗。我說我爲沒能競拍到另一只流失的玉枕惶恐不安。風吹過，在墓碑墓塚的空隙裡穿行，發出輕微聲響，就像離世前的查理被菸酒熏啞再被手術刀重創的嗓門裡發出的低吟。那是一種生命的掙扎，想起來都叫人難受。當然查理是不會因爲任何原因責備我的，即使年輕那會兒他決定與太太離婚與我結婚，我卻選擇離開他他也沒有責備過我。他寵我就像寵他那些寶貝。做他的情人抑或妻子都是女人的幸運。每次到墓地來看他，我都會輪番帶來一件他生前喜歡的古董，一張畫，一件瓷器，或者一塊玉，都是便於攜帶的小件，供到墓前，讓他與之肌膚相親，耳鬢廝磨。帶來的物件不在高低優劣，只在我與查理相互間知根知底的意會。爲查理做這些時我有種本能的愉悅，我覺得這就是我存在於死去的查理或者查理存在於活著的我的全部意義。

我還對查理說我剛認識不久的那個男人林一舟。他的出現，似乎蘊藏了什麼不可告人的玄機，有撲朔迷離的神祕。我說，他不像是衝我而來，分明是衝著消逝的帕王府以及那些帕王府遺存的珍品來的。查理笑而不答，一如他生前慣有的姿態。

從拉雪茲神父公墓回家天已半明不暗，剛脫下外衣，那個林一舟就打來電話，說有要事來拜訪我。口氣委婉，卻不容拒絕。能有什麼要事，無非又是黃花梨的話題？我推說剛從墓地回來，有點累，問他可否明天再約？他說很抱歉，明天要飛上海，沒時間了。我只好應允。

幾乎只有閃電的功夫，他已像個熟悉的老朋友那樣走進門來，還是雪地初見時的大踏步，捲入過道裡一陣風。

「夏洛蒂，您好！」他還像一個老朋友那樣直呼我的名字，與昨日蘇富比門前的林一舟再次大相逕庭。他對這套房子一點都不陌生，因爲租住過。他覬覦的黃花梨就在房頂下的空間各就各位，我們心照不宣。

煮了一壺咖啡，斟出一杯請他喝。咖啡很濃，濃香瀰漫了燈影下的客廳，讓沙發上的兩個人消弭著隔閡，漸漸提起交談的情緒與氛圍。

話題一開始扯得很遠，是關於一幅題爲〈東歸英雄〉的油畫。此畫是查理母親尼錫達爾瑪的遺作，她死後，畫作從維瑞奈人去樓空的老房子移送這裡，就掛在客廳西牆上。林一舟租住時那兩幅松鼠和白菜都被我換到臥室裡去了。可能人上了點年紀都這樣，守著當下的日子，卻不知不覺活在過去。後查理時代的我，對帕王府留下的這些東西也有一份偏執的鍾愛，大概還是中國人說的愛屋及烏吧。

「等等！」林一舟的目光縫到了西牆上，「怎麼竟是這幅畫？」

我沒在意，「新換的，前幾天剛上牆。」

林一舟說：「我可知道畫裡的故事。」

「噢？」

他又說：「是一位東歸英雄的後人告訴我的。」

倒是始料未及，難道……

林一舟沉吟：「很多年以前了，在中國大西北。」

我指指油畫，「那是我婆婆的畫作，她也是英雄之後。她畫了蒙古土爾扈特的輝煌。」我刻意想知道的是，他與哪位英雄的後人相識。

林一舟瞥了我一眼，站起來走到畫前，彎曲手指敲擊汗王渥巴錫旁邊那匹棕紅色駿馬的驃騎手，「就是他！」

「巴木巴爾。」我倆異口同聲。

林一舟遽然回頭，張了張嘴。

「他正是我死去的丈夫的祖先。」

「我說咧，我們有緣分的。」林一舟劍鋒般的雙眉揚起，兩眼熠熠發光。同時又有不安襲來，似乎讓他不知所措。

我也吃驚。查理生前從沒告訴過我，他們家族裡還有什麼人留在中國西部。林一舟所說巴木巴爾的後人又是誰呢？

我給他斟了第二杯咖啡，自己也啜了一小口，然後等待他的下文。

沉默著，林一舟回緩了那種在我看來神出鬼沒的表情。他大約窺探出我在查理家族史上的盲點，弦外有音。「夏洛蒂，您固然姓了這個家族的姓，可土爾扈特蒙古的故事我知道的恐怕不比您少。」

這傢伙是個聰明人。遺憾我難以拒絕他的謎底。

## 林家姆媽

少年林一舟離家出走了。他給母親留下一張紙條，上面寫道：

姆媽，我去找阿爸了。上回沒救出阿爸，我不甘心，我一定要把他找回來！

父親失蹤後，母親受到株連，工作也丟了。丟了工作母親並不在乎，她心氣高，受不了丈夫在押那種矮人一等的屈辱，就待在家裡替一些街道小廠做手工活，縫手套，糊火柴盒，鉤花，織毛衣，有什麼做什麼，辛辛苦苦賺點活命的錢，只爲不讓兒子餓著，並供他衣冠齊整地上學。停課沒學上的兩年，林一舟讀書沒斷，就趴在自家方桌上，與縫手套糊紙盒的母親面對面，做她布置的作業。

那是一九六七年開春一個冷雨瀟瀟的早晨，街面上融化著稀薄的冰，腳踩上去有「咔嚓咔嚓」的碎裂聲。林一舟是混在紅衛兵串聯隊伍裡走的，兜裡只有從儲蓄罐倒出來的兩角三分錢。那又怎樣？串聯期間沒錢照樣走四方。他才十二歲，個頭比別人矮一截，紅衛兵們卻未甩掉他這個小尾巴。偏僻的溫州城不通火車，出省要坐長途汽車到金華轉。他人小，在沙丁魚罐頭般的車廂裡總能找到細窄低矮的蜷身之地。比如行李架。比如座椅下。換過兩次車，林一舟跟另外一群學生上了西行火車，沒搞清終點站是西寧還是蘭州，朝西便是方向與目標。其實他根本不知道父親關在哪裡，只聽沿途的人說，許多監獄都在西部戈壁灘上。

幾晝夜在車廂裡拋來拋去，他睡著了，蜷縮座椅下，像四足朝天打鼾的貓。直到車廂走空，另一個班次啓動，列車深入到溝壑縱橫的西部腹地。乘客換了一撥又一撥，到最後成了清一色塞外邊民，個個皮襖坎肩，大塊頭，紅臉膛，風沙霜雪鑄就的古銅色。林一舟從座椅下鑽出來，睡眼惺忪，滿面汙垢，人們看他就像看一個不會說話的包裹。他越想越害怕，就地一滾，眞把自己當個包裹，卸在深夜積滿了厚雪的月台上。狂風呼嘯中，肚子餓得發暈，三兩旅客從身邊匆匆走過，沒有人理睬他。走出月台，雪原一望無際，在黑暗的夜空下沉默。他醒過神來，根本不知何處去找父親，就連自己，也走丟了。林一舟號啕大哭。

無疑，這是少年林一舟在荒誕歲月的浪漫之旅。如果不是那位好心的鐵路乘警把他從雪地背回車站，又讓歸去來兮的列車把他重新帶回瀰漉漉的南方，他興許已被自己的想入非非貢獻了性命。

一個多月後，林一舟回了家。母親正在方桌前糊火柴盒，見他進門，什麼話也不說，站起來狠狠搧了他一巴掌。這一巴掌該受的，失蹤這麼多天，擔憂讓母親的臉瘦成一枚釘。可屋裡竟然多出一個男人，就在父親原來坐的椅子上坐著。這個男人林一舟太熟識了，前院西廂房沈阿婆的兒子，叫沈皓，是汽車修理廠的噴漆工，戴副眼鏡，臉白淨淨的不像工人。他好像不年輕了，不知為什麼沒有娶妻生子，只與寡母冷冷清清住著。以前父親在家，林一舟就瞧見他瞪著母親的背影目光發直，卻從未進過自己家門。難道父親被抓走，他就有了乘人之危的機會？林一舟雖沒來得及搞清男女間的情事，心裡並不懵懂。推門進屋那一霎，母親光鮮的額頭和重新煥發的笑容讓他陡生警惕。

於是，林一舟捂著紅腫的臉走到沈皓跟前，指著他的座椅說：「這是我爸的椅，爸走了，它就是我的椅，沒人敢占領它。」說得戴眼鏡的大男人燙了屁股似的跳起來。沈皓當然明白林一舟對他的排斥，多數父親的兒子都會這麼做。沈皓扶扶眼鏡，瞅了母親一眼，像是求援，鏡片後的目光閃爍不定。母親坐著，眼睛低垂，竟然沒跟兒子吼。

沈皓走後，母親的眼睛濕了，摟住兒子撫摸他被自己打疼的臉。林一舟逃開，把那張椅子拉到一邊，遠遠坐著。母親惱怒，斥他：「你一個小孩子懂什麼，大人的事。」林一舟昂頭站起，把椅子重重往母親跟前一推：「你選吧，要麼他坐，我走！要麼我坐，不許他進這個屋！」母親像被椅子磕著，啜泣起來。母親曾是心氣多麼高的女人，這會兒竟在十二歲兒子面前五味雜糅，一言難出。

可見孩子在母親面前，不管年紀大小，都是強權霸道的。這與道德倫理無關，因為投降也是本能的母愛。

長大後的林一舟其實頗多懊悔，母親那時不過三十多歲，他如此蠻橫地要她屈從兒子的意志守活寡，實在他媽的混蛋！事實上，父親那時早已不在，只是沒有任何部門給家屬發來噩耗。

十年過去，父親一直杳無音訊，沈皓也一直未娶。直到那場革命結束，林一舟在高考恢復的第二年考上杭州大學歷史系。

有一天，林一舟在學校收到母親的信，母親說，一九七六年之後，過去的冤假錯案可以重新甄別，她想逐級上訪，尋找丈夫，並爲他爭取平反。母親要求兒子寫一份詳細的上訪材料，分送上級有關部門。林一舟用了兩個通宵，寫了洋洋萬字，投寄給母親。

母親不糊紙盒不縫手套也不用鉤針鉤花了。她從箱底翻出一個緞面匣子，把裡面的金條拿出兩根到銀行悄悄兌換了。這幾根金條是逃過抄家藏下來的，前些年家境再苦她也沒敢拿出來用。素色了十年的母親把箱底那些好看的舊衣裳挑了幾件出來，重新熨燙，穿到身上在鏡前照來照去，依舊合體光鮮。母親還用採摘來的什麼植物，碾碎攪拌，把自己白了大半的頭髮染出原來的黑亮，再到巷弄裡的理髮小店修剪一番。然後母親鎖了家門上路了。這是她十幾年來第一次出遠門。母親不背已經開始流行的人造革肩包，而是沿用民國後期那種藍底白花的布袋，上方的手柄是木質的，拎在手裡，有種婉約的民國風情。母親從後院到前院一路走出去，丰姿綽約，迎來左鄰右舍好奇而不安的遐想。沒人知道母親的藍布袋裡裝著父親的平反訴狀。父親猶如這個院裡的風，早已颳得不留一點痕跡。

後來知道，母親這次遠行其實是有人陪伴的，這個人就是等了她十年或許還會無休止等下去的沈皓。還知道，母親心意已決，一旦找著父親，替他平反昭雪，就會與他離婚，嫁給沈皓。所以，母親的遠行儀式感很強，像開幕，又像閉幕。不僅爲父親，也爲自己。

可惜母親的遠行從省城到北京，沒尋到一點線索，也無任何結果。文化革命前期，「公檢法」被砸爛，各級執法機構造反派輪流坐莊，想抓就抓，想斃就斃，司法程式形同虛設。父親非但沒有被抓被遣送的任何紀錄，而且連姓名也找不到蛛絲馬跡，一個人就像一柱煙，消失得無影無蹤。母親總是懷揣一份期待走進信訪辦公室，再意興懨懨走出來。接待人員聽母親陳述冤情聲淚俱下，卻也只是聽，個個無計可施。到後來，一遍遍重複，訴者氣短，聞者麻木，這絮叨便成了一腔幽怨空彈。

夜裡寄宿在最便宜的小旅店，大通鋪，一堆女人嘰哩呱啦，母親總是最安靜的一個，倒頭便睡。走乏了，說累了，母親的人都是蔫的。母親走過很多城市，其中多半去了也白去，如大海撈針。但母親說，只有去過了才知是不是白去。

這樣的上訪重複了N次，持續了N年，每次無功而返母親都說這是最後一次，可過段時日又蠢蠢欲動打點上路。只要那點希望不徹底泯滅，懸掛的心結便永遠解不開。

眞難爲了回回陪伴一側的沈皓，這個角色的持之以恆該有多麼執著癡迷的愛戀依託。

除了寫材料，母親從不跟林一舟說上訪的事，也不透露她的希望是在怎樣的打擊下一點一點碎成滿地雞毛。林一舟大學畢業回溫教書，發現母親的兩肩削成薄片，脊背彎了，一頭白霜。兒子辛酸，對母親說：「姆媽，爸是終究找不著了，你就跟了沈皓叔吧?!」

母親搖頭，眼淚嘩嘩淌下來。

「對不起姆媽，當初不該攔著您的。」

此一時非彼一時，經歷過一場最終失敗的愛情，林一舟懂得了相愛而不能在一起的疼痛。他伸手替母親拭淚，手掌濕了，母親的臉更濕。

沈皓開始重新上門。

但也僅僅止於上門。

日子如鐘擺，咣噹咣噹，好像很慢，其實很快。

沿海小城最溽熱季節，午後的知了在院裡那棵獨一無二的老榕樹上聒噪，沒有一絲風，連空氣也板結凝固，視野裡的一切都成了畫框裡的靜物。

剛剛放了暑假，林一舟從學校教工宿舍騎車回家，帶回一簍熟透的楊梅。母親如往常那樣坐在方桌前，手裡死死攥著一個信封。她的眼睛不輪不動，定在西牆上。那裡掛著家裡唯一的相框，是一家三口的合影。因爲老舊，所以泛黃。那裡面父親風度翩翩，母親嫵媚靚麗，只有林一舟沒長開，尖著下巴，缺了兩顆門牙。天這麼熱，母親也不開風扇，不打蒲扇，整個人像中了魔症。

林一舟把楊梅往母親面前一推，隨手打開風扇。電扇嗡嗡的蜂鳴響起，屋裡有了微風。母親不吃楊梅，只把信封往兒子手裡一摁，遂又面壁。

林一舟從信封裡抽出信瓤，是兩張不一樣的紙，展開了看，手抖起來，紙便颯颯作響。原來是關於父親的證明與結論，由不同部門開出，轉由省政府下屬機關寄達。

一份是新疆某監獄出具的死亡證明：經查實，在押林犯ＸＸ（獄號二二三），已於一九六七年九月十八日在其監管改造的碎石場自斃身亡。

另一份是省冤假錯案甄別辦公室頒發的林ＸＸ反革命案調查結論：此案證據嚴重不足，當屬冤假錯案之例，現予以全面糾正，平反昭雪，恢復名譽。鑒於當事人早於二十年前被迫害致死，謹代表人民政府向其家屬深表遲到的歉意，云云。

天！居然是在這麼一個始料未及的炎夏之日，母親等來了父親二十年前的死訊。一日日，一年年，七千三百多天，守候，尋找，奔走，知道有多長，有多難捱嗎？還要搭上沈皓大半輩子咫尺天涯的煎熬。末了，多麼輕鬆的，遲了二十年的一句抱歉！

姆媽的血阿爸的血在兒子林一舟的血管裡奔突，找不著宣洩口，渾身骨骼斷裂似的嘎嘎作響。他想哭，卻哭不出來，眼窩裡是乾澀的憤怒。他對著母親看，那是一張礪灰砌出來的臉，眉眼都是虛的，虛到死人才有的那種底色裡。母親搖搖晃晃站起來，似對誰笑，人飄浮，笑猙獰，閃電般抓起桌上的水杯，朝牆上那個相框狠狠砸過去。一聲悶響，鏡框炸了，碎玻璃如煙花綻放，撒了一地。

這天夜裡，林一舟沒回宿舍，就在兒時的小床上睡。母親宛若聾啞，一聲不吭，只聽她手裡的芭蕉扇劈啪劈啪響了一夜。林一舟似睡非睡，眼前恍惚都是童年片段，分不清是夢還是回憶。凌晨，他被母親的芭蕉扇拍醒。母親說：「我要去新疆，找到那個監牢，把你爸接回來。」

林一舟說：「好，我陪你去。」

等天大亮，母子二人啓程上路。母親還是那只帆布袋，二十年前救丈夫未遂時用過的。林一舟說太舊了，禁不起磨，怕半路上漏了底。母親執意拎它，林一舟也不再堅持。好在大熱天輕裝，不過幾件換洗的薄衫，也重不到哪裡去。要緊的是用意。帆布袋是有歷史的，林一舟明白母親的心思。

## 西部監獄

如果不是林一舟親口講述，那個比雨果《悲慘世界》還要悲慘的場景，在多數法國人眼裡是難以置信的。即便如我，曾親歷過北京文革，依然無法以個人認知來理解這類無視生命尊嚴的荒誕。

記得呂伽曾經告訴我，在溫州出行是可以走甌江水路的。但那次林一舟母子並沒走水路。船期四五天才一班，他母親等不及，便先坐長途汽車到省城，再搭乘開往烏魯木齊的火車，由此進入戈壁灘，再深入旮旯裡的勞改農場，無論用什麼交通工具，卡車、拖拉機，還是駱駝。爲尋父親，林一舟十二歲就到過西北，現如今手裡一張地圖，心裡一份執念，西北方向那個畫了圈的標記便會一截一截在腳下縮短。母親兜裡有錢，是前幾年上訪時兌了金條富餘下來的，專款專用，直到抵達那個座標，面對一望無垠的莽荒以及裸露在莽荒裡的沙礫、土路、架了鐵絲網的圍牆、脫盡牆皮的石屋，母子倆才把疲憊的心放下半截。

當他們從一輛給監獄送貨的卡車上跳下來，剛走進監獄大門，沙塵暴便來了，視野裡的一切都在幾分鐘內消失歸零。

監獄長是個維吾爾族年輕人，漢語說得很好，是從首府烏魯木齊新調來的。他顯然不清楚二十年前這裡曾經關過獄號二二三的林姓囚犯，也沒經手從這個監獄發出的那封死亡證明。聽林一舟說明來意，他在檔案堆裡找了很久，才抽出稀薄的卷宗，裡面只有一張紙，手寫的幾行字，再就是一個印戳，印油還有幾分鮮亮。林一舟接過來看，與母親收到的那份證明一模一樣。不用說，是後來補湊的檔案。

母親說話了，很平靜，與那張紙上寫的字一樣。「我只想找到埋他的墳，把遺骨帶回家。」

監獄長一副愛莫能助的樣子。

林一舟問：「監獄裡還有沒有老資格的獄警，興許會對二二三號有點印象？」

監獄長出去了，半個鐘頭後帶來一位滿頭白髮的老頭，臉上溝壑縱橫，如乾裂的胡桃核，走路腳還瘸。監獄長介紹說：「他是這裡最老的獄警，大家叫他『老檔案』，去年退休。你們問問他，興許能找到線索。」

老獄警也不說話，轉身就帶母子倆往外走。沙塵暴已過，視野裡重新有了活過來的景物。貼著牢獄的圍牆繞半圈，便看見三兩間粗礪的石頭房子，在蜿蜒起伏的坡坎上不那麼整齊的立著。老獄警走到其中一間門口，用瘸腿的膝蓋一頂，門開了。「我家，進來坐吧。」他的聲音乾啞，也與這鬼地方一樣，缺水。林一舟攙著母親跟他進屋。

屋裡沒什麼陳設，只有一張床，一張桌，幾把凳子，還有一個鍋灶，灶台上有簡易的鍋碗瓢盆。地面甚是乾爽，一腳踩過，便有沙塵揚起。

他開始點灶，燒出一鍋水，又往裡抓了一撮茶葉，舀在碗裡請客人喝。大西北的茶還眞跟南方濕潤的茶不一樣，味澀，味辛，味苦，後勁也足。林一舟早就渴了，捧起大碗仰頭飲盡。他母親端著茶碗，眼神咬住對方的臉須臾不離，那種焦灼的期待，針尖麥芒般刺人。

老獄警點燃一根菸，狠狠吸了一口說：「你們要找的二二三號犯人，我記得，他來這裡不到三天就自殺了。」

「三天?!」二人驚呼。

「是的，就三天。他是一頭撞在戈壁的峭石上死的，噴出來的血汪了一灘。我當時就站在旁邊，沒拉住，夠瘆人的。」或許天長日久，血腥已淡去，老獄警說是瘆人，語氣卻相當平和，平和得讓林一舟憤怒。「您還記得我父親當時是如何解押過來的嗎？」

老獄警搖頭。「那時候三天兩頭有犯人送過來，個個都是反革命，是眞是假誰也懶得問。」他吐著煙圈，一串串，把他的臉還有乾啞的聲音都擋在了煙霧後面。「我只是記得，他好像戴副藍布袖套，埋他的時候仍戴著。」

母親居然從帆布袋裡掏出副藍布袖套，在老獄警面前晃了晃，證實他的記憶。這副袖套當然也是父親的，母親不僅收著，還把它帶到了戈壁灘。一個懸置二十年的疑團被解開，就憑這副藍布袖套。母親無意再刨根究底了，只問：「他埋哪裡了？」

老獄警說：「戈壁灘的沙礫堆裡。就在不遠的坡坎上，勞改營裡死了人都埋到那裡。」當年的勞改營，現在叫監獄。

「能帶我們去看看嗎？」林一舟站起身。

老獄警有些爲難，「戈壁灘自然是在，可那些草草堆起來的墳包恐怕剩不下了。」他顯然怕母子倆看了傷心。不過他也明白，人家從幾千里外尋過來，不上墳頭看一眼又算怎麼回事呢？

便一瘸一瘸出了門。見他走得辛苦，林一舟忍不住問：「您的腿？」

「當年被一個犯人用老钁頭砍的。」

「那，這個犯人後來怎樣？」

「斃了。」

林一舟倒抽一口涼氣，不敢再往下問。

炎日下到了戈壁灘。那坡其實算不了坡，充其量就是沙塵暴沖刷出來的一條溝，坡下是溝底，坡上是堆積的溝沿。沙礫、亂石在灼熱的陽光下白晃晃裸露著，乾燥得一點火就著。四處不見一滴水，一棵草，了無生命跡象。活的沒有，死的也沒有。

林一舟對我說：「莽荒這個詞，就是那一刻我才眞正領悟。」

老獄警用手畫了個圈，說：「應該就是這裡了。」他歎口氣，喉結嶙峋地鼓出來，一跳一跳，「什麼都沒了！」

母親不信，雙膝跪在沙礫上，用手去刨，非要刨出一個窟窿來。林一舟攔不住，從老獄警手裡奪過那把生了鏽的鐵鎬，跑到前面替母親開路。母子倆的行動近於瘋狂，老獄警卻感同身受。他原本已經轉身走了，復又一瘸一瘸返回來，躬身在亂石堆裡幫母子倆翻找。瘸了的那條腿無法彎曲，便拐杖般斜戳一邊，支撐他的另半邊身軀。到底是他親手埋的人，又費了心勁去找，終於在他認定的地方刨出一個不大的洞穴。他喘著氣，嗷嗷叫，大把的汗抖落下來，「沒錯，就是它！」

母親早已匍匐在地，一隻手伸進洞穴，使勁掏著。林一舟呼吸急促，兩眼瞪得比銅鈴還大，「姆媽，摸著什麼了嗎？」母親啞了似的。林一舟感覺都要窒息了，母親的手才從洞裡伸回來，驚人的冷靜沉著，「別說人，連塊屍骨都沒有！」老獄警說：「我估摸，屍骨都被禿鷲叼走了。」可母親伸回的手裡，竟攥了一撮碎布片。抖掉泥塵沙礫，鋪展開來，現出稀爛的纖維，褪色的藍，還有一截乾硬的鬆緊帶。

藍袖套？父親的藍袖套！

林一舟眼都直了。想去抓這撮碎布片，手痙攣著，不敢。

心的堡壘瞬息崩潰。母親無聲地淌著眼淚，痛不欲生。

之前，我曾聽查理說，中國人死後有多種不同的殯葬儀式，最離奇的莫過於天葬和隱葬。把死者剝光了架到樹幹搭建的高台或房頂，等候飢餓的鷲鷹凶殘地俯衝下來，連骨血帶皮囊撕裂了吞噬——這是天葬。還有隱葬，即便家裡很有錢，即便是王公貴族也絕不聲張，只由直系家人，把死者帶到不爲人知的隱祕地帶偷偷下葬，再牽來駱駝把墓穴一圈圈踩平，再鋪上亂草雜樹，掩人耳目。等到來年，若認路的老駱駝死了，就牽牠的小駱駝，依循老駱駝的蹤跡尋到隱葬墓穴，悄無聲息地祭奠。周而復始，年年如此。可林一舟的父親不在這個範疇裡。他是被選擇，被忽視，被毀滅。死是生命的歸宿，也是生命的一部分，這時候的人，還有最起碼的尊嚴嗎？

## 叫魂

次日拂曉，一彎殘月還掛在天幕似醒非醒，借宿監獄客房的林一舟母子卻已匆匆踏上歸程。監獄派出一輛運送貨物的拖拉機，送他們出戈壁灘，去五十公里外的汽車站搭乘長途汽車。那個地方叫哈圖布呼，班車隔幾天才有一班，發車時間又早，必須夜半從監獄啓程。林一舟扶母親爬上拖拉機車斗時，老獄警披件老棉襖踢踢踏踏走來，要送他們去車站。戈壁灘上溫差大，雖是夏季，後半夜的風卻刺骨涼。林一舟嘴上客氣，心裡巴不得有老獄警作陪。昨日相處，林一舟看老獄警，竟有了幾分家人的意味。老獄警介入並見證了父親的到來與消亡，已是這個家庭最直接的知情者。

母親一夜未眠，一夜無語，只與她自己的影子對坐於昏暗的燈下，發呆。林一舟一覺驚醒，看到她從帆布袋裡取出一只青花舊瓷罐，仔細擦出光澤，把墳穴裡掏出來的袖套碎片小心翼翼塞進去，就像裝進父親的屍骸，不能碰，一碰即碎似的。然後套上黑金絲絨的罐套，抽緊套口的黃絲帶，送到兒子手裡。母親說：「這是你爸的衣冠塚，用它叫魂，帶你爸回家！」

拖拉機沿著戈壁灘顛簸，天幕上幾顆星辰，寂寞閃爍。拖拉機前燈照出一條細細窄窄坑坑窪窪的路，塵土飛揚著，天和地都是黯淡的混沌。母親和老獄警分坐車斗兩邊，因了早寒，都蜷縮著身體，看不清眉眼神色。母親披了條監獄裡借來的舊棉毯，還是抗不住哆嗦。是心冷。

可是林一舟已無暇顧及母親。他把母親一夜打造的父親的衣冠塚抱在懷裡，感覺有個卑微的生命在瓷罐裡掙扎。他試圖用一脈相承的血緣觸摸假想中些微的體溫，卻是奢望。曾經屬於父親的舞台，此刻已全然落幕，濃縮在手中這個金絲絨套著的瓷罐裡。林一舟想哭，對著蒼天哭，對著曠野哭，眼窩裡比血還黏稠的一泡淚，終於凝固，凍結。拽著自己沉甸甸的軀體，他在車斗裡站起，把父親舉到胸前，朝著星辰閃爍的方向一遍遍喊：

「阿爸，我是您兒子一舟，您聽見嗎？」

「對不起阿爸，我跟姆媽來遲了！」

「不管多遲，阿爸，我們都要帶您回家！」

「阿爸，回溫州！回我們自己的家……」

林一舟的叫魂在曠野裡滾動，犁田一般。

不知何時，拖拉機停了。不是拖拉機走不動，而是路沒了。路被坍塌的碎石堵住。前後左右別說人、車，連隻拍翅低飛的老鷹都沒有。可是離哈圖布呼汽車站至少還有十幾里路，能指望誰來幫你？老獄警跳下車，對林一舟說：「運氣不好，剩下的路你們只能靠腳了，趕緊走，興許還能趕上班車。」

林一舟看母親紙一樣慘白的臉，猶豫著。母親擋回兒子的目光，謝過老獄警，拎了帆布袋逕自朝前走。林一舟匆匆塞了幾張拾圓票到老獄警的棉襖兜裡，又給他磕了個頭，大步追趕母親。母親走得很快，等他追上，再回頭與老獄警和司機揮手道別時，那兩個倚靠在拖拉機邊上的人影已小成細細窄窄的一條。

拖拉機啓動的噪音裡，林一舟的叫魂聲再次響起，像長簫的嗚咽被風吹散。

林一舟攙扶著母親，跌跌撞撞，鞋脫落了，腳走瘸了，終於趕到哈圖布呼，那輛該死的班車早已沒了蹤影。沒別的轍，只好找了邊域小鎮最好的一家旅店住下來，等下一班長途汽車。邊域小鎮的旅店像極了好萊塢西部片裡那種荒原驛站，土牆，泥地，原木門上掛張厚實的棉簾子，挑開棉簾走進去，竟有十分寬敞的一個天井。天井兩邊各是馬槽騾棚，有三兩匹白馬黑馬嚼著草料打著噴嚏。騾棚下壯碩的大青騾低下頭，不聞不問馬那頭的熱鬧，睡著了似的。中間才是一溜兒排開供人歇息的旅舍。帶林家母子從前台進入天井的紅臉膛男人打開其中一扇門，把他倆讓進屋，交代幾句，匆匆走了。林一舟拉亮門邊的燈繩，屋裡光線依然幽暗，影影綽綽只看清捲著被褥的床，還有門旮旯裡那個上中下三層的臉盆架，每一層擱著的搪瓷臉盆都摔得慘不忍睹。母親早已支撐不住，從竹殼暖瓶裡倒出開水喝了幾口躺下了。

房裡共有三張床，父親的衣冠塚就擱在空出來的那張床上，彷彿也靜靜地陪著母子倆安睡。

林一舟睡不著，心裡窒息得發慌，便從旅店天井裡走出來，走上鎮街。

## 衣冠塚

毫無預兆的邂逅就在這總共只有幾百步土路的鎮街上發生了。這類經歷對於一個法國人比如我，不亞於天方夜譚。

哈圖布呼位於準噶爾盆地的西南角，原只是烏蘇旗下一個農場所在地，前幾年有了些發展，以農場爲依託建立了初具規模的城鎮建制。鎮中心不大，卻有幾分開闊，縱橫交錯的兩條土路，開出花花綠綠幾個鋪面，竟也敷衍成了帶點西域風情的一條小街，清冷中生出幾分勉強的熱鬧。時辰尚早，街路上的行人還帶了點宿夜未醒的睡意。林一舟走走看看，停在一個搭了涼棚的水果攤前。攤上剛採摘的哈密瓜香氣誘人，他正好渴了，便買下一個，讓戴了頂白帽的維吾爾族攤販幫他剖開，坐在那裡吃。早聽說新疆的哈密瓜有名，一口咬下來眞是香、甜、綿、脆，含到嘴裡即化。正狼吞虎嚥，有奇怪的景象躍入眼簾：一個已然不年輕的女人居然在八〇年代末西域旮旯的這個街頭——跑步。她身穿寶藍色運動衫，腳蹬白色球鞋，頭髮用同樣寶藍色的綢帶束成馬尾，在腦後甩來甩去。林一舟看仔細了，這個正從街另一頭朝水果攤跑來的女人，身上的活力與臉上的褶子並非那麼步調一致。

她「嗨」了一聲，氣喘吁吁站定到攤前的涼棚下。她也要了一顆瓜，切開，用自己兜裡掏出來的小刀一塊塊戳著往嘴裡送，然後抹一把臉上的汗，笑盈盈地看著林一舟。她當然看得出，林一舟是此刻街面上除了她唯一的外來客。

「先生，您從哪裡來？」她的音色和咬字都很糯，聽起來拿腔拿調。

「南方，江邊小城。您呢？」

「Amelican。但我是台灣人。」

難怪！這身打扮，這副腔調。

林一舟突然打住，眼神罩住坐在他對面的我，像要提醒我猜猜他的啞謎。我明白，查理的家人即將粉墨登場——前面早提過的。

林一舟眨著眼睛說：「沒錯，這個另類女人後來告訴我，她是帕勒塔親王的嫡孫女，她叫迪瓦·寧布。」

「噢，是她。」我恍然大悟。「她父親是查理的大舅，聽說一直僑居紐約，大舅卻不願久留美國，輾轉台灣。」

「夏洛蒂，查理生前沒見過他們父女嗎？」林一舟問我：「都在國外，應該不會有什麼障礙吧？」

「據我所知，好像離開大陸後，沒有聯絡過。」

「難道有難言之隱？」

我搖頭。對於查理的家事，我的原則是：只聽，不問。

「難怪這邊並不清楚那邊曾經幾次去烏蘇，要爲帕勒塔修陵。」

「我想是的。」

林一舟法國式地聳聳肩。他聳肩的姿態讓我想起查理。

從瓜棚出來，林一舟與萍水相逢的迪瓦·寧布已消除了因地域帶來的隔閡。也許邊疆天高地遠的寥廓讓人少了些狹隘與設防，也許彼此來烏蘇的動因有了幾分相似，投宿的又是同家旅店，這對年齡懸殊文化背景迥異的男女居然有了共同話題。林一舟見過母親，把帶回來的葡萄、哈密瓜還有一種叫不出名的烤餅往她面前一推，轉而陪同美國女人出了門。

就在這天，迪瓦·寧布準備在她祖父帕勒塔曾經墓葬的地方重造一個衣冠塚。她希望林一舟能爲她的祭奠儀式做一個見證。

又是衣冠塚?!林一舟心裡一緊。

迪瓦·寧布告訴他，帕勒塔親王歸葬烏蘇哈圖布呼（早年稱爲四棵樹）已有半個多世紀，其間戰亂連綿，政權改幟，以及接踵而來的土地改革、人民公社、大躍進等衝擊動盪，再加上十年文化大革命的摧毀，帕勒塔王陵已在風雨飄搖中衰敗爲一塚荒墟。後來邊域各鄉鎮要撥亂反正重新規畫藍圖，更將王陵荒墟夷爲平地，修建了條田與村路。

迪瓦·寧布一而再地從大洋彼岸飛過來，面對的就是條田與村路，外加條條槓槓的政策阻礙。她如瞎子點燈轉悠一圈，別說祖父的陵墓，連廢墟的一抔土都沒見著。台灣老父見女兒無功而返，黯然神傷。迪瓦·寧布更是不甘心，揪著心緒捱過小半年，一跺腳又千里迢迢來了第三次。

這次迪瓦·寧布有了心理準備，她學乖巧了，不再與推三阻四打哈哈的政府部門糾纏，而是直接去了當地蒙古村，找上了年紀的蒙古老人。這一招果然靈驗，很快發現了帕勒塔母親、巴雅爾郡王夫人的墓。一位年過九十的蒙古老人拄著拐杖把迪瓦·寧布帶到一片雜樹林，口齒不清卻畢恭畢敬告訴她：這是蒙古王妃的墓。鏟去覆蓋的雜樹荒草，這座僥倖逃過劫難的墳包裸露出原貌，近三十平方公尺的面積，高出地面二公尺多，輪廓、規模、氣勢依舊。老人還說，他記得帕勒塔王爺的墓塚就修在他母親老墳幾百公尺遠，一個背坡面陽的開闊之地，雄偉壯觀。早些年蒙古族人還年年自發舉行祭祀，鼓樂聲中，跪拜在地，看太陽從山脊那邊升起來，照得陵穴墓碑金光燦燦。

迪瓦·寧布於是攙扶著拐杖老人，從太祖母的墓地開始，一寸寸向北移動，找了三天，由老人指認，終於在條田與條田之間的阡陌小路上找到祖父王陵原址。說是陵墓遺址，不過幾抔土，幾叢雜草。

謝過老人，迪瓦·寧布隨即去了烏蘇、哈圖布呼各政府部門，提出由帕勒塔後裔重修親王陵墓的意願。可當時邊域之地尚未對外開放，她一個前蒙古王公後代，美籍華人，連回鄉之路都磕磕絆絆，其修陵之舉處處掣肘也是預料之中。一個球在各部門踢來踢去，踢得她心像空守的球門，美國那邊又頻頻催她回去。萬般無奈，只好雇了推土機，準備在條田小路原址上象徵地推出個土堆以作陵墓原點，待日後有了著落再來完成家族夙願……

迪瓦·寧布用美國女人習慣性的直率講述自己返鄉之旅的無奈，臉上月盈月缺，陰晴不定。林一舟卻時不時跑神，腦裡全是父親裸露於戈壁灘那穴空墓中的藍袖套殘片。

當推土機轟隆隆開過來，迪瓦·寧布做了個美國式的 Stop 手勢，讓它暫停。推土機手從很高的駕駛台上跳下來，一臉不高興。迪瓦·寧布說聲對不起，揚手招來兩個早已等在田邊的農民，跺著腳底下她自己用粉筆畫出的圓圈。

「麻煩你們先在這裡挖一個坑，謝謝！」

林一舟問她：「您要做什麼？」

迪瓦·寧布不吭聲，從雙肩包裡掏出一個紅綢包裹的錦盒，打開，竟是一只玲瓏剔透的玉枕。林一舟眼前倏然一亮，張口結舌。純粹的羊脂老玉，雕龍，如瓊漿凝脂，蘊藉圓潤，被迪瓦·寧布的一雙素手捧起，有著動人心魄的美。林一舟是見過上等好玉的人，父親又死於家傳的青玉枕，所以玉之於他，就是千絲萬縷的糾纏。但眼前這只龍枕遠在他的經驗之外，他的眼力心勁都有高攀不上的侷促。尤其龍頭鑲嵌的碩大的珠子，綠瑩瑩的，前所未見，難道眞是傳說中的夜明珠？

他愣著，活像一尊石像，心裡卻驚濤駭浪。他看見父親從血泊裡爬起，抱著玉碎的枕片踉踉蹌蹌向他撲過來，嚎啕大哭……

大坑中的小坑很快挖出來，黑黝黝地豁開口子，通向難以觸及的幽冥之處。迪瓦．寧布雙膝跪地，把她用紅綢包裹的玉枕往坑裡塞，塞滿了坑，再捧一層層土覆蓋上去。她做得專心致志，渾身沾滿了土，臉都是花的。髮梢上的汗啪嗒啪嗒落到手背，砸出一個個淺渦。然而，她的周遭非無人之境，除了推土機手，除了請來挖坑的農民，不知從哪裡又鑽出幾個路人，還有光頭露臀的兩個小孩。他們眼仁瞪得滾圓，個個靈魂出竅一般。在這邊域的莽荒之地，三番五次後革命的貧瘠中，除了盜墓者，誰見過這樣的寶貝？

林一舟跳起來，制止迪瓦．寧布。他急咻咻對她說：「不能埋這兒，絕對不能！」

迪瓦．寧布不解地望著他。

林一舟更加氣急敗壞，「您別天眞了，這兒不是美國。您難道看不出那些眼神裡的貪婪？我提醒您，此刻這一圈的人都是餓狼，明白嗎?!」

迪瓦．寧布半信半疑，「您擔心玉枕會被撬走？」

「您說呢？」

「可是……」美國女人猶豫了，「我承諾過父親，這次一定代他完成夙願的。他老了，等不及修陵的那一天。」

「況且，不埋下家傳的東西，將來用什麼證明這個土包就是祖父帕勒塔的陵墓？」

「您以爲埋下東西將來還會在？幼稚！」林一舟忍不住衝迪瓦．寧布嚷。但面對女兒對父親的承諾，面對一個家族代代延續的意願，他又慚愧自己粗暴的阻止。

迪瓦·寧布抹一把臉上的汗，沉思片刻，臉容堅毅起來。她直起腰，揚手招呼推土機：「開始推土吧！」

蓄積待發的土黑雨似的淋下來，頃刻間掩埋了大坑中的小坑，小坑外的大坑，紅綢包裹的玉枕消失了，新墳變戲法一樣從條田間躍然而起，圓鼓鼓，灰撲撲，帶出乾燥中摻雜略微濕潤的泥土氣息。斜陽淡淡地跟過來，幾縷疏影，跟著風扶搖，彷彿眞有安息的靈魂於無聲處波動。迪瓦·寧布伏地而拜，邊拜邊流淚，用沾土的手背一把一把抹著。林一舟原是不想哭的，也遏制不住跟著嗚咽。他不清楚自己爲什麼哭，爲同樣葬於空穴的帕勒塔親王還是爲自己的父親？甚至，只爲空穴裡陪葬的夜明珠玉枕？

也許，正是似是而非的衣冠塚，似是而非的玉枕，才使安息於西域天廓下的蒙古王公與林家父親相去甚遠的生死命途有了某種禪意上的交匯。

……。

次日，迪瓦·寧布雇了一輛車去火車站，邀林一舟母子同行，林一舟謝絕了。他一宿未睡，就披衣坐在床頭，看到自己被分裂成兩個林一舟，相互廝殺，分不出輸贏。道別時，林一舟只問迪瓦·寧布要了她美國的地址和電話號碼，隻字未提玉枕。不是他不想提，他太想提了，可張了幾次口，都被另一個自己封了嘴。他與昨日的他變了個人，令迪瓦·寧布疑惑不已，「你怎麼啦？」他搪塞了。直到迪瓦·寧布的車絕塵而去，他仍然站在邊域的荒野裡一動不動。

林一舟的敘述越來艱澀，終難繼續。我未能從中理出內在邏輯，仍然等待一個起碼的結局。他卻說：「當時迪瓦·寧布離開新墳時曾告訴我，夜明珠玉枕原是一對龍鳳枕，乾清宮的寶貝，係大清乾隆皇獎掖土爾扈特蒙古東歸壯舉的賜物，也是她祖先巴木巴爾留下的鎮府之寶。後來民國終結，她父親和姑媽離開北平，分別傳到他們手裡……」

豈是我要的結局。我有幾分失望，又有幾分傷感。這事早已不是什麼祕密。後來她姑媽死了，姑媽的兒子查理也死了，這只鳳枕留在了我的睡房。但我從來不敢枕著它睡，我總在夜明珠的幽光裡看見查理向我一步步走來，帶著叩問與期待。我起身去臥室拿來那只鳳枕，遞給林一舟，希望他能確定，這一只與埋到衣冠塚裡的那一只是否龍鳳璧合。

林一舟小心翼翼接過去，瞟一眼，便緘默了。他一手抱枕，一手托腮，恍若羅丹雕塑〈沉思者〉。他為什麼不「精雕細琢」地看？不屑，抑或不敢？怕玉枕再次觸動他的哀思？我有諸多疑惑，又不便直問，便為他續咖啡。他卻冷不丁站起，擱下玉枕，側身往外走。我下意識扯了他一把，沒扯住。正十二分奇怪，他在門邊回過頭，吞吞吐吐說：「對不起，夏洛蒂，我必須走了！」他臉色半紅半白，鼻子也分割成陰陽兩半，話音未落，人已倏忽不見。我追出去，電梯正徐徐下降。

「莫名其妙！」我忍不住自嘲，「夏洛蒂呀夏洛蒂，你就算再與中國人結三回婚，也搞不懂他們想什麼？」

# G

## 呂伽

當我走近巴黎南郊那個古老鐘樓，看清鐘面上走動的羅馬數字，腳步便灌了鉛似的沉重。我也知道呂伽被兩扇鐵柵欄關到那裡面不是我的錯，可情緒通常與對錯沒有關係。鐵柵欄兩側是弧形的石牆，爬滿新嫩的藤蔓，綠意纏繞間時有花朵綻放，滿園春光乍洩。

卻也圍堵了年老的鐘樓和已然不年輕的呂伽。

這裡不是監獄卻是監獄，囚禁了自由飛翔揮霍無度的心靈。所以深藏在都市熱鬧的背後，似要刻意掩飾難言之隱，不為外人知曉。除了與被囚禁者有這樣那樣親近關係的人，比如我。它有一個人道和科學的名稱：法蘭西島理智阻礙治療中心。說白了，就是瘋人院。

呂伽是多年前從他獨居的小別墅送往這裡的。他的狂躁性抑鬱綜合症每況愈下，導致兩次自殺未遂。他的心理醫生不敢大意，決定把他長期「圈養」。於是，治療中心這座樓裡的一間病房成了他的家。他起初進進出出多次，死活不肯長居，甚至以死要脅。後來，花花綠綠每天吞服的藥丸使他變成馴服的老綿羊，一坐幾小時，安如鐘樓上的鐘。他住二樓，乳白色的百葉窗正對著鐘樓，仰頭去看，鐘面上移動的羅馬數字清晰可見。但時間的概念在他已是靜止、模糊。唯一例外的是，清晨太陽升起的時辰，鐘聲會敲醒他的神志，把他從慣性的空茫中拽回來。讓他有條不紊地起床，換上運動鞋，下樓，然後把自己關進那個鐵網圈起來的方形綠茵場，開始一小圈一小圈地跑步。時間長了，哪怕這個時辰不是太陽升起而是雨雪霏霏，呂伽也從不缺席。這塊所謂的綠茵場很小，又團團圍了鐵網，更像一個壓縮的籠子，關在裡面跑步，人已不是人的狀態，更像強行圈養的野生動物，虎、豹、獅之類。即便這樣，這個籠子也不是要進就能進的，必須得到主治大夫允許。「籠子」基本都是空的，全院病人只有呂伽提出申請並獲批准。據說當時大夫問呂伽申請跑步的理由，呂伽說：「我要健身，我不想變成大象或者狗熊。」這像是呂伽說的話，讓我記起當初在中國天津邂逅的那個風流少年。他在意自己的外表，向來不願與醜陋為伍。

之後每次來，我都會先到這個籠子般的綠茵場前站一站，隔著鐵網捕捉呂伽尚未消失殆盡的氣息與活力。似乎只有這裡，才殘存了他的精神內核。我看到緊貼著四面鐵網他的腳步跑出的一條軌跡，那上面的綠草被踐踏了，草下的泥土被踩堅實了，變成光禿禿的黃、黑，像碾壓的車道，像野獸行走的蹤跡。於是我會莫可名狀地感動，忍不住流淚。

其實我並不常來。我跟呂伽離婚二十多年，感情沒了，義務沒了，剩下的他只是我兩個成年孩子的父親。或許這都不是根本理由。而是，坐到這樣一個過去意氣飛揚如今眼神渙散的男人面前，心太失落，太疼痛。就像現在，他側身坐在床沿，弓著腰，病號服臃腫地掛在身上，與我面對面，卻緘默無聲，相互間的距離任由被安靜放大了的呼吸聲填充。他眼裡沒有我，我眼裡也只有藍白相間的病號服，條條槓槓，如虛擬的建築線條。大劑量藥物控制，使他看上去幾乎正常，只是人被抽了精氣神，軟塌塌的，像一團沒來得及送進烤爐的麵包。

然後我打破沉寂。「你好嗎？」

「好。」他回答。

我問：「看什麼呢，聚精會神的？」

他說：「看鐘。」

我說：「看了多年，還沒看夠？你就不覺得膩煩？」

「時間是流動的，不重複。」他居然像個哲人。遂又攤攤手，那意思大約是不看鐘看什麼？

我歎口氣，「讀點書和雜誌不好嗎，或者到沙龍跟大家一起看電視？」

他轉過臉，認真地說：「我跑步。」

是的，除了看鐘，他還跑步。這就是他每一天的全部內容。

雖然我很清楚，即便呂伽不得病，我們也早把彼此丟失。但我還是覺得悽楚，以致忍不住想逮住他的胸襟追問：那個曾經招惹無數女孩喜歡的呂伽哪裡去了?!

## 小島人家

呂伽不姓呂，姓夏。呂伽是他法文名的中文譯音。

夏家來自南中國的沿海小城溫州。這座城市如今在全球都有名聲，早前卻是甌江流域出了省際便無人知曉的偏僻之隅。夏姓祖輩代代生息在甌江口外很袖珍的一個島嶼上。這個島嶼名叫七都，既轄屬小城，又與城郭隔江對峙，商貿往來便是江面上來去悠悠的小火輪和蚱蜢舟。小火輪有幾匹馬力，行駛起來談不上速度，動靜卻大，有點招搖過市，恣意擺譜。蚱蜢舟則不然，船老大都是上了些年紀的漢子，敦敦實實扎於船尾，捋著袖管搖櫓，咿呀聲響隨了棕紅色的雙臂上下擺動，有行雲流水的美。船客或挺立船頭，或坐臥船艙，觀江楓漁火，聽櫓槳弄濤，別有一番清趣。不過早年的夏姓家長，只是七都鎮街一爿鹹魚鋪的掌櫃，毫無詩情畫意，不識江野情趣。他們穿梭甌江往來溫州城，只為進貨出貨，擺渡生計。

千篇一律的生存方式終於被呂伽的祖父顛覆掉。這位小個子男人膩煩了櫃檯上撥弄算盤珠子的日子，在一個黑咕隆咚的雨夜，跟出洋的貨輪去了香港，在碼頭做苦力，扛大包。撂下的鋪子便由他的女人，呂伽的祖母做掌櫃。祖母是能幹女人，帶著三代單傳的兒子呂伽父親，倒也不驚不咋，把鋪子管得有條不紊。鎮街上人多嘴雜，總有閒話飛進櫃檯，在女掌櫃耳邊嗡嗡。街坊們不理解的是祖父，好好的掌櫃不當，偏去給洋人賣苦力，傻了不是？祖母不卑不亢，心裡卻說，頭髮長，見識短，做苦力掙回的銀子比鹹魚鋪多得多，你信嗎？七都是島，香港也是島，島與島還真不一樣。高飛的鳥不戀舊巢，她相信丈夫會給自己和兒子在遠地的高枝上築出富庶的窩。

祖父一去七年，連個頭也不回，牽掛與希冀都在捎回的銀票上。第八個年頭即將過去，人依舊未回，卻寄來一封信，讓祖母賣掉老屋和鋪面，帶兒子速去香港團聚。母子倆聞訊哪敢怠慢，匆匆典賣家產，辭別親友，帶上銀兩盤纏上路。

這個時候呂伽父親已滿十九，高高䠷䠷一個新鮮出籠的後生兒。他已記不清父親長什麼樣，拼湊勾勒出來的臉似是而非。但他還是願意有這樣的父親，不在方圓幾里地的小島終老，闖出去，且帶著他的兒子飛。此前父親在島上唯一的學堂上學，上完最後一級便無高班可上。祖父來信為他解了圍，不用再琢磨要不要去江對岸的溫州城繼續做學生。他其實不喜歡讀書，也不願到鋪子裡待著，祖父要他離開七都正中下懷，乘機看看島外面的世界。人說香港是外國人的地方，光怪陸離，他趨之若鶩。

先是蚱蜢舟，從七都小碼頭擺渡到甌江口，搭乘貨船下南海走潮汕，轉渡香江九龍。一路上的線路都是祖父用心用錢打點鋪設，沿途雖輾轉迂迴，費時多日，卻順順當當，不用擔驚受怕。

上岸那天，陽光普照。祖父身著布衫站在碼頭一角，腳下的鞋是破的，額角髮際已有星星點點的白。手裡還舉了根粗壯的扁擔，擔頭上套了捆繩索。陽光強勁地照到他臉上，是模糊了五官的一個面具。父親的期待陡然落了地。想像中的香港老爹無論如何都不是這麼捉襟見肘的。至少，他該穿身挺括的西裝來。祖母拽著父親走近那個早已不認識的男人，父親張了張口，到底沒把「阿爸」兩字吐出來。祖父擼了把他腦袋，嘻嘻笑，「嗨，這小子，長得比我高了。」他陶醉在幸福裡，並不介意兒子叫沒叫他爸。笑著，所有箱籠早已用繩索繫在扁擔兩頭，挑起來健步如飛。祖母小跑著扶在後面，被他一把擋開。「走，回家！」

父親悻悻然跟在後面，衝他們的背影啐了一口。窮成這般，還不如在七都賣鹹魚呢，有什麼可高興的？

家在碼頭附近一條彎彎曲曲的市井窮街，陽光到了這裡沒來由地逃遁了，只剩下陰濕的石板地和簇擁歪斜的木結構老屋。嘈雜聲裡，隨處可見上不了高雅之堂的小攤小販，賣五花八門的雜貨與吃食。侷促的門臉，搭出一張遮雨避陽的棚，煎炸煮烹，吆喝叫賣在煙霧中蒸騰。父親與人摩肩接踵一路走來，心裡別提多懊喪，大英帝國的殖民地，居然比七都還不堪？

祖父停在兩扇細窄的門前，卸下擔子。門是木製的，上面貼了一對門神，紅臉膛，齜牙咧嘴。祖父抹把汗就去開鎖，領娘兒倆進屋。屋裡黑洞洞的，白天也要點燈。燈亮了，依舊黑。屋裡不見任何陳設，窄小也成了空曠。祖父見老婆兒子疑惑，趕緊解釋：「這是將來的鋪面，睡覺在閣樓。香港地皮緊俏，租這麼個小鋪面比在七都租大宅子還貴。」父親「哼」一聲，「既然什麼都難，爲啥還把我們拽了來，豈不生事?!」祖父不火，只衝兒子搖頭，「你不懂，等你見過世面，就知道這裡寸土寸金，是最好的發財去處。」邊說，邊攀爬豎在屋角的竹梯，上了閣樓。閣樓不算太小，只是低矮，人站不直，須彎腰走動。祖父已在上面鋪了兩個地鋪，一大一小，大的雙枕，小的單枕，席褥簇新，中間還隔了道布簾，可謂細緻入微。父親推開天窗，頭鑽出窗外，看到遠近交錯的瓦棱，也看到瓦棱上呢喃走步的鄰家鴿子。淡薄的煙雲彌漫過來，他覺得心裡濕漉漉的想哭。可待窗洞裡縮回腦袋，卻一眼瞥見夢幻般的奇蹟：雙枕的地鋪上堆滿了花花綠綠的鈔票，一卷卷，一沓沓，多是小面額，有紅線頭紮著，也有皮筋箍著，簡直像座港幣小山。祖父展開雙臂，試圖把一鋪的花花綠綠攏進臂彎。他兩眼發光，額頭早起的褶皺愜意地舒展開來。他還對祖母驕傲地笑，「七年的辛苦錢，足夠開爿鋪面了。」

一個多月後，這條窮街果然出現了一間風味食寮，命名夏記。夏記是溫州小販在香港開出的第一家吃食店鋪。祖父收起了扁擔繩索，把做了七年的夢和念想傾注進去。開業那天，來了一幫道喜的碼頭兄弟，祖父樂得掩面而泣。他說他扛大包做苦力盼的就是這一天，哭也是高興。

夏記食寮看上去狹窄，卻是清清爽爽的。廚炊在內，廳堂在外，一頂篷布張掛到街面，門臉上插面酒旗。四五張小方桌，幾把椅几條凳，專營溫州小吃。長人餛飩、矮人鬆糕、西門魚餅魚丸、南門敲魚敲蝦，還有江北菜乾麥餅、七都蟹黃燈盞糕等等，都是甌江流域家喻戶曉的傳統點心。加上便宜實惠，不僅溫籍故老紛紛上門，當地市井食客也津津樂道。此前父親問過祖父，何不依循家傳續開鹹魚鋪？祖父說：香港人嗜好海鮮，不吃鹹魚。可見這開門紅也並非憑空所得，而是祖父做足了功課的緣故。一家三口從此忙得不亦樂乎。父親即便不情願，也沒了閒暇抱怨賭氣。

因爲毗鄰碼頭，遠洋船舶靠岸時滿街都是找吃找喝的水手海員，食寮生意格外火爆。一來二去，年輕機靈的父親不但認識了外國船上跑海的人，還學了幾句洋涇浜外國話，海吃海聊的，混得熟稔。尤其那艘荷蘭船上的白人水手施奈德和華人廚師阿左，竟投緣親密如兄弟。

那天，半年多未抵港的兩個人勾肩搭背進了門，哥仨捶拳跺腳一通歡喜後，坐到卷棚下喝酒。七月溽熱，沒有一絲風，連蟬鳴也倦怠得奄奄一息。食寮裡稀落三兩食客，祖父得空，特意爲哥仨做了幾道涼菜，就冰鎮啤酒下肚。酒過三巡，廚師阿左突然停了筷，對父親說：「再跑一趟我就離開荷蘭船，到法國去了。舅舅在那裡開餐館，要我去幫忙。」

「這麼好的薪水，你捨得離開？」父親問。

「我膩煩了在海上飄，薪水好不假，可一雙腳不踏實地，這日子來來去去都是暈的。」

「缺個廚師，船上讓你走嗎？」

「缺什麼也不缺廚師，岸上新找唄。」

施奈德插了一槓，用胳膊肘捅父親，說：「你來頂他怎麼樣？我很樂意向大副舉薦你噢。」

父親腦子一熱，「好啊，我想去遠洋輪也不止一天兩天了，正好與你做伴。」

「你瘋了？」阿左說，「小吃店做得好好的，別動歪腦筋了，一家人在一起不容易，守便是福。」

父親反駁：「你不懂了吧，我偏就不願守，願闖，這夏記食寮是我父親開的，本來不是我的江湖。」

似戲言，非戲言。祖父在旁邊有一句沒一句地聽著，心裡透涼。他知道，他是拴不住唯一的兒子了。

幾日後，荷蘭船離港，真帶走了父親。大副與施奈德都是荷蘭人，欣然接納他的舉薦，把父親提前招上船，跟最後一趟出海的阿左學西廚手藝，還給了六個月半薪實習期。大副心好，知道哥兒仨的鐵桿關係，順手送了個大人情。

那是一個值得銘記的日子。一九三七年七月七日，中國抗日戰爭終由盧溝橋事變爲導火索而引發。遠在香港的祖父一家並未聽聞瀰漫於關內的戰爭硝煙。他們是平頭百姓，只關注屬於自己的那份小日子。可偏偏那天也是父親二十一歲生日。頭日晚上，祖父默默爲兒子手擀了一大碗長壽麵，臥了四顆雞蛋，爲他提前慶生。說是慶生，祖父臉上卻愁雲密布，並無喜慶可言。父親端著大碗公大口吃麵，每一筷麵裡都是離別的滋味。

更依戀不捨的是祖母。兒子長這麼大從未離開過母親的視線，說走就走，眞好比在母親心頭剜肉，痛也是抽搐痙攣的。眼看碼頭上大貨輪徐徐離港，兒子揮手的身影漸去漸遠，母親的身子搖曳著，如急雨中的芭蕉葉，濕漉漉的衣襟被風掀向背面。

父親一去四載，直到一九四一年太平洋戰爭爆發，香港淪陷。

四年裡父親經歷了很多。經歷讓他從一個未涉世事的後生成爲紅臉膛寬肩膀的走海人。雖然工作從頭至尾都在廚房，但窗外是海，頭頂是天，他逃不開與海的廝磨與糾纏。跨洋走南闖北的過程，經風浪，閱人世，既豐富又單調，既神奇又枯燥，在日起日落間流逝。阿左的離去，施奈德的退役，廚師長的老死，還有航海途中身染傷寒不治斃命的那個墨西哥水手，因失戀而跳了海的英國機械師……這一切都把他從小島的背景裡脫胎出來，成就廣闊的視野。阿左離去他抹眼淚，施奈德退役他酩酊大醉，而到老廚師長和水手的死，他已是認命，有淚也不輕彈了。唯有機械師的自殺，讓他耿耿於懷。愛有這麼至高無上嗎，值得把命也賠上？機械師他並不太熟，一個棕紅頭髮膚色蒼白的小夥子，船上的白人夥伴都不叫他名字而叫他「詩人雪萊」，據說早年的詩人雪萊也是自殺的，一語成讖。

同樣是四年裡，祖母給父親說了一門親，女方家也是來香港做小生意的七都鄉鄰。姑娘比父親小一歲，模樣長得還算周正。父親在荷蘭船抵港時相過一面，言語間是糯糯的鄉音，生疏也成了熟稔。父親沒覺出對方有多麼好，也沒覺出有什麼不好，就把她娶回了家。婚後三天，船要離港，一對新人埠頭別過，你替他整裝，他替你拭淚，新娘的嫁衣在朝霞的映襯下豔紅一片。

下一趟船期回家，母親的肚裡有了父親的骨血，生下來，便是呂伽的大姊了。然後是二姊，接踵而來。等到香港淪陷，父親從不再行駛這條航線的荷蘭船退役，母親的肚子再次神速地隆起來。

那是一個濕雨季節難得的好天氣，烈日透徹而明亮，照得挨了轟炸的斷垣殘壁纖塵畢露。父親背了行李在劫後餘生硝煙瀰漫的街上走，每一步都是障礙，都要彎來繞去躲避著冒煙的房梁門柱坍塌下來。終於來到自家門口，敞篷燒沒了，桌椅板凳炸飛了，夏記食寮的牌子一頭懸在門楣，一頭倒掛下來，在日頭下顫抖。原來食客吃飯的地面炸出一個大坑，足足半人深，有摧毀的物品，黑紫的汙血，觸目驚心。坑的不遠處，有條黑色的老狗在嗚咽。牠被彈片擊傷了，拖著殘腿，趴在那裡不能動。父親看牠淚汪汪的眼睛，心一下子軟了，摟抱牠，捂到胸前。

房子倒是僥倖躲過日本人的轟炸。門鎖像被撬了，但推門進去，又不像被人騷擾過。屋裡不見一個家人，估計都躲到鄉下去了。父親扔掉行李，找出消炎藥和止血繃帶替老狗包紮傷腿，又給牠餵了水和食物，安頓在屋角。然後坐下來，深長地吐口氣。鐘滴滴答答地走，讓屋裡的靜越發瘆人。父親坐不住了，爬上閣樓。婚後父親在隔壁租下一間房，前後兩小間，供妻女安身，閣樓便留給祖父祖母單住。祖母信佛，閣樓裡長年供奉著神龕。他剛一探頭，菩薩便笑咪咪與他面面相覷，他感覺到心的抽搐。那種滋味很複雜，難以形容。

次日一家老小從鄉下避難回來時，父親已把夏記食寮的招牌重新掛出來，門前的坑也填平了，擺上修繕出來的餐桌餐椅。荷槍實彈的日本兵「咔嚓咔嚓」從門前走過來走過去，淪陷的香港注定要在兵荒馬亂中。然而人要活，日子要過，食寮也不得不伴著腥風血雨開張。父親沒了他的遠洋輪，立命便只有夏記了。

那條落下瘸腿的老狗，也被夏家收容，取名阿黑。

幾個月後，呂伽三姊出生了，羊羔似的啼哭在清冷蕭瑟的街面滾過。亂世中家運不濟，憑空又多出一張丫頭片子的嘴。祖父祖母緊皺眉頭，妻子在產床上自責地抽泣。三代單傳的父親明知不該埋怨妻子的，怨也怨不著，還是仰面朝天，罵罵咧咧說一些連自己也傷心沮喪的話。唯有阿黑是興奮的，房裡房外竄來竄去，汪汪直叫，一整天不消停。

後來的呂伽一直認爲，他三姊是夏家最漂亮最聰慧的女人。但夏家不需要漂亮，只需要兒子。

磕磕絆絆年復一年，父子，婆媳，兩代人忙忙碌碌，終於把風雨飄搖的夏記食寮撐了下來。一九四五年八月，日本人在九龍半島酒店落下太陽旗，簽字投降。香港重回英國人之手。夏家父子卻在下意識裡疏離了殖民奴役，不願再留在香港討生活。他們以平民百姓的不自覺，想換種活法，哪怕回老家七都小島，過祖祖輩輩繁衍下來的不富足卻安穩的日子。但江那邊內戰蜂起，已斷了歸路。他們只有走，走得遠遠的，到地球的西半球去。聽說老朋友阿左在法蘭西混得不錯，父親動了心思。

阿左很快回了信，說可以出文書擔保他一家辦簽證去巴黎。阿左是個仁義忠厚的人，當年的兄弟情誼不敢忘。一張薄薄的信箋，從此改變夏家人的命運走向。

## 二次邂逅

我慌慌張張撲進電梯時，撞到一位穿黑風衣的男人身上。聖·日耳曼公寓樓的老式電梯像個蛐蛐籠，最大容量裝三個人。而我又生性冒失，很少以淑女姿態進出電梯，磕磕碰碰也是常有的事。我連說對不起，並綻開鮮花般的笑臉表達歉意。「黑風衣」卻直接對我驚呼：「夏洛蒂，怎麼是你？」定睛看時，竟是天津教堂邂逅的那個呂伽。我一愣，「哈，你這個傢伙從哪裡鑽出來啦？」呂伽指指上頭，「我住這兒，五樓。」「我也住這兒，三樓。」我們開懷大笑，為重逢和巧合擁抱。

這天各校假期結束，我剛從諾曼第返回巴黎，開始東方學院最後一年的漢語學習。如果說我與呂伽是在中國認識的並不盡然。因為那次呂伽僅僅是個模糊的過客，談不上什麼印象。唯有電梯口重逢，記憶才被啓動。人也清晰起來，有了逐漸展開的性情光譜。

晚上，該來的查理因為女兒看急診沒來。呂伽卻不請自到。

他帶來許多好吃的。還有一瓶香檳，一束玫瑰。我不喜歡玫瑰，他自然是不知道的。敲門入室，他毫不謙讓地一屁股坐到沙發上。我說你這人夠冒昧的，也不預約，如闖無人之地。他說鄰居需要什麼預約？倒是坦蕩直接。與早晨電梯口的黑風衣相比，他顯然修飾過。鬈髮剪短了，上了些蠟，棕黃裡帶出金絲的光亮，與鼻翼兩側的雀斑相得益彰。直勾勾的眼神柔軟下來，少了些任性偏執。再配上刻意家常的穿著：紗線薄毛衣，米色長褲，脖頸上搭條細窄的麻布圍巾，散發出鄰家男孩的清新味兒。這類男人的小清新，在那個時代我們這些女孩子眼裡，便是性感。

我忍不住打趣：「呂伽，這身打扮，你不是來挑逗我談情說愛的吧？」

「我倒是想，可也得人家願意噢。」他戳戳桌上的相框，相框裡查理正意味深長注視著他。

呂伽與查理都是法中混血，卻混搭有異。查理黑髮，藍眼，鼻梁高聳，輪廓堅挺；呂伽黃髮，褐眼，鼻管扁平，線條柔和。膚色都是白，卻也白得不一樣，查理白得濃郁、黏稠，近似乳白；呂伽白得稀薄、透明，更像一窪見底的水，托起星點渾濁，凝成雀斑。性情更是一目了然的迥異。查理藏於裡，深沉，自省，內蘊，有與生俱來的憂鬱；呂伽浮於表，不假粉飾，喜怒哀樂真性情，得意處調侃幽默，失意時偏執武斷。雖說也有錢，到底不是官宦出身，少了那份舉手投足的大氣。相同之處呢，便是做人行事的底線：正直，善良，有悲天憫人之心。

呂伽與我雖是初識，卻有天津教堂勇救神父的那一幕墊底，又與我年紀相當，正在南岱爾巴黎十大修讀商科大三，屬於學長學妹。而這一晚喝酒神聊，海闊天空，又有了幾分知己知彼。與呂伽廝混沒什麼負擔，多少舒緩了與查理在一起時由他帶來的那份沉重。我是普通平常的女孩，喜歡輕鬆與明快。

這一夜我喝醉了。除了呂伽帶來的那瓶香檳，我們把查理平常喝的威士忌也倒空了。呂伽離開時我已醉倒沙發，渾然不知。這是與查理在一起不可能發生的事。事後我悻悻然斥責呂伽，我算是被你帶壞了！他倒好，反把我的抱怨當通行證，來得更勤勉。

便漸漸知道夏家在巴黎發跡的歷史。

## 「異想天開」

二戰後整個世界格局都是開放而動盪的。剛從納粹鐵蹄下獲得自由的法蘭西大門洞開，放進了來自四面八方的大魚小蝦。夏家三代七口人，在阿左引領下，浩浩蕩蕩開進了巴黎里昂火車站後街一個底樓公寓。房子是破敗擁擠的，心境卻無比新奇雀躍，幾乎把一直浮游於夏家只生女不生男的陰雲也驅散了些。

一個個旅行箱打開了，裡面都是中國絲綢縫製的領帶，花花綠綠撒了一大片。這是十年香港夏記食寮的一部分。阿左說過，來巴黎開餐館不易，得先安家，餬口，有個門檻低的起步。領帶是夏家女人用等簽證的幾十個日夜用手工趕製出來的。用了上好的蘇杭絲綢，仿照英國品牌的款式，質地做工絕不低劣，色彩也新鮮豔麗。阿左歎道：「這麼漂亮的領帶，篤定搶手！」父親不懂行銷，但不笨，他對阿左在他離港前的提議心領神會。戰後陰霾消散，巴黎人心情好了，添衣換裝還不多了些興趣。

夏家的兩個男人次日就出了門。祖父臂彎裡兜了一摞領帶，父親臂彎裡也兜了一摞領帶，五彩繽紛如蝴蝶翩飛。祖父往右走，父親往左走，走出火車站後街細窄的兩頭，朝繁華富庶的街區叫賣而去。不管店鋪還是住家，只要沿街，只要能叩開門，只要不也是經銷領帶的，都會走進去，把手臂上的領帶送到每一位顧客面前，懇請對方眷顧自己的生意。新來巴黎尚未站住腳的祖父和父親弓著腰，低眉順眼，神情有略微的阿諛奉承，姿態有略微的卑怯。他們根本不自知，這也是殖民地帶出來的習慣。

也許是物美價廉，也許是推銷者的謙恭，巴黎人竟然喜歡上了夏家的手工領帶，每扇門推進去，接納多，拒絕少。一連十多天，當夜黑下來，父子倆從不同方向疲憊地走回家門，手臂上成摞的領帶沒了，錢袋卻撐得鼓囊起來。當時以這類方式走街兜售領帶的不止中國人，不止祖父和父親。更多的是越南人、柬埔寨人還有土耳其人。但他們的運氣顯然沒有夏家父子好，連阿左也覺得不可思議。阿左是父子倆闖蕩巴黎的全方位軍師，他自己做餐廚，卻給初來乍到的夏家人指了條明路。

生意好也犯愁。夏家是沒有進貨管道的，所有貨源就是坐海輪扛過來的幾大箱子，賣完了，哪兒再找去？晚餐後，夏家的男人和夏家的女人圍著狼藉一桌的七只空碗發愣。七張嘴等著餵食，不想新轍便要餓肚子。

「要不，試試去遠東商行批些貨來賣？」

「夏家貨好賣靠的是手工好，那些糙貨別人賣不好，憑啥我們有彩頭？」

「索性批些絲綢接著做，反正功夫在手上，閒著也是閒著。」

夏家男人琢磨對策，夏家婆媳一呼百應。

第二日興沖沖直奔遠東公司，沒想到商行只批成品，不賣綢緞布匹。

掃興而歸，意興闌珊接著推銷那幾條僅剩的領帶。這個下午是父親初來巴黎最沮喪的時刻，風颳得厲害，捲起滿地落葉，低垂的天空是紛亂的嘶鳴。天也格外陰冷，恨不得把一街的路人全部攏進呵氣成冰的西伯利亞。

偏偏，奇遇發生了。

當父親推開街角那爿咖啡館的玻璃門，把臂彎上剩下的幾條領帶展示給三三兩兩啜飲咖啡的顧客時，眞沒想到命運會如此奇妙地眷顧他。那個坐在角落裡的法國男人彷彿一眼瞧見簌簌發抖的父親就有了彼此間的伏筆。男人約摸四十多歲，八字鬍，手腕上戴塊金表。牆邊衣鉤上掛著他的呢大衣，桌邊置放了他的全套行頭，禮帽、圍巾、手套。烏黑鋥亮的手杖則夾在雙膝間，只露出精雕細琢的彎柄把玩於掌中。男人等著，等父親把領帶兜售到他面前，隨意挑了一條，付了錢。然後招招手，示意父親在他對面坐下。父親坐了，屁股貼著椅邊，不敢造次。他笑笑，八字鬍抖動著，「先生是亞洲人吧？從中國來？」父親聽不懂法語，搖頭不是，點頭不是，臉窘得通紅。男人伸手在他肩膀上壓了壓，手掌是溫熱的，又肥又厚，帶了長者的寬厚，故舊的熟稔。他轉用英文問，父親回答了他。父親做了四年海員，又在香港待了這麼久，英文是多少懂一點的。法國男人立即猜到了，「香港移民？」父親點頭。「賣這個領帶很賺錢？」顯然是調侃。父親也笑笑，不那麼慌亂了，「剛來，沒別的事做。」他又問：「以前做什麼？」父親說：「遠洋輪上做廚師，後來在香港開食寮。」男人一拍桌子，大聲叫好，「哈哈，我的眼力不錯吧，一看就是要找的人！」「我？」父親有點懵。他捋捋八字鬍，狡黠地眨了眨眼，「願不願意聽我說說？」父親說，「當然。」

原來，這位「八字鬍」是巴黎餐飲界大拿，人稱異想天開者。他走遍世界，吃遍全球，其結果是把上輩留下的眾多地產，統統收回來轉化角色，變成一家比一家更精采的餐館酒肆，並逐個命名爲「饞貓天堂」系列之一、之二、之三等等，自己則住在實在無法置換的兩居室頂樓裡，兩側傾斜，人直不起腰，稀罕的路易十六年代家具更難以落腳。雖透過天窗能奢侈地眺望巴黎聖母院的尖頂，但對貴族出身的公子哥來說，空間畢竟逼仄了些。幸好郊外森林裡遺存了一座十六世紀的古堡，城裡住膩了還可躲進去跑馬打獵消遣一段時日。他的「饞貓天堂」在巴黎就有十多家，家家風格迥異，菜系也是五湖四海，八面風情。法式大餐，義大利珍肴，西班牙、希臘海鮮燒烤，墨西哥、阿根廷南美風味，中東阿拉伯庫斯庫斯，泰越東南亞小吃，日本料理，還有奧匈帝國時期的東歐烹調。菜要做得道地、獨特、經典，排場就大，人力物力的投入注定不能縮手縮腳，加上「八字鬍」的率性，「饞貓天堂」名聲是出來了，全巴黎幾乎人人皆知，卻不是每家系列都掙很多錢，有的甚至賠。「八字鬍」波瀾不驚，一把把法郎往無底洞裡塡。沒幾年功夫，數目龐大的遺產瘦身般只剩下幾條骨骼，經紀人替他發愁，他卻聳聳肩，戳著上天幽默道：尊敬的經紀人先生，您盡可轉告那上頭瞠目結舌的奧德朗家族亡靈，就說抱歉了，老小子我迷上賭博，家產輸沒了，奈何?!「八字鬍」姓奧德朗，是這個龐大家族的唯一繼承人。

異想天開者未必就此甘休。如果說他的「饞貓天堂」仍有缺陷或者盲點的話，那就是東方精粹中國菜系的缺失，十幾家館子竟沒有特色中餐，別說對中華飲食垂涎三尺的饕餮食客不滿了，連他自己也無地自容。頂尖中餐他不是沒有品嘗過，京菜、川菜、粵菜，早年做環球美食觀察家時沒少讓舌尖味蕾盡情享受，尤其在香港，就像一條黏在食物鏈上的青蟲，掰都掰不開。等後來突發奇想扯起「饞貓天堂」的大旗，才發覺巴黎什麼都不缺，就缺會來一手絕活的中餐主廚。

這不，聽人說二戰後從香港陸續來了一批新移民，多投親靠友住在里昂火車站附近，便順藤摸瓜追過來，到街角的咖啡館裡守株待兔。詎料新來的中國人並不習慣喝咖啡，讓他一連幾日枯坐，並無下文。幸好父親撞到槍口來，領帶不繫頸上搭在臂腕，好一副奇怪姿態，原來正是他要找的人。

鋪墊過後是正題，連過渡都省卻了。一刻鐘的時分，待面前咖啡杯喝空，塵埃已然落定。

夏家的兩男兩女，都在瞬間成爲「饞貓天堂」N°13 的中餐館後廚員工，薪水與其麾下所有餐廚人員等同。父親心算了一下，竟是香港的兩倍多。這個專爲夏家人而設的中餐館就在火車站正門前的十字路口，鋪面由原來「饞貓天堂」的非洲爵士餐廳改旗換幟。裝修期間，任命下來了：祖父任廚師長。父親任總經理。「八字鬍」還說了，如果父親的朋友阿左願意加盟，他十分歡迎。穿了挺括的白制服，戴了高高的圓筒帽，父親懵，祖父更懵，那感覺比中了巨額六合彩還要刺激。夏家的女人則多些怯意，多些含蓄，笑也是藏在自家屋裡笑，吃吃的，掖了嘴。

開張那天，「饞貓天堂」所有分店的廚師長、總經理都來了，來祝賀，也來吃。巴黎是美食天堂不錯，即便被德國人占領期間，凡有點名氣的餐館都不改饕餮食客熙熙攘攘的門風。而能上大雅的中餐在那個年代卻比中國熊貓還稀奇。那些廚師長、總經理，都是在世界級的美妙香醇裡泡了大半輩的人，然而一席琳琅滿目的酒宴下來，都被夏家父子無師自通的中國菜心悅誠服地擄掠了。「異想天開」扔了他象徵大老闆威儀的手杖，向夏家父子鞠躬：「尊敬的夏先生，請接受『饞貓天堂』最誠摯的謝意，是你們，讓法國人的異想天開成爲事實，我深感榮幸。」

宴後，大老闆把一個渾身散發著情欲的金髮女子推到父親面前，「她叫安娜，是『饞貓天堂』最性感最美麗的侍應小姐，我把她調撥給你們，希望她給中餐帶來更多奇蹟！」

異想天開大老闆是相信奇蹟的人。

父親瞥了眼安娜，不禁朝後退了一步。這個女人咄咄逼人的驚豔暗示著某種不言而喻的蠱惑，使他在倏忽間生出無比的懊喪。原來，自己的愛戀世界如此蒼白，竟從未見識過什麼叫性感，什麼叫眞正的女人。他拋回大老闆一個會意而感激的笑，那笑裡的意思是，我也相信奇蹟。

一年半以後，呂伽出生了。早他一天出生的還有呂伽的四姊。或許，與安娜的美麗使餐館興旺一樣，呂伽的到來也算夏家的奇蹟。

H

# 查理的枝頭不是巢

查理終於拿到了博士頭銜。

此前的論文及答辯期間，外交部的情報工作不可能中斷，查理忙得無法分身，彷彿忘了我這個小情人的存在。加上運氣也不好，匆忙間約個會，又被突然殺出來的家事攪掉。他的小女兒有先天性血液病，一犯病鼻血不止，必須去醫院急診。他平常不顧家權且還有藉口，這種時候便無可推諉地需要履行父親的責任。因此這段時日他來聖．日耳曼與我幽會簡直就像探獄，一個月最多不過一二次。常言道冷落愛情等於拱手出讓疆域，給覬覦的眼睛和耐不住寂寞的身體有了趁虛而入的可能性。我當然不是聖女貞德，既然沒想過嫁給他，也就不準備爲他獨守空房。我要對得起我的青春，對得起體內澎湃激揚的荷爾蒙。這與我北京一年裡對他的忠誠不同——狂熱過後，倦意襲來，愛情本是易碎的晶體，觸碰便是滿地碎屑。於是我會讓查理替我營造的愛巢半開半掩著房門，不阻止呂伽順理成章地推門而入。雖然我相信自己並不愛他。

呂伽不介意。他比我小一歲，與我同屬當下，只要過程，遑論結局。便是這過程，也以快樂爲先，刺激爲重，其餘都是句號之外的省略號。

當這樣的過程持續了將近三個月，當查理在成爲博士的第一時間匆匆來到聖·日耳曼，掏出鑰匙打開房門時，看到的是他女友與呂伽在沙發上撕扯的情欲場景。

查理的腳步停在門口，猶豫著，該不該走進來。

呂伽從我體內迅疾逃竄。我翻身坐起，一把抓過內衣，擋住自己的尷尬與失措。我試圖對查理裝出若無其事的樣子，但分明沒有做到。

查理依然站著，釘住了似的，腿腳僵硬。

呂伽從站立的查理身邊煙似地飄出了房門。呂伽沒見過查理，但如同熟悉我那樣熟悉查理。不僅僅因爲屋裡有那張查理的照片。

查理居高臨下地看著呂伽逃出去，表情淡定，甚至還摻雜了一絲笑意。假如狼狽的呂伽不慌忙擇路而偏過頭去看，還以爲眞是這個中年男人的氣度呢。

只有我知道，不是的。查理的嫉妒與任何愛著的男人如出一轍。他的眼睛藍得發黑，他的喉結鼓出來，狂飆在不動聲色的表層下湧動，亟待發作。

可我還是錯了。他大踏步走進來，站到我面前，俯視我，臉上風雲急遽消褪，只剩下陰鬱與蒼涼。不用揣摩，我也明瞭這是一種深刻的悲哀，與我和呂伽的廝混無關。

他說：「我姥姥死了。」

我「嚯」得站起來，卻不敢問，更不敢看他的眼睛。

查理沉默片刻，歎了口氣，「你應該早告訴我的。」

「我沒瞞你，我眞不知姥姥的死訊。」

「抄家時她被打得血肉模糊，你曾到場，而且還用平板車送她去了醫院，對嗎？」

我被逼到謊言的死角，張口結舌。哪怕是善意的謊言，被拆穿總是令人難堪的。查理連平板車的細節都沒漏掉，簡直就像親臨其境，我終歸是無法抵賴了。其實早該想到的，查理本就是做情報的間諜，查清這點家事還不易如反掌。我的心抽搐起來，帕鐘霓王妃的臉在眼前晃動。那張臉，沒有被鉸了頭髮，不是被打得鮮血淋漓，而帶著氣定神閒的微笑。

這樣的微笑，比哭還要讓我難過。

我喃喃道：「離開醫院時，她躺在急診室，頭上臂上綁了繃帶，我相信她是活下來了的。可我第二天再去醫院，她就不見了，也不知道她去了哪裡。」

「她死了，就在那天夜裡。死因不明。」

得知姥姥被紅衛兵打死的消息後，查理在家門外台階上從黃昏一直坐到次日凌晨，渾身上下都被露水濕透。因爲傷痛，因爲心事渺茫，更因爲這傷痛這渺茫無所傾訴。他夫人是個純粹甚至狹隘的法國女人，她對丈夫的家世變遷、故國情懷以及由此生發的喜怒哀樂毫無興趣。手腳冰涼四肢僵硬的查理最終是被幫傭的黑女人攙扶進屋的。剛起床的太太披衣坐在起居室，從咖啡的香醇裡抬頭問他：「發生什麼了？一夜未歸也不打個電話。」查理只禮貌地道聲「早安」，便緘口不語走上了扶梯。

昏睡一天起來，浮腫著臉，也無心修飾，匆匆驅車往維瑞奈母親家趕。承受噩耗兩副肩膀總比一副好，能夠與他分擔痛苦的人，只有母親。

當查理走進小客廳時，母親穿著家居的綢衫，披著紗巾，正站在拉開的窗帷之間抽菸。她面朝窗外秋色凋零的園子，腦後髮髻梳得一絲不苟。

查理站在離她幾步之遙的背後，說：「母親，我姥姥不在了。」他的聲音很輕，彷彿說出來的話並不準備讓聽的人聽明白。

母親卻問：「消息可靠嗎？」問之前有長久的沉默。查理看見母親的肩頭在風裡搖曳，但是小客廳裡沒有風。他回答：「是通過外交管道獲得的信息，可靠。」

母親仍沒有回頭，只是一口接一口地抽菸，煙霧把她密密實實包裹。

查理忍不住抽泣起來。在內心強悍的母親面前，查理從來都是羸弱的小男孩。母親把手朝後一揚，擲過半包她自己正抽著的菸。查理抽出一根，點燃，猛吸一口，吞吐，再猛吸一口，再吞吐，重複有三，菸只剩了半截菸屁股。煙霧如蘑菇雲，大有甚囂塵上之勢。

母子倆便這麼面朝背靜默地站著，一來一回把那半包菸抽空，任憑滿屋的煙霧一點一點稀釋親人之死的哀然。任何語言在這份沉凝中都顯得輕佻和無濟於事。

直到母親走進畫室。

查理先一步打開大畫桌的抽屜，在一堆圖片資料裡翻找。不用說，他也知道母親要什麼。翻到屜底，查理找到了要找的，把它抽出來遞給母親。母親接過去，眼瞳亮了一下，旋即晦暗下去。查理的目光也跟著棲息到上面。不用言傳只須意會的就是它，一張泛黃的舊照片。照片裡不是人的影像，而是一幅畫，一幅宋元書畫大家趙孟頫的古畫。事實上，留守乾麵胡同的帕鐘霓王妃是爲這幅畫死的，人的生命在那場浩劫中該是多麼微不足道，比鴻毛都輕。

母親原是畫油畫的，這時卻鋪開珍藏的一幀古絹，手執羊毫開始潑墨摹寫。查理清晰地記得舊照中趙孟頫的那幅原作是工筆彩繪絹本，母親卻只用墨，只寫意，千般憤懣萬般哀傷流淌於指間，擋不住淋漓揮灑。查理站在一邊，替母親研墨。躬腰，抬腕，別人研墨蘸水，他卻蘸淚。

我忍不住哭出聲來。帕王妃是查理的親人，我知道姥姥在他情感中的分量。帕王妃還給我講了那麼多查理和查理母親的故事。她是我走進中國、走進北京的第一扇門、第一座橋。不管她是不是查理的外祖母，我都愛她。

查理沒有哭。他說：「我母親說的沒錯，死亡對姥姥或許是個超脫。」

但他眼角分明有淚星閃爍。男人的痛苦女人一目了然。我走上前，抱住查理的腦袋，把它按入懷裡。長久的默然之後，查理揚起頭，對我說：「夏洛蒂，謝謝！」

我搖頭。假如那天倒在血泊裡的人不是他姥姥，我同樣會送她上醫院的，這是最起碼的人道與良知。

他也搖頭。「我指的不是這件事。」

那麼，是謝我的謊言嗎？

查理走了，把我一個人扔在屋裡。我在沙發上蜷成一團，下巴抵著前胸，聽自己的心跳越來越響。窗外的天色暗下來。

門鈴響了。我清楚從門縫洩漏出去的光影裡站著誰。我無意嫁禍於他，卻也不想開門。

一週後我們在電梯裡相遇。他攔住我，「你在怨我？」

「不！我不怨你。」他如釋重負。我又補上一句：「錯在無的放矢。你知道的，我並不愛你。」他放開我。我看清了他的沮喪。

查理也是一週後才出現在聖．日耳曼的。這次他沒用鑰匙，而是撳了門鈴。他撳門鈴的節奏也與呂伽不同，帶著從容和優雅。我打開門，並不吃驚是他。一週的迴避刻意而自然，是他的做派。他臉上是一如既往的微笑。

這是略帶寒意的夜晚，風攜帶了樓下不眠的市聲敲打著窗玻璃，給被暖氣片燒暖的屋裡帶來俗世的眞實感。我下意識地將窗簾拉上，不知想阻隔窗內還是窗外的情狀。我何時變得如此小心翼翼如驚弓之鳥？

查理脫了外衣，將我一把拽進他懷裡。我聞到他身上慣有的古龍水味道，感覺自己的肺葉一下子擴張開來，無比清新。飢餓感甦醒了。我充血的臉在他敞領的白襯衣間摩挲，他彎腰吻住了我的唇。我顫慄著，彷彿被電流擊中，身心騰空而飛。床太遠，近在咫尺似在天邊，來不及飛渡箭在弦上的欲望，我們就在門後的衣架邊，塡充飢餓，滋潤乾渴，完成等待了太久的期盼。門被撞出聲響，超越了風打窗櫺的聲音，超越了樓下夜巴黎的喧鬧，震耳欲聾。

直到查理把我扔向潔淨的床，直到我們偃旗息鼓的胴體鬆軟下來，我偏過枕著他胳膊的臉，注視他的眼睛。那雙深藍色的眼睛清澈極了，能照見我一覽無遺的表情。騙不過他的，我在瞬間裡的渙散，渙散中的自責與懊喪。當愛有了一絲雜質，障礙就存下了。查理從頭至尾不提那個插曲，我卻無法不一遍遍在心裡提醒自己。

床頭櫃上的電話鈴響起，我隨手去接，是一個女人的聲音，明白無誤地說要找查理。我愣住，誰會知道查理在這兒？查理伸手問我要話筒，我不情願地遞給他。他是從來不接聖．日耳曼公寓房的電話的，此刻的舉動很反常。我聽見他三言兩語的對話，猜出電話那頭的女人是查理夫人。她告訴他，女兒又犯病了，正在醫院急診，希望他過去。查理擱下電話，歉意地說：「對不起，本來今晚不走了，偏又出了這樁事。」我更驚訝了，租下房子這麼久，他是從來不留下過夜的，他有妻，有妻的房才是眞正的家。還有，他夫人怎麼就有了我的電話？

查理下床，穿好他的白襯衣，回身擁抱我，說：「別猜了，是我告訴她的。」

「你瘋了？」我不明白他的意思，「我可從沒逼過你。」

「是我逼自己，但我相信我是理智的。我對她說，我愛上了一個女孩，我想跟她在一起。」

無疑，這是一個全新的議題。突兀中我的情緒有點失控。「你問過我嗎？你怎麼就知道我願意跟你在一起？」

「首先是我自己的意願。」這麼說時，他的神情與他的話同樣一絲不苟。「只有解決了我自身的問題，才有可能與你討論屬於我倆的意願。不是嗎？」

我答不上來，因爲沒有細想過。於是，那一刻不是他狼狽，而是我狼狽。思緒像團亂麻，很糾結，也很複雜。我拽住他襯衣的一角，要推開他，又不想讓他離我而去。

他把我再次抱緊，緊得我透不過氣。蒙古人的強悍可見一斑。然後他吻住我的頭髮，「不急，再想想，啊?!」

說完，碰上門走了。

我倏然領悟，這恐怕就是查理對一週前那個不期而遇的回應了。

一夜未眠。我蓬頭散髮地起來，連咖啡也來不及煮，灌了一肚涼水，便急匆匆出門去學院。電梯在底樓遲遲不上來，大約是門房在清理打掃。我從樓梯走下去，走到半路見呂伽在跟門房說話，趕緊退回來，迴避這個時候與他照面，卻與走上樓梯的另一個人面對面遭遇。這是一位十足布爾喬亞的陌生女人，穿一件墨綠色呢夾襖、蘇格蘭格子褲，脖頸上圍條愛馬仕經典圖案的綢巾。她款款走上來，下巴翹起，一副居高臨下的樣子。她拐上三樓樓道時我正退回自己門前。她點了下頭，瞟了我一眼，身子一晃，朝四樓去了，留下高跟鞋的篤的篤在盤旋而上的木樓梯上回響。我突然覺出不對，她看我的眼神分明暗藏了某些難以言喻的情緒。再一想，此人似曾相見呢。我警覺起來，沒錯，她是查理夫人。雖然彼此從未謀面，但我相信第六感，她一定是。

查理沒有騙我，他把一切全告訴她了。電話、地址，還有我這個人。他足夠磊落。

那麼，這個女人一大早來這裡又要做什麼？來討伐我，與我打一場關於男人的爭奪戰？

不，這是中國女人而非法國女人的作風。法國女人要殺要剮也是衝著丈夫鬧，嫁禍於別的女人那叫自討其辱。就像中國男人不太會像查理那樣不打自招在外有了第三者的事實一樣。她即便來了，不也是擦肩而過在我面前消失了？換了我，我可是來都不屑於來的。或者，她只不過想證實一個定論的眞僞，她丈夫是不是眞的愛上了別的女人。又或者，她其實對丈夫的外遇根本不介意，因爲她本已不愛，只爲女兒守一份責任。她來不過是好奇，想看看被她丈夫圈囿在租賃房裡的是怎樣的一個女孩？

說到底，婚姻間愛的死亡永遠都是兩個人的事，任何一方都不可能單獨摧毀。

無論如何，我還是覺得抱歉。我想像查理夫人正在四樓毫無相干的鄰居門前戳著的那種尷尬，想像她被人無緣無故偷襲了後花園的那種無辜，也想像她一個養尊處優的女人被打擊著高貴和自尊時的那種屈辱。

我晃晃腦袋，適可而止把思想包括情緒統統畫了句號。然後扮個鬼臉對自己說：親愛的，你聽著，愛本是正義，是祛除了汙濁的乾淨，你不必替別人黯然神傷。太陽每天都是新的，青春是用來快樂的，你沒有理由辜負它們。

我撲下樓，走進聖・日耳曼大街的人流中。明媚的陽光下，一個戴鴨舌帽穿工裝褲的年輕人騎著單車衝過來，他撒了車把，兩臂如大鵬似展開，對著川流不息的人和車喊道：「早安，巴黎！生活多美好！」

這個夜晚，這個清晨，無比清晰地印在我的記憶裡。

## 革命一九六八

沒想到的是，就在騎單車的年輕人高喊「生活多美好」的這一天，位於巴黎西郊的南岱爾大學（後改爲巴黎十大）毫無預兆地發軔了一場最具意義的由學潮引領社會運動的當代寓言，並從此改變了戰後法國的社會格局與法國人的精神層面。

南岱爾大學，一個在軍隊廢棄的儲料場上矗立起來的水泥玻璃群落，規畫於幾年前某個星期三的一次內閣例行會議。它的年輕與它所謂的現代感如出一轍，倨傲地俯視著周邊荒郊野地裡叢生的貧民窟。貧民窟之於大學區的高貴優雅是另一個絕緣的世界，那裡有低廉的國民住宅、噴吐黑霧的煙囪、陰鬱的街景。有繁衍生存於此的阿拉伯、葡萄牙後裔們在街景裡踢足球。足球是他們最直接的訴求，最性感的表達。還有就是噴槍在斷牆上寫出的形形色色的字。比如：煽動的唇是你臀上的膿瘡！Stop！把口香糖嘸到都會肚裡去！又比如：小心，輕放，這個世界碎了！斃了你，幸運！上帝也是受害者。等等，等等。

如果以爲這個街區的孩子都在校園裡上大學那就錯了。南岱爾大學的目光從一開始就不屑於向周邊的低矮屋舍瞥一眼，只投向毗鄰的巴黎十六、十七區，那裡不存在貧民窟，比比皆是資產階級富裕階層瀰散著香水味的暖巢。那裡到南岱爾的距離並不比巴黎索邦大學更遠。所以，來荒郊中鶴立雞群的南岱爾讀書的學生大多是衣食無虞的布爾喬亞之子。他們不住校，開著家裡的第二輛甚至第三輛車，一溜煙地過來，把車開進停車場，再把身體放置到課堂裡。或乾脆搭了地鐵快線，短短幾站路，正好醒醒依然昏睡的頭腦。停車場在那個時代顯得很大，教室也很寬敞，明媚的太陽穿透玻璃窗，給他們海闊天空的想像。全校一萬兩千多學生，寄宿者不足兩千，多來自異地，外省或國外。

每星期一場舞會、兩場電影，其餘時間看電視。貌似風花雪月的溫情下，禁忌無處不在。比如：女生經允許可出入男生宿舍，男生則不得擅自出入女生宿舍。於是，隔牆上便有了學生不滿的牢騷：自由在這裡停止。

既定的規則圈囿著年輕的學子，來自校方，也來自家庭。老掉牙的教育理念，墨守成規的教條，此在與此後的雙重競爭。還有上等家庭全方位的溫情箝制，對金錢以及富裕生活無法逃避的依賴和由此帶來的屈辱感，形成一條囚禁心靈的鎖鏈，使他們每時每刻都尋找著釋放與逃遁。他們的不自由，並不止於那堵阻隔了生活區的性別之牆。

後來的法國人夸特羅其說得好：他們的心靈被規順臨檢，被考試巡邏，感受被權威凍結。他們在國家之下的噤默和社會在國家之下的噤默並無二致，雖然他們和社會是兩個絕緣體。他們既不擁有，也不屬於。

於是，看板上有了這樣一條標語：像飛蟲撲窗般撞碎你的臉，然後，腐爛。於是，校園裡有了一小票貌似托派（托洛斯基）、安那其、毛派、造勢主義者的信徒。還有深受同學推崇的「紅髮丹尼」，校方定義爲極端分子。這些信徒關在各自的小範圍裡談越戰，談古巴，談切．格瓦拉，談中國紅衛兵。也談自由，談性。議論空間不大，訴求也大多與自身無關。猶如清晨校園裡飄來蕩去的薄霧，太陽出來兀自消散。

然而，誰又能想到，就這些飄來蕩去的薄霧，偏讓這些誰叛逆也輪不到他們叛逆的布爾喬亞之子，在這個三月的春天裡發作了。

青年體育部長米索夫來南岱爾主持新游泳館落成儀式。他寫過一本書，關於青年的白皮書。六百多頁，很厚。或許該算主管青年的部長的政績。落成儀式後，他在座無虛席的梯形教室做演講，鎂光燈裡他神采奕奕。可開篇沒說幾句，他的話就被聽眾席上站起來的一個人打斷：「部長先生，我讀過您的白皮書，六百頁的扯淡，性問題您連碰都沒碰一下！」這個發難的學生便是社會學系的紅髮丹尼。

部長火了，嚴厲注視著挑釁的人，冷笑道：「難怪，從你臉上就看出類似傾向……跳下水游個泳吧！」

紅髮丹尼並不示弱，反駁說：「您回答問題的方式是法西斯主義的。」

學生大譁，梯形教室裡尖利的噓聲響成一片。尊師重道的舊鎖鏈眼看被斷裂，質疑就是最鋒利的絞鉗。大學正在模仿社會，模仿製造機器的作坊，但學生不要。他們勇敢而愉悅地用學校填灌的知識片段來抵抗模仿與複製。喧譁的異議隊伍行進在南岱爾的水泥與玻璃之間，有一批批的追隨者加盟進來，質疑像銳利的刀片四處飛襲，教授們被一層層剝光了理論的衣裳。學術、道德、自由，無數面牆裂開了豁口，傾斜著。

有這個派那個派的小團體請願示威，有便衣警察獵犬似的混在人群裡聚焦拍照，更有學生領袖在家裡被帶走，沒帶走的也上了校方拒不承認的黑名單。噴槍再次把口號寫在校園的牆上：讓想像力奪權！禁止是被禁止的！巴士的輪胎被割破，操場上的飛沙擲向便衣條子。三月二十一日，異議領袖紅髮丹尼振臂高呼，示威學生占領了行政大樓。四月十一日，警察在魯迪杜西克遭到狙擊。

鬧成大新聞了，報紙開始議論，媒體給了學生自我認知有意無意的提醒。

不止是南岱爾了，巴黎其他大學的學生也都聚集到拉丁區，在各自的角落七嘴八舌。然後，大規模的示威從索邦大學朝巴黎的繁華街衢擴散……

## 疏離

這一切的具體細節都是呂伽告訴我的。當時他正在南岱爾讀商科的最後一年。他既然做我的鄰居，自然也是不住校的，樓下車庫裡停泊著他父親給他買的車。我們的公寓樓與索邦大學近在咫尺，他最終去了南岱爾是因爲會考成績進不了索邦。他與那些住在十六、十七高尙區的布爾喬亞之子沒多大區別，要房有房，要車有車。說是不同，大約只因他是中國人，外來移民，身分的差異。那天傍晚，他慌慌張張跑來敲我的門，額頭上亮晃晃，宛若塗抹了一層油彩。說話也有點詞不達意。我們已有半個多月沒照面，最後一次廝混，還被查理逮了個正著。我調侃他，「好久不見，上天堂逍遙去啦？」

他根本不在意我說什麼，只顧一屁股坐到沙發上，滔滔不絕。他很興奮，像從節日慶典中歸來，心還留在鼓號喧騰中。隱隱地，又有某種隔岸觀火的不相干。

「你不會也搖身一變成了領袖人物吧？」我揶揄。

「不敢。最多陪審團占一席座次，作陪。」他既點頭，又搖頭，把腦袋弄得無所適從。「我與紅髮丹尼不在一個系，卻熟，以前我常帶他去我爸開的中餐館吃飯，他喜歡吃烤鴨。可他的質疑不是我的質疑，他的訴求也與我無關。我是局外人，不過湊個熱鬧，看看風景，陪大家玩。」

「別謙虛了，就你，還局外人？」我腦中閃過天津教堂那一幕。

「那麼，你來告訴我，是越戰與我有關還是卡斯楚、中國紅衛兵與我有關？最多三個月就畢業了，我會毫無懸念回到父親開的中餐館當小老闆，在掛了紅燈籠的門下走進走出，然後娶妻生子，再把餐館老闆傳給我的兒子、孫子。就算目前吵吵嚷嚷莫衷一是的教育、競爭、性，到時恐怕也早已煙消雲散，與我又有什麼關係？」

「你就從沒想過要改變什麼？」

呂伽聳肩，一副玩世不恭的姿態，「我倒是想，有用嗎？」

我一針見血，「你指家庭的移民身分？還是你的華裔血統？」

「有區別嗎？」他把所有回答都變成反詰。

眞沒想到，呂伽也有這麼深刻的疏離感。他與查理殊途同歸。

其實，不存在身分疏離的我，對眼前這場學運，也是若即若離的曖昧。當呂伽告訴我南岱爾發生的這一切時，喧囂的聲浪早已波及我所在的東方學院。甚至有南岱爾的學生跑到漢語系來，問我們這撥留學北京的同學關於紅衛兵的事。菲力浦、尼古拉、馬克還被請去包括索邦在內的幾個巴黎大學分校去做關於中國文化大革命的親歷演講。我都悄然躲開了。由南岱爾學生發軔的對教育體制、性禁忌、物質奴役靈魂的質疑以及精神自由的訴求曾經讓我熱血沸騰，但把它們作爲逃避競爭的節日狂歡抑或中國紅衛兵反人道的暴力革命，我並不贊成。目睹過北大教授的自戕，老王妃被迫害至死的慘狀，我想起來就不寒而慄。

所以，接受查理的邀請，我單獨到他的海邊別墅待了幾天。查理希望我在他的生活場景裡梳理我倆的關係，然後對他做出婚姻的承諾。我呢，只想讓自己享受一下徹底的孤獨，在沒有任何干擾的情境下弄清楚自己到底要什麼。大事關乎學潮，小事關乎查理，似乎都應該有自己的立場。還有，再過幾個月，漢語系的學習就要結束，未來的專業也該定下明晰的指向。

結果是，我沒有收穫預期的自許。查理的別墅就在海灣張開的臂膀間，窗下一條逶迤的沙灘，通向海的深處，遠天寥廓。天太涼，不能下水，我就把自己的腳印留在白晃晃的沙礫裡。別墅很舒適，有小小的庭院，院裡栽了藍色的繡球，綠葉繁茂，有的已經綻出毛茸茸的骨朵。但屋裡太多查理的氣息，太多查理太太的痕跡，總給我一不小心踩入他夫妻合謀的陷阱的感覺。這種感覺很要命，一下就把查理推向了遠處。

於是，生出奇怪的意識，強烈的反彈。我渴望馬上見到查理，不是要撲進他懷裡，不是要給他承諾或者拒絕，而只想跟他聊聊近在眼前的——學潮。我想知道他的判斷他的立場，好像他的所作所為就是我的動力我的方向似的。又彷彿，他對學潮的所作所爲就是對我的所作所爲，就是我承諾或者拒絕的依據似的。我不明白，這些毫無邏輯的思維鏈是如何承上啓下的。或許，青春的脈動就是如此匪夷所思。

我提前回來了。回來之前給查理打了個電話，到家時他已等在聖．日耳曼公寓樓裡。他連風衣也沒脫，就這麼風塵僕僕地坐在沙發上，眼睛看著我，神情嚴峻。他顯然也不是等我的承諾或者拒絕，在全巴黎的天空瀰漫著濃霧般的革命硝煙時，一個情愛結局又算得了什麼？

「你想告訴我，你決定要與你的同學們站到一起，或者已經站到一起，是嗎？」他問我。大約繃著臉的緣故，嘴角劃出兩道深深淺淺的溝壑。

我反問：「你呢？」

查理一愣，說：「我已拿到博士學位，不再是學生了。」

「你的意思是，你與學潮沒有關係了？」

「有，」他自嘲，「對立面的關係。」

他雖然不在情報局而在外交部，只是職業外衣不同，本質沒什麼兩樣，都與陽光無涉，與暗夜有關。我討厭他的職業。

他走過來，兩手攏住我的雙肩，像父親那樣對我說：「參不參與學潮我無權干涉，不過那絕不是一場歡宴，一場慶典，若以玩笑的心態面對，便是無知。你要清醒，對政府挑戰，與國家對峙，是需要擔當的。」這不像查理的話，掐得我肩胛疼痛的兩隻手也失去了查理慣有的優雅，這讓我很不舒服，甚至逆反。

「情報局已鎖定一串黑名單，就等戴高樂總統、龐畢度總理發話了！」

「他們要抓人，是不是？」我終於被惹惱。卻又弄不清惱的是抓人還是查理教父的姿態。明明是，自身對整個事態辨不清方向，對紛亂的質疑和訴求理不清思路，導致了認同的曖昧而不確定。可瞬息之間，全然不是那回事了。我命令自己：你必須投身進去。理智只能給衝動讓路，動作也變得大幅度。我甩開查理的手，捋一把散落額前的亂髮，問他：「假若你是我，你會加入嗎？」咄咄逼人的架勢。

查理笑。笑得有一絲勉強。「遺憾的是，我不是你。」

「你當然不會加入的。」我也笑，是冷笑。「因為你一直都是被摧毀者，你害怕摧毀。」

屋裡一下子靜了，空氣裡只有被寂靜放大的喘息聲。

查理的藍眼睛垂下去，眼瞼上落下濃郁的暗影。暗影顫動著。

他喃喃道：「沒錯，我是被摧毀者。怎麼逃也逃不掉的靶子。」

我突然有些後悔，為什麼要戳他的痛處。充當靶子的一個人，一個家庭，難道不足以不幸，還要加上愛他的人莫名其妙的恣意發洩？

「對不起！」我收起刺蝟的利刺。

查理搖頭，「我不怪你。這是命運給出的眞理，說不說破它都在。」他朝前跨一步，把剛從他兩臂間攏脫出來的我攏回他胸前，又朝斜面扭過去，說：「你看，我就好比那個寄生在牆上的影子，太陽落山了，燈滅了，我便無以寄生。我與你不同，與你那些同學不同，我是精神上沒有家園的人。我的訴求不是你們的，卻遠比你們深刻而徹底。我的悲哀也同樣，是無可挽回的悲哀。」

他撳了開關，燈滅了，屋裡一片盲人的洞黑。不但影沒了，寄生影的牆也沒了。我倆就在黑暗裡咫尺相望。有車在公寓樓下的街上走過，鳴笛透過窗帷傳進來。我對上查理的眼眸，那裡有一閃一閃的兩道光源，是我用心而不是用眼睛感覺出來的。

查理問我：「親愛的，牆上的影子還在嗎？」

「不在了，牆也不在了。」我回答。

「用手摸，那牆一定在。」他說。

不用摸，我也知道牆在。同是黑暗，卻已不是那種盲人的洞黑。我的眼睛有點澀，正被慢慢滲出來的淚潤濕。我想說，我其實是理解你的。

燈重新點亮時，查理已經不在屋裡。不知道他是哪個瞬間離去的。

我奪門而出，胸臆間澎湃著狂風驟雨般的激情。關閉的門把那堵丟失了查理影子的白牆擋在屋裡。我瞟一眼手腕上的表，時針指向九點。我以大學生短跑亞軍的速度奔向巴黎索邦大學——不遠，就在聖·日耳曼。那扇古老而沉重的校門正被幾輛警車圍堵，我衝進去，看見到處都是學生，到處都是警察。

五月革命就這樣在我的親歷下肉搏與衝突。血腥以混亂的影像呈現。夜幕下的校園失去千百年造就的文明臉譜，變得乖張而詭異。

## 暴力之夜

之後每一天，逃遁的人都會重回校園，撿拾遺下來的硝煙和曾經瀰漫於硝煙的壯舉。他們的表情倉皇而又激憤。被「條子」帶走和被打傷的示威者已夠三個零來計數，人人滿腦子都是兵戎相見的欲念。索邦的氣氛很奇怪，不是風聲鶴唳的一片肅殺，相反充斥了對峙的快感、勝利的狂熱。巴黎這座最古老的學府，十分荒誕地成了「自由公社」。廊柱上掛滿五花八門的旗幟，有紅藍條鑲金星的越共旗、無政府主義的黑旗、藍白相間的古巴旗、鐮刀斧頭的紅旗，唯獨不見法蘭西國旗。這面象徵自由平等博愛的三色旗，在它崇高的旗座上被人扯下來，揉成一團扔到地上。甚至有激進分子喊道：不要，既得利益者的虛浮與粉飾！托洛斯基、毛澤東、胡志明、切·格瓦拉等人的頭像比比皆是，既各司其責又握手言歡，在裝滿了知識文化的屋宇下，在歷史與今天的銜接處，微妙共存。也有不少支持學生運動的左翼知識分子絡繹不絕地來校，在碩大的梯形教室做聲援演講，沙特、德·拉夸，等等，有被掌聲請上台，有被尖叫與噓聲轟下台，任何人都只能代表他自己。沒有上帝，也沒有救世主。此時的索邦，不僅僅是拉丁區學生運動名副其實的堡壘，敞懷於世界的革命櫥窗，而且是學生們共通的心臟，每一次脈動都有多米諾骨牌效應，立，同立，倒，盡倒。

呂伽也來了，依然穿著他那件黑色風衣，依然是與他不甚相干的姿態，遠遠落在紅髮丹尼領導的南岱爾隊伍後面。紅髮丹尼也是外來移民，同是混血，他們卻那麼不一樣。

呂伽與夏洛蒂幾乎每天都會照面，但也僅僅是照面，有時甚至說不上一句話。但誰都相信，他們是同一戰壕的友軍。東方學院漢語系留學北大的九位同學都來了，托尼、尼古拉、馬克經常受邀向徹底自由主義運動的那撥人大侃北大文革與紅衛兵破四舊、大串聯、天安門領受毛澤東檢閱。菲力浦、伊莎貝爾等則不以爲然，難道這些傢伙都得了失憶症，忘掉當時曾經義憤塡膺的道德淪喪人性泯滅。可是尼古拉馬克們反駁道：革命是摧毀，與殘酷共生。什麼美好生活論？我們早已受夠右翼資產階級假惺惺的虛僞，有房有車能到海灘曬太陽就是生活終極目的？人類果眞那麼低下卑微？精神的制高點在哪裡？自由、開闊、深邃的境界又在哪裡？一連串的問號讓觀點相左的兩個陣營都張口結舌，既說服不了自己，也說服不了別人，辯論就此僵滯。

那幾天，衝突加劇，事態發酵。索邦大學、聖．日耳曼、拉丁區乃至全巴黎都像犯了熱病，失去正常秩序。學生們除了遊行示威、街壘戰、與政府對立與警察對峙，更要醞釀籌謀下一步對策。「視死如歸」的英雄們也忙於做被警方拘捕的種種心理準備。無論男女，只要年輕，無一不被激烈的情緒裹挾，身陷那種吞了興奮劑似的癲狂狀態而無以自拔。只要晃晃腦袋，便恍然變成二戰期間地下民主陣線的戰士，經受著正義光榮的反法西斯聖戰洗禮。這當然是偷梁換柱的錯位遐想，卻常常讓人身心膨脹激動不已。

火焰般的激情一直燃燒到五月十日這個注定屬於歷史的日子。後來的法國人提起這一夜都會說，當代人誰也繞不過去這個史上最長的春夜。

黑夜來臨，天空壓得很低，呈現出鉛灰色不明就裡的昏暗。街燈早已一路碎去，帶走了最後一點光亮。校園裡空寂無人，所有的他們都在街上了。一整天連續不斷的示威加上與警察一個又一個回合的交手，隊伍已極度疲憊。但退縮沒有理由，對峙是唯一選擇。人依然很多，散沙似的東一堆，西一堆。即便是旗幡上形形色色的標語：「囚禁自由，是法西斯的勝利！」「戴高樂，退到養老院去！」「法蘭西，恥辱！」「要革命，更要做愛！」等等，也被夜的昏暗遮蔽，撕扯出意興闌珊的倦意。到處都是街壘。

古老的街衢悉數撬開，撬出來的石塊壘成當街最富想像力的路障，阻礙警車，阻礙大敵壓境時穿皮靴的武裝方隊。警察有武器、鋼盔、警棍、高壓水龍頭。學生也有，學生的武器便是腳下撬出來的石塊，當障礙終於抵禦不住，石塊就是以牙還牙最有效的盾牌。所以，石塊上總是沾著血，警察的血，學生的血。

同樣精疲力竭的警察撤去了大部分，不是真撤，是給飢餓的胃補充給養去了。不知哪個學校哪個陣營的學生，在吃飽喝足的短暫空隙裡，推倒了街邊停泊的毫不相干的私家車，砸碎了窗玻璃，其中一輛還被點了火，劈里啪啦的，紅光與濃煙瀰漫了半個夜空。周遭的市民受了驚嚇，從各自的窗台探出一臉驚慌，有男人穿著睡衣、有女人披頭散髮從公寓樓裡跑出來，跑到自己無故受創的車前跺腳、揮拳、嗷嗷直叫。學生們歡呼著，慶賀自己鐵腕旋風式的非理性膨脹。有個身著夾克衫、頭上綁了繃帶的男生，竟然抱了吉他在熊熊燃燒的火焰邊唱搖滾。那聲嘶力竭的青春狂想，把巴黎一直以來都顯得雍容華貴的春夜捅得千瘡萬孔。

國家機器終於傾巢而出，警車鳴著警笛載了全副反暴武裝的警隊從各個路段圍堵過來，如若大軍壓境。他們不會鳴槍殺人，但他們有鋼盔、盾牌、警棍、煙霧彈、高壓水柱，足夠了。一週多的暴力對峙，警察與他們的對手一樣，早已失去理性與隱忍，在遏制憤怒對手的同時，他們自己也被激怒。所以，揮舞警棍直射高壓水柱便是警察暴力潛意識淋漓盡致的發洩。

這時，夏洛蒂和她的同伴們正在路障的掩體後面吞嚥遲到了多個小時的晚餐。乳酪火腿三明治、evian礦泉水，飢餓最大限度提升了三明治的美味，讓他們被舌尖的快感刺激著，忘乎所以。因此，當警棍惡狠狠砸到頭上，當高壓水柱把一個個濕透的身體驅逐，大家轟然逃竄。沒來得及逃竄的，不是被打暈，擊傷，栽倒在地，便充當狼狽的俘虜。也有不怕死的衝上去，肉搏，並抓起隨地都是的石塊扔出去，扔向警察的制服、鋼盔、皮靴，甚至臉，發出清脆或沉悶的聲響。到處都是傷口，到處都是血，頭上流著，臉上滲著，身上淌著，黏稠地汪在街面，噴發出瘮人的血腥味。聖・日耳曼煙霧籠罩，漆黑的夜碾壓著同樣漆黑的戰場，像死亡的豁口地獄的門。

夏洛蒂，這個諾曼第鄉下來的外省女孩，何曾見過如此被革命風暴席捲的一個巴黎？她嚇著了，扔掉攥手裡的半截三明治，跟著隊伍逃遁。也曾撿起石塊，欲念是反擊，卻終究太沉重，沒能扔出去。她怕傷了別人，更怕傷了自己。她怵血，尤其畏懼暴力。有一刹那，她彷彿看見呂伽在眼前晃過。呂伽一隻手捂著額角，血從指縫間滲出來，整張臉都是花的。她想跑過去幫他，卻被逃竄的人群攔截，再一回頭，他已不知去向。

緊接著，警察黑壓壓衝過來了，巨大的高壓水柱以劈頭蓋腦不可阻擋之勢發威。夏洛蒂被水的強大衝擊力釘死在街角漩渦，如中了瘋狂的機槍掃射，她彎下腰，蜷成一團，連掙扎都是枉然的。到處都是湍急的水，她無所逃遁，像條苟延殘喘的死魚。麻木的痛感中，無數雙紛亂的腿在嘩嘩水聲中從她身邊奔跑而去。天色墨一般黑，讓抱頭鼠竄的人們注定看不清躺在水窪裡這條無助的死魚，有腳踩到她的胳膊，有腳踢到她的腿，再有幾腳，她的腦殼興許就會迸裂，斃命於狂奔的鞋底之下。她的墓誌銘上將刻下「死於五月學潮暴力之夜」的字樣。她試圖爬起來，逃離，但肢體像坍塌的一座山，即便撬動地球也撬不動這沉甸甸的山。她感覺挨一悶棍，兩眼黑了，意識如輕飄的一片羽毛，飛向無邊無際的暗夜。

彷彿有誰跑過來，撫她的臉，拽她的手，並把她的身體扯出漩渦，捂進溫暖柔軟的懷抱，然後沿著黑暗的夜，跌跌撞撞走向深處……

# 終結

當意識醒來，發現查理緊緊攥著我的手。鏖戰的喧囂被緊閉的門窗、低垂的窗簾阻擋在外。燈光把牆上熟悉的投影一會兒拉長，一會兒縮短。原來，我躺在自己舒軟的床上。

果然，是查理把我帶回公寓的。他得到情報，今夜國家機器會有大動作。雙方已被對峙的膠著惹惱，無論政府還是學生，理性的忍耐都到了臨界點。

查理晚餐後就出來了，找了我大半夜，幾乎把索邦大學和聖．日耳曼周邊的每個街壘搜索遍了，都沒發現我的蹤跡。但他堅信我在請願的學生中。當警察大舉包抄聖．日耳曼輻射的各街口時，查理逆向朝潰散的人堆擠，朝全副武裝的警隊跟前擠，終於在某個街壘拐角的水窪裡發現了不省人事的我。他脫下風衣裹住我濕漉漉的身體。街上一片亂象，根本無法行車，他便抱著我，穿越兩條小巷，氣喘吁吁把我弄回了家。

他還告訴我，他帶我離開現場時警察與學生的肉搏仍在繼續蔓延，火光沖天，水霧瀰漫。警棍與高壓水柱並未達到預期效果，警方開始瘋了似的抓人。法新社滾動新聞連續不斷地播告，據不完全統計，已有包括學生、市民及警員共四百多人次因警棍石塊襲擊而受傷，近五百示威人士被押上警車帶走。法新社稱之爲最長暴力之夜。

我像隻受了驚嚇的貓，蜷縮著，兩臂彎曲。我刻意躲著查理的眼睛，只把目光投給牆上他的影子。那影子不斷晃動，給我不眞實的感覺。

我的身體很虛乏，漂在浮雲之上，沒有重量。但思想尤其活躍，彷彿那高壓水柱把我擊倒並墜入無邊的黑暗中，反倒起了醍醐灌頂的作用，大徹大悟似的。原來，學潮的發軔和動因都在於參與者自我的失落和社會角色的不在場。

越南戰爭，中國文革與紅衛兵運動，拉丁美洲游擊戰，古巴革命，印尼五萬多人罹難，肯亞爆炸，印度局勢一觸即發，希臘政變，南非種族歧視等等，看似遠離法蘭西，卻震盪全球。而一直以來都是思想、文化，乃至革命發祥地的法蘭西，則成了局外人，精神失落顯而易見。法國人焦慮、鬱悶、躁動不安，為那些與自己不沾邊的世界性動盪，也為自己在動盪面前失卻介入權與話語權。於是近在眼前的高教改革計畫與性禁忌成為年輕人情緒失衡的突破口和宣洩管道，一瀉千里。我是這樣，我的同學是這樣，二戰後溫室裡成長起來的這一代人難道不都是這樣？

查理並不同意我的觀點，但沒有反駁我。他只是滿臉憂患地坐在床邊，看著我蒼白的嘴唇不住地蠕動，藍眼睛如深不見底的幽井，傳遞出陰鬱潮濕的霧靄，讓人覺到颼颼的冷意。我也開始不安，指著窗外問他：「你以為，會死人嗎？」他答非所問：「風暴要來時誰也擋不住，今夜不過是開始。」

查理的猜測是對的。從這個長夜開始，五月風暴不再是學生獨有的一場革命。次日一早醒來，處處可見被燒焦的汽車殘骸，被支解摧毀的路障，被從地面撬起再投擲出去的石磚，還有凝成黑紫的一攤攤血，因狼狽逃竄而被踩爛的標語、旗子、鞋、衣物、手電筒、吉他、錄音機等。這滿街的不忍卒讀讓法蘭西成了處處火山，讓全國各地的市民、工人、教職員工等都參與進來。知識分子以及多面媒體也紛紛介入，爭奪話語權，遊行示威遍地開花。僅巴黎這一天的遊行人數便高達三十萬。五月十六日，空中巴士飛機製造廠、雷諾汽車廠率先罷工，一週內全法罷工風潮此起彼伏，總人數直抵一千萬。溫柔的面紗被撕破，正常的秩序被打亂，慣有的生活方式被顛覆，政府職能幾近癱瘓。就連一直來都是法國人心中教父般的領袖戴高樂也受到從未有過的質疑而被民意逼退下台。五月風暴落幕後，法蘭西再也不是原來的法蘭西，法國人再也不肯回到過去，哪怕是一直標榜的有房有車有足夠假期可以躺到海灘曬太陽的理想生活。當然，這是後話。

直到淩晨，查理也沒有回家。他給太太打了個電話，說我被高壓水柱澆病了，他得陪在我身邊。他毫不掩飾地打這個電話，讓我明白，我不僅上了警察局的黑名單，也上了他太太的黑名單。

我問查理：「她愛你嗎？」以前，我從來不這麼矯情的。

查理說：「除了我這個人，她厭惡我的一切，包括身世。」

「法國人的自以爲是你又不是不清楚，不是誰都願意接納紅色中國的。你自己不也憎恨北京嗎？」我說，「可以理解。」

「我恨是我痛，回不去的傷痛。」

「所以，你對這樣的女人失望，她是你太太卻未能爲你鎮痛。」

查理看了我一眼。我以爲我觸摸到他婚姻的險灘。我什麼時候變得如此清醒和犀利？

其實，無論他們的愛情能否回來，我都已然決定離開查理。不是不愛他了，而是我對這份愛情有了警惕。很簡單，這份愛情需要自由對等交換，代價太大，我給不起。

五月風暴中轟轟烈烈弄潮，不就爲了追求自由的最大化？性的自由是本能的自由，愛情自由是精神的自由，婚姻不一樣，是由社會、道義、責任種種規則限定的一座城堡，是戴著鐐銬在城堡裡跳舞。願意的人想走進去，不願意的人又想逃出來。查理類似於求婚的示愛就有這麼一個前提，我必須走進一個框好的框架，來接受這份愛情的結局。包括他爲我離婚我即便沒有婚姻打算也得嫁他；包括不管願不願意，我都要接納他的兩個女兒並在他給予我的社會關係裡如影相隨，做一個善意的後媽；包括將來我想要自己的孩子時必須接受他要還是不要的選擇；最重要的是我至今沒想清楚愛情後面是不是一定就是婚姻這個命題。這一切，都與我的自由觀相去甚遠。

所以，在這個不眠之夜消逝後的清晨，當日照從拉開的窗帷裡透進一縷透明的光，我深情地吻了查理，然後對他說——不。

他好像一點也不吃驚，臉容靜穆，看不出挫敗後的羞惱，回吻依然熱烈。然後，說：「好！我尊重你的選擇。」聲音很輕，輕若虛無，瞬息被空氣吞沒。

他早已猜到，不過是等一個坐實了的拒絕。

他匆匆走出這個守了我一夜他爲我租下的公寓。我赤腳從床上跳下來，難以隱忍自己的不捨。他聽見追趕回眸瞥了我一眼。那一瞥，留在我的記憶裡，是氤氳的一片深藍和藏匿於深藍底下的蒼涼。這抹蒼涼別人看不見，只有我一目了然。

我趴在門上一動不動。

查理是在半個多月後按原定計畫飛赴東京的，受法國外交部情報處派遣，其公開身分是法國駐日本大使館的文職官員。沒了我插的那一槓子，他與妻子的離婚動議順理成章擱下，家小同機隨行，搬去亞洲重新開始四年一輪的外交官生涯。

我去了機場，不送行，只想最後看一眼他的背影。我如願以償。

坐地鐵回家，我心緒茫然，人像掉了魂兒。途經凱旋門時，鑽出地鐵站，走上香榭麗舍大道。恰是傍晚時分，暮色蒼茫，天際紅成一條如血的長河，撲進眼眸是灼痛的感覺，我隱忍已久的淚水奪眶而出。

這天，正值戴高樂總統在五月風暴中消失後又從科龍貝回到巴黎，然後發表關於五月風暴的電視廣播講話，宣布解散議會，但拒絕在總統任上辭職。這是戴高樂在五月間的第Ｎ次講話了，都未平息對抗。

此番情境急轉直下，一直保持沉默的布爾喬亞等保守勢力以及那些早已忍無可忍政府癱瘓國家無序的市民們，終於從他們養尊處優的暖巢裡走出來，集中到凱旋門下舉行盛大遊行，聲援戴高樂，要求右翼政府儘快恢復國家正常秩序。不輕易上街，溫良恭儉讓的右翼勢力搞起街頭運動竟一點不比左翼群體青年學生遜色。眼下，香榭麗舍大道滾動著巨大的洪流，到處是飄揚的三色旗，到處是引吭高歌的〈馬賽曲〉，到處是寫在標語旗幡上與學潮對抗的心聲：戴高樂不孤立！密特朗，輸掉了！紅髮丹尼不在巴黎在北京！

這是席捲而來的另一股力量，讓我不得不擦乾眼角，抹去爲查理、爲這份愛的戛然而止流淌的淚水。這一天，是屬於法蘭西歷史的五月三十日，五月風暴從此走向終結。

人生眞的很詭異。一份持續了將近五年的愛情與五月革命竟終結在同一時日，是上帝對我的剝奪還是餽贈？

# I

## 搬家

革命落幕了。愛情落幕了。一九六八年的夏季對我來說，意味著雙重傷逝。聖．日耳曼的風從窗前吹過，帶了濕重的霧霾，也帶了那場革命的疲憊，讓人心裡無著無落。雖然那個穿工裝褲騎單車送貨的小夥子依然日復一日從街上鷹一樣飛過，興致勃勃高喊著生活眞美好，我卻看不到實在意義的美好，並把它攥入手心。

月底，我扛著旅行包準備搬離查理爲我租下的房子，心裡百味雜陳。拆開來曾是完整的家，裝起來只剩如此輕捷的一個旅行包。一旦跨出這道門，這個裝在包裡的家便將隨著它的主人流浪，這就是我要的自由嗎？在我執拗的堅持下，查理去日本前解除了公寓租約，可在周邊再租另一間房談何容易。學院復課後會馬上進行畢業論文答辯，接下來我的方向是報考索邦大學東方哲學碩士研究生。爲留在聖．日耳曼，曾想過續租查理母親的房子，但報過來的房租差點沒讓我的腦袋縮進衣領裡，就算打兩份週末工也不夠支付一半。之前查理從不提房租數額，我也就裝聾作啞。都說巴黎六區房價高昂，未曾想竟高到讓窮人咋舌的地步。只好先到同學的單身公寓湊合幾天，再找室友做合租打算。

走向門口，背後有無形的力量逮住了我。佇足，回身，看見一屋子家什浸淫在熟悉的氣息中，與我靜默對視。頃刻間假裝的強大坍塌了，肩扛的旅行包砰然墜地。

一個人攔住了我。

是呂伽。從五月十二日那夜瞟到那一眼，他捂著臉在國家機器高舉的警棍下躲閃，我便再沒見過他。聽說他當夜被警察抓上了警車，第二天放出來，從此渺無蹤影。

我一掌拍過去，「終於現形。你沒事吧？」

他往後縮一下，顯然被我拍痛了肩胛，還是那夜受的棍傷。

「當然沒事，我能有什麼事？」轉過來問我：「倒是你，拽個大包，不是要去亞馬遜原始叢林探險吧？」

「我搬家。」

呂伽緊張起來。「搬家？住得好好的，爲什麼搬家？」

我實話實說：「我與查理分手了。」

「眞分手了?!」他驚叫起來。似覺不妥，又一點點收起鬆弛的臉肌。

「那就搬我家唄，現成。」他一邊拽我，一邊抓起地上的大包。

「我說過要搬你家嗎？」我甩掉他手，又一把推開他。

他卻不惱不惱，勸我說：「自然，你不願搬沒人強迫你。但你確信你要拒絕？我的房是兩室一廳，你若逞強，租我一間，付我房租還不行嗎？」

「這棟樓房租太貴，我付不起。」

他嘻皮笑臉的，「我廉租，租金你說了算。」我當然知道，呂伽家裡有的是錢，不會在乎這點房租。而他，怎麼說也是可以信任的朋友，不管是否「圖謀不軌」，至少是幫我。

「你說的？」一邊耍著本小姐的矯情，其實心裡已經偷著樂。租誰的房不是租，撿個大便宜豈不更好？

雖然廝混已久，卻是第一次登呂伽的門。屋裡很亂，莫名其妙的東西扔了一地，看上去像廢棄的倉庫。我倆踮著腳尖繞來繞去，只爲不觸碰到隨處都是的障礙。

呂伽很快騰空了他的書房。書房裡沒有床，卻有壁櫥，還有書桌、椅子、書櫃，甚合窮學生的意。除了幾件換洗衣物，旅行大包裡更多的是一摞摞書。我把衣物塞進壁櫥，把書歸置在書櫃一角和書桌上。書櫃差不多是滿的，都是呂伽關於商學、經濟學的書。呂伽出出進進的，很忙，不知從哪裡變戲法似的搬來一張席夢思床墊，朝地板上一扔，就是現成的床。對我而言，這已是一個窮學生無可挑剔的單身公寓。

我把呂伽關到門外，朝席夢思上一躺，感覺他的氣息已蕩滌一空。趕不走的是查理，混雜著古龍水的體味與菸的辛辣，幽靈似的在穹頂下遊蕩。是旅行包裡釋放出來的嗎？這時我發覺，假如一個男人在你的靈魂駐紮過，驅逐遠比迎候要難。

呂伽把門悄悄推開一條縫，擠進半個腦袋，傻笑。

我如願以償成爲巴黎索邦東方哲學專業的一名碩士生。錄取名單出來那天，呂伽在他父親的餐館爲我慶賀，東方學院我的漢語系老同學都來了，大家喝酒，醉生夢死。我酒量大，所以我獨醒。我拋下這幫傢伙獨自去了索邦。呂伽要陪我，被我輕輕一巴掌搡倒在滿桌的殘羹剩菜間。他是酒來瘋，比任何賓客都多醉三分。

索邦的夜寂靜無聲。假期的校園，無不是一座複製的空城，走在裡面，會走出比修道院更陰沉虛無的索然。但此刻我喜歡這樣被黑暗籠罩，然後慢慢消解體內貯存過多的酒精。我喝酒從來不醉，卻經常茫然找不回自己。

殘缺的彎月在天際若隱若現，稀少的幾顆星辰散落東西，那閃爍便沒了依傍，鬼火般徘徊。燈柱上的燈隔三差五亮起一盞，才讓吞沒我的空間不至於全數沉溺到窒息裡去。

一面泛青的老牆撞入視野，正巧被某一盞燈柱上的燈光顧，我得以辨認噴槍寫上去的字跡。每個字母歪歪扭扭，舞蹈於牆上，心浮氣躁。

解放隱私！性事大逃亡！勝利屬於自由！

是剛成爲歷史的五月革命遺跡。

我在黑暗裡嘲笑，爲那些與我同樣幼稚的傢伙們。我看見自己的笑醜陋而肆無忌憚。

燈柱投下的暗影裡，多出個晃動的人形，是呂伽。

他說：「最後一班地鐵都過了，我來接你。」酒氣氤氳過來。

「你，醒了？」

「對不起！母親給我灌了醒酒湯。」

他舌頭打結，走路仍有點晃。但，還是來了。我有小小得意，小小感動。也不知是他扶我還是我扶他，我們在夜深人靜的大街上跌跌撞撞走回家。

翌日醒來，呂伽躺在枕邊。這是搬入他寓所後的第一次偷襲。我無所謂，心裡卻莫名其妙想著查理。

此刻，他在日本做什麼？

無論經歷一場革命還是經歷一場愛情，都會改變正經歷著的這些人。五月革命的結局是教父般的領袖戴高樂下台了，法國人再也回不到過去。我與查理的情殤則讓呂伽從幕後走向前台，開始一曲屬於他的戀歌。

索邦回來的夜正把簡單明瞭的這個道理告訴我。

## 自由濫觴

之後有個週末的晚上，呂伽執意要把夏洛蒂「綁架」去南岱爾大學附近一座不知屬於誰的老房子。他說那晚有個革命者聚會。偏偏車出巴黎便被一起車禍堵在了環城路西。肇事者是外省來的情侶，據說車撞翻了出高速的鐵護欄，女的死了，男的救不救得活還難說。消防車吊走廢車殘骸，救護車載走傷亡者，尚未清洗的那一大攤血，黑乎乎的，更像汪在路面的瀝青。

到了目的地，酒會、舞會、狂歡都已接近尾聲，餘音裊裊儼然夢中囈語。夏洛蒂要掉頭回去，呂伽不肯，一臉促狹。「急什麼，好戲還在後頭呢。」硬是敲開門，從倒空的啤酒瓶可樂罐的縫隙中遊弋進去。燈光昏黃，卻是白晃晃一片亮。定睛看時，滿眼顫動的胴體。男男女女足有十多對，在任何可以承載的角落和載體上演繹肉的狂歡。沙發、地毯、桌面、門旮旯、窗帷後面，比比皆是廝殺戰場。有互換情侶的男女苟合——請注意，這裡的互換是苟合的前提，即A與B的女友，B與A的女友，性不再是原始本能或情欲終極，而是，遊戲，愚弄人倫的變態遊戲。有同性交媾，比如夏洛蒂同在北大留學的馬克和托尼，一直以來對自己的性傾向遮遮掩掩，而在這個詭譎的夜晚，竟眾目睽睽之下晾曬出了極有可能被視為醜聞的性行為——別搞錯！那可不是四十年後同性戀者甚至已能結婚的今天。還有明目張膽的亂倫之交，蘇菲、雨果是索邦文學系的高材生，一對形影不離的雙胞胎，認識他們的人都看得出這姊弟倆的愛慕比情侶更火爆。而這一夜，他倆竟把情感遊戲玩到性，玩到公眾面前……顛覆、錯亂、肆無忌憚抑或變本加厲。大多是同齡人，有些還見過面，聊過天，並在五月的警棍下水柱裡一起逃過命。名聲在外的比如切．格瓦拉的超級粉絲老貝，比如綽號巨型蟹的米歇爾；也有面生的，未知屬於哪路神仙。這幫注定是五月學潮洗禮出來的超現實實驗者，正將口號付諸行爲，成爲性自由的奴隸。

幽暗中面對白花花顫動的肉，夏洛蒂暈了，腳步亂了，眼睛躲閃不敢直視。心跳告訴她，自己是個多麼循規蹈矩的人。她或許承認這些人的無畏，卻自愧弗如。

呂伽也愣怔，腳步釘在地上，像被強力膠死死黏住。他的迷失與錯亂直接導致了對夏洛蒂近水樓台的「強暴」。他把她狠狠一扯，沙袋一樣摁進懷，兩條胳膊如長臂猿箍過來，鐵鉗般強勁有力，像要把她碾成齏粉。他是學過李小龍的中國功夫的，骨骼咔嚓作響，夏洛蒂的尖叫驚天動地。

有兩個男女走過來，赤裸的身體在隱隱綽綽的燈影下鬼魅一般，看不清眉眼，聽不到聲音，只見血紅的嘴唇蠕動著。這是兩匹發情的公騾母馬，一陣旋風閃進，呂伽夏洛蒂的撕絞頓時支解。「母馬」擄掠呂伽，夏洛蒂被「公騾」綁架，被分別按倒在長桌兩頭。呂伽的中國功夫哪裡去了？敵手只有認定自己是敵手才會力大無比不是嗎？而夏洛蒂，千眞萬確是不情願的、排斥的，連喉管與胃都參與了抗議。她掙扎、抵禦，試圖逃遁。什麼叫性自由？難道不是人的欲望最本能、最直接、最酣暢淋漓的發洩和滿足？她不停地作嘔，聲嘶力竭，終於把胃腩裡消化未消化的汙穢之物統統噴到對方身上，得以倉皇逃脫。

她從與呂伽隔岸相向的桌邊逃走，從那扇不可思議的淫蕩之門逃走，逃到了月明星亮的天空下。她吸了一口氣，明白了什麼是眞正的自由。

自由眞好！

夏洛蒂扔下呂伽獨自離去。回到家已是凌晨，東方地平線正醞釀著一線淡白的曙色。她倒頭睡入地獄般的混沌，根本不知呂伽何時回來。睡醒起來，兩個人面面相覷，像被那場奪人魂魄的春夢嚇傻了。呂伽晃了晃腦袋，夏洛蒂也晃了晃腦袋，似要共同晃掉什麼，復又啞然失笑。

呂伽說：「性一旦從籠裡放出來，簡直青面獠牙，不堪入目。」

這便是呂伽之於那場實踐的心得。其實他的玩世不恭表裡不一。

相反，夏洛蒂對另類經歷卻有愉悅的體驗。

同是這個夏天，同是呂伽攛掇，隨一幫同學坐火車去南部探訪裸體營。興許是耿耿於懷骨子裡的不夠前衛，呂伽總想有所驅使，逼出一個時尚先鋒來。

裸體營在南部亞維農城外一個三面環山的海灣裡，灣是風平浪靜的灣，沙灘也是地中海沿岸少見的晶瑩白淨，環境私密而幽靜，頗有伊甸園意味。假若不從峽谷深處那個兩邊夾持的豁口進去，發現不了其中的闊大和人類赤裸裸的一群天體。

裸體營並非五月風潮的產物，卻由此浮上水面，蔚然成風。

豁口那扇木柵欄是原色的，粗礪的，帶有原始的質樸。攔住這幫闖入者的是一個未及年邁卻已禿頂的男人，上下赤裸，唯脖頸上繫一條天藍色麻織圍巾，垂掛至下體。那藍在夏熱裡清新悅眼。他語氣溫文爾雅，拒絕的立場卻不容置疑。闖入者們被攔阻，正心生不甘，呂伽遂上前去，一隻手搭在「藍圍巾」肩上，半是親暱半是猥褻。他告訴那人，他有朋友入營不久，是受邀來探訪的。一邊說，一邊脫掉襯衣長褲，露出肌腱俊美的光膀子。他彬彬有禮地挑釁道：「天體營回歸本我，去掉身上的遮羞布，是否就可以放行？」

「藍圍巾」說了句什麼，仍想阻攔，被他輕輕躲過，回頭催促同伴，「你們，還等什麼？快脫呀！」眾人連忙脫，個個只剩一條褲衩隨他魚貫而入。夏洛蒂是唯一女性，站在那裡沒動，也被呂伽一掌推搡進門裡。呂伽護著她，對「藍圍巾」點頭哈腰，「女士例外，女士例外！」「藍圍巾」聳聳肩，終於敵不過他的胡攪蠻纏。

後來發現裡面並非驚世駭俗，充其量比普通海濱浴場少了一條褲衩。窗前站著，園子裡坐著，沙灘上走著的那些男女都不年輕了，有的近於暮年。有位老頭滿頭白髮，拄著拐杖。有位老太太坐在輪椅裡，戴頂遮陽帽，被愛慕她的老男人推著。還有一對夫婦坐在長椅兩頭，男的戴副眼鏡看書，女的用指甲剪修指甲，手指翹著，閒淡而優雅。當然，他們都是裸著的，黝黑的皮膚在地中海的陽光下灼灼發亮。風很輕，撩過他們的鬢髮、書頁與披肩，有聽不見的響動。他們的臉容平靜安詳，是深思熟慮的了然，彷彿天體營對他們不僅是生命驛站而是終極歸宿。夏洛蒂原以爲會發窘、厭惡，相反生出莫名的感動。她踟躕著不敢靠近，感覺自己就像上岸偷襲的海盜，正恣意侵擾他們的無辜。人體的自然呈現到了這麼一個純淨而無雜質的氛圍裡，幾乎是一種令人心慟的美。

呂伽那位八竿子打不到的朋友是比這幫闖入者年長的英裔男人，以前常來夏家餐館吃飯，有過幾面之緣。他又瘦又高，蒼白的臉，一副拜倫或者雪萊清瘦弱不禁風的樣子。他不是詩人，卻是典型的肺癆病人。呂伽說他應該很有錢，加入裸體營前一直斷斷續續待在瑞士阿爾卑斯山的山谷裡，富貴地療養富貴的病。

他正在海灘釣魚，屁股墊著帆布小椅，見呂伽招呼，放下魚竿，把這幫人淡淡讓進了屋。這裡一概都是小木屋，形狀各異，散落在山坳與海灘銜接的坡坎上。這位英裔朋友的屋裡除了席夢思床，其餘家具都是原木打造，散發出樹的清香。壁上有張黑白圖片，曠古無人的雪域，蕭冷靜寒。桌上一束綠枝，只有葉，沒有花，插在陶罐裡。除此，再沒多餘空間。被這幫光膀子的人一擠，屋裡充氣球似的鼓起來。

赤裸的主人皺了皺眉，兩頰緋紅，呼吸也急促起來。他恐怕從來都沒被這麼多外人打擾過。夏洛蒂連忙示意呂伽，以最快速度帶大家離開。主人倚著門框，強裝紳士送他們，身子矮下去，一副不知所措的樣子。

倒是長椅上那對夫婦，笑盈盈地招呼闖入者，聊了幾句雲淡風輕的家常。說話間，發現那女的雖然一絲不掛，素面朝天，依然擋不住雍容氣質。那男的摘掉眼鏡，闔上書頁，讀的竟是柏拉圖。

走出裸體營的柵欄門，一干人都沉靜下來。衣服撿回，魂卻丟了一半。

這日恰是週六，晚間投宿營邊小鎮，並在鎮角落的那個裸體餐廳用餐。除了這幫闖入者，用餐者多是裸體營出來度週末的裸體人。畢竟晚宴屬於正式場合，還是多了些點綴。一方紗巾，一頂禮帽，一枚髮夾，一只麻布手袋，或下體一條細細窄窄的三角佩帶。有點俏皮，又有點欲蓋彌彰。那對看書剪指甲的夫婦來了，坐輪椅的老太太與她的老男人也來了，相互點頭示意。照過面，自然有了幾分熟稔。

裸體餐廳的特色菜是野禽菌菇、生蠔龍蝦，所謂靠山吃山靠海吃海，並無極致的講究。要說特別，還是食客別出心裁的裝扮。除了夏洛蒂，這幫闖入者再次成了鬥雞眼，直愣愣盯著盤子，眼神卻是渙散的。

回來後呂伽對夏洛蒂大談觀感，說他不喜歡裸體營，更不喜歡裸體餐廳，儼然遮遮掩掩性擺設，無聊！他說：「南岱爾的夜才夠刺激。」

夏洛蒂不同意。

## 弄巧成拙

見夏家長輩是呂伽給我設的局。

他很清楚，不玩些手腕，我是不會附和中國人相親那一套的。是時，我在索邦修讀碩士，呂伽已回餐廳當他的少爺小老闆。

那天下午沒課，呂伽開車來接我，說好去一位法國老頭家看中國收藏的，卻把車停到了「饞貓天堂」門口。就是那家人氣最旺的中餐館，以前是大老闆「異想天開」饞貓天堂系列的N°13。二十多年過去，大老闆告老隱退，「饞貓天堂」分崩離析，N°13也轉入他父母名下。我說約好看古董的，爲何來這裡？呂伽說約會時間太早，不妨先參觀這裡，順路。

正是午後打烊時間，跟著呂伽走進去，看到裡面坐了一堆人。餐廳富麗堂皇，這堆人也個個正式著裝，目光直視，發出探照燈的光亮。正疑惑，呂伽已開始輪番介紹。我只覺語絲在耳畔風一般吹進吹出，不明白爲什麼要把這堆不相干的中國男女介紹給我。即便他父母，也只在另外那家餐館吃飯時打過照面，有必須的理由嗎？此前倒也聽說夏家的傳奇，那是用來獵奇的，不是介入。

未及詰問呂伽，先被七嘴八舌的唾沫星子噴了一遍，回過神，明白人家唱的是相親這齣戲。判斷來自北大一年的見識。

明顯感覺到，法國女孩在這裡並不被看好。中國家庭無論從前還是將來，都不會輕而易舉接受法國女人當媳婦。問題是：誰要做他們的媳婦了？突然想起南岱爾之夜與地中海港灣那個裸體營，恍若時間隧道兩極的人類物種。

該死呂伽，設這麼個濫局，太一廂情願了吧?!我用眼鋒狠狠剜了他一眼。幾代單傳的這個頑主，居然也會做父母的傀儡。他瘋了，我可沒瘋！

從饞貓天堂出來，我甩下呂伽揚長而去，卻被摁回車裡。他發誓絕非他的初衷，願意為因此傷害我真誠道歉。我一頓發洩，他也不躲避，只見縫插針地說：「你也不是不知道，我是夏家唯一繼承人，女友、婚事關乎家業承繼，家人鄭重其事也情有可原，中國傳統嘛。」我更惱了，搶白他：「誰是你女友？誰又跟你談什麼婚事？你就這麼偷襲女人的?!」

呂伽諾諾。遂又再三哄我去拜訪約好的法國收藏家。我早沒了情緒，又不得爽約，只好怏怏去了。幸好，否則我將失去多麼有意思的一次邂逅……

回到聖．日耳曼，我回了房間，砰一聲關了門。相親鬧劇讓我耿耿於懷。呂伽端了一盤烤鴨煎餃要遞進來，也被我擋在了外邊。一覺醒來，屋裡黑洞洞的，呂伽不知什麼時候已出去。錯過餐點，飢餓的胃提出抗議了，便從冰箱裡拿出小比薩塞進烤箱。然後坐到餐桌前，吞嚥比薩，也吞嚥「饞貓天堂」那一幕。夜色如水，裹挾著巴黎躁動的市聲從窗外淹漫進來。有一瞬間，我感覺落寞和倦乏，難道我正在老去？

或許，真該正視和梳理我與呂伽之間的曖昧了。所謂相親便是信號。與查理分手，愛的堡壘坍塌，我一直處心積慮逃避呂伽索要的答案。相比於性，愛的承諾複雜得多，也沉重得多。性是用來消費的，直截了當，換取本能的快感。愛卻是用來珍藏的，曲折，迂迴，繁複，一碰就碎，必須小心守護。我得到，又失去，無疾而終是最大的失敗。從而不想太快重新涉足。呂伽顯然不是這個節奏，他不願等。他的架勢就是一個守城的兵，要麼把我逮進城堡，要麼把我驅逐出境。得到性而得不到愛，會被他看作恥辱。所以，哪怕一個白癡，也躲不開跨越兩個臥室之間反覆書寫的這個問號。不進則退，門檻便是分水嶺。除非撤離。

撤離，意味著姿態的某種決絕。我，想好了嗎？

旋即被呂伽帶有譏誚卻灼熱的眼神覆蓋。不捨？不忍？我糾結不清。不可思議的是，一直來相隨的查理的影子開始缺席，身心一片蕩空。

呂伽回來了，在我臥室外篤篤敲著。我坐著沒動，眼睛緊盯關閉的門。呂伽不敲了，伴隨腳步踏著地板走過，一個女孩放肆的笑傳進來，夾雜著呂伽刻意的附和，刺耳如戟。好一個愚蠢的傢伙，居然給我玩這齣激將法，太可惡！我拽過枕頭捂住耳朵。

接下來的一天天，持續冷戰和對峙。我越不正眼瞧他，他就越頻繁往家帶漂亮女孩，走秀似的。我沉不住氣，也故意把那些喜歡對我獻獻殷勤的帥哥酷男領到他跟前晃悠，以牙還牙。每每這種時候，呂伽總是一躍而起，把隨便哪個女孩拽進臥室，床的搖撼、人的嗷叫頃刻破門而出，天知道這演出來的快感是嘴皮子功夫還是席夢思獻媚。反正，他要的效果我照單全收，並沒覺得自己受了多大刺激。我只在呂伽的惡作劇裡識別出他對我的愛戀是那種走投無路的淪陷。這種淪陷與查理的情感方式截然不同，卻讓我的虛榮心得到滿足。

## 地窖結緣

夏洛蒂又是何等聰慧機敏的女人。後來她連旁觀者也懶得做了，乾脆把自己從呂伽的公寓驅逐出去，讓冷戰失卻對手而懸置。夏洛蒂的去處永遠都是那座破敗園子，那位關在園子裡看似窮愁潦倒的收藏家。拜呂伽所賜，在蛛網糾結的房梁下，她探到一個滿目寶藏的奇幻世界。

那是沒有地鐵快線必須搭短程火車才能抵達的郊外小鎮，一座比薩斜塔似傾斜的阿爾薩斯式老屋，黑黝黝連著同樣頹敗的園子。那次被呂伽開車帶來時，夏洛蒂認識了這位頭髮蓬亂穿圓領套衫的法國老頭。他趿拉著拖鞋為罕見的來訪者開門，先是稀疏的笑意在睡眼惺忪的臉上枯枝老葉般展開，爾後才冒出那管又紅又大的酒糟鼻頭。他不招呼，踅身便走，彷彿只要開了門，來人跟不跟他入內已然與他無關了。夏洛蒂與呂伽在濕漉漉爬滿綠苔的小徑踮著細步穿過園子，踏上台階進屋，那印象始終難忘。廳裡自然很亂，每個角落都塞滿不知作何用途的雜物。窗戶閉著，只因窗台堆了太多的舊書再也打不開。長沙發與沙發前的地面上散落著枕頭毛毯還有隨意褪下的睡衣，都是混沌的顏色。想來這間屋這個沙發早已越俎代庖履行了臥室和床的義務。只有剩餘的那張單人沙發，面對壁爐，坐墊塌陷了，很深的坑，被橫豎堆起來的書圍堵，讓人聯想到一旦坐上去那種被掩埋而窒息的感覺。屋裡有很陳舊的家具，路易十四或路易十六時代的，不失奢華，卻蒙了灰，散發出積年塵垢的嗆鼻氣味。

夏洛蒂就那麼亭亭玉立地站在屋中央，站了許久，聽呂伽向她介紹老頭，也聽呂伽向老頭介紹自己。也不知呂伽當初是怎樣走進這個園子的。老頭的經歷隨手拈來就是一部大書，而她自己則是一杯寡淡的白開水，清澈倒是清澈了，可惜什麼也無從打撈。

她因此窘迫。

老頭當然察覺到夏洛蒂的窘迫，回身把長沙發上的毛毯之類推到一邊，讓她入座，並磨磨蹭蹭煮出咖啡，倒出一杯請她品嘗。呂伽憤憤不平，「我的老先生，您眞夠偏心的，我可從未受過如此款待噢！」老頭瞪他一眼，「誰叫這位小姐比你可愛？」咖啡的苦香連同不動聲色的善意讓夏洛蒂悟到老頭的世事洞明。

老頭其實並不老，只因頂了一頭稀疏蓬亂的灰白頭髮，臉頰精瘦多皺，又誇張地盤踞了被酒精燒紅的大鼻子，難免就被別人看老了一二十歲。加上累年孤鰥，深居簡出，愈發顯出遺世獨立的老態來。但幾杯白蘭地下肚，又有上好的咖啡提神，他便漸漸露出眞面目來。他其實非常健談，說到興奮處，網了血絲的眼睛還會灼灼發亮，閃出睿智的光彩。

等他自說自話帶兩個年輕人走下幽深的地窖，更一發不可收拾，手舞足蹈，如同醉酒。那條蹲在園門前被冷落的老狗，估計也少見主人這般意氣風發，汪汪叫著搖尾繞膝，被他大喝一聲，才悻悻退後。

彷彿舊舞台的幕布拉開，夏洛蒂一個踉蹌，差點沒在最後一級石階上摔下來。她懷疑自己走錯了路，闖進前清中國的某個宮殿裡來。

眼前展現的古瓷器五花八門，宋瓷，元青花，康熙、雍正、乾隆等清三代官窯，琳琅滿目於塵埃密布之中，簡直就是被掩埋被袖珍的老北京琉璃廠。

北大一年夏洛蒂始終都是琉璃廠的常客，不說精通，至少也耳濡目染過各類古玩，回來後又得熱中收藏的查理傳授，於天生悟性之上平添了若干探究者的智性，一幅畫抑或一個物件，眼裡手裡的感覺都是顫慄而溫潤的。而此時此刻，她是被不期而遇的邂逅嚇著了。

她把臉轉向老頭。這些藏品無疑是有來歷的，它們的來歷就是收藏者的來歷。這個關在破園子裡的老頭究竟是何方神聖？

老頭在夏洛蒂的凝視下格外安然。雖然地窖角角落落掛滿蛛網，幽暗燈光遮蔽了陳列架上原該有的熠熠光彩，他的神色卻是超然的神聖。他搬來兩只橡木酒桶，豎起來讓客人坐。自己則倚在脫落了牆皮的犄角上，任憑蛛網垂到眼前，把他寬闊的額頭切割得四分五裂。

呂伽其實對陳年八代的老東西沒什麼興趣，之所以把生了氣的夏洛蒂拽到這裡，只是投她所好。此時爲掩藏他的不耐煩，把屁股下的橡木桶碾得吱呀亂響。夏洛蒂橫他一眼，那意思是說，相親鬧劇正惹本小姐不高興呢，若再攪局，別怪我一腳把你踢出門外去！

老頭沒有貴族身世，他的曾祖父只是法國北部里爾的一個鐵匠，本與遙遠東方不可能有任何交匯。當時，老頭的曾祖父是殖民戰爭的洋槍洋炮把貧民家庭的兒子以侵略者的姿態送進地球另一半的大清帝國。當時，老頭的曾祖父是八國聯軍討伐大清帝國時的一名法國中尉，兵步走得趔趔趄趄，操兵器的手也遠沒操鐵匠錘的手那麼嫻熟靈巧，但時勢就這麼成就了一個人的命運。他參與了火燒圓明園，入侵了紫禁城，並順手牽羊帶出了幾件皇宮裡的古瓷古物。回國後脫掉戎裝，便靠這幾樣東西起家，做起古董生意，爾後代代相襲，漸成規模。到老頭的父親手裡，不但有了名聲，財富也夠了大亨級別。不料世界大戰蜂起，一戰，父親入伍，二戰，兒子從軍。兵荒馬亂，有錢的猶太富商死的死，逃的逃，沒死或逃不掉的統統關進了集中營，買家賣家人人自危，麵包乳酪都成了生存難題，誰還顧得上收藏把玩古董。等戰後復甦，家業已是一片凋零。父親老死，老頭自己也在前線丟了半條胳膊，家族企業宣告破產。公司、店鋪、大宗古玩及塞納河畔的豪宅都做了抵押，只留下一批難以割捨的小器型寶貝移到老屋自娛自賞。從此賦閒，靠吃政府撫恤金度日。幸好沒來得及結婚生子，一人吃飽全家不餓。何況這些家當也足夠他活幾十輩子了。

老頭的故事就這樣以細碎瑣屑的記憶復原，再由聆聽者的想像力補綴，終成大致框架。呂伽被冷落一旁，又不習慣作別人談話的陪襯，就溜到園裡與那條老灰狗做伴去了。灰狗也是卷毛，與呂伽相得益彰。

老頭門庭冷落經年，與外面的世界早無多大瓜葛，這天突然闖進個年輕女孩，對他的身世與古珍興趣盎然，便生出忘年知己的好感來。夏洛蒂呢，一邊聽一邊唏噓，不知不覺便與老頭有了投緣相知的契機，竟也聊了些親歷中國的事，北大、琉璃廠、乾麵胡同老王妃的畫。還有，就是曾經的男友查理與他親王府裡沒落凋零的那個家。她明知不該跟初次見面的陌生人談這些，偏就控制不住。老頭聽罷，站起來，走到她跟前，也不說話，只把乾瘦的手按在她肩頭。短短幾秒鐘，她感覺到手骨的嶙峋，也感覺到掌心的溫熱，這嶙峋這溫熱都是可以流進心裡的，微微疼痛，卻有說不出的快感。咖啡過後的這壺中國茶，啜飲著，沏了三回水，直到夕陽西下。呂伽三番五次催，一老一少仍覺意猶未盡，約定擇日再見。老頭從電話機旁抽出皮面記事簿，把日子鄭重其事記上去。夏洛蒂瞥了一眼，見老頭筆下的拉丁字母龍飛蛇舞，漂亮極了。

再去，不談身世只談古董了。一盞清茶一杯咖啡，茶盞和咖啡壺之間，或青銅器，或祭紅瓶青花罐，或乾脆就是掛到壁上的一幅明清古畫。古董就是無所不在的話題，關於泱泱中華的話題。老頭是師，夏洛蒂是徒，師徒合一，便有了西方人對東方文化的思索與探究，或深或淺，都是深諳於心的一種情愫，縈繞其間，感動彼此。

當然，二十年後老頭與林一舟的戲劇性交臂，當時的夏洛蒂是無論如何也猜不到的。那兩年，正是她在索邦修讀東方哲學碩士學位之時，她以爲自己畢業論文的每一個字都不是打字機打出來，而是在這片貌似荒蕪的廢墟裡長出來的。

J

## 夜半來客

我與呂伽的僵局終被一位夜半來客打破。

還是週末，我跟幾個同學在雙偶咖啡館爭論某個哲學命題到深夜，回家時發現沙龍裡的燈亮著，呂伽穿著外衣窩在沙發裡，腦袋埋進雙膝，頭髮倒掛下來，在燈光的陰影裡搖曳。屋裡極靜，連氣息都睡著了似的。而他身邊，卻端坐一個比他年輕幾歲的男人。稜角分明的臉，皮夾克，棕紅色頭髮，除了鼻翼上有同樣隱約的雀斑，與呂伽的中西合璧南轅北轍，一看就是純種的法國人。偏偏呂伽問我：「你信嗎，他是我半個兄弟？」

「怎麼可能？」我驚叫起來。

呂伽顯得狂躁，在身邊那個「兄弟」不容置疑的表情裡說：「我被夏家欺瞞了二十多年，今天他卻來告訴我，他的母親就是我的母親。」

法國母親？

「兄弟」的聲氣同樣法國，「劈頭蓋腦砸下這個事實，是殘酷，但生活難道不是處處暗藏了這樣那樣的詭譎。」他拂拂手，「我也十幾年沒見過她了，但我知道，她叫安娜。」

我一時回不過神來。

「她跟我父親離婚了，在我十歲那年。風一樣消逝。」他嘲弄道，居然笑了笑。笑得有幾分澀，冷冷的，無所謂傷感。

呂伽卻笑不出來，黑著臉，眉峰緊蹙。我能揣摩他心裡的風暴。

沙龍再次靜下來，只有呼吸在燈影裡流竄。

次日，我起來時呂伽那位「兄弟」已經走了。呂伽一整天躲在房裡，不吃，不喝，把生命懸掛了起來。我屢次伏到門上聽，實在不耐煩，便使勁敲，裡面永遠悄無聲息。我取消了與某位男性朋友的約會，困守門邊，怕萬一發生什麼有個照應。

呂伽父母一次次來電話催，說餐館訂有華人喜宴，賓客滿堂，法國人來的也不少，叫呂伽速去應酬。全家只有他能把法文說得像法國人。電話都是我接的，我支支吾吾不知如何應對。他父母那邊急，我又何嘗不急，實在瞞不過去，只好嚷道：「昨夜不知哪裡蹦出一個同母異父的兄弟，他就成這樣了！」話沒說完，電話咔嚓斷了。估計他父母也成呂伽那樣了。

沒多久，遠在里昂火車站那一頭的夏家父母已一臉青白站在我打開的門外。先生太太二話不說，去撞呂伽臥室的門，呂伽黑臉瘟神般從床上蹦起來，嗖嗖飛出兩隻鞋，砸向他父母。他母親一邊擋著，一邊就哭了：「對不起，呂伽，不是爸媽存心隱瞞……」話說半截，膝蓋一彎，人便矮了下去。父親張了張嘴，攪拌成一堆泥的話終究沒吐出來，悶頭去擤鼻涕。那膝蓋倒是不彎，腰也再沒直起來。

我無法把此時的感受描繪出來。中國父母怎麼可以對兒子這般屈膝示弱？即便隱瞞了不該隱瞞的，傷害了兒子，需要懺悔的也只是靈魂，與人格尊嚴無礙。我掩門退出，不想在尷尬的情境中做尷尬的旁聽者。

聽見呂伽哭著喊：「現在你們還來做什麼？來證實我從來不是中國人，而是一個雜種嗎?!」這是我第一次聽見嘻皮笑臉的呂伽哭。呂伽常常刻意反諷自己外來移民身分，但在天津教堂認識的這幫朋友面前，他對自己炎黃子孫的來歷從來不敢看輕，甚至還有幾分自得。這點與查理很像。然而突然有一天，一切從根本上受到質疑和摧毀，血緣不再純淨，自己也不知從何而來。那何嘗不是淹水的人抓不到岸的墜落。我理解呂伽的感受，也想伸出我的手，可我這雙手又有什麼用？

我漫無目的地在聖．日耳曼街上走。天氣不錯，夕陽將落不落，映紅西天。咖啡館露天座位擠滿品味咖啡品味生活的人，我無以落座。不管是「花神」還是「雙偶」，不管夕照還是殘陽，這裡永遠都是最小布爾喬亞情調的經典去處。我原可以把那位朋友重新約過來，與街邊這些人共度巴黎慵懶的一個黃昏。可是我沒有心情，我的心情被呂伽的哭喊攪亂了。

街角有對少男少女在爭吵。少女哭，少男哄不了，也跟著哭，眼淚稀里嘩啦。他們很年輕，可能只是中學生，年輪裡沒有歲月積澱，連哭也是看似誇張實則輕描淡寫的。我用過來人的眼光看他們，面頰突然就燙了。

如果說，查理漸去，自己的情愛堡壘正被呂伽侵襲。那麼，還等什麼？

我走過去，對少男少女說：「知道年輕的專利是什麼嗎？是笑！」我努力讓自己的笑燦爛。「誰都不想青春枯槁，千萬別哭！」

少男少女愕然抬頭，我已急步踅回。兩邊路人成了光影切割的條條虛線，飛速晃過。我閃入門洞，等不及電梯，三腳兩步躥上樓梯。由於慌亂，開門時鑰匙串兩次掉落地上。撲進臥室，呂伽還在床沿枯坐，像搖搖欲墜的一堵薄牆。餐館婚宴等著開席，他父母走了。我把呂伽攬進懷裡。呂伽一把推開我，橫眉豎眼瞪著我喘氣。我不怪他。這種時候，全世界的兩足動物都有可能成為他的敵人。

但我不是，我將用我的愛拯救他。

我再次抱住他。他不動了，默默的，臉枕著我的雙乳。

呂伽很少如此安靜的，像一隻貓。我忍不住像母親那樣撫摸他。

## 不孝有三，無後為大

一週之後，雨夜，窗玻璃沙沙作響，擾人心煩。呂伽渾身濕漉漉地衝進門，從父母家帶回隱瞞了二十多年的身世之謎。

呂伽說，他的母親正是當年「異想天開」大老闆推介給「饞貓天堂」N°13的金髮美女，名叫安娜。一樁令法國人匪夷所思的孽緣從此生發。

已經有了三個女兒的呂伽父親初見安娜就被她的美豔擄掠。以往經歷一筆勾銷，甌越小島飄泊旺角的苦力仔，遠洋輪上三個男人的生死之交，香港淪陷食寮門前那個觸目驚心的炸彈坑，統統沒有了。目瞪口呆戳在N°13門裡的只是一個情竇初開面色紅一陣白一陣的楞頭青。他手足無措於自己的感官經驗，那裡面幾乎空白，這空白讓他委屈得想哭。原來，女人竟是這樣一個尤物，會讓你寡淡的味覺麻木的觸覺頃刻間啓動，從而被性想像性貪婪驅趕，左右奔突，困獸般逾越桎梏。

父親掩面而泣。那年他三十三，三十多而又雄性勃起的男人是很難自持的。他不停地告誡自己，千萬守住、必須守住正在土崩瓦解的道德禁律。那條底線不僅僅是他自己的，也是中國千百年的道德取向，價值判斷。可是，掩面而泣的父親從手指縫裡窺視到安娜那雙妖媚的狐眼燃燒著赤裸裸的蠱惑，一個踉蹌就撲了過去。剛拽住她的衣角，一隻粗糙而黑黃顏色的女人的手伸過來。這隻手的動作軟軟的，有點緩慢，卻很堅定，它一點一點掰開拽住衣角的那五個手指，讓安娜的氣息與遐想從他手心滑落。這是他妻子的手，是他早已置若罔聞的手，卻依然理直氣壯，有力量左右他的所有行徑。他看了她一眼，她眼神淡定，若無其事，連一點責備的意思也沒有。彷彿除了那隻黑黃的手，其餘都與她無干。父親洩氣了，勃起的雄性萎靡，兩條手臂老絲瓜似的蕩落在繫著白領結的黑色西服之下。

安娜卻咯咯笑著，唇紅齒白，狐眼裡的蠱惑一如既往。女人的神經總比男人堅韌，安娜與他妻子一樣，在男人的狼狽面前泰然自若，無辜得像什麼事都沒發生過。笑畢，安娜撣平衣角，撩起她的中式長裙，一陣風捲走了——絲毫沒有因羞怯而退場的意思。

話說回來，大老闆「異想天開」的商業預期卻是英明的。「饞貓天堂」N°13 自打有了純粹中餐的招牌創意與夏家父子掌勺站台，有了安娜風情萬種的招蜂引蝶，加上戰後法國人重建美好生活的如飢似渴，餐廳營運趕上了最佳時機，從開門的一炮走紅，到風生水起節節上升，幾乎沒有任何磕絆。「異想天開」大老闆不但自己隔三差五來品嘗新款菜肴，就連高端約談，密友私會，也不再去麾下更貴族更高檔的 N°1 或 N°2，偏來這裡，給人意想不到的驚喜。驕傲偏執的法蘭西上流人士通常不屑於光顧東方餐飲，以爲太普羅，就算美味也未必與高尚生活品質有關。但光顧 N°13 的次數多了，味蕾一再被刺激、挑逗、灌輸，也漸漸臣服。到後來，即便「異想天開」不請客，他們也會帶先生或太太、情人或情婦來，愉悅地走一回舌尖上的東方之旅，再把大額小費留在吃得乾乾淨淨的杯盤間。小費約定俗成歸前台侍應生分攤，安娜是頭牌，拿的自然最多。每天打烊前分取小費，她總是哼著歌，扭著腰肢，歡天喜地。安娜性感嫵媚，卻出身貧賤，上帝在給她漂亮的同時，顯然不願再給她富有。所以要想過好日子，她得靠自己去掙，用女人的魅力。

而夏家男人不然。他們的幸福生活靠一雙手，靠中華美食的魅力。「異想天開」從來不是吝嗇的大老闆，他再造N°13，也再造呂伽的祖父與父親。N°13火爆了，他便給這對中國父子比法國同行都超常的薪金，讓他們滋潤著，生活跟著N°13水漲船高。於是，夏家用兩個男人兩個女人快速積蓄的工薪，又去銀行貸了些款，在餐館附近的那棟樓裡買下一套四居室的房子。房子就在猶太人首飾店的樓上，是首飾店老闆留給兒子的遺產。房子有點歷史了，樓下有石磚鋪的天井，樓梯是一圈圈旋轉上去的，腳踩在上面有凝重的聲響。夏家祖父帶著老伴與兒子一家住進去，有一種小島人家擠進了大都市的快感和愜意。

當然，不快也隨著愜意滋生。這種不快父子有，婆媳有，不約而同蔓延膨脹。

漆黑的夜，父親輾轉反側難以入眠，一根接一根抽不常抽的菸，抽猛了，嗆得一通狂咳。煙霧在暗夜裡彌散，本看不見，卻被狂咳振動著，成了被眼睛辨別的一道道聲波，若隱若現。母親被吵醒，發現丈夫嘴角銜著菸頭，菸頭亮著星光。不用問，她也知道丈夫是被什麼心事攪得睡不著覺。母親披衣坐起，看著黑暗裡的丈夫發呆，不禁打了個寒噤。巴黎的冬夜極其陰冷，屋裡原是有暖氣的，但不管是煤氣管道還是電暖氣片，都被華人向來的節儉拒絕。所以母親只好拽起被頭，把自己篩糠般的身子裹起來。

父親沒理她，只顧自己抽菸，咳嗽。

母親很想奪去叼在丈夫嘴裡的半截菸，又不敢造次。未開口，先已自慚形穢：「我知道你們都在怨我，可肚子就這麼不爭氣，我有什麼辦法？」她說的你們包括了祖父祖母。幾代單傳的一個家族，如果養不下兒子，根就斷了，她又如何在抱殘守缺裡立足？父親仍不吭聲，不吭聲是因為無話可說。他畢竟不像他父母，畢竟是跑過碼頭的人，他懂，這事其實誰也怨不著。他的憤懣還有別的原因。

母親的眼睛在黑暗裡不停地眨，像明明暗暗兩道流螢。支吾半天，她終於說：「要不，你去借個胎？」

「你說什麼？」父親聲音粗了，喉管裡沖上一口痰。

流螢不動了，棲在他臉上，每個毛孔都被灼痛。

母親吸口氣，想把後半截話囫圇吞棗嚥回去。

「你倒是說明白，什麼意思？」父親吼道，肩背繃得筆直。

「你明明懂我意思的。」

父親的肩背就沒了支撐，一點點垮下去。

母親突然就抽泣起來，雙拳砰砰捶父親的肩背，「別以為你老婆是睜眼瞎，看不明白你與洋女人眉來眼去那一腿。你早預謀這檔事了對不對？」此刻的母親與掰開丈夫挑逗安娜的手的那個妻子不能同日而語。那一個是泰然自若胸有成竹的篤定，眉眼胸臆間自有妻子乾坤。這一個卻是詞不達意忍氣吞聲，如重責之下的奴婢家傭。女人就是這麼奇怪的性別動物，感性理性截然相向，機敏愚蠢分秒過渡。

父親回身抓住了她的拳頭。這對拳頭的全部含義就是委屈。他可憐他的妻子，也可憐他自己。他承認喜歡那個招他惹他讓他性欲如飢似渴的洋女人，作夢都想要了她，但絕不是妻子嘴裡的這種招式。無論安娜還是他，都不是配種的騾馬，在一起只為產下傳承家族血脈的幼騾稚馬，這種動念讓他無地自容。幸好有沉沉的黑夜擋著，內心深處的難堪與狼狽壓在了無法凸現的洞底。

可是，當他第二天再踏進N°13，再觸碰安娜那雙狐眼發射出來的電光時，以往所有的感覺都變了。水蜜桃的酥軟甜蜜不見了，人固化為機器，欲望硬邦邦結了冰，甚至連骨感都是抽象的。他從未體驗過這種身心的墜落，即便香港淪陷時站在日本人炸出來的巨大彈坑前也沒有。偏偏這天還是個什麼節假日，店裡客人爆滿，他很忙，一直到夜半也沒騰出功夫關照心裡邊那點事，直覺得一整天自己的腳步都是慌亂的、飄的。下班離店前，安娜一邊往身上套呢大衣，一邊乜了他一眼，嘻嘻笑道：「今兒有人的魂被魔鬼叼走了！」安娜是何等機巧的女人，看穿男人分秒鐘的事。

父親瘦了，西裝裡身形縮水，領結下喉結鼓動，臉皮發青，一副委靡不像委靡神經質不像神經質的狀態。飯店依然門庭若市，卻再也折射不到主宰者的精神面貌上。大老闆來了看出幾分端倪，特意找去盤問一番，父親冒了一頭汗，侷促中搪塞遮掩過去。

回頭便竭力討好妻子，躲避安娜，試圖把自己從繩套中解脫出來。妻子則相反，偏要討好安娜而躲避他，像是鐵了心要把這個繩套結下去。到後來，祖父祖母也覺出前廳後廚這一畝三分地裡有了蹊蹺的三邊關係。祖母自然是輕易不驚動兒子的，只把母親喚了去，讓她說緣由。母親躲不過，只得坦白那個黑夜她自己說過的那番話。坦白時母親的表現極其大度，一副自討其辱的凜然。婆婆聽了悶聲不響，看她的眼神卻一點點柔和下去，眼角也濕了。「難爲你了，當初娶你進門眞沒看走眼，我爲夏家謝謝你！」一邊說，一邊還給媳婦磕了個頭。母親連忙扶起婆婆，「阿媽你別這樣。」眼圈一紅，淚噗啦啦落下來。母親百味糾結的委屈被婆婆這麼感恩戴德地一拜，頓時拔開了閘，壓也壓不住。

次日凌晨，當三個女兒在被窩裡睡得正香，夏家的大人圍坐到了幽暗不明的燈下，開起圓桌會議。說是會議，其實就是祖父一人在說話。祖父是這個老式家庭裡唯一的權威，平時少言寡語，一旦開口便似皇帝下聖旨。祖父說：「一個家沒有子嗣，不能傳宗接代就是大不孝，即使生了三個女兒，都是賠給他人的貨。夏姓必須有兒子，否則有何臉面拜見祖宗……」祖父話是絮叨，意思卻堅定鏗鏘。

誰也沒敢插嘴。

母親垂著眼皮坐在那裡，睡去一般。祖母注視兒子，眼裡是言簡意賅的放縱和挑唆。而父親，已把此事放在肚裡發酵了好幾個月，早已不是原來那種崩潰的感覺了。他深知長輩的處心積慮，話說到這份上，再往底裡撕扯，就會溢出一攤汙水來。他的兩隻手掌在桌面上攥緊，鬆開，又攥緊，手背上的青筋蜈蚣一樣爬著。

終於說：「阿爸，阿媽，兒子知道該怎麼做。」

棘手的是，怎麼去跟安娜挑明這個擺不上桌面的陰謀。由誰來開口？

母親朝父親瞟了一眼。父親別過頭，不敢接應她的視線。但她分明聽到丈夫的牙咬得咯嘣直響。她打了個寒噤，再次垂下眼簾，嘟囔了一句。夏家沒人打算聽她說什麼，不言而喻的事實是，除了她，還有誰能為夏家擋子彈，當炮灰？

父親一把拽起妻子，如釋重負呼出一口濁氣，「睏了，散吧！」

祖母突然喊：「等等！」窸窸窣窣抖開手裡的一個紅絲絨小袋，朝他倆推過去。紅絲絨小袋裡不是別的，是沉甸甸黃燦燦的四根金條。父親知道，這是夏家從香港輾轉帶出來的所有家底。「如果懷上男兒，統統給她，夏家不欠別人的情！」祖母說。話裡絕無半點不捨。吝嗇了一輩子的舊式女人在捍衛家族利益時很清楚如何取捨。她當然不會也不肯去想，這裡頭僅僅是情嗎？

父親卻豹子般咆哮起來，抓起金條朝燈影搖曳的白牆砸去。

積鬱已久的鬱悶就這麼倒空發洩了。

同是漆黑的夜，沒有星星沒有月亮，風裹挾著細密的冷雨在湮無人聲的街面上穿梭，餐廳門楣上那隻象徵意義的饞貓似乎也被凍得哆嗦起來，N°13 的字眼更是泡出白花花的水霧來。

同是打烊後的這個夜半，安娜正換下女招待裙裝往身上套大衣準備回家，母親從後廚閃出來，攔住她，「能留下一會兒嗎？我有事情跟你說。」安娜先是不解，旋即露齒一笑，「你？跟我說事情？」本能的警惕充斥在佯裝的笑裡，空氣驟然緊張起來。如果說安娜這個人見人愛的嫵媚女人在N°13也有假想敵的話，母親只能是唯一的那個，她不得不提防。

而貌似挑戰方的母親，心裡其實比安娜虛弱多了，單單一個假裝隨意從後廚閃出來的動作，就已經在煉獄般難捱的這些日子裡不知演練了多少回，每演練一回，女人的自尊便被作踐一回，回回都沮喪得想上吊。公公婆婆無言的催促時刻都在，難以想像的尖利，如芒刺在背。而丈夫，身爲她男人的實在意義已經挖空，眼神是空泛的，腔調是空洞的，就連睡覺躺在旁邊那個曾經壯碩的身體，也基本是一具空殼。她覺得自己好比棄於荒島的一莖枯草，生死已由不得自己，只能仰仗安娜這個洋女人彎下腰撿回她這條命了。

安娜的笑在走空的餐廳像碰撞的風鈴。

「你不會告訴我，上帝將賜福於我，送我一個白馬王子吧?!」話裡有話。

「算你猜對了。」

母親按捺下百感交集的情緒，竭力不動聲色，「你喜歡我丈夫，不是嗎？」她用她的洋涇浜英文說。

安娜一怔，目光在母親逼視的縫隙中閃爍。她不是懼怕，而多少有些意外。在她的概念裡，中國女人的心思與話語都是彎中有繞，繞中有彎的，怎麼可能如此直奔主題？

母親喘口氣，更直白地追過去，「你敢說，分分鐘裡，你都不想要了我丈夫？」母親此刻的視線是平視的，她個頭矮，平視的眼神只夠到安娜飽滿性感的嘴唇，但不乏犀利。因爲那兩片紅唇分明感到颼颼的冷意。

「想又怎樣？你給得起？」安娜不願再示弱了。男人堆裡的巾幗，是不肯輕易言敗於同性的。

母親笑了，嘴角抽起對稱的褶皺，細密如溝。她笑得幾分淒苦，幾分凜然，給人的猜想是她手裡正攥著一紙休書。這個表情肯定不是她想要的。於是她收斂了笑，變了一副裝出來的豁達與漠然，說：「你要，你就拿走！我不跟你搶，我退場！」

「你……不開玩笑？」這回輪到安娜始料不及。

母親搖頭，那意思是，你看我像開玩笑嗎？

安娜是想求證眞僞的，卻又無處求證。便重新套上大衣，準備走人。

母親追上去，對她的後背說：「不過，你要生了兒子，必須給我。不白給，我買。」

安娜以爲自己聽錯了，回過身滿臉狐疑：「你胡說什麼？」

「這是我用丈夫跟你交換的唯一條件。」母親手裡不知何時已托了個紅絲絨小袋，她一層層掀開，裡面正是那四根金條，在燈下熠熠閃光。

安娜被嚇住，驚叫一聲，手蒙住了嘴巴。戰後法蘭西貧民窟裡出來的女孩子很少見過這些金條的。

母親把手托金條的身子挺直了些，又笑了笑。此笑顯然已非彼笑，矮個子的她竟在刹那間有了高屋建瓴的氣勢。她甚至問自己：什麼時候你英文這麼好了？

## 救贖

呂伽突然閉嘴了。陰森森的一張臉晃在燈下，一半是蠟，一半是泥。

雨越下越大，不規則的鼓點開始嘶鳴，萬馬奔騰。呂伽的情緒跟窗外的雨同出一轍。他坐在那裡聳著兩肩，喉結不住地上下滾動，把脖子拉成長長的一條軌道。然後，一聲悶響，他打了個呵欠，站起身趿起拖鞋回屋了，連晚安都沒有道。我心裡十分不安，在燈暈籠罩下呆坐，感覺他一半蠟一半泥的面容，感覺他離去的背影，感覺命運像只口袋，向我圍堵過來。我想推開房門，把他從睡著或醒著中拽起來，問他爲什麼要把這些亂七八糟的垃圾丟給我，攪得我比他更心煩意亂。

後來我在沙發上睡著了。醒來時外面雨聲繼續，呂伽的睡房卻敞開了，裡面狼藉一片，不見人影。第二天，第三天，一週……整整半個多月，呂伽都沒有回到聖．日耳曼來。給他父母打電話，也是不知所云。追得緊了，才支支吾吾說：「會不會找他生母去了？」我沒好氣地摔了電話。他們都不急，我急什麼？心一橫，不想再管夏家的爛事。

偏偏，第二十天，呂伽回來了。綹髮耷拉到腦門，車鑰匙圈在指頭上，只差嘴裡沒吹口哨了。我看他一眼，不理睬，他也看我一眼，猶豫著，笑出幾分誇張，如同一張假面。

我起身朝廚房走，試圖避開他，他一把扯住我手臂，「別離開我！」

我使勁忍著，不讓自己發作，「你命令我？」

「不，我求你！」他單腿跪下來。在他微仰的臉上，神情突然變了，我看到一對兔子的紅眼，非常瘮人。

他說：「除了你，我已失去我的所有。」

呂伽一直以爲自己是夏家的寶貝疙瘩，被祖父母、父母、姊姊寵著。一旦身世戳穿，才知自己原是個連親生母親也不要的棄兒，並且成胎於母腹便沾滿了銅臭。這不啻使他周圍的世界變色，破碎。

我明白他的現實處境，同時也隱隱覺得，他的迷失後面，是一堵信念之牆在倒塌。

呂伽是我見過的華裔香蕉人中爲數不多鍾情自己的中國血統的。六、七〇年代的法蘭西不多華僑，出生於巴黎的華裔更是小眾，形不成獨立群體。他們往往以法蘭西人自詡，說精確法語，想法國年輕人該想的事情，隨那些法屬殖民地黑人阿拉伯人的後裔共同納入社會，雖談不上融洽，也生不出太多齟齬。只有呂伽不同，他是個異數。他在祖籍認知上的偏執，甚至超過了在中國長到二十多歲的查理。任何時候，呂伽都以表明自己的華裔立場而津津樂道。由於事實上的混血，他越是標榜，他周圍那幫諸如鄰居同學朋友越是半信半疑，時不時對他不那麼中國的一張臉冷嘲熱諷，弄得他氣急敗壞，逮住誰都要用他的中國功夫說話。他七、八歲開始跟潮州來的中國師傅學功夫，雖不特別勤勉，天長日久也懂了些皮毛。我印象深刻的是天津教堂的初次見面。他出手解圍後，居然替與他打架的對手紅衛兵向法籍神父致歉。他對神父鞠躬，並極其誠懇地說：「對不起神父，請您原諒他們的野蠻無禮。」當時我和同學都納悶，「錯在他們，你道什麼歉？」呂伽說：「這裡只有我跟他們是中國人。」顯然，他為他的中國道歉。而事實上，他也是第一次到中國，根本不會說漢語，比我們這幫法國學生還法國。

而現在，家族祕密捅破，自己的混血真相浮上水面，呂伽將如何面對這個從本能上令他深惡痛絕的人生命題？而他父母這場令人匪夷所思的人倫交易，又與愚昧骯髒的觀念和金錢有關。剛受過五月風暴洗禮的他，將如何忍受價值體系的挑戰與顛覆。呂伽平常的玩世不恭，或許只是表面的一種姿態，其實他是偏激與脆弱的，容易受傷，更容易被自我挫敗所掩埋。

此刻的我很為難。我想幫他，卻不知如何去幫。面對一張迷惘的臉，我感覺正研讀的東方哲學只是一堆印在紙上的誇誇其談，根本無法破解任何精神難題。

我束手無策。只會回答：「是的，我在。你需要我做什麼？」

呂伽嚎啕大哭。

我毛骨悚然。從沒見過一個男人這麼哭，像狼嚎。

呂伽又嗚咽道：「愛我，可以嗎？」

這就是他的求救方式？比想像更幼稚。我不知作何回答。

呂伽的眼神瞬即黯淡下來。我實在不忍再給他徒添沮喪，連忙點頭，甚至沒來得及問一下自己，你準備好了嗎？

那眼神如燈芯，撲通跳著，回緩了一豆亮光。

之後幾天，我頻頻蹺課，與呂伽廝混在誰也敲不開門的公寓裡。我坐著，呂伽平躺，腦袋擱我腿上，四目相對。呂伽不熱中音樂，連當時最時髦的披頭四也不聽。所以，查理幫我從跳蚤市場淘換來的那架德國唱機一直沉默牆角，沾了一層細灰。但我們喝酒，喝白蘭地，也喝紅酒。呂伽僅有的兩次出門，就是買酒，買醉。屋裡酒氣熏天，沙發前的矮几、地板上，到處是酒杯酒瓶，把時而醉時而醒的兩個酒徒圍困在極樂世界飄飄欲仙，不問世事煩擾。我的原意是蹺課拯救呂伽，卻把自己一併掩埋了。呂伽酒量不濟，一喝就醉，醉倒了橫陳我腿上像截木頭樁子。如果說後來他的酒量直線上升，多半就是這個時候練出來的。

那天有幸未醉，我乘機問呂伽：「前一段你玩失蹤，找你母親去了？」

他兩眼瞪著天花板，黑黝黝兩個空洞，「哪兒找去？我總不能隨便逮住一個路人就說，我是你兒子，對嗎？」

轉而情緒激烈地反問我：「敢把兒子換金條的女人，還算母親嗎？你說！」

我嚥了口唾沫。

呂伽翻身抱住我，腦袋直往懷裡拱，儼然一個未成年孩子。「謝謝你，收容我。」

我通身灼熱，卻一陣寒噤。果然，他爲尋覓母性而來。如此愛的預兆要多糟糕就有多糟糕。我原該警覺、警惕的，但沒有。愛的資歷太淺，我只把當前的他一把推開，縮回自己。

後來的後來我才明白，錯了時間、地點，錯了情境、對象的承諾，是愛的陷阱，會讓你身心俱焚。

## 金條催生男嬰

故事的下半截很長時間後才被點點滴滴拼湊出來。

……母親與安娜密談的第二天，陽光依舊明媚，餐廳內卻布滿霧靄，彷彿濕氣重了。安娜不在，氣氛變得沉鬱而怪異。

安娜壯實得像匹母馬，風來雨去從未因頭痛腦熱缺席，不到場的理由只有一個，母親昨夜的那番話把她嚇著了。安娜固然是無羈無絆的性感尤物，可畢竟不到二十歲，她的年輕單純不足以對抗一個中國家庭荒誕無稽的索要。此刻，她正縮在貧民窟那座破樓的單身公寓裡，一杯接一杯無止境地喝咖啡。她沒想好該不該出門，該不該放手性欲來面對一個男人抑或一個家族的挑釁。金色頭髮披散下來，遮住半邊因一夜未眠而疲憊泛青的臉。房裡亂糟糟的，與她的心事一樣糾結。唯有那件出門的大衣，掛在門後衣鉤上，亮麗如常。大衣之於她，是性感美豔的門面。

餐廳這邊，父親的眼睛一直盯著人進人出的玻璃門，門楣上紅燈籠的每一次晃動，都會讓他的神經末梢跟著顫抖。「饞貓天堂」顧客如雲，他一如既往穿梭其間，感覺卻像沙漠，周遭不見人煙。沒有安娜的身影婀娜搖曳，沒有安娜的眼神顧盼流連，他就是一頭孤獨的狼。母親昨夜回家冷著臉，一句話沒說，上床也是背對他，僵硬如牆。父親猜到母親已把該做的做了，該說的說了，她心裡是女人的痛，女人的絕望。父親問自己，在母親的痛與絕望裡他是一把刀還是一根繩？沮喪，無奈，還夾雜了見不得人的絲絲快感與期待。他不知道男人對女人的性期待是否都像他這般猥瑣。他甚至有點替女人叫屈。

午後打烊前，父親貓爪撓心地一遍遍給人事部打電話，討要安娜的地址電話。恰巧「異想天開」大老闆車過門前進來巡視，見安娜不在也甚覺詫異。父親自然不敢陳述家裡的醜事，一味搪塞。大老闆用法國人心知肚明的詭譎衝他壞笑，笑裡的意味弄得父親愈加尷尬。隨後大老闆用那根經典拐杖戳他脊背，「還不趕緊找去。」

父親手裡攥著地址，坐地鐵到斯大林格勒站，從地面橋出來，拐進一條石板小街。安娜家的門牌號夾於幾幢破樓之間，不難找。只是周邊房屋老舊破敗，沿街走動的也多是殖民地過來的有色人種。或皺巴巴的老西裝，或磨出一層汙垢的粗呢大衣，劣質禮帽，全身上下一看就是跳蚤市場淘來的舊貨。麵包房肉店雜貨鋪一律小門臉，胡亂塞滿各種廉價物品。街心屁股大的小廣場上有幾個黑孩子在滾鐵環、玩球。球飛起來，擊中的不是球門而是雜貨鋪的窗台，窗玻璃嘩啦一聲碎了。肥胖的白人老闆娘衝出來，提著裙裾扠腰大吼，吼聲如雷，把踢歪球的小黑孩們嚇得一溜煙作鳥獸散。父親推開要找的那扇門，心裡爲安娜住在這種鬼地方忿忿不平。

上樓。敲門。屋裡了無聲息。

父親不信。黝黑的樓道裡分明有一縷光亮從腳邊門縫裡擠出來。父親便說：「安娜，我知道你在裡面，你不來上班，打你電話又不接，總得有個理由吧？」

又說：「我知道，是我太太冒犯了你，我替她向你道歉！」

門咣噹開了，安娜一襲豔紅倚在門框上，狐眼乜斜，嘴角一抹嘲弄。豔紅是睡袍的色澤，把女體妖冶的全部誘惑，推向極致。

父親一下暈了，喉結滾動著，不該勃起的下體火燒火燎。他早已記不得來此的目的，撲上去一把抱住了安娜。安娜是決意推開他的，腰肢卻不聽使喚，反而酥軟在瘋狂而不顧一切的擁抱裡。這是一對早已夢寐以求卻又生生撕扯開的結合體，相互尋覓相互吸引已太久太久，終於在最不恰當的這個時刻，完成了欲念的飛渡。

安娜枕著父親的臂彎啜泣起來。父親充耳不聞，他正沉浸在自己酣暢淋漓的性滿足裡。這是一個已經有了三個女兒的父親從未體驗過的歡欣。安娜推開臂膀坐起來，要摸那件睡袍裹自己赤裸的身子，睡袍卻癱成一堆棄於地板，像一汪豔紅的血，或者凝固，或者流淌。安娜看得出神，連淚也忘了擦。

父親也終於驚覺到，把被冷落的女人攬回懷裡，溫柔極盡地吻她。安娜閉著眼睛，長睫毛不停閃爍，面容卻一改往日魅惑，洗去鉛塵的淡然。父親心裡沒了底，越忐忑越覺得這美無以複製，那吻就越發輕薄起來。安娜冷笑道：「一個陷阱，對嗎？」

「什麼……陷阱？漂亮女人哪個男人不喜歡，說誰呢？」父親裝傻，明顯底氣不足。

「你，你們一家。」安娜哼了一聲，「喜歡與喜歡還不一樣呢，比如我，比如你。別以爲就中國人算盤打得精，法國人都是白癡。」

父親語塞。

安娜又說：「你說愛我，我接受；你要給我金條，我也接受；無論陷阱還是誘惑，你們願給，我爲什麼不要？但我不會給你生孩子的，男孩女孩都不會。安娜不窮，性感是女人最大的財富，用不著生孩子買取幸福。」

父親心花怒放。他等的不就是這樣的承諾？去他的傳宗接代，他是蹚過海的人，他就要身邊這個能讓他成爲歡樂英雄的性感尤物。金條算什麼，什麼都不是，主宰生命才是男人之本！父親的拳頭把身下安娜的床敲得砰砰直響。

「給，什麼都給。我只要這張床。」

安娜轉過身，瓷白的胴體閃電般一晃，紅唇燙得父親的嘴火燒火燎。

接下來的日子是掙脫了鐐銬的日子。「饞貓天堂」屋穹下許久以來各揣各心思的人們大大輕鬆了一段。

男女主人公首當其衝。平民窟舊床上的默契，催使父親與安娜搭上無羈無絆的欲望火車，有恃無恐釋放激情與瘋狂。不管這欲望有沒有愛戀墊底，也不管這瘋狂來自腦細胞還是荷爾蒙，反正都無須再藏著掖著，由著性欲來。父親一改前些時候的委靡不振，安娜更若雷電、豔陽、狂飆。與之廝混，你不被電死、烤焦，便是被她席捲而去。父親再豪氣也是一個被擄掠的英雄，每每作愛前安娜用指尖推送過來的那枚羊皮套，輕巧、透明、薄如蟬翼。這是女人防禦自己不慎落入陷阱的最後柵欄，也是男人勃起的下體以及密藏的僥倖唯一的不甘。

操勞於後廚的祖父祖母把兒子明目張膽的出軌看在眼裡，會心抿笑。常日裡那麼謹小慎微循規蹈矩的兩個人，也被家族的預謀裹挾，頻頻送上兩盞慢火燉熬的人參燕窩蟲草龜背之類的大補湯，做下爲虎作倀的勾當來。最不可告人卻眾所周知的是，在員工們最慵懶的午後打烊時，前廳那間張懸了中國山水的小包房成了欲望火車的私密車廂，日復一日被歡樂英雄占領，誰也別想任意掀動那掛沉甸甸的絲絨門簾。

母親更是避之唯恐不及。

自然，看似波瀾不驚實則暗潮洶湧的母親是夏家唯一不高興的人。絲絨門簾那一邊是她看不見卻感覺到的地獄，每一次顫動，每一聲嗷叫或呻吟，宛如鈍刀剜她的胸骨，女人最深刻的委屈讓她赴死的心都有。這委屈與她識不識字情商高不高沒有絲毫關係。她於是掉頭而去，緊緊抓住了每一個夜晚丈夫躺在身邊的每一個機遇微妙的可能。

好在，或者說是可惜，這樣的時日沒有延續多久，拒生孩子的安娜還是發現自己懷孕了。她防來防去，最終也沒能防住自家床上的第一次狂歡。非預期的瘋狂種下了隱患。那個傍晚，安娜蔫了，坐在陰暗的樓道裡兩眼發直，手裡攥一張孕期檢查報告。她連開門進屋的動力都沒有。

父親第二次來到斯大林格勒斜巷，臉上佯裝無辜，心裡竊喜若狂。他扶安娜進門，被安娜一巴掌搡開。他不惱，一味負荊請罪的笑。兩隻臂膀也沒閒著，又拽又攬把安娜擁入懷。平日連性感也是驕悍的這麼一個女人，竟須臾間在他的擁抱中痛哭。哭得狠了，又去咬他的胳膊，恨不得咬下一塊肉來。父親沒見過安娜流淚，更沒挨過女人的撕咬，這一哭一咬，把他竊喜的心徹底攪亂。「對不起，怨我。」他支支吾吾說：「不願生，你就不生。」

安娜抬起淚眼，「懷都懷了，不生又如何？」父親真是不懂，一九四七年的法蘭西，私下打胎是犯罪，要訴諸刑法的。不生，難道把孩子爛在肚裡?!

後來父親陪安娜去過一趟斯大林格勒街深處的一個小院，坊間傳言那裡設有地下診所，專治安娜這類性後隱患，以非常手段實施人工流產。父親哪裡肯做這樣的護花使者，且不說他心裡多麼希望把孩子生下來，單就這知罪犯罪的鬼祟，便讓他百般不情願。但安娜執意要去，他不情願也得陪著，純屬綁架。

幸好，上帝解了他的圍。從斯大林格勒街走到底，剛能看見小院那扇門，門就開了，裡面走出幾個穿警服的警察，解押了一個頭髮盤髻戴黑紗面罩的女人，女人上了手銬，卻穿一件皮裘大衣，乍一看反倒像十六區高尚街區走出來的貴婦。安娜趕緊往牆角裡躲，又拽了把父親說：「是她，做手術的。」父親差點嚷出來：「就她？先把自己做進警局去了！」安娜捂住父親的嘴。父親意猶未盡，仍在安娜指縫間嘟囔：「幸虧晚來一步，否則你也在這女人的手術床上被警察一起帶走……」父親這麼說時很帶勁，心裡要多欣喜有多欣喜。

更奇怪的是，父親欣喜的時候，痛苦的人該是母親，可母親偏不痛苦，竟也跟著欣喜。因爲，母親也再次懷胎。

安娜不甘心，又找某個印度女人開出一些又苦又澀的草藥來喝，喝了吐，吐了喝，到底也沒把胎兒打下來。這事她實在太懵懂，喝印度女人的打胎藥不假，可她同時不也源源不斷喝著夏家人烹煲出來的養生湯？那湯養生也不假，更重要的功能卻是保胎，她怎麼就不往深裡細想想，祖父祖母豈肯眼睜睜坐視她殺掉爲夏家傳宗接代的種？

兩個肚子就這麼一天天凸顯出來。安娜躲在屋裡淒厲地哭過兩回，撂下了打胎念頭。人也懶懶的，安靜下來。父親幾分憐惜幾分歉疚，百般呵護百倍殷勤。夏家上下更是侍奉皇妃娘娘那樣侍奉安娜。顧客稍有減量，她就被勸到那間常跟父親做愛的小包廂，在絲絨沙發椅上歪著，旁邊一束鮮花，耳畔走過留聲機裡皮雅芙剛出道時唱的歡愛之歌。桌上呢，總有祖母端過來的各式大補湯，熱氣裊裊，醇香撲鼻。小包廂從此只對作爲員工的安娜獨自開放，幾乎成了她的待產室。上班時間父親抽不出空來陪安娜，他得填補她的缺，一人頂倆。但那眼神一直棲息在低垂的門簾上，安娜能感覺到。安娜本是貧民窟裡出來的女孩子，如此待遇，即便心裡還有淤積的不快，也不好再說什麼。

又一個冬天來臨時，安娜分娩了，產下一個男嬰。法國女人的肚子果然不負眾望！

母親也在同一家醫院，早三天分娩，生下她的第四個孩子。仍是女兒。

候在安娜產室外的父親是由護士第一時間轉達這個消息的。他喜極而泣，靠在醫院過道的廊柱上動彈不得。正是午餐時間，夏家大小都在「饞貓天堂」裡忙，四周沒有人，靜如死水。孤獨的父親聽見自己的呼吸比大海的嘶鳴更驚天動地。

等下午餐館打烊，祖父祖母氣喘吁吁趕來，安娜已經回到病房。她蒼白的臉看上去有幾分慵懶，幾分神聖。滿頭金髮散落枕上，在陽光裡熠熠閃爍。祖父祖母一邊笑，一邊抹眼淚，在病床前轉圈，「孩子呢？孩子呢？」安娜別過頭，不作應答。母親則從另一個病房走過來，捏住安娜的手，向她鞠躬，「謝謝你，幫我……」母親語無倫次。其實她已經很久未與這位情敵對話了，她總是躲著，以逃避自討其辱。而此刻，她感覺自己快熬到頭了。

嬰兒車終於推出來，一個胖嘟嘟粉白晶亮的男嬰仰臥著，兩隻小拳頭朝天空不停舞動，像要對這個世界宣告：我來了！——他，就是呂伽。

顯然，安娜對兒子的到來並不歡迎，始終冷冷的，沒有做母親的反應。祖母祖父瞥了眼她，心裡急著想抱孩子，又不敢貿然。父親更怕惹安娜不快，說出讓祖父母不愛聽的重話來，只在一旁唯唯諾諾。嬰兒受了冷落，咿咿呀呀反抗。這一哭，竟把一屋人喜怒哀樂的淚腺全然捅開，各懷各的心事，潸然流淚。惹得同房病友疑惑不已。安娜原是唯獨不哭的，終被傳染，眼淚啪嗒啪嗒地落。

隨後幾天父親的記憶永遠都是模糊的。他把安娜交給了母親。耶誕節前後餐館裡電話鈴響個不斷，天天客滿，他忙得像個陀螺，被鞭子抽著走，根本無暇顧及安娜與孩子，而夜深客散有了喘息的空隙，醫院那邊又早早閉了大門。他怨自己，也只是怨，眼皮睏得撐都撐不住，倒頭也是呼呼大睡，直到被噩夢驚醒，死活拽不住安娜，出了一頭一身冷汗。

母親提前出院，連月子都沒做，就在後廚忙開了。那個幾乎被全家遺忘的女嬰，獨自躺在沒有人的家裡，吸著奶嘴，小腳踹著搖籃。小小的她，可憐的她，最終成了呂伽孿生的小姊姊。雖是家人對外欲蓋彌彰的謊言，卻也誆騙了呂伽二十多年。

好不容易捱到週一店休，父親起早就往醫院跑，偏探視時間未到，又不能硬闖，只好數著腕表上的滴答聲，候在門口死等。走進去的一瞬間，他想過安娜對他發火的無數種可能性，而他只想說，對不起！

可是，那間產科病房的門開著，裡面的兩張床都空了，鵝黃色的床單鋪得平平整整，不見一絲褶皺。父親著急，擋住一位護士小姐問：「人呢？」

「您太太出院了，先生您不知道嗎？」護士小姐比他更驚奇。

這回輪到父親懵了。不祥的預感頓時浸淫全身，父親只覺得頭皮發麻，四肢痙攣。急急回家，噔噔跑上樓，撞開門，發現一屋子夏家人直瞪瞪看著他，像看個怪物。妻子撫弄著懷裡的襁褓，襁褓裡裹著安娜為他生下的兒子。而安娜，不在。父親大吼一聲，「你們，把安娜弄哪裡去了？」

「你吼什麼？嚇著孩子。」祖母慢條斯裡說：「安娜走了。沒人強迫她，是心甘情願走的，不委屈。」母親聲氣很低，沒有祖母那樣理直氣壯。「她帶走了四根金條，你爸又給她開了幾千法郎的支票，夏家不欠她了。」

父親差點沒哭出來。「你？你們?!」他一句話也說不出，恨不得一頭撞到牆上。

整整一週，父親都在找安娜。先是貧民窟她那間公寓，再是郊區小鎮她父母家，還有她唯一的女友處，都撲了空，誰也不知道安娜去了哪裡。父親又去地鐵的每一條線路，去塞納河沿岸的橋洞下，去各街角的酒吧、咖啡館，甚至還去了紅磨坊、桑德尼妓女街，篦蝨子般篦了一遍，終究不見蹤影。安娜如同一杯水，在空氣中消失，連個最短促的回眸都沒給她的男人留下。父親終於灰心，終於疲累，無力再找。心丟進時間，隨它慢慢啃咬，腐蝕。

# K

## 中國乳酪

療傷幽閉，瘦了一圈的呂伽畢竟還是從洞開的門裡走出來了。那件我最熟悉的黑風衣穿在身上大了一號，旗幟般飄蕩。我在身後推搡，用盡可能清亮的笑聲給他壯膽。然後回頭惡補落下的課，呂伽的個案由此進入我的碩士論文及答辯。兩年時間太快，感覺只是陪呂伽哭過一回醉過兩回，哧溜一下，全沒了。

好在，呂伽恍若新生。

有一日，他從外面回來，進門就喊：「夏洛蒂，你對豆腐豆芽有興趣嗎？」

莫名其妙。「不，我不喜歡淡而無味的食品。」

「不叫你吃，我是問你，想不想做這個生意？」

「有錢賺？」我雖剛拿到碩士學位，卻對做生意比東方哲學有興趣得多。不富裕的諾曼第木匠家庭自小給我金錢的認同感，我渴望歷練商界，從而脫穎於底層。冥冥中選擇的中文專業似也與此有關。

「當然。我倆合夥，賺他一票怎麼樣？」呂伽兩眼放光，將來龍去脈細說一通。

呂伽與我不同，雖比不上巴黎右岸那些貴族資產階級之後，卻也是幾家餐館唯一的繼承人、大少爺。有車有房，衣食無虞。問題是自從身世之謎揭開，他一口意氣骨鯁在喉，不再回家，更不願當餐館的二老闆。這些天一直早出晚歸，我忙於論文答辯，也沒多問，竟是蹚市場找生意去了。轉換紈褲子弟，獨立成就事業本是法蘭西常態，十八歲成年跨入社會門檻，無論家境貧窮富裕，都願意經歷甚至享受這個過程，哪怕吃苦。而對呂伽，卻是一次超越。

我認同呂伽的超越。一個人想要活得精采，獨立人格是首當其衝的要素。我答應與他相隨。我不以爲我的回應帶有更多的理想抑或愛情色彩，而只是，契合了本能的一次條件反射。

第一次踏入巴黎十三區那扇廢舊工廠的大門時，頭頂布滿蛛網，地面積了一汪汪浮著鐵鏽的汙水。呂伽拉著我的手，跳棋似的一路蹦過去，終於站到凸出來的中央地帶。我環顧四周，想不到巴黎還有這麼破爛的地方，簡直是中世紀。呂伽說：「這爿工廠原是製鐵的，廢棄十多年了，租金便宜。」我噗哧笑了，「你也體會到沒錢的尷尬了？」回身拍拍他臉，「別怕，有我呢，一切都會改變。」

第二天再去，我穿了一雙高筒筒靴，頭上紮了三角巾。我回到了諾曼第小鎮跟祖父圈馬養牛的少年時光。呂伽依然穿了皮鞋，怕沾水，只能一格一格繼續跳棋。我奪過他手裡的掃帚，先從裡到外把汙水掃出去，再用拖把前前後後洗了兩遍，直把坑窪不平的地面洗出白亮的光澤。呂伽永遠在我身後，清除蛛網，搬走殘餘的朽木爛鐵，在門外的曠地上堆出兩座小山，朽木燒掉，爛鐵等垃圾車運走。他總是哇哇亂叫，不是弄破手就是砸到腳，從不勞動的他做哪怕微不足道的小事也像造飛機。

直到天色暗下來，垃圾車來了又去了，我們才把公司牌子釘到外牆上。我捋下三角巾撣著灰，一邊讀牌上的每一個字母，心裡居然是滿滿的得意。剛戴過碩士帽的學究，開這麼一爿窮酸的批發工廠，竟有某種成就感，太誇張了吧?!呂伽勉力笑著，分享我的自嘲。他懶懶的，看上去十分疲累。

第三天，設備運來了。幾排大鐵架，幾十只大木桶，還有用來瀝水的隔板、竹屜、篾筐、白布袋，還有兩台小型電磨。乾黃豆乾綠豆購進一卡車。這些物件都眼生，給我足夠的好奇，原來中國式手工作坊竟也如此原始而美麗。人也一樣，請來的員工排成一列站到我面前，八個男人八張亞洲面孔，都穿或皺或不皺的灰布衣，衣長褲短的，在我眼裡彷彿一個模子鑄出來。說是應聘，無非熟人引薦，討份差使養活家小。雖衣裝表情大同小異，卻分別是柬埔寨、泰國、馬來西亞華裔華僑，還有香港人，剩下四個來自中國大陸福建、浙江。有做過小生意、做過餐館、做過跑海船工的，都對豆製品一竅不通。只有爲首的周，在呂伽老家七都開過豆腐坊，屬專業技師。六〇年代末巴黎亞裔移民稀少，豆腐豆芽不爲人知，哪裡去找熟練師傅？幸好有周，不然連開張都難。

更黑色幽默的是，這幫人裡沒一個會法文，除去方言，溝通只靠各有口音的漢語。偏呂伽又不懂漢語，不會說，更不會寫，只能聽說七都方言。反而一個法國小妞，憑我常會短路的漢語ABC來統領話語權，豈不本末倒置？我學了整整四年中文，從未感受過漢語帶給我的如此榮耀，一邊受寵若驚，一邊心懷忐忑。

周是一個灰白頭髮的半老男人，矮個子，寬肩膀，黝黑臉膛。長相模糊，眼神卻有刀鋒的凜冽，冷冷看你，像被一眼穿透。他穿對襟白布衫，褐色燈籠褲，手工縫納的黑布鞋，攔腰束一條布帶，那身裝束怎麼看也不是淋豆芽做豆腐的，倒像電影裡李小龍的師兄師弟。後來知道，這架勢其實是擺不出來的，他正是從小教呂伽習武的那個潮州師傅。

周不多言，一天說不了幾句話，但做事一絲不苟，很敬業，是豆作坊裡不是老闆的老闆。在他操持下，豆作坊迅速納入軌道，節節上升。周原本可以凡事找呂伽的，用方言，可周對呂伽要說就說江湖功夫，作坊的事只跟我啃哧啃哧講漢語，他的口語我的聽力都差強人意，一點小事往往糾纏半天，累出一身汗。我問呂伽周爲什麼近道不走走遠道，呂伽說師傅就認自己的理，沒人能改變他。我沒轍，只好朝他翻白眼。這個半老男人什麼都好，就這脾性，怪！

不過，當周剛走進這個由破鐵廠改造的豆作坊，是給足兩個少東家面子的。他既不嫌棄我們什麼都不會，也不倚老賣老，先是拱手作揖，「請兩位老闆把心放肚裡，有我老周在，有這幫兄弟在，大家肯定有錢賺。」

這是我第一次接觸民間漢語的直白與生動，有點糙，有點自負，卻有擔當，有情義。

電磨轟隆隆響起來，豆香撲鼻，瀰漫作坊。當第一顆綠豆冒出嫩芽，當第一板豆腐白花花亮在面前，我感覺新鮮、刺激、心頭蹦跳不停。這是我的非凡我的眞實嗎？不知哪裡來的自得和興奮在全身每一個細胞裡膨脹。我跳起來，在豆芽桶與豆腐板排列出來的方陣間奔跑，然後一頭扎進呂伽張開的懷抱，尖叫道：「呂伽，我們創造了奇蹟，我們很棒，對不對？」呂伽嘴角一挑，「不就幾顆豆芽幾塊豆腐，值得你這樣？」我知道大家不以爲然我的大驚小怪，可我覺得只要投身創造，就會有奇蹟。而奇蹟就是奇蹟，沒有體量大小，也沒有偉大與卑微之分。中國豆芽讓我想起中世紀的葡萄園和酒窖裡密藏的波爾多，讓我想起某個奶牛場裡布滿黴菌發酵著的香噴噴的乳酪。它們，難道不是人類創造的奇蹟？我意氣風發地衝呂伽昂起我的頭顱，說：「讓柏拉圖、黑格爾還有孔夫子見鬼去吧！」那一刻，是我與我的哲學最終的告別。

然而，心的豪邁需要人的辛勞墊底，在廢鐵廠基架上立起來的豆作坊不是聖誕老人的餽贈，它等待這個團隊瘦了自身一步步壯碩。

人說，麵包會有的，乳酪會有的。而我們除了夢想，既沒有資金，也沒有客戶。呂伽在第一天清理舊廠房時就用踮著腳跳棋的架勢告訴我，他終究是個公子哥，兩片嘴唇永遠比手腳利索。守在作坊，不用嘴，比試的就是你怕苦還是苦怕你。所以，一開始我就讓他跑銷售。當時十三區的中國城還未誕生，後來年營業額超過十億法郎的陳氏兄弟食品巨頭還在醞釀的襁褓裡，巴黎幾乎所有需要豆腐豆芽的中餐館、亞洲雜貨店都在呂伽父親的腦袋裡裝著，只要呂伽能挖出幾塊瓜瓤，還不把小小豆作坊的肚子撐圓。我則決意守著作坊，守著夜半勞作，跟周學做豆腐，學淋豆芽。每天吃豆腐，嚼豆芽，幾乎忘了羊角麵包、火腿腸、熏肉三明治的滋味。回家不方便，索性不回家。凌晨下班，周與員工都走了，就留下我，在隨便哪個角落扔張單人席夢思，裹上毛毯呼呼大睡。熱氣騰騰，豆香裊裊，讓我的夢鄉酣暢香甜。因此，連緘默寡言的周也不止一次問我：「你確定你是法國妞？」這是他們對我的認可。在多數亞洲人眼裡，法國人只喜歡度假談情說愛，是一味享受生活吃不得苦的浪漫風流之輩，我讓他們刮目相看。

有一次，呂伽父母瞞著兒子偷偷來作坊，我剛從毛毯裡鑽出來，打著呵欠，短髮亂成刺蝟。「夏洛蒂你就天天睡這兒？」他母親指著地上的席夢思，上面居然連床單都沒有。我很狼狽，又沒地方躲，便裝出一副滿不在乎，「不用來回轉車，圖個方便。」他母親跟丈夫嘟囔，「這個呂伽，太不懂事！」這才記起，呂伽是帶我去他家人面前相過親的，他母親大約覺得委屈了未來的兒媳婦。我噗哧笑了，「又不是呂伽派我駐守作坊的，與他有什麼關係？」他母親一副替我打抱不平的表情，「孤零零的作坊，邊上又沒房子挨著，你獨自關在裡面，盜賊闖進來如何是好？」說的也是，還眞有點後怕。

他母親後來告訴我，就在那一刻，她心裡接納了我。這個接納很好玩，與所有法國婆婆不一樣。

他父親也說：「呂伽必須來陪你，我會責令他。」

「謝謝！不過眼下，呂伽的職責不是陪我而是打開銷路，否則大家都會餓死。」我嘴上冠冕堂皇，心裡竊笑。他家不回，餐館老闆不當，差點連你們的兒子都不做了，責令誰？

事實上，呂伽已有好幾天沒來作坊了，中間通過兩次話，用的是咖啡館的投幣電話。他告訴我，他上門推銷的中餐館和雜貨店都不願更換供應商，嫌麻煩，也不相信我們的產品一定比別家好。聽起來他很灰心，語氣措辭懨懨的，已沒了當初煽動我時的勁頭。呂伽實在是個禁不起挫折的人，估計情緒一低落，就躲進咖啡館借酒澆愁去了。而他的逃避和沒有擔當，比打不開銷路更讓人生氣。我在電話裡罵他：

「告訴你懦夫，你不回來才好呢，免得我看不起你，也看不起我自己的眼睛！」

這是我第一次與呂伽發火。

摔了電話後，呂伽眞像脫了線的風箏，杳無蹤影。我也沒心思管他，只顧忙自己的計畫。我找來厚厚的電話簿，翻遍每一張黃頁，找到所有與豆腐豆芽有關的中餐館食品雜貨店，抄下地址電話，按照東西南北畫出四條路徑，做了一張屬於我自己的作戰圖。然後，一身牛仔，頭戴鋼盔的我，騎一輛脫了漆鏽了輪圈的破摩托車出發了。那時沒有導航，車前裱貼的「作戰圖」就是最好的導航。車後兩個改裝的超大儲備箱，右邊幾小筐豆芽，左邊幾大盒豆腐，一溜煙開出坑坑窪窪的那條道。我的坐騎醜陋滑稽，不堪重負地傾斜著，卻跑出比轎車更快的時速。它是我掏空所有衣兜從跳蚤市場淘換來的。當時那位馬賽口音的窮車主捧一把我交到他手裡的小票，罵罵咧咧，像被強盜搶了一般。他不過分，就憑這點法郎，在地攤上買頂貝雷帽買條舊襯衣或到農貿市場買幾公斤馬鈴薯什麼的還湊合，買輛摩托車，哪怕爛成一堆廢鐵，也不止這個價。於是我給他刷刷寫了作坊地址，點頭哈腰加笑容可掬，「假如先生不介意，我請您吃中國乳酪，只要您肯來，不限量，不收錢！」

當我踢踢踏踏走進圖示上的第一家中餐館，那門簾上的紅燈籠也被我拽得晃動起來。時辰尚早，後廚忙碌的老闆夫婦聞聲走出來，說蹩腳法文，同是小眼睛、塌鼻梁的面相。「請問小姐，有什麼可以幫到您？」我趕緊說：「早上好！我叫夏洛蒂，是『饞貓天堂』底下豆製品公司的，我來送貨。」

人家面面相覷，「沒向饞貓天堂訂過貨啊？」一個法國小妞，不在用餐時間上門，又用漢語推銷豆腐豆芽，在那個年代的確稀罕。好在我從來不矜持，面皮厚，涎著臉就能開出燦爛的一朵花。我說：「送給你們吃的，不要錢！」我把一只筐兩只盒遞過去，裡面裝著周的精心釀製，豆芽晶瑩剔透，豆腐溫潤細膩，不用嘗，也能口舌生津。可人家偏不領受我的好意，一味謝絕。換到現在，如此推銷早已見怪不怪，可那時，巴黎還眞少有廠家送免費產品上門的，算是我的獨創。我把人家擋回來的東西擱到吧檯上，情眞意切，「沒別的意思，只想請你們品嘗我們做的豆腐豆芽，口感是否比別家的好？」隱忍已久的焦灼與辛酸突然跑到臉上，眼淚壓抑不住地湧上來。老闆娘慌了，連忙握住我手，「好，好，一定嘗，一定嘗。」

出門的一刹那，已緩過情緒，我回頭對兩位送了一個不乏嫵媚的笑，「假如眞比別家好，謝謝訂我的貨噢！」

第二家，是越泰餐館，老闆是東南亞一帶的人，我說法文他懂。可我一出手便被粗暴地甩開，豆腐碎了，豆芽撒了一地，好像這些東西有毒，要吃死他似的。我心疼豆腐豆芽，也心疼我的自尊，忍不住衝他嚷：「您不願做我客戶也不必如此動怒啊？」他說抱歉，這兒不需要你的東西。進門前我看過他掛在外面的菜牌，明明有麻婆豆腐、豆芽沙拉等中國菜的。我蹲下身，把撒了滿地的豆芽一根不剩撿回筐裡，再面帶微笑走出這個無禮的小餐館。笑，當然是假裝的，我不能讓別人蔑視我。

就這樣一家接一家按圖索驥，送貨上門請他們免費品嘗，我經歷過笑臉相迎冷眼相送，也經歷過一次又一次關於哲學命題的自我詰問。我曾經徬徨，不知這條路該不該就這麼走下去。那個颳風下雨的午後，我把破摩托車泊在路邊，趴在上面哭，瓢潑大雨覆蓋了臉上的淚水。有好心的男人走近來，他以為我失戀了，撐著傘一直在我身後站了良久。我沒看清他的臉，卻至今記著他那把彎柄的藏青色布傘。後來，氣候漸漸轉冷，一整天騎摩托車來回顛簸，車把上的兩隻手都凍僵了，直不能伸，屈不能彎。直到地圖上東南西北四條線總共上百家亞洲餐館與食品雜貨店統統捋過一遍，日曆也從早秋翻到嚴冬。幸好不是當今，全巴黎僅中餐館就有好幾千家，我的老爺摩托車就算跑散了架也跑不過來。

我的訂貨單是與呂伽的欣喜若狂接踵而至的。呂伽把他的雪鐵龍開得子彈一般射進來，作坊前的地坪凹凸不平卻很寬敞，只停他唯一的四輪汽車。呂伽抱住我，聲嘶力竭地喊：「有救了！我們有救了！」我用拳頭捶他，「你拿到大訂單了？」「何止大，是巨大！」他不停地吻我，說：「我中獎了，LOTO（彩票），百萬法郎！」我不打算信的，最終還是信了。因爲這符合呂伽的做派，拿不到客戶，便一頭鑽進咖啡館，喝酒，買彩票，賭自己的命運。上帝眷顧他，讓他中了彩。我又哭又笑，不知心裡翻騰著什麼滋味。

不過，中彩無論如何都非壞事，有了這筆錢，豆作坊活起來。由我與我的破摩托車帶回來的訂單也越來越多，品質口感比其他公司好，價位更低，傻瓜才不要價廉物美呢。原來我還發愁，訂單多了，後續生產資金難以保證，這下不用擔心了。周和他的工友們拿到拖欠已久的好幾個月薪資，設備增加了，黃豆綠豆源源不斷地運進來，作坊裡熱氣騰騰，電磨的轟鳴聲聽起來美妙極了。

我的老爺摩托車也被呂伽開到廢料場扔了。他賣掉他已經開了好幾年的雪鐵龍，添上彩票贏來的一部分錢，替我買了輛小型號的卡車回來，專用送貨。他做這件事沒有跟我商量，如果找我，我會說，找銀行貸款，或找你父母借，只要有了生產能力，就有償貸能力，何必賣掉轎車？他聳聳肩，你能騎摩托車我爲什麼不能？果然沒過幾天，他就騎一輛鋥亮的新摩托車衝到我面前。新摩托車與皮夾克是最佳搭配，襯出他時尚的性感。我撲上去，不知源於性感誘惑還是小小感動。只是某一點被我徹底忽略，卡車送女人絕不是用來兜風的，而他一個男人，則從未打算用它爲豆作坊送貨。

二十三、四歲的我是生命中最大氣的時段，心地清澈見底，胸襟比大海還要寬廣，對於愛的奉獻與包容，誇張到無以復加的地步。我視而不見呂伽身上的種種瑕疵，脆弱，浪蕩，沒有擔當。又或許，潛意識裡愛的詮釋就是接納對方的一切，好的壞的，照單全收。後來方知，除了聖母，沒有任何女人能無條件原諒男人的任何過錯。當時的我，沉溺於自虐，是個十足的傻妞。

所以，當我們的痲雀小公司走上正軌迅速成長，並在一年後擊敗所有同行業公司，業績抵達巴黎之最時，該來的終於來了。

那天，霧氣很重，視界裡張掛了密匝匝的紗簾，人影幢幢。我從市中心送貨回來，半道上塞了兩小時車，尿急，差點沒憋出腎病。好不容易回到公司，我一個急煞，車未停穩，早已急猴似的撞進洗手間。出來，發現剛才一閃而過的那個人影正在濃霧裡向我瀟瀟灑灑走來。定睛看時，竟是呂伽。他手抱大束鮮花——百合、康乃馨、鬱金香組合，即便搖曳於氤氳的霧氣中，仍然姹紫嫣紅。查理送過我無數次鮮花，查理離開後呂伽接著送，他倆都知道我喜歡花唯獨不喜歡玫瑰，於是象徵愛情的玫瑰成了我的戒律。自從有了豆作坊，我那殘餘的小布爾喬亞浪漫情懷被公司的生存壓力擠兌到不知哪個角落去了，呂伽也已很久沒送過我花。而這個時候，微笑的他捧著久違的鮮花，意味什麼？

隔著屏障似的霧紗，我等待即將揭曉的眞實向我步步靠近。

呂伽今天穿得很正式，居然是挺括的藏青西裝配條格領帶，棕紅皮鞋油光鋥亮，給我很陌生的感覺。那場革命之後，年輕人的時尚是拒絕老派的紳士裝扮，我記憶裡只有穿西裝的查理、休閒的呂伽，而不是相反。

剛回過神，呂伽已單膝跪到我面前，左手抱花，右手一枚嵌於絲絨匣子的鑽戒。因了霧紗，鑽戒不見耀眼的閃爍。

我再次懵了，連退幾步，兩手不知所措地在身上搓來搓去。我知道剛送完貨自己一定蓬頭垢面，衣褲上沾滿豆漬豆屑，甚至未及洗涮隔夜的酸臭，怎麼看怎麼不像被求婚的那個女人，即便已在呂伽無數次強攻之下習慣使然地準備接納他。不過我還是爲之興奮不按常理出牌的時刻。它隱含性感的暗喻，強烈的刺激，給我久久以來隨遇而安的世俗生活帶來粉碎性的挑戰。

從小，因爲母親在諾曼第一帶獨一無二的亮麗，我稀薄的光芒從此被籠罩在陰影下黯然失色，久而久之本能而自虐地與美麗疏離。即便與查理相遇，即便他由於愛我動念要與妻子離婚，我都以爲吸引他的只是我的中國情懷而不是其他。分手後他從日本寄來的第一封信中，他告訴我，我仍然是他心中最美麗的天使。他還在美麗下面畫了槓槓。我這才知道在某些男人眼裡，我也是可以和美麗畫等號的。

相信呂伽從一見鍾情到今天正式求婚，談不上更多的理由，大抵還是喜歡我這張臉。深眼窩，高鼻梁，厚嘴唇，典型的地中海膚色。用他的話說，不寡淡，不平庸，不小家子氣。

男人求婚是讚美女人的最高境界，會讓任何女人怦然心動。我對呂伽抿嘴一笑，丟下他與他的花、他的鑽戒，像隻翩飛的小鳥，拍打輕颺的雙翅，飛向作坊，飛向正在勞作的我的員工們。我朝他們興奮地嚷嚷：「呂伽向我求婚了！先生們，我要不要嫁給他？」

周像父親那樣對我說：「來公司的第一天就知道呂伽喜歡你，還等什麼，嫁給他！」

眾人嚷成一片：「嫁！嫁!!嫁!!!」

呂伽追過來，一把抱住我。我便在他懷裡掙扎。其實只是理智賦予的念頭，只是試圖，我癱軟的身體並不肯臣服這個念頭。幸福的潮水洶湧而來，把我淹沒。我抽泣起來，爲緊隨幸福感而來的挫敗感。沒想到，我自以爲女性的驕傲竟如此不堪一擊。

## 神祕女人拜會「鷹犬杜邦」

事後知道，呂伽求婚的目擊者並不僅僅是作坊員工，還有另外一個人。他躲在廢棄的圍牆外，戴頂鴨舌帽，手裡端一架長焦照相機。他是巴黎小有名氣的私家偵探，常受命於上流社會的大亨或名媛，專門刺探其對手的風流韻事及祕史醜聞，號稱「鷹犬杜邦」。而此刻，他聚焦正向夏洛蒂跪地求婚的呂伽，同樣受雇於一個不願透露身分的神祕女人。這個女人是社交圈的生面孔，金黃色頭髮，梳一個七〇年不甚時髦的髮髻。雖上上下下名品「香奈兒」，卻沒有「鷹犬杜邦」常見那種氣使頤指的貴婦派頭，反而看起來躲躲閃閃，生怕碰碎了什麼似的。花錢倒是爽氣闊綽，一點不比那些富可敵國的「支票簿」、「錢箱子」吝嗇。

兩週前，她打著一把傘，披肩下一身裙裝走進「鷹犬杜邦」偵探社時，外面正下著大雨，「鷹犬杜邦」便覺著她的臉是模糊的，彷彿氤氳了一層水霧。但直覺告訴他，這張臉魅惑而性感。坐定，「鷹犬杜邦」請祕書小姐送進來一杯咖啡，看著她慢慢啜飲。她沉默良久，就是不開口，好像冒雨趕來就是爲了喝這杯咖啡似的。「鷹犬杜邦」也不著急，笑咪咪的，兩肘擱在寫字台上，比她更有耐心地等。「鷹犬杜邦」是誰？界內人人皆知的職業老手，什麼難纏的顧客沒見過，什麼荒誕的怪招沒接過？就這麼個性感卻安靜的女人，算是太平洋的和平鴿了。

女人終於放下咖啡杯，從手袋裡掏出兩摞五百法郎大鈔，輕輕擱到桌上，吁了口氣，說：「請您找個人……我要關於他的一切。」她說話時看不出任何表情。

「照片？」「鷹犬杜邦」一隻手轉著鋼筆，另隻手推回其中一摞法郎，「事成後再付」。

「沒有。」女人瞟了「鷹犬杜邦」一眼，似有略微的責怪，有照片還用你找？

「鷹犬杜邦」本要提醒她的，唯有照片才是私家偵探辦案最直接的索引，想想還是算了。便隔著桌子向她攤了攤手。

女人明白。目光躲閃，語氣卻急促：「他姓夏，中國人的姓，今年二十四五歲。他父親曾在里昂火車站附近開餐館。」

「噢，亞洲血統。」

「不，混血。」

「鷹犬杜邦」猜到了幾分緣由。但他當然不會問，既然信息這麼齊全，爲什麼自己不直接去找？這世界如此之大，倘若誰也沒有見不得人的隱情，像他這類「鷹犬杜邦」還不都得餓死。

「如果方便，請留下您的電話。」「鷹犬杜邦」擰開筆帽，準備記錄到客戶登記卡上。

「抱歉！」女人搖頭。

「那麼，怎麼聯絡您？」

「下周的今天，我會再來這裡。」聲音輕軟，卻不容置疑。

「鷹犬杜邦」兀自笑了。他把攤開的那隻手掌變成了握手的姿態，女人猶豫地把手伸過來。他隨即感到掌心傳遞上來的冷意，這個女人的手冰涼冰涼。

但是她一直低垂的臉卻抬起來，下巴揚起，很優美的一條弧線。她丟給「鷹犬杜邦」一個很重的眼鋒，似在叮囑他不要辜負自己的託付。然後拿起仍在瀝水的傘，看也不看窗外正轟響的瓢潑大雨，逶迤地走出去。她好像連聲再見也沒說，只留下一個耐人尋味的背影，浸淫在裊裊不散的香奈兒五號餘香裡。

「鷹犬杜邦」的情緒莫名其妙地好起來。他喜歡與神祕性感的女人打交道，那是最能激發他想像力的。

對於「鷹犬杜邦」這樣的高級偵探，這實在是一宗偵破起來不費吹灰之力的案例，他完全可以讓助手去做，但他還是願意自己效勞。次日上班，他把手頭幾個案例一擱，直奔里昂火車站尋找那家「曾經」的夏氏餐館。神祕女人給了他一週期限，他卻已經開始享受成功後在她面前的榮耀了。

火車站附近旅客來來往往，總是各式餐館最密集的地方。「鷹犬杜邦」當然不屑於每家每戶去踏點，他只按自己的邏輯在多年積累的資料庫裡提取唯一，然後有的放矢。

在「饞貓天堂」的單人座上用完午餐，「鷹犬杜邦」用白餐巾拭抹嘴角，掏出菸，用打火機點燃，猛吸兩口，愜意地吐出一串煙圈。那時再前衛的餐館咖啡吧也不禁菸。「鷹犬杜邦」笑嘻嘻地問侍應小姐，「如果我猜得沒錯，你們老闆姓夏？」侍應小姐殷勤笑答，「是的先生，他還同時兼任總廚。」「難怪，東方菜很道地。」侍應小姐亦是黑頭髮黃皮膚東方臉孔，一身紮染盤扣的青花衣褲，顯然聽慣了顧客捧場，並無受寵若驚之狀。她說：「二十多年老名號了，菜好也是理所當然。」她拾掇了餐具端起托盤要走，「鷹犬杜邦」叫住她，「能否見見你們老闆？我想當面讚美他的廚藝。」侍應小姐莞爾一笑，「現在恐怕不行，他忙。」「鷹犬杜邦」說：「我等。」

幾根菸一杯咖啡下肚，餐廳裡的客人便漸漸稀落了。老闆從後廚走出來，廚師長的白衣白褲高筒帽，手舉兩杯紅酒。他被侍應小姐帶到「鷹犬杜邦」跟前，彎彎腰，先遞過去一杯酒，「先生，您找我？」可能是法國待久了，也可能做餐館日夜顛倒，與陽光無緣，他似乎置換了亞洲人的黃皮膚，蛻變得很白，是那種沒有血色的蒼白，加上微腫的眼泡和粗粗細細的皺紋，看起來有超出年紀的蒼老與憔悴。他法文說得不錯，雖有濃重外裔口音，表達還算到位。

「鷹犬杜邦」一邊寒暄，一邊用鷹鷙般銳利的眼神盯了眼前的中國男人看，心裡湧動無來由的醋意。

如果這個男人與那個神祕女人果然發生過什麼，他倒有幾分替自己不平了。

但他畢竟是職業偵探，不允許哪怕一點點個人情緒成爲全盤工作計畫的阻礙。他啜了口紅酒，感慨道：「如果沒記錯，我是第二次來饞貓天堂用餐了，當年這裡叫『饞貓天堂』N°13，我曾受邀於尊敬的奧德朗先生。當時那個熱鬧，眞不亞於愛麗舍宮或市政廳的新年酒會，記憶猶新吶。」事實上，「鷹犬杜邦」並沒有赴過「異想天開」大老闆的酒會，一切都是根據資料杜撰出來的。他清楚，這是他走進這個懸念的捷徑。

「是的，奧德朗先生是當年的大老闆，如今早退休了，各個分店都歸我們自己經營了。」中國男人這麼說時，神色也有幾分「好景不再」的黯然。

剛才那位侍應小姐給最後的客人送完甜點走過來，中國男人介紹說：「我四女兒，當年未出生，現在都快嫁人了。」他似乎在爲自己的黯然找原因。

「鷹犬杜邦」裝出很知情的樣子，其實是試探，「噢，是姑娘？我怎麼聽說是個小子。」

「是還有個兒子，今年也二十四歲，與她是雙胞胎。」說著，對女兒笑笑。又擺了擺手，「兒子貪玩，讀完大學了也不願接班，就這麼逛著，誰也不知道他要什麼。」是責備，又不無誇耀。「鷹犬杜邦」與中國人接觸不多，不清楚他們望子成龍的觀念，只覺得與猶太人有某些相似之處。但此刻，老闆的焦慮不是他關注的內容。他以職業敏感，猜想並求證面前這個中國男人與那位神祕女人可能發生的種種糾葛，但情緒上總有隱約的悖逆。就他，與她，怎麼可能？太不可思議了！

或許，自從「異想天開」大老闆退休回郊外古堡隱居之後，沒了任何可以交談的法國朋友，「鷹犬杜邦」的出現讓這個看上去很悶的中國男人有了傾訴的欲望，他鬆懈警惕，接納了這位喜歡刨根究底的不速之客。兩個男人就這樣在下午打烊的餐廳裡坐著，說話，抽菸，喝光了一瓶上好的陳釀，直到天漸漸黑下來。

「鷹犬杜邦」是揣著那位神祕女人索要的結果離開「饞貓天堂」的。他走向街對面停車位的步履很快，臉上毫無興致。關於夏姓老闆的公子哥兒的履歷太簡單了，一張薄紙都寫不滿，用得著花大價錢搬動他這個大偵探嗎？他非但沒有成就感，反而有種白拿了錢的恥辱。這也算個案子，太輕而易舉了吧？

鑽進座駕倒出車位時，突然在倒車鏡裡看到一張臉。這張臉就藏在「饞貓天堂」斜對面一家咖啡館臨街的窗後，閃爍的眼神，若隱若現。這張臉正是他的顧客，那位神祕女人。藏不住的性感對任何男人都是一種魅惑，所以他一眼就能把她捕捉出來。她的位置在咖啡館並不顯眼，卻正好對著隔街的餐廳大門，幾乎能看見門裡走動的全部身影。

原來，她其實是知道對方底細的。「鷹犬杜邦」突然明白了，她只是推不開那道門，抑或不願意推開那道門而已。而自己呢？不過是花錢雇傭的一個道具，替她推門入室，完成她不可告人的對自己的某種交代。

「鷹犬杜邦」豁然開朗。他把油門一踩到底，讓車子彈般飛出去。回偵探社的路上，天色越來越暗，華燈初上的巴黎處處璀璨，車道開始擁塞，夜喧譁起來。

接下來的幾天，「鷹犬杜邦」分別去了巴黎婦產科醫院，聖．日耳曼大道公寓樓，西郊南岱爾大學，甚至還走訪了與他的刺探對象並無直接關聯的索邦大學、東方語言學院。每次回來，他都會繞道里昂火車站，從「饞貓天堂」的門前經過，卻再也沒有停車進去。他關注的其實不是這家餐館，而是街對面那家咖啡館，他希望看到窗邊的位置上依然坐著他那位神祕的雇主，可他一次都未能如願。那個女人不再露面。「鷹犬杜邦」心裡鬱鬱的，有失約的感覺。他甚至不知道爲什麼來這裡，又期待什麼，撲空的失落卻是眞實的。

最後，他一大早守在聖．日耳曼大道那幢老公寓樓底下，跟蹤一輛嶄新的摩托車，一路到了豆作坊的圍牆外邊。他悄然下車，躲在斷了半截的圍牆後，盯著自己已然熟悉的身影捧一束鮮花朝他愛戀的女孩走去。薄霧把兩個年輕人的情愛場景渲染得很是浪漫，這是「鷹犬杜邦」事前沒有料到的。他端起相機，咔嚓咔嚓按下快門。鏡頭裡的這個小夥子，他已偷拍了一摞照片，但相信只有今天這幾張，才是將要展示給雇主最新也最關鍵的證據。想到這些美好的鏡頭只能成爲必須交付的證據，他有點不快，覺得自己的職業並不那麼光明正大，甚至卑鄙。

一週後的那天姍姍來遲，神祕女人如約來到偵探社。她換了裝扮，穿一件寬鬆過膝的米色羊絨開衫，深咖啡格子呢西褲，脖頸上絲綢方巾斜繫，是迪奧的抽象圖案。她整個人看起來簡約了些，即便性感依舊，蠱惑還是少了。「鷹犬杜邦」在辦公桌後等她走近，等她在綠皮轉椅上坐下，等她……外間祕書正在劈劈啪啪打字，聲音有點尖銳，女人下意識回頭瞟了一眼，皺了皺眉。「鷹犬杜邦」起身去關房門，視線無意間觸碰到女人修長的脖頸，還有耳輪上那道細膩如玉的弧線，不禁詫異。她實在是不年輕了，怎麼就能保持著如此毫無瑕疵的皮膚？坐回桌後的圈椅，他心旌搖盪，是那種上下沉浮的感覺。

幸好神祕女人並不在意對方。她眼神迷離，沉湎於自己的思緒，給了他一個恰如其分的時間差。「鷹犬杜邦」趕緊收斂，拉開抽屜取出卷宗輕輕推過去。女人回過神，掏出卷宗裡的東西，圖片、文字撒了一桌。

「鷹犬杜邦」開始陳述一週來的追蹤與發現，他不掩飾對這單生意無案情可言的不屑，卻不去戳穿對方隱藏於背後的任何意圖。猜測總是自我的，不在他的職業範疇裡。

女人聽得很安靜，沒有回應，臉上也看不出對偵探結果的期待，彷彿一切都只是禮貌。這個反應不同於別的客戶，卻間接證實了「鷹犬杜邦」的猜測。

直到「鷹犬杜邦」亮出豆作坊前面那片破爛場地，亮出小夥子向一個法國女孩求婚的照片，女人的姿態才有了某種變化。她抬起頭，看了大偵探一眼，眼鋒針一樣縫到他臉上。「鷹犬杜邦」感覺到這眼鋒的凜冽，未敢敷衍，連忙把那個叫夏洛蒂女孩的身世及現狀點滴不漏地告訴她。她嘴唇蠕動，欲張口問什麼，卻最終什麼也沒問。

長久的緘默之後，女人把圖片資料慢慢攏進卷宗，再從包裡拿出那摞一週前被「鷹犬杜邦」退回的五百法郎鈔票，推到「鷹犬杜邦」桌前。她依然沒說話，只是掏出手絹抹了抹額頭。其實她額頭沒有汗，這個動作只是下意識地掩飾什麼。然後，她走了，像隻躡手躡腳的貓，悄無聲息。「鷹犬杜邦」記得清楚，她依然沒道聲謝謝，依然沒說再見。

## 婚禮

婚禮在七個半月之後舉行。

自求婚那天起，呂伽在這七個半月裡，再沒消失過。他守在豆作坊其實做不了什麼事，頂多看看帳目，打打電話，偶爾與來訪客戶笑談一番。而類似送貨這些男人該幹的累活苦差，照樣在我這個女人的職責範圍內。作坊開張至今，尤其是呂伽把他的座駕換成八成新的小卡車後，我儼然成了專職送貨司機，天天在巴黎街頭橫衝直撞。也習慣了，自得其樂。比起那輛老爺摩托車，已備嘗更新換代的榮幸。每每，只要我送貨回來呂伽就在門口候著，殷勤地遞上一瓶水，送上一塊甜麵包，然後吻我，摟著我身輕如燕地往裡走，讓我感受一個男人的呵護和愛意，從而幸福滿滿，忘掉他所有的不是。我一向不是羅曼蒂克的嬌小姐，我現實，也家常，查理那樣的高貴會讓我心虛，有騰雲駕霧的感覺，不落地。所以，仰視對方的情愛方式終究不是我想要的，太虛幻，也太累。

七個月之後已是來年春天，門外那片廢棄的曠地上漸漸有了生命，鶯飛草長，一汪油綠。那個週末，四周靜謐，我在豆作坊用木板隔出來的睡房裡醒來，看見窗外五彩繽紛的陽光下，無數蒲公英正亮開乳白色毛茸茸的小傘，被蕩漾的微風吹散。我突然感到從未有過的飢餓感，不在胃腑，而在身心裡躍躍聳動的欲望。我想有個家了。一個深呼吸，我翻過身把自己攀援到呂伽裸露的脊背上。呂伽醒過來，擁抱我。沒等他俯身吻我，我便搶先說：「娶我?!」呂伽一把掀開毛毯坐起來，抱住我腦袋問：「你，終於答應了？」我點頭。他一聲大叫，抓起枕頭就往頭頂上扔，又哭又笑的。還把自己扔下床，赤條條滿屋亂轉。

婚禮租在巴黎布隆涅森林那家高級酒店的後花園，是呂伽別出心裁的設定，西式雞尾酒會與中式自助盛宴相結合。呂伽父母、祖父母都是骨灰級老傳統了，自然傾向長衫禮帽加紅綢的中國排場。呂伽固執己見，家人拗不過，只好隨他。都知道呂伽是夏氏家族碩果僅存的命根，誰敢惹他？其實呂伽是爲我而戰。我不是夏家長輩本意中的媳婦，我也不會遵循他們的意願把自己打造成東施效顰的中國女人。「東施效顰」這個成語北大教授教過的，我懂。我對呂伽說：「我只穿白色婚紗，法國式。」不用多說，一遍就夠。自「相親」事件後，呂伽在家族與我的任何分歧中，選擇的 Oui（是）永遠在我。否則，哪有今天？

花園中央是個偌大的圓形敞篷餐廳，鋪了白台布的長條桌上，擺滿看一眼都會滿口生津的佳餚與形形色色的酒，穿白制服佩黑領結的侍應生在穿戴光鮮的人群裡來回穿梭。燈紅酒綠，觥籌交錯。兩邊搭出悠長的白色迴廊，一直通向花園盡頭。到處是鮮花，到處是藍色氣球與紅色燈籠，交相輝映。小樂隊也請來了，安置在花園酒店原有的宮廷式樂亭裡，一曲接一曲演奏當年最經典也最時髦的爵士樂。職業樂手的音樂細胞被美酒佳餚催發，演奏更動聽悅耳。

我身著白色婚紗，足踏高跟鞋，挽著新郎的手臂在草地上逶迤漫步，高跟鞋讓我的腳不自在。這是我從未親歷過的場面，哪怕別人的婚禮，只要不是西中合璧，就沒有這種不倫不類的氣氛。我有點暈。想想前兩天還一身牛仔開車送貨，轉眼間就成了這身打扮，鑽進婚姻殿堂，真有些不可思議。原來，像我這類女漢子，也是可以淑女一回的。

來賓不少，有法國人，更多中國人，大多數是夏家親友，我基本不認識。呂伽越是寒暄介紹，我越是記不住。到後來，眼前飛來晃去一個鑄模倒出來的面孔，同樣的表情，同樣的生疏，攪得我滿腦子漿糊。如果還有讓我留點印象的，只有兩個人，兩個法國人，一位「異想天開」，一位「鷹犬杜邦」。記住他們首先是因爲有意思的綽號。「異想天開」是走在人生下坡路的老紳士了，鶴髮銀鬚，執手杖的手開始輕微顫抖，不過眼神中的犀利和一擲千金的氣度還在。「鷹犬杜邦」呂伽也沒見過，據說是他父親新結識的朋友。他是聲名在外的人，之前聽過他的偵探軼事，也讀過關於他探案的自傳體小說。我喜歡懸疑類文字和影像，卻不喜歡近距離的他本人，一張黨衛軍的臉，鷹勾鼻，面頰兩道深溝，眼皮的每次閃動都像不懷好意地窺視著什麼。

想來，我應該是這場歡宴的主角，坐有霸主地位，卻偏偏是最孤獨的一個。我祖父病危住院，祖母走不開，須陪伴在側聽候命運給出結局。婚禮前我帶著我的準新郎去諾曼第看他們，祖母在祖父病榻前擁抱並祝福我們。祖母說：「若你祖父逃過這一劫，明年今天就是我倆結婚五十周年紀念日，那時我們將很高興接受寶貝孫女兒的祝賀。」祖母樂呵呵的神情讓我心裡陣陣酸楚，忍不住想哭。祖父則睜著眼，說不出話，直瞪瞪看我。他原來不算瘦的身體扁在白色被單下，乾癟空洞，如強力鼓起的一坨空氣，沒了血肉之軀的觸感。我母親呢，聽我要嫁呂伽，嘴一撇，滿臉不屑。她一邊畫著眉毛塗著唇膏，一邊不冷不熱地說：「如果我說我會欣然赴約你跟中國人的婚禮，你信嗎？」她還說她寧願放棄做母親的榮幸，也斷然不討這般丟失顏面的無趣。是榮幸嗎？不，是職責。自不明眞相生下我的第一天開始，她就步步爲營放棄著母親的任何作爲……所以，除了留學北大漢語系的同學和索邦研究生班幾位好友，我的家人只來了父親。

我父親的境遇跟我相似。他獨自坐在燈影下的角落，手裡一只高腳酒杯，埋頭啜飲。他的視線只聚焦輕晃的杯，看著裡面的酒從黃色變爲白色，再變爲紅色，又由紅色變回白色。香檳、波爾多、威士忌、白蘭地，他輪番喝所有不同的酒，卻很少吃菜，也很少跟別人搭訕。偶爾抬眼，就有一束光罩到我身上，無論多遠，我都能觸電般顫慄一下。痛，也是溫暖的痛。他的黑色西裝有點緊，跟他那張臉一樣，綳在身上，感覺束縛與拘謹，像是借了別人的，不合體。或許，在這個有著眾多巴黎人的婚禮中，父親只是個沒見過大世面甚至帶些鄉氣的外省人。但我從不懷疑父親之於我的意義。如果我是一條不知流向的小河，父親就是我的河床與岸。有他在，我就不會乾涸與坍陷，我的精神就有家園。

舞曲響起的時候，我的新郎先就幾分醉了，他拽著我半瘋半癲地舞蹈，熱烘烘的酒氣噴到臉上，讓我也眩暈。呂伽看起來很興奮，滿臉通紅兩眼放光。我不知道他是爲經營了這個排場的婚禮還是爲終於娶到了我興奮。他一直不停的說 Je t'aime（我愛你），我相信他說的是肺腑之言，至少現在是。但無論多麼眞心，重複再重複的一句示愛，也會變得味同嚼蠟，甚至令人反胃。我不知道這種反應出自正被男人狂熱愛戀的女人是否正常？是否辜負並褻瀆了至高無上的表達？我警惕起來，把唇貼到呂伽臉上，以表歉意。呂伽本已昏昏欲睡，被我激醒，迅即還回更瘋狂的長吻。我被一陣風席捲而去，在空中飛揚，耳邊颳過颼颼風語，穿透耳膜的竟不是呂伽而是查理的聲音，難道是從日本東京傳遞過來？我沮喪極了，包袱一樣把自己擲回地面。

不勝酒力的呂伽終於醉了過去。我把他從舞群中拖回敞篷餐廳，在不起眼的一張餐桌邊坐下，他的腦袋扎在餐盤與酒杯間，碰翻了杯，潑出殘餘的酒液。他嘟囔著，用手抹去濺了滿臉的猩紅色，遂昏昏睡去。這是呂伽在各類聚會中屢試不爽的狀態，他酒量不好，卻使了勁灌，結局千篇一律。我不喜歡他的這種不克制。

我撇下他，返回舞群。我與我的同學輪番勁舞狂歡。離開新郎的新娘，彷彿擺脫某種羈絆，舞步也變得恣肆汪洋。我的白色婚紗在舞群裡獨一無二，有了它，我就是這個夜晚的制高點，眾星拱月，俯瞰群男。

但很快，我便累了。是那種身心極度的疲憊。

剛走出燈影，迎面撞上呂伽父母。呂伽父母整個夜晚都周旋在前來賀喜的親友中，我幾乎沒看到他們的身影。現在突然站到我面前，讓我愣了一下。他父親西裝挺括，他母親的中國旗袍亦合體，但穿在身上總有不真實的感覺。「夏洛蒂，」他母親喚我一聲，「有人想見你。」我這才發現站在面前的還有一個人，一個與我一樣的白種女人。

「我認識她嗎？」我問，顯得很沒有教養。

呂伽母親搖頭。過一會才說：「她是我們的老……朋友。」

老朋友？我半信半疑。他們臉上的表情很古怪。父親的眼神閃爍不定，懊悔，尷尬，甚至還有幾分竊喜。母親比較單一，驚慌，失措。對，就是失措。她想視而不見身邊這位女士，但睜大的眼瞳裡幾乎充塞了全部的她——沒有任何迴旋餘地的敵意，又分明逃遁不了。

而他們帶過來的這位女士，看上去安安靜靜的，不帶任何侵略性，怎麼就會讓他們的情緒如此反常？她大約是我母親的年紀，彈性的皮膚開始鬆弛，金黃色頭髮也少了青春少女的流光溢彩，雖說魅力尚存，那性感在我眼裡卻是減了分的。在這個以婚禮爲主題的場景中，她的穿戴不失高貴，又顯然是低調的，帶有某種蓄意的隱蔽。並且，我一針見血地發現，她貌似高貴中有某些曾經的卑賤。說不出理由，直覺而已。

她眼神深邃地追逐我：「如果您不介意，我想單獨跟您談談。」

呂伽母親搖頭，示意我拒絕。我卻反問：「爲什麼要介意？我不會的。」

於是，在呂伽母親更加緊張不安的注視下，找了張花園暗處最僻靜的小桌，我們面對面坐下來。不得不退下的呂伽父母頻頻回頭，尤其他母親，臉都白了。

緘默片刻，女人像老熟人那樣直呼我的名字，「夏洛蒂，冒昧打攪你的婚禮。」

我說：「我不記得認識您啊？」

她笑笑。「可我幾乎知道你的一切。」她垂下臉，也垂下眼簾，「……我請私人偵探調查過你。」

「爲什麼？」我問。

「爲了呂伽。」她猶豫著，欲言又止。又決然抬頭，「因爲，我是他的生母。」

我大吃一驚，「呂伽知道嗎？」

「不知道。」她連連搖頭。「不能讓他知道。」

她看起來依然平靜鎮定，但她的手臂枕著桌沿，遏制不住地輕顫，露出欲蓋彌彰的不安。

我也彷彿被她傳染，思維短路，觸了電似的。

她喘著，胸脯起伏，氣息很重。「假如你聽過關於呂伽的故事，或許就能理解捂住祕密比什麼都好。」

我想起呂伽兩年多前破解的身世之謎，有點明白了。我怎麼可能不理解這個人生最顯而易見的常識？靠長時間療治的疼痛，一旦重揭傷疤，是很難再度痊癒的。只是……

「對於呂伽，這已不是什麼祕密，那創痛和傷疤就在那裡裸露著。」我說。

「是嗎？」她控制不住地站起來，身子搖晃著，宛如風中哆嗦的樹葉，「到底沒瞞住他?!」這回輪到她吃驚了。

我不想瞞她，「是一個同樣自稱是她兒子的人找上門來告訴呂伽的。正是這個眞相，煎熬了他整整一年。」

她擺了擺手，又捂住臉，兩肩尖峭地聳起，身體縮了下去。

我坐著沒動，冷眼看她。她此刻縱然再無助，我也不打算拋灑廉價的同情。在呂伽以及他半個弟弟的故事裡，她是一個一而再再而三遺棄親生骨血並渾身沾滿銅臭的角色，受到唾棄當之無愧。

她的手終於從捂住的臉上拿開，露出一雙神采渙散的眼睛，額上的皺紋加深了。她在一閃而過的時光裡老了許多。她抖抖索索從香奈兒提包裡掏出一個絲絨小袋，先擱到桌面上，再輕輕推給我。她說：「我來本是想告訴你，現在看來多餘了。」

這是故事裡的那個絲絨小袋。經歷了呂伽從嬰兒到成年的歲月，除了褪了點色，沒什麼兩樣。如果我沒猜錯，袋裡依然躺著四根金條，是一筆不可小覷的財富。

我忍了忍，沒忍住，「過了這麼多年，您居然沒花掉？沒用它們換卑賤爲高貴？」我出言不遜，話裡話外都是惡意。

她搖頭，苦笑，「我不缺錢，用不著花它們。」又道：「這是呂伽來這個世上的前提和依據，本該屬於他。」

我縮回手，如觸碰到燒紅的烙鐵，「假如您還憐惜您的兒子，千萬別提這件事，最好連您自己也立即消失。」

「我會的。」她抓起小袋往我手裡摁，兩頰兩片潮紅，「懇求你，作爲妻子替他收著，或許有一天會用得上。這是你我間的祕密，切勿告訴他，那會殺了他。」像是懇求，實則命令。

沒等我拒絕，她已起身匆匆而去。像斷線風箏，踉踉蹌蹌。

我追了幾步，又覺著如果一個女人心意已決，再追也無濟於事。

「嗨，我的新娘怎麼獨自躲在這裡，跟誰私會呢？」呂伽突然撞到面前，驚出我一身汗。「新郎成了醉鬼，新娘跟誰私會去？」我搪塞著，趕緊把絲絨小袋掖進婚紗。

呂伽說：「我不過小睬一會，早想過來陪你，偏被父母攔住說些雞零狗碎的事。我尙且奇怪呢，難道婚宴闖進了外星人？」呂伽的話半眞半假，嚇得我心都抽緊了。

現在對於我來說，保守祕密是比祕密本身更麻煩的事。

## 休止的蜜月

呂伽從來就相信直覺，他認定自己缺席的那一刻發生了什麼。

於是，後半場的婚禮變得曖昧而詭譎。雖然一對新人始終擁吻著舞蹈，舞步卻亂了。呂伽還覺得夏洛蒂眼神閃爍不定，失去了原有的磊落。

到底發生了什麼？

疑問像一條摸不到底的深溝，橫亙在新婚之夜的婚床上。疑問也像一劑毒藥，讓床笫之歡漂浮不定最終沉淪。

呂伽不想這樣的。他愛懷裡這個女人，這份愛包括了肉體和非肉體的全部。他曾經在婚前無數次雄起中證明他具備的陽剛與激情，已超越這個女人至愛的前情人查理所能賦予的歡愉與快感。所以，有理由相信，他與她的新婚之夜，不僅是愛情童話的複製，更是最激越的性輝煌重寫。可是事與願違，攜手抵達至臻至美的伊甸園成爲泡影。他沒能，他的新娘也沒能。他們在三番五次的掙扎、疲憊、沮喪中敗下陣來。

聖・日耳曼的太陽出來了，陽光從公寓樓的窗口水似的流進來，淹漫了四牆中間夏家父母執意更換的新床和仰面床上的一對新人。他們都醒著，目光閃爍，卻無聲無息，彷彿兩隻慵懶而又各懷鬼胎的貓。

蜜月從慵懶和各懷鬼胎開始。按照原定計畫，他們是下午的班機飛赴威尼斯。那座舉世聞名的水城從來都是歐洲人最羅曼蒂克的蜜月首選。呂伽用了一個上午的時間，來尋找推翻這個計畫的理由，未能遂願。心想罷了，去就是了。一諾千金是中國人的老話，他至少不能在蜜月初始就違背新任丈夫的承諾。但他還是乘著新娘沐浴的間隙，搜尋了房裡房外所有的壁櫥、衣櫃以及抽屜，終於在與婚紗配套的手袋裡找到蓄意要找的東西，悄然塞進行李袋底部。剛拉好鎖鏈，夏洛蒂就裹著浴袍從衛生間出來，站他面前擦濕漉漉的頭髮。夏洛蒂一眼發現呂伽假裝若無其事的一張臉春秋縱橫，寫滿複雜。原想問，又明知什麼也問不出來，便索性也裝，裝聾作啞。呂伽當然同樣捕捉到對方眼裡一閃而過的瞞不過他的驚惶。

飛機上，呂伽想著心事，夏洛蒂也想著心事，他們親密相擁，卻幾乎無話。空姐一次次送這送那從身邊走過，都不敢冒昧驚擾，應該也是感覺到他們不安的情緒暗流。

水城本是沒有機場的，去往威尼斯的飛機都停泊於比鄰的衛星小城，然後由火車或大巴送乘客進入這座水上古城。七〇年代的威尼斯絕不像現在，遊客如織人聲鼎沸，她安恬、古拙，大凡美，也是內斂沉鬱，不奪人眼目的含蓄。呂伽、夏洛蒂提著他們的旅行袋，入住中心廣場巷弄裡的一家二層樓老式酒店。木樓梯，木板門，木陽台，面對一汪白花花亮晶晶的水，放眼望去，有舟船蕩漾，有海鷗飛翔，是想像中的威尼斯情調。放下行李，呂伽便伸開雙臂抱住夏洛蒂，瘋狂地吻她。他的貪婪與飢渴是瞬間裡膨脹起來的，彷彿欠了昨夜的債，要加倍償還。

夏洛蒂先是哭，繼而笑，揚臉拱出箍住她的銅牆鐵臂，發洩地咬住呂伽肩肌的那塊肉。鑽心的疼痛催發了他的欲火，他披荊斬棘，長驅直入；她則接受挑戰，迎候踐踏。快感讓他們嗷嗷直叫，果然此番已非昨夜，雙雙激越不再言敗。

天漸漸黑下來，水面亮起夢幻般的燈影，他們胡亂抓件衣衫裹住赤裸的身體，面對面坐到陽台的兩把木椅上。中間圓桌擺放著酒店送上來的蜜月晚餐：海鮮橄欖沙拉、義式黑椒牛排、五味乳酪、松茸巧克力甜點。香檳還有燃著燭光的雙臂燭台更是蜜月晚餐的配套，那時節的威尼斯店家，眞把一份可人的浪漫做到了極致。燭台或是十五世紀文藝復興時期的古物，星星點點歲月留下的銅鏽，燭光搖曳生花，散發出諸如米開蘭基羅、拉斐爾等巨匠先哲的博大悠遠之氣。

回望自己，舉杯對飲金燦燦的黃，滿口醇香，兩人不禁爲之而動。原來，威尼斯的蜜月竟是如此這般的靜好。

呂伽說：「親愛的，我很慶幸，你終於做了我的新娘。」本該是昨日婚禮上的話，留到了今晚，呂伽覺著委屈了夏洛蒂。

夏洛蒂笑笑，一顆提懸的心放了下來。

一夜繾綣。

沒想到，次日午後沒有預兆地下起了雨，雨不大，卻把天空染成鉛灰，威尼斯像被煙霧籠罩，罩到哪裡，哪裡就是一片黯淡。水面颳來的風也是濕漉漉的，攜帶著陰冷，把人的好心情落葉般捲走。起床後興高采烈的呂伽皺了皺眉頭，突然就沉默了。偏夏洛蒂抱著胳膊覺著冷，去旅行袋翻找毛衣，找了半天沒找著，才想起上飛機時胡亂塞進丈夫包裡了。毛衣果然在呂伽包裡找著，扯出來披上身，不幸帶出了呂伽偷偷塞進包的那個絲絨小袋。

夏洛蒂驚呆了，口不擇言：「你怎麼一聲不吭把我的東西帶到威尼斯來了？」

呂伽冷笑：「我出生的砝碼，居然成了你的東西，你還好意思說？」

夏洛蒂語塞。她翻眼瞪著呂伽，心想大事不好。他既然把東西刻意帶來，便意味她與他母親同盟共守的祕密已被戳穿。不到一天的功夫，她太大意太愚蠢了。

呂伽似乎變了個人，眼神歹毒，步步緊逼，「你眞沒什麼要跟我坦白的？」

夏洛蒂支吾半天，編出一句連自己也不相信的謊言：「那是諾曼第祖母提前給我的遺產。」夏洛蒂沒忘記昨日對呂伽生母的承諾，更重要的是她知道丈夫脆弱，不願觸痛他的心病。

呂伽勃然大怒，抓起絲絨小袋就往地下摔。「你以爲撒謊也能出口成章？騙誰?!」束口的絲線鬆了，裡面滾出黃燦燦的金條，在老舊的木地板上顫動。

夏洛蒂想彎身撿回金條，被呂伽一腳踢飛。她木木地站起來，捂著被踢疼的手，面色慘白。

「告訴我，是不是那個女人找過你了，昨天婚禮上？」

「就是那個背影，我看見的，是不是？」

「是又怎樣？」夏洛蒂叫起來：「她不願見你，不敢見你，她欠你的……你滿意了吧?!」

呂伽忽地衝上來，迫不及待問：「她留地址了嗎？她住哪裡？」

夏洛蒂「哼」一聲，「你白癡啊，她會留地址讓你去砸她的門？」

「你難道不明白？不管怎樣，她都是我母親，我要去找她！」

呂伽成了一頭被激怒的獅子，大聲喘著，在窄小的房間裡撞來撞去。夏洛蒂在身後追著，緊緊抱住了他。她試圖安撫他，卻被他粗暴地甩開。他把旅行袋往床上一扔，亂七八糟團進所有衣物，扛上肩。然後說：「回巴黎！」

夏洛蒂站著沒動，心裡一陣陣發怵。

「你走不走？」呂伽咆哮著，「你不走我走！」摔門而去。

夏洛蒂的蜜月之旅就這麼停在了逗號。威尼斯淒風苦雨。

L

# 奧運中國前奏

二〇〇八年初夏的巴黎街頭突然多出了法國人未曾見過的景觀與熱鬧——奧運中國的廣告貼與四處散播的火炬傳遞氣息。這氣息像滾動的暗流，熱情高漲中混雜著火藥味。沒有任何西方參辦國會把一場單純的體育賽事在全球範圍內演繹成如此聲勢浩大的民族主義儀式，從而宣告自己在世界的崛起和在場。不無誇張，卻也獨到。

一大早，法亞聯合會熱衷中國事務的桑德琳夫人便來敲門，把剛從睡夢中醒來的我逮去協和廣場，說是參與聲援北京奧運火炬傳遞。一小撮法國男女的臉夾雜在烏泱泱中國僑民中間，雖也人手一面紙質五星紅旗，卻多少顯出些不合時宜來。中國人就不同了，搖旗，吶喊，歌唱，不管年老年少，個個熱血澎湃，歸屬感榮譽感花一樣盛開在每張臉上，那陣勢堪比國腳捧回世界盃的法蘭西式狂歡。持續升溫的氣氛裡，我接過不知誰遞來的旗子，下意識搖了幾下，又覺著滑稽，便偃旗息鼓。偃旗息鼓這個成語也來自我受益無窮的北大。但此刻，它只能作用於形體動作的休止，並未遏制我起伏跳蕩的思緒穿越北京，到那個四十多年前擠在天安門人山人海的中國學生中接受他們的領袖毛澤東接見的場景。這一瞬間的感覺非常奇特，身心輕了，彷彿生命走了一個輪迴。輪迴不是上帝而是佛祖的說法，但我信。

人群突然騷動起來，不知從哪裡鑽出兩股參差不齊的隊伍，氣勢洶洶衝過來。清一色亞洲臉面，又有明顯的東西亞之分，個個表情肅殺。西亞這撥人看起來更邊緣些，甚至還有幾個阿拉伯人蒙古人追逐其後。走近來發現兩股隊伍各有名號，一是法輪功正名援助會，一是西藏獨立團，左右交叉又若即若離，打出的横幅一致黑底白字，都是抗議之類，那情狀倒像給誰送葬。

顯然有預謀，上來就左右開弓插進敵對的奧運狂歡陣營，把喜氣洋溢的隊伍攪得潮湧驟起。原有的整齊統一破壞了，人推人，人擠人，亂了秩序。我自知早已不是六八年五月風暴的年紀，趕緊逃遁。可是遲了，別說掉轉身往外擠，退一步都難，夾在人牆中不得動彈。慌亂間，一雙男人的手臂從身後伸過來，兩肘前後開弓削出一條狹路，把我帶出亂陣。我趔趄幾步站穩，回身一看，竟是林一舟。

「你怎麼也來了？」我們互問對方。

未及緩過神，傳遞奧運聖火的中國火炬手已一陣風似的跑過來，運動服通紅耀眼，火炬在頭頂燃燒，像起伏的一條龍，連綿湧過。人群再度騷動，卻是狂歡的陣勢。林一舟趕緊拉我避開，退向乾涸的噴泉，面面相覷又忍俊不禁。我倆各執揉皺的紙旗，滿臉汗漬，儼然一對老頑童。林一舟收起玩笑，說：「謝謝，爲本不屬於您的奧運中國助威。」他態度的凝重判若兩人。

這類缺乏幽默感的沉重是中國人常有的臉譜，與法國天性有悖，讓我覺得無趣。爲什麼任何小事都要提升到政治高度？我轉移話題，「你不是在美國嗎？什麼時候飛回來的？」他愣了一下。我又說：「我更感興趣你的美國之行，你最終找到迪瓦・寧布了嗎？」

「沒有。不過我想通了，爲什麼非要捨近求遠找到迪瓦・寧布呢，只要屬於他們家族的，找誰不行？

比如您，不也是土爾扈特太太。所以，與您通完電話，我第二天就回了巴黎。」

「爲什麼是我?!」戳著自己鼻尖，我不以爲然，心裡卻有幾分驚訝。

林一舟笑而不答，表情舒展開來。

如果沒記錯，林一舟是上週末給我打的電話。

那天去看了個畫展，有點疲倦，早早睡下了。黑暗中電話鈴響，那頭傳來急促焦慮的話音：「晚上好，夏洛蒂，對不起打擾您的休息了，我是林一舟，我在舊金山。」

「噢，你跑舊金山去了，有事嗎？」

他說：「我專程來美國找迪瓦·寧布，可是鄰居說她早搬了家，房子賣了，電話也打不到了，不知您有沒有她最近的消息？」

「很遺憾，」我不假思索，「我丈夫、我婆婆在世時就與台灣、美國很少聯繫，如今他們都已離世，我哪裡還會有什麼聯絡方式？」

林一舟像是不甘心，在電話那頭悶了好一會都不肯撂下，最後聽到他幽幽說了一句：「這是我的一個心結，只有迪瓦·寧布才能解開。」

我抱歉，但也只能在黑暗裡聳肩。這種心結豈是一個不相干的外人隨便探問的，就算我與查理的表姊抑或表妹迪瓦·寧布不能說沒有絲毫瓜葛。

夜的靜默裡，我睡意全消。林一舟的困擾隨著大洋那頭的電話線導致我的神經末梢跳動不已。人到遲暮，本不該有那麼重的偷窺心理，可迪瓦·寧布與林一舟之間的祕密居然遏制不住地讓我好奇。相信二十多年前他倆在大西北的偶遇絕非林一舟說得那麼簡單。

而此刻，林一舟正在協和廣場的噴泉旁與我面對面站著，臉上的表情同樣讓我琢磨不透。它是否在告訴我，我正要或將要成爲這樁祕密的合謀？

當天晚上，分手不到幾小時的林一舟再次敲開我的家門。他背了鼓囊囊的雙肩包一陣風似的捲進來，衣著頻率都與昔日不同，看起來更像一個正要加入某場大賽的運動員。他不搭電梯，從老式樓梯一路飛奔，就那麼氣喘吁吁站到了我面前。樓下聖．日耳曼的燈光從臨街的窗玻璃有一束沒一束地折射進來，把如常的夜割出幾縷不那麼如常的詭譎，正好映襯了林一舟怪異的舉動。他坐下，站起，又坐下，又站起，看著我，卻不說話，眼神閃爍，五官也閃爍。我打趣道：「樓梯上遇見鬼了？」

我去廚房煮了咖啡，他狠狠呑嚥一口，放下雙肩包就往外急急掏東西，好像不趕緊掏就掏不出來了。那東西在一個錦盒裡裝著，擱到沙發前的黃花梨炕几上頗有重量。他把錦盒的扣鈕打開，臉倏地紅了，一直紅到耳根。可我已經無暇注意他的紅臉，因爲我看到了奇蹟。巨大的驚訝讓我渾身燥熱，我的臉有可能比他的臉更紅。

正是家裡那只羊脂玉鳳枕的孿生兄長，如天外來物展示在眼前。

我兩手按住腦門，試圖阻止太陽穴的悸動。我脫口問：「這就是巴黎蘇富比拍賣的那只龍枕？」

「是的，虎皮子。」林一舟點頭。

我背過身去，生怕我的咄咄逼人給他製造難堪。

我問：「那個藏在幕後與我爭搶的競拍者竟是你？」

我又問：「您早就知道它是查理家的失物，對嗎？」

一連串的問號，林一舟的回答只有一個音節兩個字：「是的。」

「爲什麼？」

我不滿這蒼白而無足輕重的兩個字，倏然轉身，衝到他跟前。情急中，我已無視本該有的涵養，而變得氣急敗壞。

林一舟朝後退了兩步，反倒鎮靜下來。他在劍拔弩張的距離之外對我說：「今天來，就是回答這些問題的。」他的臉不那麼紅了，他甚至還笑了笑。

沒錯，他是在提醒我的失態。我走回沙發，訕訕坐下。樓下有過街的車急煞，傳來尖峭的呼嘯，如匕首貼著心臟掠過。

他把「虎皮子」抱起來，撫摸著，然後說：「自從大西北與迪瓦·寧布相別，這個玉枕就成了我的一塊心病，整整二十年，既放不下，也拿不起，連睡覺都作噩夢。」林一舟吁口氣，苦笑道：「夏洛蒂，你信嗎？人犯錯只是幾分幾秒的動念，救贖卻要終其一生。」

## 真相

果然，迪瓦·寧布用推土機替祖父推出衣冠塚的那個晚上，還有一幕驚心動魄的情景劇被此前的林一舟遮掩了。

當一輪圓月升起，把幽暗沉淪的天際重新照亮，林一舟便悄悄離開入住的那個車馬旅店，潛回到帕勒塔新墳的條田旁。那個被迪瓦·寧布埋到新墳裡的紅綢包一直讓他心神忐忑，坐立不安。他貓腰躲在近距離的灌木叢後面，衣襟裡塞了一把匕首，等待那一雙雙餓狼似的眼神和他以為注定要出現的一幕。

四周很靜，偶爾幾聲蟲鳴，輕若喘息。

兩個黑影撲過來，一個扛著鐵鍬，一個扛著鋤頭，黑衣黑帽，遮了大半的臉只露出閃爍的眼睛。林一舟能認出這兩雙眼睛，它們來自白天挖坑的兩個民工，林一舟守株待兔等的就是這兩個盜賊。他說服不了迪瓦．寧布美國式的天眞，只能期待事實勝於雄辯。

兩個民工四下裡張望，又嘀咕幾句，開始為自己下午幹的活返工。他們慌慌張張揚鋤落鍬，如驚弓之鳥。林一舟窺視著，莫名地生出幾分體恤，不再覺得眼前這兩個非職業盜墓者有多麼不齒。窮了大半輩的人，眼見寶貝躺在跟前，又有幾個會拒絕這千載難逢的好運？林一舟的心悸動起來，就算換做自己，他能確定從始至終坦然面對？

一把鐵鍬一把鋤頭恰如鋒利的一把巨剪，把培好新土的衣冠塚重新剪出個豁口，深幽幽的，在月色下泛著暈暈白光。兩團黑影一邊一個，彎腰弓背往外掀土，各撒了對方一頭一身，險些把自己的褲腿連腳都埋進土裡去。埋進去又如何？只要把稀罕的寶貝挖出來，跺跺腳，抖掉一身的土，就是芝麻開花發橫財了，美都美不夠呢。

大約也就兩袋菸功夫，眼前一亮，夜明珠的幽光螢火蟲似的飛出來，灼痛了暗夜裡追逐它的每一雙眼睛。林一舟在恍惚中驚起，發現羊脂玉龍枕正被兩隻泥手沉甸甸端著，掀開紅綢，它依舊纖塵不染，在月色下閃著皎潔剔透的光。兩袋菸的時辰並不短，林一舟不知道自己為什麼任由機會流逝而沒去阻止盜墓者的挖掘。他究竟等什麼？等玉枕被刨出來嗎？他收回被灼痛的眼目，感覺霧一般不明就裡的意識瀰漫過來，淹沒了自己。他在隱蔽的灌木叢中站起來，卻對自己捍衛正義的凜然之態產生了動搖。

忽聽一聲大喝：「把東西放下！」

一管獵槍對準了抱著玉枕的盜墓者。

另外一個掉頭便跑。沒跑幾步，也被喝住。

獵槍步步逼近。兩人只好蹲下來，戰戰兢兢把手裡的寶貝擱到地上。

「就憑你們，也想搶小爺我槍下的玉枕。」又用槍管指著刨亂的墳堆，「這是吹哨子叫警察來嗎？趕緊的，把土重新填好，小爺賞你們喝大酒去！」

聲音咋咋呼呼有幾分耳熟，林一舟猜到是那個滿臉落腮鬍的推土機手，下午那群餓狼中尤其張牙舞爪的一隻。果不其然，都出籠了！林一舟嘀咕一句閃回暗影，感覺涼意襲來，陣陣發冷。他當然知道那是心寒，憤懣摻雜著無奈。人性貪婪的本能，又如何抵禦這眼皮底下的誘惑？

不知過了多久，也許是幾分鐘，也許是幾十分鐘，時間在此時此刻林一舟的思維裡早已模糊了概念。他只眼睜睜看著獵槍管制下，那兩個人已把掏空的衣冠塚修補完好，大致回到下午的原貌。天眞如迪瓦·寧布，即便再來繞三圈，也斷然想不到這新修的衣冠塚已是一座空墳。推土機手收了槍，從地上抱起紅綢包，得意地笑著，呲出兩排平日不怎麼刷的黑牙，招呼撣著灰土的那兩個民工說：「走吧，辛苦了！小爺請你們喝大酒去。」他口吻親暱，像江湖兄弟間的插科打諢。

可惜，這酒終歸是喝不成了。

一把匕首亮在他的脖頸上，獵槍旋即被繳械。推土機手原也是不經嚇的，沒看清打劫的人，先哇哇叫起來。

林一舟突然就直起腰來，一副無所畏懼的姿態，攥匕首的手不再顫抖，心也不再撲通撲通狂跳。男人的勝利有時會來得比風還快，眞是豪邁！他努力鬆弛緊繃的臉說：「把玉枕給我！」

推土機手這才發現把刀架在他脖子上的竟是陪美國女人來過的那個白面書生，氣焰重又囂張起來，「憑什麼給你？你是墓碑上那老東西的徒子還是徒孫？」

林一舟嚇唬他，「你就不怕叫公安來？」

「抓我？」推土機手冷笑道：「我做什麼了，抓我倒不如抓你，你敢說持刀搶劫也是助人爲樂？」

林一舟心頭一緊，愣住。仔細想想，對方的話滴水不漏，還眞難找反擊的措詞。

但不管如何，玉枕必須留住。林一舟把繳來的獵槍往肩頭一掛，騰出手去掏內衣口袋裡的信封，「你們不就想撈點錢來花，我買這物件還不行嗎？」他把信封朝推土機手身上一塞，「喏，裡頭有二百來塊錢，我的全部身家，你們三個拿去分吧！」

「打發叫花子吶？」推土機手雖然嘟嘟囔囔，刺蝟的尖利卻已順毛捋平。都是荒原上受慣了窮的人，這厚厚一沓鈔票已足夠讓他們開眼。那個年代，就算大學畢業當了中學教師的林一舟，每月工資也就信封裡的四分之一。那兩個始作俑者，更是扯著兩張分到的鈔票樂得屁顚屁顚。

林一舟準備撤了彈藥把獵槍還回去，一拉槍栓，竟鏽得死死的，細看時，槍膛也是空的，原來用以恐嚇威脅的竟是一個破擺設。他忍俊不禁，推土機手也自嘲地跟著笑。

幾個人離開後，林一舟獨自留下來，在帕勒塔的墓碑前坐了很久。此刻，他知道自己是不會再把玉枕埋進土裡去了，那麼，拿回去還給迪瓦·寧布？他掀開紅綢，在夜明珠的照耀下如醉如癡地端詳玉枕，感覺眼珠都快掉進去了。隱隱黑暗，淡淡月色，夜明珠亮著綠瑩瑩的一團光暈，把雕琢於羊脂枕面的玉龍映得栩栩如生，飛將起來。他忍不住把臉貼上去，涼津津的觸感裡有細緻入微的溫潤，就像舔吻著女人精美絕倫的一張臉。剎那間，他明白了當年父親爲什麼至死也要抱住他的那只玉枕。雖此玉枕非彼玉枕，道理卻是一樣的。

危險的念頭遏制不住地冒出來，從下午勸阻迪瓦·寧布埋枕的點滴開始，一路行來，終成驅之不去的欲念，蘑菇雲般罩在頭頂。

林一舟一陣慌亂……

## 龍鳳玉枕如是說

一念之差。

二十年前西域的那個夜晚，林一舟關於玉枕的坦白或者說懺悔，還有人性原罪的晦澀幽深，都再一次刷新我的中國經驗。

我想對林一舟說：就算貪婪有千萬條可以辯駁的理由，行爲終究令人遺憾。

但我說不出口。西方式的價值判斷和直言不諱在這種時候遇到了障礙。我不清楚這種障礙是不是來自我日益刷新的中國經驗。

我只能用銳利的目光盯著他看，一邊表達我的譴責，一邊在心裡說服自己寬恕他。

林一舟在雙重譴責的壓迫下，一直低著頭。

我問他：「除了迪瓦．寧布說的這些，你還知道更多關於這對玉枕的來歷嗎？」

「難道它們不是乾隆的賜物？」

「沒錯，是乾隆皇帝賜物，原賜予土爾扈特蒙古大汗渥巴錫，查理的祖先巴木巴爾卻用他的賜物八百匹駱駝置換而來。你想想，八百匹駱駝，列成長隊在草原，在戈壁灘，該是多麼壯觀的一支駝隊。」

林一舟不愧是在古董圈裡待久了的人。「是查理的先祖對玉枕情有獨鍾？」

「正是。巴木巴爾有一個心結，關於玉枕，也關於夜明珠。而這對賜枕不僅有玉，還有夜明珠，暗合了他的心結。」

記憶翻捲上來，眼前疊印出無數張查理的臉。

那是一個夏日的黃昏，查理坐在桑托貝自家游泳池邊的太陽傘下，用絨布擦拭他母親留下的羊脂玉鳳枕。查理稱它為「秋梨子」，而另一只龍枕「虎皮子」聽說存在台灣大舅手裡，他從未親見。「秋梨子」和「虎皮子」，原是極品老玉用形象演繹的盛譽之名，用它們作了這對玉枕的別號既是查理的發明，也算熨貼的詮釋。查理小心翼翼捧在手裡，表情凝重。我剛從泳池裡爬上來，渾身水淋淋，聽他輕聲喚我，便扯了條浴巾裹住身體，坐到傘下另一把椅子上。查理把玉枕端起來，歎道：「你瞧，多麼美輪美奐的玉！」他萬般柔情凝聚於眼眸的深藍裡，彷彿那玉枕勝過他最鍾情的女人。我忍不住醋意翻湧，說：「玉倒是是好玉，那顆鑲嵌於鳳冠上的夜明珠我卻是不喜歡的，鬼火冥光閃閃爍爍，讓人心懼。」當時是我們分手二十載重又步入教堂的翌年。對於玉枕，我所知甚少。

查理說：「讓我們試著解開祖先的心結，或許就會對它刮目相看。」他眼神邈遠起來，開始檢索他母親在病榻上言說的家族軼聞。

查理的先祖很久之前就對古物情有獨鍾，尤其玉器，尤其和闐玉。本就出在介於天山、崑崙山之間的新疆塔里木盆地，自然跟他們有更深一層的親近。年輕時的巴木巴爾，雖然在土爾扈特蒙古西遷後出生成長於沙皇俄國，卻始終以蒙古遊牧民族的傳人自詡。東歸之前，父輩傳承的異域生存因了沙俄帝國的排擠重壓，在伏爾加河流域不停地被追殺，被遷徙。但他的馬背或蒙古包裡一直伴有一只羊皮箱袋，裡面珍藏了幾代家傳的和闐玉。巴木巴爾浸潤於家族淵源，從小識玉，十分清楚其中以羊脂玉墜與璞玉佩為最稀有最珍貴。他卻更偏愛那只沉甸甸的白玉枕，有彎弓射雕的鏤刻，寫意、剽悍、激揚，那才是騎手的大志之氣。尤其枕面還鑲有一顆綠瑩瑩發光的珠子，璀璨如星，皎潔如月。即使密藏於羊皮軟袋，照樣燭照蒙古包的每一個黑夜，每一個角落。他祖母在他很小的時候就告訴他，這是夜明珠，是「騰格里」（蒙古族薩滿教意爲上天）賜予的神明之光，將指引他的子民走出萬劫不復的黑暗。

之後渥巴錫大汗率領離散在沙俄伏爾加河流域的蒙古土爾扈特部起義，東歸故國。作爲渥巴錫的族弟與得力部將，巴木巴爾是驃騎兵先遣武裝的頭領，他把家眷和牛羊馬群都留給後發的大本營，自己只帶走他最心愛的一匹馬和綁在馬背上的那只羊皮軟袋。一路東征，他策馬揚鞭，與他的驃騎兵們打退沙皇軍隊無數次洋槍洋炮的狙擊攔截，衝出一條山重水複哀鴻遍野的血路，最後輔助汗王完成史上最可歌可泣的東歸大業。

巴木巴爾與所有倖存的土爾扈特蒙古人一樣，成爲後世景仰的英雄。就在逾越中俄邊境，踩上新疆伊犁某牧場的那一刻，他牽著馬，望著眼前冉冉上升的旭日，淚流滿面。他爲勝利而哭，也爲馬背上丟失的那只羊皮軟袋而哭。之前在沙俄境內的山谷裡，巴木巴爾這支已折了大半的先遣隊再次被三倍兵力的哥薩克騎兵圍堵，他的馬中了槍，倒在血泊裡。巴木巴爾之所以能突圍生還，一是左鋒騎手替他擋了子彈；二是他的羊皮軟袋被打穿，玉石散了一地，貪婪的哥薩克騎兵一哄而上，你搶我奪，渙散了追剿的勇氣與鬥志。當他跨上左鋒染血的坐騎絕塵而去，耳畔仍是貪婪的尖叫風一樣掠過。巴木巴爾恨得兩眼噴火，卻沒有一滴淚。不是他不想哭，而是接踵而來的一場又一場惡戰，流血，跋涉，逃命，讓哭的情緒與空隙都沒有。到此時，他勝利了，怎能不爲他曾經的落敗和丟失補償不輕彈的眼淚？

東歸後在承德避暑山莊，拜受大清乾隆帝對土爾扈特蒙古的賜封授爵，讓東部落新晉多羅郡王巴木巴爾冰凍的遺忘徹底融化。他想找回他的羊皮軟袋，找回與自己同生共長的家族記憶。渥巴錫領賜的那對玉枕與他曾經的失去有形式上的類同，意義上的代償。雖非彎弓射雕而是龍鳳戲珠，卻正是和闐玉中幾近孤品的羊脂玉「虎皮子」、「秋梨子」。更何況，鑲嵌於虎皮秋梨之上的夜明珠，與他原先那顆鑲嵌於白玉枕上的夜明珠宛若孿生姊妹，形同，神似，連燭照的光暈，也別無二致的靜謐溫潤。巴木巴爾因而願意傾其所有換來渥巴錫的這對玉枕，爲自己找回家傳的一份責任和信念。

他感恩戴德。

當日夜晚，正興建中的東部落郡王府燭火通明，長夜狂歡。郡王巴木巴爾卻提前離座，獨自折回尚未全面竣工的寢宮，閉門熄燈，合衣臥榻。他輪換地枕著新枕，從虎皮子龍枕換到秋梨子鳳枕，又從秋梨子換到虎皮子，任由夜明珠的幽光在臉上恣意徜徉。他想這時他是應該笑的，笑出他的躊躇滿志。但一掌撫過臉面，卻是縱橫流淌的淚溝。

這個所謂英雄氣短的夜晚與從此堪稱鎮府之寶的龍鳳雙璧一併流傳至今。巴木巴爾的後人常常無限溢美地想像他們的先祖：他其實是一隻羽化的鷹，銜玉而來是他神聖的天職。

百多年時光荏苒而去，始於巴木巴爾的土爾扈特東部落多羅郡王，由父親巴雅爾世襲到年僅十六歲的兒子帕勒塔名上。而郡王府裡那對龍鳳玉枕雖歷經滄桑，也隨之安全著陸到這位小王爺手上。帕勒塔固然深知這對無價之寶對於邊域貴冑的不可或缺，但畢竟歲月更替，他的鴻鵠之志也不再滿足於守住家傳的這份榮耀，騎馬打獵，吃喝玩樂，做一個富敵四方逍遙自在的邊域王爺。他自幼讀書習武，雖身體纖弱，卻心智飽滿強悍，他想匡扶社稷報效國家。

當然，這個有別於其他蒙古王公的動念不是空穴來風。十九世紀末葉的西域邊陲，是沙皇俄國虎視眈眈並蓄意蠶食的一塊肥肉，因礙於公義不得明火執仗，便隔空使壞，唆使接壤的外蒙滋事挑釁，以致雙邊摩擦頻仍。而其時大清帝國大廈將傾，皇權不保，紫禁城且已自顧不暇，何來揮斥方酬抵禦外辱的心力與氣度？帕勒塔爲此憂心忡忡，恨不得像他的先祖巴木巴爾一樣，揚鞭策馬與那藍眼珠的黃毛子血刃一番，捍衛家國領土完整。但他畢竟缺了幾個年輪，偌大一個東部落郡，是萬萬不肯把未成年的小王爺推向一觸即發的刀光劍影之中去的。他只能伺機待發。

隨後發生的一場血光之災，反倒替他解了圍。

那是月黑風高的深夜，伸手不見五指。爲小郡王誕辰狂歡的郡王府終於累了，沉睡到濃重的鼾聲裡。突然一聲馬的嘶鳴，劃破寂靜的夜空，緊接著有人大叫，「馬廄起火了！」紛亂的馬蹄聲踢踏而去。飲了不少酒的帕勒塔在迷糊中驚醒，抓過衣袍，提燈便往後院衝。燈影裡濃煙滾滾，他看見院外馬廄火光沖天，群馬四處逃竄，更遠處圈著駝隊的壩上也亂成一團。

平白無故哪來的火？分明有人偷襲，蓄意縱火。

帕勒塔皺了皺眉頭，看見府裡兩個馬弁正在越燒越旺的火海裡驅趕未能掙脫韁繩的驚馬，其中那個年長的被燒成一團火，跑出來就地一滾，又要衝進去，被帕勒塔一把揪回來。帕勒塔拚命喊著，手忙腳亂指揮家奴撲水救火。他母親攙扶多病的父親也急急趕來。帕勒塔擔心跑散的馬群，翻身上馬，帶領騎手衝出去。

這一去，正中偷襲者的調虎離山之計。等到把四散的馬群追回來，把驚慌失措的駱駝歸隊，郡王府裡已是另一派亂象。馬廄的火總算熄滅了，卻只殘餘了燒焦坍塌的廢墟。帕勒塔跳下馬，掃了眼四周，臉頓時青了。前宮後院空無一人，靜得駭人。他三步併兩步往老王爺寢宮跑，生怕出什麼意外。寢宮朱門大開，門內浩劫後的一片狼藉。父母背靠背綁於廊柱，眼上蒙了黑帶，嘴裡塞了布團。帕勒塔狂吼幾聲，滿屋家奴不見應聲。他衝上去，用佩劍砍斷廊柱上的繩索，把父母背到床榻上。榻上珍貴的獸皮褥子已被統統擄掠，露出光禿禿厚實的原木板材。多病的父親從昏迷中醒過來，嘴唇蠕動，卻說不出話。母親受了驚嚇，嗚嗚地哭。帕勒塔向來被郡王府尊爲天神靈童，可何時遇過此等危急危難之事？他慌了，心急火燎地跑出去，前宮後院拍遍了多扇門，怎麼也找不到府裡的老總管巴圖。最後才在另一頭的家府祭堂裡面，發現關著的一窩人。除了老總管巴圖，除了跟班小吉布，其餘家奴都在，都被堵了嘴，拴成一串連環套。鬆綁後問明底細，才知偷襲者並非打家劫舍的土匪盜馬賊，而是洋槍皮靴騎馬的洋毛子，個個藍眼睛大鼻子。

這類小股騎兵的騷擾早已不是第一次。不是外蒙，便是沙俄。

帕勒塔兩眼噴火，忍無可忍，一怒之下拔出佩劍，稀里嘩啦劈掉祭台上的羊頭牛首等祭牲，吐口濁氣拭淨劍鋒，鐵青了臉朝自己寢宮急步而去。

寢宮的門虛掩著，門下竟有一條血溝蜿蜒而出，凝成黑紫色。推門而入，發現地上直挺挺趴著兩個人，老的在上小的在下，重疊著，血肉模糊。翻過身來看，正是老巴圖與小吉布，手腳冰涼，人已沒了氣息，唯有前胸後背穿透的槍洞裡滋滋往外滲血。而壓在重疊的屍體下完好無損的，竟是一直密藏於他榻下暗屜裡的那只錦盒與錦盒裡的龍鳳對枕。可以想見，面對貪婪凶殘恣意掠奪的洋毛子，赤手空拳的老巴圖、小吉布無力抗爭，只能退避相守，用軀體來掩護這對玉枕，以致雙雙飲彈中劍身亡。帕勒塔僵立那裡，心劇烈抽搐著，熱辣辣的血從腳底逼上胸腔，哇一聲噴出口，濺紅了半邊牆半扇門。他整個人篩糠似的抖起來，嚎啕大哭。

他是因痛而哭。痛殘暴猖獗的外夷竟敢在大清版圖他的屬地上如此肆無忌憚地燒殺掠搶；哭老總管、小跟班竟不惜用鮮血和生命來保全鎮府之寶，那是一種怎樣的忠誠、怎樣的無畏。

次日，太陽尚未升起，帕勒塔就帶著幾名驃騎手啓程上路進京，身後跟了一支逶迤的駝隊，馱了他穿越西部的全部行囊。行囊裡有一路上吃的喝的用的花的，有敬奉朝廷的貢品邊地珍寶，也有他曾經讀過並且將來還要讀的許多書。進京的決定是直到凌晨才說服了父母做出來的。昨夜血與火的洗劫使他最終明白，他不能再等了，要替老巴圖與小吉布報仇，要保住自己的疆域和大清的版圖，他必須使自己強大起來，必須進京去朝廷做官，必須有所作爲。

父親歎了一夜無奈的氣，母親流了一夜不捨的淚，終於放手。臨出門，父母又把剛剛擦淨了血的虎皮子、秋梨子再次遞給他，要他一定帶上。並諄諄囑咐他：銘記先輩留下的榮耀，銘記國恥家恨，銘記郡王府裡忠實奴僕的兩條命……他沒吭聲也沒說話，心卻刀刻般永遠留住了記憶。他像他的祖先巴木巴爾那樣，把玉枕錦盒裝進軟皮背囊，斜挎於肩，策馬馳騁而去。

「虎皮子」與「秋梨子」就這樣隨著一個王公家族的新生代主子回返京城，並從此開始另一輪吉凶難卜的命途。

又半個多世紀過去，中華民國也在一夜之間成爲歷史。

……查理母親尼錫達爾瑪與她同父異母的兄長站在帕鐘霓跟前，前王妃端坐在床沿，併攏的雙膝上一對龍鳳玉枕。帕鐘霓說：「眼看北平就要改換朝代，你們該走的趕緊走，別牽掛我，甭管變出哪片天，總有老太太吃的一口飯。今天叫你們兄妹來，是遵循你們父王的遺囑，讓你倆各把物件帶上。男擎龍，女舞鳳，千萬好生守護。」

接著，帕鐘霓慢慢告訴兒女，這對玉枕是帕家的傳世之寶，是當年土爾扈特蒙古東歸後大清乾隆皇在承德山莊親賜於汗王渥巴錫，後又輾轉到了巴木巴爾手裡的。而巴木巴爾從渥巴錫手裡用駱駝置換玉枕，並不因爲它們曾被哪位皇上皇后高貴的頭顱枕過，或者玉枕的質地與品相有太少見的極致，而起因於郡王在東歸跋涉中一個刻骨銘心的傷痛。後來，這對寶貝代代相傳直至晉爵親王的他們父親帕勒塔手裡時，也曾歷經劫難，是府中奴僕以命相救才得以脫險。從此密藏於箱底，作爲鎮府之寶，連家中小輩也無緣目睹……

兄妹倆屏聲靜氣，閃避的目光隨著話音落到母親膝上。龍鳳枕的由來以及早年命途多舛的經歷他們隱隱知道一些，卻也實在有限。疑惑的是這一傳承父親去世時沒做，後來兄長迎娶妹子婚嫁沒做，爲何偏要在去國離鄉之際讓他們帶著走？母在，家就在，家傳的寶貝與家同在總比顛沛流離好不是嗎？

帕鐘霓當然明白兒女的心思。其實，在帕勒塔最後的日子裡，帕鐘霓王妃三番五次要把它們從箱籠裡翻找出來，都被王爺制止了。帕親王對王妃說：「你還如此年輕，且能慢慢守它幾十年呢。孩兒們太小，由你守著我才放心。」

可如今眼下的時局，她只能裝作對誰的心思都視而不見。她淡然說：「不必多言了，遵囑便是。」兄妹倆豈敢忤逆，小心翼翼接過龍枕鳳枕，跪拜母親，悄然退下。

沒過多久，各自行色匆匆上路，一個攜妻小去了台灣，一個隨外交官丈夫去了巴黎。從此母子訣別，兄妹離散，再無相見之日。

查理的家族往事從來不是童話，無論敘述還是聆聽，都有難以排解的負重感。我口乾舌燥，站起身去廚房灌了一大杯涼水。出來時看見林一舟同樣的坐姿，一動不動像個石雕。我不想氣氛如此滯重，又不便打擾他，就走到窗前看街景。夜開始沉靜，市聲漸漸稀釋，街燈明明滅滅帶著獨有的朦朧與懸疑。我置身其中，慢慢把背後的林一舟忘掉。

不知什麼時候，他開口說話了，聲音很輕，像從無邊的遙遠裡傳來。我居然聽不到他說什麼。於是我回過身，重新在他對面坐下。我在窗外街燈的明滅中開始捕捉關於林一舟的懸疑。明明是從中國西北攫取到的虎皮子，怎麼又會不翼而飛到了巴黎蘇富比的競拍台上？

憶起當年查理曾對我說：「有些物件在人心裡住久了，難免生根，發芽，慢慢就長在一起，剝離不開了。」

這句話或許也可送給此刻坐在我面前的林一舟。

他應該能理解這句話。在那個月輪高照的西域之夜，他並不光明正大的行爲之端是否也有關於家族的信念作祟？而我，是否也應該因此而寬恕他？

# M

## 偷渡

上世紀九〇年代初，溫州林一舟的家。一大一小兩只行李箱擱在方桌邊的地上，大箱子裝了將來過日子的一應所需，小箱子只有一件東西，那就是迪瓦·寧布曾經埋進衣冠塚裡的「虎皮子」龍枕。

這是一個陽光燦爛的日子，在林一舟眼裡卻烏雲密布。伏桌吃著母親做的蔥花魚丸麵，他雖故作輕鬆，笑言最後的午餐如何如何，卻未知其味。因爲吃罷這碗麵，他就要與六男四女同行，踏上凶險叵測的偷渡之旅，飛往歐洲。法蘭西曾是一個多麼誘人的地方，但此刻，他寧願世界上根本不存在這個國度。

當年這個小城的出國熱與北京上海各省會大都市不同，主流群體不是留學生，而是一批由「溫州模式」孕育出來的成功商人或不甘清貧躍躍欲試下海弄潮的不安分者。他們出去闖蕩的目的不是求索西學，知識鍍金，而是賺錢。都說國外遍地黃金，搖錢樹使勁搖，美金法郎馬克英鎊如繁花落英，踩一腳說不定就沾上一鞋底。依託僑鄉先輩們走世界的曾經，他們爲夢想召喚，被金錢驅使，爭先恐後擠破了頭也要從太陽升起的此岸奔赴太陽落山的彼岸。可是，遙想中的西方是秩序井然的文明社會，踏上這艘船是需要船票的。這張船票不是單純的機票車票船票，還包括了出境許可、護照、簽證等一系列絕非人人都能獲得允准的文書，那一個個看起來醒目而漂亮的印戳對被拒絕者不亞於冷酷猙獰的臉。這批出國大軍在他們的原籍國遠未崛起的上世紀最後一二十年裡，能擁有漂亮印戳的人少而又少。不過沒關係，不同凡響的群體有自己獨特的機制和途徑，那就是偷渡，溫州方言俗稱「黃牛揹」。揹人的叫蛇頭，被揹的統稱黃牛。各種各樣的出行方式，先飛東歐，迂迴潛入西歐；扒漁船偷渡香港，躲進遠洋貨輪底艙夥同集裝箱輾轉北美；跟旅行團隊幾日遊新馬泰，半道離隊用當地人假護照闖入西方免簽國；抑或雲南邊境步行出關，翻山越嶺穿越柬埔寨越南寮國泰國，繼而如投遞郵包一站一站從南亞洲投送歐洲大陸。黑道五花八門，由「蛇頭」牽引，鈔票鋪路，動輒十幾萬、二十多萬，與其時城市父母官區區幾百元的月薪相比，是多麼令人咋舌的天價。但被揹的「黃牛」們連眼睛也不眨一下，轉讓生意，典賣房產，甚至借高利貸，極盡一切傾囊而出。所謂「蛇頭」，正是那個時期應運而生的黑社會非法職業，以各種歪門邪道貫通地下甬道而索取高額費用。「蛇頭」掙的是血腥錢，卻也大多與「黃牛」們一起吃苦受累，出生入死，是枕著死亡睡覺的營生。「蛇頭」們來自江湖，魚龍混雜，雖有不講信義謀財害命之輩，大部分還是恪守規矩的。畢竟人家是用錢把命交到你手裡，死亡之旅一路走去，危機四伏，運氣不好捨命於半道也不止一二。然而只要有了走的動念，加入了「黃牛」隊伍，便不再有艱辛困苦能阻擋他們灌注了勃勃野心的腳步。

林一舟不屬於這類人。之前，他先讀書後教書，清貧卻自足，對金錢一向沒有多大奢望，更談不上為錢破釜沉舟。他是作過無數關於巴黎的夢，夢裡有巴黎聖母院，有拿破崙的凱旋門，有塞納河、香榭麗舍，還有文學巨匠印象派大師比比皆是的筆墨足跡。可這些夢境只要跟文人小資沾點邊的都有可能邂逅，不足為奇。

那麼，究竟什麼是驅使他鋌而走險的動因？是某個陌生人託鄰居轉交母親的紙條和紙條上的地址電話？還是，此刻正倚在腳邊的小旅行箱裡那個紅綢包裹的夜明珠龍枕？他不知道。從決定走的那天起，他就把自己的思辨能力弄丟了。他甚至不敢觸碰這個命題，彷彿一觸碰就是摸了電閘，心裡的各個角落都暗了，漆黑一團。

母親坐在桌子的另一頭默默看著他。後來終於與母親在一起了的沈叔在天井裡忙著什麼。林一舟知道沈叔其實無事可忙，他只是避開了，留給離別的母子安靜相處的最後時光。母親對兒子的走是豁達的，她以爲男人離家闖蕩沒什麼不好，那行寫在紙條上的地址電話就是母親幫他貼到小本子上的。當時母親一邊貼一邊說：「就算你不肯打這個電話『黃牛揹』，也把紙條帶上，要緊關頭多個號碼總是好的。」母親也很另類，她並不擔心林一舟前程未卜的遠行，年少離家出走大西北尋找父親的經歷讓母親甚是高看自己的兒子，她只是覺著此刻吃著麵的兒子神情有些恍惚，這才是危險的狀態。於是母親站起身，把剛擱下筷的兒子的頭捂到懷裡。母親說：「既然跨出這一步，便沒理由退卻了。我曉得你一直爲玉枕的事悔不當初……人家不在美國嗎？你只有出去，才有可能還回去，對不對？」

林一舟暗藏的心事被母親一覽無遺，讓他窘迫而猝不及防。他把臉從母親懷裡抬起，看見母親雲淡風輕地對他笑，心裡的愁雲也蕩然而去。

是沈叔送他上路的。母親倚在門框上揮手，連天井也沒出來。林一舟拉著箱子，感覺母親比男人更渾厚的大氣推搡著自己，脊背越挺越直，步子也越邁越快。

到了北京，卻發覺原來與「蛇頭」約定的東歐第三國簽證已經被拒，一時半會走不成了。工作辭掉，教工宿舍被收回，母親那兩間政府還回來的西廂房也抵押給蛇頭作了他的路費，家是怎麼也回不去了。

只能在京城某個角落耗子一樣窩著。住地震棚改裝的小旅店，躲進惡臭的公用廁所用電爐做飯，要麼跳閘要麼被店主連鍋帶人趕出門外。就算戰戰兢兢做熟了簡而又簡的一日兩頓飯，還得與同夥與那些餓極的蚊蠅蟑螂搶了吃，手腳慢一步便只剩碗底的湯。困守兩個月，轉道西北意欲從早年的絲綢之路奔突出去。西北林一舟熟，有他從小到大幾番尋父銘刻在心的傷痛。然而戈壁灘騎駱駝跋涉多日，「蛇頭」嘴裡天花亂墜的祕密通道還是沒破開，一行人又被中途接手的第二任「蛇頭」球一般踢回原地。貼身口袋越來越癟，原就稀薄的一沓鈔票剩了沒幾張。正惶惶不安，第一任「蛇頭」再次現形，斜睇著眼掃了圈被他當作貨物運送的這幫人，啪一聲，嘴角橫叼的菸捲被他自己一巴掌拍掉。「你媽的，這回阿爸我虧大了！」氣哼哼將一個破皮包朝對方懷裡一塞，揚長而去。林一舟接過包取出一沓揉皺的信封，正是離家時他們幾個交納的買路錢。路沒走成，信封裡的錢卻空了一半。想追上去問，又覺得問也是白問。再看「蛇頭」踉蹌而去的身影，腰背佝僂著，委靡而頹敗，似也不比他們好到哪裡去。灰溜溜折回京城那個小旅店，還是黏糊糊的兩席大通鋪，煎熬了近半年的隊伍終於分崩離析。兩個打算回溫州另尋出路；一個病倒住進醫院，老婆哭哭啼啼從家裡趕來陪床；另一個兩日裡賭空了信封，要走也沒了路費。只剩下半支隊伍兩女四男，執意要隨林一舟下雲南。

此時林一舟，文質彬彬的一介書生，成了這幫無頭蒼蠅的主心骨。到了西雙版納，按照母親貼在小本上的紙條，找到那個蟄伏在密林深處傣家竹樓裡的溫州籍「蛇頭」。此人原是一位街坊的朋友，據說江湖上口碑不錯，黑道生意做得蠻大。以前在甌江的七都島划蚱蜢舟擺渡，後來不知怎麼一把槳划到了溽熱的西南邊寨，恐怕也是鋌而走險終究比搖櫓擺渡來錢快的緣故。這是一個精瘦的小個子，眼睛不大，眼神犀利，即便咧著嘴笑，你也會感到臉上颼颼的刀光劍影。林一舟赴約時與他坐在傣家竹樓喝酒，喝那種燒得喉嚨起泡的烈酒。林一舟不會喝酒，還是拚死了喝。他知道要說服小個子答應用剩下的一半錢先「揹」他們走，等抵達目的地再由親友補齊餘款並非易事，他需要足夠的誠意先獲得對方好感。可惜他不是江湖之人，他對江湖義氣少得可憐的理解便是酒桌上先乾爲敬的豪爽。因此，在別無他有的窘困下，他只有把自己灌醉來投石問路。

沒想到，剛幾杯酒下肚，小個子蛇頭就把螳臂一樣的胳膊往桌上這麼一蹭，說：「你的事我允了，就算把你『揹』到法國，我也不要你另一半錢。你那幾個同伴沒這麼便宜嘍，先付五成，那也是看你的面子，送到後一個銅鈿也不能少。」小個子見林一舟瞪大眼睛直愣愣看他，「咋的，這等好事你不信？」

「我……」林一舟攥住貼身兜裡的信封，心底一陣狂喜。有道是人窮志短，林一舟與小個子開始談生意時，雖信誓旦旦後續費用到目的地付，實則根本不知道這筆錢在哪裡。一個清貧的教書先生，月掙百多塊工資，除了吃飯穿衣，最多只能看場電影買幾本書。家裡呢，連西廂房都押了，母親還添了壓箱底的一根金條，才湊出這天文數字二十萬。他還有什麼轍能變出另一個十萬？當他踏上竹樓見人家時心裡就咚咚打鼓，明知這單生意不過是書生的權宜之計，多少帶點誆騙的意思，很不君子，卻也是窮途末路的不得已。而現在，小個子竟把一個天上掉餡餅的燦爛前景輕而易舉地扔了過來，他心裡更忐忑了，伸出手也不敢接。

「爲什麼，是我？」林一舟吞下一大口酒，借了一路燒下喉管的酒膽問。即便死，也要明白是怎麼死的。

小個子笑了，笑出在林一舟看來是那種叫做奸詐的表情。他掏出菸叼在嘴角，擦根火柴點上，接連吐出幾個煙圈，然後說：「你也不以爲這世上會有無緣無故對你好的人是不是？以前我也不相信。可是不瞞你說，還眞有。比如你阿爸，他救過我的命。所以現在，我要報恩。」

「你認識我父親？」林一舟大吃一驚。

「陳年八代的事嘍。」小個子撥了撥罩在面前的煙霧，眼睛瞇成一條細縫，像是被自己的煙嗆著了。

那年他九歲，得了腦膜炎，區衛生所治不了，他爸搖舴艋舟到安瀾亭碼頭，再由他媽背到溫州三醫。那是六〇年代初，七都島窮他家更窮，一路折騰早把阿爸搖櫓阿媽賣雞蛋攢的錢花了大半。他躺在急診室門口的擔架上，全身抽筋口吐白沫就差斷氣了。醫生說需要立即搶救，否則就救不過來了。可他爸媽兜裡的錢連住院費都繳不起。他爸跳腳跟「白大衣」吵，他媽伏在兒子身上哭，動靜鬧得很大。這時一個和藹的先生走過來，青布衫，藍袖套，右手拎幾貼中藥，很斯文的樣子。他看看擔架上的孩子，一句話不問，就從口袋裡掏出一個牛皮紙信封，塞給他阿爸，細聲說：「快給孩子辦住院吧，救人要緊。這是我剛發的薪水，應該夠他治病了。」他爸還愣著，他媽抹淚推了他一把，「還不聽先生的，我們以後慢慢還。」轉身給人下跪，頭磕得咚咚直響。先生扶起他阿媽，說：「阿嬸別這樣，哪個孩兒不是父母的心肝寶貝？你瞧，我也是給兒子抓藥來的，他跟你兒子差不多大。」那天不是禮拜天，男人說自己是從班上抽空出來抓藥的。還說他家離醫院很近，走幾步就到。

他被救活了，花去那位先生一個月的薪水。他爸說這人的薪水真高，頂了他一年搖櫓的錢。他爸媽於是整天在醫院打聽這位先生的住址，終於在一位老護士嘴裡打聽到，這男人家原來開綢布莊和鞋莊，街上有很多店鋪，解放後都被政府公私合營了，父親還挨了槍子兒，全家就他撿回一條命，現在是戴帽資本家。老護士與他是街坊，雖不常走動，事情還是知道一些的。他阿爸聽後悶了好久，才對病床上的兒子說：「給我聽好了，你的第二條命是人家給的，要記得報恩！」他阿爸說這番話時表情很奇怪，臉上每條皺紋都豎起來，刀刻一樣，到今天他也沒敢忘……

出院回島前，他爸媽帶他找到那位先生的家。治病花光了所有錢，他們是空手去的，就算致謝也是沒有任何實質的致謝。但阿爸阿媽執意要去，哪怕許一個不知能否兌現的承諾，也是做人的禮數。記得清楚那天也是禮拜天，下著細雨，那個先生和他老婆都在。阿爸讓他給他們磕頭，磕頭時聽見雨打後窗的聲音。先生慈愛地捋他的腦袋，他女人還給他吃米花糖。那米花糖又甜又糯，滿嘴桂花香，他從未吃過這麼好吃的點心。他不記得當時也有與他一般大的小孩在邊上，興許城裡人不想與鄉下人玩到一起呢。後來他一家要走，先生與他女人一直送過天井送到大門口，還遞了一個包裹，有吃的，有穿的，還有幾本小人書，說都是送他的。阿媽實在不好意思拿，推擋著就哭了，眼淚稀里嘩啦。

到來年，阿媽攢下好幾個月不賣的雞蛋，又把阿爸搖櫓掙來的角票換成一塊兩塊的大票，用紅紙包掖在滿籃的雞蛋下面，帶著他第二次去救命恩人的家。雖然這點錢再加上那籃雞蛋根本還不了他的救命錢，阿媽還是說一定要去。可是天井裡面的家門是鎖著的，鄰居說那個先生被抓走了，家也抄了。這時他阿爸阿媽才知道，城裡鬧文化大革命了。

再後來，先是颱風捲走撐船的他阿爸，屍首也沒從江裡撈上來。他阿媽氣急傷心，一病不起，床上躺了七八年，藥罐煎破了好幾只也沒救過來。四個孤兒的家從此塌了天陷了地，他與他阿哥休學，頂一個大人撐船擺渡，他姊他妹撿破爛，這才辛辛苦苦活下來。

……。

小個子擤了把鼻子，瞇縫的眼裡兩泡淚。但他沒哭，反而哈哈笑道：「現在好了，我終於有能力報恩啦！」

「這麼說，你早知道我想出去？」林一舟恍然大悟。

「也是聽你街坊隨口說的。不過你是斯文人，我又不敢上門直了脖頸打聽，誰知你敢不敢走這險惡的黑道，就給你家街坊留了我這邊的地址電話。你若願意，自然會找上門來，對不對？」

林一舟心裡熱辣辣的。但他知道不是酒的原因。

出發了，第一階段是步行，跋山涉水穿越中緬邊境的原始森林。北京帶過來的箱子連同箱裡面的東西都扔掉了，再不捨也得扔。每人帶的行李只准一個肩揹包，裝上電筒、打火機、創口貼、常用藥和幾件換洗內衣。林一舟的包撐得特別鼓，特別重。包裡塞了裝在錦盒再裹了紅綢的龍枕和一把匕首。那是他的祕密，即便把自己走丟，也得拚了命保住它。小個子「蛇頭」已經做大，手下自有出兵各路的「揹頭」，他只須收錢，然後做出謀排陣的事。比如從哪條路徑走，用哪個路段的蝦兵蟹將「揹黃牛」即可，銀兩的分贓也是他說了算。臨行，林一舟過去道別，小個子也不多話，只拍拍他肩膀，說：「別犯書呆子氣，多長個心眼。」

一根又粗又長的繩索，束縛並牽引著野獸般出沒的越境者，有林一舟他們六個，也有從溫州周邊的文成、瑞安、蒼南湊集的十好幾男女，深一腳淺一腳背離西南熱帶森林，朝不可知的未來走去，那情景甚是悲愴，活像中世紀戴著鐐銬被當牲口拐賣的非洲黑奴。路其實是沒有的，全憑腳從荊棘中踩出來，陷進沼澤，一條腿便拔也拔不出來。臉劃破了，衣褲撕得襤褸不堪。鞋走丟了，只能赤腳，血糊糊的，有人竟把十枚腳趾甲全走沒了。夜走深了，就原地而臥，昏睡過去。密林裡時而大雨瓢潑，時而風聲鶴唳，溽熱的潮濕讓人喘不過氣。醒來，全身紅腫，常常一隻腳趾上就被蚊蟲咬出六七個包。日夜兼程半個多月，柳暗花明來到一片開闊地，沒等舒展四肢深呼吸，迎面撞上不寬但湍急的一條河流。領路的「揹頭」告訴他們，這條連地圖上都沒有的河，藏得很深，卻跨越中緬邊境，渡到對岸便是緬甸境內了。自然沒有擺渡的船，會水的游過去，不會水的套上繩，扔進河，由對過的人拖上岸，面色烏青口吐白沫，倒空灌了滿肚的水，總能重新活過來。再花錢買通緬甸人用運貨的摩托車分批帶出山。

一路行來，林一舟已不知不覺成了溫州六人幫的核心領袖。因為他學歷高見多識廣，也因為他雖文弱卻堅韌不拔，吃得起苦。歷經艱難險阻，一干人終於東倒西歪站到了緬泰交界的湄公河岸。這是一個無星無月的夜晚，伸手不見五指，只聽見雨打芭蕉風拂面，心裡一陣冷一陣慌。

那個叫菱子的女孩一直依偎在林一舟身邊。菱子是四男二女中長得最好看的小妹，白臉蛋，小蠻腰，腳踏穿爛了的旅遊鞋，走起路來屁股一擬一擬，煞有風情。出走前菱子是溫師院中文系大二學生，讀書讀得沒意思，便嚷嚷著要到外面看世界。她父母原是公職人員，後來下海做服裝生意，早早掙下第一桶金。家裡有錢，又是溺愛受寵的獨生女，菱子一旦任性起來，父母只能無條件依從，哪怕是玩命的事。聽說女兒執意要「黃牛揹」出國，母親嚇得直捂嘴，父親躺在床上翻來覆去烙餅，終究拗不過，淚眼婆娑把女兒一路送到北京。菱子上高中時與林一舟有間接的師生關係，又比同行的女孩小鴿多些讓男人心動的東西，自然得到林一舟更多的關照，菱子便理所當然把林一舟當她的保護神。中緬邊境那條不爲人知的河，菱子就是趴在林一舟背上馱過去的。雖也嗆了幾口水，卻不必像其他不會游水的人那樣死去活來。

夜色掩護下，一撥人分成四批，小心翼翼摸上竹葉般細長的小舟，閉了馬達，無聲無息地漂向對岸。對岸有泰國邊防的探照燈打過來，「揹頭」一揚手，大家齊刷刷趴下，屏氣斂息一動不動，讓亮如白晝的光從與黑夜一色的肩背上掃過。船靠岸，依然不是眞正意義的岸，灘塗上大片蘆葦，人不敢站立，便匍匐在地，手腳並用，從蘆葦叢中泥鰍似的鑽出去。林一舟原是爬在最前頭的，爲了拽上菱子，殿了後。滾成泥人的菱子被密匝匝的蘆葦困在泥塗裡，嗚嗚地哭。林一舟把她濕漉漉的腦袋捂在前胸，噓一聲，替她抹去汙濁的淚水，然後擁摟著朝前騰挪，一寸寸，爬上了岸。

至此，第一段行程終結。溫州六人幫與投奔義大利、西班牙的其他同行分道揚鑣。林一舟們的目的地是法國，小個子已在曼谷替他們找好下家「揹頭」，轉馬來西亞檳城。他自己仍在西雙版納遙控。

檳城不僅僅是中轉，更重要的是做護照。護照是眞的，姓名也不假，只是馬來西亞當地華僑的照片換成了從大陸偷渡來的他們。護照到手便可經新加坡免簽直飛巴黎。一週時間的等待，是期待，也是煎熬。然後是從檳城到新加坡。終於有車可乘，卻是運貨的大卡車，裝了山一般高的泰國香米，「揹頭」穩坐駕駛室，「黃牛」則被關進貨倉的大米底下，重疊的米山下挖一個洞，剛夠六人藏身。小個子在電話裡跟林一舟說：「再受點委屈搭卡車吧，貨倉不查人，容易蒙混過關，否則被新加坡邊防逮住，前功盡棄！」話是沒錯，卻差點把命索走。掏空的洞頂坍方，米袋砸下來，洞被淹沒，人被吞噬，一片地獄的黑。癱軟的身體被上百公斤的米袋死死碾壓，推不開，動不得，逃不出。空氣越來越稀薄，一個個憋得青面獠牙，危在旦夕。若不是林一舟昏死前拚全力用匕首刺破麻包敲打倉板獲救，車到新加坡，車斗裡拉出來的恐怕就是六具屍體了。

雲開霧散的那個早晨姍姍來遲，六個瘦骨嶙峋走路都跌跌撞撞的跋涉者終於走完了四個多月的長路，在新加坡機場上了直飛巴黎的航班。林一舟坐在機艙最後一排的座位上，菱子靠窗依偎在他身邊。菱子大約意識到終於熬出了頭，尖峭的臉上冰雪消融。林一舟卻低著頭，久久沉默著。飛機起飛了，在跑道上緩慢滑行，菱子碰碰他，笑出兩個燦爛的酒窩。林一舟依然沒有回應，眼睛望向舷窗。窗外，新加坡烈日灼灼的藍天白雲，在機翼抖動中飄忽。林一舟久鬱的心酸終於爆發，嗚咽不止。

## 查理的湄公河

十幾年前的嗚咽在林一舟的講述裡是不動聲色的。他眼窩乾涸，唇齒間吐氣平和，彷彿那一切早已與他無干。我則驚悸與痛楚相隨，很難隱忍哭的衝動。或許是女人的膽眞比男人小，女人的淚腺眞比男人飽滿；或許是出生入死的偷渡讓人聽了呼吸不暢扼腕窒息，從而產生深刻的憐憫；還或許，什麼都不是。那只虎皮子龍枕帶來的種種是非，必須用偷渡才能攜帶出來，既然千辛萬苦帶出來了，怎麼又會沒了，還必須從蘇富比競拍回來。這裡面究竟蘊涵了怎樣的內在邏輯和神祕定律？我想知道，但不是現在。

因爲現在，有更直接的情愫主宰我，走向了另一件往事。

林一舟不該提到那條河的。那條河岸曾經烙印了不堪回首的記憶，讓蹚過河岸的那個人，終其一生都沒躲掉他的悲情角色，從此再也與喜劇無關。

查理的湄公河啊！

類似的偷渡經歷，查理始於易幟的天津塘沽碼頭，輾轉南洋，直至印度支那的湄公河畔。但他之前緘口不提這段經歷，無論二十多年前做我情人還是二十多年後做我丈夫，都不提。我理解這是籠罩了他一生的陰影，他無時無刻不在蓄意抹去。

直到他癌症復發被我送進醫院。

上了兩天兩夜呼吸機，心肺衰竭暫時穩定下來時，他讓我把床頭搖上來，再墊上一個大方枕，然後恍恍惚惚說：「我剛從印度支那回來，我看見自己又站到了湄公河岸。天很低，慘澹的落日掛在水面，與蘆葦一起搖曳、晃動，黑暗把我一點一點吞沒……」

我把他伸過來的手臂捂在懷裡，勸道：「不說了，閉上眼睛養養神吧！」

他搖頭，「我不累，我想說點什麼。」喘口氣，「你知道我當年是如何搭商船下南洋，轉渡到湄公河的嗎？」

他笑笑，額頭沁著虛汗，神志卻清醒如常。「說了你都不信，我是躲在商船後甲板的空柴油桶裡飄洋過海的。大半年躲躲藏藏換了好幾條船，唯有那只空柴油桶一次沒換。」

空油桶居然還能藏身，太不可思議了。

查理收斂起早已不是笑的笑，「記得是在西貢境內的湄公河邊，柴油桶被船老大在桶外敲得梆梆直響，我從裡面鑽出來，兩條腿兩隻手臂都是彎曲的，好不容易直起身，才發覺自己的短頭髮已經長到齊肩，活生生亞馬遜叢林裡的印第安人。

「船老大塞給我一包竹葉裹的糯米糍，說總算把你送到了，自己求生去吧。他讓船靠岸，把我往岸上一推，船掉頭走了。四周很黑，我淹沒在蘆葦的包圍之中，頭頂有稀弱的星光，我看見自己從上到下一身襤褸。

「遠處傳來密集的槍聲，湄公河彼岸的地平線上紅光與藍煙交錯更替，竄起落下。我猜想，那裡正進行著印度支那戰爭的某一場鏖戰。我被召喚，沉睡已久的自覺驟然醒來，我有了力氣，朝前匆匆走去。」

「等等，」我質疑，「你難道要去參戰？」

「為什麼不？」查理答道，「為信念與使命而戰，有錯嗎？」

我叫起來，「那是罪惡的殖民戰爭，印度支那人稱它為反法西斯之戰，你難道不這麼理解？」話沒說完，我就意識到自己錯了。西方文明戰後的理性反思，怎麼可能在當時就被一個年輕的中國學生先驗地認知。但我還是不明白，查理是從中國逃難出來的，有什麼理由參戰印度支那？

查理怎能不明瞭我的疑惑，他說：「我的護照上，蓋著法蘭西印戳，我母親，我弟弟，我繼父，我們一家都是法國人……而且你想，要把自己從生養的故土驅逐，該有多大的恐懼、憎惡與絕望？」又歎了口氣，「無知與熱血，總是相伴而來的。」

我的耳根燥熱起來，我想到一九六六年的北京天安門與一九六八年的巴黎索邦。

查理此刻根本不關心別人被揭了瘡疤的尷尬，他完全沉浸在自己的回憶中，連眼神都是湄公河的情境，一片蒼茫。

我想他眞是倦了，正想悄悄退出病房，他卻嘶啞地叫了我一聲。他其實透徹地醒著，我感覺後背上棲滿追逐的目光。

他說：「親愛的，幫我找找那個舊藍皮本，它在黃花梨六屜桌最裡面的抽屜底下。」

藍皮本？最裡面的抽屜底下？

次日下午，探視時間再去醫院，查理仰臥床上，一頭灰白頭髮陷在枕裡。他的氣色看起來好了些，但說話呑嚥還是困難。我把藍皮本遞過去，它薄薄的，很袖珍，攥在手裡沒什麼重量。昨晚回家即從抽屜底下找到它，我極力按捺不去打開它，因我相信其中必有查理不願觸碰的舊事。可是他卻把我的手輕輕擋了回來。「你猜到的，這裡面記錄著我一直來的隱痛，不是不想提，而是不敢。假如你有興趣，拿去翻一翻就知道了。」聽他這麼一說，我更覺燙手，哪還敢接。他笑了，笑得很累，慢慢說：「其實誰心裡沒有隱痛，帶進墳墓不見得就是好的選擇。」

當晚，我在燈下細讀查理的藍皮小本。說是本，不過幾十張泛黃的粗糙的紙頁而已。還得格外小心，否則手一重不知哪張紙頁就會突然在指間碎了。密密麻麻的法文字都是用鉛筆寫的，估計當時的印度支那叢林裡鋼筆與墨水不好找。字跡褪淡了，有些地方沾了汗漬或者淚跡，模糊不清。記錄依舊是簡潔而平緩的，帶著查理固有的紳士風度。我想這大概就是他投身印度支那戰爭時，與湄公河僅有的幾次交集。這些交集都是不愉快的，甚至充滿殘酷與不幸。雖不那麼詳盡，有時只有寥寥數語，卻依然能復原出字後面的細節與影像，從而抽絲剝繭畢露查理身上揮之不去的陰霾。比如他的鬱鬱寡歡，他的憂傷，他的疏離，他聽皮雅芙唱給士兵的歌時眼裡的淚影，他對五月風暴索邦之夜表現出的厭惡與憎恨。如果說缺失了父親的出生和母親王公貴族家庭的分崩離析是自我悲憫的一次沉淪，那麼印度支那戰爭則是他之於人道、人性乃至人類社會價值判斷的又一次幻滅。

誇張嗎？我問自己。但他是我深愛的男人，我對他比對我自己有更透徹的理解。

……湄公河岸，疾步尋找法軍的查理沒走出多遠，就被夜巡的越南人民軍撞上，綁到了他們的營地。瘦猴似的長官正準備在帳篷裡審訊他，拂曉的又一輪交戰打響，便不耐煩再審，交給兩名士兵，五花大綁送往幾十公里外一個建在密林裡的集中營。那裡關著清一色的中國軍人，是從雲南邊境被解放軍打敗潰散的國軍殘部，突圍時在緬越叢林迷了路，被胡志明的人民軍抓了起來。當時印度支那包括緬甸、寮國、越南的紅色力量都與新中國修好，得知是蔣介石的兵，二話不說就被圈進了集中營。他們的團長姓鄭，是個滿臉落腮鬍的男人，強悍、正直、義氣，越語也說得不錯。聽他原來的勤務兵說是照著當地小學生課本學的。囚禁一年，他除了吃飯睡覺，每天就做三件事：俯臥撐、跑步、學越語。他的隊伍曾是讓日本人聞風喪膽的抗戰英雄團，到最後死的死，傷的傷，只剩下百多號人，一個連都不足，團長自然也就雄風不再。但即便如此，他也是所有被囚禁者的團長，一聲令下，沒人敢不服從。他與查理性格經歷相異，卻十分投緣，放風時結識了，很快成爲有別於他的兵們唯一平起平坐的牢友。鄭鬍子在密林裡關了一年多，居然不知蔣介石已逃亡小島台灣，民國已經易幟。遲到的消息如同噩耗，讓本來就氣短的英雄仰天長哭，落腮鬍都洇濕了。

日復一日的放風後，鄭鬍子和查理的兩人結盟又多出了鐵絲網外的第三人。那是一個常在傍晚時分隨祖父來湄公河釣魚的印度支那小朋友，長得很可愛，七八歲的樣子，圓臉，大耳朵，頭頂一綹軟髮，在查理眼裡就像北平年畫裡畫出來的小孩。剛開始，查理是在放風的土坪上發現的。透過鐵絲網他的視角正好瞭望到一老一小河岸垂釣嬉戲的輪廓，雖看不清身形眉目，卻有舒展的動態美，尤其那情致，用囚犯的眼睛看出去，更是意趣盎然，成了他牢獄煎熬中最爲亮眼的一道風景。

突然有一天，動態的風景變了，祖父仍在河岸上垂釣，小孩卻近距離地站到了鐵絲網外。他烏亮的眸子落到查理與鄭鬍子身上，然後用手攀住鐵絲網，怯生生朝他們笑，露出缺了兩顆門牙的細齒。夕照投射下來，在他臉上畫出一格格網狀的暗影。

「你叫什麼？」查理問他。

他搖頭。

鄭鬍子便用越語重複。

他聽懂了，說了句什麼。

鄭鬍子噗哧笑了，「大耳朵？」

他點頭，一本正經的。

查理忍不住揪揪他碩大的耳朵，「這小名叫得好，名副其實。」他想到親王府裡兒時的自己。鄭鬍子比他更傷感，「我隨部隊調防雲南前，我兒子也像他一般大。」

就這樣成了朋友。

之後，大耳朵凡陪祖父來釣魚，都會跑到鐵絲網前找他的兩個大朋友玩。鄭鬍子用竹枝竹葉給他編了個蟈蟈籠，查理送他手繪小人書，裡面畫滿活蹦亂跳的大耳朵。大耳朵也會把類似粽子的糯米糍帶給他們吃。有幾次還把祖父釣的活魚在河岸上烤熟了塞進鐵絲網請他們品嘗。在查理的記憶中，這是他吃過的最香的魚。大耳朵的祖父卻是從不過來的，他始終如一坐在河岸的小竹凳上，側著臉，像青山綠水間的一座雕像。

幾月後的一個清晨，槍聲從河對岸響起來，法國軍隊與此岸的印度支那人民軍開始隔岸交戰。密林遮蔽下，兩岸幾乎看不見參戰的人影，連槍聲也是零散稀落的。但久經戰事的鄭團長在監舍的夜裡貼著牆聽，判斷出對峙雙方至少是團以上的兵力。這在印度支那法越對壘的中期已是不大不小的一場戰役。集中營裡的放風停止了，連續幾天，鄭鬍子都像憤怒的豹子，在封閉的牆之間撞來撞去。等槍聲湮滅，對岸開始炮擊，巨大的轟響炸開，濃煙滾滾火光沖天。附近村民拖家帶口紛紛逃離，和平景象蕩然無存。印度支那游擊部隊缺少正規武器，被炮彈追得抱頭鼠竄，死傷慘重，只得運用竹籤地雷步步爲營，退向密林深處。

一天一夜的沉寂後，集中營的門被衝開，一支法國人的部隊踏著皮靴走進來，帽檐下臉的膚色有白有黑。他們讓唯一留守的越籍看管帶路，到監舍提審了團長鄭鬍子，確認全部囚犯除了查理清一色中華民國殘餘部隊的兵。然後，查理也被請去。鄭鬍子告訴審訊他的法國人，查理也是法國人。查理在偷渡途中早已遺失身分文件，但他不僅自己的護照號記得清清楚楚，母親繼父的身分號也能一字不差背誦出來，再輔之教會學堂教出來的純正法語，通訊官把筆錄發了一紙電文給法國外交部，相關事實核准無誤。

後來知道，打勝仗並一度占領這片湄公河南岸的部隊是法國最英勇善戰的外籍兵團。兵團下屬的一個加強連就此在集中營的營房裡駐守下來。

每一間囚牢的門都被打開，鄭鬍子的兵一個不剩站到放風的土坪上。法國在剛過去的世界二戰中一直都是中國同盟軍，決定還給他們最神聖的自由。除了自由，除了各人一身熱帶地區穿的圓領麻布衫，一頂遮陽帽，還有一筆不算少的遺散費。鄭團長與他的兵們一一告別，嘴上不說話，眼裡噙著淚。這個早晨天氣很不錯，陽光淡淡的，還有風，讓人神清氣爽。

查理留下來，爲法國而戰原本就是他的意願。但他不會打仗，被委派做了情報翻譯工作。鄭鬍子也留下來，他不像他的兵，即便法國人用車把他送到雲南邊界，他也回不了大陸，怕被新政權清算，又不願追隨他的蔣總統去台灣，所以選擇留下。法國外籍兵團特例給了他上尉連副的軍銜，從此鄭鬍子變成上尉鄭。一個帶兵的職業軍人，戰場就是他的宿命。

為躲避槍炮藏到密林裡的村民陸陸續續回到村裡來。這是祖輩賴以生存的土地，他們沒有選擇，必須重建自己的生活秩序。但是，查理與上尉鄭等了好幾天，他們的小朋友大耳朵始終沒有露面。

那天夜裡暴雨，鄭鬍子派人來叫查理去連部。查理以為有新情報需要翻譯，裹起雨披跑過去。推門一看，發現好久不見的大耳朵竟然濕漉漉地站在屋中央。燈光下，他瘦成一條篾，人整個脫了形，圓臉盤尖峭下去，只剩了雙大耳朵。查理衝過去抱住他，他「哇」一聲哭了，小小身子篩糠似抖個不停。

鄭鬍子問他這麼久去哪裡了？

他抽噎說病了，躺在家裡竹床上起不來。

「你祖父呢？」

大耳朵哭得更淒厲了，泣不成聲，「祖父被炮彈炸死了。」

「什麼時候的事？」兩人驚叫。

大耳朵只是哭，「我沒祖父了，沒有了……」

豈止沒有祖父，大耳朵本來就只剩下祖父一個親人。母親生他時難產而死，父親又在叢林戰中失蹤。祖母傷慟兒子死了連個全屍也不見，哭了七天七夜，一口氣背過去再沒醒來。一個家一個孩子的童年就這麼被戰爭摧毀了，吞噬了。

那個雨夜，上尉鄭從伙房拿了壓縮餅乾、牛肉罐頭給裹著毛毯的大耳朵充飢，他狼吞虎嚥差點沒把鐵皮罐殼也吃下肚去。因為淋了雨受了驚嚇，本來就沒痊癒的病又犯了，高燒不止，人火炭一樣。查理又去敲衛生隊的門，把軍醫從床上拽來看病。軍醫診斷，大耳朵患的肺炎已經嚴重到不可逆轉的地步，急忙給他注射大劑量的盤尼西林。軍醫驚歎道：「這孩子的生命力簡直太不可思議了，換做其他患者早死好幾回了。」

次日上尉鄭與查理換了便衣特地去村裡問，方知大耳朵的祖父是在湄公河釣魚被法軍炮彈擊中，一頭栽河裡被急流沖走的，據說當時河岸塌了一大塊，河水紅了一大片。還有人看到漂在水面的魚竿，被彈片炸成兩截，一截還拖了條死魚。「他難道不知炮彈不長眼，爲什麼打仗了還去釣魚？」村人翻著白眼說：「家裡沒吃的，孩子又病著，總不能眼睜睜挨餓，等死。」

兩人默默無言回到駐地。大耳朵依然躺在查理床上昏睡，小小身子扁平地縮在綠呢軍毯裡幾無體量。查理撫撫他腦袋上那綹軟髮，一陣鼻酸，眼眶紅了。

歷經磨難的大耳朵就這樣活了過來。一個七八歲的孩子，沒了家人沒了去處，誰也不忍心再讓他流離失所，經上頭核准暫時安置在軍營，伺機聯繫並送交離戰火相對遠一點的某教會孤兒院。恰好查理營房空出一張鋪，大耳朵便興奮異常做了他的鄰床。大耳朵實在是個太可愛的孩子，人見人愛，就是淘氣，也令人忍俊不禁。自有了他清朗的笑聲和天眞無邪的笑臉，沉悶的軍營也歡樂起來。上尉鄭和查理還叫他大耳朵，士兵們卻乾脆叫他「我的安琪兒」。

然而，安琪兒不屬於戰爭，不屬於戎馬軍營。一個多月後，部隊即將開拔，大耳朵必須此前送走，哪怕他是那麼不願意。部隊費了幾番周折，替他在西貢找了一家法國天主教會育嬰堂，並安排船隻派兵渡河送他過去。離別前夜，大耳朵與熟識的官兵尤其上尉鄭告別回來已吹過熄燈號，他躡手躡腳進門，一聲不吭扒掉白布汗褂，光著身子上了查理的床。一直未睡等著他的查理一把摟住他。病癒的大耳朵被軍營養胖了許多，但畢竟還是小，在查理的臂彎裡像隻乖巧的小貓。

查理說：「就要走了，以後要學會照顧自己。」他倆已經可以用法語對話。

大耳朵突然就哭了，哭得很傷心。「我不想離開你們！我不要走！」

「你太小，部隊要行軍打仗，誰來照顧你？」查理替他抹去眼淚，又拍拍他的臉蛋說，「西貢育嬰堂比這邊好太多了，有慈愛的法國嬤嬤，有新衣服穿，有麵包牛奶吃，你還可以在那裡讀書。大家不都叫你安琪兒嗎？那裡就是安琪兒的天堂，知道不？」

大耳朵還是把頭晃得像撥浪鼓，嘟囔道：「沒有你和上尉鄭，天堂也不好！」

查理歎了口氣，沒再說話。

第二天，天剛濛濛亮，兩名護送的上等兵就來接大耳朵了。查理和上尉鄭一直送他們在湄公河上船。大耳朵哭得嗚嗚嗚，朝他兩個大朋友磕頭，然後鑽進烏篷船再沒露面。船夫搖櫓，小船離岸慢慢駛遠。兩位軍人默默往回走，雖是有淚不輕彈，心裡卻是酸楚的不捨。

不幸的消息是次日傍晚由搖櫓的艄公帶回來的。

大耳朵這個軍營裡的「安琪兒」，未能抵達查理告訴他的天堂西貢育嬰堂，他在即將登陸湄公河彼岸的一瞬間被罪惡的子彈射中，倒在烏篷船甲板上的血泊裡。兩名護送他的法軍上等兵同時斃命。印度支那出沒於這一帶的小股游擊隊是衝敵對陣營的法國兵來的，不幸傷及無辜，把他們年僅八歲的同胞孩子送上了死亡之路。唯有支那人的艄公免於一死，腿上淌著血，把載了三具屍體的船搖回了此岸。查理和上尉鄭見到人和船時，大耳朵胸口血糊糊一片，屍體早已僵硬。

軍營塔樓裡的三色旗降落下來，全體官兵在夜幕下爲他們的戰友和大耳朵舉行葬禮。脫帽，敬禮，鳴槍，風捲著淒厲的呼嘯在密林深處新立的墓碑間穿行。大耳朵葬在護送他的兩位上等兵中間，像要永遠被他們關照著。他的墳包看上去那麼小，小得讓人心痛。

直到天亮隨部隊開拔，征戰北部，查理就這麼整夜守著躺在新墳裡的大耳朵，一動不動。

一九五四年春，法國外籍兵團在印度支那至關重要的奠邊府戰役中戰敗，上尉鄭和查理所在部隊退回到湄公河畔密林裡的這座軍營。兩年戎馬倥傯，軍營土坪上長滿半人高的雜草，枯葉遍地。查理走進自己原先住過的房間，嗆人的霉味撲鼻而來，讓他不禁連連倒退。兵敗是每一個血性軍人的恥辱，可查理卻是釋然而竊喜的。他不想知道印度支那各國即將到來的獨立會使法國失去比殖民地更多更重要的什麼，他對戰爭的厭倦和憎惡早已到了無以復加的地步。若與全人類渴望和平的終極理念相比較，一個戰敗國職業軍人的恥辱又算得了什麼？

查理在大耳朵睡過的竹榻上坐了片刻，發現那把他替大耳朵削製的青竹彈弓依舊原模原樣地躺在枕邊。他輕輕拿起，手裡沾了一層細灰。他開門走出去，走到大耳朵的墳墓前。上尉鄭竟然早於他直挺挺站在那裡。墳頭青草換了幾茬，又是一片新綠。

查理把彈弓放到墓碑前，想說什麼，卻一句也說不出來。倒是上尉鄭悶悶然說：「大耳朵，戰爭就要結束了，沒有子彈再騷擾你，你安心睡吧！」上尉鄭是從來不哭的，卻止不住潸然淚下。查理明白，他更多的是爲自己哭。

兩個月後，日內瓦停戰協議簽訂，法軍作爲戰敗國無條件撤出印度支那半島，越南、寮國、柬埔寨等國相繼宣告獨立。

軍營裡的這支隊伍很快接到命令：安排船隻渡湄公河至西貢，再隨集團軍統一撤離。

又是一個拂曉，林深霧重，空氣裡似乎能捏出一把水。土坪上殘兵敗將席地而坐整裝待退，晨霧中依稀可見幢幢人影，卻沉悶無聲。遠處河岸邊泊了上游派下來的幾條木船，也是團團暗影，看不清輪廓。

突然一聲巨響，河那邊冒起一股濃煙，土坪上的人齊刷刷站起來，欲衝出軍營，又被軍令擋了回來，便你推我我推你朝外邊探頭。一向紀律嚴明的外籍兵團加強連在成爲敗兵之後整個兒渙散了。查理擠在亂糟糟的人堆裡，心比別人更慌，他預感到首發的先遣小分隊出事了。

小分隊一共七個人，是部隊派到每條船上輔助所有登船事宜的將士精英，不僅作戰驍勇，還識水性，會撐船，不管是兵是將，都有一身本領擔負得起退離湄公河的船長之責。上尉鄭是七人之首。

沒等查理多想，一干人已呼啦啦衝進軍營，果然是先遣小分隊，還有每條船的越籍船老大。他們抬著兩個擔架，擔架上血糊糊地躺著兩個人，一個死了，頭蓋骨被掀走了一半；另一個活著，斷了兩條腿。這個斷了兩條腿一息尚存的，正是上尉鄭。據說，是踩了地雷，就在離泊船的埠頭不到一百公尺的河岸邊。都停戰了，都撤退了，居然還有新埋的地雷炸響。戰爭，把人類的公約，人性的底線都拋向了何方？

查理扶著上尉鄭的擔架朝天嚎啕。但是上尉鄭聽不見也看不見，他在黑暗中昏迷著，死神徘徊在地獄之門等著擄掠他。所以，查理的悲愴如同上尉鄭疼痛的喘息，最多只能痙攣土坪上每一個戰友胸腔裡墜落的心。

經歷了新一場劫難的湄公河依然不動聲色，風平浪靜地把一條條離岸的木船推向遠處。查理和他的部隊最終還是上船走了，走向他們的歸路。上尉鄭沒能做成船隊的先遣或者殿後，他被一輛從收復失地的越軍處借來的吉普就近送往醫院救治，從此生死未卜，天各一方。

……。

闔上藍皮本，我心裡堵得喘不過氣，卻是透徹的洞明。

或許，這就是查理告別湄公河的儀式。如果這個儀式從頭到尾都有一個司儀，那就是死神。對於一場戰爭，查理的見證微不足道，但之於個體生命，它投放的陰影山一般巨大而沉重，足以將脆弱的心理支撐碾爲齏粉。我一直以爲查理由來已久的飄泊感和靈魂的無所棲息是來自親王府的變遷和離散，現在才知道不是的，至少不全是，它更多的來自一場戰爭，來自湄公河。

「夏洛蒂！你在聽我說嗎？」

依稀聽見遠處有人叫我，卻是林一舟。

他依然端坐我對面，依然抱著那只千回百轉的「虎皮子」龍枕。我回過神來，發現自己的思緒已走得很遠很遠。「對不起，我走神了。湄公河讓我想到了我丈夫。」

林一舟點頭，又搖頭，更把玉枕往懷裡攥緊了些。他與之前那個胸有成竹的人完全不一樣了，臉上的表情像等待老師處罰的小學生。我知道是懷裡那只玉枕的重壓所致。每個人的內心都難免有沉甸甸的壓迫，林一舟有，查理有，我又何嘗沒有？

## 教堂街鼴鼠

溫州六人幫攥著換了照片的馬來西亞護照，搭乘新加坡航班終於安全著陸戴高樂機場。一九九二年初夏的這個下午天氣晴朗，巴黎沒有摔臉子給這幫原不該入境的偷渡者看。

抵達後的第一個夜晚，林一舟是在菱子表姊皮作坊的皮料堆上度過的。菱子依偎在他身邊睡得很沉，鼻息髮絲般繚繞耳畔，如同夜涼中溫煦的風吹過。菱子年輕，原本沒見過什麼世面，吃過什麼苦，這一路偷渡九死一生，到了終點人還不一下子散了架。但林一舟不一樣，再睏也睡不著。皮料的腥臭圍困著他，把鼻息吹來的酥癢蕩滌得一乾二淨。僅僅塞了一筷子番茄炒蛋的肚子也咕轆轆鳴叫起來。晚餐桌上與作坊工人一起圍坐吃飯的那一會兒功夫，菱子表姊審視的眼鋒一直冷颼颼在他臉上梭巡，那是一種不加任何掩飾的警惕與敵意，讓他如坐針氈，也讓他意識到此地絕非久留之處。林一舟坐起身，把菱子軟軟的身體推到一邊，離開皮料堆走出門去。巴黎的早晨死一般沉寂，剛熄了夜燈的街上不見人影，在他眼裡就像偌大的墓場，一切都死著。他在街邊躑躅行走，感覺自己就像墓穴裡鑽出來遊蕩的亡靈。

他的手一直插在褲兜裡，掌心攥著自己目前的全部身家。那是昨天傍晚抵達巴黎戴高樂機場後，用身上所剩的美金換的，一張一百法郎紙幣，一個十法郎硬幣。他一邊走一邊盤算著，該用最後這點錢做件什麼重要的事。他的盤算很糾結，走亮了天，走醒了巴黎，還是沒走出結果。他不可能忘記出來的第一個使命是什麼，但巴黎都無處落腳，又如何輾轉美國把從衣冠塚裡偷出來的龍枕親手交還給迪瓦．寧布？對於一切重歸於零的飄泊者來說，那是太不切實際的空想與奢望。一個人，只有物質上安身立命，才有可能道德救贖，精神完善。他是學歷史的，太知道臥薪嘗膽的意味了。他已經夠幸運的，如果不是父親生前做下善事，知恩圖報的小個子「蛇頭」只收他不到一半的偷渡費，此時他恐怕就要被逼或被綁架去償還債務了。菱子表姊說，那筆一多半的餘款，若在華人開的皮工廠、衣工廠打黑工，四年五年六年都不夠還的。所以，林一舟儘管對前景沮喪，心裡多少還是有幾分慶幸的。

他拐進街角剛開門的咖啡館，用生硬的法文說：「你好！我買電話卡。」林一舟的英語流利，法文就相形見絀，還是偷渡前臨時抱佛腳補的課。他原要掏十法郎硬幣的，想想還是遞上了那張紙幣，爾後下意識攤開手掌等找頭。詎料人家說：「此卡全法境內通話一百分鐘，國際通話十分鐘，價格一百法郎。」他觸電似縮回手，愣住。電話費如此昂貴，全在他意料之外。很想把燙手的電話卡扔回去，抓回最後那點錢，又怕丟面子，只好怏怏作罷。

出門不遠就有一個電話亭，他一頭鑽進去，望著電話發了好一陣呆，才插進電話卡，一個數一個數開始撥號，感覺頭皮都麻了。這個美國號碼在他心裡已默記過無數遍，彷彿早已刻在無論哪個電話機上。

捂在耳上的話筒嗚嗚蜂鳴著，接通了。「哈囉！」電話那頭有個聲音插進來，很好聽的女聲，熱烈，開朗，親切，他聽出是記憶中熟悉的迪瓦．寧布。他的腦袋轟一下炸開，嘴唇也哆嗦起來。他記得他是有長篇累牘的話要說的，卻一古腦飛到雲霄之外，一個字也逮不住了。是啊，在這僅有的十分鐘裡，他能說什麼？說他當年的不該，說他一直以來的懊喪，說他今天的懺悔，說他已把虎皮子龍枕帶來巴黎，卻無法送還到美國，還說他……等等，等等。這又長又短的電話線，這又短又長的來龍去脈，他說得清道得明嗎？

他把電話掐斷了。

抽出卡，顯示幕上的餘額只剩下四十五法郎，另一多半五十五法郎已被電話機的血盆大口無聲吞沒。林一舟的額頭嗵一聲就磕到該死的電話機上。不知過了多久，話亭外面有人敲門，回頭去看，是個白人大塊頭，齜牙咧嘴的，想是急著要打電話。

林一舟重新回到街上。他不知要去哪裡。倏忽間，菱子站到了面前。菱子的臉很蒼白，蒼白之上淚星點點，就這麼眼神銳利地看著他，什麼話也不說。林一舟笑笑，裝出若無其事的樣子。菱子忍不住就哭了，一頭栽進他懷裡，還用拳頭捶他。他一下子變得很煩，一把推開她，扭頭就走。菱子也不追，就站在原地抽泣，手背一把一把抹眼淚。他不忍，回頭去拽她。她一把抓住他手臂就往她表姊的皮工廠方向走。

「你難道看不出來，你表姊不歡迎我。」他很無奈。

「她敢?!收留我，我爸是給錢的。」菱子氣勢磅礴。

他說：「不怨你表姊的，她沒錯，在外生存誰不難？不管你爸給不給她錢，反正不包括我。」

「那她看著辦好了，不留你，也休想留我。」菱子像跟表姊賭氣，鼓著腮幫說。

林一舟深知菱子留戀他，但他絕不可以這般天真。時下自身難保，再帶個女朋友還活不活？他心意已決，回去取了行李就與菱子拜拜。

也是巧，回路上在三區狐狸大道後側的教堂街上遇到了熟人，他的初中同學吳濤。林一舟與這位同學兼同桌已多年不見，沒想到竟在巴黎的茫茫人海中相遇。吳濤不但記性好，匆匆晃過一面便叫出老同學的名字，而且話癆依舊。得知林一舟初到巴黎，更是上來就擺老資格，滔滔不絕。他說自己來法國將近四年了，剛有了身分，現正籌集資金辦皮包工廠。還問：「大秀才，你有去處嗎？要不，跟我幹？」林一舟正愁沒出路呢，自然應承，也不顧菱子又使眼色又捏胳膊的暗示，心裡卻是爲難的。眼下自己囊中羞澀，全部身家就是十法郎的一個硬幣，實在怕給老同學添堵。但說出來的話卻像玩笑，「我一個窮教書的，啥也不會，啥也沒有，你確定，雇我不虧？」吳濤哈哈大笑，打趣道：「別把自己貶得跟個癟三似的，老同學誰不知道，林秀才從小就是我的偶像，你肯大駕光臨，我蓬蓽生輝還來不及呢！」吳濤的形容雖不怎麼搭調，話，卻句句是實。當年的林一舟，可比現今三個學霸捆在一起還出風頭，要不是家庭出身掣肘，小小溫州早留不住他了。

吳濤邊說邊把林一舟和菱子拽進旁邊一家小吃店，也不問，自顧自給他倆要來一份敲蝦麵，一份魚丸麵，自己則要了一大碗豬腸粉，吃得滿頭大汗。吳濤說：「這爿店的溫州小吃比溫州還正宗，你們嘗嘗，這鮮美的味兒是不是正？」

他還說，三區這一帶俗稱小溫州，前街比比皆是麻雀雖小，五臟俱全的超市、雜貨鋪、餐館、小吃外賣、髮廊，大多服務於華人。後街則是琳琅滿目的皮包皮件手工作坊兼批發店，鋪面不大作坊簡陋，卻自成體系，製作銷售一條龍。生意旺季街面上擠滿來採購的經銷商，家家鋪前長龍蜿蜒，各色人等，各種臉面，均來自法國外省及歐洲諸國，個個都是老客戶，熟得不用砍價，就像那些皮包皮帶都是白撿似的，只須報出商品型號打包運走便是。說來不信，這裡的老闆幾乎清一色溫州華僑，操一口大同小異的甌越方言，前身來路繁雜，各行各業都有，資歷不等，貧富不均。但出國飄泊到了巴黎，遲來早到地打拚五年十年甚至二十年，居然在塞納河畔、巴黎市政廳、龐畢度文化中心幾步之遙的教堂街開創出全法及東南歐北非毗鄰國家的中低檔皮包皮件集散地，豈非神奇？

林一舟聽得出神，心想事情或許並沒有那麼糟，自己還是可以試一試的，與那些早來的溫州前輩一樣，活出一點不尋常。他咂著滋味，覺得碗裡的魚丸麵鮮美極了。從小吃店出門，吳濤執意陪他，三個人直奔菱子表姊的皮作坊而去。

取了行李出來，表姊如釋重負，變了張笑臉殷勤送客。菱子一直噘著嘴不高興，卻又不好說什麼。吳濤只邀請自己的老同學，她總不能沒臉沒皮黏上去。林一舟回頭對她笑笑，說：「等我安定了，會來看你。」菱子沒吭聲，眼淚一下流了出來。

兩週後，吳濤籌措有時的皮件公司開出來，他讓林大秀才幫忙取個名。林一舟說：「取什麼名法國人也不懂，叫『吳記』就好。」吳記也開在教堂街，也是前店銷售後坊製作，左鄰右舍也都是大同小異的生意，用溫州人的話說，這叫扎堆湊熱鬧。吳濤就住在店鋪後面的作坊裡。那裡單闢出一間小房，鋪了兩張從路邊撿來的舊床墊，供他和他的搭檔住。吳濤沒有那麼多積蓄，資金也是用溫州人特有的「抬會」方式籌集起來。叫上二十個會主，都是鄉鄰鄉親，每人集資一萬法郎，叫會的會主第一個拿錢，後面抓鬮依次排列，收錢越早付息越多，收錢越後得利越高。菱子也是會主之一，小丫頭的醉翁之意當然不是衝吳濤來的。「吳記」公司場地不寬敞，工人也寥寥幾個，但吳濤鬼點子多，人又精明勤快，會吆喝，身後還有個「狗頭軍師」林一舟推波助瀾，在華人製皮業的好年景裡也算旗開得勝，風生水起。

林一舟做完了出謀劃策的「狗頭軍師」，轉行皮包設計。他的天資學識還有審美都比周邊溫州同行高出幾個檔次，雖非專業，看多了，精髓盡在眼眸之中。他常常一整天泡在總統府旁側那條不寬不窄的名品街上，雙目炯炯盯著世界級的櫥窗看，櫥窗裡琳琅滿目的頂尖名牌，愛馬仕、香奈兒、迪奥、紀梵希、芬迪、古奇、亞曼尼，還有LV，等等，都是奢華的經典。那時沒有數位相機沒有手機，他就用老舊的相機站在遠處偷偷拍，或半藏半掩在袖筒裡描摹草圖，即便如此小心翼翼，也難免叫花子似的被西裝革履的店家客客氣氣驅逐。臉面丟了，啓發和創意卻撿回來。在法國，品牌拷貝和複製是要上法庭的，但「偷」一些想法和細節，誰又能奈何？林一舟就是這樣改頭換面畫出與教堂街皮包大相逕庭的圖樣，爲「吳記」爭來鶴立雞群的風頭。吳濤樂得屁顛屁顛，恨不得天天給他的老同學磕頭作揖。

「吳記」周年誕辰，淘滿了第一桶金的吳濤設宴慶「生」，答謝親朋好友以及給他助會的那幫鄉鄰。觥籌交錯間，吳濤端著酒杯走到他的軍師和設計師面前，從兜裡掏出一個鼓囊囊的信封塞到他手裡，「老同學，拿著，這是給你的獎賞。」林一舟連連拒絕，「你付我的工薪夠高了，怎能還要額外獎賞？」吳濤醉意醺醺，「誰不知道，沒有你就沒有『吳記』的今天，我吳濤再無能耐，知恩圖報還是懂的。」林一舟還要推辭，坐他身邊的菱子舉起酒杯，說：「吳哥果然有情有義，大手筆，我替一舟謝你，先乾爲敬！」眾人喝采附和，林一舟也就不好再堅持。吳濤拍拍菱子肩頭，嬉笑說：「憑老同學的聰明腦袋，再有你這個小妖精傍著，那前程眞是凶少吉多囉！」也仰頭把酒飲盡，然後轉身要走。不想菱子一把拽住他，不讓他走。又抿嘴一笑，笑意嫣然，一副女人得寸進尺的小得意。她說：「今天乘各位鄉鄰都在，我斗膽替一舟請辭，還望吳哥給菱子一個面子，把他還給我。」吳濤一愣，酒也醒了。「你說什麼？你要林一舟辭職？」林一舟也是一頭霧水，搖頭不是，點頭不是。菱子不慌不忙，白牙藏進了紅唇。「菱子也要開公司了，俗話說商場如戰場，我一個弱女子，無才無德的，男朋友不能見死不救，總要幫襯一把吧？」林一舟說：「我怎麼不知道？你在表姊那兒幹得好好的，突然想起做公司了？」菱子一臉無辜，「現在知道也不遲啊！難不成你願意我永遠寄人籬下，竟不肯幫我？」林一舟語塞。他當然不可能不幫菱子，但心裡卻是不快的。這麼重大的事爲什麼不早說，非要來個措手不及，讓他當眾難堪又愧對吳濤。這與要脅有什麼兩樣？再說吳濤，覺得自己正鴻運高照呢，突然給他來個釜底抽薪，太不公平也太不仗義。果然，就那麼眨眼的功夫，吳濤的人一下就蔫了，被酒精灌紅的臉也一點一點白到牆的顏色中去。林一舟連忙推開菱子走到他面前，說：「即便去了菱子那邊，你這頭我也不會不管。你是我兄弟，初來乍到那會兒要不是你收留，我縱使有天大本領也不可能這麼快立足翻身。老同學，感恩之類就不說了，你會覺得酸。只要你不嫌棄，『吳記』的設計依然由我來做。」吳濤黯然的眼睛重新亮起了光，兩隻肩膀也翅膀似的敞開來，「你不誑我？」林一舟不顧菱子狠狠踩他腳，由衷地說：「我什麼時候誑過你？」

宴席散場，林一舟送菱子回她表姊家。天黑得有些沉悶，路燈影影幢幢，照在心照不宣的兩個人身上。林一舟當然知道菱子愛他。從抵達巴黎的第一天開始，菱子就與遠在溫州的父母軟磨硬泡，非要做這個比她大十幾歲又離過婚而且身家等於零的男人的未婚妻，她父母不肯，她就以不認家門相逼，反正當時強行出國使得也是這一招，屢試不爽。父母拿她沒轍，不說同意，但也不再反對。並在女兒的脅迫下答應給他倆籌集在巴黎開公司的資金。這事菱子跟他提過，他沒當眞，覺得菱子父母那邊不過是敷衍女兒。不過看今晚菱子的架勢，這事好像還眞成了。林一舟心裡清楚，菱子其實也不是那麼愛做生意會做生意的人，她這麼做只是爲了讓他強大起來，有實力娶她。但林一舟不喜歡由女人來爲男人營造這一切，哪怕是愛他或他愛的女人。這種愛，會讓簡單乾淨的情感複雜變質，對男人不僅是壓迫與負擔，還會發酵爲受辱後的排斥與逆反，不得不選擇逃離。林一舟覺得腳下的步履正與菱子產生距離。

菱子心裡也充滿委屈。她喜歡身邊這個男人，哪怕他早已不年輕，哪怕他一無所有。她相信這就是書裡寫的戲裡唱的人們讚美歌頌的眞愛。這個愛是在他們共同歷險的每一個時日裡萌發積累，沒有前因後果，更無需理由，她只是不想辜負自己。可一直以來，尤其今晚，她突然間覺得抓不住他了。難道他不應該捨棄老同學而替自己的女人挑擔子？菱子的公司難道不也是他的？菱子想扯住林一舟的手臂，卻撲了空，林一舟不是走遠，而是落到了她後頭。菱子只好站在暗影裡等他，人瘦瘦削削的一條，融進黑夜如細竹搖曳。

菱子的皮件公司在籌備了一個多月後開張，就在離「吳記」十來公尺間隔的同一條街面上。也是依葫蘆畫瓢，前店後工廠的格局。菱子想取名「一舟」，林一舟執意不肯，便隨便叫了一個法國女人的名「麗莎」，有那麼點敷衍。執照上的老闆不是菱子也不是林一舟，他倆彼時仍屬非法移民，只能花錢租用別人的身分當老闆。這也是當年溫州籍華僑用以哄騙法國商務部慣用的手法，只要每月付幾千法郎給專門靠這樁生意吃飯的假老闆，就不會搞不定。林一舟沒有違背諾言，同時做了「吳記」和「麗莎」的設計師。他很用心也很盡責，簡直要把自己對開兩半，一半獻身，一半獻命。東頭有的新品西頭絕不重複，西頭俏賣的型號東頭也不照搬，兩碗水端平，吳濤生意不減，菱子開門見紅。他從此搬出了吳濤那間小屋，住到「麗莎」的樓上，與菱子的臥室門對著門，一不小心走錯，兩人就會滾到一張床上。當然這「錯」是蓄意而爲。在林一舟，只爲博取男歡女愛的一時快感，與愛無涉。

即便如此，菱子也是開心的。生意做得好錢賺得多是其次，與誰搭夥做與誰聯手賺才是關鍵。雖然林一舟從來不肯對自己說出信誓旦旦的「愛」字，但只要白天與她攜手創業，夜晚門對門傾聽彼此的呼吸聲，足夠了。菱子這樣一退再退的委屈的愛變得不可思議，連她自己也搪塞不出理由來說服自己。這個男人好嗎？眞的好嗎？偷渡路上的呵護與關愛已演變爲婉約的疏離和躲躲閃閃的推諉，她相信這正是他要告訴自己他對這份愛的態度。那麼，因爲什麼？他的一無所有，還是她父母對他的排斥？菱子每每想到這個結就想不下去了，乾脆不想，任由自己越想要越得不到的情欲無節制地催長。

林一舟不開心。原因不在於無法對應菱子對他的狂熱。愛在這種錯誤的時間，錯誤的地點，甚至錯誤的人的處境裡，對他這樣經歷過情感創傷的男人來說太過輕佻也太過奢侈。走出戴高樂機場的第一分鐘開始，他就把對挽著他胳膊的這個女孩曾經萌動的情感擱下了。當一個男人將要既成事實地步入從零開始的第二次人生，除了竭盡全力還原自己，安身立命，還有什麼權利索要別的？林一舟不是甘於寄人籬下的人，從小就不是，所以無論借住吳濤的小屋還是菱子的對門，都會讓他七零八落而找不到自己。雖然同時掌控倆公司的命脈，雖然這倆公司已經矚目於教堂街時尚新秀，錢包也跟著水漲船高，他卻連最起碼的合法身分也沒有，終日只在見不得人的角落裡藏著掖著畫他的設計圖樣，連走在街面都是非法的，時刻有被警察揪著衣領逮進監舍然後遞送原籍國的威脅。而有關移民長居的申請三番五次都被內政部拒絕，眞不知柳暗花明的前景在哪裡？很多時候，他甚至覺得自己還不如巴黎地底下竄來竄去卻悠然自得的那群鼴鼠。

林一舟不再試圖給迪瓦·寧布打電話。撥通又能說什麼呢？他離得開法國，進得了美國嗎？他有暢通世界的有效護照有效簽證嗎？他總不能對迪瓦·寧布說，你自己飛來一趟，把我偷的贓物領回去吧！林一舟的自我救贖就這樣擱淺在良好的願望與動議上。每當夜巴黎入夢來，他總在燈下端詳那個冰清玉潔螢光熠熠的龍枕，想像迪瓦·寧布用鄙夷抑或寬宥的目光凝視他，想像靈魂的拷問終結，心緒的糾結解套。那是多麼令人神往的時刻！他的笑意漸漸浮上臉面。菱子不止一次遭遇過這樣的夜，不止一次看到她愛的男人流露出與她的愛毫無瓜葛的笑容。她因此對錦盒裡的那只玉枕充滿芥蒂與妒忌。

看不到的柳暗花明居然不期而遇。在新任總統上台伊始的移民大赦中，菱子與林一舟雙雙拿到了內政部頒發的外國人長期居留證。那個春日的早晨，街頭鮮花盛開。他們揣著剛領到的塑膠膠膜新證件，手牽手走出位於巴黎城市島的警察總署，身輕如燕。三年地下囚居的苦日子捱到頭，他們終於可以大搖大擺在塞納河畔的巴黎市政廳廣場任意徜徉，沐浴藍天白雲陽光普照了。市政廳就在狐狸大道的盡頭，離教堂街很近，其中只間隔了龐畢度文化藝術中心一個地鐵站頭。眾多灰色白色的鴿子圍上來，向他們討要吃食，有的攀上肩頭，有的用尖尖的喙啄他們掌心，周遭的一切都變得那麼怡和親近，那麼有人情味。心裡的陰霾蕩滌而空，林一舟覺得自己的額頭也光亮起來。他在鴿子的圍堵中一把拽過菱子，把她擁入懷，俯身吻那片殷紅的唇。菱子從未享受過如此激情的待遇，渾身顫抖著，綿軟成一汪水，在他懷裡流淌。林一舟吻得更狂烈了，差點沒把菱子的舌尖吮進欲望的快感裡。不知過了多久，感覺有人扯他的衣角，回頭看時，竟是一個三、四歲的白人小男孩，戴頂棒球帽，正仰臉朝他好奇地看，藍眼睛清澈見底，波光閃閃。林一舟突然就窘了，急忙鬆開菱子，不知所措地給孩子扮了個鬼臉。孩子嘻嘻笑了，露出兩排沒長齊的細牙，扭頭向喚他的母親踢踢踏踏跑回去。被鬆開的菱子一動不動站在原地，咀嚼並享受著光天化日之下的這個長吻，她終於等到她的男人無所顧忌的情欲和示愛，她很滿足。這滿足讓她淚流滿面。

走回教堂街，門楣上「麗莎」的牌子正被太陽照亮，發出鋁合金刺眼的光澤。林一舟向來無視這塊牌子，今日卻看見每個字母都活了，手舞足蹈，占據著自己的全部視野。原來，揚眉吐氣並不難，只要這個世界承認你，你就是高屋建瓴的主人。

替身老闆失業了，捂著口袋裡的失業金被客客氣氣請出了門。林一舟把三年的積蓄分文不剩投到「麗莎」，當仁不讓做了公司的主。菱子要換「麗莎」的名，林一舟搖頭，說：「不換。你不是一直想要個法文名嗎？就叫『麗莎』，兩全其美！」菱子親他一口，風似的飄走了。沒等打烊，裝修工人和材料就到了，開始連夜給公司的門臉兒換裝。菱子有了抒發小資情調的用武之地，還不得好好揮霍一下。她哼著歌，在店堂裡鳥兒似的飛來飛去。

本來就有時尚優勢的「麗莎」這一來簡直就是小輝煌了。男撐大梁女掌鋪面，很快就把「麗莎」做成了教堂街後起之秀。每天一開門，就有排著隊的批發商候在門前搶要新貨，大有獨占鰲頭之勢。「吳記」雖也是林一舟的設計，但缺一個像菱子那樣能把枯燥的批發生意做得風生水起的漂亮女人，只能甘拜下風。

問題來了，前店生意太好，後面作坊來不及做，遲來的顧客批不到旺銷貨品，興高采烈的臉就拉長了。林一舟搔頭撓耳，決意把作坊延展到地窖，再招幾個熟練車工，總而言之就是擴大生產。教堂街是條老街，街面上比比皆是十八、十九世紀遺留下的老建築，外觀雖是內斂，門裡卻有暗藏的排場，地窖四通八達。當年這裡也算老巴黎的聲色犬馬之地，若無足夠的窖藏珍釀，何來「美麗年代」紙醉金迷的一簾春夢？所以，「麗莎」的地下空間比地面兩層的總和也小不到哪裡去。擺上一長溜車皮的縫紉機，再隔出兩間軍營般的大通鋪，女臥一間，男臥一間，車工雜工的衣食住行便齊全了。磕頭作揖要來的同鄉很不少，其中還有讀書讀不下去的碩士生博士生，都是黑了身分的尷尬移民，只能討碗飯延續鼴鼠的地下生涯。誰肯給活兒幹，誰就是救主菩薩。而林一舟，招納他們當屬犯法，卻能免繳這個稅那個稅，產量翻倍，剩餘價值的盤剝翻倍都不止，誘惑同樣大了去。何況，游過來的魚不撈，該掙的錢不掙，也不是溫州人的性格啊！

地窖眞好，銅牆鐵壁的，看似暗無天日，螢光燈一照，亮如白晝。儘管加班加點夜以繼日，縫紉機車皮的噪音再鬧騰，外面也是任何分貝都傳不出去的。於是，新品源源不斷從逶迤盤旋的石級送上來，經由上一層作坊包裝釘牌，充塞到店鋪的每一個貨架，再一批批隨著時尚放飛，流向市場。林一舟是男人，只管大局，任由小女子菱子坐在櫃檯後，數錢數得雙手發軟。

那日夜飯後，菱子從林一舟對面起身，窈窈窕窕繞到他身後，咬著他耳根說了句什麼話。說話時菱子的眉梢高高挑起，嘴唇嘟著，歡天喜地。林一舟聽清了，那是一串多個零的數字，他們公司帳面上的業績。林一舟順勢在菱子面頰上印了個吻，嘲弄她，「瞧你的出息，就這幾個零就把你樂傻了？」然後下樓推門走出去。

走出教堂街，走到狐狸大道那個他熟悉的電話亭旁。推開家門那一刻他就打定主意要打美國電話了。這個電話已經遲了太久太久，離抵達巴黎第二天的那個早晨已逾三年有半，地窖裡掙錢不能說徹底脫離了鼹鼠生涯，但畢竟此鼹鼠已非彼鼹鼠，他無論如何都得把離國初衷的這件事給辦了，不能再拖。林一舟把電話卡插進插口，開始撥在心裡默記了無數次的這個號碼，話筒裡響起撥通的蜂鳴聲，他突然緊張起來，全身的骨骼都繃緊了。那頭有個男人「哈囉！」一聲，林一舟一愣，連忙用英文說：「對不起，我找迪瓦．寧布！」那頭回應，便聽見有腳步聲「的篤的篤」走近，接過話筒：「哪一位？」林一舟緊繃的骨骼倏忽間鬆弛下來，每一條毛細血管都滲出一層細汗，渾身上下黏糊糊濕漉漉。他把話筒攥緊了，竭力讓自己的聲音平靜。他說：「您好，迪瓦．寧布，我是林一舟，還記得……」沒等他往下介紹，迪瓦．寧布那頭就笑了，「怎麼不記得，多年前在大西北那個驛站，我們就住隔壁不是嗎？」她居然把邊域旅館叫做古時的驛站。她記得的，不僅記得，而且清晰。她也當然不會把衣冠塚這樣沉重的話題拿到電話裡說事，美國人嘛！林一舟也笑起來，說：「我在巴黎，有事要到美國，這兩天正準備辦簽證，如果您方便，想順道去看看您？」林一舟故意把專程說成順道，是給自己解壓。往事不堪回首，他希望那個背負多年的包袱先在這通電話裡撂下一半。「方便，太方便了，我隨時恭候！」那頭快人快語，很是歡迎他的到來。林一舟掛了電話，如釋重負。

回家，他沒敲菱子的門，逕自回了自己房間。燈光因了好心情變得格外柔和溫馨，照在臉上癢癢的，如一雙纖細的手摩挲著，竟還有女人的體溫。林一舟從床下拖出那只小一號的帆布旅行箱，打開，取出錦盒裡紅綢包裹的羊脂玉龍枕，擱在自己的膝上。他已經有段時間沒拿出來端詳了。細細看時，它彷彿活了，正用竊竊私語的方式，述說自己的前世今生。林一舟覺得自己是聽見的，聽見了玉枕在述說中的每一次嗚咽每一次歎息。他開始恍惚，覺得化蛹爲蝶只在分分秒秒間。

那一夜，林一舟是枕著「虎皮子」入睡的。他睡得酣暢淋漓。

很快，林一舟從美國領事館拿到簽證，之前預定的機位也當即出票。林一舟還替迪瓦·寧布準備了很巴黎的禮物。他甚至還把歸還「虎皮子」的那番話在心裡反反覆覆演練了許多回，期待著臨場發揮。菱子纏著要陪他去，林一舟振振有詞，「公司不能群龍無首，我不在幾天關係不大，你再缺席還不亂了套，錢箱子不要管了？」菱子想想也是，法郎總還要掙的。其實林一舟的私心是：去美國是他的贖罪之行，他不願意菱子看到曾經陷入黑暗的他，畢竟不是什麼光彩的事，有關男人的自尊，他得藏著掩著。幾年來，玉枕的來歷在菱子那裡始終是個祕密，他只說是迪瓦·寧布存在他手裡的物件。菱子也是似信非信。

然而，就在登機起飛的前一天，出事了。

這個午後看似平常，秋風和煦，秋陽高照。幽暗無窗的地窖裡照樣點著白灼灼的螢光燈，一片亮堂。車皮的女工和裁皮打孔的男工吃飽了公司廚娘做的家庭式午餐，打著飽嗝，又坐到了自己的縫紉機和切皮機前，繼續他們按件計酬的習慣性勞作。這類勞作體力不算過分吃重，卻是細水長流的累。只要你願意，便可讓機頭下的輪子無休止地轉下去，除了吃飯，除了睡覺。只要法郎越掙越多，也是可以當飯吃當覺睡的。林一舟是讀書人，心裡時有過不去，菱子笑他癡，說你眞是書呆，你以爲這幫人捨命做是爲公司？做你的大頭夢吧，他們是爲鈔票！林一舟想想也是，偷渡來法國，不是賣房就是借高利貸，不還清一屁股債哪有什麼好日子過？對於他們，鈔票才是拱杆，才是支撐。

當時林一舟和菱子都在地面上的批發店。與員工一起吃過午餐後，林一舟到廚房泡出一壺綠茶，給菱子斟一盅，給自己也斟一盅，慢悠悠喝著。那時林一舟不懂品紅酒，做鼴鼠的幾年裡連喝茶的嗜好也顧不上。現在日子有了起色，啜一口清泠泠香茶的情趣也回來了。菱子原是不諳茶道的，愛屋及烏學了他。不過茶沒沾唇，就有客戶推門進來，連忙擱下茶盅，招呼買賣去了。

就是此時，正在廚房涮鍋洗碗的廚娘慌慌張張衝過來，嚷嚷道：「壞了壞了，警察過來了！」

林一舟一驚，撂下茶盅，就朝通往地窖的樓道跑。一邊命令廚娘，「快，把廚房門關緊，別讓警察從那頭進來。」話沒說完，早已三腳兩步跳下地窖。警察從後巷繞回前街，少說也得五六分鐘，夠了，足以讓他有個時間差，把地窖裡的黑工疏散掉。

地窖盡頭有扇不到一人高的小門，是早年有錢的房主供商家運送燃料酒桶食物的通道，後來家道衰落，房子賣給了專製西裝的猶太裁縫。猶太人吝嗇節儉，沒那麼多奢華講究的東西運進運出，就把門給堵死了。林一舟的公司搬進來時，這房子早十幾年就已租做商用。後來他啓用地窖做工廠，多了個心眼，把小門重新捅開，以作應急之用。畢竟地窖裡藏匿著見不得陽光的事，有退路才好。

他閃電般竄到一堆埋頭作業的車皮工中間，揮著手說：「快，都停下，警察來了！收了縫紉機上的東西，從小門跑路。快！快！」明知自己就是追捕對象的無證黑工個個驚慌失措，臉都白了。便指揮他們七手八腳把縫製一半的皮料統統塞進靠牆的那只大皮料袋。袋子裝不下，就往隨便哪個不顯眼的角落裡塞。又跑去開了那扇小門，把男的女的十幾個人逐一摁下腦袋推出了門，看他們消失在後巷廚房的拐角後，才把小門輕輕關閉，上了鎖。他抬腕看了看表，估計此刻警察已在頭頂的公司店鋪裡，這才舒了口氣，慢慢走上石級。

站在第一級石階上的林一舟首先看到公司門外停著的那輛舊車。深藍色，頂上沒有嗚叫的警燈，車身也沒有POLICE的字眼，窮兮兮像跳蚤市場淘換來的三手車。可第二眼看到正在店鋪裡獵犬般轉悠的三個人，卻警服筆挺，職業威嚴明明白白在臉上寫著，非他猜測的便衣。他手心開始出汗。

一名制服熨得沒有絲毫褶皺的警察正對櫃檯後的菱子問話，菱子戰戰兢兢對答著，一雙手擱在台板不是，攥著褲腿也不是，哆嗦從兩肩首發，電流似的通向指間。別看她平日伶牙俐齒，巧舌如簧，見了警察只有唇齒打架的份，心裡那點祕不可宣的事一覽無遺寫到了臉盤上、肢體間。警察笑笑，笑裡也沒有褶皺，好看的藍眼睛春風蕩漾。他或許正在想，這一問一答遠未觸碰實質呢，怎麼先就坐實了告密者不是憑空杜撰了？儘管林一舟衝過來，擋在菱子與警察中間，急咻咻說：「她不知情的。我是公司老闆，有事問我……」還是遲了，其餘兩名警察走過來，一左一右擰住他胳膊，示意他哪兒上來哪兒下。他反抗著，其實是心虛，「下地窖做什麼？一個人都沒有！有事上面談不好嗎？」警察不說話，只在背後重重搡了他一把，他一晃，差點沒從石階上摔下去。

地窖裡當然沒人。可是有機器。還不止一台，不止一種。警察開了燈，低矮的空間亮晃晃，林一舟便被包圍在泛白的燈影裡。臉比周邊泛白的牆慘澹。

他低頭喃喃：「這裡是爲趕急活預備的，夜晚在上面加班怕吵到鄰居。」他的法語本來就不好，這等情境，聲氣比夢囈還含糊。

「我問你了嗎？」年長的那個警察終於發聲。他很瘦，從頭至尾板著臉，像老電影裡的德國納粹。他環視四周，顯然第一眼就瞄準了牆角那只碩大無比的皮料袋。他走過去，想要打開，旋即又踱了回來，對林一舟抽抽嘴角，似笑非笑走向那排靜默的縫紉機，好像只在靜默的機器間才有他要的證據。警察的胸有成竹讓林一舟緊張，喉結突出來，在脖頸上下不停地滾動。

隨著慢慢移動的腳步，一隻手伸出來，一遍遍搭到列成隊的每一台縫紉機上，像要親暱地安撫並跟它們無聲地對話。摸完最後一台，納粹模樣的這位警察踅回來，臉上已是滿滿勝利者的自負。他把鷹隼似的目光射向林一舟，「你，沒什麼要跟我說嗎？」

林一舟搖頭。心知不妙，卻不得不穩住最後防線。

一直無所事事的年輕小警察不明就裡，看看同伴，看看對手，一臉疑惑。他可能只是個實習生，初涉警事，不諳世故。

德國納粹「哼」一聲冷笑，「機板機頭都是燙的，你敢說十分鐘前這裡沒人做黑工?!」扔下這句話，證據足夠了。小警察恍然大悟，挾持林一舟走上台階。地窖的台階倏忽間變得嶙峋而陡峭，林一舟覺得腳不在腿下，邁一步都極其艱難。

結局可想而知，公司在冊員工只有上面作坊那寥寥幾個，地窖裡那排縫紉機以及裁皮打孔機的主人無一不是沒有身分的非法黑工。作爲法人老闆，雇傭黑工並唆使逃之夭夭，林一舟違法罪名坐實，百口莫辯。沒等小警察鬆開手臂，德國納粹已掏出手銬鎖住他的雙手。菱子愣然，尖叫一聲衝出櫃檯，拖住林一舟不讓他被警察帶走。林一舟對她輕輕搖頭，說：「別怕，沒事的。」警察扯開菱子，帶林一舟出店鋪，林一舟踉蹌一下，被摁進了門口那輛舊車。車開動時，德國納粹把警笛往車頂上一擱。原來是移動的。警笛刺耳地炸開，把教堂街所有溫州籍老闆都驚動了。他們躲在各自店鋪的門後或窗下，指指戳戳，免不了兔死狐悲，戚戚哀哀。當然，除了那個告密者。他指不定在哪個角落竊笑呢。

林一舟出來，是在一月之後。秋風蕭瑟，秋涼已然沁入骨髓。

菱子在監獄門口等他。菱子圍了一條火紅的綢巾，在蕭瑟的秋涼裡顯得溫暖。菱子見洞開的鐵門裡走出她的男人，眼圈不禁紅了。菱子表姊的車停在遠處，像有意躲避著什麼。

一月不見，如隔三秋。林一舟發現菱子瘦了一圈，眼眶下還有淺淡的黑，但亭亭玉立清清爽爽依然很好看。他攬她入懷，在她臉上親了一口。菱子的眼淚便巴嗒巴嗒落下來。

林一舟說：「我不是好好的嗎，哭什麼？」

菱子又跺腳又捶拳，「你說得倒輕巧，知道撈你我有多難嗎？」

「對啊，公司帳上的錢都凍結了，你從哪弄來的八十萬贖金？」

菱子躲閃著，「你出來就好，不提不開心的事了，回家！」

林一舟的心咯噔一下沉了下去，不祥之兆雲蓋霧障。

教堂街腳步匆匆，商客照常如雲。「麗莎」門前卻像塌陷了一塊，門可羅雀。鋁合金防盜門上的封條一半黏著，一半飄在風中，細細碎碎抽泣著，好似不甘墜落的紙鷂殘片。菱子走過去，一把撕掉飄著的半截，又去摳黏在鋁合金上的另半截，摳不掉，便砰砰砰敲打，示意留守的廚娘揿電鈕開門。公司停業，花名冊上的員工都被菱子趕回去歇假了，只留下沒家可回的廚娘。捲筒門徐徐翻上去，那摳之不去的封條終於眼不見爲淨。林一舟隨菱子走進店鋪。一個月停了營業，貨架上居然有了一層薄薄的灰。但東西還在，公司名號還在，林一舟稍稍寬慰了些。他在店鋪裡巡視一圈，轉身便讓廚娘去通知員工明天即來上班。身為老闆的自己已經回來，案子也算結了，公司必須儘快重新啟動。

菱子從中國店買了荷蘭大閘蟹，蒸熟了滿滿一大盆端出來，為出獄的林一舟接風。店堂裡空無一人，索性就把櫃檯當了餐桌。菱子開了一瓶波爾多，說要對酒當歌，洗洗晦氣。霎時，灰撲撲的鋪面上酒香蟹黃，裡外都是家常的溫馨。

林一舟有點動情，「菱子，謝謝你為我做這些。」

「說什麼呢，」菱子嗔道，「不就是一對苦命鴛鴦，相互往暖裡撲唄。謝我，還不如謝你自己得了！」菱子對他的好一下子全湧了上來，林一舟忍不住伸手去摸她的臉。不記得了還是本就陌生，纖巧細緻的五官竟如此綢緞般光滑？林一舟這才發現，自己其實一直都在忽略她。他掩飾著歉意，把一筷金黃色的蟹黃塞進她嘴裡。菱子受寵若驚，愣住了，眼裡煙霧瀰漫。

倒空了一瓶酒，剝光了一盆大閘蟹，兩個人醺醺然已醉了大半。沒等跌跌撞撞爬完樓梯再爬上床，已是赤條條蹦躂的兩尾魚。深秋時節寓室地面冰涼冰涼，卻被火燒火燎的身體捂得滾燙。林一舟像變了個人，不君子，沒斯文，衝鋒陷陣一路踐踏，差點兒把菱子撕成碎片。菱子兵來將擋，狂野無羈，嗷嗷叫著，幸福之花怒放。以致她若干年後躺在別的男人床上依舊耿耿於懷快感沖天的這一刻。

再醒過來，天色暗了，秋陽在窗外一點點矮下去。菱子仍在懷裡睡著，頭枕著他手臂，一臉酣暢慵懶。幾綹長髮滑落下來，遮了半邊唇，遮了翕動的鼻翼，靜悄悄的氣息便在他鎖骨上滑來滑去，陣陣瘙癢。林一舟低頭去看，覺得此時的菱子真比任何女人都嫵媚。他不想破壞這令人心動的美，便讓自己沉醉其中，不管裸著的身子涼意襲襲，也不管周遭滿地散落的衣物鞋襪。

菱子突然醒了，一睜眼就張開雙臂勾住他脖頸，還把冰涼的唇湊過來。「瘋媛子，你不冷嗎？」林一舟趕緊把她同樣冰涼的身子從地上抱起來，捂進毛毯。菱子咯咯笑著，「有你的滾燙煨著，怎麼會冷？」

林一舟不再玩笑，穿上衣服就去床下拖溫州帶出來的旅行箱，小號的那只。如果不坐牢，它此刻早就躺在南加州迪瓦．寧布的屋子裡了。林一舟一陣空茫，感覺自己與箱子裡的那件東西恍若隔世，抓不到了。正愣怔，菱子披了毯子從床上跳下來，按住他的手。「別打開，裡面的東西不在了。」怎麼可能？沒人知道他床底下有這麼只箱子啊，除了菱子。可菱子也是輕易不去觸碰的，因爲她知道這是他由來已久的一塊心病，不敢好無來由地去揭他的瘡疤。林一舟沒回過神，以爲是菱子的惡作劇，推開她手就把箱子打開了。箱子是空的，果然沒有錦盒，沒有紅綢包裹的羊脂玉龍枕。

林一舟目瞪口呆，頭皮都炸開了。「我的『虎皮子』呢？弄到哪去了？」

菱子囁嚅：「賣了。不不，是典押了。」

林一舟一把揪住菱子的胸襟，咆哮道：「你說你把『虎皮子』典賣了？爲什麼?!」

「你說爲什麼？」菱子反問。「還不是保你出獄。公司帳上的錢凍結了，我上哪裡去弄八十萬？」整整一個月的焦慮、無助、委屈潮水般席捲而來，菱子整個人都被淹沒。

林一舟不響了，兩肩隨著手臂坍塌下去，似乎再托不動沉重的頭顱。他聽明白了，是玉枕換回了他的自由。怎麼可以這樣做？他七竅生煙，恨不得一巴掌搧到對面這個女人臉上。但是，菱子錯了嗎？他無以宣泄，抱住腦袋一屁股坐到了地上，「那是別人的東西，你怎麼可以讓我再次負它，一輩子都洗不清這份罪孽?!」他連死的心都有了。

菱子撲過去，對他叫道：「你用不著這麼絕望的，玉枕沒賣斷，只是典押，攢齊了這筆錢，我們把它贖回來。」

「眞能，贖回來？」

「相信我，很快的。」

眼眸在死灰般的臉上輪動起來，「法國也有典賣行？」

菱子說：「不是什麼行，是個法國老頭，收藏家。就住三號地鐵終點站的破園子裡，很有錢。」

林一舟有點信了。信歸信，臉肌依然僵著。他知道，他很難原諒菱子了，哪怕她做這一切都是爲他。菱子終究不與他活在一個層面上，她對他的好只是好，永遠都不可能懂他。菱子冰雪聰明，怎能不明白自己闖的大禍。如果從這個箱子倒騰出去的寶貝回不來，她與面前這個男人的情緣也就到頭了。但菱子與林一舟不同的是她年輕，年輕的心總憧憬著希望。她在典出「虎皮子」時，就相信只要保林一舟出來，便能把龍枕贖回，他還有什麼理由推開她？所以，儘管林一舟凶神惡煞似的對待她，她一概忍著。赤裸的身子依然裹著毯子，菱子在地板上坐下，與林一舟面對面，中間隔著那只空箱子。

林一舟被警察帶走後，公司封了，帳號全部凍結，若不是在枕芯裡藏了些現金，菱子恐怕連房租水電費都繳不上了。整整兩天兩夜，菱子感覺像塌了屋頂，坐在四堵牆的空曠裡發呆。她居然沒落一滴淚，連眼窩都是乾涸的。偷渡的經歷對她或許更難，但不是有林一舟在身邊嗎，什麼難都變成了不難。而現在，林一舟非但不能護著她，還要靠她去拯救，她有這孔武之力嗎？沒有也得有。因此，她不許自己哭。

她把枕芯裡的法郎倒出來，一張張數了個遍，共計十一萬二千五百元。她把大摞的十萬法郎抽出來，捲成一筒裝進透明的薄膜袋，走出了家門。這是林一舟被捕的第五天，秋風凜冽，已是寒冬逼來的氣象。她沒去找表姊，沒去找吳濤，逕自去了當時唯一的華人律師樓。這個又小又破的事務所跟裡面坐著的兩位律師不陌生，她和林一舟的居留身分就是委託他們辦的。

推開門，走過昏暗的甬道，菱子把手裡的薄膜袋朝長條桌後面的律師面前一扔，說：「我男朋友被警察帶走了，請你們把他撈出來。這是預付的律師費，不夠等人出來再清。」雖是老顧客，兩位律師還是有點措手不及。哪裡見過這樣的，連個案情過渡都沒有，上來先就扔一沓錢。其中年歲大的是位禿頂男士，他摘下老花鏡，「先別急，您坐下慢慢說。」菱子說：「怎麼不急，人都抓了五天了！」禿頭邊上的律師較年輕，也沒那麼和藹，他用筆敲著桌面，問：「到底什麼案子？」「鬼才知道，估摸是雇用黑工吧！」不問還好，一問菱子的氣就不打一處來，她嚷道：「就這點破事，還要坐牢，讓不讓人活了？」兩位律師一聽，表情緩和下來，告訴她說：「這類個案比比皆是，法國人也明知法不責眾的。只要交納足夠的保證金，應該有可能保釋出來。」菱子喜出望外，「這麼說，你們有辦法讓他出來？」對方點頭：「這個案子我們可以接。」

律師那邊很快有了回饋。說是移民法庭經過取證，已基本達成共識，如果被告認罪態度良好，可以輕判，比如最短監禁一個月。但必須爲非法雇用無證勞工以及蓄意逃避勞務稅而交納罰款八十萬法郎。菱子一聽傻了，天，這筆鉅款哪裡弄去？律師說這個數目已是罰款的底線，假若公司大一些至少要罰二百萬。

菱子出了律師事務所，夢遊似的在街上走，眼前昏天黑地。擦肩而過的路人個個如同鬼魅，只有影，沒有形。她把手從褲兜裡掏出來，兜就空了，裡面僅剩的幾張法郎薄如地下一踩就碎的秋葉。那是她的救命稻草了，也不知還能熬幾天。三天？或者五天？她在教堂街所有的溫州老闆中斡旋，請他們喝酒吃飯，想請他們幫忙救林一舟。飯吃了，酒喝了，同情的話也說了一籮筐，最後個個愛莫能助，個個兔死狐悲狀。她不怨他們。其實他們說的都是實情，不用黑工，不逃稅，哪有什麼利潤？只可惜她那十萬之餘的一萬多法郎就這麼打了水漂漂。所以，此刻遊蕩街頭的她，就是磕破腦袋也想不出哪個旮旯還能挖出這麼一筆鉅款來。

不知過了多久，天下雨了，越下越大。菱子感到周邊的鬼魅都不見了，只剩下雨，還有水氣瀰漫的空蕩蕩的街。她像被鬆了綁，連人帶心都垮下來。就這麼從水裡一直走到盡頭不也挺好？

後來知道，是表姊作坊的工人，把她從昏迷的雨地裡背到表姊家的。表姊給她餵了薑茶，她一口噴出來，嘴裡哼哼，「一了百了，別管我。」表姊一巴掌拍醒她，「就爲那個小白臉，值不值？」表姊前幾天去義大利進皮了，並不知道表妹公司的事，她以爲又是酸唧唧的愛恨情仇呢。表姊是個市井女人，有點小俗氣小勢利，看不慣文謅謅的窮男人，也想不通表妹爲什麼死活都要黏著林一舟。菱子被拍醒，淚腺開始洶湧不絕。表姊再三追問，方知原由。

「放個人要八十萬？眞夠黑的！」表姊罵罵咧咧，「借是肯定借不出來的，這教堂街的老闆，有錢都砸在貨上了。抬會怕也湊不齊腳，開店的溫州人哪個不是一抬會兩抬會肩上扛著，月月好幾萬的掏，腰包早癟了。要不，跟你父母說說？再黑的價總得救人不是?!」

菱子搖頭。一是遠水解不了近渴，溫州的鈔票得兜幾個圈才能合法轉到這邊。二是父母本不待見林一舟，聽說他被警局逮了，還不愈發起了勁逼她分開？表姊想想也對，翻白了眼也是束手無策。她起身走開，煮了碗素麵端出來讓菱子吃。素麵臥了雞蛋，撒了蔥花，酒香撲鼻。但菱子連動筷的心力都沒有。表姊忽然一拍大腿，「有了！以前你不是說過，小白臉好像有個什麼寶貝古董，把它賣了啊，這些東西最值錢了，還怕換不回個人？」菱子像被蜂螫了一口，尖叫起來，「不可以！那是他的命，動都不讓我動的。這次要是沒被警察抓，正送去美國呢。」表姊反問：「東西要緊，還是救人要緊？典賣還不行？等有了錢，立馬典回來，再送美國也不遲呵！」這回菱子聽進去了，蹙眉凝神，尋思著，眼睛漸漸亮了。「眞有這樣的買賣？」「誰知道呢，不過總可以找人問問的。」菱子便使勁推她表姊，「那你還不快去問，等什麼？」「好，你把麵吃了，等著。」表姊撐起一把傘，走出門去。外面的夜黑咕隆咚的，雨卻小了，只聽見淅淅瀝瀝的聲響。

菱子作了一個又長又累的夢。夢裡的一切都是模糊的。

第二天是週末，表姊帶來一個穿黑風衣的男人，是個混血兒。表姊說他是七都島的遠房親戚，在巴黎開大飯店。他說巴黎是有典當行的，但要典出這麼一大筆錢，難說。而且手續必然繁雜，需要很長時間。不如試試找他認識的一位退休古董商，看看有沒有可能促成這件事。穿黑風衣的混血兒法文說得很溜，七都話卻磕磕巴巴。菱子好不容易聽明白，來不及多想，趕緊到家取了那只小箱子，與表姊一起上了他的車。車啓動時，菱子頭皮發麻，心一陣陣發空。

古董商的家在一個破園子裡，鐵門鏽跡斑駁，園內雜草齊膝，一派破敗荒蕪的景象。菱子拉著箱子走過碎石與青苔橫陳的甬道，感覺像是走向墳場。

主人是個長髮蓬亂的法國老頭，一張臉只見一管大鼻子。他把一干客人迎進客廳，客廳更亂，幾乎沒有插腳的地方。唯有那張塌陷的皮沙發，半邊雜物，半邊還能擱下一個屁股，估計是他自己的座駕。穿黑風衣的男人可能是見怪不怪了，就站在那裡跟老頭嘰里咕嚕說明來意。老頭像是聽明白了，嘴裡嘟囔著，連連擺手，臉上無所謂表情。菱子只聽懂兩個「Non」、「Non」，還有絲毫沒有迴旋的語氣，掉頭退出。穿風衣的男人並不氣餒，反而笑聲朗朗。笑畢，又開始新一輪遊說。竟然，老頭也隨他乾笑兩聲。再然後，穿黑風衣的男人招招手，重新把菱子叫進了屋。他讓菱子把紅綢包裹的玉枕從箱裡拿出來給老頭看。老頭一看兩眼放光，嘶啞的嗓門尖叫：「虎皮子！虎皮子！」他把玉枕捧過去，翻過來掉過去地看，又抱在胸前雞啄米似的輕吻，那癲狂的勁頭就像著了魔。

菱子慌了，使勁拽男人的黑風衣，「你對他說，我不眞賣的，就暫時典當，一有錢這東西必須還回來。」穿風衣的男人說：「這老頭就這樣，見不得入眼的好東西。其實他地窖裡藏的寶貝數都數不過來，值上億法郎呢！你也看見了，他剛才是連東西都不要看一眼的，後來我告訴他你男朋友坐牢了，急需一筆保釋金，他才改變主意。他其實別無所圖，只爲幫助你們，法國人的善良就這麼簡單。」

再從甬道走出園子，菱子的箱子空了，只有一張稀薄的支票和手寫的收據在裡面鷂子打轉。支票的票額是一百萬法郎，收據的典當週期是六個月。哭的衝動湧上來，也不知源於喜悅還是哀傷。

多少天沒有睡過囫圇覺的菱子實在累了，就連繼續坐著講話的力氣都沒有了。她搖晃著，倒向地板。林一舟趕緊挪過身去，把菱子的頭擱到自己腿上，久久沉默。他沉默是因爲無話可說。菱子救出了他，理應感激。但用玉枕來救，卻是他不願意的，他寧願坐牢。林一舟心裡充滿了恐慌。失去的恐慌。誠信，乃至道德救贖的意義？入牢前，他是給美國打過電話的。就算玉枕贖回來，他又如何面對迪瓦．寧布，如何面對身邊的這個女人？林一舟覺得菱子就像手裡的氫氣球，不管自己放不放飛，都在漸離漸遠。

而他最關心的還是「虎皮子」，它的失去才是他最終的陷落。

他問菱子：「那位法國先生叫什麼？」

菱子沒回答。他只聽到輕如鼻息的鼾聲。

## 劫後歸來虎皮子

「如果我沒猜錯，他是德拉布林先生。」

林一舟一愣，「你認識他？」

「是的，老朋友了……可惜他死了。」

「他死了？」林一舟皺了皺眉。他應該想到的，不是嗎，一個老人？但他的臉肌仍在抽搐，不知驚訝於當時這個人的死訊，還是我對這個人死了的知情。

其實，我又何止認識德拉布林先生。那個能帶菱子去德拉布林家的穿黑風衣的男子，除了呂伽，還能是誰？雖說彼時我與呂伽早已不在一起，但他的熱心和行事風格我了然於心。當然，他是誰並不重要，他與我是什麼關係更不重要，沒人會在意整件事情裡他扮演的這個角色。

我首先忽略。

當年的林一舟第二天就找到了德拉布林先生的那個破園子。事先沒有預約，園子的門鈴一摁再摁都未見回應。一直等到傍晚，老頭出來扔垃圾，才攔住他。

「德拉布林先生，下午好！」林一舟的法文比菱子好，生活用語的表達基本清晰。但老頭無視他，只看著菱子，「你保的人出來啦?!」菱子點頭。

老頭沒有請他們進去的表示，依舊面無表情，「要贖回東西，趕緊籌錢去！」那意思裡似有諸多的不痛快，現在找我做什麼？

林一舟不僅聽明白了老先生的話，也看明白了老先生被打擾的不痛快，拽了菱子就走。菱子不情願地拖著腳步，「等了一下午，就這麼走了？」

「人家不歡迎，總不能硬闖吧！」林一舟見過了老頭和老頭的破園子，心裡反而踏實了。他不覺得這麼一個垂垂老矣的破落紳士，會等著擄掠他們送上門的東西。德拉布林先生說的沒錯，要緊的是趕快籌錢。

我輕笑。這個林一舟，還算有點眼力，看人不糊塗。

接下來的情節推進卻出人意料。

原以爲，銀行解凍後的帳面上還有幾十萬法郎，先把員工召回來，讓公司重新運轉。再做一批新貨賣出去，等客戶的款項以三個月的週期回籠，最多不超過五個月，湊個百十萬應該不太難，也能趕上典賣合約的六個月期限。把支票還了，再把德拉布林先生的人情還了，不就可以贖回他的寶貝玉枕了？林一舟如此這般的謀劃，遍布臉的各個部位的頹喪之氣一掃而光。

但是，等他到了吳濤的「吳記」，赫然打叉的大封條，讓一切全都變了樣。

他與菱子面面相覷。

不可逆轉的事實是：吳濤也在同一天因爲同樣的罪名去了林一舟剛出來的那個地方，與他前後腳，一個午後，一個傍晚。難怪菱子在林一舟被警察帶走後給吳濤打電話，永遠都是空洞的蜂鳴。吳濤至今身陷囹圄。除了林一舟這個老同學，吳濤既無老婆女友也無眞能爲他兩肋插刀的哥們，所以就在大牆裡面蹲著，連問的人都沒有。

林一舟對我說：「那一瞬間，一切可能與不可能，全落到了我的身上。」

「爲什麼責無旁貸？」我不理解。「吳濤承受他自己犯錯的代價，你也承受了你自己的，誰都不是救世主，沒必要替別人買單的。」

林一舟未置可否。我想他是繞不過中國式的道義或人情。

他躑躅往家走，步履紛亂，失去了方位感，如短路的GPS。菱子警告他，「別瞎想啊，吳濤你管不了，我也不許你管！」

「我拿什麼去管？」他的人矮下去。

菱子冷笑，「除非，你再從地下挖只玉枕出來。」

幾天後，菱子堵著門，也沒堵住林一舟越來越堅定地要去警局探個究竟的動念。他沒見到吳濤，卻見到了帶走吳濤的那名膚色黝黑的馬蒂尼裔警官。警官把吳濤的案卷往桌上一擲，告訴他，要麼交納八十萬保釋金，要麼請律師打官司。「不過呢，」警官壞笑道，「就算打贏官司出來，八十萬還是八十萬，換個叫法而已。」

回家路上，林一舟滿腦子都是吳濤對他的好。做人做什麼？還不是對得起自己對得起別人。這別人，不僅包括迪瓦·寧布，也包括吳濤。虧欠誰不是虧欠？償還玉枕是自我救贖，保釋吳濤難道不是？

回到公司，他對菱子說：「我不能見死不救。」

「你不想贖回你的寶貝玉枕了？」

「先贖人。贖人要緊。」

菱子摔下正與顧客做著的生意，「你瘋了？我不同意！」

林一舟說：「我不是跟你商量。」

菱子差點哭了，「你執意要這麼做，我們掰！」

「隨你。」林一舟掉頭去了銀行。公司重新開業不到三天，除去房租水電還有員工工資，他想整合一下，離八十萬贖金還有多大缺口，再從教堂街的鄉鄰處湊出這個數，由他以後慢慢還。

林一舟這麼跟我複述時，讓我感覺到中國式人情世故的美好。這與高尚其實無關。

「那麼，後來呢？」

林一舟抽起絲縷笑意，嘴邊皺紋波浪似散開，濺滿了臉頰、鼻翼、眼角、額頭。

借款很難，哪怕幾千，超乎他的想像。貼過封條的他的店鋪也在一夜之間蕭瑟，以往排長隊的顧客如被秋風席捲，恨不得都到別處飛颺，別處棲息去了。他與菱子的僵局也從表層滲入內裡，暗潮洶湧。仍在一個鍋裡吃飯，仍在門對門的臥室睡覺，仍說著不鹹不淡多半屬於生意上的話，兩顆心卻築起籬笆，走不通你來我往的路徑了。既然是合夥人，帳面上的進項林一舟是絕不動菱子那一半的。所以，保釋吳濤的善舉持續了五個多月才修成正果。

當玉枕典賣合約的期限只剩三天，監獄大門開啓了，吳濤灰敗的身影從裡邊閃出來，烏黑的頭髮白了一圈，像梔子花編織的花冠。這樣的花冠戴在少女頭上或許浪漫，頂在男人失魂落魄的腦袋上，浪漫還是浪漫，卻是披麻戴孝的浪漫。吳濤抱住林一舟嚎啕大哭，卻懵然不知林一舟背負的辛酸委屈不知比他大多少倍。

「虎皮子」回不來了！那個倒楣的日子裡，林一舟一整天都在德拉布林先生的破園子門前徘徊。幾次想按門鈴最終還是放棄。就算怪脾氣的老頭讓他進了園子，他又能說什麼？在一個人人遵循契約的社會，你踐踏了自我承諾還想要什麼話語權?!

他心痛。痛得要發瘋。就以牙還牙，任手臂在粗糲的矮牆上一路劃過，鮮血淋漓。

之後，春去夏來，秋去冬來，連綿的六個月一期期過去，一直到了後年的這一天。林一舟在重新做火了教堂街的「麗莎」，與菱子道了終結意義的再見後，拉著原來那只旅行箱，箱裡一張百萬元的支票，再次來到德拉布林先生的破園子門前。

一塊房屋仲介的出售看板掛在門邊矮牆上，似也經歷了日曬雨淋，透出舊相。矮牆更頹敗了，坍塌了好幾處。破園子也是亂草萋萋愈加荒蕪。園門上掛一把生了鏽的鎖，透過縫隙望進去，甬道上瘋長的野花一直星星點點攀援到台階上。人去樓空，連故影舊痕也沒留下。

德拉布林先生去了哪裡？

有兩撥貌似鄰居的男女從門前走過，林一舟攔住他們問，都是一臉惑然。

我再次重複，「他死了。死於心肌梗塞。就在那一年。」

林一舟轉過身，看著我，眼裡的不甘在光影中閃現，頑強而執拗。難道，一個人的死訊不足以證實一只玉枕的失落？

「我從里昂專程趕來，參加了他的葬禮。」

那時我已與呂伽離婚，逃到里昂，開了一家中國式餐廳。德拉布林先生的死訊是他的經紀人打電話通知我的。他說德拉布林先生的遺囑上我也是受益人，他有東西留給我。從巴黎到里昂後，我已多年沒去探望德拉布林先生了，他越活越老，我反而對他的年齡模糊了概念，以為什麼時候想去看他都是沒有障礙的。沒想到一通電話，就讓我們這對忘年之交天人永隔了。我當時緊攥話筒，攥出一把濕漉漉的水。不知是汗還是淚。

據說，老頭把地窖裡所有的珍藏都捐給了亞洲博物館。只有清單之外很少的幾件，是在臥室客廳擺了大半輩子的舊物，連同房產留給了他唯一的遠房侄子。而我得到是一只雍正年青花瓷瓶，底端有官窯印鑑，一直擱在壁爐上的。以前頻繁出入他家客廳時曾賞玩多次，次次愛不釋手。老頭見我癡迷，便笑呵呵說：「我親愛的孩子，你喜歡就拿走。如此美輪美奐的物件陪著個糟老頭子豈不暴殄天物？」我連說謝謝，哪敢奪人所愛。未曾想老人至死不忘，終於還是作為遺物留給了我。

蕭瑟的冷雨裡，我打把黑傘，跟在寥寥幾個參與德拉布林先生葬禮的人後面，把手裡的白花輕放於墓穴裡的棺木上，與他告別，願他安息。

林一舟極認眞地聽我說，下巴抵著前胸，看上去也是葬禮上的姿態。「可惜，我與本不屬於我的玉枕，連個告別儀式都沒有。」好一會，才抬起頭，「天是有眼的，我逃不過懲罰。」

我寧願相信，德拉布林先生一直都在等菱子送回那紙合約與一百萬法郎支票，可到臨終也沒等到。才立下遺囑留給繼承人，囑他們繼續等。否則，這個玉枕早就在亞洲博物館與他捐贈的古玩一併展示，供天下人賞心悅目。只不過他的繼承者不屑老人的一廂情願，沒耐心等，或者不願意等，才讓玉枕流落拍賣行。於是我說：「林，請不要質疑德拉布林先生，我很了解他。不僅知道他的家史，也知道他藏有東方古玩的數量與價值。對於你們，他只是爲了幫助。否則，怎麼理解他無償捐獻的所有收藏呢？」

「所有，收藏？」林一舟問。

我答：「是的，所有。」

林一舟眼眸起了霧，又氤氳到臉上。這霧讓我有點看不清他。良久，他把剛從巴黎蘇富比拍回來不久的「虎皮子」輕輕舉起，送到我的懷抱。玉枕在他胸口捂久了，帶著人的體溫，給我一種貼心貼肺的暖意。我站起身，替查理，替迪瓦．寧布，替土爾扈特家族，向面前這個男人眞誠地鞠躬。林一舟微微笑著，霧散去，稜角分明的五官凸顯出來，悲欣交集。

終於釋懷。終於放下。

N

## 雜種的魔咒

始於三十多年前的那場短暫婚姻，對於我更像驚悚而刺激的舞會，從頭至尾都是踩著雷電跳倫巴。我的「舞伴」呂伽，自從戛然休止的蜜月回來，便走亂了他的舞步，不再風流倜儻。

就爲那四根金條。他把他母親的錯，轉嫁於他的妻子。因爲血緣的感應從來不受時空阻隔，即便從未謀面，母親也深知兒子對她的厭惡與反彈，故而早早把自己藏匿於視線不到的盲區。我，便成了替罪羊。

從威尼斯回巴黎的飛機上，我一直罪犯似地低著頭，試圖逃避我的新郎把凝結在臉上的冰霜劈頭蓋腦潑到我身上。我很後悔在婚禮上不僅沒有躲過他的母親，還領受了這個女人的收買。「收買」一詞是呂伽對我最惡毒的詛咒。我有那麼不堪嗎？但呂伽只看後果，不問過程。

那裹著四根金條的絲絨小袋在褲兜裡被我的手翻來覆去地折騰。我怕一旦沒摁住，它就會掙脫褲兜直接飛出舷窗，隕落於藍天白雲之中。我相信，只要飛機上眞開著窗，呂伽定會狠狠擲出去，絕不手軟。

當他還是精子卵子交媾變異的小蝌蚪狀的透明胚胎時，這個金絲絨小袋就是他溫柔的襁褓堅硬的堡壘，他寄生其中，得以保全，並從此無法僭越和超拔。他恨它剝奪了他生死的自由，恨它注定了他必須是它的產物，它的奴僕。

可是，就算扔了它，一個人的前史也能隨之扔掉？

回到聖．日耳曼，雙雙乘老式電梯上樓，呂伽第一次沒在這個窄小的空間摟抱我、吻我。電梯一直是他獨特的示愛的空中樓閣，他從不浪費噴薄而出的欲念和性表達。但是這次，我們各縮一隅，背對背面壁，連觸覺都豎起了樊籬。他在我身後進了公寓，閉門之後就貼在那裡像隻壁虎，讓燈光半明半暗地照射在身上，一動不動。我脫掉外衣，在沙發上坐下，口乾舌燥，飢腸轆轆，卻懶得去廚房點灶開冰箱。我望著窗外夜巴黎的璀璨燈火，聽連綿的市聲在耳畔鼓譟，心裡一陣陣空。原來，男女間的琴瑟和鳴是如此脆弱，一不小心，弦就斷了，音就啞了，曲終人去。眞是無趣，無聊。我打個呵欠，自顧自上床睡了。

一覺醒來，天已大亮，貼在門後的那隻壁虎也不知去了哪裡。我烤了兩片麵包，喝了一杯咖啡，開著我的小貨卡匆匆往豆作坊趕。去你的呂伽！去你的糟糕得不能再糟糕的蜜月！我想我的豆作坊和周他們了。

豆作坊卻沒有預期我的到來。熱氣騰騰的豆香中，周像打量不速之客那樣打量我。是的，蜜月假期至少兩週，新婚的女老闆怎麼第三天就撇下新郎獨自回公司上崗了？眾人笑著，連起鬨也隱藏著過多的問號而顯得勉爲其難。我不想解釋，做出一副開心狀，渾水摸魚地敷衍。大大咧咧向來是我僞裝惡劣心情的面具。幾日不來的作坊在周的協調下，生產秩序如舊，一切井井有條。周眞是幸運之神，別看他少言寡語，卻有足夠的向心力，來凝聚麻雀雖小五臟俱全的這個豆作坊，員工們都願意聽他的。不但員工，我有難以承受之累也會讓他替我扛著，他作爲我強有力的肩膀而存在。比如今天，比如此刻。當我心有別騖地兜了一圈，剛踅過身，他的眼神便如針如線縫紉到我臉上，「這裡有我呢，你歇著吧！」他果然洞察到我亂糟糟的心思了。我竭力不讓眼圈紅成兔子，推門閃進寫字間。寫字間的書桌也被周擦得鋥亮，我趴上去，亮如鏡面的玻璃台板折射出因擠壓而扭曲的臉。不像我，卻是我。周大約是想讓我關起門來發洩，但我只有鬱積，無從發洩。

下班回家，卻是陰雨轉晴的氣象。出了電梯，就看見潔白殷紅的花瓣從樓道一直延伸到房門下。腳踩上去，綿軟，滑膩，似能聽到無數花瓣被踐踏的掙扎呻吟，讓你不忍。開鎖進門，更是豁然一亮，滿屋子的鮮花，鋪天蓋地，撲面而來。除了我不喜愛的玫瑰，赤橙黃綠青藍紫，搖曳生姿，群芳爭豔。呂伽就那麼端坐百花叢中，笑嘻嘻面對我。我心竊喜，卻裝出置若罔聞的姿態，趾高氣揚從他跟前走過。他一把拽住我，單腿跪下，臉上至誠至歉。他說：「對不起親愛的，不該讓你受委屈，又不是你的錯。」

我翹起下巴，俯視他，「那麼，你承認是你錯了？」

「不，都是那個女人的罪孽！」惡狠狠的凶光在笑意上掠過，呂伽閃電般換臉，帶著冷颼颼的煞氣。

「別這樣，她是你母親。」

「如此下三濫的母親不要也罷！」呂伽跳起來，又使勁把自己按捺下去，「婊子都不如。」

我說：「你太偏執。沒有母親願意被自己的孩子咬牙切齒，她或許另有隱情。」

「總有一天，我會找到她，不管她的隱情有多麼見不得人……」

呂伽拂拂手，像要驅除所有煩惱。又從滿屋的花籃裡抽出一枝骨朵最大的百合，遞給我，「請收下我的懺悔。願蜜月重來一次，願我們幸福快樂！」百合在胸前綻放，清泠泠嬌嫩欲滴。我沒來得及接，就已摟住他的脖頸抱成一團。

婚床像飛速離岸的情感之舟，載著宛若初夜的亞當與夏娃，激蕩欲海，繾綣難寐。至今憶起，那都是我與呂伽今生最銷魂的魔幻之夜。

幾天之後，呂伽父親一大早來敲門，讓起床開門的我大吃一驚。呂伽父親是極少來公寓的，呂伽光著臂膀在床上探頭，同是一臉狐疑。他父親侷促地搓著手，「電話打了幾十個，都不通，只好來了。」這才想起，爲了捍衛蜜月裡的兩人世界不被騷擾，我們乾脆拔了線。呂伽父親瞟了眼拖在插口外的電話線，皺了皺眉頭，說：「下午大老闆會來店裡，商量我們收購原來他旗下阿根廷餐廳的事，你倆必須在場。」

「莫不是那位異想天開？」我頓時來了興趣。婚禮上掠過一面，正遺憾不得交談呢。「夏先生，您放心，我們一定準時到。」呂伽父親瞪了我一眼，大約不習慣稱他爲夏先生。我聳聳肩，誰叫您娶個學不全中國章法的法國媳婦？

下午三時，我們提前到了「饞貓天堂」，夏家全體人馬悉數到齊。父母，祖父母，還有分別在兩家餐館負責前台的四位姊姊。這家餐館是大老闆「饞貓天堂」旗下最早的那家中餐館，早在幾年前異想天開退休時就已獨立轉讓給呂伽父母。其後，另一家坐落於塞納河畔市政廳後街拐角的義大利餐廳，也因經營不善，從「饞貓天堂」麾下收歸夏家，易名香港粵菜館。再要商談的阿根廷餐廳，將是夏家收攬的第三棵搖錢樹了。兩位夏大先生，呂伽的老爹和老爹的爸，一個大字不識幾個，說法文舌頭打結；一個跑海船當水手，後做餐飲也是自學成才，卻在堂而皇之的巴黎街頭，把中餐旗號搖得呼啦直響，讓法國人不佩服都不行。可是爲什麼，呂伽流的也是夏爺夏爹的血，怎麼就沒繼承這方面的基因。是不肯？還是不屑？

不過呂伽還是比較崇拜「異想天開」的。尤其他把任何事情都玩弄於股掌的眞性情和無羈無絆的想像力，簡直讓呂伽著迷。甚至他的八字鬍、手杖、黑皮手套，呂伽也恨不得一一拷貝。「異想天開」在呂伽兒時是他旗下這爿店的常客，總要用指關節敲著盤子逗呂伽，還用八字鬍扎他，一老一少總是玩得很盡興。可是有一次，喝多了波爾多，「異想天開」竟當眾托起呂伽的臉來回端詳，越端詳越搖頭，嘴裡還不停地嘟囔，「渾小子哎，怎麼看你都不像純種小牛犢哇！」呂伽當時已長個頭，面孔刷一下漲得通紅，扭頭跑開。呂伽很氣憤也很傷心，他心目中最了不起的人也拿雜種說事？學校裡早有同學如此罵他，但「異想天開」不可以。這句玩笑話成了崇拜者與被崇拜者之間的一道鴻溝。從那以後，「異想天開」再來店裡，呂伽再也不做橡皮糖黏他。大老闆後來也找他半眞半玩笑道歉，卻終究回不到以前。呂伽在他同母異父的兄弟找上門之後曾經說過，讓他在身世問題上受傷害的人其實沒幾個，那個爛女人是一個，背叛母親的父親是另一個，還有，就是「異想天開」。呂伽說：「他是我孩童世界存在於法蘭西的標杆，他怎麼可以驅逐我?!」

三時三十分，「異想天開」踏著約定的點走進門來。餐館打烊，座無虛席的哄鬧水洗了似的歸於平淡，讓廳堂大了一倍。呂伽的父母、祖父母換了衣裝，恭恭敬敬迎著至尊的客人到來。老了的「異想天開」頭髮稀疏了，身板也不如從前堅挺，但髮型依然時尚，軟皮黑手套依然沉鬱而名貴。他翹著八字鬍笑，手杖在光滑地面劃過，一陣篤篤篤的脆響。

法國式寒暄之後，呂伽去繁就簡把夏氏家族中唯一的生面孔介紹給他：「我新婚太太，夏洛蒂。」

「婚禮上見過，最美麗的新娘！」「異想天開」很紳士地吻我的手背，然後掠了一眼我剪得齊刷刷的短髮，言不由衷地讚美，「嚯，果然青春時尚！」我很清楚他對我的不抬舉。不加修飾的短髮，鄉野村姑般的不淑女，就連性感都帶著不事雕琢的原罪痕跡。但我不以爲然。六八學潮退去後的若干年，法蘭西早已不是老古董們信奉的時代，我等還對不上眼他們那種自以爲是的紳士做派呢。不過，從他有意無意掃過來的那一瞥裡，我感覺其目光的深邃銳利中，不無機巧與狡黠。由此我斷定，當年他讓少年呂伽耿耿於懷的那一幕不過是酒後吐眞言，他其實是洞穿呂伽身世的。周邊所有人的不明眞相，只是夏家人的以爲。

之後坐下來談收購阿根廷餐廳的事。除了同在里昂火車站附近的這個阿根廷餐廳，輝煌年代「饞貓天堂」旗下的二十幾家分店已秋風掃落葉般凋零，只剩下最高端的兩家法式西餐廳，均屬米其林飲食指南三星級。一家在右岸，香榭麗舍大街，美國人趨之若鶩；另一家在左岸，聖·日耳曼，距我家不遠，與花神咖啡館隔街相望，是左翼文人騷客吃飯喝酒高談闊論的首選之地，幾十年門庭若市。「異想天開」依託它們養老，足以把退休的日子過得像路易十四。所以，「異想天開」並不指望脫手阿根廷餐廳給他掙多少錢，只想交棒於可託付並信賴之人，給他留個念想，別辜負「饞貓天堂」當年的宏願與抱負就好。大老闆想都沒想就踏進了夏氏家族的門。二十多年雲煙翻滾世事變遷，「饞貓天堂」獨立出去的各式餐廳，就數里昂火車站這家仍叫「饞貓天堂」的中式餐飲自始至終招牌硬，口碑好，他無須選擇。而呂伽父親的接招也不假思索。手頭攥有富餘的一筆錢，這第三家不請自到的餐廳豈不來得恰是時候？一位從東方小島脫穎而出的異國廚師，他的夢想不正是在別人的疆域上開拓屬於自己的帝國？

只是，「異想天開」終有小小的疑問。他用眼神問呂伽父親，祖父老了，你獨自撐得起三片蒼穹嗎？呂伽父親回望他，謙恭而平和地笑笑。他倆從彼此相識總是心有靈犀的。此刻的靈犀是：呂伽必須排斥在外。也就是說，誰也不看好這位風流倜儻大少爺的繼承者角色。當質疑達成心照不宣的共識時，呂伽在哪裡？他已離群，獨自站在最角落的窗邊，緊鎖雙眉，瞪著街景想心事。還是那款玉樹臨風的黑風衣，整個側影儼然局外人，身後的所有議論與他毫無相干。

正走神，陡然發覺所有人的目光都聚焦到我身上。呂伽父親仍然一臉謙恭而平和的笑，「異想天開」則把手杖敲出一串音符。我問：「你們打什麼啞語？」

「哈，錯不了！新餐廳的女老闆，就是她！」

呂伽也跑過來，跟著起鬨，「非她莫屬！非她莫屬！」我還不知道他，恨不得卸下所有擔子都往我身上推，他好落得逍遙。我呸他，「你也攆我走，豆作坊不要了？」那爿天地即使是個麻雀窩，也是我叼枝銜草壘築的，我不捨。

呂伽父親說：「作坊交給周就好，餐館才是夏家主業。」

這是夏家的預謀嗎？意料之外，我對餐廳老闆的角色麻木著，就像當初頭腦一發熱，扔掉東方哲學，去中國乳酪裡撈錢一樣。或許，我的宿命就是雙偶咖啡館的那對人偶，為東方俗世而生，跌打滾爬亦是上帝的旨意。

沒人再問我的意願。只聽他們在我身後「砰」一聲開啓香檳，泡沫從瓶口噴射而出，酒香溢滿角角落落。我突然感覺離群的孤獨，在這完全屬於中國的情境裡。其實，被接受或被拋棄都是一回事。我似乎正在體驗呂伽的傷，查理的痛。

這時想到查理很怪誕。可我就是想了。

一隻手搭到肩上，傳遞著若有若無的暖意。我回頭，一杯香檳遞過來。是「異想天開」。他稀疏的上翹的八字鬍上挑著星點香檳，亮晶晶的，像枯草沾了晨露，極不搭調。他鬆弛的臉肌耷拉下來，毛孔放大，這笑便有點假惺惺。他說：「餐廳交給你，我不擔心。」

「您了解我嗎？」我並不受鼓舞。

「豈用了解，」老人的霸道是溫文爾雅的破綻。「我只相信直覺。」

呂伽不知何時走過來，舉著杯，一張臉旋即又變得陰雨難測。他把「異想天開」扯到一邊。就算邊上沒有外人，這舉止也顯得很沒有教養。他大約又開始糾結了。我連忙跟過去，有意緩衝他的情緒，他卻已經無遮無攔朝「異想天開」發難。

「尊敬的大老闆，麻煩您印證我的一個疑慮，本人是否混血雜種？

「我的生母就是那個下三濫女人對嗎？她叫什麼？她在哪裡？

「您一開始就目睹或者攛掇我父親與那個女人偷情是吧？

「您還聽說了四根金條換一個兒子的交易，不是嗎？」

一連串的詰問，有如剝光了所有當事者的衣裳，讓一眾人赤裸裸袒露在犀利的刀鋒下，無處躲避。這個呂伽，他要求證什麼？除了給傷痛撒鹽，除把自己把別人撕扯得遍體鱗傷，還能有什麼別的？其實他很明確，每一個詰問都是他不願承認卻又不得不承認的事實，眞相再齷齪再荒誕也是眞相。

難道他母親在婚禮上把這四根金條送過來，就爲誘發這個魔咒，復仇當年對她設下陷阱的夏家，復仇她的失子之痛。如果眞是那樣，這個女人也太惡毒了。

「異想天開」是最先被呂伽猝不及防擊暈的人，臉色從灰到青。他不明白這個渾小子爲何要把槍口指向他？一個永遠居高臨下的人活到了七老八十，何以直面如此咄咄逼人的挑戰。沒錯，呂伽的身世他的確了然於胸，但充其量只是他的眼睛毒，早早看穿內核而已。做一個看客，又有多大的錯？

我清晰地看到那兩撇八字鬍在蒼老的臉上不停地顫動。我深知這顫動下的不滿與憤慨。但我阻止不了呂伽。此時的他就是一個瘋子！自己的魔咒自己的傷痛應該關起門來自己舔，怎麼可以恣意嫁禍無辜的別人呢？我趕緊上前替呂伽賠罪，「十分抱歉冒犯了您，還請原諒！」

「異想天開」鷹隼般的雙目豎起來，凶光一閃而過。他哼一聲，嘴角挑起冷笑。揶揄在前，陰險在後。

呂伽父母衝過來，年邁的祖父祖母也顫巍巍緊隨其後。他們要來解圍是嗎？最好別！誰撞上來都是火上加油。

沒料到的是，呂伽父親拽住兒子的衣襟，上去就是啪啪兩個大耳光，搧得呂伽差點沒從落地窗飛出去。稀里嘩啦一陣脆響，玻璃碎了滿地。呂伽捂著臉，踉蹌著，血從嘴角流出來，像猩紅的一條蜈蚣。我試圖攙扶他，被他一把甩開。呂伽在夏家，從來就是太上皇，沒人敢動他一個手指頭。可今天，父親居然打他。父親也瘋了！

「異想天開」也沉下臉，斥責呂伽父親說：「他是成人了，你怎麼可以如此粗暴?!」父親揉著打痛的手，朝「異想天開」囁嚅：「對不起，您！」好像他打的是尊敬的大老闆。

「異想天開」歎口氣，走到呂伽面前，攥著手杖的手一揮，劃出一道弧光。「好，讓我來回答你的問題：

「一，渾小子我奉勸你，這世上混血雜種多了去了，該怎麼活就怎麼活。

「二，你的生母叫安娜，聽說她後來嫁了闊佬。至於行蹤，我想只有她自己或私家偵探能回答你。

「三，你父親與安娜是否偷情純屬私生活，我無意知情，更無權過問。所以，請你忽略我，並放過他們。

「四，四根金條的事我之前沒聽過，現在更不想聽。

「我的回答夠清楚，你滿意了？」

「異想天開」目視前方，連眼鋒的餘光也不留給呂伽。

他說罷，慢慢戴上他的黑皮手套，再用手杖撥開腳邊的碎玻璃，扭身向夏家眾人道聲再見，「的篤的篤」慢慢走出餐館。外面天色已暗。我追到門口，看見他淹沒在暮色之中，而他的那輛美洲豹，黑成一團泊在街角拐彎處。

## 尋找安娜

呂伽捂著臉，也離開了餐館。他的背影踉蹌跌撞。

臉上的痛一直灼燒到心胸，再擴散開來，使全身每一條神經都通了電似的痙攣。除了父親那兩記耳光，「異想天開」被逼至牆角的反彈與他的預想大相逕庭。他當然清楚自己的詰問是早已有了答案的。但他必須重複，不爲辨別眞相或眞僞，只爲證實一個謊言需要多少親歷者、旁觀者的助紂爲虐。今天「異想天開」被揭穿，不管他曾經是夏家創業之初的恩人，還是少年呂伽的崇拜者、大先生，他人格的光環都在頃刻間墜落在地。假若謊言沒有他人一次又一次的附議和再造，就很難成爲具有眞正殺傷力的謊言。

除了夏洛蒂，全家人包括父母、祖父母、四位姊姊，最小的老四還被愚弄成他的孿生姊姊；還有父母的親朋好友；還有「異想天開」、豆作坊周，甚至「饞貓天堂」旗下所有曾與父親共過事的膚色各異的員工們，誰能逃脫編織謊言修補謊言的嫌疑？他若不相信謊言，還能相信誰？二三十年來，可悲他這個混血的雜種就是在這幫人共同設置的陷阱裡，由謊言餵養大的。而夏洛蒂，唯一與他同樣無辜的女人，也就難逃與他共同承受靈魂煎熬的宿命。他從未想過要傷害她，卻難以自已。呂伽由此對這個世界又多了份厭惡與仇恨。

在黑暗裡走著，呂伽突然就哭了，呑嚥眼淚的同時呑嚥冷風，反芻出一股又鹹又澀的腥味。他索性站下來，對著街邊垃圾桶使勁嘔了一陣，把五臟六腑全部掏空，才拭拭嘴角直起腰來。家的溫暖就在幾步之遙，像一個海市蜃樓，但他不能回去。以他此刻的糟糕情緒，夏洛蒂注定難逃一劫，成爲他發洩憤懣的載體。前面幾步就是電話亭，呂伽走進去，插入磁卡，開始撥號。他想找那個有過一面之交的同母兄弟講話。在如此烏雲密布的夜晚，全世界只有他一個人適合接聽自己的聲音，不管傾訴還是發洩，甚至罵娘。偏偏，只撥出九個數，最後那個再也撥不出來。排列有序的數字鍵全錯亂了，與他腦漿渾沌分裂成支離破碎的一瓣瓣那樣。他頹然掛了話筒，身子矮下去，縮成一個刺蝟。不知過了多久，有人急著打電話，在亭外砰砰敲門，他不理不睬，結果被人揪住衣領扔到街上。他非但不還手，還對人說抱歉——呂伽很少忘記法國式的彬彬有禮。那人瞧他並不醉酒的樣子，心生納悶。

呂伽把頭縮到衣領裡，繼續在街上走。夜燈明明暗暗，把他的影子一會兒拉得很長，一會兒拉得很短。梧桐樹的葉子飄下來，棲在肩上，蜻蜓點水似的抖顫著，又黯然落地。天上有稀疏的幾顆星辰，雖也疲憊地閃爍，卻被一直埋頭看腳的他忽略。不留神，呂伽撞到那堵厚厚的石牆上，抬頭看時，竟是桑德尼堪稱氣派的老城門。他居然走到臭名昭著的妓女街來了。正要掉頭離去，一隻女人的手逮住他，刺鼻的香水味瀰漫過來。他拂去垂到額角的鬈髮，發現一張血滴紅的厚唇正對他的眼睛笑。風騷，性感，欲擒故縱，誘惑的目的性明確。呂伽立馬想到安娜，那個該被他稱爲母親的女人。他的身體麻了一下，復仇的意氣裹挾著血性和欲望火燒火燎沖上頭頂。他朝前跨了一大步，把逮住他的那隻手往懷裡狠狠一拽，兩隻高聳的乳房就被箍到了兩臂之間，飽滿如皮球，一吹就要起爆似的。

繞到後巷，毗連的門洞一個接一個，每個門洞都有娼妓倚牆而立，或搔首弄姿，或冷目相向，或抽菸打呵欠，或乾脆站到路中央做攔截之勢，招攬嫖客，各司其職。呂伽去過更隱晦更高檔的賣淫場所，卻從未光顧這等被他視爲低級趣味的市井之地。今天是個例外。呂伽挾持著把他當作雛鳥挑釁反被自己擄掠的玩偶般的女人走進一個門洞，沿著狹窄的木樓梯攀援上去。像是頂層的閣樓，門開著，鐵栓上掛著一把開啓的老式黑鎖。他猶豫一下，被不知哪來的一股力捲了進去。他打量屋裡的陳設，居然是潔淨整齊的，還掛著暗紅的窗簾，連燈光也帶著相似的曖昧。一張床占了大半個空間，把原本侷促的屋子壓縮成積木玩具。呂伽再次想到了安娜。當年她是否也在如此的空間與父親完成交媾從而結出他這枚果子的？呂伽冷笑一聲，嘴角倒掛下來，如兩刃尖峭的刀鋒。娼妓脫去外衣，只剩了薄如蟬翼的乳罩與內褲，白花花的肉就裸露出來，在顫動的乳峰下靜如凝脂。再看那張臉，綠瑩瑩的貓眼，誇張的闊嘴，被毫不留情的線條切割成不見其餘的兩壁江山，耳鼻下巴統統模糊到面具之後。皮膚少了亞裔女人的細膩，比如他的四位姊姊，眼角的細皺便也跟著粗，再也遮不住慵懶的倦意。卻也恰恰是這倦意與慵懶，才滋生出別一樣的誘惑，讓男人的性機器攪動起貪婪的肉欲。呂伽想，她的年歲肯定不比自己小。該是東歐人吧？窮鄉僻壤的，到巴黎撈錢來了。呂伽隱隱地有了一絲憐憫，把手伸進口袋。他想扔下足夠的錢，然後走人。但安娜虛擬的臉又撞上來，在眼前不停地晃。他口袋裡的手便灼燒起來，熱辣辣燃遍了全身骨骼，兩腿痙攣抽緊，挾持了下體那個搏動的傢伙，緊繃繃如急於出膛的槍彈。稍縱即逝的憐憫體恤變成了復仇之快感。

短促的交媾充滿了罪惡感。呂伽很慌亂，步步都是用力過猛的失措。哪怕東歐女人用盡職業手段討好挑逗他，他都未能衝過乾涸的河床抵達彼岸。在他的性意識裡，用舌尖舔著他下體的真實娼妓並不存在，被他蹂躪著的只是一個輪廓一個影子，那就是生了他又拋棄他的安娜。這是呂伽有生以來第一次用金錢交易性，目的卻是報復。用兒子的惡毒來懲罰母親的無恥。他一敗塗地。失敗加劇了怨恨，怨恨繁衍著羞辱，羞辱導致了深層的毀滅感……他倒在娼妓身上大哭，把窄小空間的牆壁和地板都震動了。

次日，呂伽臉色灰敗地坐在北部城市里爾的一間單身公寓裡。這是他那個同母異父兄弟的家。凌晨時分，躺在街心公園長椅上的呂伽終於想起電話號碼的最後一個數，撥通了對方，並乘早班火車第一時間來到他面前。兄弟名叫大衛，原在保險公司上班，最近剛被裁員，正遭遇失業的人生低潮而滿臉晦暗。大衛的家是個大套房，臥室客廳廚房都在一起，擺上所有家什，仍然寬敞，簡直就是小了一號的足球場。呂伽一進門便看見沙發前的几上擱著一瓶威士忌，拿起酒瓶倒酒，才發現酒瓶早已空了。大衛皺皺眉頭，說：「給你煮咖啡吧，酒都讓我喝光了。」呂伽擋住大衛，「Non、Non、Non，中國人只借酒澆愁，不喝咖啡！」重又起身開門，「我去買。」大衛追出來，「太早，酒莊未開門呢。」他理也不理，摔門而去。

等他拎了威士忌、白蘭地還有兩瓶紅酒回來，大衛已從廚櫃裡翻出兩個罐頭，幾截火腿腸，和昨晚吃剩的半條棒子麵包，雜亂無章地堆在几子上。因爲雜亂，看起來倒也豐盛。呂伽說：「要不是大把鈔票餵了桑德尼的臭婊子，至少還能再買幾罐鵝肝醬、魚子醬。」

「你嫖娼去了？」大衛驚訝。

「去啦！就想嘗嘗操那些臭婊子是什麼滋味。」

大衛沉默了。呂伽也沉默了。無聲對望便是一種毋庸設定的投契。說話的呂伽和聽音的大衛都知道，臭婊子的詞義裡包括了他們的母親安娜。

金黃色的液體在人手一只的玻璃杯裡蕩漾，微嗆的酒香溢出，流竄於空氣，讓四壁都沾上了辛辣之味。威士忌通常都是打頭的，適合於餐前用，但兄弟倆各呑一口，卻有難嚥的苦澀。

呂伽說：「告訴我，她的事。」

「爲什麼？」大衛並不情願，「說這些有什麼意義！」

「有。我要去找她。問她爲什麼要以如此不堪的方式生下我。」呂伽的指骨突出來，一不小心就會把手裡的酒杯捏碎。大衛讓他鬆手，往杯裡斟了小半杯威士忌後遞還給他。他仰頭一飲而盡。大衛嘲弄道：「沒這麼對付威士忌的。」他只管說自己的，「可我對這個女人一無所知，找到她又何以面對？」

「也是。」大衛沉吟，似被他說動。

「安娜離開時我十歲不到。」失去的迷惘是大衛的開場白。

……頭天夜裡，大衛獨自睡了，父親過來給兒子掖好毛毯，閉了燈。父親什麼也沒說，他也沒問。

第二天清晨，父親開母親的藍色標緻送他上學。父親仍然什麼也沒說，大衛也仍然什麼都不問。父親原是巴士公司開大巴的，工作時間或起早或貪黑，所以送兒子上學都是母親。但母親不喜歡開車，只穿了漂亮的衣裙牽著他的手從小街一側漫步而去。小城人大抵知道美麗性感的母親是從巴黎嫁過來的，都歆羨父親的豔遇與幸運，小小年紀的大衛便也跟著驕傲。半年前，父親酗酒越來越嚴重，撞了人，還差點釀成翻車事故。蹲滿三個月監獄後，被公司開了。父親犯了忌，連自家小車也不敢摸了。但這個早晨，天沒亮大衛就聽見父親進了車庫，並在裡面待了很久，還傳出引擎發動的試車聲。大衛背著書包坐在後座，看父親把小小的標緻車開得緊張而慌亂，比剛考出駕照的新司機還手生，更添了幾分鄙夷。大衛對父親的鄙夷來自母親，從他懂事起，這類鄙夷就在父母不間斷的爭吵中不斷升級，成了摧毀三口之家情感維繫不可或缺的軟武器。

第三天，是週末，也是大衛十歲生日。兩間屋裡一整天都沒個動靜，連隔壁老花貓也懶得從窗台跳進來喵嗚一聲。那時普通市民大多不擁有電視，大衛沒處揮霍他的生日，就從天窗爬出去，坐在樓頂看風景。遠處矮山，近處小樹林，山坡上花乳牛甩著尾巴啃綠草，林間松鼠上竄下跳，意趣盎然。這一切都讓孤獨的孩子覺得，被山野包圍的這座小城看起來美好，並不屬於他的眞實生活。他的生活充斥了父親酗酒母親抱怨以及由此引發的無休止的爭吵和謾罵。他當時太小，不明白這就叫受虐，更不明白受虐的傷痛意味著什麼，心裡的陰影卻已揮之不去。

晚餐前，父親回來了，手裡拎一盒蛋糕。他捋一把兒子的腦袋，把蛋糕擱到桌上打開，插上蠟燭，一支支點燃。然後說：「吹蠟燭吧兒子，爸爸陪你過生日！」大衛雙手合掌，眼淚先就噗嗒嗒滾落下來。他低下頭，哭著說：「爸爸，我想媽媽了！」父親坐在餐椅上，一把摟過兒子，「對不起，你媽媽走了！」大衛噎了抽泣，「什麼時候回來？」父親回答：「不回來了。」大衛更驚慌，「媽媽眞的不要我了?!」父親的眼圈也紅了，頭埋到兒子胸前，「是爸爸不好，爸爸不該喝這麼多酒，把媽媽也喝沒了。」但父親又說：「媽媽雖然走了，卻是愛你的，你要相信。」

「我不信！」大衛一把推翻蛋糕，蠟燭倒到桌上，火苗洇開，燃著了父親特意鋪上去的桌布。父親坐在那裡一動不動，無視火苗一點點竄紅，直到桌面騰起大火，大衛嚇得抱頭鼠竄。

從此，父親戒了酒癮，重新找到工作，成爲最稱職的父親。大衛卻始終沒有盼到愛他的母親回來。起初兩年他還常常爬到屋頂眺望遠處，期待那個熟悉的身影從地平線那頭出現，久而久之漸漸淡漠，到後來連她的面目也記不清了。

「時間，眞是記憶最好的過濾器。」大衛平淡地畫了個句號。成人的他早已沒了兒時的迷惘。但是呂伽不同。他在謊言裡淹得太久，以致賠上成人的認知也難以安撫情感的顚沛流離。於是他直截了當問大衛：「你父親如何娶了你母親？與我們夏家有關係嗎？」

「有，當然有。否則他們也不會逃離巴黎，流落到外省這個人生地不熟的偏僻小城來。」

當年，大衛父親還是快樂的單身漢，在巴黎開一〇九線公車，獨自租住在義大利廣場附近的單身公寓裡。那天他輪值晚班，跑完最後一班車把巴士開進公司停車場時已近夜裡十點。他泊好巴士，正欲關閉車廂裡的燈，突然發現車尾最後那排座位上還坐著一個女人。女人縮著肩，身上衣衫單薄，頭上卻裹了條大圍巾，露出一張蒼白的臉。他以爲她睡著了，走上前說小姐，到站了。女人癡癡瞪了他半天，說自己沒地方去，能否允許她留在車裡過夜。他搖頭，心想這個請求分明有悖公司章程，難道她眞遇上什麼事了？他不忍心催她，便耐心等著。女人只好磨磨蹭蹭下了車。車外正細雨綿綿，燈影裡水霧飄忽，女人迷茫地在原地轉了好幾圈，才深一腳淺一腳朝前走去。她看起來很虛弱，像被扯散了骨架飄落的紙鷂。巴士司機心裡不安，追上去問：「小姐，方便告訴我你去哪裡嗎？我開車送你。」女人回身，瞟了他一眼，又躑躅向前。司機想起她說過沒地方去的，「要不，暫且去我那兒避避雨？」巴士司機是個靦腆的男人，話沒脫口，臉先紅了。女人見他反比自己誠惶誠恐，不禁抿嘴笑了，點點頭，跟他上了車。

巴士司機的家在公寓底樓，房間不小，卻沒什麼陳設，一張床，一張桌，三人沙發最是房裡奢華。左邊洗手間，右邊小廚房，因收拾得還算整潔，並不顯得擁擠，只不過少了些女人氣息。巴士司機脫掉外衣，洗了手，開始在爐台上忙。很快，兩盤義大利通心粉端上桌來，配上肉糜還有番茄醬，紅豔豔的挺好看。兩人都餓了，也不說話，坐下來津津有味地吃。女人似乎很久沒進食了，一盤麵吞嚥下去，臉頰紅暈起來，眼睛也有了光彩。巴士司機撤了餐具，無意間抬頭，頓時錯愕，忍不住讚道：「小姐，你眞美！」

女人忽閃著濕漉漉的長睫毛，莞爾一笑。諸如此類的讚美她已聽過無數遍，尤其做了「饞貓天堂」前廳總侍應之後，恭維就像甜蜜舒軟的風，每天都在耳邊吹來吹去，聽多了，也有厭煩起膩的時候。可是此時此刻不同，她落難了，一個陌生男人在風雨蕭瑟的深夜把她接到他自己溫暖的家，然後安安靜靜共進晚餐，並說你眞美！

打動這樣的女人不容易，巴士司機卻在不經意間做到了。於是，女人用餐巾捂了捂睫毛，說：「我叫安娜，是從醫院逃出來的產婦，昨天剛生下一個男嬰。」

巴士司機嚇了一跳，難怪她看起來那麼蒼白孱弱。可沒等他張口，就被堵了話頭。「我知道您想問什麼。」女人說：「孩子的父親不是我丈夫，甚至連情人也不算。無論我願不願意，我倆只是一樁骯髒交易的甲方和乙方，籌碼是金錢。」巴士司機朝後退了半步，他白紙一張無波無瀾的人生何曾見過這等稀奇古怪的事。他有點不知所措，「那你爲什麼要逃？」

女人冷笑，「我爲什麼不逃？難道守著兒子的襁褓，等他有一天指著母親的鼻子責問，他那不可告人的來歷？」

「別，別。」巴士司機下意識地用手擋著，彷彿那嬰兒已然懂事，正向母親討要自己到這個世界來的理由。巴士司機覺得做這樣的母親很不幸，試圖安慰她，又找不著恰當的言辭，便囁嚅著退卻，不再問。

那夜，長如世紀，又短如瞬間。安娜睡主人騰出來的床。巴士司機則睡在沙發上，身蓋一條薄毯。屋裡有暖氣，冷是不怕的。安娜躺在那裡，閉眼假寐，以免驚醒主人的好夢。席夢思軟了些，像坍塌的河床，水波蕩漾。床單是新換的，帶著洗衣店高溫熨燙的千篇一律的乾爽。安娜恍若置身自己的小屋。但她知道，錯覺即是歧路，她恐怕再也無望回自己的家了。

巴士司機起初也睡不著，美女就裹著自己的被褥，躺在咫尺之隔的床上，氣息體香飄在空氣裡，被自己的心肺吞吐與吸納，哪怕再輕再細碎也是最大的誘惑極致的挑逗。他與前女友分手已有時日，蟄伏的雄性荷爾蒙再次覺醒，章魚似的張開紛繁的觸鬚，在沙發上空氤氳，形成強大的氣場，向彼岸蔓延。

他翻身坐起，下體的血燒上頭頂，渾身的骨骼綳斷了似的嘎吱亂響，他差點就把自己當作強勁的子彈射出去了。千鈞一髮之際，無形的力量如巨大的鉗子鉗住了他，他頹然倒下。他不知道這是一股什麼力量，又爲什麼要攔截他？他是混沌的，像走進一個謎局。後來他與他率領的胯下終於復歸平靜，老朽了一般，沉沉睡去。他睡得很安然，連鼾聲都是均勻的，沒有起伏。

再醒來，竟是窒息的感覺。額貼著額，紅唇印在嘴上。他睜開眼，看見安娜被性欲擄掠的一張臉。她倒扣在他身上，一絲不掛，披頭散髮。他被壓在下面，騷動而酥軟。窗外天已大亮，風雨仍淅淅瀝瀝飄個不停。

巴士司機就這樣隨著安娜雙雙逃離巴黎，在邊遠的北部小城隱居下來。一切都是女人的旨意，男人在這種時候就是一個了無意志的隨從或馬弁。他相信自己是爲了愛。緊接著，兒子呱呱落地。呂伽失去的母親被大衛找了回去。

呂伽笑起來，笑得有幾分猙獰。這獰笑被大衛捕捉到了，他的兩片肩胛挑起來，不知是譏誚還是揶揄，「你大可不必在意，你失去的母親，我也未必得到。」

大衛很小的時候，安娜確實做過幾年盡心盡責的妻子和母親。父親照舊開巴士，掙的錢比上不足比下有餘。母親便待在家裡，一邊哺育兒子，一邊學習操持工薪階層的三口之家。她曾試圖改變自己，褪下敞胸露背的性感時裝，穿上家常的裙裾，騎了單車挎著籃子去麵包房買麵包，去中心市場買肉買乳酪。走在街上，她也把蜂飛蝶舞的妖嬈收斂了，儘量不招惹男人覬覦的眼睛。她不斷告誡自己，她是愛她的巴士司機的，她要爲他保住妻子和母親的節制與操守。起初的一段時日裡，連她自己都幾乎相信，她已告別過去蛻變爲全新的女人。

自從有了那輛藍色標誌，一切又都按照原來的軌跡繞了回來。車是巴士司機用貸款購來送給妻子的禮物。他也不願妻子把美麗短暫的青春荒在家裡，鼓勵她閒來無事出去走走，自己陪不了她，有輛車陪著總比什麼都沒好。父親是被自己的善良毀掉的。母親一邊感動著，一邊以最快的速度考出車牌，然後描眉畫唇化妝打扮衝出了蟄伏的家門。母親新的姿態著實讓左鄰右舍刮目相看了一陣子，很快恍然大悟，其實這才是她還原的本色。家慢慢空了，母親開始與別人約會，男的女的都有，咖啡館，電影院，郊外的湖光山色，倩影成雙，棲息成對。只不過那雙，那對，都沒有父親。父親變得沉默，嘴裡不問，心卻長了毛。母親何等聰慧之人，對著脊背，也一清二楚父親臉上的焦躁。便嘻嘻笑著對父親解釋，不過是些報復男人的遊戲，她的心沒有也不打算出軌。「男人是誰？」父親問。她信誓旦旦：「是誰重要嗎？我指的是複數。自然，不包括你。」父親不接受這樣的寬慰，兀自鬱悶。出不出軌你說了不算，得由我的感覺來界定。父親隨後越加相信，母親骨子裡是不愛他的，就算那份感激，也正被無愛的婚姻消耗殆盡。父親不是那種風生水起的男人，不善言辭，不喜交際，即便喝點小酒，也是法國人追求儀式感的那種，在異地又幾乎沒有推心置腹的朋友。情殤無處發洩，只能奔了街角咖啡館而去。去多了，儀式感的淺嘗輕啜成了一醉方休的酗酒。每每爛醉回家，母親就撲上去跟他鬧，摔盤子掀檯子，有幾次還動了刀。當父親的薪水一大半泡到酒裡，當愈演愈烈的鬧劇變爲常態，母親休止。她是懶得鬧也懶得哭了。去他的丈夫兒子！去他的曾經遮風避雨的家！花蝴蝶扇動著羽翼讓又一次涅槃的自己脫穎而出。

大衛七歲那年，暑期學校放假，母親開車帶他去了巴黎。臨行，同樣在家休假的父親醉成一灘泥歪在沙發上，手裡還攥著一支空酒瓶。母親鄙夷地瞥他一眼，招呼也不打就出了門。大衛沒出過遠門，更是第一次去巴黎，心裡的躍躍欲試掛在小臉上。記憶裡，母親開車也是恣意飛揚的，在高速公路上飆車，更是巾幗不讓鬚眉。因此，一路上的許多片刻，坐在後座的小男孩都是一邊捏著手心的汗，一邊享受刺激和虛榮的快感的。他覺得自己的母親與眾不同。不僅有女人的好看，更有男人的英武。

但是到了巴黎，在里昂火車站附近的小酒店入住後，母親卻沒帶他去看凱旋門、艾菲爾鐵塔，而是一頭撞進一家咖啡館，選了靠窗的座位眼睛盯著窗外，一杯一杯地喝咖啡。大衛餓了，母親便給了他特許，想要什麼點什麼，霜淇淋，各式甜點，汽水果汁，挨個兒換了吃，只要不打攪母親看風景想心事。一口氣吃了兩客霜淇淋三份甜點一杯果汁後，大衛吃不動了，挺著滾圓的小肚子打量母親。他旋即發現，母親的視線一直都在街對過那家餐館晃動的紅燈籠下。燈籠上的門楣寫著饞貓天堂N°13幾個字，他覺著這個名很好玩，便記住了。正是晚餐時間，門簾頻繁地掀起蕩下，出出進進都是人，嘉年華似的。但他還是不明白，就算喜歡紅燈籠，母親也沒必要開車大老遠跑來巴黎看，自家住的小城也有。那個年代，凡是中餐館，總是要掛紅燈籠的，沒有例外。大衛東張西望，最後乾脆把臉貼到玻璃上，細巧高聳的鼻子壓歪了。

突然，母親噌地站起身，把兒子一把扯開，好讓自己從容占據完整的窗面。她的眼珠瞪得滾圓，像要把反射進去的影像挖出來。大衛不明真相地跟著母親的視線轉，一眼窺見一個比他稍大的男孩子從餐館裡走出來，身穿米白T恤，海藍西裝短褲，頭戴棒球帽，腳踏皮涼鞋，比自己精神，更比自己帥氣。大衛有點氣餒，別轉腦袋拒絕比較。母親則不然，變戲法似的變出一個相機，隔著窗隔著街，咔嚓咔嚓亂拍一氣。拍完，男孩也蹦蹦跳跳走遠了，母親頹然跌坐，臉上一片蒼涼。

大衛問母親，「媽姆，你認識他？」

母親搖頭，得了魔症似的愣在那裡。

第二天，母親一早起來就對大衛說，要帶他兜風巴黎。母親這麼說時帶著懺悔，要補償他的意思，眼神無比溫柔。就這樣，大衛在這個特殊的日子裡，領略著巴黎名勝的同時，也領略了母親最柔軟的母愛。長大後才知道，他其實是間接地受惠於藏匿在母親深心裡的另一個人。

第三天，是大衛和母親在巴黎的最後一天。同是晚餐時間，他們又來到那家咖啡館，坐在同一扇玻璃窗邊。母親已與兒子做好預謀。母親要求大衛看見那個男孩走出餐館時就上去攔截他，說母親邀請他吃霜淇淋，然後帶他到母親跟前。母親要問他幾句話。就幾句，不會耽誤他回家。可是，母子倆等了很久，那個男孩也沒出現。大衛想討母親歡心，自告奮勇進去找，母親猶豫良久，沒同意。母親懊喪之極，帶著大衛回酒店睡覺。

……呂伽做了個手勢，請大衛打住。他冷笑道：「你不是要告訴我，那個男孩就是……」

大衛反問：「你說呢？」

## 無以安放的生命之問

呂伽二次失蹤回來時，我已撂下豆作坊，介入新餐館的籌備工作。雖非我情我願，但為夏家大局考慮，犧牲一點個人意志也不是不可。再說做餐飲畢竟比豆作坊更有挑戰，平台也大，我又愛吃，愛吃的人經營吃總比味覺寡淡的人更多興致。那天呂伽下了火車直奔豆作坊找我，是賠禮道歉來的。氣哼哼摔門而去這麼多天，一個電話也不打，他自覺理虧。據說周把他拽進寫字間，狠狠罵了一頓。周是他從小習武的師父，呂伽對誰犟也不能跟師父犟。周罵他，不問來由，不管去處，就為我被虐待伸張正義。周甚至用了虐待一詞。他心疼我就像心疼自己的女兒，但「虐待」一詞聽來滑稽，讓我破涕而笑。

呂伽再來餐館找到我時，我正站在摺疊梯的最高點往門楣上掛中國人所說的名號牌匾。上為法文：饞貓天堂 N°14，意在復興已沒落的餐飲品牌，是「異想天開」寫進買賣合同的唯一堅持；下為中文：

七都之家，取夏家之淵源，是呂伽祖父祭祖懷舊的心思。音譯意譯風馬牛不相及。

呂伽把我從梯上小心翼翼扶下來，負疚感包裹在謙卑討好的姿態裡。我甩開他手，逕自走回裝潢材料堆得滿地都是的店堂。呂伽涎著笑臉跟進來，蛇一樣穿行。我沒躲開，被死死抱住。我掙扎，用力推開他，他沒站穩，被腳後一堆裝飾條絆倒，險些仰翻在地。我伸手去拽，他誇張地搖搖欲墜，乘勢倒進我懷裡。

我欲再次甩開他，卻發現他的眼眶紅了，心一緊，推手變成了張臂。幾個裝修工人眼尖，窺測了其中的一波三折，哈哈大笑。我怕呂伽尷尬，趕緊藏起臉上的慍惱，「你回來啦？」呂伽說：「剛從豆作坊來，差點被師父刮耳光子。」他很能替自己找台階。我說：「新餐館等著開張，你能否把心收一收，別一概推給我，只顧自己逍遙。」甩手掌櫃是他父親送給他的綽號，我覺得很恰當。呂伽邊說邊拉起我的手朝外走，「今天例外，我補償你，去**FLO**吃海鮮。」我說：「這邊的事沒完。」他擠眉弄眼，「都說法蘭西小姐愛享樂，你怎麼比中國女人還中國。當一回甩手掌櫃怎麼啦，天還能塌下來？」

其實**FLO**離饞貓天堂N°14不遠，穿過幾條小街就到了。**FLO**是法式海鮮百年老店，初創於十八世紀中葉，在後來的「美麗年代」時期享有盛名，它的歷任廚師長都是餐飲界備受推崇的名廚大拿，尤其自十九世紀初有了米其林飲食指南後，更是金刀叉金帽子穩坐三星頂級餐廳，招惹那些老派貴族資產階級新貴還有形形色色饕餮之徒無不慕名而來。以前做查理的情人時，他帶我來過多回，生蠔、龍蝦、蜘蛛蟹還有聖彼耶烤魚都品嘗過，與呂伽來卻是第一次。於是，查理那雙憂鬱的藍眼睛便在呂伽的臉上再現，趕也趕不走。呂伽見我恍惚，又開始道歉。他居然還記得這是威尼斯之後我們第一次共進晚餐。

席間一直是呂伽在說，我幾乎插不上一句嘴。他毫不隱瞞地告訴我那天賭氣出走後的所有細節，包括桑德尼嫖娼以及到里爾找他同母異父兄弟大衛的全程經過。呂伽說：「從大衛那裡確認了安娜的前史，我們就此達成協議，聯手尋找。」

「找到又怎樣？你認還是不認？」

呂伽說：「我要讓她面對我的存在不安，愧疚。」

我不以爲然。「幾十年過去，她與你早已形同陌路，拷問初衷有什麼意義？」

「我想看清她的齷齪。」呂伽固有的偏執一旦有了導火索，便會越燒越旺，把別人連帶自己都燒死。

「然後呢？羞辱她也羞辱你自己？」

呂伽不說話了，大口吞酒，眼神冷颼颼的，那架勢像要把我也捆綁起來羞辱一番。

我不理他，自顧自拿起一隻標號N°0的特大生蠔，往殼裡使勁擠檸檬，青白色的軟體蠔肉抽搐起來，縮成一團。我想假裝笑，卻笑不出來，感覺自己就像貝殼裡的蠔，根本做不了自己的主。呂伽裹住我，就是那只堅硬的殼，由不得我突圍。可惜了上好的白葡萄酒、鮮美的海鮮，原是饕餮享樂的法式經典，卻咂不出一絲純粹的味。

婚後才這麼幾天，就與這個男人深心裡的結、化解不開的恨飆上了，我的愛還有什麼活路?!

我想起自己的十七歲。

上大學前那個暑期末，我與一名外省同學在東方學院附近合租了兩居室的小公寓，收拾行李準備搬去巴黎。父親剛巧接了巴黎西郊修繕一座老教堂的工藝活，正好可以開車捎我過去。出發前一天，父親攀到後院那棵掛滿果子的李樹上，把熟透的李子搖下來，撿了滿滿一草籃，要我帶給新同學嘗鮮。父親對我的好就像這籃李子，皮色並不透亮，卻甜在心裡。那個下午母親也在家，端張躺椅仰臥在大片藍色的繡球花叢中，戴著墨鏡翻看時尚雜誌。太陽在微微西斜的半空中依舊明亮耀眼，光波輻射而下，覆蓋了母親錯落有致的臥姿，美得驚人。我與父親交換著眼神，看呆了，不由得停了拾掇。母親倏然坐起，「不認識嗎，直了眼看？」父親說：「好看！」母親幾分自得，幾分不屑，「現在才知道吶，晚了！」父親說：「不晚。審美只有心情好與不好，沒有早晚。」我拍手喝采。父親的話在我聽來有多層言外之意。母親被噎，便遷怒於他：「就你，談什麼審美，你懂什麼叫美？」母親一生的委屈就是嫁給了我父親，她以爲父親只是個平常的工匠，不懂她豔冠群芳的野心，不諳她鶴立雞群的風情，不珍惜她必須小心翼翼呵護的美，更不明白她這樣漂亮的女人要什麼。但我知道，父親不是這樣的。父親的內心世界比她想像得要開闊、細膩、豐富得多。母親感覺不到，是因爲她從來不想去感覺。父親笑笑，擱下滿籃的李子走了。說要把車保養一下，準備明天出行。父親很少跟母親吵架，他的安靜既制衡了母親的自負，也助長了母親的跋扈。他顯然是愛她的，這份愛生長於惡語叢中，綻放出一朵又一朵的罌粟。

父親離去，只剩下我與母親。我們相互用眼角的餘光掃射對方，所見之處只有模糊的輪廓。我與母親很少近距離相處，她不喜歡我，我便早早學會敬而遠之。可是這一刻，我突然覺得做女兒的委屈，我想知道我究竟錯在哪裡。

於是我轉過身，走到臥著她的躺椅跟前，我問她：「我眞是你女兒？」

她很吃驚，蹙了蹙眉，說：「四千二百克的一團肉，剖腹產下，你說是不是？」

「如果是，一個母親怎會如此鄙視女兒的存在，不合邏輯。」

「你的到來毀掉我所有的青春美好，這也叫符合邏輯？」母親翻眼瞪我，眼白是青灰色的冷色調。

「那年我十八，比如現在的你，懷裡一個襁褓，你會怎麼想？千萬別告訴我女人的年齡是可以忽視的。」

「你有選擇的不是嗎？你完全可以像那些沒有準備好的小女人，讓胎死母腹。」

母親欲張口爭辯，遂而啞然。

「你不捨得弄死她，就說明你還是願意把她當作愛的結晶守護的。」

「愛的結晶？你太高估自己了！」母親「噗哧」笑了，「你覺得我會心甘情願愛一個小鎮木匠？」

「小鎮怎麼了？木匠又怎麼了？」我反唇相稽，「生存狀態與愛情有關嗎？在我眼裡，父親比你更值得愛。」

我對母親的輕漫極大程度挑釁了她的自詡，打擊著她由來已久的強勢。她五官抽搐，錯落有致的臉扯成一團破絮。她咬牙切齒地「呸」我，我想她此刻恐怕懊悔之極，當初爲什麼沒把我一手掐死在懷裡。我難道不懊悔？如果嬰兒也有懊悔，我寧願不做這個母親的女兒。

她顯然聽明白了我的心聲。看著我，眼神利劍似的劈過來，寒光颼颼，徹骨的涼。

我步步倒退，等著她的勃然大怒，等著她母獅那樣咆哮，然後把母女間所剩無幾的殘羹剩渣統統揮霍掉，從此了結一段孽緣。然而我沒有等到。母親臥在躺椅裡一動不動，休克了似的，園子裡安靜極了。傷人者自傷。我驚訝母親這種輕易言退的狀態，太不像她了。是被我打敗的嗎？我把十幾年的怨恨都發洩了，我該痛快淋漓的對不對，可我一點快感都沒有，只覺得胸口堵，連氣也喘不過來。

我站在那裡，陪著母親沉默。

一隻松鼠吊在枝幹上盪鞦韆，大尾巴捲著小身子，毛茸茸的像團絨球，搖曳著深棕色的光，看上去很可愛，很聖潔。我猛然記起兒時那個大雨如注的夜晚，父親把我從迷失的森林裡撿回來，馱在他背上，踏著泥濘的小徑回家。我在父親背上哭，問他是不是我的親爸爸。父親騰出一隻手往肩背上撫我的臉，安慰我說：「我親愛的小松鼠，你的爸爸不是我，難道還是老松鼠?!」我的暱稱都是父親隨口叫的，小兔子小甜心小鴿子，但那天父親叫我小松鼠，聲音特別軟，語氣哽咽，聽起來像哭。我當時年少不諳世事，又沉溺在身世之謎。但現在，有神靈劃過天際，我好像懂了些什麼。

我再次與母親對峙，不管她的情緒在谷底還是在峰尖。

「除非，我眞不是父親的孩子?!」

「你當初不讓我死，後來又厭煩我活著，都是這個原因。」

「因爲……」

「你瘋了！」母親狂亂地跳起來，捂住我的嘴，指甲尖利地劃破我的左腮，滲出血。我撥掉她的手，逃開。

我們咫尺相向，劍拔弩張。母親眼睛綠了，眼眶卻澀澀的紅，整個人像幽靈還魂，有點瘮人。我知道自己闖了禍，心裡後怕，咄咄逼人的目光自然軟了。沒想到母親比我輸得更徹底，竟雙手蒙面，嚎啕大哭。

次日，我跟父親開車上路。父親看我面容慘澹，甚是不解。一夜睡下來好好的人怎麼就蔫了呢。問我，我也懨懨的，不想作答。父親送女兒上大學，原是高興的，但我不高興，他的高興便沒了由頭，只好陪著我的情緒，沉悶到巴黎。

這天，巴黎的景致在我眼裡都是灰暗的。太陽躲在雲層後慢慢穿行，像在布幔後的一雙腳，走得很輕，藏得很深，若隱若現。說是若現，也是縹緲的薄紗，罩在那些老房子的屋脊和尖頂上，把眞實的存在變得夢幻般虛假。途經各個街區，都有成群的秋鴿在廣場中央徜徉，牠們是一群個體的灰色，之一之二和之三之四都有細微的色差，在路人眼裡卻被整體地劃歸單一。牠們或是被炸薯片爆玉米麵包屑餵飽了，腆著滾圓的肚子懶得繼續覓食。現代都市的奢靡不僅把人類自己異化，飛禽走獸也難逃其劫。

父親把車開到東方學院門口，停下了。我去後備箱提出行李，與父親擁抱吻別。父親要送我進去，我沒讓，父親也就不堅持，倚著車門向我揮手。我逃也似的朝前疾走，生怕遲一步會走不了。偏偏一雙腳如同注鉛，怎麼也拔不動。父親便在後面喃喃叫我的暱稱，小甜心小兔子小松鼠。這是他第二次叫我小松鼠，「la petit qureuil……」，親暱的後音拖出很長，就像語音刻意畫出的小松鼠，大尾巴。我再也把持不住，踅轉身朝著父親飛奔。父親抱住我，把我的頭摁進他寬闊的胸懷，懷裡溫暖無比，我不禁抽泣起來。父親用木匠布滿繭子的大手撫摸我的短髮，與我成長中的每個年輪每個瞬間一樣，表達著無可言喻的飽滿的愛。

但是，我還是推開了他。青春期不可逆轉的瘋狂如劍如戟，嗜血爲快。

我與他咫尺相向，恰如昨天與母親那樣。我說：「爸爸，你能告訴我嗎？我們之間無須謊言。」笑意在這張男人的臉上消逝，他厚實的嘴唇像兩道閘門，撕扯著腮幫，越繃越緊。然後，他鄭重其事地說：「我們之間無須謊言。」他讓堅挺的鼻梁挑著堅毅的目光直視我，證實承諾的毋庸置疑。

我還是不信。我還是要問：「你確信，我是你的女兒？」

「爲什麼不信？」他反問。

「你做過DNA？」

「用得著嗎？父女間最直接的感應難道還不夠？」

他走過來，像一堵牆高高擋在面前。他的目光是高屋建瓴的，如火如炬地照下來，把我整個身心都密封在他的籠罩之中。「我什麼都不信，只信直覺。從你生下來的一瞬間直至今日，我的直覺從來沒有變，這是足以確認的基石。」父親的自信把他自己也變成了搖撼不動的基石。我仰面看他，覺得他比任何時候都偉岸。

這種偉岸，便是精神之高貴。

我像從桎梏裡掙脫出來，頓時神志清爽，身輕如燕。我的木匠父親不過一介凡夫，卻有偉人的不凡。

我還糾結什麼呢？他是上帝的賜予，我該爲擁有這樣的一位父親慶幸。他不但給我生命，更給我生命的那一份乾淨和高貴。

我把自己的這次涅槃告訴呂伽。第一次。

我希望呂伽能在我和我父母的血緣之謎中悟到點什麼，作爲化解心結的一個參數，從而使他走出陰影成爲可能。不僅爲他，更是爲了我自己。很大程度上，我把它看作愛的最後一根稻草，如果呂伽願意並抓住了它，便意味著抓住了我們即將溺水的愛情。

但是呂伽繞過去了。他在水裡撲騰著，看也沒看它一眼。

呂伽說：「你的涅槃不屬於我。我只要自己的結局。」

他還說：「接下去餐館的事你管就好，幫不上你了，我很抱歉。但我必須跟著我的心走。」呂伽振振有詞的時候，瞳仁裡忽閃著偏執的火，把眼眶都燒紅了。我不由得想，遑論愛情，就連婚姻城堡也恐怕朝不保夕了。

## 閉門羹

呂伽終於走進「鷹犬杜邦」偵探社。他心裡其實是不情願的。

首先是大衛做的功課，他翻過幾乎每個城鎮的電話簿，找出所有符合年齡名叫安娜的女人，列成厚厚的一沓冊頁，然後逐次打電話過去，再一一劃掉，如此這般把法蘭西版圖的各個角落都搜索一遍，也沒在汪洋大海裡撈出一枚針。輪到呂伽接力，專門開出身分證明，去警察局檔案館翻看備忘錄，去德儂醫院查找產婦分娩的所有歷史紀錄，甚至闖進餐飲職業工會、交通管理局等等能想到的去處，查詢有關蛛絲馬跡，但安娜就像人間蒸發，連殘存的氣息也觸摸不到。連續幾個月徒勞無果，讓呂伽很氣餒，不得不懷疑安娜這個女人存在的眞實性。但妻子正是在婚禮上親眼目睹這個女人並從她手裡接過那只存了四根金條的絲絨小袋的，難道這也有假？無奈之下，只得求助私家偵探。「鷹犬杜邦」大名鼎鼎，自然成爲首選。

呂伽被女祕書帶入這間神祕意味的屋子時，「鷹犬杜邦」正蹺著二郎腿靠在皮圈椅上抽雪茄。煙圈在他頭頂繚繞，空氣裡瀰漫著濃烈辛辣的雪茄味。「鷹犬杜邦」打量站在面前這個混血的年輕人，發現他面色蒼白萎靡，目光灼灼發亮，有種病態的激烈。又覺著這張臉似曾相識，彷彿在哪裡見過。便把兩肘擱在桌上，身子微微前傾，問道：「先生有事需要幫助？」

呂伽不喜歡他這種姿態，皺了皺眉。心想一個以刺探別人隱私爲生的下九流，裝什麼救世主？偏還擺出這副大拿的趾高氣揚來。便沒吭聲，不慌不忙拖過椅子坐下。

「鷹犬杜邦」什麼眼力，分秒之間便已洞穿呂伽的牴觸與找上門的不得已。他呵呵笑道：「小夥子，你不是找上門來跟我決鬥的吧？」見呂伽仍不回應，便開門見山，「說，你想刺探什麼？」

呂伽說：「找一個人，一個女人，她叫安娜。」

「叫安娜的女人遍地都是，你必須提供起碼的原始信息，否則，怎麼找？」「鷹犬杜邦」換了職業人的口吻。

「二十多年前，她曾在里昂火車站附近的連鎖餐廳饞貓天堂N°13當前台招待。」

「鷹犬杜邦」聳聳肩，等待下文。

呂伽猶豫著，瞪了一眼桌對面這個人。感覺像被綁架，被剽竊，又不得不說。

「而後逃離巴黎，在里爾附近的北部小城蟄伏十年，並與某巴士司機結婚，育有一子，又棄之而去，從此杳無蹤跡。」

「噢?!」「鷹犬杜邦」突然明白了。難怪面熟，竟是他?!繞一大圈，母尋子變子尋母了，心裡幾分竊喜，自己還爲那個性感女人時不時惆悵著呢。這對母子尚未揭曉的緣起緣落，竟讓他心裡多出了點非職業複雜。雖然手頭並沒有這對母子的血緣證據，他卻斷定無疑，不管憑藉個人直覺還是探案經驗。

於是，他有點不懷好意地問：「這個安娜是不是前不久露過一面然後再度消失？」

呂伽大吃一驚，「您怎麼知道？」

「猜的，職業習慣。」他連忙擺手，把自己不經意說漏嘴的愚蠢掩飾過去。私家偵探是有職業操守的，一切猜測臆想只能不動聲色嚥進肚而波瀾不驚。否則，便是操守與口碑的滑鐵盧。

好在，此刻呂伽的心思根本不在這個私家偵探身上。他飛快地填寫委託書，飛快地簽名，又從風衣內兜裡取出一沓法郎，扔到桌上。他交錢的做派跟那個神祕女人有幾分相似，都不習慣用支票。呂伽還說：「希望比預期更早得到您的回覆，拜託！」然後回轉身，風似的捲走。一場交易，迅疾而短暫，自始至終帶著敵對的意氣。「鷹犬杜邦」對這個委託人實在沒什麼好感，尤其相對於他母親。但心裡多少還有幾分竊喜，如果不受委託，他便無任何理由再次走進那個神祕女人不爲人知的舊時經歷。而這一點，最刺激著他的快感。

「鷹犬杜邦」無愧私探名家，不過兩週多一點功夫，呂伽就被他女祕書的電話召喚到偵探社。呂伽不得不爲他的工作效率所折服，臉上的乖戾之氣也收斂了許多。「鷹犬杜邦」見他進門，眉眼一挑，自顧自跟人慢條斯理講著電話，故意晾著他。他也不敢發作，好脾氣地坐在一邊等。直到「鷹犬杜邦」撂下話筒，才按捺住急切的心情，探問道：「先生叫我來，是不是有眉目了？」「鷹犬杜邦」一邊拾掇桌上的文件，一邊用鷹隼般銳利的眼睛打量他，不急於給他回答。呂伽終於忍不住，直著脖子喊：「先生您，擺足架子了嗎？」「鷹犬杜邦」哼一聲，「年輕人，憋不住了吧，倨傲可不是什麼好狀態。」隨手扔給他薄薄的一個卷宗。呂伽接過來翻看，不僅有拷貝出來的文字資料，還有幾張女人的照片，新照舊照都有。他抽出兩張，一新一舊，不同歲數的同一個女人對他無比性感地笑，唇紅齒白，眼神媚惑。如果不是有恨在先，他相信自己也會被美豔所擄掠。

呂伽幾乎怯場。「您確定她就是安娜？」

「她早已改名，現在叫娜塔莉，是富商胥貝的第三任太太。」「鷹犬杜邦」還補充，「她丈夫很有錢，是某大財團董事長。」

「刺探到她不容易吧？」呂伽的言外之意是，您究竟用了什麼背靠背的途徑找到藏得那麼深的她？

「鷹犬杜邦」詭譎地笑，「行業祕密，無可奉告。」心裡卻是得意的，有她找我刺探你在先，反偵查還不容易。「鷹犬杜邦」早前不是沒有一點性遐想或覬覦之心的，到最後查出她現任丈夫的來頭，怕引火焚身，兀自敗下陣來。人想活得輕鬆，就不能太貪婪，適可而止爲好。「鷹犬杜邦」一邊清空心裡殘留的餘念，一邊撣掉袖口不知從何蹭來的白灰。

然後，假裝漫不經心地告誡呂伽，「如果你想找她，卷宗裡有地址，但請務必謹慎，不要急於求成……你懂的。」

至此，委託和被委託人達成了某種和解。

呂伽走出偵探社的腳步既是歡快又是沉重的。終於有跡可尋了，他心裡反而更徬徨。

過了一週，呂伽再次去了里爾。他之後再沒把尋找安娜的細節告訴妻子。夏洛蒂正全身心投入新開張的饞貓天堂N°14，既沒時間也沒心情過問他的事。加上作息時間相互顛倒，常常一連好幾天也見不著醒著的面。呂伽也想著不給她添亂，留了一張小條在桌上，直奔大衛而去。

兄弟倆優柔寡斷磨蹭了好幾天，決定結伴同行，一起敲開母親的門。無論質問、聲討她的遺棄，還是洩憤羞辱她，似乎都已不重要，重要的是不再充當謊言裡的沉默羔羊。呂伽說：「只要我們站到她面前，已經足以摧毀她。」大衛總是亦步亦趨走在呂伽身後，他生性敦厚，膽小，不善激烈之舉。

里爾回巴黎的火車很快，兄弟倆出站時，巴黎北站門牆上的大鐘正被頂頭的太陽照得亮晃晃。但是那天有風，落葉被風捲起，跟著行走的步履，在腳下打滾。呂伽上了泊在停車場的車，帶著大衛朝既定目標急駛而去。坐落於巴黎十六區最豪華地帶的那幢花園洋房已在意念中盤旋了無數次，他閉著眼睛都能把車不偏不倚停在深綠色的大鐵門前。

眞到了跟前，想像中的富麗堂皇還是黯然失色。

「嚯，簡直就是都市裡的城堡，堪比皇宮！」大衛驚呼，原就膽怯的腳步更邁不動了。

呂伽拽了他一把，「瞧你縮頭縮腦的小家子氣，人未見，先把自己嚇著了。」呂伽非但不怯場，反而激起一股對抗的意氣。「娼妓就算住進輝煌的城堡，照樣還是娼妓。」他冷笑著，幾步衝上前，揿響門鈴。

鈴聲大作，悠遠而嘹亮，卻無人回應。

再按，又響。一直按，一直響。好在周邊都被林木幽深的自家園子團團圍住，否則，還不驚擾到毗連成片的整個高尚區。終於，遠遠看見盡頭的門開出一條縫，探出半個腦袋。呂伽剛鬆開的手連忙又拍在門鈴上，生怕那半個腦袋縮回去。鈴聲再次大作，腦袋下的身體才擠出那道縫，不快不慢朝大門外的他們走過來。

是個穿白色制服的男人，頸上戴著黑領結。身板筆挺，臉上毫無笑意。

「請問，先生……？」他的臉被大鐵門切割成細窄的一條條，像懸掛的醃肉。

「我們找胥貝太太，有要事相告。」

「我們？」白制服眨了眨眼。呂伽這才發覺大衛早已不在身邊，回頭去看，正朝百米之外的車位那邊潰逃呢。這傢伙，他到底怕什麼？呂伽忍不住啐了一口。

白制服說：「胥貝太太與先生度假去了。」

「何地？」

搖頭。

「何時回來？」

還是搖頭。

「您除了搖頭，還會不會點別的？」

終於不搖頭，卻冷冷地反問：「您，又是誰？我可從未聽太太提過。」

呂伽光火，「她敢嗎？」「哼」一聲冷笑，「請您轉告她，我叫呂伽，找她復仇來了！」

白制服回頭便走，「瘋子！」

「你，你們才是瘋子！」呂伽氣極，把大鐵門拍得咣噹直響。

秋去冬來。等呂伽最後一次站到綠成黝黑的大鐵門前，不僅時令更替，心境也變了。憤懣、焦慮、急切等等都沒落成強弩之末，只剩下苟延殘喘。

大衛缺席了。來一次退幾步，只到退無所退，便不肯再來。呂伽專門去里爾請駕，竟是門不開，人不見，電話也不接了。他向來與世無爭，又爲什麼非要爭一個事實上早已不存在的母親呢？呂伽也不是拉他壯膽或者墊背的，他只想與另一個沾親帶故的男人共享羞辱那個女人的快感。對，淋漓盡致的快感。大衛選擇放棄，他便獨往，獨享。

呂伽身著冬裝，呢大衣，禮帽，脖子上一條煙灰色羊毛圍巾，不戴手套的手插在大衣口袋裡。他的裝扮跟當年他的父親幾乎一模一樣。他的內心卻不再那麼亮麗光鮮，在三番五次敲這扇永遠敲不開的大鐵門之後，早已破絮一團。

但還得敲。呂伽重重吞了口氣，又緩緩吐出，然後再次撳響已經撳了N次的門鈴。

出來的還是那位白制服管家，還是被鐵柵欄切割成條狀的一張臉。「又是您？」固化的禮貌衍生出一堆不耐煩。

呂伽說：「您不會又說她不在家吧？我警告您，十分鐘前我親眼所見她開車進了園子，您敢再說Non，小心我擰斷您的脖子！」

白制服安靜得像個木乃伊，垂下眼皮回身便走。

這林木葳蕤的園中小徑，彎彎曲曲，細細長長，彷彿走完一個來回需要幾個光年。呂伽蝙蝠一樣貼著門等，等得地老天荒，臉都要被冰涼的鐵柵欄凍住了。

終於，一股氣息氤氳而來，帶著熟稔的了然於胸的香甜和苦辣，模糊了他的雙眼，催眠著他的神志，他覺得自己幻化成一隻飛鳥，身子升騰著，心卻下沉下墜，無法自控和束縛。

一個女人站到他面前。彼此隔著一道大鐵門。恍惚中，呂伽的視覺裡烏泱泱的，屏障鋪天蓋地，什麼也看不清。

女人說話了，聲音極其遙遠。「如果我沒猜錯，您是Lucas。」她的臉是虛的，描畫得當的五官都在瞬間被撞在屏障上的目光扯成平面。

呂伽醒不過來。竭力掙扎依舊頭昏腦脹，張口結舌。短路的回眸中，他自己整個人也被扯成了平面，如漂浮的一張剪紙。

女人又說：「我是胥貝夫人，您三番五次找我，有事嗎？」語氣平和，卻只在冰點滑翔，沒有絲毫溫度。

呂伽打了個寒噤，又打了個寒噤，徹底激醒。她居然稱他爲「您」。

「你眞不打算知道我是誰？」呂伽跺腳，去你的虛僞！去你的假惺惺！

呂伽終於看清眼前這個女人的面目了。她的養尊處優把她以往的下賤掩蓋了許多，讓她有了居高臨下的端莊以及頤指氣使的多重可能性。

女人笑笑。像無辜，像不以爲然，像天高雲淡。呂伽卻一眼洞穿其中敗絮。想必，當年就是這類無恥的笑勾引父親上了她的淫穢之床，才生下他這個孽障的。呂伽去推門，女人卻把剛打開的彈簧鎖咔嚓一把重新摁下。呂伽強忍著，奚落她，「你害怕了安娜，怕我這個四根金條置換的野種揭了面前這個貴婦娼妓的老底？」

女人的手勒緊鐵柵欄，顫慄著，手背上青筋勃起，如蔓延的蛛網。她瞪了一眼呂伽，旋即垂下眼簾，所有的複雜都撒到了地上。呂伽等著她發作，她卻沒有。靜默一會，她的肩胛抽動了一下，像是嚥下了什麼難嚥的苦水，然後復歸平靜。她抬起頭，仰視比她高出半個頭的呂伽，她蒼白的臉上竟然又有了笑意。雖然勉強，終究是笑。

她說：「對不起，您眞不方便進去。不是我怕，而是……」她頓了頓，語調急促起來，「不管您信不信，我都要重申，一，我不是你找的什麼安娜，我只是胥貝先生的太太；二，我既沒做過娼妓，也沒有什麼婚姻外的兒子，這一切都是您的臆想；三，請您以後別再打擾我的生活，更希望您能尊重別人的意願。」

呂伽簡直懵了，炸了。一個女人，怎麼可以把謊撒得如此厚顏無恥？一個母親，又怎麼可以如此冷血地面對被自己拋棄的兒子？他亂了方寸，幾個月來蓄謀已久的羞辱這個女人的所有言辭都碎成一地雞毛。他如橡皮人那樣在冷風中發抖，抖得全身骨頭都痛。他撲過去，痙攣的手伸進鐵柵欄，一把揪住對方的前襟，狠狠一搡，「臭婊子，下地獄去吧！」女人差點仰面朝天，趔趄著，好不容易站住。她挨著罵，眼簾垂得更低，低到找不見眼睛，找不見目光。誰知她哭沒哭，誰知她看沒看再次被她傷害從而對她破口大罵的兒子最後一眼。反正她是轉身走了，像一陣風，走得啞口無言，走得不明不白。

只留下高跟鞋漸去漸遠的「的篤」聲，與呂伽瘋狂晃動鐵門的咣噹咣噹混成一片。

# 0

## 城門失火，殃及池魚

呂伽回來已是深夜。

往常他即便再浪蕩也會去打烊後的饞貓天堂 N°14 接我回家，但這天我沒等到他。過了午夜，巴黎的計程車便不太好叫了，我只得拖著疲憊的身子坐地鐵返回聖・日耳曼。蜷縮在空蕩蕩的車廂裡，旁顧左右不見其他乘客，唯有我，一個孤獨女人，落寞的夜歸者。

本來，下午的我是歡喜過一陣子的。當從家庭醫生處拿回血液化驗單，被告知懷有身孕時，那種女人嬗變的奇妙感覺和將爲人母的幸福陶醉讓我恨不得翩翩起舞。我連聲謝謝都沒來得及說，幾乎一路小跑回了餐廳。撞開紅燈籠點綴下的門簾，呂伽父母恰好也來了，我把手裡的單子高高揚起，叫著他們的名字說：「祝賀我吧，你們要當祖父祖母了！」呂伽總是不在場，我只能退而求其次，與他父母分享我的快樂。誰知呂伽母親歡喜更甚，一把奪過我的單子，也不管讀不讀得懂，眼珠子都要摳出來似的。先是咧嘴笑，笑著笑著變成了哭，眼淚啪嗒啪嗒落下來，被他父親一聲輕喝，才轉過臉用手絹捂住了臉。

呂伽父親替他母親掩飾道：「她是高興，高興了就要流眼淚，藏不住。」父親則化繁爲簡，除了笑還是笑。

可眼下，在車廂幽暗的燈影下，下午的狂歡竟像虛擬的一場戲，變得那麼不眞實。只要呂伽缺席，全家人笑翻了天又能怎樣？我會因此得到實在的幸福？一個母親憧憬的幸福除了愛情結晶，還當擁有父親這個同謀的締造者不是嗎?!

回到家，我一頭鑽進盥洗室，把自己像尾放生的魚投進蓄滿水的浴缸。水很熱，泡得我全身肌膚出汗發紅，心裡卻依然是荒蕪的冷意。困乏席捲而來，我竟然睡著了，頭枕著缸沿。

一覺醒來已是凌晨三點，我裹了浴袍走出熱烘烘的盥洗室。發現客廳的燈亮著，呂伽坐在沙發上，呢外套也沒脫，兩眼直愣愣瞪著對面的牆。急駛而過穿透窗帷的車燈，閃爍著有一下沒一下的餘光。我問：「你什麼時候回來的？」他沒應聲，目光棲在牆上不動。我意興索然，不再問，趿著拖鞋從他面前窸窸窣窣走過。他卻一把拽了我的衣角，蒙住自己的雙眼。我站住，盯著他看了很久。我知道我此刻的目光是沒有溫度的。他從浴袍的褶皺裡抬起半張臉，眼睛如泡在水裡。我們咫尺相對，他的表情從沮喪、無助、失望，再過渡到憤懣，然後是，不管深更半夜不顧左鄰右舍的一聲咆哮，房頂都被震下灰來。我欲掙扎，衣角卻被他攥著，掙不開。而呂伽淚汪汪的眼睛已乾涸，眼白猩紅，像要裹挾著眼球跳出眼眶。他急促地喘氣，以致五官都被拽錯了位。

這個積鬱已久的咆哮原是衝著他的敵人去，最終還是被我接著。我做錯什麼了，就該那麼倒楣？

「不，錯不在你！」呂伽的嘴唇蠕動了一下。我希望這五個字來自他蠕動的嘴唇而不是我自己的臆想。驚雷後的沉悶中，我一眼瞥見地板上躺著從金絲絨小袋裡摔出來的四根金條，燈影下橫七豎八，或明或暗。對面牆上，坑坑窪窪幾個砸出來的小疤，也是或明或暗。又是它們！不用猜，也知道呂伽又在哪裡受了傷。與生俱來的罪孽呵，到底還是把他一步步推向了深淵。誰能拯救他？我的愛嗎？

不！愛太渺小，何以撐得起救贖一個失卻精神家園從而瀕臨崩潰的靈魂？我力所不及，我累了。我的愛無以滋養，正在枯萎、腐朽，我連自己都救不了。

我索性閉上眼睛，再次掙脫呂伽，朝睡房躑躅走去。

背後傳來紙帛撕裂般的哭聲。喑啞卻又尖嘯，是呂伽無處宣洩的絕望。

許多年以後我才醒悟，這就是我與呂伽的告別。因了這一告別，彼此的情愛契約粉碎，呂伽成了徹底的孤兒。爲此我痛悔不已。

次日我去餐廳已近午時，遲到的原因都在紅腫的兩隻眼睛裡。餐廳員工也不敢多嘴，個個惶恐不安，怕出了差錯被我借題發揮。前台侍應領班是呂伽的四姊，以前一直作爲呂伽的孿生姊姊示人，事實上他們非但不孿生，而且異母，她不過是呂伽出生祕密的煙霧彈。四姊與呂伽同校同系畢業，來N°14之前在N°13做她父親的助手，是我強烈要求他父親把她割捨給我的。她是呂伽所有姊姊中與我走得最近的，我喜歡她。四姊沒有三姊漂亮，她的美麗是那種東方古代仕女的美麗，小眼睛小鼻子小嘴，小家碧玉的氣質，性情卻是寬闊大氣的。她當然不同於呂伽，不過舉手投足還是有一二分相像，可能是父親的遺傳。四姊爲人處事甚爲得體。比如今日，她即使猜到些什麼，也佯裝不知，只是很隨意地擰來熱毛巾讓我捂眼消腫，謝她，遂笑出一臉無辜。我忍不住拿她比較呂伽，這女人的情商該高出男人多少倍啊！

饞貓天堂N°14正式開張不到三月，巴黎坊間已有了小名聲，幾乎天天賓客盈門，週末週日不提前訂位還排不出桌子。一些平日很少光顧中餐館的西餐食客也慕名找上門來。「異想天開」來一次讚歎一次，「夏洛蒂，您不是把東方哲學的眞諦都貫通到菜譜裡去了吧？N°14快成禪莊了，禪意四處瀰漫，怎不迷倒這幫自命不凡的法國佬！」「異想天開」的讚美有他習慣性的誇張，但我還是小有得意。當初給N°14定位時，我力排眾議要把「禪」作爲立足點。大到餐廳總體布局、菜譜定位設計，小到每道菜肴的烹飪形式，應以禪意延伸和擴展，讓人吃出禪的趣味、禪的情致、禪的意境。我承認我的設想在上世紀七〇年代沒人知道老莊是何方神聖的法蘭西果然太前衛了點，但饞貓天堂的歷史不就是創始人大老闆異想天開的歷史嗎？爲什麼他在三、四〇年代都能，我朝前走了三、四十年反而不能？呂伽是第一個跳出來反對的，他問我中餐吃成抽象主義現代派還讓不讓人活啦？他其實是虛張聲勢，餐廳做成什麼樣他才無所謂呢，從一開始，他就是不願介入不屑介入的姿態。我想他只是小小的妒嫉，妒嫉我的才情超出了他對中國文化的想像。呂伽父母更質疑我的立場，「禪」是什麼？他們甚至沒意識到自己中國式的生存狀態其實方方面面浸染其中。他們是傳統的老派人，反對也正常。但我不怕，我有我的撒手鐗：要麼隨我的意做，也算一場哲學實驗；要麼我退場，另請高明。本來嘛，夏洛蒂的自我期許是哲學家，還不是被夏家半「要脅」半「捆綁」才落進了這個圈套，能逃脫我還巴不得呢。然後是「異想天開」戴著皮手套拄著拐杖來了，篤篤，篤篤，磕地的一陣輕響，乾坤已定，塵埃落地。他是創意天才，怎麼可能不支持比他當年更狂想的一曲新譜。夏家人除了呂伽從來都是他的奴僕，他擊掌喝采了，誰敢不從？而呂伽，充其量只是個缺席者，沒有投票權。於是，我贏了。

沒想到，我的新概念在開門伊始就得到眾食客的回應。他們紛至沓來，只見紅燈籠下那扇繡了纖弱清雅的「禪」字的門簾起起落落，迎進了財源，送出了誇讚。他們說，原來中國菜是可以做得如此細巧清淡而鮮美極致的——饕餮食客。他們又說，「禪」是多麼有意思的一種哲學觀，安然，恬靜，悠遠，用餐也是自省的形態——左岸學人。他們還說，另類的東方，獨樹一幟的中餐，他們已經等了很久——普通中餐愛好者。我在每張餐桌前坐著的人們中間應酬寒暄，突然發覺，深奧的哲學觀其實也是可以在吃吃喝喝中傳播與檢驗的。我領悟了課堂上未能領悟的專業精髓。

不過我也清楚，要想一個餐館火，我這類指手畫腳者並不重要，重要的還是後廚那個戴白色高筒帽的廚師長。若他沒幾把刷子，烹飪技藝達不到高度，想也是空想。我對「異想天開」說：「如果不是您幫我們請到巴黎中餐界最別出心裁的香港廚師亨利．楊，N°14的『禪』字就是倒過來掛也不會有人理會的。所以，該讚美的人是他，是您。」每當我這麼說的時候，亨利．楊不管在不在場，一概是不介入的姿態。他瘦條條的人就像他的菜一樣，很「禪」，很老莊，猶如「清風月淡無痕，遠天雁鳴無聲」的那種境界。

晚餐行將結束的時候，呂伽來了。他入座牆旮旯顧客剛剛離席的位子上，要了一杯紅酒，啜飲著。四姊送上一碟他最愛吃的鹽水雞汁滷乾，還親暱地擼擼他頭髮蓬亂的腦袋。呂伽的四位姊姊對他這個賈寶玉式的弟弟都有與父母同出一轍的溺愛，所以從小到大才把他慣成了現在這個樣子。如果說賈寶玉銜玉是生命的造化，呂伽銜金則是他身處這個世界找不到北的淵藪。他被夏家所有人無條件地慣著寵著，好像那愛有多麼充盈，在我看來，都不過是表面的粗淺的歉意與憐憫。

呂伽不理睬他四姊，只對我點頭示意，隔著一排又一排正在騰空的桌椅。我想他是來接我的，順便再把昨夜的錯認了。這是反反覆覆上演謝幕的一齣荒誕劇。可是等到客人離席，員工散去，最後連四姊也掀開門簾走了，偌大的餐廳只剩下我們倆的時候，我才發現我錯了。呂伽站起身，去吧台爲我倒出一杯酒，我說：「你不能擅自倒酒的。」他說：「我付費還不行？連同剛才那一份。」他果然掏出百元法郎擱在桌角。我收了，又從收銀機裡找出餘額還他。我說：「剛才那份四姊已經替你付了。」呂伽揶揄道：「還眞收？難道我這個老闆已被你們驅逐。」我說：「你還記得你是老闆？餐廳開張你來過幾次？」他示意我坐，我說忙了一天累了，想回家睡覺。他把我一把摁到椅子上，「不就是睡覺嗎，急什麼，我們談談。」他的臉一旦繃緊，鼻翼兩側的雀斑就會紅起來，若明若暗的。他指著我肚子，「你就沒什麼要告訴我？」我下意識緊了緊外套下襬，警覺起來。「如果昨夜你問我，或許有。」他大約去過父母那邊了，他母親哪裡捂得住這個天大的喜訊。可此刻呂伽的臉沒有絲毫將為人父的驚喜。他劈頭就說：「這個孩子你不能要。」

「為什麼？」我覺得不可思議。

「你明知故問不是嗎？告訴你一句中國老話：龍生龍，鳳生鳳，老鼠生兒打地洞。」呂伽握拳砰砰砸自己的胸脯，「我，一個萬劫不復的孽種，我的血管裡流的是汙穢，你就不怕再造一個孽種出來？」

簡直難以想像，貌似顛覆傳統早已脫胎換骨的呂伽，在這類幾乎荒唐的命題上竟如此愚昧。但我有我的底線，別的可以忍讓，觸犯底線的事絕不。我抗議，「我倆婚姻不正常嗎，為什麼不配做孩子的父母親？想什麼呢，挑戰我的智商？侮辱我的人格？」

「對不起！你沒有錯，錯全在我，我是個十足的混蛋。」呂伽的心理再次失衡，呼吸急促，滿臉通紅。「我就不該剝奪你，擁有你，這個世界更不該收留我。」

「你也沒有錯。父母的過去輪不到你買單。別鑽牛角尖了，退一步，海闊天空。」我抱住他。他掙扎著，抬眼看我，眼神迷茫、無助而絕望。

「打掉這個孩子，算我求你！我已無力承受再造的痛苦。」他依然執拗。

我比他更固執。「祖母在我很小的時候就告訴我，孩子是上帝派來的天使，會帶給你幸運和幸福。」我不想給他留有餘地，我說：「我不會拒絕天使，更不會讓我的孩子承受他父親那樣的痛苦，我會盡全力保護他。」

呂伽霍地竄起，五官蛇一般扭動，猙獰可怖。「我有話在先，你若執意要生，當父親的人絕不是我。」

他曾是多麼瀟灑俊逸的一個男生，怎麼變得如此不堪。他狂躁地拽著指關節，嘎吱嘎吱直響。

我挺了挺胸，沉著無言地看著他。我覺得自己已站到懸崖邊的高地上，俯視那個我越來越不認識了的男人。愛，錯了？

查理又像之前無數個瞬間那樣，站到了面前，深邃的藍眼睛憂慮地注視我。

## 沉淪

呂伽又回到了街上。

只不過不是一條街，也沒有明明暗暗的夜燈。凜冽的寒冷像悶頭潑下一瓢水，讓他抱緊了肩胛仍然哆嗦不已。最後一爿溫暖的懷抱也失去了。

下午餐廳打烊的時候，母親打來電話告訴他，夏洛蒂懷孕了。呂伽披上衣服就從聖‧日耳曼直接去了父母的饞貓天堂。目的很簡單，他要在與夏洛蒂攤牌之前向父母宣布他的決定。他從小爲所欲爲，就因爲他是多麼不容易地成就了這個家唯一的第三代男丁。上有祖父母與父母的庇護和溺愛，下有姊姊們的眾星捧月，再乖張再忤逆的行爲，再脆弱再神經質的性情，都會被無條件接納和寬容。他於是越來越以爲，自己的意志就是這個家的主宰。沒想到他錯了，一旦眞正觸犯家族的根本利益，這個家的所有人員會一致翻臉，同仇敵愾滅掉他的氣焰，如同滅掉一隻微不足道的蚊蠅。

他說：「母親告訴我，夏洛蒂懷孕了。我知道你們歡欣鼓舞，但我心意已決，不會要這個孩子。」

父親一拳捶向桌面，「你說什麼？你再說一遍！」

如此嚴厲在父親是第二次。上一次是侵犯「異想天開」並在他面前抖落家醜，是他活該。可今天……

不至於吧？他是有心理準備的，卻還是錯愕，只好依從父親把話重複一遍，聲氣卻已低了分貝，「難道，不可以？」

「當然不可以！」父親鐵青了臉喝道：「你以爲你是誰？你不想做母腹裡這個孩子的父親他就得死。把他毀了，誰來延續夏家，靠你這個浪蕩子？」幾十年下來，父親早已是巴黎人，平日談吐都是輕聲細語的，此番說話卻在喉管裡倒騰，那嗡嗡的悶響就像拳頭在桌面碾壓出來似的。

他亦被激怒。不止是反對，更有父親的態度。一肚子的火噴湧欲出，他卻拚盡按捺，把怒火壓鑄成尖峭的錐子，「你也終於鄙視你的兒子了，不是嗎？可你想過沒有，假如沒你當年的浪蕩，何以有我這個浪蕩子？倒不如先鄙視你自己，再回頭糟踐我。」

父親頓時蔫了，頹然跌坐，臉上青一陣紅一陣。

呂伽哪肯善罷甘休，衝著父親繼續冷笑道：「你是假裝不知還是眞不明白？你兒子本是兌換來繼承夏家衣缽的，用了四根金條，他先天就沾滿齷齪與銅臭，那個婊子連認都不屑認。難道你還想殃及下一代，讓母腹裡的嬰兒一生下來就遭受與他父親一樣的卑賤與屈辱，你不覺得太殘酷了些？」呂伽說到痛處，抽搐著，泛青的唇上一排牙印。

父親顯然被他觸痛了，舊傷揭開，那痛便是連筋帶骨的鈍痛。父親也是闖蕩江湖識過冷暖的人，想當年自己的尷尬與酸楚更是歷歷在目，「你以爲我還有你生母眞願意這麼做？」他的眼淚都快流出來了，囁嚅道：「還不是爲了這個家，都是被逼無奈。」與其說他開始理解兒子，不如說他找到了辯解的依據。

「於是你便反過來逼我，讓我重蹈你的痛苦？」

父親連連擺手，聲音重新拔高。「沒有一個父親不希望兒子好。當年爲了有你，爲了夏家香火傳承，我跟你的兩個母親都已受盡屈辱陪上一生的幸福，你就忍心把這一切重新毀掉？」父親瞪著呂伽，眼窩裡燃燒著拚死捍衛什麼的決然。他沉默了好一會，終於使出撒手鐧。「除非，你從此不再姓夏。」他得下多大決心才能對兒子說出這句絕情的話。但他不能不說，因爲這是他對這個行將分崩離析的家最後的防衛。

呂伽也被這個悶雷打暈了。他預想過阻力，卻沒預想他踩的是這麼大的一個雷。但事到如今，還能有什麼退路？他梗著脖頸嚷道：「你以爲誰都稀罕這個沾滿銅臭的姓？做你的香火夢去吧。謝了！」

他呼啦一甩大衣，轉身就走，胳膊卻被兩隻柔軟的手箍住了。回頭一看，是母親。名義上的母親。她是呂伽狂躁的心裡最柔軟的疼痛。他是吮吸著這個女人的乳汁長大的，她一直都是最疼愛他的Maman。那幀珍藏在全家福影集的發黃小照上，這個女人低眉順眼，穿最家常的灰布衣，直髮梳得一絲不苟，兩顆板牙參差前突。她一手抱他，一手抱他的四姊，看似咧著嘴笑，卻有藏不住的苦澀漏出來。兒時的呂伽經常看見Maman在他面前流眼淚，他不懂，原來這苦澀的眼淚還是因爲他。母親跟父親不一樣，她是這個家上下左右被夾攻的唯一受體，而她獨有的抵擋方式只是逆來順受。加上她對他這個非婚生兒子千般萬般的好，呂伽最不忍違逆或拋棄的人就是她。她是多麼無辜！自從得知她並非親生母親後，呂伽便再不敢正眼看她，心裡糾結得讓他無所適從，不知該質疑、詰問甚至顛覆幾十年的這份呵護，還是回報給她養育之恩最眞誠的謝意。

所以，呂伽遲疑著，沒有立即甩開箍住他的那兩隻手。他想再叫一聲「Maman」並對她說謝謝，然後再推開她，把自己放逐。可是母親由不得他，母親早已撲通一聲雙膝跪地，匍匐在自己一把屎一把尿撫育成人的兒子面前。她嚶嚶地哭，搖著兒子的雙腿說：「呂伽，你就依了你爸吧！你若不依，這個家就破了，你爺爺……」話沒說完，呂伽一眼看到祖母攙扶著臥床已久的祖父顫巍巍站在母親身後，邊上還有他的大姊與三姊。祖父久病，身子早已形銷骨立，但那口氣強撐著，威嚴仍在。他瞇著眼，半張著嘴，粗重的氣息把嘴唇上的髫子吹得像風中的枯草。他的意志無須再用語音來表達。呂伽通身冰涼。如果僵持下去，祖父是有可能死在他面前的。

呂伽淚流潸潸。蹲下去，蜷縮成半個圓。他覺得自己像一頭關在囚籠裡左右奔突卻走投無路的豹子。

街本來是寬的，在呂伽的視野裡卻變得極其狹窄。燈影尖峭地投射，挖掘出眼前的局部，切割掉周遭的璀璨，彷彿不可洞見的一口深井，橫陳腳下。如果說下午的呂伽是囚籠裡的豹子，那麼此刻的他更像被妻子趕出家門的狗。除了聽聞自己躁亂的心跳和腳步聲外，滿目貧瘠荒蕪。於是他知道，最終失去摯愛的夏洛蒂，他便是與這個親暱他包容他的世界告別了。

他該去向哪裡？

他想到了桑德尼。想到桑德尼後街的那個娼妓。他的第一次性墮落就是那女人的陰道，現在回想，竟有一份蠱惑，是幻滅然後沉淪的快感。他不由得加快腳步，飛蛾撲火似的一頭撞進古城門，拐向後街。牆根下正有三個雛妓圍成一撮演練打情罵俏，一看就是從東歐來的。她們敞開跳蚤市場撿拾來的廉價的皮裘，裸露出高聳的乳峰，嘴角叼支細菸，把串串煙圈吐得煞是老到。看見呂伽走過來，就停了嬉鬧，用裝出來的色迷迷瞄準他。然而呂伽夢遊般飄過，眼瞳裡沒有任何反應。其中一個不甘心，追上來捉住他的手，被他一把甩在身後。呂伽只被自己的欲念引領，踅進一個門洞，踏著老朽的木樓梯上到某一層，對著刺目的一爿門砰砰敲。門開了一道縫，女人凌亂的腦袋鑽出來，「你找誰？」呂伽說：「找你！」他準確無誤地把自己送到了目的地。

女人還是那個女人，卻沒了早前職業娼妓特有的風騷。亂蓬蓬的雞窩頭下素面朝天，連殘妝的痕跡都沒有。她瞟一眼奪門而入的這個男人，顯然早已記不起他，茫然而失神。呂伽回看一眼，發現她兩頰青白蒼涼，淚痕斑駁，像是遇上了什麼不測。他至少該問一聲的，卻沒有，或是不屑。他整個人都陷在自己的困局中。他抽搐著五官說：「我想，要你！」女人搧了他一巴掌，差點沒把他搧出門外。他捂著臉，像是被火辣辣的疼痛打醒，「你打我？你也打我！」女人不理他，兀自撲倒床上嚎啕大哭。

隨後才知，這個桑德尼的娼妓是有孩子的。她的孩子幾天前死了。一個六歲女童，死在雨夜的街角垃圾箱邊，頭部有硬器擊傷的瘀腫。死因誰也說不清，警局仍在層層排查。眼前這孩子就在桌上那只匣子裡躺著，燒成了一坨灰。就像最不起眼的小流星，微閃了一瞬，戛然隕滅。

女人還說：「我賣淫欠他們抽頭，又看到了黑道上不該看到的糗事，他們就拿孩子開刀……」

痛，給出了不同的分量。呂伽醒悟了些，覺出自身的困境其實並不是多麼舉足輕重。他走過去，把擤著鼻子的女人摟在懷裡。相比於自己，她才是更需要拯救的那一個。於是呂伽說：「擺脫桑德尼吧，我幫你！」他突然有了救贖的衝動，希望借此把陷於泥淖的自我超拔出來。只有這樣，他才獲得了某種道德驅使，以相依相伴的方式走出黑夜。

從此，呂伽與這個桑德尼的娼妓有了長達二十年的糾纏，直到住進了瘋人院。

這個女人名叫蘿拉，來自波蘭。

## 離散

正是晚餐高峰，N°14座無虛席，門外紅燈籠廊下還排了一隊等著翻桌的慕名者。我挺著九個月的身孕，袋鼠似的在觥籌交錯的顧客中周旋。我的聲音依然清亮，清亮過後卻是疲憊的苟延殘喘。呂伽的職位一直在，卻通常缺席。當然偶爾也會來，不管人多客少，都是穿戴齊整，優雅地轉幾個圈，端只酒杯，斟上香檳或白蘭地，跟熟客扯幾句可有可無的閒話。若有興致，還會去到後廚，跟廚師們道聲安好，然後，悄無聲息退場，你都不知他是什麼時候走的。所以我，是事實上唯一的老闆，擔著N°14所有的事務和責任，喘口氣都不能由著自己性子來。不過也讓店裡店外的中國人刮目相看，替從來都是風花雪月的法國女人爭了口氣。

只是心裡屢屢不平衡。什麼時候，竟把自己混成了夏家的搖錢樹？雖說自己也是喜愛做餐館的，甚至比做學問更有感覺。問題是原本天馬行空恣意妄為的興趣，一旦綁在了夏家這條中國船上，便有了掣肘，負荷了重任，連人帶事都成了金錢乃至家族的奴隸。這與經歷過六八年革命洗禮的法國式追求大相逕庭，更不可能是我想要的。加上與呂伽貌合神離越走越遠的婚姻——自那個夜晚我倆關於要不要打胎的談判破裂，他便從桑德尼解放了一名來自東歐的娼妓，並替她租了一個套房，明裡暗裡廝混一起。我的肩背上從此高懸起一條鞭子，被不停地鞭打，催促著改轅易轍。改轅易轍這一中國成語用來形容我對處境的焦慮很貼切。但我懷著孩子，不敢輕舉妄動。

突如其來的一陣痙攣，腳停在吧台右側的魚缸邊邁不動了。椎心的疼痛逼上來，我「哎喲」一聲尖叫，抱著肚子蜷縮成一團。四姊衝過來，扶住我，臉嚇得煞白。「是否要生了？」她未婚未孕，不懂女人嬗變之種種，手足無措。我痛得說不出話，胡亂點頭。一位中年女士走過來，嘴裡嚼著食物，大約是來用餐的大夫。她蹲到我面前，檢查後笑著說：「您別怕，是嬰兒著急出來呢！趕緊打電話叫SAMU。」我身子一軟，頭撞到魚缸上，驚動一缸的熱帶魚，濺起五顏六色的水花。

四姊陪我上了SAMU，到醫院時，呂伽父母還有大姊二姊都已等在婦產科外的台階上。周圍還有嘰嘰喳喳幾個女人，大約是我認不全的夏家親友。如此興師動眾也是夏家傳統，又一代傳人即將誕生，是關乎宗族子嗣的重中之重，大張旗鼓恐怕也是順理成章的。

只有呂伽沒來。也許家人沒找到他，也許通知了他卻被拒絕。這並無區別。他說過的，如果我執意要生，他不會做孩子的父親。他信守諾言。

我閉緊了眼，不想看任何人的任何表情。腹部似乎不那麼劇痛了，心卻爪撓似的抽搐。

餐廳裡那位女大夫的預言過於樂觀了，我肚腹裡的孩子並非那麼著急出來。恰如化蛹為蝶，女人這一關乎嬗變的分娩對我來說是煎熬的。先是病房折騰了兩晝夜，繼而三進三出分娩室，最終還得借助剖腹產。帶給夏家人的驚喜是：產下的嬰兒居然是一男一女，中國人所謂的龍鳳胎。當我從麻醉中甦醒，護士小姐把胖嘟嘟兩團粉紅色的肉抱給我時，我瞟了一眼，隔膜著，感覺是麻木的。接生大夫打趣說：「這對新生兒太執拗，死守子宮不肯出來，差點沒把母親送往天堂去！」大夫是如釋重負的玩笑，我聽了卻很不是滋味。難道未出母腹的孩子也知道，一個稱為父親的男人是拒絕與他們相逢於人間的。

直到出院回家，我的心都是空落落的，與喜悅無關。

原來的書房做了嬰兒室，或許我今後要讀的書也就是這兩個小傢伙了。按照夏家的意思，孩子最好住到他們家並由中國 Nounou（奶媽）哺育，我沒同意。我的孩子為什麼要住別人家去？我是沒經驗，但女人學做母親，還不是水到渠成的事。夏家倆老太太拗不過我，只得罷手。嬰兒室是四姊的創意，二姊的勞作，我直到臨產仍在 N°14 忙，是她倆在我住院分娩期間幫我布置的。兩張小床並排而立，一張天藍色，一張粉紅色，配套的天藍粉紅絨布小被、絨布小枕。床頭五彩鈴鐺，枕邊絨布小熊。半空飄著花花綠綠的氫氣球，牆上圖片琳琅滿目，充滿童趣的小房子讓我情緒振作了些。

我比呂伽先一步到家。當我一手一個襁褓登電梯走進家門，從諾曼第請來的法國 Nounou 已在嬰兒室等著給她的小天使哺乳。七〇年代法蘭西還殘存少量的職業 Nounou，到如今，早提倡親力親為，代哺的Nounou幾乎絕跡。而這位Nounou不陌生，是我兒時的玩伴，她母親就是我兒時的Nounou，我與她一併吸吮她母親的奶水長大。後來我離開小鎮去外面讀書，與她疏遠了。沒想她居然繼承了她母親的職業。她矮矮胖胖，頭髮綰在腦後，膚色白裡透紅，一張圓臉像水蜜桃，能掐出水來。她拍著兩隻活蹦亂跳的大奶子對諾曼第的我父親說：「您瞧我，健壯得像頭母牛，您還怕餵不好夏洛蒂的小天使。」

「哈，竟是孿生姊弟！」與我擁抱後的Nounou幾乎跳起來。意外之喜讓她情緒高漲，鼻翼兩側沁出一層細汗。我縮著肩頭，試圖祛除心裡的陰霾。

「你不高興？」Nounou皺起眉心表達她的詫異，「多可愛呀，一對小天使！」

呂伽在此時踏進門來。他總是姍姍來遲。

我與他最後一次見面，還是叫SAMU去醫院的頭天夜晚，迄今已整整七天。那是週一，餐廳不營業，我早早上了床，枕著靠墊用計算機給店裡記帳。呂伽進來，坐在床沿要跟我說什麼。我埋頭按我的計算機，沒有抬頭等他開口。他停了停，便不再說，起身回了客廳。我們經常這樣，說話做事對不上情緒和節奏。我們不吵架，但心與心的對峙顯然比吵架更易摧毀婚姻堤壩。

脫掉了外套的呂伽站在嬰兒室的門框下，細細長長的一條，讓我覺得陌生。他說：「你們回來了？」這你們，自然包括了他新生的一對兒女。我假裝笑，「是的。」除了是的，我想不出還能有什麼其他可說的。然後他看見兩張嬰兒床中間站著的Nounou。我說：「孩子的Nounou，」轉而又介紹他，「孩子的父親。」雖然呂伽不會承認，但我只能這麼介紹。Nounou看看我，看看他，大概覺得氣氛不對。但新來乍到，乖巧的人都會佯裝不知。呂伽有些尷尬，退至門外，我也走出嬰兒室，帶上門。我倆於是面對面站到了窄窄的通道中間。呂伽說：「你辛苦了！」我說：「自找的辛苦不是辛苦。」呂伽又說：「對不起！」我說：「你該表達歉意的不是我。」呂伽朝嬰兒室的門瞟了一眼，他自然是明白的。我轉身幫他推開門，他至少應該看一眼的不是嗎？呂伽站在重新洞開的門框下，望著並排的兩張嬰兒床與Nounou寫滿問號的臉，猶疑著，用腳尖探出了一小步，又遽然回身，朝反方向潰逃。我倏然悟到，他是走不回去了。

原本想，他只要面對自己剛出生的孩子，哪怕只是輕描淡寫匆匆一瞥，或許意念中的魔咒也會化爲烏有。他曾經仇恨的，堅持的，標榜的，崩潰的，都將失卻邏輯而不再成立。然而一切都是我的一廂情願。我覺得推門的那隻手痙攣起來，痛感殃及全身。也談不上有多麼恨他，就像面對一堵虛無的牆，砸出拳頭也不可能落到實體上。

五年半後，我與呂伽離婚。我從生意火爆的N°14全身而退，呂伽父親作爲集團公司的法人代表，給我開出一張大面額的支票，作爲解雇經理人的賠償金。夏家上下對我這個法國女人在其家族的曾經存在，沒有任何挑剔。不管於公於私，不管餐廳業績還是婚姻情感。甚至連離婚，都是呂伽母親在餐廳酒吧的櫃檯後面，攥著我手給出的建議。她說：「夏洛蒂你太委屈了，夏家不能這樣欺負一個好女孩，要遭天譴的。」其實離婚在我是早晚的事，我一直沒提是怕孩子太小，把孿生姊弟早早撕扯開來不公平。以夏家的傳統，他們的第四代孫多馬我是注定帶不走的。我爭取無果，便只能讓步。離開N°14則是我必須堅持的立場，夏家自然捨不得我這棵搖錢樹，但我沒把挽留我的機會留給他們。我受夠了，受夠了呂伽，受夠了夏家，我希望還給自己赤條條的乾淨和自由。商量離婚細節呂伽大多不在場，因爲他從始至終都斷然拒絕。雖然他大部分日子都是與那個東歐女人在租賃房裡過，很少來店裡，更少回家。那個女人從桑德尼搬出來，就專爲呂伽一個人賣娼了。用呂伽的話說，因了他的救贖，連娼妓也過上了正常女人的生活。但願吧！最後還是他父親拍的板。父親說：「你若還有丁點對你妻子的憐惜，就請放了她。」父親把呂伽依舊言不由衷的示愛堵在嘴邊，讓他無以辯駁。父親還說：「你的女人是難得的好女人，你毀掉你自己倒也罷了，再毀掉她就太造孽了，夏家不能讓人這麼戳脊梁骨。」

而且，離婚與否也不是呂伽所能駕馭的事。兩個孩子再小，他們的意願也比呂伽重要得多。那天清晨，當蘇菲與多馬坐到餐桌前吃早餐時，我嚴肅認眞地同兩個孩子談起我與他們父親離婚的意願。兩個孩子聽後先是一陣靜默，然後多馬問姊姊蘇菲，「什麼是離婚？」蘇菲說：「就是爸爸媽媽不在一起了。」多馬似有不解，「爸爸本來也沒跟媽媽在一起呀。」蘇菲小大人似的歎了口氣說：「爸爸是一個影，晃來晃去，我們抓不住的。」我鼻子一陣酸，但還是狠狠心說了：「重要的不是爸爸媽媽要分開，而是你倆。蘇菲要跟媽媽走，多馬要留在爺爺奶奶家。」「Non，Non，不要！」兩個孩子突然就哭了。我趕緊摟過他們，兩個腦袋在懷裡小豬似的拱來拱去，把我的心碎成一瓣瓣。

正是意料中的反應，才讓我的離婚拖了一年又一年。到了此刻，理智已不允許我退縮，帶血的淚也要吞嚥。

就這樣，前後拖了七年的婚姻，終告結束。我甚至與呂伽連一次單獨面談都未履行，就直接上了律師事務所。法庭仲裁的那個下午，天氣少見的惡劣，颳風下雨，還夾雜著春季裡不該有的小冰雹。走出律師事務所已近傍晚，天黑得很濃，很重，街燈飄曳如鬼火。我與呂伽一前一後站在台階上，他仍然穿著我們在聖·日耳曼相遇時的那件黑風衣，舊了，開始泛白。強勁的風雨夾著雪霰子那樣的冰雹掃過來，掀動下襬，濕了衣襟，大有把人颳下台階之勢。短暫的瞬間裡，我閃過一種久違的心痛，是對他的體恤與痛惜。呂伽不是壞男人，我們原本是可以相擁相伴走一生的。我很遺憾。

我回眸一笑，「再見，呂伽！」撐開傘，一步一步走下台階。

呂伽叫了我一聲，追下來，風衣鼓盪著，像貼著湖面展翅的水鳥。他抓住我的胳膊，把一個東西塞到我掌心，說：「留著它，或許有用。」他瞪著我，足有一兩分鐘，眼神猶疑而空洞，帶了點病態的神經質。不用猜，我也知道攥在手心的正是那只絲絨小袋和袋裡的四根金條。我覺得燙手，要把它還回去。他摁住我手，決絕地搖頭，然後搡了我一把，「走吧，別讓我後悔！」

我的眼淚湧出來。

## 多馬的雨夜

六歲不到的多馬從這一天開始，才懂了爸爸媽媽的離婚對他意味著什麼。而爸爸的概念也清晰起來。

媽媽是早一天晚上把他送往爺爺奶奶家的。在路上，媽媽開著車，回頭對他說：「我親愛的多馬，你要記住，你雖然姓了中國人的姓，也同樣是法國人。」他問：「因爲媽媽是法國人嗎？」媽媽沒有回答，肩頭不住地顫動。他當時不知道媽媽爲什麼要這麼說，後來明白，這是媽媽在向他告別。

爺爺奶奶家是他和蘇菲常來的地方。那裡總是很熱鬧，有太奶奶，還有眾多姑姑和姑姑家的小孩。多馬是那裡的小王子，每個人都寵他，給他好吃的，給他好玩的，開車帶他到街上兜風。尤其太奶奶，每次他去了，還要把他抱到膝上，一遍遍親他，親得他兩頰黏糊糊的。多馬不喜歡無限度地接受很老的人的親吻。他甚至難堪。一個自詡爲男人的五六歲男孩的難堪。

很多年以後，多馬依然記得這個夜晚的雨。響聲很大，震耳欲聾。

他在爺爺奶奶專門給他騰出來的房間裡等媽媽。爺爺奶奶去餐館上班了，他們臨走前給他做了噴噴香的小牛肝和奶油甜點，還切了一盤水果沙拉擱在床前，讓他睡覺前吃。但他不想睡在這個房子裡，他寧願回到聖．日耳曼與姊姊蘇菲一起擠在自己的小屋裡。隔壁是太奶奶的臥室，太爺爺死後她一個人住。先是有說話聲，她對自己說話。後來夜靜了，傳過來的就是她的鼾聲了。多馬一掃而光盤裡的水果沙拉。爺爺是出了名的廚師，他做的水果沙拉特別好吃。多馬開始不耐煩，把漆了白漆的小鐵床搖得吱呀亂響。

沒等到媽媽。卻等來了爸爸。他長到快六歲，爸爸從來沒接過他，不管是學校、爺爺奶奶家，還是其他什麼地方。他對爸爸這個稱呼與他的人一樣陌生。爸爸身上的風衣濕漉漉的，爸爸的臉上掛著雨珠，難道他不是開著那輛氣派的跑車來？爸爸和爸爸的其餘多馬知道的只有這輛跑車。因為是個男孩就一定會羨慕這款車，多馬也一樣。

但是，多馬還是站起了身。小臉上寫滿回家的渴望。

於是爸爸問：「等著回家，是嗎？」

多馬點頭。

「那麼，跟我走！」

爸爸沒說「跟爸爸走」，只說「跟我走」。「我」和「爸爸」是同義詞嗎？

多馬跟在兀自轉身的爸爸後面，沓沓地往外走。爸爸停了一下，似乎想牽他的手，終於沒牽。爺爺家是老樓，沒有電梯，也沒有車庫，爸爸的跑車就停在門洞外。黝暗的燈影下，雨嘩嘩地傾瀉到車頂上。

多馬隨爸爸衝出門洞，鑽進車裡。

多馬幾乎全澆濕了，哆嗦著，爸爸視而不見。

一路無話。只聽見雨刷在前窗一來一回，盡職盡責刷著雨霧。

多馬一進門就喊媽媽，可屋裡沒有人，連蘇菲也不知去了哪裡。多馬蹭到沙發前坐下，呆呆地想著心事。沒了媽媽和姊姊，這個家變得空空蕩蕩，一下子大了許多。多馬想到了媽媽說過的「離婚」。離婚就是媽媽不見了，家變空變大嗎？那爸爸為什麼突然回來了？

爸爸一進門就去了浴室，一陣嘩嘩響的水聲後，肩上搭條藍色浴巾出來。見多馬依舊瞪大眼睛縮在沙發上，爸爸一邊擦頭髮上的水，一邊問他：「洗過澡了嗎？」多馬點頭，「奶奶幫我洗的。」爸爸說：「那還等什麼？趕緊進屋睡覺去。」多馬不響，眼眶慢慢紅了，水霧一點點滲出來。爸爸在他面前蹲下，用厚厚的浴巾給他拭淚。多馬抽泣著說：「我等媽媽。」

爸爸說：「媽媽不回來了，以後你跟爸爸住。」多馬用手推開爸爸，「我不要！」哭聲變得淒厲。爸爸倏然站起，在屋裡煩躁地走來走去。爸爸從浴室出來沒趿拖鞋，便赤腳在地板上蹚。

踢踏踢踏蹚了很久，那節奏就像催眠，哭著的多馬越來越睏，只剩下哼哼唧唧的囈語。睡夢裡，媽媽來了，親他，捋他的小腦袋，媽媽的嘴唇是巧克力的滋味，蜜甜蜜甜的。他正咯咯笑出聲，全身卻被繩索勒住了，睜開眼，竟是爸爸的手臂。爸爸跪在沙發前，把他小小的身體摟抱在懷裡，摟得緊了，讓他喘不過氣來。爸爸以前看也不看他一眼的。多馬被嚇住，尖叫起來。爸爸驚惶地鬆開他，兩手貓爪似的張在半空，痙攣著，「對不起，兒子！」爸爸垂下頭，臉埋進黑暗，不知向上帝還是向他的兒子懺悔。多馬面紅耳赤。他太小，讀不懂這瞬間的驟變。後來長了幾歲，多馬對蘇菲描述父親這一驟變時曾不無困惑地說：「大人的情緒就是天上的雲，我們小孩抓不住。」

爸爸最終抱起多馬，把他扔進了他自己和媽媽睡的大床。爸爸把他自己和多馬都脫光了，連睡衣都不穿，就赤條條地面對著面。爸爸看他看了很久，然後幽幽地說：「你果然長得跟爸爸一模一樣。」多馬會意，要不，我怎麼就成你兒子了呢。這句話的因果他已聽過千百次，早聽熟了。不過，多馬還是覺得，光了身子的自己更像了，簡直就是個袖珍的爸爸。多馬忽然有了親近感，一頭鑽進爸爸向他召喚著的身體的城堡。

在彼此從陌生到熟稔的短暫過程中，爸爸抱著多馬的腦袋嗚嗚地哭了。這讓多馬初來乍到的歡欣打了不少折扣。小孩往往無法面對大人的哭。多馬慌了一陣，漸漸鎮定下來，他在爸爸懷抱裡伸出手，去抹爸爸的淚臉。越抹，爸爸把他抱得越緊，哭得也越傷心。他便恨自己的手太小，抹不去洶湧的淚。後來，或許爸爸覺得太爲難兒子的小手，終於不繼續哭。再後來，爸爸對「新任」的兒子囁囁嚅嚅說了一連串肺腑之言。但多馬只記住其中的一句。爸爸說：「兒子，你就是爸爸媽媽相愛的『誓言』。現在媽媽走了，爸爸只有把破碎的『誓言』收藏好，才不會加倍愧對你媽媽。」多馬當然不懂，自己怎麼就成了爸爸媽媽的「誓言」。

多馬的這個雨夜很奇妙，充滿了六歲男孩未知的人生詭譎。這個夜晚媽媽不見了，爸爸回來了。星光月色在下雨颼風中黯淡而璀璨。

# P

## 里昂過客

離婚後的十幾年，就像一場虛幻的夢，看得見，摸不著。

轉眼已是一九九二年，我從里昂開車回巴黎。正是夏季度假的高峰期，太陽熱辣辣炙烤著高速路上蜿蜒的車隊，行如蝸牛。我駕一輛新換的白色凌志，在塞成瓶頸似的縫隙裡左右奔突。這條南北貫穿的高速公路，我每一年都要來回幾趟，走熟了，也走膩了，感覺里昂的歲月有一小半都耗在這條路上了。窗外阿爾卑斯山的遠山近影，原野上參差不齊的麥田、河道、村舍，幾乎都與去往里昂的那個夏季沒什麼兩樣。十多年時光對人的生命來說已然不短，在歷史長河卻是倥傯的一瞬間。如果不是車裡的人變了樣，我會恍惚覺得還是昨天。

那個昨天，不到六歲的蘇菲坐在後座上，不停地扭動，不停地哭，把小嗓子都哭啞了。她捨不得離開弟弟多馬，離開巴黎那個家。我哄不住女兒，便陪著她哭，眼淚滴滴答答，把方向盤都洇濕了。而現在，後座上的蘇菲將邁進十八歲門檻，以含苞欲放的鮮花的姿態，張揚青春的靚麗。她不再哭，話語清亮，笑靨如醉。我呢，則肥胖了一圈，膚色被地中海的陽光染上層層油黑，粗糙了，鬆弛了，眼角粗紋嘴角細皺，交叉疊印。儘管「波波」時尚推崇沙灘古銅色式健美，我的臉卻是得不到相應論證的一個遺憾。倘若之前我還算有點姿色，那麼幾多生意場上的跌打滾爬，早已讓這點可憐的姿色蕩然無存。活在法蘭西的現實本來就是：惰性不是問題也無是非，再懶，也餓不死，總有衣食父母給你口飯吃；但想有錢，活得體面，就必須掙扎，必須拿年年歲歲的生命質地去換，包括健康，包括享受，包括精神至上的羅曼蒂克，甚至包括女人的容顏。都說女人最大的悲哀就是留不住美麗。我悲哀，卻無奈。

從抵達到離開，我在里昂的所有日子都在埃米爾·左拉街中段六十九號這個節點上度過。那裡有我的餐館，取名喜洋洋，意指東方美食，中國式快樂。我從一個瀕臨倒閉的摩洛哥阿拉伯餐廳接手，做了一番推倒重來的全面改造，然後把巴黎的饞貓天堂N°14換湯不換藥地移植過來，在里昂這個法蘭西大餐之最，米其林星號比比皆是的饕餮食城，開出符合我自己想像的一朵中餐奇葩。我把呂伽離婚那天塞給我，原來發誓不用的四根金條，一根一根兌了現填進去，宛若填一個永遠填不滿的無底洞，然後把自己罵得體無完膚。

開業那天，里昂人挺胸蹶臀走過喜洋洋門前高高掛的紅燈籠，竟沒有一個人推門入室。直到夜深，後廚灶頭沒能冒出一縷煙，前台侍者雙腿站得搖鈴。我摟抱熟睡的女兒，坐在餐廳亮晃晃的吊燈下，擤著鼻子哭。我知道倨傲的里昂食客味蕾挑剔，一味精心打造菜譜，不曾想一條條腿一雙雙手更挑剔，更倨傲，竟連門也不願推不願進。這營業額爲零的第一天，又如何檢驗這幫人的味蕾受用不受用？

便想出招來對付。又一番流水似的拋錢，我把巴黎開過來的雷諾車也賣了。電視廣告，報紙推介，信箱發傳單，鋪面上打折促銷，一眾的味蕾終於被挑逗，被誘惑，一雙雙手一條條腿終於推門進來。進來就好辦，不怕不回頭。菜好到底不如優惠的法郎好，即便僅省幾個硬幣，也是敲門磚。商場鐵律，金錢永遠都是槓桿。

當喜洋洋一年零八個月時，巴黎饞貓天堂N°14那位香港總廚亨利．楊找到了里昂，懇請我收留他。說他與老闆父子理念不同，溝通困難，菜譜也被撤換多次，幹得實在不痛快，就遞了辭呈。那天正好「異想天開」也在N°14用餐，他對他說了，老頭子悄聲道：「去找夏洛蒂吧，她在里昂已是當之無愧的中餐一姐了。」亨利．楊於是失業局報到都沒去，逕自上了里昂的火車。他那副先斬後奏的架勢，讓我很難推諉，店裡生意又旺，就留下了他。其實我心裡對他是很有點喜歡的，不但他的菜，人也是，中餐廚師中像他這般古意蕭然的人還能有幾個？當年我離去時他也曾要跟我走，被我婉言攔下。一來饞貓天堂N°14需要他，我不能有負呂伽拆他父母的台，二是我來里昂只是探路，自身前途未卜，哪敢扯進他人。如今他到底來了，心裡其實是有幾分慶幸的。然後我問他呂伽常來店裡嗎？他說不常來，來也不問事，都是四姊管著，他父親兩頭兼顧。我歎口氣，他父親也是老人了，如此操勞遲早累死。我又問他多馬好嗎？他說多馬偶爾會到店裡來，長高了，白白淨淨很帥氣。他父親對兒子倒與以前大不同，很寵他的。其實多馬整個暑期都在我這邊，他的近況我瞭若指掌，問也是多餘。可母親的心就是這麼多餘，牽掛都是下意識的。我自嘲地笑笑，帶他去了後廚。

後來竟與這個香港來的亨利．楊有了一些交集，大抵也是他的與眾不同在潛意識裡給我暗示的緣故。

有天夜裡我發燒，餐館打烊後他提議開我的車送我回家。他沒有車，一直住在我爲員工租賃的公寓宿舍，間隔喜洋洋幾步路，也不需要車。突如其來的男歡女愛就這麼發生了。沒有預謀，沒有鋪墊，烈火乾柴，一切皆因情欲驅使。塵埃落定後，他裸身躺在我邊上，絮絮叨叨言說他的情史。我枕著他手臂，只覺得耳邊嗡嗡響，卻半個字也聽不進去。他的情史與我有何干係？他除了繼續是我的總廚，充其量只能加上性伴侶這個頭銜，我要的只是滿足飢渴，僅此而已。

偏他是個實誠的人，男人實誠往往不能兼得智慧。他顯然沒能意會我的單方面需求，動了眞，看我的眼神都變了；繼而，又搬離員工宿舍，堂而皇之住到我家來。眼看城池被破，我慌了，心裡既埋怨他也埋怨自己。我怕傷他，一個心境填滿古意的人注定是經受不起傷害的，我只能委婉地再三再四地暗示他。直到有一天，他在清晨把我搖醒，說他愛我，滿臉虔誠地懇請我嫁給他。居然還掏出一枚精心準備的戒指，要套到我的無名指上。一邊說：「我奢望你做我太太很久了，我想你給我生孩子，男孩女孩，混血的，像蘇菲和多馬。」我被蜂螫了似的跳起來，睡衣滑到腰下，兩隻乳峰在起伏的胸脯上跳動。我抽回險些被他套上戒指的手，又返回去捂他的嘴，我說：「我不愛你，我只是欣賞你的古風古意，我不會跟你步入婚姻的。」他愣住，臉都白了。我又說：「難道你還不明白，孩子是我的痛，我這輩子都不會生孩子了，跟任何人。」他還是不理解，不知是他的實誠還是他的古意擋住了他的思辨。他說：「你與我同居這麼久，怎麼可能不愛我？」我哭笑不得，方知有些事情眞如中國人形容的那樣，雞跟鴨講是永遠講不清楚的。便拿查理說事，我說我愛的人是查理，除了他，今生誰都不會嫁了。如此大言不慚的時候，我根本不知道查理在哪裡。自他出使日本，後來自己又跟呂伽結婚，我便與他斷了音訊。不過劍走偏鋒還是生了效，睡在我身旁的這個男人從此不提愛情與婚姻。

後來，他撤回員工宿舍，繼續盡心盡職做我的主廚，當他的單身漢。他依然話不多，依然古意盎然，只有我知道他落寞了許多。他是個不錯的男人，傷害他並非我的初衷，無奈世事就是這麼不遂人意，我抱歉。

好在一切都結束了。從立足里昂這個城市的第一天起，我就認定自己是個匆匆過客，終究是要離開的。我把埃米爾·左拉街六十九號連地產帶喜洋洋經營權一併轉讓了，換來一張巨額支票。那是我十幾年的賣身契，我終於把自己贖回來，我感覺身輕如燕。亨利·楊早我一年離開，據說是回香港結婚了，婚後留在香港某五星酒店做法餐主廚。他在法國一直做中餐，回了原籍卻做起法餐，眞不可思議。另一位主廚和幾名酒吧、前台侍應都留下來，服務於新老闆。那是一個法國出生的台灣人，個子不高卻財大氣粗，簽合同時侃侃而談，一副大亨氣派。

左鄰右舍的老闆們都問我喜洋洋開得好好的，爲什麼要走？我說厭倦了。走累了的行者，總要找個驛站休憩一下的。他們又何嘗不理解，法國人的行爲方式本就是跟著感覺走，今天輪到我放棄餐館回巴黎，明天說不定就輪到另一位扛起背包去非洲叢林徒步跋涉去了。所以雖是道別，卻是調侃的氣氛。

而我，其實還是另有原因的。呂伽生病了，由多年鬱積的心理疾患引發，狂躁性抑鬱日漸嚴重，幾度自戕未遂，被強制送診後頻頻住院。多馬正值青春期，這孩子從小脆弱，我不能眼看他待在老年祖父母跟前一味地被圈養被溺愛，他應該像任何一個法國男孩那樣，學會思考學會獨立了。作爲母親的我，更要償還多年虧欠的母愛，助他一臂之力，讓他張開翅膀飛起來。他與蘇菲都參加了今年的BAC（中學會考），很快便是大學生了。我在左岸離聖·日耳曼不遠的王子路上買了足夠大的公寓，希望能給他們一點補償。原因之二更重要，我想查理了，想得發瘋。不知道爲什麼二十多年過去，突然又有了見他的念頭，而且愈演愈烈。還在里昂的時候我就想，只要回巴黎，第一時間什麼也不做，就去外交部找查理，他應該已經退休，總有蛛絲馬跡留下的。哪怕就見一面，喝杯咖啡，也不枉我賣餐館回巴黎的壯舉。

車抵巴黎，回到王子路的家，多馬已在客廳等候多時。他與蘇菲擁抱，與我親吻。他說媽媽你們能回來，眞好！他看起來眉飛色舞的，很快樂。遺憾的是多馬只會溫州方言，與我的漢語京腔無法溝通，就此我們只能以法語對話了。

外交部居然沒有查理退休後的任何信息。只有他原來的祕書知道他搬家去了外省，詳細地址也無從考據。正一籌莫展，信箱裡發現呂伽從他小別墅裡轉寄過來的一封信，拆開看時，竟是查理寫給我的。簡直難以置信！上帝又一次眷顧我們了？

呂伽跟我離婚後就把聖．日耳曼的公寓賣了，換了十三區那棟小別墅，不住院的時便獨自窩在那裡，也不知查理是如何找到他和他的新地址的。

信裡寥寥幾行字，先是問我好，然後說自己正準備從退休後的外省小鎮搬回巴黎，住到聖．日耳曼原來他母親名下的那個房子裡來。這個房子我記憶猶新，那是我和查理的曾經，所有酸甜苦辣都在那扇門裡永久性地珍藏著。查理還說跟我二十四年不見，思念心切，問我願不願意約個咖啡館小坐，敘敘舊。字跡還是熟悉的字跡，信箋信封也是他一向習慣用的品牌，就像當年我在北大留學時的重溫。只怕時過境遷，今非昔比。我雖然不得不這麼想，可托著這張薄如蟬翼的信箋時，還是覺得心裡慌慌的，顫慄不已。

天哪，隔了如此久遠的時空，我們竟不約而同想到了對方？

信箋上沒有地址，只有外省的一個電話號碼。

蘇菲與多馬慫恿我立即給這個號碼回電。姊弟倆太知道查理了，從小到大，我都是以這個名字來比照甚或詆毀他們的父親，所以他們耳熟能詳。多馬還妄加猜測，查理或許變回了自由之身？孩子的調侃讓我一陣緊張。

我沒敢在他們面前打這個電話，而是披衣下樓，專門找了街角的電話亭。那頭蜂鳴巨響，如鋪天蓋地壓過來的雲，讓我窒息。我等著，恍若世紀煎熬。終於有人拿起話筒，終於有沙啞的聲音對著這邊呼叫和回應。我只「allo」一聲，眼淚奪眶而出。

那邊彷彿看見了我的眼淚，突然靜默。好久才傳來粗重的喘息，喘息後面則是一連串驚天動地的咳嗽。這咳嗽聲提醒了我，電話那頭早已不是記憶裡永遠不老的紳士了。我錯過了一段多麼美好多麼絢麗的生命華彩啊！包括他，也包括我自己。我的眼淚淌得更湍急了。

總共不下三句話，一句約定時間，一句說好地點，一句再見。然後擱下話筒，慌亂而失措。從電話亭回家的那一截短路，我走得磕磕絆絆，那節奏就像幾近停擺的鐘。我不知道是腿乏還是心累。反正這寥寥三個短語，已把我的心掏空。天將暗未暗，街燈初上，在眼前晃，在遠處亮。上樓，蘇菲、多馬探究地看著我，年輕的雙眸與窗外的街燈一樣閃爍。我下意識晃了下腦袋，他們便懂事地不再問。我把自己關進臥室，沉入無邊的黑暗。

幾天後的下午，我早早去了雙偶咖啡館。除了這個位於左岸，文化聲名早超越了咖啡館範疇的「雙偶」，我眞不知道與查理二十四年後的重逢能選擇另外的什麼地方。「雙偶」這個名詞一旦在電話兩頭被不約而同地說出，全部內涵已盡在其中。

它是我們初吻的見證。

女兒幫我選擇了簡約的著裝，香檳色麻布長裙，同色同款無袖短衫，頸上一條薄如蟬翼的綢巾，腳下一雙軟底皮涼鞋，色澤濃出香檳，走向橘紅。我在屋裡飄飄逸逸走了幾步，多馬讚不絕口，媽媽你眞美！兒子是有眼光的，尤其看女人。在他的讚美下，中年的我竟然找回了一點對美色久違的虛榮。

推門走進咖啡館，我第一眼便看見了他。在人頭攢動的擠擠挨挨中，他魁梧的身影，挺拔的坐姿，花白的頭髮，還有那一如既往深邃如幽的藍眼睛，都不會讓我在哪怕匆忙的一瞥中錯過他。他老了，額頭，眼角，甚至側對我的半邊面頰都布滿了深深淺淺的皺紋。但在我眼裡，他與那個當年初吻我的男人並沒有二致。他尚未來得及看見我，只顧偏過頭品啜他的威士忌。他大約想不到我也心急如焚早到了三刻鐘。

## 夫人之死

查理試圖起身，卻發現自己的手仍被另一隻慢慢涼下去的手緊緊攥住，復又坐下，木然凝視病床上這個也算他生命中的女人，漸走漸遠。她的臉仰在枕上，蒼白如牆，面容卻是安然無戚的，甚至還隱隱約約殘留了一絲微笑。查理愣怔了好一會，才恍恍惚惚揿了呼叫鈴。

白大褂護士帽魚貫而入，圍著查理和床上躺著的女人，圍著床頭顯示生命體徵消失的儀器，然後向他宣告：先生，夫人已確認死亡，請節哀。

查理竭力保持平靜。尊重死亡在他同屬人格的高貴體面。他禮貌的點頭，把悲哀藏在表情之下，然後把自己的手從死者掌心慢慢抽出來。實際上，他並沒有多少悲哀需要藏匿。與夫人的訣別，他的情愫比悲哀複雜很多。

他走出病房，把終止搶救比如拔管子卸儀器移屍太平間以及清理殘局等一切都交給白衣白帽。他在醫院的花園裡走，踏著碎石鋪就的小徑。午後的太陽溫煦而熱烈，把春天的花草照得絢麗多彩。他甚至看到小徑邊沿的嫩草尖上蒸騰著斑斕的雲煙。

生命的死亡竟與生命的勃發擦肩而過。

就在幾個小時前，查理來醫院探視，夫人還是目光炯炯地在呼吸罩下對他微笑。這個微笑，還是彼此間終其一生的那種微笑，不切膚，無誠意，亦缺少溫度，是帶了高貴面具的恰如其分的敷衍。他領受著，也習慣性地還給她同樣的摹本。等到走近，並在床前的椅上坐下，夫人示意他掀開呼吸罩。他以爲她想喝水或牛奶一類飲料，便小心翼翼做了。然而夫人推開了他送到嘴邊的水杯。夫人示意他坐下，喘了口氣道：「有話跟你說……做了三十多年夫妻，你愛過我嗎？」

查理正點頭欲坐，倏又驚起。對於不會也不屑於說謊的人，尤其在夫人病危的時候，這是一個足夠驚悚的話題。

愣了片刻，他終於搖頭。然後戰戰兢兢等著對方發作。

夫人卻如釋重負，笑了。這笑竟與以往大不同，是由衷的，不敷衍。

「那就好，否則我會欠你太多。」她喘了口氣，「我也不愛你，從來不。」

那麼，當初她與他戀愛結婚，當眞是爲了掩蓋某種眞相？

「難道你不是？」夫人面色潮紅，眼神卻極其犀利。

查理說：「我不是。我只是不想違逆母親的心意。她希望她兒子娶一位出身高貴的太太，從而不辱沒她父親的王者血統。只要她覺著你是合適的人選，我便樂意。當然，你高傲、美麗，也讓抑鬱不快的我滿足了一時的虛榮心。」

夫人沉默了，髮梢凌亂地散落枕上。結婚幾十年，她是第一次聽丈夫談與她的情史，而且是在如此的語境之中，如此的口吻。她還是有無法抑制的傷感。

她又開始喘息。胸脯起伏，胸腔裡像有濁浪翻滾，聲音很響。

查理不敢往下說了，俯身替她揉著胸口，自己心裡也陣陣疼痛。

她平復著傷感，便也平復著喘息。然後偏過臉來，與查理眼睛對著眼睛。她說：「我的隱情是，我的性傾向有異，我不喜歡男人。而在當年這是不可饒恕的，尤其在貴族或布爾喬亞家庭……所以，對不起！」

這回輪到查理大驚失色了。他應該想到的，那個隱隱綽綽存在的情敵竟然眞是一個女人。

夫人如被抽了經絡，融化了骨骼，強撐的身體慢慢癱成一堆泥，扁在塌陷的被褥裡，五官是透明的慘白。

「你是多麼敏感的人，猜得到的……」

是呵，除了她，又能是誰？

他晃了晃腦袋，不想思維繼續拴在這個不堪回首的路徑上。他重新拿起呼吸罩，要給夫人戴上。夫人用手背擋了擋呼吸罩，用最後的一點力氣對他說：「等我死了，去找那個你曾想爲她離婚的女孩吧，我見過……她適合你。」

「你見過？」

呼吸罩下的夫人又陷入了昏迷。

從此再沒醒來。

醫院的花園不大，一條小徑便把查理帶到了攔著圍牆的邊緣。雖是邊緣，卻有豁然開朗的寬闊。幾棵稀疏的梨樹，綻放著滿樹繁花，把稀疏的空間染成雲朵和飛雪一般的白。突然間，一個綠衣女子從那片白裡隱現出來，彷彿披了一身枝葉。查理大驚失色，正是那個叫阿格特的女人。她不是早死了嗎？爲什麼竟又出現在此刻的梨花下，難道眞是她的幽靈迎接她的女友來了？

阿格特在梨花的雲雪中向他笑著，就像當年他倆的第一次見面，紛繁的白花映襯她湖綠色的連衣裙。她笑得與花一樣紛繁，笑完了，落英滿地。夫人挽著查理的手臂朝她走去，走到近前，她早已不笑，查理看到一張落寞哀戚的臉。當時還是未婚妻的夫人介紹說，她是我的閨蜜，她叫阿格特。

阿格特很漂亮，卻身形纖弱，膚色蒼白，是那種弱不禁風的病美人。雖然她的金髮碧眼跟那些胸乳飽滿的女人有另樣的性感，但查理絲毫也察覺不到被挑逗抑或被誘惑。

直至今天，剛剛，方才知道，她的美本來就與男人無關。

怪不得夫人走得如此捨得，如此決絕，想來這世上已沒了她留戀的人留戀的物。自從阿格特死後，她即便活著，也只剩了皮囊。

他怎麼就不曾想到，夫人的冰冷高傲後面，竟有如此偏執的同性認知和瘋狂愛欲。

夫人說得沒錯，查理你是應該猜到的。

是呵，不堪回首的婚禮便是第一個佐證。哪個新娘會在自己的婚禮上只跟新郎跳一支舞曲，而且是無奈的敷衍，笑容淡薄得找不見。她甚至拒絕了她父親極爲紳士的誠邀，而只跟某一個人耳鬢廝磨地跳貼面舞，這個人便是阿格特。若擱在今天，或許也沒那麼惹人眼目，但三十多年前那場屬於上流社會的婚宴，足夠驚詫全場並令許多表情變臉了。披散著金髮的阿格特本就是不和諧的一種悖逆。她眼窩深陷，一張尖峭的素臉慘白如紙，再與新娘的濃妝淡抹，婚紗、珠寶相對應，便無中也生有地演繹出欲蓋彌彰的悲劇儀式感。直到筋疲力竭，阿格特才肯拋下新娘，拖著夢魘的步子和身體，隱進幽蔽處一杯接一杯喝酒。醉了的阿格特趴在桌角像癱軟的一條病犬，醒過來，又歇斯底里推開狂歡的人們，一頭倒進新娘懷裡，嚎啕大哭，比生離死別還悽惻……四周的喧囂戛然而止，賓客面面相覷。一場布爾喬亞式本該喜慶奢華的婚禮於是變得詭異而乖張。

歡宴結束，查理在婚床上問他的新娘：「阿格特怎麼回事？」

新娘說：「她不久就要嫁到冰天雪地的北歐去了，她不捨。」

「不捨你？還是法蘭西、巴黎？」

新娘答非所問：「你沒覺著痛苦的阿格特具備了恆久的悲劇美嗎？」

查理的若有所悟遲到了三十多年。當時他怎麼就沒想到她們的這層關係呢？其實不是沒想，而是根本不敢想，在同性戀仍爲情愛形態不齒的那個年代。

多年後的一天，查理一家正在用晚餐，門鈴響了，兩個幼小的女兒歡叫起來。這個家通常都是沉悶無趣的，很少有人串門，姊妹倆童稚的快樂幾乎都被關在了門外。所以門鈴帶給大人是不期而遇的騷擾，帶給孩子卻是歡喜。夫人離開餐桌起身去開門，隨著穿堂風灌進來，查理聽到了夫人尖嘯的驚呼：「阿格特！」

腳步聲從門廳颼颼踏過來，如突兀而起的一陣風。查理抬頭看時，一個女人頭戴絨帽，身著臃腫的滑雪衣褲，肩上一個大背囊，在夫人笑成一朵花的興高采烈中站到了跟前。帽上衣上雖不見積雪，卻依然給人從北極雪原踏著冰靴馳騁下來的感覺。

「您好，查理。」阿格特的招呼除了禮貌再無一絲其他累贅。她甚至來不及問安結束便與她的閨蜜摟抱親吻。這個吻很長，長過了查理的修養與耐心。兩個小不點也起勁地敲打杯盤以表達被冷落的不快。

兩個女人卻忘乎所有，目空一切。

後來知道，阿格特與北歐的冷男離婚了，原因不明。其實冷男不是冷男，是他嫌阿格特冷。夫人同樣帶著冷傲揶揄道：「她冷嗎？」查理說：「我看她與你在一起比誰都熱。」夫人的嘴角上揚，露出那種不易察覺的沾沾自喜。

阿格特就此留了下來。

查理一家的住房是他繼父的祖產，是那種都市裡的別墅，樓上樓下有兩個廳三組帶起居衛浴的臥室，不過分奢華，卻舒適寬敞，外面還有不大不小的一個園子。查理喜歡這棟老樓，便從繼父手裡買下。當時繼父開出的價位很公道，但以他的積蓄捉襟見肘。母親心疼兒子，幫他墊付了些，其餘部分還是從銀行貸的款。所以當妻子提出要挽留阿格特在家裡小住一段時，查理心裡不願意，嘴上難以拒絕。夫人說問過阿格特了，她沒有錢，願意幫忙看孩子和做些家務來抵食宿費用。夫人還說阿格特從來不是拜金主義者，否則她也不會從北歐的冷男處空手而歸。查理當時便疑惑，阿格特出身貧寒，怎麼可能一腳邁進一腳跨出都不考慮生存要義，是背後一直有個錢包豐腴的閨蜜撐著嗎？他當然不會問，夫人更不屑答。

問題是一個家從此亂了。亂不在表面，而在內裡。查理下班回家餐桌上經常沒有備好的晚餐了，每天換下來的襯衣也洗熨不出來了，床上用品也不再每週換洗一次保持清香熨帖的舒適感了。本來就不頻繁的夫妻生活更是稀疏到了零極限。這些都無所謂，因爲查理在外正有個小情人熱戀著，家裡的餐桌冷冰冰，他可以陪小情人去巴黎無論哪個餐廳用晚餐，再加上一曲音樂、幾朵花，正好談情說愛。讓他不高興的是，家裡兩個女人，卻幾次錯過一個托兒所一個小學校放學接孩子的時間，老師不得不把電話打到辦公室，催促他這個同樣不盡責的父親去接眼巴巴等不到媽媽的孩子。有一回他忍不住發了火，夫人竟回頭嗆他一句做父親接孩子有什麼可抱怨的。夫婦倆是從來不吵架的，那次也算不那麼溫文爾雅了。

膠著的時候，阿格特也從她那間借住的屋子裡跟出來，頭髮亂蓬蓬，一臉鏖戰後的繾綣與興奮。身後的房門開著，房裡永遠都是飽滿的雜亂，夫人正是從這雜亂中走出來。平日裡極其端莊極其淑女極其潔癖的妻，眼裡容不下半點凌亂與汙垢，如今居然變了個人似的，再不要她一個貴婦潔身自好的倨傲了。阿格特勾著她的肩，用綠瑩瑩的狐眼不聲不響乜著查理，說不清是鄙夷還是敵視。反正不是友好。查理恨不得扔句抱怨什麼的給她們，還是隱忍了。
阿格特竟在背後吃吃笑了。那笑非但無聊，還讓查理覺得淫蕩。
直到有一天，夜裡已經發病的女兒仍被不知情地送去上學，結果因大量出血昏迷，被SAMU一路呼嘯送去醫院急救，差點斷送了小命。事故之後，阿格特才在夫人父母親那種委婉卻斷然的貴族式驅逐下離開了查理家。那時女兒尚在住院，查理沒有親見，據說阿格特是背著她的背囊走的，說是從此要去流浪。夫人一路送她，兩人抱頭痛哭。
這是查理最後一次見阿格特。隨後人去影散，她在這個家裡留下的疑慮也漸漸淡薄。現在想來，曾經發生的一切都順理成章了。夫人在臨終前把隱祕全盤托出，是她自己的情感需要還是對他人的一種交代？其實都無所謂了，既改變不了過往，也鞭策不了將來。
但是，夫人還是把他已結了繭的內心撕開了一層皮，裸出不爲自知的脈動。之所以不爲自知，是因爲它是間歇性的，帶有更多的本能，稍縱即逝。如失憶者靈光驟現，如廣袤夜空流星墜落。二十多年前那個比他小了整整二十歲的女孩果眞屬於過他嗎？不愛他的夫人怎麼就會說，她適合你？
查理恍惚了。眼前的草坪、小徑，還有梨樹梨花，都在一瞬間褪了色，變成黑白電影。
這部電影在夫人下葬後的幾個月裡一直斷斷續續放映。終場，查理走出他的影院，開始尋找宛若前世的這個幻影。他沒有她的其他信物，只有那些當年來自於北京—巴黎的如癡如狂的信箋。雖然再也不用藏不用掩，終於可以捧在手裡日日看夜夜讀了。但那裡面，只有她的青春年華，太清麗，太蓬勃，相對於正漸漸老去的他，已難以對接，心有餘而力不足了。
所以，他想找到現在的她。她也已然長大，變老，不是嗎？

## 重逢依舊

繞過雙偶咖啡館裡密密匝匝的桌椅，我朝那個背對著我，原本深褐色如今花白的後腦勺走過去。我走得很怯懦，踩著自己撲通撲通的心跳聲。

查理舉著杯，眼睛根本不往門那邊看，只顧頷首低眉凝視杯裡翻滾的冰塊在金黃色液體裡越變越小，彷彿那也是一個奇蹟，而我的到來與否，反倒不在期待之中了。我的不甘代替了怯懦，伸手搭向他的肩頭，他卻突然一個迴旋，攥住了我的手。我朗聲大笑，「這可不是你的風格噢。」原來我就是那個杯影裡的奇蹟，他一目了然呢。

在他對面坐下，我習慣成自然地要了一杯咖啡。與他分手至今，我已忘了威士忌的滋味。他卻不依，執意替我加要了威士忌。我笑他也嘲諷自己，「無須用酒壯膽吧？」

他問我：「你好嗎，這麼多年？」

我張開兩臂，做了個大氣球飛翔的姿勢，「你覺得呢？」我不諱言自己意味著衰老的肥胖。

「誇張了吧?!」他打量我，不掩飾他的欣賞。「你知道的，作爲繁衍於草原的蒙古人，我崇尚女體的豐腴。骨感是現代審美語詞，我則喜歡懷舊。」

我笑道：「法蘭西的幾十年算是虛度了，你比以前更中國。」

「Non，」他頓時低沉下去，「你以前說過的，我是兩棲動物。我任何一個岸都上不去。」

我們轉而用漢語對話。我知道這是他希望的。但離開學校離開他的這些年，我的漢語疏於習練，已覺得拗口。

他說：「記得你在最後一封信裡告訴我，你將會做呂伽的新娘。他不也是中國人？」

「我是嫁過他，還有了一對孿生姊弟，最終，離了。」我攤攤手，表示對自己的遺憾。「況且，他只說方言。」

「噢。」他不言語了。但我覺出他對我的離婚並不意外。下意識地，我也反問一句：「你呢？都好嗎？」

他有稍稍的唏噓。「女兒早已成人。我太太……死了，前不久。」

「對不起！」

他搖頭，轉而平淡。「我在她死後五個月開始找你，找得不易，最後查到呂伽的信息，才投了轉給你的這封信。我很抱歉打擾到他。」

信是寄到呂伽家再輾轉到我手的，那時呂伽正在住院，所以遲了。「你眞不該打擾他的，他病了。」彼此都有些尬尷。四周靜下來，嘈雜的人聲彷彿退潮似的遠去。

「可是，我必須找到你。」他的手臂從小桌對岸伸過來，再次逮住我的手，攥在自己掌中。「我已錯過你多年，再不趕緊找怕是沒時間了。」他掌心灼熱如火，掌背上一小塊淡褐色清晰可見的老人斑。我一陣揪心的痛，像不期而至，又像蓄謀已久。

我一動不動，任一隻手在他掌心燃燒。我雖沒有他老，也不再是當年那顆半生不熟的青橄欖，我已學會傾聽自己的心聲，知道自己要什麼。面前坐著的這位老者，頭髮開始稀疏，皮膚開始起褶，早已沒了當年的風流、風采、風度，但我觸摸得到的魅力永在，猶如他身上一如既往散發著的同一牌子的古龍水的氣息。說到底魅力並不代表別的什麼，只是在他眼眸裡，看見眞眞切切的自己。我的喜怒哀樂，我對人世間的所有表情，都是那兩汪藍波裡綽約的倒影。於是我在心裡認同著自己，不要懊悔幾十年前的拒絕，只要肯為錯誤買單，什麼時候都不遲。

我站起身，他也站起身，我們相伴著走出咖啡館，宛若一對從未分離過的老情人。恰如初戀那一天，我們手牽著手，與推門進來的沙特撞了個滿懷。

一路無話。只有風輕輕地帶著我們走，朝前，拐彎，再朝前。夏日的晚風一絲溫熱，一絲清涼，適合思維跟著腳尖，慵懶地懷舊。等一點一點醒過神，我已站在老舊的黑漆電梯裡咣噹咣噹地往上升。查理居然再次把我帶向聖．日耳曼大道街角的那幢十九世紀公寓樓。是蓄謀，還是不經意？我裝出若無其事，心裡卻很亂。因為這裡先後有過我的兩個家。一個屬於查理，一個屬於呂伽。

好在呂伽已搬走。

三樓，還是那扇門，門鎖的雙彈簧被啓開的聲音簡直就是巨響。查理請我入內，我躊躇不前，生怕踩到什麼雷。查理說：「我從外省搬回這裡住了。」

房裡的陳設與二十四年前的空曠大不一樣了。滿牆的古畫，滿屋的黃花梨木器，還有史前的古陶青銅器以及唐俑宋玉清瓷等等古玩，正是多年後讓林一舟目瞪口呆的那種琳琅滿目。而我，自從認識了住在破園子裡的德拉布林先生，對中國古玩的興趣與鑒賞也有了長足進步，已非查理記憶裡那個一竅不通的小妞了。所以，當我兩眼放光，全身每一個毛孔都滲透出掩飾不住的狂熱與貪婪時，反倒讓查理稍稍吃了一驚。有那麼一個瞬間，我幾乎忘記了查理的存在，整個人中了魔似的沉迷到古色古香的誘惑中去。是查理幽幽的聲音把我出竅的靈魂召喚回來。「沒想到，你竟也瘋魔起這些東西來了。」

我揣摩他的話意，笑問：「這是不是也叫殊途同歸？」他曾是我最好的漢語教授，現在依然是。

查理給了我一個讚許的眼神，我驕傲的翅膀頓時飛起來。如果回憶沒錯，這個成語就是當年他教給我的。記住了他，就記住了無數那麼美好的字和詞。

查理開始一件件講這些古物的來歷。他的聲音蒼老沙啞，敘述沉緩凝滯，使所有典故都蒙上歷史塵埃，也讓我發現記憶裡這個不老的男人正確定無疑地老去。他腰背筆挺形若當年，心卻滿目瘡痍，如發黃的舊底片上孑然遺世的老樹。

我心裡開始難過，一點一點紅了眼圈。

他發現了我的難過，不說了，寂然看我，眼裡的情緒是空的，無波無瀾。

我忍不住唏噓：「這些年……？」

查理吸了口氣，「一個個國家穿梭往來，職業人都是如此在消逝的時光裡數著日子過，直到退休，無所謂好壞。」

我說：「去過外交部，說你退休搬去外省了，怎麼又搬回巴黎了？」

查理又吸了口氣，沉吟道：「太太死了，女兒嫁了，一個人留守空蕩蕩的大房子本也沒有什麼不好，只可惜尚有一絲苟存的念想，就被牽引過來了……這是母親的房子，你記得的，她辭世後留給了我。」

我裝傻，故意忽略他那一絲苟存的念想。「天哪，當年那麼小的女兒都出嫁了。」

「老二是眞嫁，前不久的事。老大，就是那個常要發病送急診的，神學院畢業就去修道院做了修女。準確地說，她嫁給了天主教。」

「不可思議啊，皈依宗教！」時下如此另類的女孩好像不多了，尤其像查理那樣的中法聯姻家庭。

彷彿窗外的暮靄突然湧了進來，罩住查理的臉，讓他的神情看起來陰晴不定，那遲緩的聲音也像是從幕後傳出來。

「沒有愛的家庭，還能指望走出心理多麼健全的孩子？」

「我想也是，一個錯誤的婚姻，往往不可避免會影響到下一代人的心理健康。」我其實是在說自己。

我的多馬與蘇菲，從小顛沛流離，做母親的還能觸摸到他們的內心嗎？

正試圖靠攏的查理和我，又被一條不知深淺的溝壑擋住了。

天色在緘默中暗下來，不開燈，已看不清彼此的面目。查理站起來，依然沒去撳開關，而是踱到窗前，並回頭向我示意。我走過去與他並肩站著。窗外華燈初起，夜巴黎的喧囂正井然有序地拉開序幕。我們站了好一會，終未感受到那種曾經撲面而來的激揚，雙雙黯然。

只得走回來，重在沙發上坐下，中間有意無意留了半個人的空隙。或許我們都知道，夜巴黎的喧囂已經離我們遠去，不可能再有以前那種裹挾之力了。我們若能走近，只剩彼此。

暗影裡，我聽見查理說：「能常常過來坐坐嗎？」他的氣息在半人寬的空隙裡軟綿綿地流淌過來。我感覺只有他的心在說，他的身體並無訴求，他甚至連手都沒再觸碰我。

「你慢慢想，不著急，我有足夠的耐心，等。」

爲什麼從咖啡館到查理的家，讓我們在同樣的下午有如此不盡相同的情緒演變？

## 關於修女的拷問

夏洛蒂走後，查理一夜無眠。瞳仁裡，晃來晃去的不是久別重逢的前女友，而是女兒塞琳娜和她身著清泠泠修女服的影子。女兒最終皈依上帝做了修道院的嬷嬷其實也沒什麼，任何境遇下，她都有自我選擇的一份權利。但如果事出有因，終是緣於她父母的錯呢？

小時候，患有血液病的塞琳娜總是很乖，即便鼻血淌滿衣襟，被大人們七手八腳送往醫院，也從來不哭。躺在急診室病榻上，睜大一雙無辜的眼睛，看醫生護士進進出出，蒼白的小臉總有安之若素的鎮定。發病多了，她反而有種雀躍的歡喜。問她，卻通常默默。唯有一次，被她例外地反問：「不生病，我怎能看到爸爸媽媽心疼我的樣子？」聽她這麼跟管家黑女人說的時候，餐桌另一頭的父母只能面面相覷。

查理開始感到不安。結婚八、九年，他已做了五、六年的爸爸，可他似乎從未把自己的心安置到這個大房子裡來。外人看來，這個年輕的布爾喬亞之家可謂門當戶對，男有才女有貌，物質層面的豐裕富足包括房、車、股票等等，也樣樣不缺。可是冷暖自知的精神層面呢？他與夫人都有良好的教育背景，他甚至稱得上學貫中西、知識淵博，偏偏夫妻間就是無話可談。起初他以爲是妻子對中國了無興趣，才延伸到對他這個中國丈夫也乏淡如水。很久之後才知道她嫁給他其實只爲掩人耳目，遮蔽被視爲大逆不道的性取向，這是中世紀以降所謂上流社會裡屢見不鮮的做法。至今回想歷歷在目的細節，查理都會不寒而慄。諸如那個初夜，他與他的新娘居然在上了婚床，互道晚安後仍是呼吸順暢，溫文爾雅。紳士是紳士了，淑女是淑女了，禮貌也是禮貌了，卻是赤裸裸反人性的虛僞。

如此畸形的情感狀態，會給敏感脆弱的孩子帶來什麼是不言而喻的。

終於到了那一次。家裡因長久寄宿著女友阿格特，夫人已無暇關注兩個女兒的衣食起居，塞琳娜和妹妹的一應諸事，統統扔給了管家黑女人。夫人總是跟阿格特黏在一起，不是聽歌劇看電影，就是名媛晚宴、社交舞會，無度地享用及消費奢靡的夜生活，像要執意把之前相夫教子的名門淑女的刻板統統顛覆。查理倒是一如既往，但他原有的規律便是除了度假，向來早出晚歸，一個星期見不著幾次面。黑人管家下班也是必須回家的，她同樣有自己的一群孩子，家再窮，也得養孩子。所以塞琳娜病了一晚上，沒人知情，次日仍由管家牽手送去上學。結果在課堂上大出血暈倒，被送入醫院急救。

電話打到家裡時，查理夫婦仍在酣睡。起得遲是因爲睡得晚。夜過大半，查理才從夏洛蒂的臂彎裡脫身而出，夫人則與阿格特纏綿依偎，在香榭麗舍貴族俱樂部的燈紅酒綠裡欲罷不能。家，早被他們置身度外了。

匆匆趕到醫院，女兒已從急診室遷到病房。細胳膊上吊著輸血袋，髮綹蓬亂的小腦袋陷進枕裡，窄窄的一張臉慘白得發青。看見父母俯下身，女兒鼻翼抽搐著，嚶嚶地哭了。

查理站不住了，熱辣辣的疼痛從腳底一陣陣淹漫上來。如果他沒記錯，這是女兒第一次在醫院病床上哭。

傍晚離開醫院回家，岳父母已在家裡皺著眉頭等他們。妻的父親曾是國會議員，沉默坐著也有說不出的威儀。她母親則言簡意賅給女兒下了一道最後通牒。

「你如果還想要你的家、你的孩子，就必須讓你的閨蜜離開。」她母親才不管阿格特是否躲在門後偷聽呢，下賤的女人本就是這個家所有不幸的直接隱患，她最好聽清楚了，這個家永遠都不歡迎她。

岳父母說完這番話就走了。他們的言辭極其吝嗇，吝嗇到一句對查理的指責也沒有。但沒有言辭並不等於沒有想法。如果犀利的言辭只爲阿格特而設，掩蓋的想法才是針對他這個不負責任的女婿的。查理的不安迅速膨脹，像一根線頭，挑開了口子，所有破綻都抖落出來。

他只好逃避，並在逃避中醞釀目標和去向。

那幾日，他沒去上班也沒去學校，白天去醫院守護女兒，晚上遲遲賴在聖·日耳曼公寓裡，讓夏洛蒂陪他喝酒，抽雪茄。他已改抽菸爲抽雪茄。

等到孩子出院，阿格特借住的房間已被騰空。她沒有當著查理和孩子的面與她摯愛的女友告別。生離，或者死別，在她的走是等同的詞義。

那個晚上，查理沒有出去，一直陪著剛出院的女兒，直到整座房子沉入恬靜。

他穿著浴袍從浴室出來，一邊擦著髮梢上的水，一邊走進臥室，看見夫人居然也沒上床，端端正正坐在絲絨靠背椅上，臉朝向臥室的門。

「你等我？」

她點頭。

不對啊，夫人上床幾乎從來不等他的。他猜想是阿格特的走，讓他有幸成爲她傾訴抑或打擊的對象。查理決定先發制人。

「正想告訴你，我愛上了一個女孩。」

夫人有點意外。不是意外丈夫有了別的女人，而是他毫不諱言的坦誠。她突然就說不出話來了。是他的坦誠把她也想坦誠的願望堵在了嘴邊。後來猜想，倘若不是查理搶先一步，祖露私密的人可能就輪不到他了。

夫人的嘴角挑起，露出不易察覺的嘲笑。「你想跟我離婚然後娶了她是嗎？」

查理搖頭。「不，我只想告訴你眞相，否則對你不公平。」

「那麼，現在我知道眞相了，你還有什麼決定要通知我？」

查理還是搖頭。

「決定非我一人可以做出，它關係到三個人。確切地說還包括我們的兩個女兒。」

夫人緩緩站起，開始解睡袍的腰帶。她說：「那就等你想清楚了再說。」

她拍了拍枕頭，上床躺下，又熄滅床頭櫃上的燈。氣息靜了下去。

查理還站著，頂燈昏暗地投射下來，像薄薄的一襲紙衣，遮擋不住空氣裡氤氳的涼意。他知道，那叫孤獨。

早餐桌上，塞琳娜不喝牛奶不吃煎蛋，甚至連刀叉都不動一下，就那麼蜷坐椅裡，像懨懨的一隻病貓。父母輪番哄她就餐，黑人管家還把塗好果醬的麵包塞到她嘴裡，也被一口吐出。問急了，便嗚嗚地哭，小腦袋埋進盤子裡。

最後還是管家牽她回房間，問出原由。

孩子說，她要絕食。理由是昨夜貼著臥室的門，她偷聽了父母談話的全過程。

關於離婚的談話也因此在一段時日裡偃旗息鼓。

當然，查理最終放棄離婚並非來自女兒的阻礙，而是夏洛蒂拒絕了他的求婚。

直到有一天，塞琳娜讀完了小學、中學、高中。

畢業會考前，兩位高學歷的父母很像一回事地把女兒叫到跟前。

他們問：「塡好報考志願了嗎？」

女兒眼睛乜著窗外，好像沒聽到提問。

母親說：「你文科比較優異，建議你報考索邦大學，那裡有全法最好的文史專業。」

女兒收回窗外的目光，瞟了母親一眼，噗哧笑了。笑裡全是嘲諷：你不就是那裡出來的，有什麼了不得的創建嗎？

父親則是迂迴的，更像懇求：「塞琳娜，去東方學院吧，爸爸希望你對博大精深的中國文化有一個基本的了解。」

「你錯了。」女兒斬釘截鐵把他擋了回去。「我又不是中國人，沒興趣了解你的中國文化。」

「但你父親是中國人。」查理簡直忍氣吞聲了。「相信文化與血緣一樣，有著先天的可繼承性。」

女兒更尖刻地笑道：「可你還有一半是法國人呢，我繼承得過來嗎？」

「夠了，塞琳娜！」夫人制止女兒。那是丈夫的軟肋，她怕會擊痛他。

女兒的心可沒這麼軟。她一不做二不休，揚起腦袋，音調高出好幾個分貝，「我已決定，考神學院，然後，做修女。」

「做修女？」

查理感到夫人的身體晃了晃，伸手去扶，抓了個空。模糊的視覺裡，眼看女兒捋一把披肩長髮，沉著堅定地走了出去。他的腦袋嗡嗡直響，充斥了亂七八糟的記憶碎片。原來，不幸的婚姻對女兒的剝奪甚於他自己。正是這樣的剝奪，讓她義無反顧走向了神。

Q

# 二次求婚

醒了一夜正迷糊入睡的查理被敲門聲驚起，趿著拖鞋倦倦地來開門，見是我，一臉驚愕。

我奪門而入。並一陣風似的對他說：「我必須馬上來見你，只為錯過了幾十年的一個道歉：對不起！當年不應該拒絕你的求婚。」

查理似乎沒聽懂，兩眼直愣愣瞪著我，爬滿皺紋的面容像塗了蠟，攪起隔夜的汗漬與疲憊，油亮著，晦暗著，無端地厚了一層。

我又說：「該接受道歉的豈止是你？還有我自己，我把唾手可得的幸福葬送了。」

他回過神，「你確定，葬送的是幸福？」清晰，縝密，一如既往。

我點頭。「我的一對兒女告訴我：媽媽你要抓住了，別放手！錯過一生可是白癡也不想要的結果。」

查理沉吟道：「可惜，我的塞琳娜早已跟不上這句話的節奏。」

「她的節奏重要嗎？關鍵是你自己跟上跟不上？」

「畢竟因爲我的原因，孩子失去了自由和快樂。」

我並不清楚查理到底做過什麼，才使女兒年紀輕輕逃離塵世煙火，起碼有一點我是不能苟同的。如果懺悔等同於殉葬，那麼救贖呢，僅僅是道德層面的一句虛言？

曾經睿智的查理果眞迂腐了。他此刻的表情是那種被歲月蒸發後的乾涸。

而我，一大早來敲門不是討要失望的。

於是我說：「我不準備做那個錯過一生的白癡……如果我想再嫁一次，你敢接嗎？」

蒼老的藍眼睛亮了亮，瞬即熄滅。查理喉結滾動著，艱澀地嚥了口唾沫，像自語又像問我：「你不覺得，遲了?!」

我差點相信他是被海洛因、嗎啡之類挫傷了大腦神經，否則怎會一夜之間裂變成兩個人。不由生出怨懟，早知如此，何必滿世界找我？

我不知該繼續站在他家穹頂下，還是掉頭摔門而去。

查理卻朝前邁一步，更近地靠攏我，兩臂如鵬鳥微微張開，像要擁抱我，身子卻是僵的，不被意識所指引。我由此窺見到他感性與理智的背道而馳，心不由得又柔軟成一汪水，搖曳生情。

我說：「只要愛在，永遠不遲。」

他還是同樣站姿，只把臉稍稍抬起，囁嚅了句什麼，然後看向白晃晃的天花板。我沒聽清他說什麼，但我知道他在重複我的話。

什麼時候變得我來牽引他了？我笑著，「二十幾年都過去了，我有耐心等你的第二次求婚。」我用調侃留下眞意，頭也不回地出了門。我聽見自己走下樓梯的腳步聲振聾發聵，比電梯咣噹咣噹的撞擊聲更響。

一天過去。一週過去。一個月過去。查理那邊竟沒有一絲動靜。

期間，新學年開始。蘇菲考進巴黎六大學醫，多馬去了巴黎七大學工商管理，姊弟倆要獨立，都搬進了大學村的學生宿舍，熱鬧的新家只剩下我，再次冷落下來。

有個不錯的法餐廳要聘我任業務經理，但我累了，不願重蹈這個行業，而想換份工作，當個教員什麼的，教教專業外的中文或者東方哲學ABC，也算學以致用。去了失業局登記掛號，一時沒有現成的缺。那時法蘭西失業率很低，不過要謀遂願的職，還是不易。好在我找工作不爲麵包乳酪，只爲工作著是美麗的。錢包已經鼓囊囊，一輩子吃穿大致不愁了。所以，我不慌。

只是從沒這麼閒過，不適應。尤其夜幕降臨，獨自一人在空房間裡走來走去的時候，寂寞會從喧囂的窗外向我圍堵過來，便不可抑制地想到查理。我的耐心受到挑戰。

終於有一天，查理打來了電話，邀請我去南部度假。他的聲氣被電話線擠壓得很單薄，莊重、渾厚甚至沙啞都過濾掉了，聽起來竟是年輕人的飛揚、跋扈。他沒多說，我也沒多問，我們都已過了凡事刨根問底的年紀，一切只靠意會。我平靜地答應下來，好像只爲排遣寂寞。

我在尼斯火車站下車，查理已在月台上等我。我們擁吻。是那種一般朋友的法國式擁吻。然後他笑笑，我也笑笑。我怎麼覺得他之前的委靡蕩然無存，看起來春風滿面的。

車站外的停車場上泊著他的車，深紅色，陳舊而保養良好的敞篷奧迪。上了車，我打趣道：「終於換掉老爺賓士啦？」查理搖頭，「沒換，仍在巴黎車庫停著呢。這是我妻子的車，度假時用，一直擱在布列塔尼的別墅裡。」

車沿著風光旖旎的海岸開了一程，拐入豪華遊艇成排列隊的港灣，再慢慢朝後面的山坡上爬。極目遠望，蔚藍色的地中海披掛著落日餘暉，波光粼粼，美得令人心動。我也曾經帶著兒女來桑托貝度假，也開著車，卻錯過了這一路的景致。可能時間節點不對，也可能心緒不對。

大約三刻鐘，車在一排白色的木柵欄前煞住。查理打開車門讓我下來，說：「到了！」

密匝匝幾棵橄欖樹，細碎的葉片窸窸窣窣，投下濃重而斑駁的綠蔭。我走進去，看見坡坎上一座背對我的房子。石塊壘築的老牆，刷了清漆的原木門窗，褪盡奢華，幽然一派古拙端厚。穿堂而過，即是另一番天地。白紗飄曳的落地窗前，是大面積的曬台，花崗岩鋪地，遮陽篷半開半闔，藍白相間的底色裡兜了一抔如火如荼的晚霞。再拾級而下，便可徑直撲到游泳池的碧波裡去了。泳池不大不小，大可稱霸一片曬台一座別墅，小到渺然如滄海一粟。因爲不管變換哪個角度，極目俯瞰的視野裡都是那一望無垠的地中海。人類爲自身的創建，何以勝過自然之大。進門前的白柵欄一直逶迤至此，接了榫，算是把一片私有領地周全地圍成了一個城堡。牆根下，離那橄欖樹遠遠近近的間隙裡，栽著低低矮矮的無花果樹，一棵，一棵，撐開樹冠上綠瑩瑩的傘，被南部的陽光滋潤著沐浴著，不知不覺便已掛滿沉甸甸的紫色果子。順手摘下兩枚，咬一口，甜糯如蜜。我跟在查理身後，咂吮著無花果的甜蜜，充滿了奇妙的感覺。這個城堡算不上非凡，卻有別致的私密，能藏得住寧謐和胸腔裡安靜的一顆心。

「這裡眞好！誰的房子？」

「我們的。」

我大吃一驚。「你在誑我？」

查理說：「假如你喜歡這裡的一切，我的第二次求婚便有了理由。」

二次求婚？他準備接受我的挑戰了？

我把目光烙鐵一般烙到查理臉上。他卻是雲淡風輕地笑著，很家常。

「你想通了？」我怯怯地問，問的是一個多月前的答案。我怕話一問出，夢就碎了。

查理不回答，表情依然家常。

我忍不住又逼上一句：「你，怎麼就想通了？」

查理終於笑得燦爛一些了，久經雪茄熏黃的牙抿著下唇，彎成一道細弧，帶出難得一見的俏皮。

他說：「其實你一走我就想通了。我不能親手毀掉最後的幸福，去還女兒的感情債。所以，這一個月來，我努力做這一件事，把原來住的家和布列塔尼的別墅賣掉，買下桑托貝的這棟房子。我喜歡這裡。相信你也跟我一樣。」

我噗哧一聲笑了，「這算是你的求婚了？」身心飄颺起來。

「你是願意跟我在一起的……對嗎？」查理又突然變得羞赧和不自信起來。眼神猶疑，臉上每一個細部都呈現出老男人歷經滄桑的溝壑。

我躲著他的猶疑，感覺皮膚微微灼痛。我決定無視他的猶疑，「我說過的，我會等你。」

「對了，還忘了告訴你，我最喜歡吃無花果。」

查理給我準備了舒適的臥室。就貼著他的臥室，一牆之隔。夜深了，彼此的窸窣聲就在牆兩邊的黑暗裡瀰散開來，點撥著各自或隱祕或明朗的諸多心事。

輾轉反側中，我感到身體的飢渴。一個四十多歲的女人，性幻想是直接而赤裸的，尤其背靠曾經深愛的男人。一堵牆別說不是壁壘，連一戳即透的薄紙都不是。但是我勸住了自己的欲望，我想設身處地給對方的預謀一份起碼的尊重。查理畢竟不是二十四年前那個風流倜儻的紳士了，他搬來這麼一堵牆，總有其含蓄的深意，有其不得不爲的無奈。我只能誠懇而耐心地等，等他自己終將而至的揭幕。

白天則是陽光明媚的。哪怕各有各的隱祕，表面看來也心無芥蒂。我們像年輕情侶那樣，手牽手去桑托貝逶迤的石板小街閒逛，買一兩只手工繪製的陶罐，再買幾束當令鮮花，紅紅綠綠捧回家，擺插在裡裡外外的各個角落。再換身衣裝，漫步到擠擠挨挨泊滿遊艇的港灣，坐在蘑菇雲般撐開的遮陽傘下，斟一杯白葡萄酒，品嘗地中海最美味的海鮮大餐。然後悠然返回，在泳池邊的躺椅上小憩，或乾脆泡到水裡魚一樣漂著，仰對藍天白雲，作一個又一個連貫的白日夢。夢醒，總能看見早已早在岸上的查理對我的注視，深邃的眼眸在陽光下藍晶晶的，發亮。

這樣的白天太美，美得人流連忘返，不再想走進黑夜。

三天後，恰是週末，蘇菲姊弟該從學校回家來了。我走之前已把食物塞滿冰箱，蘇菲手藝不錯，可以下廚做幾道喜愛的菜犒勞自己和弟弟。我撥電話回去，與兩人輪番聊了一會。我把當時所留紙條的內容複述一遍，並徵詢他們對我受邀來南部的看法。蘇菲咯咯地笑個不停，一直笑到電話這頭的我都不好意思起來，才說：「我舉雙手贊成，哪怕再老，愛的權利不老。更何況母親不老，比我都漂亮呢。」還不無醋意地調侃道：「只是便宜了查理那個老傢伙！」多馬更是一副成熟男人的口吻：「親愛的母親，別再猶豫了。你的兒子女兒都已長大，你應該有份自己的生活了。大膽追隨眞愛去吧，我們支持你！」

查理進來時我撳下電話按鈕，刻意讓他旁聽我們的交談。查理並不裝，佇足而聽。直到我撂下話筒，他才由衷地讚歎一句：「你的孩子眞好！」

「是呵，這是做母親的驕傲。」

其實我更想告訴查理的是，這份幸運絕不是天上掉下來的餡餅。最終沒說，是怕碰觸到他的隱痛。

桑托貝的最後一夜，我早早躺下了，卻睡不著。睡不著是因爲心裡亂，對查理的依戀和怨懟糾結著。

我等他敲門，想像他披著睡袍，秉燭站在半開的門楣下對我性感地笑。但這類蠱惑終究是我的想像，沒有成爲現實。他到底在等什麼，等我給他那個貌似的求婚一個絕不迂迴的承諾？我是極願意的，但他總該給我表達的氛圍與語境，總不能讓我直接敲開他的門，赤裸裸撲入他懷抱吧。我們畢竟不是十七八歲的少男少女了，又分開二十多年，愛即使都在，也不可能不褪色，不疏離，重返的路須有牽引。

月亮潑灑著明晃晃的銀屑，紛紛揚揚飄落於窗外的游泳池裡，又把皎潔澄淨的光波反射到我的床前。我忍不住翻身坐起，下床窸窸窣窣走去，踩散那一地波光。我走向門口，捏住把手輕輕旋轉，準備開了這扇門，去敲另一扇門。我下意識地在黑暗中追逐光明，就像夢遊患者，被一股力量推搡著，想回頭都不行。

然而門開了，從外朝裡把我一起推開，是查理。他穿著睡衣睡褲，懷裡抱一個長方形的暗紅色皮匣子，很像裝小提琴的箱匣。廊廳的頂燈微弱地亮著，查理的臉上明明暗暗，莫衷一是。但我知道這不是我的想像，是現實。

他終於來了。在我即將推開他門的時候。

他走到我面前，神情不再猶豫，腳步不再遲疑。他把皮匣子遞給我，我接過來，皮質閃著暗光，沉甸甸的。「這是什麼？」我問他。

「我母親留下來的箱匣。當年我外祖父在新疆戍守邊防時，大總統袁世凱的北洋政府就是用它千里迢迢傳遞政令文牘的。不過它與裝在裡面的東西無關。」他努了努嘴，意思是說，你打開看看。

我把箱匣擱到桌上，掀開蓋子，裡面竟是厚厚一摞繫著藍色絲帶的信札。粗劣的航空信封，右上角熟識的飛機圖樣。

我在北大寫給他的信。

「當年你在聖．日耳曼見過的。一百四十七封，一封不多，一封不少。」查理說。

「你居然都留著？」我驚訝。

隨意抽出幾封，拆開來讀。眞是矯情、瘋狂，連字縫裡都是滿滿的 Je t'aime（我愛你）。重溫年輕時的愛情，難免窘迫，也被感動。我轉過臉，不敢直視面前這個曾經讓我愛得片甲不留的男人。

查理卻安安靜靜說：「信留著，心就在。」

我一下子被擊倒。就像二十幾年前的那堂中國歷史課。

不同的是，久經珍藏的情愫發酵了，熟透了，結出另一串不同滋味的果實，有甘甜，更有複雜的深邃。眼睛潮熱，用手去抹，濕了。

我放下信箋，拉起查理的手，一步步向床榻走去。我覺得我們就像一對老夫老妻，已經同床共枕了數不清的夜晚。消逝的流年正飽滿著此時此在的胸臆。

## 五年之後

匆匆五年。

查理說：「有了這五年，此生足矣。」可見，有了夏洛蒂的日子，雖平常，卻豐盈。查理看上去越來越年輕。

結婚前夜查理問他的新娘，「有了你，我此生的願望只剩一個了，回中國看看。你會陪我去嗎？」

「當然，北京也是我的故地。」

查理感慨。在他早已死去的那樁婚姻裡，他也不止一次問過另一個她，回答不用聽，只能看。或倨傲，或輕慢，都是千篇一律的不屑，揚起眉梢，撇下嘴角，踅轉身飄然而去。

一個吻。由感慨轉換爲感激的吻。查理的吻很輕，只有愛他的女人才能品咂含蓄裡的深情。

因此，這匆匆五年，他們爲之努力的事只有兩件：一件是愛的付出和領受，另一件便是回鄉的準備。愛享受到極致，回鄉卻遇上了麻煩。簽證的麻煩。因爲查理外交官名義下的職業間諜身分。

原以爲，一個退休老人，前朝蒙古王公的後裔，只要他自己放下隔膜和餘悸，邁出第一步，總在被接納之列。但是每隔一年，他從中國領事館遞進去的法蘭西護照，都會在一週之後從同樣的窗口退出。沒有拒簽的理由，只有嚴肅而略帶歉意的一句對不起。

人家不明說，你便失去解釋的餘地。幾十年來，他作爲一名爲國家工作的職業間諜，從自己出生國獲取的唯一情報，就是關於外祖母眞相模糊的去世，難道這也成爲被拒之門外的理由？

查理很沮喪。內心積澱的塵霧又沉渣泛起，如黑灰的一面大旗，時而展掛眼前。

夏洛蒂心疼他，摟住脖頸，對他耳根安慰說：「別灰心，有我呢。」

第六個年頭的春天，他們沒像往年那樣迫不及待趕回南部桑托貝，而滯留於巴黎聖·日耳曼。夏洛蒂獨自揣了查理的護照去領事館，招呼也沒打，用她的中文說，是先斬後奏。她居然跟簽證處的中國官員約了時間，要求替丈夫陳述原委。約會那天，她特意穿了一件中式緞面夾襖，中國紅，前襟兩排精緻的盤扣。這身打扮顯然不是廉價貨品，而來自高檔名品迪奧，中式贗品，中國風系列。當年她嫁給呂伽時，呂伽專門爲她定製的。很久沒穿了，顯得窄小，繃在身上有點緊，但還是風姿綽約。又在上面披了條愛馬仕綢巾，也是中國風，所謂相得益彰。她依依裊裊去了，一進門就讓領事先生眼前一亮。坐下來，領事爲她沏了一杯茶，她用純正的漢語說謝謝，並不失時機補上一句：我可是曾經留學北大的。友好的外交斡旋便在輕鬆愉快的氣氛中展開。

她有流利漢語，又有兩任中國妻子爲人處世的謙恭含蓄，加上東方哲學的教育背景和商界女老闆的圓滑，講述查理的故事可謂駕輕就熟，尤其故事中的一些片段還是親眼所見。說到動情處，端著的任何姿態都假了，乾脆唏噓落淚。領事先生先還要來點外交辭令的，隨後便不由得跟她入了戲。

然後，她把簽證資料輕輕擱在領事先生的辦公桌上，用查理式的傷感說：「都退休多年的老人了，思鄉心切，爲什麼就不能放他回去看看呢？」話依然是委婉的，對方聽來卻有質疑的意思了。

一週過後，查理接到簽證處的電話。電話說：他的簽證批了，請他去取。

事先並不知情的查理暈頭轉向，不知這幸運美妙從何而來。

忙碌起來了，賦閒的兩個人。安排行程，準備行裝，調整心理，還有……模擬一種回家的表情。查理覺得這才是最爲難他的事。作了幾十年的夢，一旦成眞，他更戰戰兢兢了，不知道該用怎樣的心境去面對這一切。兒時的記憶蜂擁而至。外祖母賢淑端莊的表情。母親高貴霸氣的表情。還有相片上外祖父梳著辮子戴著官帽穿著清裝卻清臒超拔的表情，留學日本振武學堂以及後來衛戍新疆統兵打仗戎裝獵獵威風凜凜的表情，等等，等等。而他自己，什麼樣的表情最適合他？

有些事情可以準備就緒，有些事情不可以，只能臨場發揮。想明白難道不也是一種就緒？

查理打開了母親留下的黃花梨木大立櫃，從裡面翻揀到最古色古香的五六個錦盒，外面裹著布袋，也是早年的布，紥染藍花。查理逐一拿出裡面的畫細細看。都是歷代收藏的古畫，由母親傳到他手裡，其中包括夏洛蒂從北京帶回來的劉紹祖和張雨。唯有最珍貴的趙孟頫趙子昂，沒了！這幾幅畫，他小時候仰頭陪著姥姥在老牆上看，後來陪著母親在維瑞奈大別墅裡看。再後來，母親繼父先後去世，弟弟對中國藏品沒興趣，單單要了那棟空房子，所有內臟包括整堂黃花梨木器都歸了他。這時他反倒捨不得掛了，百般呵護地壓了箱底。有時夜深人靜睡不著覺，才翻出來細細揣摩，獨自品咂。那一刻，便是他神仙逍遙的時刻。

他的目光終於停在最後一幅畫卷上。停了很久，才慢慢移開。然後低頭沉思，下頷抵至胸前，竟是耶穌受難時那種悲愴的面容。他喃喃說：「該告別了。」

天黑了，夏洛蒂走進來，看到桌上整整齊齊摞著的錦盒，問他：「又看你的寶貝畫兒啦，怎麼不叫上我？」

他輕輕瞟了她一眼，神情穆然，說：「這回去北京，我想把這幾幅古畫捐了。」

「你瘋了？它們可是土爾扈特家族的寶貝。」

「更是中國的寶貝，不是嗎？」

她急了，「尤其松鼠與白菜，姥姥拿命保下來的，你別告訴我你不在意。」

「因爲在意，才要把它們送回家。」越提姥姥，越堅定了他的想法。

她於是明白，查理只是把決定告訴她，並沒準備與她探討捐不捐的問題。查理的做派一向紳士，但紳士外衣下並不眞的那麼溫良恭儉讓，有時竟是不動聲色的霸氣。她知趣地安靜下來。

查理沉吟著，眼裡那種藍幽幽的光在錦盒上梭巡。「中國有句俗話，生不帶來，死不帶去。如果有一天我們都死了，這些東西留在國外無異於一堆廢紙，只有帶回去才能成全老祖宗留下的瑰寶。」夏洛蒂覺得這由衷之言並非通過查理的嗓音迸發，而是由心裡那一點點浸淫開來的曠達演繹出來。

爾後，查理又把臥室裡的那只鳳枕拿過來，用紅綢包裹也裝進錦盒。「這只秋梨子也要帶回去，不捐。如果我們去了新疆，有可能爲外祖父修葺墓地，就把它作爲陪葬埋進新墳。這是母親生前囑咐的。她與大舅曾有過約定，可惜人散了，再也聯繫不到。」

啓程的日子迫近，查理的身體卻出了狀況。先是咽喉喑啞疼痛，咳嗽不止，繼而咯血，退不下低燒。其實他飲食喝水的呑嚥困難已有時日，因準備回國，便有意無意忽略。這天晚上開窗吹了點風，後半夜就發起高燒來，燙得像個火人。

次日即去約會家庭醫生，診斷爲感染性肺炎。但平日幽默的家庭醫生一句玩笑也沒說，唰唰開出一摞檢驗單，催他立即作檢查，不能延誤。查理問：「一個肺炎，値得如此大動干戈？」大夫連連擺手，嚴峻地說：「這回不一樣，您可能遇到麻煩了。」查理低頭看手裡的單子，居然都是關於食道檢測的：食道X光鋇劑攝影，食道超音波、內視鏡檢測及病理切片，食道黏膜脫落細胞檢驗，心肺CT斷層掃描，等等。大夫還交給他一紙轉診建議書，讓他做完檢查盡快問診德儂醫院腫瘤門診中心專家愛德華教授。這個姓氏讓查理心裡一悚，意識到病情的險惡程度不容小覷。身體的這個部位，一直以來都是土爾扈特家族的軟肋，想起來脊梁骨就發涼。

一週內做完所有檢查，已是最高效率，大多走了急診管道。等到抱著一堆病理片報告單在德儂醫院候診時，查理已越來越感覺死神在某個角落對他獰笑。他把連篇累牘的檢驗過程都以各種藉口欺瞞了夏洛蒂，善意的謊言只想愛他的人少擔驚受怕。

候診的這位愛德華教授是老熟人了，他母親，他弟弟，都是經由教授的手送上了不歸路。不是愛德華教授醫術不高，這個白髮蒼蒼的老頭兒已是屈指可數的世界級胃腸道腫瘤專家，若連他也回天乏術，只能證明人類在戰勝更強大的病魔面前仍然束手無策。查理不時地抬腕看表，他聽到秒針的嘁嚓聲一直響到胸腔，與心跳匯成轟鳴。

假如此刻的他充滿焦慮、擔憂、畏懼，那也是宿命的無奈。他想像當初他母親在此接受終極審判時會是一種怎樣的姿態。母親是強悍的女人，高貴如她，死神面前的淡定和修養是必須的，無論眞實的內心有多麼怯懦。而他，既然是母親的兒子，也就別無選擇。

當他攥著報告單帶了刻意的笑容走進診室時，愛德華教授不得不露出幾分吃驚。雖然握手寒暄，緊蹙的眉頭卻一直沒有舒展。先把他帶來的病理片報告單統統審視一遍，再讓他躺到內室診床上，做了異常細緻的複檢，常規項目一個不漏。尤其咽管部分，還動用了一台小型檢測儀器，估計是最新研發的。然後回到巨大的就診台前坐下，等他穿好衣服出來。

教授用手輕輕叩著桌面，斟酌著，說：「您很不幸，沒能逃過家族病史的遺傳。當然，與抽菸喝酒也不無干係。」

「終於還是步了我母親我弟弟的後塵？」最後的僥倖破滅了。

「是的，」教授試圖讓診斷結果顯得輕描淡寫，帶點歉意說：「您的食道長了腫瘤，基本可以確定是惡性。不過，目前的症狀暫時只是肺部感染。」轉而沉下臉來，「早提醒過您，家族病史不可小覷，理性的行爲是戒菸戒酒。」

「那麼，我還有多少時日？」查理按捺住所有的不安和紊亂，提綱挈領地問。

「Non，Non，現在下結論太早。」教授說：「您必須馬上手術，耽擱一分鐘就多一分危險。希望糟糕的瘤子尙未轉移。」

從德儂醫院出來，查理強撐在愛德華教授面前的坦然皮球一樣洩了氣。他身體發軟，腳下一踩一個空。抬頭瞥一眼正午的太陽，光線灼灼刺目，照到身上卻是冰涼的。他站在大門外盛開的鬱金香花壇前，不知該往哪裡去。

回家肯定不行。夏洛蒂正翹首等待，他說什麼？

他把車開得很慢，猶如爬坡，車和人都氣喘吁吁。

終於到了聖·日耳曼大街，他在街口的巷弄裡泊下車，又走了一段路，拐進了花神咖啡館，找到最僻靜的角落坐下。他想到愛德華教授的叮囑，卻還是要了威士忌，小口啜飲。忍不住一陣痙攣，感到喉管裡灼燒的劇痛與吞嚥的梗阻。

應該意識到的，不是嗎？他悔恨自己忽略了四伏的危機，從而命懸一線。大半輩的掙扎苦等，終於有了夏洛蒂，有了回家的通行證，卻眼睜睜被自己弄丟了。愛德華教授說，如果立即手術，他還有獲救的機率。可盼了這些年終於即將啓程的回鄉之路呢？是不是注定就要被攔截了。心裡的揪痛比喉嚨的痛更甚。

是的，不甘。

既然是逃不過的宿命，逃也沒用，不如索性放肆，拿命去賭一把。他的一生像陀螺，被不停地抽打不停地旋轉，活出來的姿態早不屬於自己。這次反而有了主動權，或許可以做一次屬於自己的選擇。他要不要賭？

坐在「花神」的小圓桌前，查理就這樣喝著威士忌，胳膊支著下巴，以飽經滄桑的一束目光，投射到自己出給自己的關於生命哲學的命題。牆上大鐘左右搖晃，咖啡館裡人來人去，獨有他，一坐兩小時。終於起身，推門走到街上，臉上復歸平靜。

## 癌是宿命

查理回家時，已是暮色迷茫之際。晚霞從火紅到暗紫，神速變幻著色差。我心神不定地站在窗前，想像著查理以各種頹敗的面容走進屋來。

但是我錯了。查理眞的進來時，雖然倦怠，卻是如常的安然。「對不起，回來晚了。」

我擁抱他，揪著他的衣襟問：「你還好吧，檢查究竟怎樣了？」

他親一下我的頭髮，說：「只是扁桃腺炎症，發燒因它而起，大夫說休息兩天就好。」

「這麼說，不影響我們的行程。」

「當然，後天我們按原計畫飛北京。」

「ＯＫ！」揪了一整天的心終於放下。我踮腳吻他面頰，回頭進了廚房。

晚餐早準備好了，查理愛吃的炸醬麵。肉糜是鮮肉現絞的，醬是中國城陳氏商場選的，香港出品。兩任中國媳婦，多年中式餐廳老闆，我自覺中菜廚藝日臻成熟。查理總嫌香港的醬缺點老北京的味。我說巴黎能尋到這樣的食材已然不易，你就將就吧。

可是查理只動了動筷子，一口沒吃就放下了。我想怕是沒加辣味不對了，他可是一向挑剔吃食的人，但喉嚨疼成這樣，加辣豈不火上澆油？查理說不是的，只是累了，沒胃口。他倦倦地靠在椅背上向我求饒，「不吃了，行嗎？」他趿著拖鞋去了臥室，吞下大把退燒消炎藥，倒頭便睡。我跟進去，用濕毛巾裹著碎冰塊捂在他額上。這一刹那我發現，他的臉慘白如牆，上面那些溝溝壑壑，像被鋒利的刀又刮了一遍，不忍卒睹。我退出房間，聽見他的鼾聲在背後此起彼伏，風一般呼嘯。

他原是不打呼嚕的，睡態靜如嬰兒。

我沒敢再過去，怕驚擾到他，自己到隔壁屋睡了。又放不下心，半夜好幾次去觀察，並給他換新的冰袋。他一直高燒，一直昏睡，我幾番進進出出，都沒能讓他睜開緊閉的眼睛。我甚至覺著他的臉也一夜之間瘦削了，尖出一個鬍子拉碴的下巴。我不敢再離開，守在床邊，不安著，焦灼著，直到凌晨他退燒。睡意湧上來，剛瞇上眼睛，發現查理的手在輕輕摩挲我，無須睜眼，也能看見查理疲憊而深情的注視。他舔著脫了皮的嘴唇說：「累了你一夜，快去睡一會，我沒事了。」他嗓音嘶啞，聽起來空洞而遙遠。我趕緊站起身，「少說話，你需要恢復。我給你煮粥去。」之前我感冒發燒，或腸胃炎腹痛，查理都會適時端來熱氣騰騰的一碗粥，是我最受寵最被呵護也最溫暖的時光。我們這個年紀的愛與幸福，就是這樣。

喝了半碗粥，查理腦門上沁出一層細汗，看起來不那麼蒼白發青了。但我還是把他摁回床上。明天就要出發，他不養精蓄銳，如何上得了飛機。他挺聽話，乖乖縮回被窩，還想說什麼，被我手指豎在唇前「噓」一聲。「放心吧，不用你叮囑，我會把所有事項再檢查一遍，誤不了明天出發的。」

然而夜裡，查理又發起了燒。

直到次日午後在戴高樂機場昏倒，被響著警鈴的 SAMU 送往德儂醫院，我才恍然大悟他是患了致命的惡疾。必須爭分奪秒的不是上飛機，回北京，而是躺在手術台上，接受愛德華教授的切除手術，去掉身上那個毒瘤。

查理醒來時已從急診科轉至住院部。他發現自己躺在漆成暖色調的病房裡，抓住我的手問：「我怎麼躺在這裡了？」我沉下臉說：「你以為呢，飛機上？」我的怨懟是有理由的，瞞誰你也不能瞞我啊！查理頹然，「這麼說，北京我是終究去不成了。」我冷笑道：「作你的白日夢！愛德華教授已同我確認，等你肺部消炎，退燒，下週一食道手術。」

查理不像往常，一副求饒的好臉色，反而發起脾氣來，「誰說要做手術？問過本人意願嗎？我不會簽字的，我要出院，立即！」一通發洩把身邊的醫生護士弄得一愣一愣。我可從來沒見過查理這般不講理，三十年前年輕時沒有，婚後這五六年更沒有，一場病眞把向來謙恭的紳士變得失去了理智？跟著SAMU來醫院，查理的謊言以及食道癌讓我身心俱焚。但查理是病人，我不能發火，必須隱忍。我揪著心，退出了病房。

查理也掙扎下床，踉蹌著跟到門口，扶著門框呼呼喘氣。由於虛弱，說話如空穴來風，連暴躁都沒了威儀。人更像縮了水，只剩下橫橫豎豎一堆骨感。

「親愛的，我一分鐘都不想在這兒待，求你了，帶我回家。」

我回過身，凝視他。「你說過要愛我一生一世的，你確定嗎？」

他點頭。

「那就好。」我眼眶裡轉著淚，晶晶亮。「我不要你死，你愛我，你得活著。所以，必須手術，無權放棄治療。」

說完，我把他拋在門框邊，逕自走了。天藍色的走廊很長，空空蕩蕩的，感覺一直通向天際。我淚流潸潸，又慢慢滲回皮膚，只留下淡淡的兩行溝痕。

次日探視，我回到病房。查理正半臥床榻，眼神迷離而靜謐。

我走過去，把帶來的一束百合插到床邊的花瓶裡。查理轉過臉，對我笑。

「感覺好些了嗎？」我問。

「退燒了。」

他伸手把我拽到身邊，說：「我聽你的，接受治療。」

「你想通了。」

「是的，我想了整夜，爲他愛和愛他的女人活著，就是男人的責任和道義，哪怕活比死更難。」

「謝謝！」我俯下身，把心底湧上來的酸楚一古腦地吻到了他臉上。

## 影像裡的父親

手術。放療。化療。

簡簡單單的六個字，對於癌症病人，卻是穿越地獄萬劫不復的險惡之旅。不管終點是生還是死，蹚這一路便是死而復生，生而復死的循環。沒有人敢重溫這樣的噩夢。

查理挺過來了。愛德華教授說：「感謝上帝，食道腫瘤尚未危及肝肺及頭顱各部位。」

九個月，因爲治療的方便，查理夫婦從桑托貝搬回巴黎，棲居在聖·日耳曼公寓裡，過著辛苦而提心吊膽的日子。幸好有愛，如陽光照亮每個晦暗的日子。

那天，天寒地凍，窗外積攢著濃密的烏雲。當夏洛蒂把病號午餐——絞得細碎做成半糊狀的小牛肝端上來時，發現查理並沒有等在餐桌前。喚了幾聲亦不見回音，回頭去看，他其實就坐在拱形門洞的另一頭，用作客廳的壁爐前。一張皮圈椅遮蔽了他略顯佝僂的坐姿，背對餐廳。壁爐裡燃著通紅的火，正劈啪劈啪燒著。

她走過去，看見查理戴著老花鏡，眼睛瞇著，手擱在膝蓋上，捏了一張泛黃的舊照片。腳下滑落的，是新出爐的《GALA》雜誌。她以爲他睡著了，拿起沙發上的絨毯披到他肩上。查理一把攥住她的手，「過來，跟你說件事。」她踅到跟前，發現他滿臉是淚。

事實上，查理已默默哭完，臉上有淚也是舊痕了。他遞過手裡的舊照，問她：「知道照片上的人嗎？」

乜了一眼，看見照片上是個年輕男子，身著獵裝，腳蹬高筒靴，馳騁於烏黑油亮的黑駿馬上，看似英俊威武，實則儒雅甚至玩世不恭。仔細辨認，覺得面熟，好像在報章圖片上見過。「是不是呂岱斯公爵，那位虛擬的法蘭西國王？」低頭，遂又發現查理腳邊那本《GALA》雜誌翻開的彩頁上，也是同一個人。只不過老了幾十年，臉上滄桑多了，獵裝也換成了西服。

這個男子在上世紀中後期大致可算上流社會家喻戶曉的名人。因爲世襲公爵富可敵國。因爲風流倜儻熱中社交。更因爲還是雖做不得數卻依然有著虛擬頭銜的法蘭西國王。所以，連她這樣完全屬於兩個世界的人也能有意無意聽到些關於他的軼事閒聞。

當皇權與貴族爵位都在法國大革命之後成爲明日黃花的共和時代，仍有一批前朝君主的後裔以及他們的推崇者，宣稱擁有尊貴的王位或者前赴後繼復辟王位。雖然被公民社會帶些調侃地稱之爲王位申請者或王位覬覦者，卻依然是爲數不多的頑強存在。分別爲正統派的波旁王室，七月王朝派的奧爾良王室，拿破崙派的波拿巴王室。他們遊走於巴黎自成體系的貴族圈子，聚集在盧瓦河一帶以及星散於各個屬地或頹敗或輝煌依舊的古堡裡，視自己爲神聖，爲至尊，緬懷過去重複以往，過著與現世隔絕卻繁文縟節講究排場的日子。有錢的恣意揮霍，無錢的坐吃山空，他們既是隱匿的，又是逍遙的，是現代社會碩果僅存的一道舊式風景。對老一輩法蘭西人來說，仍是經久不衰的話題。

然而此刻，午餐時間，病中的查理似乎並不在聊這個話題的節點。她不由得心生疑竇，「你從哪兒翻出他的這些照片？爲什麼？」

查理看著她，眼神淒迷，沉默良久，才說：

「他是我的生父。」

沙啞的低音一經吹落便埋進地板的縫隙裡。

「昨天，他死了。」

她大驚失色。不因爲那個人死了，只因爲那個死了的人居然是查理的生父。生父這個話題是查理從不觸碰的潛流裡的暗礁。作爲愛他一生一世的女人，十分清楚這是一個不能揭開的瘡疤。他母親的丈夫是查理繼父人人皆知，之前又聽帕鐘霓王妃說過他們家的舊事，證實了查理是他母親打胎未遂留下的非婚生兒子。這些刻骨的傷痛她感同身受，沒有理由去狠心撩撥。但她也知道不去觸碰並不等於沒有痛，甚至更痛。查理身上那種顚沛流離沒有精神家園的滄桑感便由此而生，鋪就了他憂鬱徬徨的生命底色，從而貫穿他所有的命途遭際。在她看來，查理是一個多麼優秀的男人，但好運從來不肯眷顧於他，不幸的淵藪難道不正是這個與生俱來的傷痛?!

她沒敢再問，無著無落地站在那裡，進退不得。

查理卻說：「我想告訴你，我母親只在臨終才肯講給我的故事。」

一九二六年，秋葉紅了的時候。盧瓦河畔。

巴黎藝術學院油畫系學生尼錫達爾瑪支著畫架，在那座四面環水的「水晶宮」古堡前寫生。她來法國不到兩年，已差不多把盧瓦河沿途星月般點綴的古堡畫了個遍。這座被譽爲水晶宮的古堡是她的最愛，她來過多次也畫過多幅，自己卻一直不滿意，總有挑不完的瑕疵。

這天尼錫達爾瑪的構圖是遠景，所以畫板架在入口前那個草坪的最遠處。草坪很大，兩邊種著參天大樹，中間挾持著同樣寬闊的石子路，整個視野極其高遠，讓她有了中國西域自家草場那種一路綠到天邊的感覺。

她充滿力量地叉腿站著，長髮綰在腦後，盤起一個髻，畫筆大刀闊斧地在油布上揮灑，那做派，更像英氣勃勃的男孩子。

正酣暢淋漓，視野裡多出一個小黑點，從四面環水的城堡裡出來，跨過棧橋，沿著草坪中間的石子路，飛快地朝她這邊移動。漸漸看清了，是一個人騎一匹馬馳騁而來。

尼錫達爾瑪的畫筆停在了半空中，她差點驚叫起來。靜態的畫面突然閃入一個人一匹馬，立即有了動感，有了恣意飛揚的激情，太美了！

她趕緊丟下畫筆，端起相機，咔嚓一聲拍下這個瞬間。她有強烈的欲望要把這一剎那呈現在她的畫作上。而此時，那個黑點越來越近，輪廓、線條、細節、甚至面部表情都清晰明朗起來。馬是黑馬，俊朗矯健，人卻相對的弱，即便騎馬打獵原是雄風獵獵的陽剛姿態，那陽剛也好似從風花雪月的脂粉堆裡打撈出來。尼錫達爾瑪暗地裡想，換了我坐上這騎馬背，肯定比他驍勇。

她嘴角漾起一絲嘲諷。突然眼皮一跳，眼前掠過一道電光，根本沒來得及細看，一隻身有花斑的梅花小鹿早已從躍馬揚鞭的騎士面前橫空飛閃。只聽一聲尖嘯的嘶鳴，黑馬受了驚，雙蹄旋風一般騰躍半空，馬鬃飄飛如潑墨揮彩。馬背上的騎手猝不及防被掙脫了韁繩，仰面朝天翻下了馬屁股。只聽「咣噹」一記重響，脫了韁的驚馬瘋了似的朝尼錫達爾瑪這邊飛奔而來。

說時遲那時快，尼錫達爾瑪扔掉手裡的畫筆調色板，衝著驚馬三步兩步一個騰躍，飛身上馬，鷹一樣張開雙臂緊貼馬鞍，死死勒緊韁繩，抑制牠的癲狂。抑制中的癲狂反而把氣焰頂到了極致，瘋馬再一次騰空躍起，像急速的飛行物，四蹄飛離地面，朝不可知的前方奔騰而去。

再從望不到邊的那片原野返回來，馬鞍上馱著尼錫達爾瑪的黑駿馬已被馴服得安詳如綿羊，低著頭，走著均勻的舞步，比社交沙龍裡的紳士還優雅。

沙袋——她不屑那個輕易就被摔下馬的騎士，故稱他爲沙袋，竟還坐在地上，釘住了似的，齜牙咧嘴。

尼錫達爾瑪來到他身邊，跳下馬說：「還你的馬。」又笑道：「您的馬術可不怎樣。」

這時她看清了，是位與自己年紀相仿的貴族哥兒。藍眼睛，亞麻色頭髮，長得倒是眉清目秀。

「怎麼，傷著了？」

「沙袋」卻一伸腿蹦了起來，一邊拍打身上的細灰，一邊唇紅齒白地嬉笑道，「又不是紙蝴蝶，摔一跤就散架。我是等您還回我的閃電黑。」

「牠叫閃電黑？有點意思。」尼錫達爾瑪拍了拍馬，「喏，還您了。」俯身收拾畫具與相機，扛上身，然後揚揚手說，「再見，後會有期。」

「請留步！尊敬的小姐，」那話語竟有幾分焦灼，「假如您不反對去城堡小憩，喝杯咖啡，我將甚感榮幸。」

「好呵，爲什麼不?!」

這是尼錫達爾瑪第一次踏入這座水晶宮的內裡，在高曠的穹頂與厚重石牆的挾持之下，她眞切地感到自身螻蟻般渺小。相較之前遠眺近觀的無數次外圍寫生，無一不是不明眞相者的浮光掠影淺嘗輒止。但她並不膽怯，螻蟻的自慚形穢只是埋在心底的一種處境，而絕不是呈現給面前這位城堡主人的不平等宣言。她朗聲笑著，跟在「沙袋」身後參觀，腳步肆無忌憚，神情不卑不亢。潛台詞則是：你有你的水晶宮，我還有我的阿勒泰呢！四棵樹大草甸上的親王宮，雖擋不住頹敗，屋脊上的太陽卻永不隕落。

身著白衣的男女侍者在浩瀚的空間來回穿梭，像一尾尾游曳在深海裡的白魚，似眞似幻。客廳奇大無比，壁爐也奇大無比，但爐膛裡的火燒得再大，秋涼照樣讓她時不時打一個寒噤。兩杯沏在鍍金杯盞裡的熱咖啡下肚，才覺著回了些暖意。

「沙袋」的臉映在爐膛的火焰裡，也燃燒著紅，好似有了醉意。他衝尼錫達爾瑪說：「親愛的小姐，能告訴我您從哪裡來嗎？您的異域風情很動人。」

尼錫達爾瑪不想領受他的恭維，便不回答。

他也不在意，抿了口咖啡，「不想透露您的隱私？那麼，聽說過我是誰嗎？」

尼錫達爾瑪搖頭。「沒聽說，也無意知道。因爲，您與我不相干。」

他仰起頭，捋一把滑落前額的金髮，竟笑出那種稚童的羞澀，「告訴您也無妨，別嚇著您就好。我是……法蘭西國王。」

「我一向豹子膽，您嚇得著我嗎？」尼錫達爾瑪彎腰咯咯地笑，「噢，那位作夢都想復辟王位的呂岱斯公爵就是閣下您啊？聽人提過，也在《GALA》雜誌裡見過。」她一如既往地滿不在乎，絲毫沒有被所謂的國王凌駕而導致謙恭與卑微。這類反應在對方看來，竟多少都是褻瀆的意思了。自以爲尊貴的國王臉上有點掛不住了。尼錫達爾瑪非但不收斂，更是湊近他促狹地說：「那麼我也告訴您，本小姐還是中國蒙古親王的末代公主呢，那可是眞的，不虛擬。」

「是嗎？」至尊的國王反倒驚詫了。

眞眞假假的調侃和嬉笑，竟把一對異國王族的年輕之後狂風驟雨似的裹挾到一張床上。赤裸的尼錫達爾瑪在同樣赤裸的法蘭西國王的臂彎裡抬起頭，看見船艇一般偌大的床，鋪設在滿目皆是的紅地磚之上，像洶湧流淌的血，如火如荼地紅著。

那是十六世紀燒製的釉紅地磚。

查理便在這十六世紀的氛圍裡，開始了他最原始的生命孕育。

三週後，中國的末代公主再次來到名義上的法蘭西國王的城堡前。西裝筆挺的王宮總管來謝客，說主人去南歐度假了。

第五週，同樣的拜訪，人還是不見，回說到巴黎貴族沙龍聚會去了。

第七週的最後一天，尼錫達爾瑪又去了，守在護城河的對岸，支起畫架一邊作畫一邊等。

那個號稱國王的「沙袋」終於出現，還騎著他的黑駿馬「閃電黑」，的篤的篤走過來。尼錫達爾瑪沒有迎上去，只是靜靜候在畫架旁，等他發現。他顯然一眼看見了她，臉上的表情卻莫衷一是：不生不熟？不慍不火？不鹹不淡？不驚不乍？反正，與她擦身而過時只是對了一個眼神，沒有點頭，沒有招呼，過去了也沒有回眸，甚至連稍稍過度的肢體動作都沒有。只留下一個漠然的背影。

尼錫達爾瑪自然是不會去追的。頂多是噘起她性感的嘴唇，抽出一撇冷笑。多麼年輕的一個女孩，一不留神做了不該做的準媽媽，又能爲自己捍衛什麼？她揭下未完成的半幅水彩，一下一下撕得粉碎，收拾畫具頭也不回地走了，從此再不肯踏近這裡一步。

……。

查理長長地吁口氣，緘默了。

「後來你去找過他嗎？」

查理搖頭。「父親對我來說一直是個謎，母親不說，誰也無從知曉。直到她臨終，才對我說了實情。她還囑咐我，年輕那會她打不了胎兒都不願再去找他，也希望今後我也別往自己的傷口撒鹽。我們土爾扈特蒙古人絕不向任何違背良知違背情感的人低下高貴的頭顱。」查理悽惻地笑笑，「獲知這個謎底我早已人過中年，對父親這個詞彙的存在也早已麻木，怎麼可能再去找他？但母親所謂的高貴的頭顱，讓我覺得可笑而可悲。人生，何嘗不是走一路丟一路的無謂探險，人們憧憬的精神家園其實並不存在，飄泊終究是無岸的。或許這就是人之所以成爲人的局限與無奈。」

她注視他蒼白清瘦的臉頰上緩緩爬行的兩行淚線，找不出任何有力量的勸慰，只能跟著吁歎：「呂伽可能比你更不幸，他得知自己的身世，歷經周折找到生母，那女人卻堵在家門口不認他這個兒子，以致他從此崩潰。」

「不過，」查理撿起地上的《GALA》，把手裡的那張照片塞進中頁，輕輕闔上，就像關閉一扇心門。「即便是只存在於影像裡的人死了，同樣會讓活著的人倍加虛無與悲哀。」

R

# 死神來敲門

查理從醫院回來，面容沉凝。也是夜幕降臨時分，也是晚霞消失之際。

他洗了手，在餐台前坐下，吃我爲他絞成肉糜的牛排和馬鈴薯泥，這是他患病以來能下嚥的最不流質最不糊狀的食物了。他咀嚼著，細吞慢嚥，比做體力活還費勁地試圖完成他的晚餐。平常這個時候，他總會眼饞地瞅瞅我餐盤中的烤肉、煎魚、大雞腿，羨慕我大快朵頤的好口福。但此刻沒有，他寧謐如眠。

盤裡還剩了大半，查理便推開了，用餐巾抹一下嘴，站起身，去了廚房。再出來，手裡一隻托盤，托盤裡兩杯咖啡。現磨打壓的濃咖啡。香氣裊裊瀰漫於餐桌之上。我皺了皺眉，用不容置疑的口吻干涉他，「不需要我重申醫囑吧？咖啡你不能碰，刺激。」查理躲開我的手，一仰脖，小半杯已嚥下肚。「今天起，開禁。」話沒說完就嗆著了，咳嗽越來越劇烈，腰佝僂，面紅耳赤，像尾痙攣的大龍蝦。我趕緊上前扶他，撫胸拍背，查理的腦袋便偎在了我懷裡。摩挲著，陣陣溫熱。查理的頭髮，是化療後禿成光頭又重新長出來的，參差不齊的灰白，已找不出幾根原來的深褐色。

我想埋怨他的任性，又不忍，只能無奈地搖頭。

查理嘴上說著對不起，心裡卻是理直氣壯的。他在等自己把氣喘直，腰挺起，臉上的充血消退……才宣讀一個什麼箴言似地說：「我的斷層掃描出來了，肺轉移。」

我剛送往嘴邊的咖啡杯晄噹落地，咖啡四濺，瓷片碎了一堆。

這天，是查理手術後的兩年零八個月十三天。我記得很清楚，日曆是一天天翻過去的。

夜深了。查理裝睡，我也假寐，悄無聲息裡暗潮湧動。

淚眼婆娑中，我追著披衣起床的查理，躡手躡腳走出臥室，縮到門後暗影裡。我看到他打開倚靠客廳一角的黃花梨木立櫃，把幾年前準備帶回北京的那幾個畫筒抱到沙發上，取出一幅一幅古畫鋪展開來。劉紹祖的松鼠，張雨的白菜，石濤的山水，還有扇面仕女，花鳥冊頁……這些都是他奢侈的玩物，牽腸掛肚的念想，本想等病好了，回北京親手送交故宮博物院的。他從來不以為捐贈的動機應該夾雜著某種民族主義的故國情懷，比如皮之不存，毛將焉附之類，他只是覺得愧對母親留下的這些收藏，如果自己也撒手西去，豈不埋沒了它們？可眼下，他還有機會嗎？

想到這裡，我心裡一陣椎痛。這痛的指向不是死，是生。生命對於他，一輩子的顚沛流離，一輩子沒有歸屬的飄零，早已讓他意興闌珊。加上近兩年病魔一輪又一輪的摧殘，更使他身心疲累，無時無刻不想歇下來，不再走這條永遠也走不到頭的泥濘之路。所以，向死而生的意志，對塵世的留戀已十分微弱而無力。一定要說有，無非就是對我的不忍和對這些古物的不捨。

查理把久已不抽的雪茄找出來，點燃，銜在嘴裡。他不敢眞抽，只過把癮地銜著，怕嗆得難受，更怕驚醒他以為還在臥室裡熟睡的我。他踱了兩步，重新坐下，索性閉了燈，把自己關進黑暗。雪茄慢慢燒燃，一縷青煙無聲無息扶搖直上。

我猜到：他想起了兒時的北平。兒時的乾麵胡同。他在胡同裡奔跑，兩面灰牆扇扇朱門挾持著一線天，把斑斕的陽光穿射在腳下，他輕盈地飛起來，騰雲駕霧。他踮腳拍開朱門的銅環，跨過高高的石砌門檻，看見姥姥站在院裡的老樹下對他笑。那是他最快樂的童年時光，越遙遠，越清晰。他也想到阿勒泰，想到四棵樹，想到站在坡坎上一目了然的親王宮，雖然年久失修輝煌不再，前朝的威儀和大氣依舊，屋脊上的鎏金溢彩依舊。那年跟母親和姥姥去給姥爺上墳，母親騎馬，他和姥姥騎駱駝，翹首天上雲白，低頭腳下草深，一路逶迤。墓塚近了，駱駝沒了路，留守舊王宮的老奴便背了香燭牽了他手，那掌心上粗糲卻也親暱的繭子至今記憶猶新。他還想到氣喘吁吁趕到天津塘沽碼頭，眼看離岸的遠洋郵輪越去越遠。他甚至想到印度支那戰爭中的湄公河，那個可愛的小男孩大耳朵，渾身血跡躺在擔架上……

或者，他還想到了他的至愛——我。有關我們的記憶很紛繁，像電影膠片，嗖嗖地快速走，上下左右地晃，搖出長鏡、短鏡、特寫、定格。情節是溫馨的，背景是旖旎的，配樂是動聽的，畫面奇妙無比。不管對於他還是對於我，那都是生命的亮點，彌足珍貴的蘊藏。我們是今生彼此最大的收穫。

查理沉湎在自己的想像中，那裏挾他的暗夜竟一點點亮了。不是窗外透進來的曙色，而是從心裡往外溢的豁達與光明。但他不知道，我早已披衣起床，悄悄站在他身後很久了。

一大早，愛德華教授就從家裡打來電話。他是查理的主治醫生，兩年多來，無論手術主刀，放療、化療、用藥等等醫囑，還是精神心理紓壓，都有他殫精竭慮的救治與陪伴。他身體很棒，卻也是七十多的老人了，他說是在早餐的餐台前撥的電話。他對我說：「夏洛蒂，請你轉告查理，情況並沒有估計得那麼糟，做肺切除手術還是有成功希望的。只要我們不放棄，出現奇蹟也不是不可能。」他聲音洪亮，震得話筒嗡嗡直響。

查理搖頭。並接過電話說：「謝謝您，親愛的愛德華教授，我已經做好選擇，放棄才是明智的。」他很冷靜，像說別人的事，決定別人的生死。

「查理，您要想清楚，要對自己負責。」電話那頭的語速慢下來，語重心長。

「對生命的尊重難道不是對自己的負責？」查理的回答有深思熟慮後的決絕，不容置疑。

愛德華教授便讓他把話筒交還給我。

我接過話筒，眼圈先已紅了，只哽咽著叫一聲愛德華教授，什麼話也說不出來。話筒裡的聲線在耳旁不安地此起彼伏，我只是聽，安靜得像貓。直到愛德華教授表述完自己的意見，並希望我勸慰查理不要做如此輕易的決定時，我才言簡意賅地說了一句話：

「對不起，教授，我想我們還是尊重他的選擇吧?!」聲音比眼淚輕。

這其實是我自昨晚得知查理腫瘤轉移復發後的第一次表達。不僅電話那頭的愛德華教授，連身邊的查理也始料未及。查理一直不敢與我正面交鋒，就是怕我不願接受他的死。此刻，他或許覺得自己太小看身邊的這個女人了。

難道我還有別的選擇？

二十多年後重新做了查理的妻，是因爲我彌久不變地愛他，更因爲我能嘗試著理解他，無論何事、何地、何爲。

兩年前的手術，我就知道他已經勉爲其難。就他對這個世界的態度，他注定會不假思索地說一聲再見，然後背過身瀟灑離去。但是我在，我成了他的羈絆。他不敢輕易拋下我，因爲愛情的幸福太短暫，他知道我不捨。所以他放棄死，選擇生，選擇爲我活著。這樣的活談何容易，每一天都備受折磨，摧殘。

吃不能吃，喝不能喝，說話嗓音破了，咳痰咳出膿血，很長一段時間都是手臂吊著掛瓶喉管插根管子，用營養液維持生命。後來開始化療，抱著抽水馬桶吐得翻江倒海，頭髮一把把掉，稀落成漢語形容的禿瓢。每每看到他強裝歡顏對我笑，我都想哭，覺得他就像釘在十字架上受難的耶穌。

堅持讓他如此了無質感了無尊嚴地爲我活著，是不是太自私太殘酷？這一直以來都是我捫心自問的兩難命題。

如今，這個兩難的選擇再一次以更嚴峻的現實拋到我面前，我難道還能要求他再爲我下一次煉獄？不能了，無論我有多麼僥倖多麼不捨，我都只能放手。放手才是愛的最高境界。

我放下電話，查理一把擁我入懷，吻我的頭髮，吻我的臉。我們有一段時間沒這麼激動甚至激烈的示愛了。我想我是對的。

查理說：「搬回南部去吧，不回來了，就在那邊走完我最後的路。」

我說：「好。」

查理又說：「把藥和醫囑都扔了，想吃就吃，想喝就喝，想抽菸就抽菸，讓我們無憂無慮過幾天自由快樂的日子，哪怕三天，五天，一個月，都是自己的。」

我說：「好。」

查理還說：「然後，送我去瑞士，安樂死。」

我還是說：「好。」

他笑了。我卻忍不住哽咽。

走之前那個週末，我照樣回了自己家，跟兩個孩子道別。我說，「這次去南部，也許很久都不會回巴黎了，你們要照顧好自己。」蘇菲、多馬都已是大三學生，嘲弄我說：「母親你還以爲自己是老母雞哪，我們早就練好翅膀會飛了！你不回來，我們難道不會去看你們？」

我還特意讓蘇菲、多馬陪我去了趟南郊的精神科醫療中心，聽說呂伽回家養了段時間後，又犯病住院了，就想再去看看他。呂伽看起來還不錯，只是服藥打針，精神氣有點疲軟。他看見兒子女兒來，還帶了他久未謀面的前妻我，既興奮不已，又侷促不安，執意邀請我們去病區樓下的小咖啡廳喝一杯。病區裡對興奮劑的含量有要求，多數飲料都是代用品，所以煮出來的咖啡既不苦也不香，寡淡無味，呂伽卻喝得津津有味。我看他咂著嘴，心裡有一絲酸楚。想當年，呂伽做著幾家高檔中餐館的少東家，對吃喝是多麼挑剔和苛刻，可現在……用他自己的話說，人哪，有時就是犯賤。他瘦了很多，顴骨突出來，臉頰是刀削般的塌陷。眼睛倒是更大了，愣愣地瞪著，卻是空洞而黯淡無光。

他問我：「你跟查理過得好吧？」查理找我的信是通過他轉的，所以他知道一些我們重逢的事，後來眞在一起了我並沒特意告知，他也許是猜的。我說：「挺好的，過幾天我們將搬去南部住了。」他低頭不吭聲，彷彿什麼也沒聽見。

過了好一會，等兒子女兒去找主治大夫談事去，他才歎口氣，說：「我很後悔，到底還是把你弄丟了……否則，現在哪還有查理的份。」

我心裡不是滋味，那笑便連自己也覺得假。「你現在還提這些，不覺得太晚了點？」

「是的，我知道。」他低下了頭。

我收起誇張的表情，誠懇地勸慰他，「其實也不是你的錯，都是上輩人的孽緣。不談這些了，你要保重身體，我們任何時候都還是朋友。」

他連忙說：「我會的，謝謝！」

當然，去南部的目的和查理的病我誰也沒說，它是只屬於我倆的祕密。

## 等待

一週後，聖．日耳曼公寓樓裡的兩個人帶著那幾只畫筒，還有紅綢包裹的秋梨子鳳枕，靜悄悄告別巴黎，去了桑托貝。鎖門離開前，查理回過身，久久凝視滿屋子熟悉的陳設。井井有條的黃花梨木器一一接受他的告別，靜默而無言。查理曾經說過，古物雖不動聲色，卻也是有生命的，並且蘊藏著難以割捨的情愫。

桑托貝正值黃金海岸最燦爛的季節。查理的花園別墅裡陽光明媚，草青樹綠。無花果枝頭彎了，掛滿玲瓏剔透的小燈籠，搖鈴般地長個，變臉，從青綠到粉紅，到黑紫。薰衣草從各個角落綻放出來，拔節，開花，轉眼間便是鋪天蓋地的紫色，風姿綽約，芬芳馥郁。

查理清晨在花園裡漫步，沐浴晨露，迎接朝陽，步履輕輕重重。傍晚在泳池裡遊走，沐浴晚霞，踏波踩浪。池邊一杯水，半杯威士忌兌冰塊，還有一支雪茄。一日三餐，夏洛蒂都換著口味做，吃得少，卻吃得精緻。通常，上午看報讀書，午後小憩，下午把玩他的那些寶貝。晚上看看新聞看看球賽，早早睡下。不管查理在什麼狀態做著什麼，夏洛蒂都影子似的陪伴在側，查理高興她笑，查理不快樂她跟著鬱悶。當然，查理也繼續咳嗽，繼續胸痛，繼續咯血，繼續發燒，繼續軟弱無力。彼此心裡也都清楚，病魔依舊在，且日復一日加重。但他整個人看上去神清氣爽，像比剛來時好了許多。

明知是假象，還是奢望奇蹟發生。

有一天下山購物，回來時發現客廳裡趴著一隻看起來病得不輕的查理王騎士犬。查理正用勺子餵牠水，卻怎麼也餵不進去。牠長得很漂亮，棕白相間的皮毛，大眼睛，垂掛飄曳的長耳朵。那旗杆一樣招展的尾巴，即使病成那樣，也不肯耷拉下來。查理說牠像極了自己過去養的吉姆，一看便是英國王室繁衍的純種。

她問他：「哪兒弄來這隻病犬？」

查理說：「不知誰丟在園門外，若不撿牠回來，怕就熬不過幾日了。」

她聽了著急，「那還不趕快送醫救治！」扔下購物籃就要抱牠去車裡。

查理追出來，「等等，我跟你一起去。」

「你披件外衣，小心著涼。」

來到獸醫站，獸醫一聽診就得出結論。說是心臟病導致肺氣腫，是查理王騎士犬最常見的致死重症。就算這次救活了，也難保證能支撐多久。

查理說：「暫且不管預後了，救活再說。」

「必須留院診治。」獸醫同樣穿白大褂，脖頸上掛著聽診器。那權威的模樣一點也不亞於愛德華教授。獸醫還說：「我會給牠最好的藥。這可是共和國總統也在服用的新藥噢。」獸醫顯然不是開玩笑，當時的法蘭西總統密特朗正在病中。

之後，付了一筆可觀的診療住院費，病犬出院了。雖然治不到活蹦亂跳，病情算是暫時穩定了。夏洛蒂開車下山給牠買了兩個絨布睡籃，一個放置客廳旮旯，另一個放置臥室床腳邊。睡籃裡各有小狗咬著玩的橡皮玩具。白天牠也偶爾會在客廳的睡籃裡瞇一會，晚上則無一不選擇與牠的新主子共眠，呼嚕打得山響。平日裡，總是給牠吃煮爛的雞肉豬肉小牛肉與各種蔬菜，食譜弄得跟查理一樣，都是精心烹製的病號餐。夏洛蒂幾乎把餐館老闆的看家本領都使出來了。查理懷舊，就叫牠吉姆，牽著牠在自家園子曲曲折折的石板小徑慢慢遛達，遛久了怕牠累，就親暱地抱在懷裡走，像抱一個安睡的嬰兒。吉姆也很通人性，一對大眼睛永遠水汪汪的，像會說話。大約是感恩收留牠，總是溫順討好地圍著兩位主人的褲腿轉，不叫不鬧，十分乖巧。

那日下午，煦日和風，兩位主人在太陽傘下給吉姆洗浴，梳剪毛髮。查理突然抬眼對夏洛蒂說：「假如吉姆的病慢慢痊癒，就留給你做伴，免得你日後空落落守個大屋子。假如好不起來，就讓牠跟我走，去瑞士……你覺得好嗎？」

風把話吹過來，讓她的皮膚起了一層雞皮疙瘩。她哀怨地看他一眼，「這也是你遺囑的一部分？」

「我想是的。我不願你承受多一重別離之苦。我心疼。」

夏去秋來。

查理還是被夏洛蒂叫的 SAMU 送進了尼斯醫院。

他在游泳池邊昏倒，要不是她拽了一把，險些栽進水裡。她把他放平在池沿，晃他搖他，用手拍他的面頰，他緊閉雙眼，就是毫無知覺。她慌了，踉踉蹌蹌跑進屋，撥打急救中心電話。夏洛蒂何嘗不知查理是不要去醫院搶救的，他們有過約法三章。但他猝然昏迷，她無以應對，早把約法三章丟到了腦後。

SAMU 呼嘯而來，又呼嘯而去。等查理甦醒過來，人已躺在尼斯醫院的病房裡。查理看到滿屋子晃來晃去的白，手臂上又吊著點滴，撐起身子伸手就去拔針，被緊急召來會診的大夫按住了。大夫說：「先生，您很虛弱，請別動。」查理瞟了夏洛蒂一眼，青紫的臉惡狠狠的，煞是猙獰。她知道他惱她出爾反爾，連忙討饒：「對不起，是我違約了。」

緊接著大夫開出一疊單子，要求護理員推查理去做一連串檢查。查理試圖拒絕，可一旦入院，檢不檢查哪還由得了他。在醫護人員救死扶傷的人道主義定律之下，病人的意志等於零。夏洛蒂唯唯諾諾跟在查理的推床後，從這條走廊通向那條走廊，從這個電梯下到那個電梯，三番五次來回折騰，著實害苦了查理，弄得她自己也覺得愧疚。

翌日下午探病時間，夏洛蒂剛到病房門口就被大夫叫去，直截了當告訴她，查理由食道而肺轉移的癌細胞已毀滅性全面擴散。她說他的病情我們自己都清楚，也早已做好預後準備。夏洛蒂問大夫查理還能捱多少時日。大夫說如此發展下去，距離多器官衰竭至多幾個月。

「既然如此，請院方允許病人出院。我們早有約定，他將赴瑞士接受安樂死。」大夫表示惋惜也表示理解，並說還需留院三五天，做些必要治療以緩解短期內的急性發作。

夏洛蒂在大夫面前堅強得像塊鋼板，出了那間屋子，人就軟在門後的牆根下。她蜷縮著，頭埋進臂彎，雙肩抽動無聲地哭。

回到病房，查理半臥枕上，眼睛失神地瞪著天花板。她抓起他瘦骨嶙峋的手，輕聲說：「我跟大夫交涉了，他同意我們至多五天後出院。」查理沒作聲，繼續瞪著天花板發呆，直到天黑。臨走，他交代她，每天帶件古玩過來。他說：「我好忘掉是在這麼個鬼地方待著。」

之後每一天，查理的情緒都會大起大落，極小的一件事也會勃然大怒，儼然不是以前那位風度翩翩的紳士了。過後又會愧疚，不住地賠不是，乞求原諒。而只有當妻子從家裡帶心愛的古玩到醫院，才會使他回返從前，安詳如初。無論一幅畫，一只瓷瓶，還是一對陶俑，在夏洛蒂看來，都如窗外射進一縷陽光，瞬間就把他的床頭照亮，讓他蒼白的臉呈現出一抹紅暈。他會用瘦骨嶙峋的手撫摸它們，摸不動了，就用昏花的眼睛替代手的摩挲。查理在生命的最後階段很少笑，只有這種時候，偶爾會笑，笑得很單純。然後，一邊把玩他的寶貝，一邊有意無意講一段親歷的往事，小心翼翼不露痕跡地囑託遺願。

她明白，查理是在替自己料理後事了。

記得那是查理在尼斯醫院的最後一天，夏洛蒂不知怎麼就把沉甸甸的秋梨子帶過去了。查理這天氣色還好，靠在床榻上，見紅綢巾裡亮出玉枕，眉梢頓時揚起來。他抱過去，捂到懷裡，像要把秋梨子捂熱。

查理淺淡地笑著，說：「多年前，是我站在母親的病榻前，現在輪到我了。」

臨終前的尼錫達爾瑪自然不再風姿綽約，她的一頭白髮在枕上窸窣輕響。

她把查理喚到跟前，斷斷續續說著話。查理聽了，記了，抿嘴不插言。生離死別到了人生這一階段，已不全是大慟，還有大空，更有內斂的哲思與領悟。所以，他的眼眶是乾涸的，眸子裡的藍更深邃。

剛開始，母親說的大多是遺產之事，比如維瑞奈的花園洋房，比如那些家藏的古器古玩。繼父先於母親離世，餘下來就是查理與托尼兄弟倆的事了。其實這些母親簽署的遺囑裡都有細則，早已在經紀人檔案庫裡躺著，母親重複絮叨無非是心裡放不下這份不捨。查理是繼承了母親這份酷愛的，而托尼不是，他對故土印象稀薄，對中國珍藏更談不上興趣，所以共識便是：弟弟得房，兄長得房內所有。

最後，母親提到了秋梨子鳳枕。母親說：「查理你要銘記，這只玉枕不同別的物件，是帕家傳世之寶，你姥爺姥姥有過交代的，不能棄於域外。假若日後有機會，你要想方設法送回新疆，送回四棵樹。」母親聲音嘶啞，用過了心力，不得不大口倒氣，額頭沁出一層細汗。用手去摸，竟是冰涼冰涼的。母親又重重歎了口氣，「只可惜，聯絡不上你大舅，另外那只龍枕也下落不明，你姥爺地下有知，怕也難以瞑目了。」

夏洛蒂心裡明鏡似的，查理不會憑空說這些。他正在把他母親留下的家族遺願託付給她。那天，她很晚離開醫院。探視時間結束時，她躲進廁所，瞞過了護士及管理員。窗外一片漆黑，單人病房的燈傾瀉著橘紅色的光，寂寞中夾雜了隱隱的詭祕。查理被籠罩在如此寂寞詭祕的燈影下，整個人都充滿了不眞實感。她坐在床前椅上，目不轉睛地看著他，總覺著他會隨時消失似的，無來由地緊張。查理見她繃得像根彈簧，問道：「你害怕什麼呢？抓不住我還是抓住了手心也是空的？」她無以回答。他便笑了，說：「還沒來得及給你下遺囑呢，我怎麼可能匆忙赴死？」他的聲音已嘶啞如布帛撕裂，但他彷彿吸食了海洛因，情緒十分亢奮，一手把著秋梨子，一手拉著他的至愛。像要給她紓壓，又像是給她鼓勵。他的手滾燙，整個人都在不可抑制的高熱中。

天越來越黑，窗外一片蒙蔽視野的墨色，她瞥一眼他床頭櫃上的表，已近午夜。她站起身，近乎粗暴地打斷查理的話，「我必須走了，你是病人，這麼熬夜的後果不堪設想。」

「等等！」查理攥緊她的手，「就最後幾句，我盡可能簡短，權當身後交代。」

「說什麼呢？」她甩開他手，徹骨的冰涼浸淫全身。

「請你站住！」幾乎是一聲低吼，一聲斷喝，這在一貫溫文爾雅的他，極爲少見。他那雙被褶皺淹沒了大半的眼睛藍幽幽地看著她，從未有過的哀傷。

「對不起，懇請你聽我說完。」

她只好轉身，面對著他。

「這只玉枕不僅是帕家的傳世之寶，還是我姥姥、我母親和我三代人未了的心願，如果可能，請你答應我將來把它送回中國去。那時，估計看不到老王宮也找不到老家奴了。運氣好的話，或許能找到一兩個土爾扈特蒙古人的後裔，請他們幫忙，把我外祖父荒蕪的墳塚修一修，把它葬進去，永遠陪伴他。我姥爺已經不可能有家人的陪伴和守護了，有他心愛的玉枕，寂寞會稀薄一些。我姥姥屍骨難覓，就把她的照片燒給姥爺，僅僅一抔餘灰，終也是死後團圓，得以安息。

「親愛的，我很清楚這件事對一個法國人來說有多麼不易，可我再無別人可以託付，除了你……當然，你有不承諾的自由，這跟責任道義無關，我會尊重你。」

她沒點頭，也沒搖頭。不是願不願意，而是做不做得到。中國人說：一諾千金。她在北京大學學過這個成語，知道這裡面沉甸甸的分量。

查理的臉肌抽搐著，痙攣著，大顆的眼淚在布滿褶皺的深藍裡滾動，再慢慢爬下來。

## 顛沛流離的終點

出院第三天，瑞士那邊就來了人。也不知查理是什麼時候約的。

一個四十歲不到的男子，大高個，不完全的禿頭，鼻梁上架副黑框眼鏡。

他熟門熟路走進園子，走過橄欖樹，走過無花果，停在大房子延伸出來的曬台下。查理搖著輪椅，在曬台上等。從醫院出來後，查理就只能坐輪椅了。

他問：「準備好了？」

查理答：「是的，準備好了。」

這個設在瑞士日內瓦的安樂死援助會，是一個國際性民間組織，為來自全球尚未達成安樂死法律許可國度的幾百萬會員提供自主的安樂死援助。查理不是它的新會員，早在他母親以及弟弟先後死於家族遺傳的食道癌之後就加入了。加入的理由很簡單：恐懼。恐懼那不堪忍受的痛苦。在他看來，死亡之於生的痛苦，實在太輕。逃離是超拔，更是明智。

查理把人讓進客廳，坐在餐桌上談。那人知道查理的所有信息，雖第一次謀面，所有事項倒背如流，可見做足了功課。查理卻連對方的姓氏也不知道，似乎也沒興趣，只含糊地稱他先生。查理把出院剛帶回來的最新檢查報告疊成一摞擱在桌上，那人一份份抽出來翻閱，再把主要部分掃描到他的手提電腦上。他有條不紊地做著這一切，神情安詳，一點都看不出他正在做的是死亡備忘錄，裁決一個人的生命。

等查理悠悠地抽了大半支雪茄，大高個先生也完成了手頭的工作。於是兩人就這麼面對面坐著，任由滴答滴答的鐘鳴在沉默中穿梭。

我已在廚房做好午餐，是鮮美的地中海紅魚，包著錫箔用烤箱烤出來。這種做法口感極好，也適宜查理吞嚥。我在廚房亮著聲音叫：「查理，談完了嗎？收了桌上的東西，我準備上午餐了。」

查理這才如夢方醒，語調急促地對來人說：「晚期的煎熬太可怕，我累了，不想再捱下去。下週就過去，您覺得如何？」

「這是您的理性決定？」

「是的。」查理點頭，像之前的任何一次出差或者度假，很理性，而且毫不猶豫。

「那好，您週二來，週三執行……我在日內瓦等您。」

用完午餐，瑞士來的先生匆匆走了。他還要趕最後一班飛機。

查理告訴我，他們已做好約定。我一聽傻了，「這麼快？」也就是說，今天週五，查理剩下的時日只有一個週末了。我渾身痙攣，絕望地哭出聲來。「你太霸道了吧，起碼，也讓我先有知情權。」

查理搖頭，「早告訴你，你會心甘情願幫我做這個決定？」

我飽含熱淚，悲愴地直視我的至愛。我知道查理是對的，面對他的死期，我怎麼可能做出理智的抉撑。所以，怨也是白怨。

正淚眼相向，蜷在自己窩裡的吉姆也淒厲地嗚咽起來。牠也每況愈下，嘔吐，腹瀉，旗幟般豎起的尾巴倒了，垂下去，連走路也搖擺蹣跚。

查理搖著輪椅過去，把牠抱起來放到自己腿上，撫摸牠的腦袋，眼睛澀澀的。相對於自己的死，查理從未流過淚，坦蕩而超脫得多。

查理說：「看來，吉姆也撐不了幾天了，還得跟我走。」

我撲過去，死死抱住他倆，生怕被無常的力量倏忽間奪走。

剩下的三天，我像丟了魂，神志迷離，渾渾噩噩。感覺有許多事情要做，又什麼事情也做不了。

我開車下山，推著輪椅送查理去理髮修面，送吉姆去剪毛美容，然後再推著輪椅裡清清爽爽的人與狗，在海邊慢慢踱步。看燃燒的晚霞。看遙遠的地平線。看落日耀動著，漸漸沉入地中海。

我細細熨燙查理赴死亡之約穿的白襯衣、黑色西裝，熨好了筆挺地套在衣架上，不見一絲褶皺，再配上絳紅隱條領帶，很查理也很紳士。查理向來注重儀表，西服繁多，單單選了這一套，是因爲它曾是我們婚禮上的禮服。我也希望他帶著美好婚姻的記憶走。

我給吉姆縫了個紅肚兜，穿在身上有了亮色，看上去不那麼委靡。又找出一個小鈴鐺掛到牠脖頸上，動一動就有清脆的叮噹聲。我並不在意自己爲什麼這樣做。想做就做了。不到三個月，吉姆已像我們依戀溺愛的孩子。

難道眞是不捨牠的離去，才想追著鈴鐺聲找牠回來？

又或者，鈴鐺是專門掛給查理的，讓他帶著吉姆走有好聽的鈴鐺聲相伴。

然後，就到了最後一天。我不再試圖找有關查理的瑣事來做而借此麻痹自己。我就陪著查理在新換了被褥的床上靜靜躺著，也不說話，就互相凝視，傾聽對方胸腔裡發出的呼吸聲。

查理的呼吸帶著正在衰竭的濁重，聽起來都累。但我還是要聽，著魔似的。

除了午餐，晚餐，喝點濃湯，吃點沙拉菜，我們竟然嘗試著做愛。自查理患病以來，我們已經鮮少有性行爲。雖然我想，卻不敢撩撥他，怕他體力不支從而沮喪。但此時此刻，永別前夜，任何相愛的人怎麼可能不期盼，這最後一次耳鬢廝磨，最後一次緊緊相擁，最後一次長驅直入相伴永在。

我們居然成了。成就了艱難卻完美的抵達。我們心滿意足。我們酣暢淋漓。各自喘息，卻不約而同地哭。

次日午前，終於上路。我推著查理的輪椅，帶他和吉姆上了飛往日內瓦的航班。天下著細密的小雨，雲朵棉絮似的聚攏，又青煙似的散開。等飛機攀上新的高度，天便完全放晴了，碧空萬里，陽光普照。日內瓦郊外一處叫不出名的山坡上，有座看起來不太起眼的石頭房子，兩面牆上爬滿藤蘿，有紅有綠。前庭後院青翠欲滴，是剪得平平整整的草坪。風吹過，帶起搖曳的珠露，亮閃閃一片。周遭安靜極了，不見人影，更沒有嘈雜的市聲，聽進耳朵的唯有蟲鳴、鳥兒的啁啾。

這裡，就是瑞士國際安樂死援助會的安樂屋之一。屋的命名，叫向死而生，意指從人間走向天堂，從容不迫。

我和查理是被那位與之約定的大高個先生送到這裡來的。下了車，在前廳站了片刻，他便帶我們去向死而生石頭房參觀。那情景就像參觀他自己的家。

房內很敞亮，卻不大。牆漆成乳白色，房頂裸著刷了清油的原木大梁，地是老式地磚，彩色拼圖，因年歲久遠，已凹凸不平。共是一廳、一室、一衛，還有很袖珍的一間小廚房。廳裡一套茶几沙發，幾把木椅；臥室一張床兩個床頭櫃，床上一條絨毯；衛生間沒有浴缸只有淋浴；廚房更簡陋，一台咖啡機，一捆瓶裝水，幾只玻璃杯。

匆匆走過，最後站到臥室門前。大家心裡都明白，這裡將是查理的終點。右邊床頭櫃上，擱著一只玻璃杯，杯裡一大半鮮黃色的液體，像橘汁。大高個說：「它是甜的，不苦，很容易下口。」又特意指著床對面那堵牆，「你們看，當音樂響起，它是不是像奇妙的夢境？」

這才發現，整面牆就是一幅巨大的畫，浪漫色彩加象徵主義，充滿想像、誘惑與征服，果然匠心獨運。如此溫馨、豐盈、美麗，豈不心嚮往之？

查理臉上一直帶著微笑。他對他的這個終點是滿意的。

參觀完畢，大高個又把我們重新帶到屋外。他的眼神溫柔起來，終於不僅僅是盡職的嘴臉了。他對查理說：「您還有最後十分鐘，與您太太告別吧！」

「我的狗？」查理追問一句。

「您放心，我先抱牠進屋。等您去了，會給牠注射一樣的液體。」

吉姆嗚咽一聲，被他從查理膝上抱走。查理與牠對視，最後一瞥。

一直肅穆的我從輪椅後轉到輪椅前，單膝跪地，頭埋進查理懷裡。查理輕輕吻我的頭髮，再把我的下巴抬起，擦拭我臉上潸潸流淌的淚水。他啞聲說：「親愛的，我先走一步，你要好好的。」我再也忍不住，哭得像風中的樹葉。查理又說：「對不起，不能伴你到老。」

遠處來了一輛車，是黑色的靈車，停到門前。車裡走下兩個白衣男人，扛著一副同樣白色的擔架，靜悄悄候在屋外。靈車和白衣人是來接屍體送去火化的。

屋裡響起音樂，有如天籟之音，千回百轉，卻又安恬靜好。是莫札特的〈安魂曲〉。

大高個再次走過來，請查理的輪椅進屋。查理推開我，自己搖著輪椅走。我哭著在後面追。查理回頭，說：

「別了，我的寶貝！」

我眼前一黑，撲倒在地。天壓下來，整個宇宙都空了。

# 尾聲

## 拉雪茲神父公墓

夏洛蒂把秋梨子鳳枕與林一舟還回來的虎皮子龍枕雙雙放在查理的墓塚上，她顯得那麼小心翼翼。一怕驚擾到查理，二怕磕碰了玉枕，三怕……還怕什麼呢？怕這個躺在墓塚裡的男人縱貫一生的喟歎。於是她對查理說：「親愛的，我很高興地告訴你，那只你大舅手裡的虎皮子龍枕回來了，是一位叫林一舟的朋友輾轉二十年送到我手裡的。孿生龍鳳終於合璧，家族遺願實現在望。你母親和你此生的抱憾，我想我可以給你承諾了。」

拉雪茲神父公墓在空氣清新的夏晨顯出別樣的寧謐。天空湛藍湛藍，不見紋絲浮雲，如若一汪凝固的湖面倒掛下來，清澈澄淨。剛過了春的枝葉還是繽紛的綠，閃著亮光，堅挺在各自派生的樹杈上，層層疊疊，能聽到親暱細密的耳鬢廝磨聲。拉雪茲神父公墓是世界最著名的墓地，迄今二百多年了，這裡埋葬著許許多多曾經璀璨於世界之巔的不朽英魂，比如哲學家聖西門，天文學家梅西耶、阿拉戈，數學家傅立葉，生理學家貝爾納；比如畫家德拉克洛瓦、庫蒂爾，作曲家蕭邦，歌手皮雅芙、吉姆．莫里森，舞蹈家鄧肯；再比如戲劇家莫里哀，作家巴爾札克、王爾德、普魯斯特；還比如巴黎公社被屠殺的一百四十七名死難者……置身其間，將不經意走進無比深邃而波瀾壯闊的歷史煙雲，觸碰到如今越來越稀缺的人的高貴與體面，感受著自由平等博愛的法蘭西精神最完美的體現。所以有人說，拉雪茲神父公墓是當之無愧的一張巴黎名片。而在於我，它更是通往二度空間的天堂之門。

查理與查理一家，在這裡是再普通不過的成員。包括母親土爾扈特公主與弟弟托尼，他們都死於同樣的血緣遺傳。據說豪飲與無節制抽菸是西陲邊域遊牧民族最基本的性格特徵，所以上呼吸道及消化系統癌病不可逆轉地成為他們的天敵。但作為查理的未亡人，每次來掃墓，夏洛蒂都覺著他們依然是幸運的。因為只有在這裡，他們才能重新撿拾生前早被糟踐殆盡的高貴與體面。

悠遠的思緒被腳步聲打斷。有人走過來了，大踏步。

抬頭發現，竟是林一舟。手裡捧一束白菊花。

在墓地邂逅這樣一位朋友，似乎時機不對。夏洛蒂愣了愣，問他：「林，您也來祭奠死者？」

林一舟躬腰把白菊花放到查理墓碑上，無聲地凝視著揭開了紅綢的龍鳳玉枕。這是送還龍枕後夏洛蒂第一次見他，臉上有種卸下了重負的釋然。於是她明白，他是來給查理家族一個最後交代的。

果然他說：「找不到迪瓦．寧布，我只能向她的家人道歉。」

「林，你萬萬不可再道歉了，你以這種方式歸還虎皮子，已是土爾扈特家族的大幸，無論迪瓦．寧布還是查理，都將對你感激不盡。」

林一舟搓著手，居然一副羞愧的樣子。他此時低到塵埃裡的姿態比彼時在巴黎蘇富比的氣貫長虹更讓人肅然起敬。

「如果有機會，我眞心希望能到帕勒塔親王的墓前謝罪……」他說。

夏洛蒂喜出望外。

這位林一舟，難道眞是上帝派來幫她了卻查理遺願的？

「終於可以了，不是嗎？」林一舟問她。

風捲著鴿哨，低空掠過，依次散落在拉雪茲神父公墓的這條墓道上。兩隻灰鴿徜徉著，繞過站立的他們，棲息到查理的墓碑上，左一隻，右一隻，喙對著喙，咕咕叫。

夏洛蒂看到林一舟眼睛裡有她怦然心動的誠意。

他爲什麼要這麼做？

林一舟偏過臉，似要躲避她的探究。

「我欠迪瓦．寧布的。還給查理，就是還給她。這是我今生必須兌現的悔改。」

她終於明白，林的這個動議並非一時興起的自我蠱惑，而已在心裡埋了很久，拉雪茲神父公墓的今天，不過給了他發酵的契機。一個多麼令人欣喜若狂的契機啊！如果站在面前的是法國人，她將肆無忌憚地擁吻他。

林一舟顯然迫不及待了。他問她：「八月份就來怎麼樣？我在北京等你。你也是故地重遊了，正好借機看看奧運會的盛況。然後，我們去新疆，去伊犁。」

「還有那批古畫捐贈呢，查理已等了那麼久。」查理沒有留下遺言，不等於她可以對他洞明的心跡視而不見。

林一舟拍拍腦門，「對了，差點把這事給忘了。沒問題，我會先去跟故宮博物院談，表明查理生前的意願。」

這個林，她簡直快愛上他了！

她像中國人那樣鞠躬。「林，我替我自己，也替查理一家謝謝你！」

其實赧然的應該是她，爲自己難以表述的感動。一個謝字在這裡實在太輕描淡寫了。

林一舟如釋重負，「一言爲定，八月北京見！」

晚上回家，夏洛蒂又往林一舟住的酒店打了個電話。

她告訴他，她要把家裡那張最漂亮的黃花梨木大畫桌贈送給他。

林在電話那頭叫起來：「你瘋了！無償贈送？你知道它現在什麼價位嗎？」

她說：「我沒瘋。我也不想知道它的價值。對於你，它就是贈品，無價。」

她又說：「林，這是我深思熟慮的決定。因爲我不能無視你爲龍枕所付出的半生心血。現在我們不談金錢，也不講道義，我只想送你一件你喜歡的禮物，這很公平，請你千萬別拒絕，否則我會很不高興。」

她還說：「希望你把畫桌運回中國去。與那些將要捐贈的古畫一樣，同是回家，豈不是很好?!」

夏洛蒂笑得很年輕。

她的漢語比任何時候都流暢。

## 重逢北京

北京奧運前夜，我夢遊般重返這個四十年前曾經駐足的城市。

林一舟氣定神閒站在機場閘口外，手臂上挽了一隻女人的手，月白色綢衫綢褲，穿出了清臞飄逸的民國範兒。我拉著大箱子走向他，法國式擁抱。「歡迎你，回家！」他把來北京說成回家，讓我心裡濕漉漉的溫熱。他介紹手臂上挽著的女人，說她叫菱子。這名字是耳熟的，我說我猜到了。想必繞了一大圈，她又踅回來了。愛的來去千折百迴，本就不存在對錯，回來便是圓滿。

菱子笑著，一臉中國式嫵媚。

未曾想到，菱子身後突然閃出另兩個女人。一位胖，矮，白短袖上衣，褐色中褲，中規中矩；另一位瘦，高，草綠色襯衣短裙，軍人戎裝。或因我身上的橘紅色過於明亮刺目，她倆都瞇縫著眼睛，像霧裡看花。我回眸，似曾相識，卻抓不住思緒的源頭。

林一舟半打趣半審視，「眞那麼健忘，老北大的同學都不記得了？」

「我的天！」我傻了，「不會錯吧？孫瓶花！崔小莉！」

「夏洛蒂！」

我們驚叫著抱成一團。崔小莉還用軍人的拳頭捶我。

「你們怎麼來了？」

還用問嗎？林一舟的預謀，良苦用心。

崔小莉說：「前一陣林先生專門來找我，說你要回來祭祖。我就約了瓶花過來了。」她肩章上掛著軍銜，估計尚未退役。

孫瓶花一如既往的憨直，「你一個法國人，怎麼會到中國祭祖，是不是替你那位心上人來的？」

我嗯嗯應著，語無倫次。沒想到都快半個世紀過去了，她們竟然沒忘記當年的法國小妞。尤其瓶花，居然還記得我的心上人查理。

孫瓶花告訴我，崔小莉的軍銜已是大校，快趕上當年她父親了。果然將門虎女威風不減當年。崔小莉擺手道：「年底退了役，還不是平頭百姓一個。」

「你呢？」我問孫瓶花。

她老老實實說：「我一直在高校做後勤，行政級別低，幾年前就退了，哪能跟崔小莉比。」

「當年離開北大時，你說要學東方哲學，後來是不是當哲學教授了？」她倆也問我。

我笑道：「如果說我迷戀的東方哲學僅僅是吃的哲學，爲此我開了二十年中餐館，你們信嗎？」她倆直搖頭。但我說：「事實就是如此。」

人生況味一刹那湧上來，眼前的一切都成了虛擬。我想抗拒眼淚，卻抑制不住。

林一舟敏感，適時解圍。他遞過來一紙列印出來的行程安排，對我說：「先回酒店吧，睡一覺，倒倒時差，晚上我設宴給你洗塵，大家再敘舊不遲。」笑笑，像有幾分抱歉，「你在中國時間有限，明天可得進入工作程序了。上午九點故宮博物院約談，早前我已接洽多次，等你來定奪。明晚觀看奧運開幕典禮，票還是崔小莉訂到的，張藝謀導演，你說過的，他的作品你喜歡。後天上午走訪北大，下午乾麵胡同，希望能找到你想要的那份記憶。大後天陪你逛逛大柵欄、琉璃廠，看看古董。之後即去西北，我已訂好全程機票。西北的事有點複雜，可能會辛苦一些。」他一一交代，卻言簡意賅，那架勢不像幫我，反倒更像整件事情的決策者。

我很欣賞他的做事風格。在這一點上，我曾經的兩任丈夫遠不及他。我連忙與眾人簇擁著朝停車場走。

崔小莉眞是將門虎女，軍人氣概，她的黑色越野早已「噌」一聲閃電般彈了出去。

我與菱子上了林一舟的銀色保時捷。剛撞上車門，他突然想起什麼，遞過來一本香港蘇富比的競拍圖冊。我一看，愣住了。封面上重頭拍品的展示圖，竟是四十年前查理姥姥家被焚毀的趙孟頫絹本〈山居牧馬圖〉。那幅眞跡當年我在乾麵胡同雖未親眼所見，但之後原作照片卻陪查理讀過無數遍，每根線條每處神來之筆都已鐫刻於記憶，成爲我審美愉悅的最高境界。

我怎麼可能看錯它呢。難道當年帕鐘霓苦苦守護並爲之搭上命的這幅趙孟頫其實並沒毀掉，只是被當眾掉包或竊走？而誰，又是那個泯滅天良的盜賊？

我急速翻遍所有內頁，可想而知，只有天文數字的標價，沒有賣主署名。整整四十年，此盜賊夠沉得住氣了。

林一舟也搖頭沉吟。他說他曾試圖在拍賣機構和收藏圈打聽，終是無果。

又一個懸而未決的謎，讓我與北京的重逢多了些詭祕與機緣。我不知道我有沒有智力去猜這個謎。但屏障顯然已經擋在了面前。

查理。

呂伽。

北京。

中國……

我終其一生的彼岸喲，什麼時候才能眞正意義地站立在你的土地上？

二〇一七年十月六日改定於巴黎——諾曼第

# 後記

多年來，我一直提著鞋走在異域的河岸上。之所以小心翼翼，是怕濕了鞋，再也回不去那片故土。儘管這邊風和日麗，歲月靜好，卻總有霧裡看花的朦朧，好也是隔靴搔癢的好。後來發現並不盡然。那邊亦是疏離陌生，縱使蹚進一雙赤裸的腳，也無立足的方寸之壟。遠眺近看都是深不見底的一汪水，沒有水性豈敢弄潮。

只好佯裝隔岸觀火，罔顧左右而言他。表情不尷不尬，內裡忐忑不安。

直到那天，在滿屋子古畫、古玩、黃花梨木飄香的巴黎左岸，邂逅了《彼岸》中那位法國女人「夏洛蒂」，還有她述說中的兩個家族的命運遭際，才恍然，我對此在與彼岸的想像是多麼一廂情願。既然當初背轉了身，那原是休戚相關的一切，便注定漸行漸遠，一去不復返。這不僅是他們的隱痛，也是我的隱痛。「夏洛蒂」是對的，她說心的顛沛流離，是所有浪跡天涯者終其一生的宿命。一番話看似淺顯而順理成章，卻有深刻的悲哀。

於是，我有了刨根究底的衝動，有了書寫的願望。關於故事本身，關於命運，關於漂泊、尋找、認同、救贖，也關於這一族群殊途同歸的迷惘與傷痛。

但我無從下手，找不到切入點。沒有座標沒有經緯度的書寫，是撐不起哪怕簡陋粗鄙的一座草房的。迷茫再三，終於在不經意間找到一截線頭，不是座標，卻終能絲絲縷縷抽出一些東西來了。精神家園既已失守，何不苦難奠基，風骨作椽，重建心靈制高點？

我試圖用「夏洛蒂」的眼睛，來窺探和檢索查理、呂伽、林一舟以及游走於異鄉的中國族群的百年流亡史，看看能否從中打撈出迥然不同的情境與意象。我還奢望以人爲經，以事爲緯，讓人性在故事發展裡層層剝筍。遺憾的是，三個與她交集的男人，三個不同階層的家族，三條縱橫交錯的主線……縱貫歷史，橫跨時空，太龐大，太深邃，讓我的筆力捉襟見肘，而結論終究模糊。哪怕有過這樣那樣太多的糾纏，一個異族女人的觀望與審視，同樣難以擺脱隔靴搔癢的悲憫而鞭辟入裡。更何況，事實本身從來都是懸而未決的難題。

諸如此類的書寫，不亞於踽踽獨行的又一次歷險。歷時三年有餘，幾番推倒重來，先是四十萬字，後又刪刪減減瘦身到三十萬。在盛行碎片閱讀的當下，已是令人望而生畏的長篇累牘。我則雖心力交瘁，卻始終未能抵達彼岸。

好在，哪怕只呈現出簡單粗略的一個過程，也是對自己，對活著和死去的「夏洛蒂」、「查理」等做出誠意的交代。一個詰問，一次思辨。一件事情，只要問了，想了，做了，不管是否達到預期目標，總會讓板結於胸的困惑放下一二，總比什麼都不做，什麼都沒有多出幾分意義，哪怕微不足道。

希望讀者能在《彼岸》裡與我的「他們」有會意的邂逅，並深情回眸。

二〇一八年三月十八日於巴黎

INK PUBLISHING
文學叢書 566

# 彼岸

作　　者　鲁　娃
總 編 輯　初安民
責任編輯　陳健瑜
美術編輯　林麗華
校　　對　吳美滿　陳健瑜　魯　娃

發 行 人　張書銘
出　　版　INK 印刻文學生活雜誌出版有限公司
新北市中和區建一路249號8樓
電話：02-22281626
傳真：02-22281598
e-mail：ink.book@msa.hinet.net
網　　址　舒讀網http：//www.sudu.cc

法律顧問　巨鼎博達法律事務所
施竣中律師
總 代 理　成陽出版股份有限公司
電話：03-3589000（代表號）
傳真：03-3556521
郵政劃撥　19785090 印刻文學生活雜誌出版有限公司
印　　刷　海王印刷事業股份有限公司

港澳總經銷　泛華發行代理有限公司
地　　址　香港新界將軍澳工業邨駿昌街7號2樓
電　　話　(852) 2798 2220
傳　　真　(852) 2796 5471
網　　址　www.gccd.com.hk

出版日期　2018年4月　初版
ISBN　978-986-387-236-8

定　價　499元



國家圖書館出版品預行編目資料

彼岸／魯娃 著；
--初版, --新北市中和區：INK印刻文學,
2018.04　面；　公分.（文學叢書；566）
ISBN　978-986-387-236-8（平裝）
857.7　　107003673